JN252584

Menschheitsdämmerung

Ein Dokument des Expressionismus

Kurt Pinthus

人類の薄明

表現主義のドキュメント

クルト・ピントゥス◆編

松尾早苗◆訳・解説

未來社

人類の薄明——表現主義のドキュメント*目次

序文

詩篇

凡　例

本書は詩集『人類の薄明』の全訳である。この詩集は非常に多様で広範な活動を展開した表現主義という文学運動の代表的作品であり、その「ドキュメント」でもあるということもあって、いささか詳細な「訳注」と「訳者解説」を収めた。

・訳注は、本文中に★付き数字で示し、詩の訳注は「詩篇」の最後に、それ以外の訳注は傍注に配した。なお、訳注に付した（数字）はその参考文献を示し、巻末の「主要参考文献」に一括して挙げた。

なお、本文の表記に関しては以下のようにした。

・原文中のイタリック体、および（「詩人の肖像画」の説明での）原著部分、その他とくに指示した箇所はゴチック体で表わした。
・『　』は作品や雑誌、新聞などの表題を示し、必要に応じて原題のルビを付した。
・「　」は引用文のほか、（書籍や雑誌に所収の）詩や論文の表題、章題や強調語句を示した。
・〈　〉はおもに引用文における二次的引用や強調語句を表わした。
・人名はドゥーデン『発音辞典』に拠ったが、地名は慣用的な読み方を記した。

人類の薄明
——表現主義のドキュメント

クルト・ピントゥス編／松尾早苗訳・解説

装幀——岸顯樹郎

序文

四十年経って（ニューヨーク・一九五九年夏）

『人類の薄明――最近の詩の交響曲』は、いまからちょうど四十年前の一九一九年十一月に世に出た。当時、この詩集は、人々に強いインパクトを与えた先駆的な作品であり、前衛的な実験であった。今日、この詩集は、表現主義の「依然としてなお最も優れ」、「最も代表的」で模範的なアンソロジー、つまり「あの文学集団の最初にして比類なき詩集」と言われている。あの十年間に自ら「最も若い世代」と述べていた詩人たちも、いまでは老齢に、あるいは死亡している。それらの詩人と親交があり、あの時代と文学を深く愛していたベルリンの文芸批評家で文化評論家の私は一九一九年に、激しく時代へ突き進むこの詩集を編纂した。そしていま、故国から追放され、市民権を剝奪され、七十歳代半ばになる私は、亡命の地ニューヨークから、[★1]ポケット版の名作叢書の一冊として、[★2]この詩集をふたたび世に出すことになった。……昔のままの形で。それは何故か？

この詩集がそれほど多くの人に求められているからなのか？　この詩集がなおも活力に溢れ、人間の生きる力を証明し、そのうえ、もしかしたら生きる意欲を呼び覚ますからなのか？　この詩集が、たんに歴史的ドキュメントとしてもなお重要な意味をもっているからなのか？　それとも、この詩集は、編纂者と発行者が――たしかに非常に稀なケースであるが――五十年もの間、友人同士で、いっしょに文学活動をしたから、[★3]ふたたび発行されることになったのか？

この詩集を編纂するにあたって、私が立てた三つの基本方針は次のことであった。第一は、一九一〇年から一九二〇年までの「表現主義の十年」に詩を書いていた多くの詩人のうち最も特徴的な詩人を収めることであった。第二は、その十年間の外的および内的な形姿（すがた）が明確に描き出されるように編纂することであった。そして、第三は、それらの詩人を年代順、あるいはアルファベット順というように機械的に配列するのではなく、彼らの詩を大小さまざまのモティーフに従って分類し、組み合わせ、四楽章から成る交響曲の構成と同じように編纂することであった。

編纂の基本方針は、この詩集が発行されるとすぐに多くの人に認められ、高く評価された。当初、編纂者と発行者が表現主義を世に紹介するための小路にでもなれば、と内心で願っていたこの詩集は、発行と同時にあの文学運動が広く理解されるための大通りを拓いたのだった。この詩集は二年間に四刷を経て、合計二万部が発行された。この詩集は――当時、編纂者が述べていたように――「その本質を詠（うた）い、描き出していた時代の関心をたちまちのうちに引く」ことになった。[★4] 現代に『人類の薄明』ほど頻繁に引用された詩集はない。そして、この詩集を論じた出版物も夥しい数に上る。この詩集に収められた詩の多くは、今日、表現主義の最も優れた詩、あるいは少なくとも最も特徴的な詩と言われている。したがって、それらの詩は、本書以後に発行された数多くのアンソロジーや教科書にも収められている。聞くところでは、ヨーロッパやアメリカの大学では、この詩集が二十世紀の抒情詩の基礎を成すものと捉

★1　編纂者クルト・ピントゥス（一八八六年―一九七五年）はユダヤ系であったために、一九三七年にアメリカに亡命し、一九六五年にドイツへ帰るまでニューヨークで暮らした。

★2　『人類の薄明』は一九一九年十一月に初版五〇〇〇部、一九二〇年に第二版五〇〇〇部、一九二〇年に第三版四〇〇〇部、一九二二年に第四版六〇〇〇部が発行されたが、それらは硬表紙（ハードカバー）の通常の判（サイズ）（12・3 cm×20・6 cm）であった。同書のポケット版は一九五九年にエルンスト・ローヴォルト社の「文学と科学の古典叢書」の第五五／五六巻として発行された。

★3　ピントゥスはライプツィヒ大学在学中の一九〇九年にハーゼンクレーヴァーを介して出版人エルンスト・ローヴォルトと知り合った。その後、一九一〇年から一九一九年まで（服役中を除き）エルンスト・ローヴォルト社と（同社を譲り受けた）クルト・ヴォルフ社で原稿審査係を務め、当時の若い詩人たちの作品を世に出すことで表現主義の文学運動を支援した。

★4　初版の発行部数は、当時の標準的な部数を大きく超え、五〇〇〇部であった。しかし、ピントゥスが「まるですべての人が突如として表現主義の詩を読もうという意欲に駆られたかのようだった」（1）と述べたように、発売と同時にエルンスト・ローヴォルト社の出版物のなかでベストセラーになった。

えられているという。さらにまた、或るオランダの学者は、編纂者が書いたあの序文「はじめに」が「表現主義の研究にひとつの方向づけをした」ことを指摘している。すなわち、彼はヴァルツェル、F・J・シュナイダー、ハイジンハ、クリスティアンゼンといった研究者が、編纂者の捉えた表現主義の「オプティミスティックな傾向」（これを彼は「物事を肯定的に観る傾向」と述べたが）を各自の考察の起点にしている状況を明らかにしている。[★5] しかし、ナチスによって焚（や）かれ、[★6] 戦争中の爆撃で何千冊となく灰燼に帰したこの詩集は、ドイツが復興したあと、とくに表現主義の再評価が叫ばれるようになって以降、[★7] 一九三三年以前よりも多くの人に求められ、世間の関心を強く引くことになった。この詩集は、古本でもほとんど入手できず、したがって競売では非常に高い値段がついた。

　こうしたことは、無論、『人類の薄明』と編纂者を、また表現主義の文学を称賛するために述べたのではなく、いま、この詩集のポケット版を発行する理由を説明するために述べたまでである。

　では、文学史で表現主義の「初期」および「中期」と呼ばれ、その時期の代表的作品として、この『人類の薄明』が挙げられる一九一〇年から一九二〇年までの、いわゆる「表現主義の十年」[★8] は、今日、どのように捉えられているのだろうか？　ヘルマン・フリートマンとオットー・マンの両教授が一二人の研究者とともに著した、表現主義の文学に関するこれまでで最も詳細で、比較的新しい研究書『表現主義――或る文学運動の形姿』（ハイデルベルク、一九五六年刊）では、序文で次のように述べられている。「（表現主義という）現代史に大きな足跡を残した文学運動が今日、ふたたび我々の関心を引くのは、あの若い詩人たちがヨーロッパの人間と芸術の崩壊という危機に直面して、いかにそれに立ち向かったかが表われているからである。表現主義のインパルスとその役割は、今日でもなお、かつて青春時代に表現主義から精神的な影響を受けた多くの詩人のなかに生きている。だが、あの表現主義は現代史の運動、文学史の勢力（パワー）以上のものでもあった。表現主義は最高の文学作品を世に送り出した。その不朽の価値を我々は今日、認め始めている。それらは、現代の古典と称される作品に加えることができる」。

　しかし、一九一〇年から一九二〇年までの「表現主義の十年」の詩人たちは、一九五〇年から一九六〇年までの

「現在の十年」に、自分をどのように捉えているのだろうか？　次の二人の詩人において観ることにしよう。その二人とは、最初は、当時の世界を粉砕するほどに激しく拒絶した点で相互に最も近い関係にあったのだが、後年には、文学的にも政治的にもきわめて遠く隔たったゴットフリート・ベンとヨハネス・R・ベッヒャーである。

ゴットフリート・ベンは、創作期間のうち、少なくとも一九一二年以降の初期には、表現主義の代表的詩人とされ、連想を速やかに同時的かつ恣意的に並列する手法でつねに表現主義の詩人でありつづけた。ベンは、死去する一年前

★5　ファン・ブルゲン（M. F. E. van Bruggen）は著書『ニヒリズムの影のなかに』（Im Schatten des Nihilismus. Die expressionistische Lyrik im Rahmen und als Ausdruck der geistigen Situation Deutschlands, Amsterdam, 1946）でOskar Walzelの『ゲーテ死後から現在までのドイツ文学』（Die deutsche Literatur von Goethes Tod bis zur Gegenwart, 1929）、F・J・Schneiderの『表現力豊かな人間と現代のドイツ詩』（Der expressive Mensch und die deutsche Lyrik der Gegenwart, 1927）、J・Huizingaの『朝の影のなかに』（In de schaduwen van morgen, 1935）と『傷ついた世界』（Geschonden wereld, 1945）、さらにBroder Christiansenの『現代の相貌』（Das Gesicht unserer Zeit, 1930）を取り上げ、おのおのの表現主義文学論を紹介した。ちなみに、ハイジンハ（＝ホイジンガ）の『朝の影のなかに』では、一九三五年のヨーロッパの文化の危機的状況にあってもなお、将来への希望を捨てようとしない著者の姿が表われていた。すなわち、「新しく、純化された文化の担い手は、いわば朝まだきに目覚めた者であらねばならない」と説いたハイジンハは、同書の序文で「本書に書かれている事柄に拠って、私のことをペシミストと呼ぶ人がおそらく少なくないだろうが、私としては〈私はオプティミストである〉と答えるだけである。……私がオプティミストと言うとき、……それは良くなる方へと向かう道がほとんど見つからない場合でも、なお希望を失わない人のことを意味する」（2）と述べていた。

★6　一九三三年、ヒトラー内閣が生まれて間もなく「非ドイツ的著作物の焚刑」が始まり、ユダヤ系のみならず、社会主義を信奉する詩人作家の著作物も焚かれた。本書に収められている詩人も作品を焚かれた（3）。

★7　フリッツ・マルティーニが一九四八年に発表した論文「表現主義はどういうものだったか」（5）が表現主義の文学の再評価の先駆となり、一九五〇年代にはその再発見を促す論文や研究書が数を増した。それと同時にトラークル、シュタードラー、ハイム、シュトラム、ラスカー゠シューラー、ドイプラーなどの作品集も順次発行された。

★8　ピントゥスは（第一次世界大戦が終結した）一九一八年から一九二三年までを「後期表現主義」と捉えているように思われる。一般に一九一八年から一九二三年まではドイツ表現主義の第二期とも言われ、その創作活動はおもに演劇で展開された。人間再生の可能性という主題が詩や散文でよりも演劇で追究されるようになったのである。

の一九五五年に、つまり七十歳近くになって、あの詩選集『表現主義十年の抒情詩』に「序文」を書いた。そこで彼はあの時代の文学を画一的に捉えることに対して、また自分があの文学集団に属した者と表わされることに対して最初は異議を唱えていたが、最後は懐旧の情に浸ってこう述べている。[★9]「それは、爆発と熱狂を、旧い時代への憎悪と新しい人類への憧憬を内包した反乱だった。世界を打ち砕こうとして言葉を打ち砕いた反乱だった。……詩人たちは自分を、その精神を、すなわち解体され、苦悩に満ち、台無しになった彼らの数十年の存在を、そうした表現力溢れる巧みな手法で形式の領域へ救出しようとした。そのために、彼らは言葉を蒸留したり、濾過する実験を行なった。彼らは、芸術家のみが形式の領域で——自らの没落した首都と崩壊した帝国の上に立って——時代と民衆を人間の不滅性を証明する題材にすることができると信じたのである。……しかし、一九一〇年から一九二〇年までの彼らの時代はなおも存在している。それは私の世代だった！　私たちは一般に当然と思われていた事象を理論に照らし、深く観察し、その結果を形象や詩句、フルートの音響へと叩き入れた。……それは重荷を背負った世代だった。嘲笑され、嘲弄され、政治的には堕落した者として放逐された世代だった。それは突然、姿を現わし、稲妻のように駆け巡り、転倒し、事故に遭い、戦争に巻き込まれ、短命に終わった世代だった。……表現主義と「表現主義の十年」……彼らは立ち上がり、方々のカタラウヌムの野[★10]で戦闘を繰り広げ、力尽きて倒れた。彼らは自分たちの旗を掲げてバスティーユ、クレムリン、ゴルゴダ[★11]を廻った。彼らが行かなかったのは、オリンポスの山、またはその他の古代ギリシャ・ローマの地だけであった……」。

ヨハネス・R・ベッヒャーも、死亡する一年前の一九五七年に（そのとき、彼はドイツ民主共和国の文化相であったが）告白の書『詩的信条』で「私自身の過去について、詩人としての私の過去について語るならば、私は表現主義的な反抗をあとから訂正するために、また私が書いた激越で長大な詩を現在の信条に合致させるために、なんらかの努力をしたというようなことはなかった」と述べた。しかし、そう述べた二、三頁後で、彼は自分の遠い青春時代を懐かしみ、あの運動への共感を禁じ得ず、次のように語ったのである。「たとえ成功しなかったにせよ、ニコラウス・クザーヌスの「反対対立の一致」★12を文学で実現するために、我々があんなにも熱狂的に激しく追い求めたものは、なおも我々のなかにいくらか残っている。そして、我々が当時、それを求めて努力していたことを深く考えるならば、そこからは多くのことを学び取ることができる。……我々は、表現主義の汎神論的精神を、万物の同時代的共存の理念を模範的な作品で実現することはできなかった。しかし、私は堅く信じている。人々がいつの日かまたその試みに戻ってくることを。そして、その間に忘れ去られてしまった多くのものとともに、世紀転換期に我々を駆り立てたあの情熱をもふたたび見出すことを……」★13。

この二人の詩人の老年の静かな回想に、あの青春時代に対するほとんど同じ熱い思いが生きているのを誰もが認め

★9　ベンについて表現主義の作家K・エートシュミットは「ベンが〈我々は生涯を表現主義者で通すことはできない〉と言ったとき、彼は表現主義を（人間賛美の情熱（パートス）である）〈おおー人間よ！〉と結びつける定説的な捉え方を批判したのであり、彼自身は真の表現主義の詩人として、自己変革の能力を備えた人間を、すなわち本質を把握し、たんに叙述することだけに終始しない人間を追求していた」（4）と述べた。また、ヴァルター・イェンスはベンを「死に至るまで、その出発点、表現芸術の盛時に忠実でありつづけ、あらゆる破壊にもかかわらず、最初の十年間の存在論的な問題提起を終始見失うことがなかった唯一の詩人」（6）と評した。

★10　シャンパーニュ北部の古戦場。四五一年、フン族の王アッティラがここで西ゴート軍とローマ軍に敗れた。

★11　バスティーユは一三六九年—一三八三年にパリのサンタントワーヌ門のそばに建設された城砦であるが、一七八九年にパリの群衆の攻撃を受けた封建制の牙城としての牢獄。また、クレムリンはロシア中世都市の城塞であった時代から現代まで聖俗の権力と国政機関の中心地。ゴルゴダはキリストが十字架にかけられた場所で、当時はエルサレムの城壁の外にあった。

★12　Nicolaus Cusanus（一四〇一年—一四六四年）の「反対対立の一致」の言説は、クザーヌス（クサヌスともいう）のおもに『学識ある無知』の第一部で展開されている。彼は、神は極大なものであるが、極小に対する極大ではなく、同時に極小者でもあるところの極大者であると捉える。これに拠って、彼は絶対的最大者にして無限者である神との比較において、人間を徹底した否定性のなかに立たせるが、この否定性はきわめて生産的なものにも転化し得るとしていた。

★13　K・エートシュミットは「ベッヒャーは彼の初期の表現主義的作品を文学の抹殺集団の収容所に押し込めてしまった。それは悔恨の結果ではなく、禁制の結果である。彼は自分の表現主義的な詩を擁護する勇気がなかった。共産主義者たちが彼にノーと言わせたのだった」（4）と述べた。

ることだろう。――表現主義の評価を紹介するにあたって、私は先の箇所で西ドイツの文芸評論家の見解を紹介したので、次には（一九六三年から西ドイツに住んでいるが……）東ドイツの文芸評論家の見解を紹介したい。すなわち、ベンやベッヒャーよりも一世代後のハンス・マイヤー教授は（詩人ルードルフ・レーオンハルトの追悼論文集で）この『人類の薄明』が、彼の世代に興った「新即物主義（ノイエザハリヒカイト）」[14]といかに相違していたかを語ったあとで、次のように述べている。「あきらかに彼らはみな同一の文学に属していた。この見解には方々から異議が唱えられることだろう。彼らはみなひとつの共通した時代体験、ひとつの共通した人間的、社会的、芸術的な決定から出発していた。だが、それにもかかわらず、彼らのすべてに共通して、社会への憎悪と博愛の精神がじつに広く、また強く表われていたのである[15]」と。

しかし、人々はいまや訊ねることだろう。編纂者自身は今日、『人類の薄明』を、また表現主義とその運動がもたらした成果をどのように捉えているかと。そうした質問は、編纂者の私にこれまで幾度もなされた。ドイツでもアメリカでも。そして、対談でも書簡でも。文芸評論家や学生から訊（たず）ねられた。そのために、私は会見を求められ、ラジオ番組にも出た。本来、私は編纂者であるので、自分の見解を述べるのは控えていたが、そうした質問により速やかに、より正確に答えることができるように、いまや私自身の考えを述べることにしたい。

いわゆる表現主義の世代について私が語るべきことは、一九二〇年に発行された[16]この詩集に収めた十二頁ほどの序文「はじめに」と、その第四版に加えた三頁ほどの序文「残響」で言い尽くされている。そのなかで私は、表現主義の文学はどのようなものであったのか、それはなぜそのようなものであり、そうあらざるを得なかったのかを詳しく述べた。さらに、その文学はどのようにして生まれ、何を目指し、何を追い求めたのかについても述べた。したがって、私は読者諸氏にお願いしたい。この序文のあとに、最初の形のまま本書に収められている「はじめに」と「残響」の両序文をも読まれることを。それを読んで、その文体は感情がこもりすぎて奇異な感じがすると思われるなら、一九二〇年ごろの表現主義の散文＝文体は、今回のこの序文のように冷静かつ簡潔な文体ではなく、非常に激越なものだったことを知る例にしてほしい。

本書を出版する話が出たとき、人々から訊かれた。このポケット版には、最近、書かれた新しい詩が収められるのかと。時代に合わなくなった詩、鑑賞に耐えなくなった詩、滑稽に感じられるかもしれない詩は除かれ、それに代わって、同じ詩人、あるいは他の表現主義の詩人のそれ以後に書かれた詩が収められるのかと。しかし、私は『人類の薄明』は歴史的なドキュメントとして、四十年前とまったく同じ内容で出版されるべきだと考えた。このことは、すでにこの詩集の第四版が発行された一九二二年に、私が強く望んでいたことでもあり、その理由は序文「残響」で詳しく述べている。一九二二年に私が述べたことは、今日もなお深い意味がある。

こうしたわけで、本書では（誤植以外に）一字たりとも変更しなかった。そして、一篇の詩も除かなかった。しかし、初版に収録の詩のうち少数は、その後の版で（詩人自身の要望に従って）別の詩と差し換えられたが、本書には一九二〇年から一九二二年までに発行されたこの詩集の四つの版に収録の詩をすべて収めている。したがって、たとえばイーヴァーン・ゴルの詩「パナマ運河」は、最初の稿と（第四版のために詩人から送られてきた）一九一八年の稿の二篇が収められているのである。[★17]

★14　表現主義への反動として一九二五年ごろからナチス台頭のころまでドイツで興った芸術思潮。熱情やユートピア＝観念的な精神態度を否定し、客観的現実に迫るために冷静かつ精確な表現を目指した。

★15　K・エートシュミットも「……表現主義の詩人たちの間には一種の不思議な仲間意識、いうなれば同時代的共属感情があった。たぶん一種の愛着のようなものだったろうが。ベッヒャーが文化相だったときでも、私は彼のことがとても好きだった」（4）と述べていた。

★16　実際は（クリスマス前の発売を目指して）一九一九年十一月に発行されたのであるが、発行年は一九二〇年とされた。このように、発行年を実際より先の年にすることは、当時、他の出版物でもよく行なわれていた。

★17　こうした事情で、一九一九年に発行の『人類の薄明』の初版では二六九篇の詩が、一九五九年に発行のポケット版では（巻末の詩篇索引で＊が付された六篇が増加し）二七五篇の詩が収録されていた。

本書に収めた詩人と詩を今日、私はどのように評価しているのか、また表現主義はなおも生きていると思っているのか、さらに今日の若い世代と比べて当時の若い世代をどのように捉えているのかと訊かれたら、私はいささか返答に困る。なぜなら、私は二〇年代初めにドイツ表現主義の抒情詩が次第に勢力を失い、衰退したあと、演劇、映画、放送劇により深く関わるようになったからである。実際、アメリカに渡ってからは、大学講師、研究者、作家として比較演劇の研究で、あらゆる時代と民族の演劇史を辿ることに専念した。そして近年には、演劇の発展史、すなわち有史以前の劇やヘレニズム以前の高等文化、コロンブス到来以前のアメリカ文明という、ほとんど未知の領域を研究しているからである。しかし、多くの集団や民族に二万年も前から伝わる表現芸術の研究に幅広く従事したことで、私は今世紀の文学や芸術について以前よりもはるかに深く考察できるようになった。

　こうしたわけで、それらの質問に対する私の返答はまるで箴言のようで、示唆の域を超えないかもしれない。おそらく今日、ドイツ語圏の国に暮らす多くの人にとって、若い人であれ年配の人であれ、この私にとってと同様に、あの時代の詩はなおも心に深く残っており、いまだに胸を躍らせる力をもっていることだろう。ドイプラーやエルゼ・ラスカー゠シューラーが、またハイム、トラークル、シュタードラー、ベン、ゴル、ヴェルフェルが表現主義の優れた詩人として評価され、尊敬され、大学などで学ばれていることは喜ばしいことである。シュトラムや初期のベッヒャーが言語（ことば）の注目すべき実験者として研究されていることは嬉しいことである。しかし、その一方で、あの何百人もの詩人の多くが行方不明であり、表現主義の文学の多数の雑誌、年鑑、アンソロジー、叢書などが手を尽くしてもほとんど見出せない状況は悲しむべきことである。さらに、たとえばエーレンシュタイン、ツェヒ、ヴォルフェンシュタイン、リヒテンシュタインのような豊かな個性と特有の価値をもつ詩人について、まだほとんどなにも知られていないのは残念なことである。

　各自が孤立して存在し、その状態を自認し、それにしばしば悩んでいる今日の若い詩人に、次のことをわかりやすく説明するのは容易ではない。すなわち、あの一九一〇年から一九二二年までの間にプラハ、ベルリン、ミュンヘン、ウィーン、ライプツィヒなどドイツ語圏の都市に、いやヨーロッパの各地に暮らしていた若い詩人たちは、それぞれ信念、願望、表現形式に多くの相違があったにもかかわらず、腐敗して滅びてゆく過去と、未来への前進を阻む伝統に抗して、新たな意識内容、新たな理念と形式（これらについては、効果を狙って過度に強調していたが、それほど新しくはないことを彼ら自身、知っていたと思われる）を求めて闘うなかで、自分たちを団結し協力し合う共同体と感じていたのである。

表現主義の場合、疾風怒濤（シュトゥルム・ウント・ドラング）やロマン派や青年ドイツ派[★18]など、それ以前の文学集団とは異なり、数人、十数人、あるいは数十人の詩人が関係していたのではなく、実際、互いに知り合い、認め合い、尊敬し合っていた数百人もの詩人[★19]が関係していたのである。すなわち、将来、総合的な研究が行なわれたときに初めて明らかになるが、表現派と呼ばれたり、またはそれと類似した流派を自ら名乗っていた芸術家や文学者の集団は、ただドイツやヨーロッパにのみ存在していたのではない。その根源を辿れば、フランスではアポリネールやコクトーからシュルレアリストに至るまで、またイタリアでは未来派からウンガレッティやモンターレに至るまで、そしてロシアではドイツ語で書いていた表現主義の詩人からマヤコフスキーやエセーニンに至るまで、さらにはパウンドやエリオットからオーデンやスペンダーに至るまで、そしてヒメネスやギリェンからガルシア＝ロルカや最近のアメリカの詩人に至るまでと、じつに世界に及ぶ意識的共同体（これは、無論、その後、次第に多様化し、敵対する分派を生む傾向も生じたが）が存在していたのである。しかし、いまここでさらに強調しておかねばならないのは、ドイツ表現主義の文学集団は、世界に亘るこの意識的共同体の最も初期のもののひとつだったということ、そして一九二〇年ごろには、その人数と影

★18　「若きドイツ」とも称される。パリ七月革命（一八三〇年）からインパクトを受けたドイツの若い急進的作家たちの「文学革命」的な性格をもった反体制運動と言われている。

★19　たとえば、パウル・ラーベ編『文学的表現主義の作者と著作』（7）には、表現主義の詩人作家三四七名の詳細な項目記載がある。

響力で他の国々の文学よりはるかに勝っていたということである。

したがって、今日のドイツの若い詩人の多くが表現主義をナチスの時代が過ぎたあとに間接的に知ったということ、しかも表現主義について、たとえばエリオット、サン＝ジョン・ペルス、オーデン、ロルカから、あるいは一九一〇年ごろのあの世代よりもあとに活動を開始したソーントン・ワイルダーやテネシー・ウィリアムズの演劇から学んだということは、まさに嘆かわしい皮肉である。わずかな例を挙げるにとどめるが、あのワイルダーは演劇を勉強するために、二〇年代にかなり長くベルリンに暮らしていた。そして、オーデン、スペンダー、イシャウッドはドイツ表現主義の作家とともに仕事をし、表現主義の作家たちの作品を盛んに翻訳していた。さらに、テネシー・ウィリアムズはニューヨークでピスカートアの弟子であった。★20

ドイツ文学が一九四五年以降、活動を再開し、それまでの後れを取り戻し、他の国々の文学を学び始めたとき、かつてドイツ表現主義と呼ばれていた文学作品の数々は、まだ再評価されることもなく、ふたたび出版されることもなく、ほぼ完全に世間から消え失せ、忘れ去られていた。それに対して、ロマンス諸語や英語圏の国の表現主義の詩人たちの場合は、その作品が第二次大戦の終結直後から今日に至るまで度重ねてドイツ語に翻訳された。もし一九一〇年から一九二二年までに書かれたドイツ表現主義の文学が英語やフランス語に翻訳されていたならば、その国々では、ドイツ表現主義の文学が自分の国の文学と深く関係していたこと、またドイツ表現主義の文学が自分の国の文学よりも先に存在していたことが認められたことだろう。★21 二言語使用で育ったイーヴァーン・ゴルは、作品を早い時期に自らフランス語に翻訳することができた。したがって、彼はドイツでよりもフランスで早く認められた。こうしたわけで、ゴルは一九三〇年以降、もっぱらフランス語で詩を書いていた。しかし、死期が迫った一九五〇年ごろ、彼が病床で書いた最も美しい詩はふたたびドイツ語で書かれていた。

さてここで、以前に簡単に触れた問題について述べることにしたい。それは、表現主義は——そこから分派したいくつかの文学集団をも含めて——詩人たちが思っていたほど、また彼らが世間にそう思わせようとしたほど新しいものでは決してなかったということである。表現主義が、ボードレール、マラルメ、ランボーなどによって行なわれたフランス抒情詩の変革といかに類似し、深く関連していたかを証明する研究は、近年、数多く行なわれている。その代表的なものは、フーゴ・フリードリヒの『現代詩の構造』（ローヴォルト・ドイツ百科叢書第二五巻、一九五六年刊）である。★22この見解には次のような異議も唱えられることだろう。すなわち、ドイツ表現主義に見られたような徹底した言語破壊、心の覚醒と意識の高揚を訴えた激しい叫びは、フランスのあの文学革命には一度も見られなかったと。しかし、散文や戯曲の領域では、奔放に現われる連想を他に先駆けて表現していた作家として、ロートレアモンやジャリの名前がたえず挙がっていた。結局のところ、その根源は、ロマン派が追求していた固有の要求と言語表現と実験に、とりわけノヴァーリスやFr・シュレーゲルに、したがってまたヘルダーリンに遡ることになるだろう。表現主義の形式とバロックの形式の類似については、すでに幾度も指摘されてきた。しかし、現実性、論理、因果律の重視から離れ、極度に誇張した表現手段をふたたび表わしたことは、おそらくそこにバロックの影響があったというよりも、むしろいわゆる現実というものに、バロックと類似した、あるいは同じ意識状況と拒絶反応とが存在したからだと言えるだ

★20　オーデン、イシャウッド、スペンダーはトラーの戯曲を翻訳し、上演した。その他、ユージン・オニール（一八八八年―一九五三年）の『皇帝ジョーンズ』や『毛猿』、エルマー・ライス（一八九二年―一九六七年）の『計算器』にも表現主義の影響が認められる。

★21　ちなみに、K・エートシュミットは「表現主義の詩人たちはフランス語には翻訳されなかった。ドイツ文学がいつもそうであるように、彼らはつねに個別的だった。ドイツ文学は世界の言語のなかでは継子である」と述べていた。そして、表現主義の文学が翻訳されなかったことについて「翻訳不可能という現象は、おそらく表現主義一般の特性だったので、表現主義はいつまでも特殊なドイツ的問題だった。表現主義は現象と言語と人間性においてドイツの心霊的、精神的な緊張と結びついていた」（4）と述べていた。

★22　これに関して、K・エートシュミットは「表現主義は典型的なドイツの精神運動だった。いや、むしろプラハの文学とも不離の関係にあるドイツ語圏の精神運動だった。だから、ピントゥスが（同じくフーゴ・フリードリヒも）フランス人が表現主義に影響を及ぼしたと述べているのは疑問である」（4）と述べていた。

ろう。実際、スペインでは、私たちが表現主義という名称で表わしている特徴が、すでに数世紀も前から、論理と因果律を無視した連想の同時的並列として抒情詩に現われており、しかもそれは、他の多くの民族の場合と同様に、その国の民謡にとくに豊富に見られるのである。

『人類の薄明』を扱った或る博士論文では、行動主義的な表現主義の理念がルートヴィヒ・フォイエルバッハの思想に類似していることが指摘されている。その執筆者は、この詩集に収められた数篇の詩の数箇所が、また、当時、私や詩人たちが書いた文章の数箇所がフォイエルバッハの文章とほとんど語句に至るまで一致している状況を明らかにしている。その指摘に私は驚いた。詩人たちにしてもそうだろう。なぜなら、私たちは実際、フォイエルバッハを一度も読んだことがなかったからである。そして、ベンは何度も次のことを説明しなければならなかった。たとえベンの晩年の抒情詩とマラルメの詩との間に驚くほどの類似が見られるとしても、彼はマラルメを知らなかった。そしてランボーについても、かなりあとになってその詩を翻訳で読んだだけであったことを。

さらに、その博士論文は、『人類の薄明』の初版に「最近の詩の交響曲」という副表題が付いていたことはまさに的確であったと評価していた。すなわち、表現主義の多種多様で、しばしば個別の発展を遂げた詩を特定の理念に基づいてひとつの壮大な交響曲に編纂した方法は成功し、これによってその詩集は、あの文学運動の歴史的な必然と偶然の上に固有の芸術作品として聳えることになった状況を証明しようとした。そして、彼は、その論拠を示すために、楽譜までも挙げていた[★23]。それは、あの進歩的な皇帝ヨーゼフ二世[★24]の死を悼んで作曲された（一八八四年まで未発見の）ベートーヴェンのカンタータのなかの所謂「ヒューマニティーのメロディー」の楽譜であった。その曲には「そのとき人間は立ち上がった、光輝へ向かって！」という歌詞が付いていた――ちなみに、このメロディーをベートーヴェンは、その十五年後に、あの『フィデリオ』で、レオノーレが釈放された夫の鎖を解く場面でふたたびオーボエとフルートで高らかに鳴り響かせたのであった。

「ヒューマニティーのメロディー」は、表現主義の主要テーマであるメシア信仰[★25]のテーマと言うことができる。しかし、こうした見解がある一方で、私たちはこれまでどこにも表わされなかった奇妙な解釈に出会うのである。オランダで出版された研究書『ニヒリズムの影のなかに』で、ドイツ表現主義は、きわめて少数の例外はあるとしても、すべての価値と形式を破壊することによってナチズムを導いた、虚無主義的な文学運動だった、と述べられているのである。こうした類の否定的解釈は、これまでに何度も行なわれた。或る学生は、『人類の薄明』は悪魔の詩集であることを博士論文で証明するつもりだと、私に書いてきた。或る時期に書かれた何千篇もの詩から、ことごとく否定的で、救いようもなく悲観的で、危険なほど虚無主義的な詩句をいくつか選び出すことは、もちろん容易なことである。ましてや私たちは、民主政体の国であれ社会主義の国であれ、主流の見解や価値観を攻撃したり、批判したり、否定する傾向すべてにニヒリズムの烙印を捺すという徹底した大勢順応の時代に生きているのだから。しかし、表現主義の詩人たちが破壊を事としたとしても、それは現在に深く苦悩するがゆえにそうしたのであり、また芸術、個人生活、人間の共同体に生まれる新たな出発を堅く信ずるがゆえにそうしたのである。したがって、彼らの破壊的な激情は虚無主義とは関係なく、むしろ建設的なものだったと言うべきである。一九一九年に発行された或る叢書の題名は『革命と再建』（ウムシュトゥルツ・ウント・アウフバウ）★26と称した。ゲーテは、文学で展開される破壊にも継続性があることを一七九七年にこう言い表わしていた。「文学の世界は独特で、それが破壊されると、決まってそこから新しいものが生まれてくる。しかも、生まれてくるのは同じ性質をもった新しいものである」と。

★23　これについては、ピントゥスが書いた「『人類の薄明』の歴史」（1）に詳しく述べられている。一九五三年ごろに、ベルリン自由大学のヘンシェルという学生が博士論文で『人類の薄明』を論じた。そのとき、（同時に音楽史も研究していた）彼は『人類の薄明』をベートーヴェンの音楽と関連づけて解釈した。

★24　オーストリアおよび神聖ローマ帝国の皇帝。マリア・テレジアとフランツ一世の長子。一七八一年以降、「革命的」と言われるほど幾度も改革を行ない、その姿勢は「ヨーゼフ主義」として十九世紀に引き継がれた。

★25　旧・新約聖書に由来する救世主思想で、基本的にはメシア（神の導きによる使者、政治的解放者、政治秩序の回復者）の到来を信じて待ち望むことであるが、表現主義では、現在の混乱から人類を救出しようとする行動主義的信念と結びついていた。

ルネサンス期の人文主義もヨーロッパ全土に拡がった共同体の運動だった。あの人文主義もまた、中世というそれ以前の時代を精神的に破壊することでひとつの新しい時代を創ろうとしたのである。あの人文主義もまた、ほかならぬ人間というテーマに取り組み、人間のために力を注いだのであった。表現主義と同じように。しかし、表現主義の詩人たちは期待を裏切られた人文主義者であった。なぜなら、彼らが生きていた現実は、彼らが中高等学校(ギュムナージウム)や大学で学んだあの人文主義が教えていた現実とはなんら共通するところがなかったからである。私たちは次のように言うことができるかもしれない。表現主義が掲げた社会主義的な、あるいはユートピアを追求するような願望は、一般に考えられているように、マルクスに由来するのではなく、人文主義に(たぶん、マルクスも人文主義から出発していたのだろうが)由来していたのだと。なぜなら、かつてユートピアという言葉と理念を創ったのは、人文主義だったのだから。

第一次大戦後の世代と第二次大戦後の世代のおもな相違は、おそらく次の点にあるだろう。後者の場合には、共同体の意識も連帯を求める意志もともに見られなかった。また、彼らには、一九一〇年から一九二〇年までのあの文学集団に当初、認められたような、人類救済の理念と人間解放を謳った自由な形式の勝利を堅く信ずるということもなかった。第二次大戦をドイツで生き延びた者たちにはもはや破壊すべきなにものも残っていなかった。彼らは破壊された世界の真ん中にいたのである。彼らには再建すべきなにものも、告知すべきなにものもなかった。なぜなら、一面が瓦礫の山と化した世界のなかで新たな経済基盤と個人生活を築くことだけで、精一杯だったからである。かつての抒情詩に見られた激越、あるいは熱狂的な表現に比べると、今日の抒情詩は、むしろ自己の内面に立ち戻り、より懐疑的に思考する傾向が強いようである。「朝日に照らされて、ぼくたちには光輝が約束されている」(E・W・ロッツ)という自信に満ちた詩行に代わって、「小声でぼくはきみに囁く。きみにはぼくの声が聞こえているだろうか? と」(K・クローロ)という不安な問いかけが鳴り響いている。表現主義の詩の、人々に向かって叫び、訴えるような題名とは異なり、戦後、多くの人に読まれた詩集の題名は『揺り動かされた存在』（ホルトゥーゼンとケンプの共編）とか、たんに控えめに『トランジット――今世紀中期の抒情詩集』（ヘレラー編）となっている。

今日の詩は、それ以前の詩と比べて、一般に過去の詩から多くの影響を受けている。したがって、一九二〇年ごろの表現主義の詩も、それ以後の多くの詩人の手本になった。実際、それについては、ベッヒャー化したり、ヴェルフェル化したり、ツェヒ化した詩人がおおぜいいる、と言われることがあった。今日なら、トラークル化したり、ベン化したり、ゴル化した詩人がおおぜいいる、と言われることだろう。ヘルダーリンの旋律は、まるで無限のモティーフのように、ドイツの抒情詩に脈々とつづいている。★27 また、新＝古典主義、新＝ロマン主義、さらに新＝ビーダーマイヤー様式といった言葉も聞かれるのである。

表現主義は生きつづけたのだろうか？　あるいは、表現主義は甦ったのだろうか？　だが、こうした質問は、たいして重要ではない。事実は、表現主義は生きているということである。しかも、表現主義は盛んに研究され、議論される文学運動としてのみならず、また、すでに模範的作品と評価された多数の詩によってのみならず、歴史的なものを超えて、だれも予想しなかったその発展において生きているのである。たとえあの詩人たちの訴えと叫びが、彼ら

★26　ピントゥスが編集した全八巻の叢書。第一次世界大戦の終結後に出版社をふたたび設立したローヴォルトによって「戦禍のあと、精神の充実を図り、人間性を確立する目的で」発行された。そこでは、G・ビューヒナー『あばら屋に平和を！　宮殿に闘いを！』、W・ハーゼンクレーヴァー『政治に参加する詩人』、R・レーオンハルト『反武力闘争』、J・R・ベッヒャー『永久に反乱を』など、おもに革命的な著作が発行された（8）。

★27　K・エートシュミットは「文学は苦悩と亢奮から脱出しながら、幅広いものになり、開花し、世界を満たすことになったが……若い芸術家たちが書いていているなにひとつとして表現主義の円熟した時代なしには考えられない」（4）と述べていた。なお、表現主義の詩人に対するヘルダーリンの影響は、博士論文を含む数々の研究で明らかにされており、その影響を強く受けた詩人として、ハイム、トラークル、エーレンシュタイン、ベッヒャー、ヘルマン・カーザックが挙げられていた（9）。またヘルダーリン崇拝は表現主義の画家にも見られ、W・レームブルックは『ヘルダーリン詩集』のために十四枚の線描画を制作した。

の掲げた要求のトロンボーンの音響とファンファーレの高鳴りが静まり、消えてしまっても、あるいは、それらが今日の若者にほとんどなんの価値ももたなくなってしまっても、表現主義は生きているのである。打ち砕かれ、弾け飛ぶ言語、不恰好にねじ曲がった詩行、論理と因果律を排した連想の狂騒的、または夢想的な並列（これらは、当時は闘争的精神の補助手段になっていたが、その後は世間から痛烈に批判され、揶揄された表現主義の要素でもあった）——これらのものはみな次第に現実的な形式になり、意識的にも無意識的にも受け継がれ、のちの世代の共有財産となったのである。これによって、ドイツの詩はまたも世界の同時代の抒情詩と一体化することになった。すなわち、ドイツの詩は、かつて啓蒙主義者のディドロと、ロマン主義者のノヴァーリスおよびFr・シュレーゲルがともに掲げていた要求に、またロマンス諸語の国とその後は英語圏の国に現われた革命的あるいは現代的な詩で実現した要求に、つまり「詩とは、曖昧かつ混沌としたものであらねばならない」という要求に応えることになったのである。

しかし、科学が無意識や未知の事象を考察するのみならず、それらを自己認識や理解へ向けて明瞭化する努力をしているのと同様に——私がすでに四十年も前から主張していることだが——これからの抒情詩も明瞭さを追求し、人々に理解され得るものになるだろう。

たとえ今後、抒情詩がどのように発展してゆくにせよ、私たちは次のことを認めねばならないだろう。すなわち表現主義とは、美術、音楽、文学において、また——それが最初に期待したように——人類において、新たな創造と発展を求めてひとつの世代が一丸となって展開した最後の意識的な運動だったと。したがって、私たちはまた次のように認めねばならないだろう。表現主義の文学は、それ以前のどの世代の文学にもましてヴィジョンと形式に今世紀に生じ得る変動を予告した、時代のバロメーターだったと。実際、表現主義の文学は、第一次大戦の勃発と、これによって生じた、それ以前の秩序と価値の崩壊を予告したのみならず、また第二次大戦と今世紀前半の災禍を予告したのみならず、目下、生じている人類の自己破滅に為す術を知らぬ私たちの無力さをも予告したのである。パウル・ツェヒはいまから数十年も前に、打ち上げられた宇宙ロケットが太平洋の島に墜落する光景を強烈な音と光をも伝える壮大なバラードで詠った。そしてベンは、人間存在の崩壊を予感し――たとえば「失われた自我、成層圏で木っ端微塵に砕かれて……」という詩行で始まる詩のように――多くの詩で危機感を訴えつづけた。しかし、これと同時に、表現主義の詩人たちは、それまで知られていなかった意識の深層を解き明かし、外的および内的な宇宙を漂っていた連想を描き出した点で、また世界の国民の平和と救済という、今日でもなおアクチュアルな要求を掲げていた点で、まさに先駆的な存在だったということができる。

それでも私は将来の若い人々に、この『人類の薄明』で表わされたもの、あるいはそれ以後、新たに提示された途を同様に辿ることは勧めない。しかし、数人の若い詩人が述べているように、今日の文学は、あの「ドイツ文学の崩壊」（ムシュク）[★28]から救出されたものに立ち戻り、それを継承する努力をすべきだとも思わない。私としては、のちに生まれてくる人々には、あの一九一〇年から一九二〇年までの世代がもっていた勇気を、つまり現在と未来の人間を愛する勇気と、人生と文学で絶えず何かを試みる勇気をもってほしいと思うのである。

この序文で私が述べたことにどのような評価が下されるかは、『人類の薄明』に収められているような詩を情熱的かつ好意的（あるいは批判的）に考察している文芸評論家の今後の研究に委ねることにしよう。表現主義とその詩人については、すでに非常に多くのことが書かれてきた。まさにこの理由から、私は――詩篇の頁以外に――私に与えられた頁をさらに詳しい批評を書くために使うのではなく、なにかまったく別のことに、願わくば読者諸氏に役立つことに使いたいと決心した。すなわち、それは、かなり手間がかかるためにこれまで行なわれなかった仕事だが、各詩人のすでに明らかになっている伝記的記録と著作目録に、より正確な履歴と可能なかぎり完全な著作リストを加え

★28　文芸評論家ヴァルター・ムシュク（Walter Muschg）は一九五六年に発表した『ドイツ文学の崩壊』（Die Zerstörung der deutschen Literatur）で表現主義の文学を――彼がそれ以前に特徴づけた「悲劇的文学史」の系譜に入れて――「歴史的に意味があるというより無意味で、理性的というより幻想的で、偉大というより卑小である」と酷評していた。

て、それを付録「詩人と作品」として紹介することであった。

と言うのも、『人類の薄明』の二三名の詩人――そのなかには、なお存命の詩人もいるが、若くして戦死したり、殺害されたり、自殺した詩人もいる――は、ナチスによって退廃詩人、あるいは（穏便な場合でも）不適切な詩人と断じられ、作品は発禁や焚書でこの世から葬り去られたからである。そのために、彼らの生涯は往々にして闇に包まれたままであり、作品の多くはほとんど、あるいはまったく見出すことができない。実際、それらの著作の表題さえも方々に訊ね廻ってようやく確定できるといった状態である。私の知るかぎり、それらの詩人の伝記的記録や著作目録がある程度、正確かつ完全に記された事典類は存在しない。研究書、博士論文、個人全集にも、それらについては、誤りや欠落が見受けられる。あの研究書『表現主義――或る文学運動の形姿』でも、「一般に広まっている著作目録には、かなりの食い違いが見られる」と述べられている。実際、「できるかぎり正確を期した」と記されているにもかかわらず、多くの場合、伝記的記録、とくに著作目録は、非常によく知られた詩人の場合でも正確ではなく、まして完全でもない。そもそも正確かつ完全であることは不可能なのである。したがって、あまり知られていない詩人、これまで注目されなかった詩人、あるいは忘れ去られた詩人の場合は、その伝記的記録や著作目録は――往々にしてそうしたものだが――いっそう不正確で、不完全であると思われる。詩人の親類や友達でさえも、信頼できる情報をほとんど提供することができない。なぜなら、その人たちは世界の各地に住んでおり、そのうえ、死去した詩人に関する資料も思い出ももはやそれぞれ消え失せているからである。

あの世代の生き残りの一人として、そして一九一九年の時点で（詩人たちが生存したかぎりで）彼らの一人一人をよく知り、また彼らと親交のあった人々をも知っていた一人の人間として、この私は、追放されたり命を失った詩人一人一人の著作目録を作成し、それによって彼らの運命を辿るという仕事をすでに十五年も前に始めた。私はその仕事を――非常に時間のかかる調査を経て――いまようやく『人類の薄明』の詩人たちのために、本書で完了することができた。この非常な労力を要した調査は愛の仕事になった。この仕事は詩人たちへの感謝の表明であり、彼らを称える記念碑であらねばならない。これによって、彼らはさらに生きつづけ、現在に甦ることになるのである。

こうしたわけで、付録「詩人と作品――伝記的記録と著作目録」の頁がかなり多くなった。これが今回の編纂の短所でもある。しかし、この付録によって――たとえ一九二〇年ごろには、（当時、よく行なわれていたように）何人かの詩人が匿名で作品を発表していたにせよ――一九三三年以前にそれらの詩人を知り、作品を愛読したかつての文学青年たちも、また一九四五年以後にそれらの詩人と作品を知った若い読者たちも、いまようやく次のことを知ることができるのである。それらの詩人はどこで、どのように生き、いつ、どのようにこの世を去ったのかを。そして、彼らは一九二〇年以前と以後に、またとくに一九三三年以後と亡命中にそれぞれどのような作品を発表していたのかを。

著作目録については、数人の詩人の場合、作品数が非常に多く、そのテーマとジャンルも多様なことが注目される。その場合、その多くは原稿が行方不明であったり、あるいはまだ未発表の状態であることを考慮に入れねばならない。そして、何人かの詩人の場合、遺稿は保存されているものの、数カ国に分散している。したがって、私は可能なかぎり、それら遺稿の保存場所とジャンル区分をも記した。

もしかしたら、私の作成した伝記的記録と著作目録にも欠落や誤りがあるかもしれない。しかし、私の知るかぎり、これはベッヒャー、エーレンシュタイン、ゴル、ハーゼンクレーヴァー、ハイム、ハイニッケ、クレム、エルゼ・ラスカー＝シューラー、レーオンハルト、オッテン、ルビーナー、シュトラム、ヴェルフェル、ヴォルフェンシュタイン、ツェヒに関しては、少なくとも一般の人が入手し得る本の形で発表された最初にして完全な著作目録である。表現主義に精通した研究者や読者でも、本書でいくつかの新しい事実と出会うことだろう。そこには、匿名で書かれ、不法に世に広まった作品、発行部数がきわめて少ない著作、さらには破棄され、日の目を見なかった著作も記載されている。前者の例としては、レクラム文庫を装って密かにドイツへ持ち込まれたルードルフ・レーオンハルトの政治的な詩集がある。また、私はココシュカが描いたトラークルの肖像画をニューヨークで発見したが、それも本書で初めて紹介されている。（この肖像画についてのココシュカの説明は本書の八五頁に記されている）。

ダルムシュタットのドイツ言語文学協会の委託を受けて、ロンドンのW・シュテルンフェルト教授は、ドイツの作家たちが亡命中に発表した著作の詳細な目録（そこには私の調査結果も含まれているが）を作成したが、それを見れば、何千冊という本や冊子が非常な困難にもかかわらず、ナチス・ドイツ以外の国で発行されていたことがわかるだろう。フランクフルトのドイツ図書館は、亡命の地で書かれた作品のすべてを調査し、収集するというおおいに期待される仕事を開始した。さらにまた、マールバッハのシラー国立博物館（＝ドイツ文学館）は表現主義の文学のすべてを収集して保存する作業に取り組んでいる。

表現主義の詩人たちは、一九二二年以降、それぞれどのような途を辿ったのか、また、その共同体はなぜあのように対立し敵対する個人や集団になったのか。こうした、幾度もなされる質問には、ここでは（紙幅が限られているために）答えることができない。しかし、彼らがそれぞれ政治的な文学へ、宗教的な主題へ、あるいは所謂「純粋芸術」へ、大衆的な作品へ、または古典主義的な作品へと進んだことも、彼らの数人が世間の関心をより強く引く伝統的形式の小説や戯曲、とくに喜劇に移ったことも、ともに失望の結果からであった。一九二〇年以降、表現主義は、当初その運動が目指していたような結果をもたらすことができなかった。さらにまた、急速に強まり始めた左右両勢力の影響に抗して、人心と社会を刷新するために追い求めた変革も実現させることができなかった。表現主義のほとんどすべての詩人がその後、より簡素な伝統的形式へ戻った。その運動の初期に、沸き上がる感情を自由奔放に表現していた二人の詩人ベッヒャーとベンが、円熟期には——たとえその作用と意義でそれぞれまったく異なる表現法と内容を表わしていたにせよ——ほとんど押韻の四行詩という古風な形式ばかりを用いたことは特徴的である。

付録「詩人と作品——伝記的記録と著作目録」の作成を終え、全体を見渡したとき、私は驚嘆と感激を禁じ得なかった。そのとき私は、あの詩人たちに感謝の意を表すという、まさに記念碑的な仕事を引き受ける権利と義務が自分にあることを確信した。おそらく、いかなる批評も、この簡潔で正確な伝記的記録と、作品が発表された場所と年までも記した詳細な著作目録が、思考する読者たちの意識と判断にもたらす成果を超えることはできないだろう。そこに表われているのは、追放され、流浪を強いられ、住所を定めることもできなかったあの詩人たちの世代、殉教と忍耐を余儀なくされたあの詩人たちの世代、闘う精神と不屈の魂を世に示したあの詩人たちの世代、若くして死に、苦しみのうちに年老いたあの詩人たちの世代にほかならない。実際、こうした世代は世界の文学で、かつて一度も、またどこにも存在しなかったのである。

しかし、次のような異議が唱えられることもあるだろう。一九三三年には、二三名の詩人のうち七名がすでにこの世を去っていた。また、数人の詩人は、当時ドイツに留まっていたではないか、と。では、詩人たちを次のような三つのグループに分類してみることにしよう。

一九三三年の時点で、すでにこの世を去っていた詩人――ゲオルク・ハイムはその暗い予感とヴィジョンが的中したかのように、一九一二年一月にハーフェル川でスケート中に溺死した。アルフレート・リヒテンシュタイン、E・W・ロッツ、エルンスト・シュタードラー、アウグスト・シュトラムは第一次大戦が始まった年に早くも戦死した。ゲオルク・トラークルはグロデクの戦闘のあと、打ち拉がれ、半ば意識を失った状態で自殺した。ルートヴィヒ・ルビーナーは一九二〇年に、終戦直後に罹った流感が原因で死亡した。

一九三三年以後、ドイツに留まっていた詩人――ヤーコプ・ファン・ホディスは一九一三年以降、精神を病んで自宅や施設で闘病の日々を送っていたが、一九四二年にナチスに連行され、そのあと殺害された。テーオドア・ドイプラーは数十年間、苦難の放浪生活を送ったあと、一九三三年に病に倒れ、一九三四年にシュヴァルツヴァルトで孤独のうちにこの世を去った。ゴットフリート・ベンはナチスが台頭した当初は、それに同調したが、すぐにナチスから激しく攻撃される身となり、一九三六年にはいっさいの創作活動を禁止された。[★29] 彼は名誉を挽回した晩年の数年間も、あの「二重生活」[★30]から立ち直ることができなかった。ヴィルヘルム・クレムは、堅実な出版社の経営者たる者が表現主義の詩を発表することなど認め難いことと非難されたために、一九二二年以降、すでに沈黙を守っていた。そのあと、彼はナチスから政治的理由で禁圧され、著作家協会からも追放された。クルト・ハイニッケは、ナチスとの妥協を図って書いた「民会劇」[★31]がやがて不適切と断じられたために、軽快な娯楽小説へ逃げ込まざるを得なかった。

創作活動を禁止されたり、社会から追放されたり、作品を焚かれた詩人――ヴァルター・ハーゼンクレーヴァーは何年も放浪生活を送ったあと、一九四〇年にフランスの収容所で、ドイツ軍が接近してきたときに、ベロナールを服んで自殺した。自分の身に起こる事態を察知していたからである。アルフレート・ヴォルフェンシュタインは五年間、ヨーロッパ各地で地下に潜伏して生き延びたが、一九四五年にパリの病院で自ら命を絶った。アルベルト・エーレンシュタインは無気力と病気に苦しむ二十年を送ったあと、一九五〇年にニューヨークで赤貧のうちに死亡した。エルゼ・ラスカー＝シューラーは生涯、貧困と闘った末、一九四五年にエルサレムで死去した。カール・オッテンは、ロンドンでの亡命中に失明したが、その後も詩や小説を発表しつづけた。さらに彼は青春時代の仲間たちの戯曲や散文を作品集に編纂することにも力を注いだ。[★32]フランツ・ヴェルフェルは、ピレネー山脈を越える苦難の逃亡に成功したが、その数年後にカリフォルニアで心臓麻痺に因って死亡した。パウル・ツェヒも南アメリカで十年におよぶ放浪生活を送ったあと、ブエノスアイレスの路上で死亡した。ルネ・シッケレは、ドイツとフランスの狭間で苦悩しつつ創作に励んだが、アムステルダムで発行された彼の最後の作品[★33]がナチスによって焚かれたあと、一九四〇年に失意のうちに南フランスで死去した。イーヴァーン・ゴルは、フランスがナチスに占領されるとすぐにニューヨークへ逃げたが、同地で白血病に罹り、それが原因で死亡した。わずかに二人の詩人が戦後、ベルリンに帰還することができた。ルードルフ・レーオンハルトは、フランスの刑務所や収容所から何度も逃げ出し、地下に潜伏して生き延びた。しかし、彼は病身でベルリンに帰り、その三年後に死亡した。ヨハネス・R・ベッヒャーは、モスクワとタシケントに十年間滞在したのちに帰国し、ドイツ民主共和国の文化相にもなり、最も祝福された国民的詩人になった。しかし、彼は一九五五年に『詩的告白』の終章で次のように真情を吐露せざるを得なかった。「詩よ、私はおまえを非常に強く愛したので、自分に都合が悪くても、魂の奥底からこみ上げる思いを排除せず、すべて描き出した。しかし、それによって手が汚れたのみならず、魂までも、さらには、おまえに対する愛までも損傷することになった」と。

これらの詩人を四十年前に「憧れに駆られた呪われた者たちの群れ」と呼んだとき、象徴的にそう述べた彼らの特徴がこんなにも恐ろしく的中するとは考えもしなかった。読者諸氏は、二三名の詩人の運命を見渡し、感動し、驚嘆することだろう。それらの詩人はみな、第一次大戦の前線にあろうとも、追放されて亡命の地にあろうとも、また故郷を喪失して絶望の淵にあろうとも、あるいは病床で苦しんでいようとも、世間に理解されぬまま貧困に喘いでいようとも、つねに書きつづけ、決して詩作をやめることはなかったのだから。また、それらの詩人は、ロシアから南米最南端のフエゴ島に至るまでというように、世界のどの地に在ろうとも、故国で迫害を受け、疎外されていようとも、フランスで逃亡と潜伏に明け暮れていようとも、イギリスやアメリカで貧乏に苦しみ職場を渡り歩こうとも、つねに

★29　一九三六年三月にドイツ出版社から『詩選集・一九一一年―一九三六年』が発行されたが、検閲で発禁となり、同年五月に五篇の詩を削除してようやく発売された。それはナチス時代に発行されたベンの最後の作品であり、それ以後の作品出版はできなかった。同時に、ナチスの機関紙では激しいベン攻撃が繰り広げられた。

★30　一九三七年にクラウス・マンからナチス協力について糾弾されたあと、ベンは一九四九年に自叙伝とも言い得る『二重生活』を書いた。そのなかで、彼は「あるがままとは違ったふうに生き、考えたこととは違ったことを書き、期待したこととは違ったことを考えてきた」と語った。それは晩年のベンが苦悶の末に到達した独特の生き方であった。具体的に言えば、ベンは（四年ほどの軍医期間を除いて）一貫してベルリンで皮膚病・性病の開業医をしながら、自我を探求し、虚無から形式を創り出し、詩を生み出す精神と芸術の世界に住みつづけた。そうした生と精神は、完全に別の実体であるという二元論、反綜合主義として彼に自覚されたが、ベンはその不調和を生き抜く以外になかった。

★31　民会劇（ティング）とは、古代ゲルマンの集会所の呼び名に由来する一種の祭祀劇（カルト）で、男子合唱団によって効果を盛り上げた。ナチス政権の初期に主としてゲッベルスによって奨励された劇形式であったが、一九三七年以降、「民会劇」運動は急速に衰えた。

★32　たとえば、表現主義の文学に関しては、散文集『予感と出発』（一九五七年）、戯曲集『叫びと告白』（一九五九年）、抒情詩集『表現主義―グロテスク』（一九六二年）、珠玉短篇集『エゴとエロス』（一九六三年）を編纂・発行した。

★33　一九三八年にパリで発行された『帰還』（Le retour）が事実上、シッケレの最後の作品であるが、ピントゥスは一九三七年にアムステルダムで発行されたドイツ語の小説『投瓶通信』（Die Flaschenpost）を最後の作品と考えていたようである。

書きつづけ、決して詩作をやめることはなかったのだから。さらに私たちが忘れてならないのは、この詩集に収められた詩人たちは、その十倍、いや百倍もの詩人たちを代表していたことである。

はじめに（ベルリン・一九一九年秋）

本書の編纂者である私は、アンソロジーの反対者である——だから、私はこの詩集を出版するのである。

本書では——アンソロジーのこれまでの習慣に従って——偶然、同じ時代に生きたというだけの理由で、多くの詩人をアルファベット順に並べ、おのおのの詩人の二、三篇の詩を紹介するといった方法は採っていない。また、或る共通のテーマ（たとえば、恋愛詩とか革命詩とか）で結びつく詩をまとめて配列することもしていない。この詩集は、良い詩の見本を提供するというような教育的野心ももっていない。また、祖父たちの素朴な時代に好まれたように、抒情詩の華や詩の真珠を花輪や冠に編もうとするものでもない。

そうではなく、この詩集はたんに「ひとつの集成（ザムルング）」と呼ばれるだけではなく、「集成（ザムルング）」そのものなのである！感動と情熱の集成（ザムルング）であり、ひとつの時代の——いや、我々の時代の——憧憬と幸福と苦悩の集成（ザムルング）である。これは、時代から時代へと進む人間の運動の集成された（ゲザンメルテ）投影である。これは、詩人たちの外観を示すのではなく、我々の時代の、混沌とし、泡立ち、はちきれる総体（トタリテート）を示すものであらねばならない。

つねに抒情詩は、人類の精神的状況、人類の運動とその情熱のバロメーターであった。それは、来たるべき出来事を……、共同体の感情の動きを……、思考と憧憬の上昇と下降と再上昇を予告するものであった。このことは、ドイツでは非常に明白なことと受け取られていた。その結果、どの時代の文化もその時代の詩の性質で特徴づけられたのである。すなわち、感傷主義、疾風怒濤（シュトゥルム・ウント・ドラング）、ロマン主義、青年ドイツ派、擬古的感傷詩[★34]というように。

去りゆく十九世紀の人文科学は——無責任にも、自然科学の法則を精神の出来事に転用して——芸術においても、歴史的な発展の原理や影響に基づいて、たんに連続的、段階的に起こることのみを図式的に確認することに甘んじていた。要するに、因果律に則して物事を垂直に見ていたのである。

この詩集は、それとは異なる方法で集成しようとする。まず、我々の時代の詩に耳を傾けてほしい……、横断して広く耳を傾け、あたりを大きく見回してほしい……、垂直ではなく、順序を追ってではなく、水平(ホリツォンタール)に。相次いで起こるものを分割するのではなく、いっしょ(ツザンメン)に、同時的(ツグライヒ)に、並列的(ジムルターン)に聴いてほしい。詩人たちの歌声の調和した響き(ツザンメンクラング)を聴いてほしい。交響曲として聴いてほしい。そこに、我々の時代の音楽が鳴り響く。心臓と脳髄の轟くユニゾンが。

詩の配列は、アルファベット順というような外的な図式で行なわなかったが、個々の詩や詩人の年代や、文学集団のグループ単位や、相互の影響や形式上の共通性の確認にも拠らなかった。機械的な配列や歴史的な順番を目指したのではなく、主題(テーマ)に基づいたダイナミックな合奏、つまり交響曲を目指したのだった。

したがって、この抒情詩のオーケストラの個々の楽器や音声にばかり耳を傾けないでいただきたい。ヴァイオリンの溢れんばかりの憧憬、チェロの秋を憂うるメランコリー、心を目覚めさせる深紅のトロンボーン、クラリネットのアイロニーに満ちたスタッカート、崩壊を打ち鳴らすティンパニー、未来を招き呼ぶトランペットのマーチ、オーボエの低く、暗い呟き、コントラバスの荒れ狂う激流、トライアングルの素速い響き、シンバルの、享楽を求める死の舞踏の煌めく打音などに。そうではなく、重要なのは、騒々しい不協和音から、メロディーの美しい調和から、和音の力強い歩調から、分散した半音や四分音から、世界史のうちで最も激しく荒れ狂い、精神の荒んだ時代のモティーフやテーマを聴き取ることである。これらの心を揺り動かすモティーフ（それらは、我々の内部の精神的出来事から生み出されたのか、それとも感動のない平凡な日の経過が我々のなかに巨大な反響を惹き起こしたのか？）は、おのおのの詩人の本質や意欲に応じてヴァリエーションを作り出す。破裂せんばかりのフォルティッシモに高まるかと思えば、幸福感に溢れるドルチェとなって消えてゆく。疑惑と絶望のアンダンテが反乱の奔放なフリオーゾと高まる一方で、呼び起こされ、目覚める心のモデラートは、人間を愛する人類の勝利に満ちたマエストーゾへと解き放たれる。

この詩集では、我々の時代に詩作する者たちの声が無原則かつ偶発的に鳴り渡るのでも、また意識的に結集した文学集団や流派の詩が集成されているのでもないが、やはりひとつの共通するものがこの交響曲の詩人たちを結びつけていると言わねばならない。それは、感情と志操と表現と形式の激しさと急進性である。その激しさと急進性が、これらの詩人を終焉に向かう時代の人類に対する闘いへと駆り立て、新しい、より良い人類を志向する憧憬に満ちた準備と要求へと促すのである。

したがって、この詩集を読む者は、現代の抒情詩の全体像を期待してはいけないし、また（虚偽的に）絶対化された尺度で等級づけられ、集められた同時代の最良の詩の選集を期待してはいけない。ここに期待すべきは、この時代に最も深く傷つき悩み、最も激しく訴え、より気高く、より人間的な人間を求めて、力いっぱい叫んだからこそ、まさにこの最近十年間の若い世代として認められるべき若者たちの独特の詩である。

すべての亜流的で折衷的な詩人とか、心の奥底からではなく習慣的なものから発する感情を従来どおりの韻律で詠うことに専念する無数の詩人は除外されねばならなかった。また、故意に時代の彼方に、時代を超えた高みに佇み、美しい偉大な感情を美学的に完璧な形成物に、あるいは古典的な詩節に作り上げるあの非常に才能のある詩人たちも除外されねばならなかった。さらに、この詩集から除外せねばならなかった者には、言葉の工芸品、美しく飾られた信念、韻をふんだ史実といったものを詩作するすべての詩人がいる。あるいはまた、ただ現在の出来事だけを詠ったり、もしくは嬉々としてそれに伴奏をつけただけの者、たいしたことのない特殊才能の持ち主、どの世代にも属さず、立場を明確にしない者、また独自の詩作を追求する勇気をもたない者などすべてである。しかし、前の時代の詩の亜流者たちと同様に、最近の詩を模倣する者たちもここに収めなかった。彼らは、問題のある先例でも綱領に則して模

★34　ヨーゼフ・ヴィクトール・v・シェフェルを模範にした叙事＝抒情詩にパウル・ハイゼが付けた軽蔑的名称。そのテーマは、おもに非現実的＝人工的な牧歌、皇帝賛歌、騎士文化、ミンネザング、葡萄酒と城塞のロマン主義、自由遍歴者が主人公の中世物語であった。今日までとくに学生歌集によって広まっている。

倣しさえすれば、それが新しく若々しいことだと思っているのだから。

どの詩人が我々の時代の若い世代の多種多様な共通性に属するかを決めることは、おのおのの詩人の年齢を確認することではなく、また客観的な批評に基づく分析の問題でもなく、結局のところ、直覚的な感情と個人的な判断によって行なわれる以外にない。このような個人的決定が必要であるというまさにその理由から、編纂者である私は自ら発言するのを控えようとする当初の意図から離れ、より詳しい説明をするために個人的なことを少し述べることにしたい。それによって、より早く普遍的なものに到達できることになるかもしれない。

この十年間、私は出版された詩集のほとんどすべてを、また未刊の詩集でも随分たくさんのものを読んだ。夥しい数のそれらの詩集から、まさに我々の時代である、あの世代を形成する詩人を選ぶことは、容易ではないように思われた。しかし、人波の渦巻く都会の真ん中で、[★35]それら数百冊の詩集を読み返してみたとき、ついに私はほとんど習慣的な確実さで、この世代の本質を表わした詩人を集めることができた（たとえ彼ら自身は、この共通性を自覚していなかったにせよ）。その選択をしてからは、集成の方法として二つの可能性があった。その世代の詩人をできる限り多く採り入れる方法。この場合は、各詩人についてきわめて少数の詩しか収められなくなる。もうひとつは、できる限り詩人の数を制限し、各詩人の詩の数を多くすることである。私は二つ目の方法を採ることにした。なぜなら、この方法によれば、時代の動きの全体像のみならず、おのおのの詩人の才能、個性、活動範囲についても可能な限り完全な輪郭を与えることができるからである（各詩人の詩はこの詩集全体に分散しているが、巻末の詩人別の詩篇索引に拠って、個々の詩人についても評価を下すことのできる状態を作ることができる）。したがって、長い思案の末、幾度も自分を共同の密集方陣（ファーランクス）と呼ぶこの世代の巨大な群れから、この詩集のために、最も独自性があり、最も特徴的な詩人たちが選び出されたのである。これにより、モティーフと形式の多様性が生じ、そこから我々の時代のずたずたに引き裂かれた総体（トタリテート）の精神的交響曲がまとまって流れ出ることになった。

しかし、そのうち次の二人の詩人には、その世代に属していないのではないかという異議が唱えられるかもしれない。[★36]だが、エルゼ・ラスカー゠シューラーは人間存在を全面的に心（ヘルツ）の存在と捉え――しかも、その心を夜空の星にまで、東方の多彩な織物にまで拡げた最初の詩人である。そして、テーオドア・ドイプラーは、宇宙をただありのままに詠う詩人ではなく、世界に精神と理念を織り込むことで、自然と人類にもう一度溢れんばかりの精神的な生命を与えている。[★37]彼は、ただ新しいのみならず、出来事の本質と関係を驚くほど深くまで照らし出す言語（ことば）の豊かな可能性を見出している。

ここに選ばれた二三名の詩人の詩は、少数の主要なモティーフに従いながら、速やかに、ほとんどひとりでに、この『人類の薄明』と名づけられた交響曲（ジンフォニー）に結集した。この詩集に収められた詩はすべて、人類（メンシュハイト）を憂う心から、人類（メンシュハイト）への憧れから生まれている。人間の個人的な問題や感情ではなく、人類（メンシュハイト）が、人間そのものが、本来の、そして無限のテーマである。これらの詩人はいち早く感じていた、人間が黄昏（デメルング）のなかに沈んでゆくのを……没落の夜のなかに沈んでゆくのを……しかし、それは新しい一日を明け放つ黎明（デメルング）のなかにふたたび浮かび上がるためであることを。この詩集のなかで、人間は自分に襲いかかり、自分に纏い付き、自分を呑み込もうとする過去と現在の薄暗がり（デメルング）から抜け出し、人間が自らのために創造する未来の救済的な薄明り（デメルング）へと向かうのである。

この詩集の詩人たちは、私と同じように、ここには我々の青春が、すなわち喜びとともに始まり、早くに埋没を強いられ、破壊された生が描かれていることを知っている。この数年間に、人類にまったく、あるいはきわめて漠然と

★35　『人類の薄明』の編纂作業は「ベルリンのラントヴェーア運河に架かるポツダム橋の袂」に設立された第二次「エルンスト・ローヴォルト社」で集中的に行なわれた。

★36　本書の伝記的記録によれば、ラスカー゠シューラーは一八六九年、ドイプラーは一八七六年の生まれである。したがって、二人は、一八八六年生まれのピントゥスが「我々の世代」と呼んだ、本書に収録の大半の詩人たちよりも十歳以上、年長であった。

★37　たとえば『芸術と時代の論壇』の「創造的信条」では「私はひとつだけ言っておかねばならない。……それは、北極光の理念だ。私のすべての文学作品のなかにこの理念が生きている。……この理念は、私がどれほど歳をとろうとも、汲み尽くされることはない。地球をふたたび輝かしいものにするのだ。人類から新しい太陽を突如として出現させるのだ」と述べていた。

しか意識されなかったこと、新聞や専門書には読むことができなかったこと——それが、この世代において、本能的な確実さで言葉と形式になった。人間のなかにある、科学的に確認できないもの——それが、ここに予言的な真実味と明確さをもって現われたのである。

したがって、この詩集は決して快適で気楽な読み物ではない。そして、最近十年間にはより円熟し、完璧で、質的にもより優れた詩が書かれているではないかという異議も容易に起こり得るだろう。しかし、この数年間の悩みと情熱、意志と憧憬を描き出そうとする詩、また理念を喪失し理想を見失った人類から、無関心と堕落と殺戮と攻撃から生まれた詩——こういう詩が純粋かつ清澄な相貌をもち得るだろうか？　それは、時代の引き裂かれ、血塗れの地盤から生え育ってきたがゆえに、時代と同じく混沌とした相貌を示すのが当然ではないだろうか？

卓越した文学研究者なら、この詩集から引用した詩節をモザイクふうに集めるだけで、この世代の詩の完全な特徴づけをすることができるだろう。しかし、本書を読み終えたなら、だれもが理解することを予め述べる必要はないだろう。また、おのおのの詩人を順次、特徴づけることも必要ではないだろう。彼らのほとんどはあまりにも豊かで、多様であるから、二、三の限定された決まり文句を永久に背負わされるのは、彼らにとって迷惑だろう。しかし、私はそれらの詩の特徴を示す断面をあえて示してみようと思う。それによって、その深い傷口からは、彼らをこの時代の詩へと結集させた本質的なものが流れ出てくることだろう。

この世代の若者たちの置かれていた時代は、いかなるエートスも消え失せていた時代である。どんな状況にあっても、自制心を保つことが重要とされた。生きる楽しみとして受容したものの総計はできる限り広範で、多様でなければならなかった。芸術はことごとく審美的な尺度で、生活はことごとく統計的で物質的な尺度で測られた。そして、人間とその精神的活動は、心理学的および分析的に観察され、歴史的原則に従って定義されるためだけに存在するようにみえた。若い詩人の一人が社会の表面から自己のなかへとより深く侵入しようとしたら、彼は周囲の世界の重圧に耐えかねてつぶれてしまった（ヴァルター・カレ）[★38]。たしかに、周囲の世界の写実的な描写から、また慌ただしく過ぎ去る印象の把握から離れなければならない必要は感じられていたのだが――細かく分析された楽しみの享受、極度の差異化と純化に到達しただけで、そのためにまた喜びの感受力が破壊されるという結果になった（ハルデコップフ[★39]、ラウテンザック[★40]）。

しかし、人間が自ら創造したものに、つまり科学、技術、統計、商工業、硬直した公共秩序、ブルジョア的で因習的な習慣に完全に依存した人類が、もろもろの可能性を失うさまを敏感に感じ取る者もでてきた。この認識は同時にまた、時代に対しての、その現実に対しての闘いの開始を意味する。そうした者は自分の周囲の現実を非現実へと解体し、もろもろの現象を突き抜けて本質へ到達しようとし、精神の攻撃のなかで敵を抱き締め、抱き殺そうとし始めた。そしてまずは、アイロニカルな優越性をもって、周囲の世界から身を守り、そこに生じているもろもろの現象をグロテスクに混淆し、淀んだ迷路を軽妙に漂い抜けようと試みたり（リヒテンシュタイン、ブラス[★41]）――あるいは、寄席で見せるようなシニカルな諷刺で幻視的な状況にまで昇ろうと試みた（ファン・ホディス）。

★38　Walter Calé（一八八一年―一九〇四年）は、新ロマン主義の詩人であるが、自分の感受と体験を直接的ではなく、文学を通してしか表出できなかった詩人のうち最も正直な存在であった。だが、そうした生き方に行き詰まり、二三歳で自殺した。

★39　Ferdinand Hardekopf（一八七六年―一九五四年）は、ベルリンで初期表現主義の詩人たちと交際し、『行動（ディ・アクツィオーン）』誌に作品を発表したことから、表現主義の先駆者と見られたが、ダダイストとも親交があった。一九一六年に軍国主義への嫌悪からスイスへ行き、その後ベルリンに一年ほど滞在したが、パリ、スイスへ亡命した。

★40　Heinrich Lautensack（一八八一年―一九一九年）は、おもにミュンヘンの文学キャバレーで活躍したあと、ベルリンで創作活動をした。ベルリンでは表現主義の運動を支援した出版人で詩人のアルフレート・R・マイヤーと親交を結び、彼とともに初期表現主義の文学叢書『マイアンドロス』を発行した。映画や芝居の台本のほかに、ブルジョア社会を批判した個性的な詩も書いた。

★41　Ernst Blass（一八九〇年―一九三九年）は、一九〇九年に行動主義の理論家クルト・ヒラーと知り合い、彼とともにベルリンで文学集団「新クラブ」や「ヌー」を設立したが、間もなくハイデルベルクへ移った。そして、同地で一九一二年に表現主義の詩集『風に吹かれて街路を行く』を出したものの、一九一五年には表現主義から離れ、高踏的なゲオルゲ集団に接近した。

しかし、これらの詩人の苛立った過敏な神経と心は、一方においては愛と喜びを奪われたプロレタリア大衆が押し寄せる鈍い足音を、また他方では高慢で無関心に徹していた人類に迫り来る破滅をはっきりと感じ取っていた。文明の咲き誇る花園から退廃の悪臭が彼らに吹き寄せ、彼らの予見する目には、すでに実体もなく膨れ上がった文化と、ことごとく機械的で因習的な事象の上に築き上げられた人類の秩序とが廃墟と映ったのである。果てしなく苦痛が膨れ上がり——この時代のなかで、この時代に苦しんで死んでいった詩人のなかでも、とくにハイムは（ランボーとボードレールの厳しい手本に従って）最も早く、最も明確に死と恐怖と腐敗のヴィジョンを壊滅的な詩節に叩き入れた。また、トラークルは現実の世界を顧みず——ヘルダーリンのように★42——秋の憂鬱でも構想することのできなかった流れのなかへ、死へと衰微する限りなく青い流れのなかへ滑り込んだ。シュタードラーは、神と世界を相手にして語り合い、格闘した。天使と格闘したヤコブと同じように、憧憬に苦しみながら、燃えるような激しさをもって。リヒテンシュタインは苦悩に満ちた明朗さで、都市のさまざまな形姿(すがた)や情緒を苦い諧謔の飲料へと攪拌し、早くも幸福感に溢れる確信にとらわれて次のように詠った。「ぼくの人間の顔は、あらゆるものの上を果てしなく巡る」と。ロッツは、雲の下から、ブルジョア的存在の苦境から、光輝と出発を求めて叫んだ。身を引き裂くような悲嘆と告発は、一段と熱狂的かつ情熱的に轟きわたった。エーレンシュタインやベッヒャーの絶望は、陰鬱な世界を真二つに引き裂いた。ベンは、死体にも等しい人間の腐敗しゆく陳腐な姿を嘲り、強力な原始的本能を讃えた。シュトラムは、自己の熱情を現象と連想の幻覚から解き放ち、純粋な感情を雷鳴のような一語に、嵐のような一撃に凝縮させた。現実に対する真の闘争が、世界を破壊すると同時に人間のなかからひとつの新しい世界を創り出さずにいないほど凄まじい爆発力をもって始まったのである。

人間のなかに人間的なものを認識し、それを救出し、呼び覚まそうという試みがなされた。心(ヘルツ)の最も素朴な感情、人間に善をもたらす喜びの感情が讃えられた。その感情はあらゆる地上の生き物へと、地球の全表面へと拡がった。精神は埋没から身を引き離し、宇宙のあらゆる出来事のなかを漂いめぐり……あるいは、もろもろの現象のなかに深く身を沈め、そこに神のような本質を見出そうとした（この点で、ハーゼンクレーヴァー、シュタードラー、ヴェルフェル、シッケレ、クレム、ゴル、ハイニッケらの青春は、一時代前のホイットマン★43、リルケ、モンベルト★44、ヒレ★45などの芸術と結びつく）。人々にとっていっそう明らかになったことは、人間は人間によって救われるのであり、人間を取り巻く周囲の状況によって救われるのではないということである。社会設備や発明品、結果から導かれる法律などは、本質的なものでも決定的なものでもなく、人間こそがそれなのである。そして、救いは外部からくるものではなく――第一次大戦以前に、人間が外部に予感していたものは、戦争と破壊だった――ただ人間の内部の力からのみくるものである。したがって、倫理的なものへの大いなる志向が生じたのである。

世界大戦が起こり、彼らが予感していた崩壊が現実になったことを見れば、詩はすでにまたも時代を先取りしてい

★42　たとえば、トラークルを追悼して、エーレンシュタインは「彼はヘルダーリンふうだった。だが、彼は（ヘルダーリンよりも）急いで人生を駆け抜けた……トラークルほど美しい詩を書いた詩人はかつてオーストリアにいなかった。このことを知る人はほとんどいない」（10）と述べた。

また、Fr・レシュニッツァーは「当時の幻想にもまして、トラークルの詩に顕著に表われているのは、ヘルダーリンの影響である。トラークルの形象世界、とくに色彩世界はまったくヘルダーリンふうである」（11）と述べた。

★43　Walt Whitman（一八一九年―一八九二年）の熱狂的で賛歌的な詩は表現主義の詩人たちの模範になった。とくに私的領域を超えた社会的テーマを新しいリズムで詠った詩は、激情（パートス）の斬新な詩的表現として注目を集めた。ちなみに、ベッヒャーは詩「ヨーロッパに寄すII」でホイットマンを詠っていたが、彼はとくに第一次世界大戦中、ホイットマンを手本とすべき詩人としていた。また、画家L・マイトナーもホイットマンを「新しい時代の一番手、松明、心血、彗星」と讃えていた。ホイットマンの詩のドイツ語訳は一九〇八年に出版されていた（12）。

★44　Alfred Mombert（一八七二年―一九四二年）は、表現主義の詩の先駆者と評され、その詩集『天上の酒客』は初期表現主義の特徴を表わしていた。

★45　Peter Hille（一八五四年―一九〇四年）は、ベルリンのボヘミアンとしてよく知られ、ラスカー＝シューラーをはじめ二十世紀初頭の詩人たちに影響を与えた。彼に心酔したラスカー＝シューラーは、一時期、彼とともに放浪の旅をし、『ペーター・ヒレの書』（一九一九年）を発表した。

たことになる。呪詛の爆発のなかから、反抗（エムペールング）、決断、釈明、刷新を求める叫びがほとばしり出た（ベッヒャー、ルビーナー、ハーゼンクレーヴァー、ツェヒ、レーオンハルト、ハイニッケ、オッテン、ヴェルフェル、ゴル、ヴォルフェンシュタイン）。それは、反乱を楽しむ気持ちからではなく、破壊するもの、破壊されたものを反乱によって完全に破壊し尽くすことにより、そこから解決の芽が現われ出ることを望んだからであった。若い世代の団結への呼びかけ、精神の密集方陣（ファーランクス）の出発への呼びかけが響きわたった。もはや個人的なものではなく、すべての人間に共通のものが、分け隔てるものではなく統一するものが、現実ではなく精神が、万人に対する万人の闘いではなく兄弟のような親愛（ブリューダーリヒカイト）が讃えられた。新しい共同体が求められた。そして、これらの詩人から悲嘆と絶望と反乱とが共通して激しく鳴り響いたと同じように、彼らの歌声のなかで、人間性と善意と正義と友情と、万人に対する万人の人間愛（メンシェンリーベ）とが、ひとつになって訴えかけるように高らかに奏でられたのである。全世界と神とが人間の顔をもつようになった。世界は人間のなかで始まり、神は兄弟として見出された――石像さえもが人間のように近づいて、苦悩の都市は共同体の幸福の神殿となる。そして、我々を救済する言葉が勝利とともに湧き上がる。われわれは在る！[★46]と。

カレの「そして、人間から人間へと架け渡す橋はなく」という絶望から……、ヴェルフェルの「ぼくたちはみな、この地上で他人なのだ」から……、ベッヒャーの「だれもがきみにとって他人じゃない、／だれもがきみに親しく、兄弟だ」まで……、クレムの「僕たちは互いに近づく、天使だけがそのように近づくことができるほどに」まで……、ハイニッケの「ぼくは感じる／かぎりなく／ぼくが独りじゃないことを……きみはとても近くにいる／兄弟よ、人間よ」……「だけど、微笑みがぼくからきみへ虹の橋を架ける／……ぼくたちは互いに〈ぼく〉と〈きみ〉を贈り合う……／永遠にぼくたちをひとつに結ぶ言葉、それは〈人間〉だ」までの間に、どれほど雄大な弧（アーチ）が架かっているか、だれもが気づくはずである。

のちの時代から行なう記述は、時代と民衆の現実的出来事への詩の直接的影響をいつも過大に評価してきたように思われる。（たとえば、どの時代の革命的な抒情詩もそう考える傾向が強かったが）一時代の芸術は出来事を誘発するものではなく、それは時代に先立つ予兆であり、のちに現実に起こる出来事と同じ腐葉土から咲き出た精神の花である――それは、早くもそれ自体が時代の重要な出来事なのである。崩壊、革命、再建は、この世代の詩によって惹き起こされたものではない。しかし、そうした出来事は詩によって予感され、認識され、要求されていたのである。時代の混沌、古い共同体形式の破壊、絶望と憧憬、人類の生の新しい可能性を求める激しい情熱的な探求、それらはこの世代の詩のなかに、現実の世界における と同じ轟音、同じ激しさで表われている……。しかし、覚えておいてほしい。それは世界大戦の結果ではなく、すでにその勃発以前からあり、戦争が進むにつれて次第に顕著になったのである。

したがって、これらの詩は、当然ながら、その綱領のいくつかに要求されているように（そして、その叫びはなんと誤解されたことだろう！）政治的な詩である。なぜなら、そのテーマは同時代に生きている人類の状態であり、それを嘆き、呪い、嘲り、破壊することであるが、また同時に、恐ろしいほどの噴出をもって、将来の変化の可能性を求めることでもあった。しかし――だからこそ、政治的な詩は同時に芸術であり得るのだが――これらの詩の最良で、最も情熱的な詩は、人類の外的状態に対してではなく、自ら手足を切断し、苦痛にのたうち、誤りへ唆された人間自身の状態に対して闘うのである。我々の時代の政治的な芸術は、韻文で書かれた論説であってはならず、人類自身の理念が完成し、実現するように人類を助けるものである。そのさい、詩が現実政策の愚行と堕落した社会秩序とに攻撃を仕掛けることに手を貸すことになったとしても、それは自明の、またささやかな功績にすぎない。詩のより偉大で政治を超える意義は、熱く燃える指と人心を呼び覚ます声とをもって、つねに人間自身を指し示したこと、そして人間相互の失われた結びつきを、また個人と無限のものとの結合を――実現を目指して激励しつつ――精神の領域に

★46　この語「われわれは在る」（Wir sind）は、一九一三年に発行されたヴェルフェルの詩集の表題になったが、それだけではなく、「私などまだ子供です」や「生の歌」など彼の何篇かの詩に標語のように現われ、世界のすべての人間が「われわれ」の友愛的精神で共存することを願う彼の理想を表わしていた。

ふたたび創造したことである。

そのために、これらの詩に最も多く登場する言葉が、人間、世界、兄弟、神であるのもきわめて当然のことである。とにかく、人間こそがこれらの詩の出発点であり、中心点であり、目標とする点であるのだから。風景などは、これらの詩にほとんど入る余地がない。風景は決してそのままに描かれ、叙述され、詠われるのではなく、完全に擬人化されている。それはカオスの恐怖であり、メランコリーであり、混乱であり、放浪のユダヤ人が憧憬に駆られて逃げ込もうとする、あの仄かに光り輝く迷宮である。森や木は死者の居場所か、神を求め、無限を求めて探る手かである。これらの詩は、疾走する速さで、熱狂的な戦闘の雄叫びから感傷的なものへ、アナーキーな狂騒から倫理的なものの教示へと移り変わる。ここには、喜びや幸福はごくわずかしかない。恋愛は痛みであり、自責の念である――労働は感情を押し殺す苦悩となる。酒を飲んで歌う歌もなお陰鬱な罪の告白である。いくらか明るく楽しい響きは、楽園への憧れからのみ響き出る。楽園はいまは失われているが、我々の前途にあるのである。

審美的なもの、「芸術のための芸術（ラール・プール・ラール）」の原理が、「最近の詩」とか「表現主義の詩」と呼ばれるそれらの詩でほど、軽視されたことはなかった。★47 それらの詩がそうなったのは、ことごとく噴出であり、爆発であり、強烈そのものだからである――あの敵対する固い殻を打ち破るために、そうあらねばならないのである。したがって、これらの詩は、たとえ腐敗した現実がいかに明白であったとしても、描写方法として、現実の自然主義的な叙述を避けている。それらの詩は、強大なエネルギーで自らの表現手段を精神の運動力のなかから生み出す（しかも、その乱用を避けようとは決して努めない）。それらは自らの世界を放り投げる……恍惚とした発作のうちに、苦しいほどの悲哀のうちに、甘美きわまる音楽的な歌声のうちに、溢れ出る感情の同時性のうちに、言葉の混沌とした破壊のうちに、人間の誤った生の激しい嘲罵のうちに、神と善を求め、愛と友愛を求めて鞭打苦行者のように叫ぶ熱狂的な憧憬のうちに。したがって、社会的なものも現実の細部として、いわば悲惨の絵画として（一八九〇年ごろの芸術のように）客観的に描写されることはなく、つねにみな普遍的なものへと、偉大な人類の理念のなかへと導き入れられる。これらの詩人の多くを殺した戦争さえも、客観的、写実的に語られることはない――戦争はつねにヴィジョンとして存在し（しかも、それが勃発するよりかなり前に）、一般の恐怖として燻り、最も非人間的な災禍として広がっている。それは、友愛で結ばれた人間という理念の勝利によってのみ、この世界から取り除くことができるものである。

　この時代の造形芸術も同じモティーフと兆候を表わしている。それらも同じく、古い形式を打ち砕き、あらゆる形式の可能性を試み尽くして、現実の完全な解消にまで至る徹底ぶりを示している。それらもまた、人間的なものの発現を、人間の精神と理念の分散し結合する力への信念を同じく示している。模倣以外に能のない詩人には、いくつかの試みや変更が空虚な形骸に、定式化した形態に、読者受けする常套句になったという例もすでに見られる。そこでは激情、恍惚、大きな身振りは高く噴出するだけでなく、しばしば痙攣のうちに砕け落ちる。なぜなら、形を成すまでに至らぬからである。しかし、精神は、浄化されつつ、明澄化されつつ、いつも繰り返し感情の巨大な爆発のなかへ息を吹き込んでいる。崩壊するもののなかから、人間的なものの共通性を求める叫び声が高鳴る。目標を失った混沌の上空に愛の歌声が響き渡る。

　そして、繰り返し述べねばならないのは、これらの詩の質はその激しさにあるということである。世界の詩のなかで、ひとつの時代の叫び（シュライ）と崩壊（シュトゥルツ）と憧憬が、これらの先駆者と殉教者の激しい一群からほど、声高く、引き裂くように、喚起するように鳴り響いたことはかつてなかった。彼らの心は、アモールとかエロスといったロマンチックな矢ではなく、呪われた青春、憎むべき社会、強いられた殺人の歳月の責苦で貫かれたのだった。地上での苦悩のあまり、彼らの手は天空をつかもうとしたが、その紺碧に届くことはできなかった。彼らは憧れに満ちて両腕を広げ、大地に平伏したが、その大地は彼らの下で破裂した。彼らは共同体に向かって叫んだが、まだ仲間を見出すことはできなか

★47　行動主義の代表的詩人L・ルビーナーは「あらゆる国を越えて訪れる未来のために、われわれが訴えるのは、以前の〈芸術のための芸術（ラール・プール・ラール）〉に代わって、〈人間のための人間（ロム・プール・ロム）〉を要求することである」（『時代＝反響（ツァイト・エヒョ）』誌一九一七年五月）と述べていた。

った。彼らは愛のテューバを吹き鳴らし、その響きで天空を震わせようとしたが、戦闘と工場と演説の騒音に掻き消され、人々の心に届くことはなかった。

もちろん、それらの詩の音楽は、カオスのなかの神の音楽のように永遠ではないだろう。しかし、もし宇宙の楽園を永遠に憧れる人間の音楽に神の音楽が反響しないのなら、神の音楽とは何だろうか？……この世代の詩のかなり多くが、あるいはほとんどすべてが彼らの時代の沈静化とともに忘れ去られることだろう。これらの詩は後世の人々の目には、暖かい光を放って輝く大きな星の数個ではなく、ちょうど仄かな浄化の光を波立つ夜空に注ぐ銀河、無数の小さな星が微光を放つあの銀河のように見えることだろう。

これらの詩人のだれも不滅であることを自慢しはしない。これらの詩人のだれも近寄りがたい英雄的な身振りで勝利のマントを纏うことはない。彼らのだれもオリンポスの住人となって高貴な態度で行き過ぎはしない。そして、もしこれらの詩人が度を超すほど冗長に、また強すぎるフォルティッシモで吟唱したり、呻いたり、嘆いたり、叫んだり、呪ったり、呼びかけたり、賛美するとしても、それは決して高慢からではなく、苦難と謙虚さから発しているのである。なぜなら、謙虚というのは、奴隷のように這いつくばることではなく、手をこまねいて待ちつづけることではないからである。そうではなく、もしだれかが神と人間の前に歩み出て、公（おおやけ）に発言し、告白し、要求を訴えるなら、それこそが謙虚というものである。そのとき、彼が武器とするものは、その心、その精神、その声だけである。

これらの詩人の真ん中に立ち、多くの者と友情によって、すべての者とその作品への愛によって結ばれていた一人の人間として、この私は歩み出て、叫ぶ。旧い人間にもはや満足しなかったきみたちは自分自身にも満足しなかったが、もういいとしよう。しかし、きみたちはこの裂け割れ、噴出し、搔き毟るような詩に満足してはならない。きみたちは人類の意志に先駆けて、より平明で、より明澄で、より純粋な存在を創り出すことに手を貸さねばならない。なぜなら、荒れ狂う音楽のこのうえなく激しいカオスのなかにあって、我々に青春のリズムを与えてくれたベートーヴェンの交響曲から、突如として「人間の声（ボックス・フマーナ）」が沸き上がる瞬間が来るだろうから、いや来るにちがいないから。

「友よ、この調べではない！　別のもっと喜びに満ちた調べを奏でよう！」[★48]と。

しかし、より自由な人類のなかに生まれ育つだろう若い読者諸君よ、きみたちは、これらの詩人たちが歩いた道を歩いてはならない。彼らの運命とは、没落の恐ろしい意識をもって、予感も希望ももたぬ人類の真ん中で生きることだった。また同時に、人間の心の底からわき出る善、未来、神聖さへの信仰を保ちつづけることを自分の使命とすることだった。我々の時代の詩が、こうした殉教者の道を歩まねばならなかったことは確かである。そして、未来の詩がこれとは異なる姿を現わすのは確かだろう。すなわち、それは平明、純粋、明澄であるにちがいない。我々の時代の詩は終わりであると同時に始まりである。それは形式のあらゆる可能性を大急ぎで試みた——いまやふたたび単純な形式に戻る勇気をもってもよいだろう。このうえなく不幸な時代の激情と苦悩で打ち砕かれた芸術は——より幸福な人類を求めて、より純粋な形式を見出す権利がある。

その未来の人類がこの詩集『人類の薄明』（「汝、混沌の時代の、恐ろしいほど気高い記念碑よ」）を読むとき、それらの憧れに駆られた呪われた者たちの群れを責めないでほしい。彼らには、人間に対する希望とユートピアへの信仰以外になにも残されていなかったのだから。

★48　ピントゥスが述べた「Freunde, nicht diese Töne! Lasset uns andere anstimmen und freudenvollere!」は、ベートーヴェンが第九交響曲の第四楽章に採り入れたバリトン独唱の歌詞「おお、友よ、このような音調ではなく、わたしたちはもっと快い、もっと喜びに満ちた音調を歌おうではないか！」(O Freunde, nicht diese Töne! Sondern lasset uns angenehmere anstimmen, und freudenvollere!) に拠っている。

ちなみに、その歌詞は、H・ヘッセが反戦、平和を訴えた評論（一九一四年）にも「おお、友よ、このような音調ではなく」の標題で現われた。

残響（ベルリン・一九二二年四月）

一九一九年の秋に編纂されたこの詩集は、その本質を詠い、描き出していた時代の関心をたちまちのうちに引いた。すぐに版が重ねられることになった。……そしていま、あれから三年近く経った一九二二年の春に、『人類の薄明』の二万部目が世に出ようとしている。これを機会に、この詩集を編纂し直すべきかどうか、すなわち、時代に合わなくなった詩、鑑賞に耐えなくなった詩を除き、それ以後に書かれた詩を採り入れ、新しいモティーフを鳴り響かせ、初版とは異なる分類と構成を試みるべきかどうか、私は自問した。

しかし、この詩集を初版と同じものにすることを決心した。その理由は、それぞれ異なる信念や見解をもった批評家たちのだれもが、この詩集のおもな価値をその統一性に、つまり交響曲のような作用に認めたからではない。また、人々が――私が意図したように――この詩集には自分と同じ世代の沸き上がる感情と詩の表現形式の記録がまとまって表われていると感じたからではない。そうではなく、我々の時代と文学を批判的に観ると、この『人類の薄明』はあの時代の総括的ドキュメントであるのみならず、あの時代を締め括る完結したドキュメントでもあることを認めざるを得ないからである。はっきり言えば、この抒情詩の交響曲が鳴り止んだあと、この交響曲へ是非とも採り入れねばならないと思われるような詩は生まれてこなかったのである。

革命的な狂乱を拭い去り、目を見開いて現在を見る者ならだれにでもわかることだが、あの時代は、たとえ政治的領域、共同体生活、経済分野、あるいは芸術で生じた出来事を話題にしようとも、新しいものの目覚めよりも、旧いものの崩壊により大きな意義を見出していたのである。無論、いろいろなことが起こった。……しかし、起こったことは、徐々にではあれ、止まることなく崩壊するヨーロッパの過去の解体現象にほかならなかった。目眩を感じるほど新しく見えたものは、いつも死滅へと急ぐ旧いものの要素にすぎなかった。真の未来を築く基礎は、まだ明らかになっていなかった。

このことは、芸術の領域にもあてはまる。そこでたいそう新しく、内容豊かに見えたものは、形状を解体する絵画の立体派から、熱狂的な一語で成り立つ詩に至るまで、とにかく旧い要素を破壊する形で生まれたものだった。たとえその芸術家たちが自分の作品を創造的というより、むしろ反抗的だったと思うにせよ、あるいは自分の力を未来に及んで価値をもつ円熟した作品を創るにはまだ不十分だったと認めるにせよ――あの若い詩人たちが嵐のように激しい出発をしたあと、すでに十年の歳月が流れたが――今日、芸術の世界に広く停滞が見られることは否定できない。★49

この詩集に収められた二三名の詩人のうち七名は、★50 もはや生存していない。その他の詩人についても、近年、注目に値する作品はなにひとつ書いていない者、あるいは以前の作品を斬新さと質の高さで超えるようなものはなにも創作していない者がほとんどである。彼らは、以前に書いたものを繰り返したり、苦悩しつつ模索しているだけである。ありのままを言えば、詩人と出版人のそれぞれに詩作と出版を限りなく困難にしている不幸な状況があるとしても、★51 我々は今日の文学がなんら注目すべきものを創らず、不毛状態に陥りつつあることを勇気をもって認めねばならない

★49　一九一九年ごろから一九二二年ごろの間に、表現主義の危機や終焉を指摘する声が高まった。たとえば、一九二一年には「表現主義は死んだ」（P・ハトヴァニ）や「表現主義死す」（I・ゴル）と題した論文が発表されたが、これと前後してW・ヴォリンガー、W・ハウゼンシュタイン、G・F・ハルトラウプ、C・G・ハイゼ、K・エートシュミット、M・クレル、R・カイザー、K・ピントゥス、R・シッケレなど当時の文芸評論家や作家が表現主義の運動の衰退を感じ、総括と回顧を開始した（13）。

★50　一九二二年の時点でこの世にいなかった七名の詩人は、序文「四十年経って」で「一九三三年の時点でこの世にいなかった詩人」として挙げられている。

★51　一九二〇年初めに三六誌発行されていた表現主義の文芸誌は、一九二一年に一五誌に減少した。また、一九二〇年終わりには印刷用紙の価格も終戦後のインフレで五倍近くに跳ね上がり、書籍の値段もそれに連動して高くなった。こうした経済的混乱によって出版活動は一段と困難になった。

のである。

この詩集に収められた小さな詩人集団について言えることは、現在、生きている多くの詩人にも非常によくあてはまる。すなわち、多くの者は死んでしまった。……多くの者は日々の仕事や、懐疑のうちに過ぎる無為の生活に疲れ切り、市民的生活のなかで消息を絶った。……その他の多くは――あるときはいっそう生彩を失い、あるときはいっそう苛立って――あの先駆者たちがすでに今世紀の二〇年代に作品に書き留めたことを、呻いたり、呟いたり、叫んだりと、とにかく同じことを繰り返すことで満足している。いま、私は意識的に厳かに「書き留めた」と述べたが、それはあの世代が他のどの世代よりも早く文学史に記載される集団になり、歴史的な存在になったからである。彼らの詩は、その後につづいた詩人たちに模範となり、手本として定着したのである。

あの若者たちの詩は、いささか早すぎると思われるときに鳴り止んでしまった。なぜなら、その集団の先頭に立っていた詩人も、あとを追っていた詩人も詩作をさらに発展させることができなかったからである。ドイツには、どの芸術運動もすぐに反動運動を呼び起こすという精神的法則が存在するように思われる。なぜなら、早くも古典主義やロマン主義を模範とする試みが優勢になり始めているからである。この詩集に収められた詩は、かつてファンファーレと号火（のろし）であることを求められた。実際、それらはしばらくの間は、そうしたものとして作用することができた。しかし、いまやこの詩集は、多くの読者の目には干涸らびた植物標本のように映ることだろう。まさにそうである。数篇の詩は永久に死んでいる……数篇の詩はもはやなにも喚起しない……数篇の詩は変更と混乱を示すにほかならない……しかし、この詩集には、二度と書かれないほど美しく、見事に完成した詩も数々存在する。数篇の優れた詩は、すでに教科書にも収められている。要するに、すべての詩が、たとえ炎はほぼ完全に消え去ってしまっても、内的および外的な運動の激情の証（あかし）として存在しているのである。あの世代の激情は、過去に存在したものや腐敗して滅びてゆくものへの反抗から燃え上がり、束の間ではあったが、未来を赤々と照らすことができた。しかし、彼らの激情は人類を偉大な行為へと、あるいは偉大な感情へと燃え立たせることはできなかった。

こうしたわけで、もう一度述べるが、この詩集は、編纂していたときに私が予想した以上にあの文学運動を締め括る作品となった――だから、この詩集は、あの当時と同じものでなければならないのである。実際、この詩集には、全員の意志をもってすれば、瓦礫の山からすぐにも楽園を築き上げることができるにちがいないと熱狂的に信じ、また人々にもそう信じ込ませようとしたひとつの世代の、このうえなく深い苦しみと大きな喜びが描き出されているのである。終戦当時の苦難がそうした信念を吹き消してしまった。たとえその意志は、なおも彼らの多くに生きているにせよ。この詩集の小さな詩人集団からは、没落を嘆き、未来の幸福を求める共同の叫び以外にはなにも残らなかった。とは言え、すでに数人の詩人は、ドイプラーやエルゼ・ラスカー＝シューラーとともに、また死去したハイムや健在のヴェルフェルと並んで、時代を超えて世に聳えつつある。

あの十年間に起こった数々の出来事は、同時代の人々の魂や精神を、また外的な生活環境を決定的と言わないまでも、かなり強烈に打ち砕いた。しかし、多くの人が自分の精神の支柱と道標として待ち望んでいた、偉大で普遍的な新しい詩は現われなかった。そうした詩は、旧いブルジョア階級の子孫たちからも、勢力を増すプロレタリアの民衆からも、世界を思いのままに歩き廻る成功者たちの光輝からも、新たに生じた無産階級の苦難からも生まれなかった。いま、成長しつつある若者たちの暗闇には、詩の地平を照らす数個の小さな光すらも見られない。

だからこそ、偉大なものと未来を熱狂的に願望し、自分を新しい人類の時代の最初の人間であると堅く信じた、この詩人集団の思い出を大切に保存しようではないか。彼らのことを反乱を起こした最後の者たちにすぎなかったと嘲ったり、咎めたりすべきではない。彼らは日没の薄暗がりから立ち去り、その目に黎明と映った赤い輝きへ向かって進んで行った。しかし、彼らは同時代の人々の先頭に立って清純な精神でその光輝のなかへ入っていく前に、力尽きてしまわねばならなかったのだから。

詩篇

崩壊と叫び (Sturz und Schrei)

世界の終末★1

ヤーコプ・ファン・ホディス

ブルジョアの狡賢(ずるがしこ)い頭から帽子が吹き飛ぶ、
空に叫び声が響きわたる。
屋根葺職人は転げ落ち、左右に飛び散る、
——新聞に載っている——海岸に高潮が打ち寄せている、
と。

嵐が来た、荒れ狂う海は陸地に
跳び上がり、分厚い堤防を押しつぶす。
たいていの人間は鼻風邪をひいている。
列車は鉄橋から転げ落ちる。

生の影★2

ゲオルク・ハイム

だれもが表(おもて)の道路に走り出て
黄道の十二宮を見上げている、
彗星が火炎の鼻を突き出して
聳える塔を脅かし、走り去っていくさまを。★3

どの家の屋根でも星占い師がひしめき
夜空に望遠鏡の筒を差し伸ばしている、
魔術師は大地の穴から頭を突き出し
暗闇のなかで体を傾げ、星に向かって呪文を唱える。

自ら命を絶つ者たちは群れをなし、夜の闇を歩き進む、
行く先に、見失った自己(じぶん)を捜し求めて
身を屈めながら、東へ西へ、南へ北へ

腕の箒で地面を撫で、砂埃を舞い上がらせながら。

なおもしばらく宙に漂う塵のような者たち、
その髪は行き進む道のうえに垂れ落ちて、
跳び上ったと思ったのも束の間、早くも息絶えて
砕けた頭を野に横たえている。[★4]

なおも時折り、もがきながら。野の獣は
いつしかその周囲に飢えて群がり、角をかざして
その腹を突く。手足を大きく伸ばし、
生い茂るサルビアとイバラのしたに眠る者たち。

けれども、海は動きを止めている。
船は波間に浮かんでいる、朽ちながら
不機嫌な面持ちで、四方に散らばって。
潮の流れは滞り、空の中庭は雲に覆われている。

木は季節の移ろいも知らず
永遠に死に枯れて、自らの終末に立っている、
荒れ果てた道のうえに、骨張った枝を
指を開いたように伸ばしながら。

死にゆく者は体を起こし、立ち上がる、
一言（ひとこと）吐いたと思ったのも束の間、すでに
この世を去っている。その生命（いのち）はどこに？
目はガラスのようにひび割れている。

人間はみな影である。[★5]暗い姿で人目にもつかず、
無言の戸口に忍び寄る夢、
目覚めてもなお、朝の陽光（ひざし）に心重く
灰色の目蓋（まぶた）から深い眠りをこすり取る者たち。

我が時代[★6]

ヴィルヘルム・クレム

とどろく騒音と巨大な都市、[★7]夢の洪水
色あせた国々、栄光の失せた極地[★8]
罪深い女たち、苦難と英雄的行為
立ちのぼる幽霊、線路（レール）を突っ走る嵐。

雲の彼方でプロペラがうなる。
民族は散り散りになる。書物は異端の魔女になる。
魂は縮んで、ちっぽけな集合体になる。
芸術は死んだ。時刻（とき）はいっそう速くめぐる。

おお、我が時代よ！　おまえと同じく、このわたしは
言葉もないほど無残に引き裂かれ、星の輝きも知らず
生の実感（かんじょう）も乏しい。わたしにはほかにどんな時代も訪
れ来ない。★9

あのスフィンクス★10もこんなに高く頭をもたげたことはな
かった！
なのに、おまえが苦しみも恐れず道の左右に見るものは
泣いている狂気の深淵！

崩　壊★11

ヨハネス・R・ベッヒャー

ぼくたちの肉体（からだ）は崩れ落ち
歌を口ずさみながら、土に埋まってゆく。
陶酔の夕暮に、ぼくたちは
夜の嵐と海のなかに葬られ
熱い血潮は涸れはてて
流れ出る膿汁は土にしみ込んでゆく。
口、耳、目は覆われる
眠り、夢、大地、風によって。

黄みをおびた鈍重な蛆虫の
身をくねらせる小さな歩み。
たけり狂う嵐の脈打つ音響。
血のように赤く長い睫毛。
……**「ぼくは崩れゆく壁だろうか**
道端に黙して立つ円柱だろうか？
それとも、深淵のうえに身を屈める
悲哀の樹木だろうか？」……
腐敗の甘い匂
部屋に、家に、頭にみちて。
色とりどりの花、風にそよぐ草。
鳥たちのあふれ出る囀り。

「そうだ、——朽ち果てた樹幹なのだ……」
黴、喘ぎ、呻き。
雲に覆われた空の疾走の下に
響きわたる凄まじい音響。
ティンパニー。テューバの轟き。
雷鳴。燃えさかる火炎の光。
シンバル。打ちのめす音。
ドラムの叩きつける音。音響が打ち砕ける。[★12]——

広大な世界よ、簡単に信用して
おまえに身を捧げたものの
見るがいい、ぼくの肉体（からだ）は哀れにも崩れ落ちてゆく、
けれども、ぼくの精神（こころ）は故郷を眺めている。
夜よ、おまえの微睡みはぼくを慰め
口は深く安らぐ、腕もまた。
明るい昼よ、おまえはぼくを解き放つ
大きな不安と悲哀のなかへ。

ぼくには、出口が見つからない
おお、こんなにも無惨に打ち砕かれて！

あるときは目が眩（くら）み、あるときは目を覆われてなにも見
　えず。
だれの接吻もぼくを癒しはしない！
ぼくには、出口が見つからない
ぼくは罪だけを背負っているのだろう。
激流、血潮、熱風
恥辱、焦燥。

昼よ、なんと強烈な苦さよ！
夜よ、夢と知恵を授けておくれ！
汚物、歪み、切断、破裂——
寒々とした寝床……
これらすべては、なお遠くにあるべきもの
ずっと遠くに、ぼくから離れてあるべきもの——
故郷よ、星の光につつまれて
ぼくの頭上高くで花開くのだ！

いつの日か、ぼくは道端にたたずむことだろう
物思いにふけり、大きな都市を眺めながら。
金色の風に吹かれながら。

陽光は、雲の疾走の間から鈍く射す、
白い光につつまれて、うっとりとした姿で……
ぼくの手は、空に触れ
金色につつまれて
魔法の扉のように開く。

草原や森はせり上がる。
川は一気に流れ出る。橋。
アーチ。果てしない水の流れ。
灰色に煙る山脈の背。
恐ろしく轟きわたる赤い雷鳴。
土を吐く竜。
大きく開いた口、太陽が吼える。
怒り、笑い、叫び。

陰鬱。土と血の風味。
紛糾。方々で広がる殺戮……
……**「永遠なる日よ、おまえはいつ現われるのか？**
まだ先のことだというのか？
音を響かせる角笛よ、おまえはいつ鳴り響くのか？
海の満潮の叫びはいつ発せられるのか？
叢林から、沼の底から、墓穴や茨の茂みから
眠っている者たちをいつ呼び覚ますのか？」……

都市（まち）の神★13

ゲオルク・ハイム

家屋の群れのうえに、都市（まち）の神がどっかと腰をおろしている。
その額のまわりに、煙霧が黒くただよっている。
彼は怒りにみちて眺めている、心寂（うらさび）しい都市（まち）の縁で
家並みの末端（おわり）が郊外に消え入るあたりを。

そのバール★14の赤い腹は夕日に照りかがやき、
どの都市（まち）も彼のまわりにひざまずく。
教会の鐘が打ち鳴らす音響の波は
黒い塔の海原から、彼をめがけて打ち寄せる。

その音楽はコリュバント★15の舞踏のように
入り乱れ、猛り立って街路に轟く。

煙突の煙、工場の煤煙が彼に吹きつける、
祭壇から立ちのぼる香煙のように青い息吹を。

その眉毛のなかで、雷雲がくすぶっている。
暗い夕暮は気を失い、夜の闇へくずおれる。
猛禽のように目を凝らしていた嵐は
怒りに逆立つ頭髪を振りみだす。

都市（まち）の神は強打の拳（こぶし）を夜の闇へ突っ込む。
その一撃で炎が立ちのぼり、火の海が
街路を駆けめぐる。灼熱の煙が噴き出し
都市（まち）を舐めつくす、やがて長い夜が明ける時刻（とき）まで。

ベルリン★16

ヨハネス・R・ベッヒャー

この都市（まち）の南部は夕陽を浴び、血を流して死ぬだろう。
行動の神は溶岩の穴蔵から怒り狂って飛び出した。
燃え立つ火炎の山脈は都市（まち）を取りかこむ。
そのとき、ぼくたちは死者の細い列となって黒い姿で旅立った。

この都市（まち）の南部は永久に覚めぬ悲哀の眠りに就く運命（さだめ）なのだ。
ぼくたちは自ら建てた夢の帆船を焼き落とした。
ぼくたちは松明（たいまつ）を振り、静まり返った港へ合図をおくる、
その明かりは暗闇の大きな手で掻き消される。

この都市（まち）の南部の呼吸（いき）がぼくたちの曲がった背中を這う、
生暖かい風とともに、墓地に鳴りわたる鈍い鐘の音とともに。
嘆き悲しむがいい！ 夕暮に赤くただよう蚊の群れは
おまえたちをめがけて唸り来る。ぼくたちのそばを通り過ぎて行け！

驢馬（らば）は刃の毀（こぼ）れた小刀のような岩山の尾根を越える。
雪崩（なだれ）は愛の白い扇子でぼくたちを撫でおおう。
山間の急流は吊り橋の鉄綱を跳び越える。
間欠泉は罅割れた岩の筒穴から噴き出す。

朝に、ぼくたちはクレバスの緑の小部屋に沈んだ。
昼に、ぼくたちは氷河甌穴の渦に潜った。
地滑りの大ハンマーが音をたてて振り落ちてきた。
冬の嵐がぼくたちを心地よい隠れ処から追い出した。

洞窟では、ささやかな奇跡が待ち受けていた。
ぼくたちは若枝で岩を鞭打ち、さわやかな風を起こした。
ぼくたちは湿原の草叢に足をとられて転倒した。
ぼくたちは小さな竜胆の萼のなかで息絶えた。

ぼくたちは羊飼いの呼びかけと羊たちの鳴き声で
死の眠りから覚めた。深紅の漏斗に吸い込まれ
花咲く地面の温い韮葱を通って、光り輝く庭へやって来た。
渦巻く風はぼくたちに新しい故郷をもって来た。

雪におおわれた屋根から、光の海原が広がる、
原始林は煙突と角材に囲まれて高く生いしげる。
煙霧にすすけた林苑は都市の外壁に暗い影を落とす。
噴火口の陥没は窄み、火山灰の山頂は尖がる。

緑の草地は人波の渦巻く広場のように踊り巡る。
細長い街路の谷間で、夕焼けがすすり泣く。
水源に湧き出る泉は空をめがけてほとばしる、
地下道が崩れ、貯水槽の底が破裂するなかで……

ベルリンよ！　白い大都市の蜘蛛の化け物よ！
永久に鳴り響くオーケストラ！　鋼鉄に埋まった戦場！
その虹色に輝く蛇の体は轟音をたてて皮膚を擦りむいた、
塵芥と黴の潰瘍でおおわれたその体は！

ベルリンよ！　おまえは丸屋根の拳をかざして聳える、
そのまわりでは、黒ずんだ雷雲の群れが湧き上がる！
ヨーロッパの衰弱した心臓はおまえの鉤爪のなかで血を滴らせる！
ベルリンよ！　おまえの胸には、熱病の幼虫が巣食っている！
ベルリンよ！　おまえの喘鳴は雷鳴のように轟く！
おまえのしぼんだ肺は、熱い空気で痛め付けられる。

おまえの蛆塗れの踝は、人間の群れの泥水で洗われる。
おまえの頭は傷痕の青痣の冠で飾られている！

ぼくたちは人気のない小部屋に月といっしょに住んでいる、
月は屋根の棟のせまい梁間を低くさすらう。
昼の陽光の灰色の飛沫は星屑の散らばる海岸へ吹きよせる。
アパートの裏階段でひとりの娘が刺された。

ぼくたちは豪華な国家の建物のまわりをうろつく。
要人の車が通る瞬間に備え、爆弾を隠しもって。
金髪のミューズ★17は運河縁をそぞろ歩いていく、
あたりの店から洩れる水銀灯の光に薄紫色に照り映えて。

舗道では、立ちこめる霧が冷気の湿布を当てる。
眠気が残る堤防では、朝一番の高速列車が息を弾ませる。
老いやつれた街娼たちは顔をしかめ
胸をはだけた仄白い朝陽のなかへ消えていく……

おお、陰惨な時代の絶望にたたずむ苦痛の都市よ！
死枯れた樹が音楽を奏で、緑に萌えるのはいつの日か？
丘陵よ、おまえたちが白いベールを纏って隆起するのは
　いつの日か？
氷原よ、おまえたちが銀の翼を広げるのはいつの日か？

燃えはじける薪の山で予言者が火炙りになる。
教会の塔は絞首台のように細くそそり立つ。
振り乱れる亜麻色の髪。黄銅色の足で支える体は
灼熱の銅像のように火柱にくずおれる。

叫び声は瀑布のようにあたりに轟く、
その瞬間に、聖人の合図が下り、火刑の苦しみは消え去る。
船が一艘、力なくひそかに岸辺を離れていく、
船梯子が引き上げられ、夜の闇へ消えていく。――
その日がいつか来ることだろう！……詩人は呼びかける、
その日が根源の竪穴から、もっと早くおまえたちのところへ来るように、と！

火の精霊は死者たちを代々、審く種族になった。
乞食の鳴らす手回しオルガンはかすれた声で火の精霊を
　呼び招く。

その日がいつか来ることだろう！……空の軍団は
雲の切れ間から、風を切って押し寄せる。
家の扉は棺の蓋のように大きな音をたてて閉じる。
おまえたちの体は打ち砕かれる。爆発が讃えられる。

その日がいつか来ることだろう！……神は
なおも怒りを高め、壁蝨の群がる皮膚をかきむしる。
白い破片が一面に漂う水平線では、巨大な鮫が泳ぎ廻る、
その鋸歯のような口には、血の滴る死骸の餌がぶら下が
　っている。

都市の住人

アルフレート・ヴォルフェンシュタイン

まるで篩の目のように窓を並べて、家は立っている、
押し合いへし合い、体を寄せ合って。
まるで首を絞められたように
体を灰色に膨れ上がらせて、街路は伸びている。

市街電車には、二つの正面玄関が
乗っている、互いの体を食い込ませ
目を突き出して見つめ合い
互いに情欲を掻きたて合って。

ぼくたちの住居の壁は皮膜のように薄い
ぼくが泣くと、みながもらい泣きをする、
囁き声は喚き声のように響きわたる。

けれども、ここは閉ざされた洞窟のように静まり返って
　いる、
人と触れ合うことも、見つめ合うこともなく
だれもが遠く離れて、独りぼっちと感じている。★18

都 市★19

ヤーコプ・ファン・ホディス

ぼくは見た、月を、そして
荒れ狂うエーゲ海の輝き散る波飛沫（しぶき）を。
ぼくの行く道はいつも夜の闇と闘った。
けれども、七本の松明（たいまつ）★20がぼくの伴を務め
雲間を燃え照らし、いつも勝利を準備してくれた。
「ぼくはこの虚ろな日々に屈服してもいいだろうか、
都市を吹き荒ぶ風に痛めつけられるままでいいだろう
　か？
すでに人生の侘びしい日を打ち砕いたのだから！」
とうに忘れ去った幾多の旅よ！　おまえたちの勝利は
遠い昔に消え失せた。ああ！　高く鳴り響くフルートと
ヴァイオリンも、この哀しみを奏ではしない。

動物たちの住処（すみか）★21

アルフレート・ヴォルフェンシュタイン

動物たちが黒く群がる檻のまわりを、柵に体を押し当て
吠えまわる住処（すみか）を、ぼくは静かに彷徨う、
そして、遠くの海を眺めるように覗き込む、その眼を、
美しいものたちが決して失わぬ自然の生を……。
混み合う都市と人間の荒い呼吸がぼくの足先で脈打つ、
けれども、雑踏を逃れた静寂が虎の足取りで忍び寄る、
そして、木枝のような縞模様の広がる虎の脇腹は
都市の街路ではなく、自由の大地に休らいでいる。
ああ、ぼくの心は動物たちの清く熱い魂を感じ取る、
すると、ぼくの体は女よりも激しく憧憬に駆られて溶け
　てゆく。
ジャガーの稲妻は嵐の夜のような体から金色に輝き出て、
ぼくの雪のような顔と小さな瞳孔を光で覆う。
鷲は立像のように音もたてず、ゆったりと木に休らいで

いる。

けれども、いまや、空に向かって力一杯、羽ばたいていく！

上昇する勢力（ちから）がぼくに伝わり、飛翔のうねりがぼくをつつむ――

ぼくは石像のように身動（みじろ）ぎもせず、鷲だけが風を切って進んでいく。

前方には、象のような灰色の氷山が、
巨人の幽霊だけがなおも住む山脈がそびえる。
ぼくは宇宙の勢力（ちから）と灼熱（ねつ）につつまれて
かぎりない躍動の圏内（せかい）にただよう。

たそがれ★22

アルフレート・リヒテンシュタイン

一人の太った少年が池と戯れている。
風は一本の木に捕らえられた。
空は身をもち崩した女のようにおぼろに
まるで化粧がはげ落ちたようにくすんでいる。

長い松葉杖に体を低くもたせかけ
声高く、萎えた足を野に引きずる二つの人影。
金髪の詩人は狂人になるかもしれない。
一頭の小馬は一人の婦人につまずく。

一つの窓に一人の太った男が貼り付いている。

一人の若者は一人の小太りの女を訪れようとする。

一人の白髪頭の道化は長靴をはく。

一台の乳母車は叫び、数匹の犬は罵る。

終業時刻★23

エルンスト・シュタードラー

あちこちの時計が七時を打つ。いまや町じゅうの店が閉店になる。

すでに夕闇につつまれた通用門から、豪勢に構えた店の片隅の狭い中庭をぬけて、店員（うりこ）たちがあふれ出てくる。

長い時間（とき）を店内で過ごしていたために、しばらくは目がくらみ、おぼろげで。

娘たちはかすかに興奮して、悦楽を誘う町の照明（あかり）のなか
　へと、心地よく開かれた夏の夕暮へと歩み出ていく。
不機嫌な面持ちの街路も一気に輝きを増し、とつぜん、
　軽やかな拍子をとる、
歩道（トロットワール）は色とりどりのブラウスと娘たちの笑い声であ
　ふれる。
まるで川上の力強い流れがそそぎ込む湖のように
町じゅうに若い力と帰宅の波が打ち寄せている。
行き交う人々の表情の乏しい顔には、それぞれの運命（さだめ）が
　刻まれている——
若い生の興奮は、この夕刻の炎にいっそう掻きたてられ、
その快い風のなかで、どんな暗いものも明るくなり、ど
　んな重いものも軽く漂う、まるでそれらが元来、軽や
　かで自由であるかのように、
数時間のちに、日常の暮らしのわびしい単調さが彼女た
　ちを待ち受けていないかのように、
心寂（うらさび）しい団地アパート[★24]の谷間に建つ、町外れの薄汚れた
　長屋への帰宅が、彼女たちを待ち受けていないかのよ
　うに、
粗末な食事、家族の集まる部屋の蒸し暑さ、弟妹（きょうだい）とい
　っしょの狭い寝室が待ち受けていないかのように、
そして、夜明けとともに夢の黄金の国から追い払われる
　短い眠りが待ち受けていないかのように——
これらのことも、いまは——夕暮につつまれているこの
時は——まだ遠く先に在る、いや、これらのことは早
　くもそこに在り、獲物を狙って低く身構える獣のよう
　に待ち受けている、
しなやかな足取りで軽やかに恋人と腕を組んで歩いて行
　く
幸福の絶頂にいる娘たちも、その寂しそうな目にひそか
　に翳（かげ）を宿している。
ときおり、語らいの最中に娘たちの目が地面に伏せられ
　るとき、
嘲る顰（しか）めっ面が恐ろしく脳裡に浮かび、彼女たちの幸福
　の行く手をさえぎる。
そのとき、娘たちは恋人に身を寄せ、不安に手を震わせ
ながら、恋人の腕にすがりつく、
まるで彼女たちの生を暗闇へと消し去る老齢（おい）が早くもそ
　の背後に立っているかのように。

ダイアデム[★25]

テーオドア・ドイプラー

沈みゆく夕日の頭をアーク灯が飾っている、
そのリラ色の光は夜を生き延びるだろう。
それは立ち騒ぐ人波の上に精霊のように漂っている。
そこには、夢の世界のガラスの果実が実っているにちがいない！

その輝く滴は都市の喧騒を静めないだろうか？
その電灯(あかり)の正体は謎めいて捉えがたい。
その冴えた星に、月はすねているようだ。
月よ、おまえはなぜ星のダイアデム[★26]の下で蒼ざめているのか？

周囲の家が無言のうちに蒼ざめてゆくのに耐えられない。
けれども、あのテラスに何か動くものがある。
なんだかとても変わった動きをしている、
まるで体で円を描こうとしているかのようだ、
かすかに音がする。でも、何の音だかわからない。

翼の利(き)かない鳥の試み

テーオドア・ドイプラー

月が人影の途絶えた路地をさまよっている、
その光は、青白い窓ガラスから射している。
わたしはこの路地に留まりたくはない、

一羽の白い鳥が姿を現わすかもしれない、
凧のように夜空へ舞い上がるかもしれない、
いや、静かに地面に舞い降りるかもしれない。

その月の鳥は見慣れぬ動きを夢中で繰り返している、
窓ガラスを叩き、あたりの静寂を破り、そのあと
息絶えて、杜の無花果(いちじく)の木の下に横たわっている。

都市の魔神(デーモン)たち

ゲオルク・ハイム

魔神(デーモン)たちがあたりの都市の闇夜をさまよい歩く
その足もとには、都市が黒い影を落として蹲(うずくま)っている。

ヴィルヘルム・レームブルック「テーオドア・ドイブラー」　フリードヘルム・ケムプ編『テーオドア・ドイブラー著作集』（ケーゼル出版社、ミュンヘン、1950年刊）に拠る。

『人類の薄明』の初版（1919年刊）では、O. Th. W. シュタインが描いた肖像画が収められていたが、ポケット版でレームブルックのこの画に差し替えられた。これは1916年に描かれたが、レームブルックとドイブラーの交際は、2人が1910年ごろにパリで知り合って以降、とくにこの時期に創造的な協力関係に発展していた。たとえば、ドイブラーは1916年11月にマンハイムで開かれたレームブルックの個展で「図録」に「序文」を書いたほか、開会講演も行なった。また、著書『新たな視座——現代芸術論』ではレームブルックの彫像について詳細な批評を書いていた。他方、レームブルックもマンハイムで催された「詩人の夕べ」を訪れ、ドイブラーの自作朗読に耳を傾けた。なお、このドイブラーの肖像画にはⅠからⅦまで7枚の下絵があったが、それはレームブルックがドイブラーの石版画制作をも考えていたことを窺わせた。レームブルックが示したそうしたドイブラーへの熱意は、彼ら相互の深い信頼と友情に基づいていた。

その顎のまわりには、煙と煤の黒雲が
まるで水夫の髭のようにただよっている。

魔神(デーモン)たちの長く伸びた影は、家屋の海原を泳ぎまわり
街路に立ち並ぶ燈火(あかり)をひとつひとつ消していく。
その影は、霧のように重く舗道を這い
家を一軒一軒なでながら、ゆっくりと進んでいく。

一方の足を都市の広場に踏みささえ
他方の足を塔のうえにひざまずかせて
魔神(デーモン)たちは、降りしきる雨のなかに立っている、
搔き暗(くら)す嵐に向けて牧羊神の笛[★27]を吹き鳴らしながら。

魔神(デーモン)たちの足もとでは、都市の海が奏でる
リトルネルロ[★28]が物悲しく響きわたる。
荘厳な挽歌。ときには鈍く、ときには鋭く
その音調(しらべ)はうねりながら、陰鬱を深めてゆく。

魔神(デーモン)たちは川岸をさすらう。川の黒く太い流れは
大蛇のように、街灯の黄色い斑点を
背中一面に付け、空をおおう暗闇のなかへ
悲しそうにのた打ってゆく。

魔神(デーモン)たちは大きな体を橋壁にもたせかけ、
行き交う人間の群れに手を突っ込む、
まるで沼の縁に立って、泥水のなかへ
腕を突っ込む牧羊神(ファウヌス)のように。

魔神(デーモン)の一人が立ち上がり、月の白い顔に
黒い仮面をかぶせる。暗黒の空から
鉛のように降りてくる夜は
あたりの家を暗闇の竪穴へ追い込んでゆく。

都市の肩は音をたてて崩れる。家の屋根は砕け、
そこからは、真っ赤な炎が立ちのぼる。
魔神(デーモン)たちは屋根の棟を大きくまたぎ
空に向かって猫のように声を上げる。

暗闇につつまれた小部屋のなかで
産婦が陣痛の叫び声を上げる。

丸く膨らんだ胴体（からだ）が産褥からせり出す、
そのまわりには、巨大な悪魔たちが立ち並ぶ。

産婦は震える手で分娩台にしがみつく。
その悲鳴に、産室の四方の壁が揺れうごく、
いまや胎児が姿を現わす。産婦の胎（はら）は伸び
血を流しながら、胎児に引き裂かれる。

見守る悪魔たちの首がキリンのように伸びる。
生まれた児には頭部（あたま）がない。母親はその児を
目のまえにかかげ、仰（の）け反って倒れる、
その背中では、恐怖に震える手が蛙のように指を開く。

けれども、魔神（デーモン）たちは巨人のように聳える。
顳顬（こめかみ）に突き出た角は空を引き裂き、赤く染める。
地面は揺れ、地響きが都市の胎（はら）を駆けめぐる
魔神（デーモン）たちの足指（ひずめ）のまわりでは、火が立ちのぼる。★29

小さなアスター★30

ゴットフリート・ベン

水死したビール運搬人が解剖台に引き上げられた。
だれかがその歯のあいだに
薄紫色の斑（まだら）模様（もよう）のアスターを一輪差し込んでいた。
胸を切り開き
皮膚のしたから
長いメスを使って
舌と口蓋を切り取ったとき
わたしはそれに触れたにちがいない、
そのアスターが隣の脳髄に滑り落ちたから。
胸を縫い合わせるとき、わたしはそれを
胸腔の詰め綿のあいだに
押し込んでやった。
その花瓶のなかで存分に喉を潤すがいい！
やすらかに憩うがいい、
小さなアスターよ！

かつては、深い悲嘆は(トリスティーチア・アンテ)……

ヤーコプ・ファン・ホディス

雪片が舞い降りてくる。ぼくの夜は
とても賑やかになり、いつも輝いている。[★31]
栄光(はえ)あると思われた幾多の冒険も
いまでは、吹き荒(すさ)ぶ北風のように疎ましい。

ぼくは都市の煌めく熱情[★32]をほとんど憎んでさえいる。

かつてぼくが目を覚まし、真っ暗な夜が
——太陽が昇ってくるまで——静かに消え去ったとき、
少しの華麗(きらめき)でようやく救われるかもしれないと
ぼくが胸躍らせて、白い娼婦の華麗(きらめき)を楽しんだとき、

このまばゆい照明(あかり)と深い悲嘆はどこにもなかった。

日々[★33]

エルンスト・シュタードラー

おお、罪の誓約だ！　辱(はずかし)められたベッドへ課せられた
　巡礼をすることは！
忌まわしい場所での、恥辱(はずかしめ)と欲望の繰り返し！
薄汚れた小部屋の宿泊所、残飯が悪臭を放つ台所の竈(かまど)、
煤を吐く石油ランプ、揺らぐ箪笥のうえの罅割れた鏡！
踏み躙られた肉体(からだ)よ！　厚く紅を塗った唇に刻み付けら
　れた、歪んだ微笑！
哀れに乱れた髪！　とうの昔に生気が抜け落ちた言葉。
いま、おまえたちはふたたびぼくのまわりに集まってい
　るのか、ぼくの名前を呼んでいるのか？
羞恥と不安を抱くぼくを、ひとつの衝動(おもい)が焼きつくすの
　を感じる。
敬虔な人々の自尊と、正義の人々の威厳に唾をはきかけ、
喜びも安定もないものに、とうに見放されたものに我が
　身を与え、我が身を捧げ、
喜びを歌いつつ、敗残者の屈辱と陰鬱な心を感じ取り、
大地の穴に我が身を埋めるように、生の心髄に分け入り
たいという衝動(おもい)が。

呪われた青春

アルフレート・ヴォルフェンシュタイン

我が家を去り、街路を走り抜け
あなたたちにも、どんな場所にも知られぬまま
ただ空の雲のように速く、遠く
馴染めぬ喧噪を駆け抜けていく、言葉もなく！

独りでいるって、なんとすばらしいことか
この平穏を掻き乱し、お節介をやく者はいない
親族の誼（よしみ）から、愚かにも近寄ってきて
ぼくの胸を厭（いと）わしく掻き乱す者はいない！

ここに安らぎはなく、急き立てられているばかり
慈しむ心は乏しく、闘いと駆け引きがあるばかり！
ああ、人間であふれかえる街路は
たちまち隣の街路へ流れつづいていく、

ああ、すべては馬で駆けるようにあっけなく過ぎる、
群衆は黒く煮え立つ粥のようにあふれ、
家並みは鞭で打たれるように揺らぐ、
照明（あかり）と騒音に、喚き声と叫び声に追いたてられて。

舗道の石は、平静を装いながらも揺れ動く、
踏み下ろす幾多の靴に打ち砕かれて。
ひび割れて生気の失せたその頭には
街灯がかすめるように白光を放つ。

ここでは、どの顔も獣のようになじみなく
目は、まるで氷に閉ざされたように動きを止め
ただ自分だけを見つめている、
ここでは、顔付き（ひょうじょう）に気を遣う必要もない！

神のいないおまえ、ぼくの頭を塵にせよ——
人間らしさを失ったおまえ、ぼくの心を塵にせよ——
居場所もなく、行き進む道もないこのぼくを
おお、おまえ、街路よ、いっそ意識のないものにしてお
くれ！

昼下がりの工場道路★34（一九一一年作）パウル・ツェヒ

石塀のほかになにもない、芝生の緑もガラス窓も。
道路だけが、ところどころに正面玄関（ファサード）の斑点を付けて
帯のように伸びている。トロッコの轍は静まりかえり、
舗道は水に濡れて、たえず白く光っている。

きみがだれかと擦れ違うとき、その凍りついた眼差しは
きみの体に突き刺さる。その烈しい足取りは
塔のようにそびえる石塀に火を打ち起こす、
その荒い呼吸は、口から雲を湧き上がらせる。

石塀だけが互いに見つめ合って両側につづいている。
この道路を歩き進むことに比べたら、監獄の独房にぶち
　込まれても
脳裡をめぐる思考（かんがえ）が凍りつきはしないだろう。

高僧の紫衣を着るにせよ、贖罪者の麻衣を着るにせよ、
いつも途方もなく重くのしかかるのは
交替時間のない労働（しごと）★35という神の呪い。

選鉱場の少女（一九一一年作）パウル・ツェヒ

苔の鱗でおおわれた塀、運河沿いの暗い片隅、
あつく熱を帯びたクレーンのきしむ音が耳をつんざく。
薄汚れたガラス窓から射し込む淡い陽光（ひざし）が作業場を這う。

青ざめた顔の少女たち、夢と涙ですでに大人びて、
願望（おもい）を抑え、瘡蓋（かさぶた）のように干涸びた目を物憂げに上げ、
はかなく消えた夢で硬くなった胼胝（たこ）を見つめている。

運河のそばの、塀のうしろで働く蒼白い顔の少女たち、
なかば光を失い、血の気の失せた少女たち、ああ、きみ
　たちは夕霧がただよう庭で
風にそよぐ木々の魅惑についてなんと多く訊（たず）ねることよ。

曳船の尖った船首のまわりに泡立つ水は、一度も語らな
　かった、
稲妻のように走る競艇のことを、愛の島にしたたる
月の光のことを、海水浴場を縁取る岸壁のことを。

小窓のあたりに打ち寄せ、部屋に居残る冷たい水は
タールと腐肉と精錬アルカリ液の臭を放つ。
そして、難船の叫び声はきみたちを優しく労わるものではなかった。

機械を造るには適さぬ鉱石の、掘り返された塊のうえに
きみたちは痩せこけた顔を傾ける。
手にはおぼろな意志、目には灰色のうつろな輝きを留めて。

ときおり、きみたちの口から漏れ出る歌は、歯車の轟音と絡み合う、
歯の腐食に病んでいる口から漏れ出る歌……
マリアさま、あなたにはその歌が聞こえないのでしょうか？

けれども、窓辺では数個の影が揺いでいる、
きみたちの寝床の藁に萎れた赤い蕾を
這いからませる夜のように悪意にみちて。

すると、きみたちはすばやく身を引き、
胸を、崩れた廃墟のような股（もも）を激しく撫でる。
そして、目は、どこからともなく射してくる光を吸い込む。

若い作業場長の鋼鉄の仮面のような顔つきほど
きみたちの前に厭わしく現われるものはない、
居酒屋の飲んだくれや梅毒病みとても同じこと。

歯車装置の忙しない回転に囲まれたきみたち。
ああ、むなしく過ぎ去った青春の襤褸切れから
濾し出される憎しみの液汁はなんの役にもたたない！

きみたちの兄弟が、叶えられなかった願望（おもい）を反乱で研ぎ澄まし、
姉妹が運河の向こうで薔薇色に踊り輝いているときに、
きみたちは胸にたぎる思いを鉱石に差し向けねばならない。

けれども、ただ一度だけ血と雪から、ひとつの冠が

きみたちの頭の汚れ、乱れた髪のなかに収まるときがあ
る、
それは、きみたちが黄金の聖体顕示台の輝きに心奪われ、
司祭の衣の裾に唇を寄せる★36ことを許されるとき。

フライス工

パウル・ツェヒ

からみ合う歯車から、命令を飛ばすように
白い鋼鉄の歯が光る。フライス盤は回りつづけ、
煉瓦敷きの床に、ちぢれた銅の削り屑を
豪雨のように流し出す。

巨大な電球から、氷のような白光が降り注ぎ、
油にまみれて歯車（カム）をまわす
フライス工の裸体（からだ）を照らす。その隣では
剪断機（せんだんき）が音もなく降下し、鋼棒を細く縒り合わせる。

ときおり、握り拳と罵声が飛んでくる、
作業場長の吹く笛の音が耳をつんざく、とつぜん
焼け焦げる臭が鼻をつき、筋肉を這う‥殺（や）られるぞ！

どの髭面も真っ赤に血が上り、
どの目も切り子ガラスのように光る
そして、機械の内部（おく）を食い入るように見つめる。

霧

アルフレート・リヒテンシュタイン

霧が世界をこんなにも柔らかく砕いた。
血の気の失せた木々は、霧のなかで輪郭を弱めてゆく。
叫び声がするあたりでは、いくつかの人影がさまよう。
燃え盛る蚊の群れは、息吹のように消えてゆく。

立ちならぶガス灯は、捕われた蝿のよう、
なおも飛び去ろうとして、燃え揺いでいる。
けれども、遠くの空では、毒を含んだ月★37が、
太った霧の蜘蛛が、微光を発して待ち伏せている。

ルートヴィヒ・マイトナー「パウル・ツェヒ」

マイトナーは1909年からベルリンに住み、「新クラブ」や「新パトス・キャバレー」で表現主義の詩人や芸術家と交際したが、ツェヒと親しくなったのは1913年であり、この肖像画も同年に描かれた。その年にツェヒを中心として文芸雑誌『新パトス（ダス・ノイエ・パートス）』が創刊されたが、マイトナーも共同発行人としてそれに関わり、素描画を何枚か掲載した。マイトナーはツェヒについて「鞍のような鼻の形から、スラブ人のように見えた。いつも——気が落ち込んでいるときも——努めて明るい表情を見せていた」と語っていた。

けれども、不埒な行為で死にふさわしいぼくたちは
この荒れ果てた霧の道を踏みつけるように歩いて行く。
そして、悲惨の涙で曇った眼は、無言のまま
まるで槍のように、霧でふくらんだ夜空を突き刺す。

逃走[★38]

アルフレート・リヒテンシュタイン

ああ、ぼくはもう耐えられない
この息詰まる部屋と潤いのない街路に、
家並みを照らす日光と
とうの昔に
読み終えた本[★39]につのる
激しい苛立ちに。

ぼくたちはこの都市(まち)を出て
遠くへ行かねばならない。
やわらかい牧草地に
体を横たえよう。
はてしなく遠く、かぎりなく青く
広がる空に向けて
落ちくぼみ、輝きをわすれ
動きをなくした目を開き、悲嘆の涙でぬれた手を
力なくも、挑むように
かかげよう——

ほんの少しの幸運があるなら

テーオドア・ドイプラー

ほんの少しの幸運があるなら、すべては別のようだろう！
青い微風(そよかぜ)がぼくの帆を膨らませようとするだろう、
勇敢な探検家の心意気がすぐにぼくに芽生えるだろう、
現在(いま)以上の自分を求めて、この力を使い尽くすだろう。
わずかのことが現状(いま)と違っているなら、ほんの少しの幸運があるなら、
欲情の勢力(ちから)に駆られて、覆いもない寒い夜へ入っていく
夢など見ないだろう、

というのも、女性に誘われると、ぼくは自分の根元へ戻ってゆくように感じるのだから、
この不安が消し去られるなら、ぼくは嵐の夜を眠らずに過ごしたりはしないだろう！

敬虔ぶり、生に臆病で、世間に馴染まぬ理由（わけ）をぼくが知っているなら、
ぼくの周囲に緑の幸福が芽生えない理由（わけ）をぼくが知っているなら、
このちっぽけな存在も、たちまち多くの意味をもつだろう！

このままでは、どこにも目的を見出せず、それどころか悲嘆のあまり死んでしまうだろう。

けれども、大地よ、聞いておくれ。ぼくもまた、おまえの子供なのだ！

ああ、大地よ、ぼくはおまえが大好きだ。ぼくが歌う大地の歌は愛の歌。

だから、おまえの息子であるこのぼくを愛おしんでおくれ！　草木や動物を愛するように！

大地よ、なぜぼくはここで愛に恵まれず、死ぬほど不安におののいているのか？

ほんの少しの幸運があるなら！　その幸運をもちつづけるなら！

けれども、ぼくは夢のなかでいつも激しく悦楽（よろこび）を求めている。

すべては試作（こころみ）のまま残っている、ひとつも完成しないまま。

この願望（おもい）を口ずさむなら、ぼくの心は張り裂けるだろう。

そんなふうに空しい時間（とき）が降ってくる

アルベルト・エーレンシュタイン

ぼくになにも期待しないでおくれ。
ぼくは一度も太陽をもったことがなかった、
ぼくは道端の石にこの苦しみを打ち明けた。
ぼくは動物から慰めを得ようとした。

巷の娼婦の目当てはこのぼくじゃなかった。
ぼくには「好きよ！」なんて一度も囁かれなかった。
女たちは理由(わけ)もなく、自惚れ顔を店員に差し向ける、
あの女(こ)は意地悪くあくび混じりに言う、「あんたを悲しませるだけね」と。

そんなふうに空しい時間(とき)が降ってくる。[★40]
あの女(こ)は礼も言わずに葡萄酒や差し出されたものを口にする、
ぼくの憧れる心は消え失せてしまいそうだ。
あの女(こ)は身繕いをし、にわかづくりの淑やかさで
礼儀作法とやらの退屈な動作を長々とつづける。
女は時間になる。[★41]

不　実[★42]

アウグスト・シュトラム

きみの微笑みは　ぼくの胸のなかで泣く
激情を噛み殺した唇は　凍りつく
吐く息に　枯葉の匂がただよう！[★43]
きみの眼差しは　ぼくを棺に閉じこめる
そして
そのうえに　せわしなく言葉の土塊(つちくれ)を撒く。
ぼくを忘れて。
そのあと、差し伸べた手と手は砕け散る！
隠そうともせず
きみのドレスの裾は　招き寄せる
ゆらゆらと　めくるめく
あちらへ　こちらへ！

何だろう？[★44]

テーオドア・ドイプラー

それが本当に真実なら、
たとえどんなに小さく響こうとも
おのおのが自分の声で叫ぶのだ、
神は怒りのなかで
自然のまま、見事に叫んでおられる。
人間よ、そのことがおまえの心に届いたなら
意欲を燃やすのだ！　と。

おや、何だろう？　私は耳をすませる！
多くの生に耳を傾ける
私はつねに風と親しい
私は身をよじって無へと戻ってゆく、
すると、立ち上がることができる。
神の一片である私は
神の御前で思う存分、奮い立とうとする！

嵐が私を抱きしめ、
私たち全員の肩に手をまわし、こう叫ぶ。
「誰もまだわたしのようじゃなかったとき
わたしはおまえのなかに潜んでいた。
わたしたちが自分を創造（つく）ったとき
わたしたちは風と動物になった、
　そして、等級に拠って分かれることになった」と。

疾風（はやて）よ、起これ！
高地よ、その風の音で自分の高さを知るのだ！
そのとき、精神であるわたしはおまえたちのあとから吼
　え翔（かけ）るだろう。
そのとき、わたしはすべての潅木を引き抜くだろう
ああ、悲しいことだ、もしわたしが吹き去るなら
凍結するおまえたちは
自分の体が砕けてゆくことを知らないだろう。

人間たちよ、立ち直るのだ。
激しい声に耳を傾けるのだ、
助けてくれ、この叫びをわかってくれ！　と言っている。
喘ぎが心魂を駆け抜けていく！
おまえたちは神の激情を鎮めようとしない。
ああ、唯一なる神が自由になられるのなら、
わたしたちはそれを望み、心を燃やさねばならない！

もはや混乱（カオス）に面くらいはしない。
わたしたちがいっしょにいたことなどなかったのかもし
　れない。
精神がわたしたちの海にとってこんなにも重く
創造が精神にとってこんなにも虚しいとは！
わたしたちは走り去りながら、自分を責めねばならない。

けれども、つねに新生の姿で生まれねばならない。
すべては、その根源からいっしょに現われるのだから。

さびしさ

テーオドア・ドイプラー

大声で叫んでみる。けれども、わたしの声はひとつも反響しない。
これは古い、音のない森なのだ。
わたしはこのとおり呼吸している。けれども、なにも動かず、なにも鳴り響かない。
わたしは生きている。このとおりまだ耳をすませ、怒り狂うことができるから。

これは森ではないのか？　これは夢が微光を放っているものなのか？
無言のまま行脚をつづける秋なのか？
これはかつて森だった！　太古の根源の力にみちた森だった。
そのあと、山火事が起きた、わたしは火がしだいに近づいてくるのを見た。
わたしは思い出すことができる、思い出す？　そう、思い出すだけだけど。
わたしの森は死んでしまった。わたしは見慣れぬ菩提樹に囁いてみた、
すると、この心にひとつの泉が湧き出たのだった。
いま、わたしは夢を、動きを止めた森の幽霊をじっと見つめる。
そうなのだ、わたしの鳴り響かない叫びは決して無限ではない。
わたしはすべての森に反響のない沈黙を見出すことはない。

避暑地

アルフレート・リヒテンシュタイン

空は、まるで青い海月（くらげ）のようだ。
あたりには、野原と緑の丘が広がる——

穏やかな世界だ、いや、大きな鼠捕り器だ、
ここから、もういい加減に逃げ出したいのに……ああ、
　ぼくに翼があるのなら！

大人たちは骰子遊びをし、大酒を飲み、将来の国家について お喋りしている。
そうやって、だれもが楽しそうに口を鍛（きた）えている。
大地は、日曜日の食卓に上る厚いステーキのようだ、
照り映えて、快い日光のソースに浸っている。

風が吹いてくれたらいいのに……そしたら、この微睡んだ世界は
鉤爪で引き裂かれることだろう。そしたら、なんと愉快なことだろう。
嵐がきてくれたらいいのに……そしたら、青く晴れた
永遠の空はずたずたに引き裂かれることだろう。

村の夜　アルフレート・ヴォルフェンシュタイン

うねった暗闇を前にして、うめく
うめき声を上げる、ぼくの口は。
ぼくは村の賑やかな音に馴染んでもなお
何かを探し求めるように、あたりを見まわす。

木々の生い茂った山が
黒く荒涼とした風景に浮かび上がる、
村の街道（みち）がいま何をしようとしているのか
月の光も人の声もぼくに教えてはくれない。

けれども、ぼくの耳は
ほんの少しの錯覚が起こるのを待っている。
甲虫（かぶとむし）の翅（はね）のうなる音を聞いて
自動車（くるま）が来た、と思い込みたい。

むこうに佇む家の窓に人影があればいいのに、
けれども、あの丸屋根の家には
数個の星と凹（くぼ）んだ月のほかになにも住んでいない、

――だから、ぼくは耐えられない――

ぼくは耐えられない、眠気を懸命にこらえていても
すべてはよそよそしく、閉ざされている――
この村は、湖がある因(せい)でいっそう町から隔たり、
ひっそりと静まり返っている。

けれども、ぼくを弱い人間と思わないでほしい、
ついさきほどまで、都会を憎んでいた――このぼくが
いまは、この村から逃げ出したいと望んでいる――村は
　暗い夜でしかない。
夜よ、ぼくはおまえを覚悟していなかった――

おまえは死んだように、あるいは見たこともない姿で
ぼくの暗いベッドへ手を伸ばしてくる。
神をもたないぼくの不安は
どこにいても人間の手で打ち砕かれはしない。★45

深き淵より(デ・プロフンディス)★46

ゲオルク・トラークル

刈り株ばかりの畑がある、そこに黒い雨が降りそそぐ。
褐色の枯木がある、それはぽつんと一本立っている。
ざわめく風がある、それは人影のない小屋のまわりを吹
　きめぐる――
この夕暮のなんと悲しいことか。

村里を行き過ぎながら
孤児の娘がわずかに残る落穂を静かに拾い集めている。
その瞳は夕暮に沈む金色の輝きを眺め楽しみ、
その胎(はら)は天から訪れ来る花婿を待ちわびている。

家路をたどるとき
羊飼いたちは、娘の愛らしい体が
朽ちて茨の茂みに横たわるのを見た。

ぼくはひとつの影となって、暗闇につつまれた村から離
　れている。
ぼくは神の沈黙を

杜の泉から飲み干した。

ぼくの額を金属（かね）のような冷たさが襲う。
蜘蛛がぼくの心臓を探し求める。
一条の光がある、それはぼくの口のなかで消える。

夜に、ぼくは荒野にいた、
汚物と星屑に体じゅうを覆われて。
榛（はしばみ）の茂みのなかで
またも水晶のような天使たちが翼を打ち鳴らしていた。

安らぎと沈黙

ゲオルク・トラークル

羊飼いたちは葉を落とした木々のあいだに太陽を葬った。
漁師は凍り始めている池から
山羊の毛で結（す）いた網で月を引き上げた。

青い水晶のなかに
蒼ざめた人間が住んでいる、頬を星にもたせかけ
あるいは、深紅の眠りのなかで頭を傾げて。

けれども、鳥たちの暗闇の飛翔はつねに観る者の心を打つ。
青い花の清らかさ、近くにただよう静けさは
忘れ去られたものを、消え失せた天使たちを思い浮かべる。

額は月明かりに照らされた岩間でまたも夜を迎える。
光輝につつまれた一人の青年、
その妹は秋と黒い腐敗のなかに姿を現わす。

午後へ囁いて

ゲオルク・トラークル

太陽が輝く、秋のなかで弱く、ためらいがちに
そして、果実が木から落ちる。
静けさが青い天空に宿っている、
長い午後のひとときに。

金属（かね）から打ち出される死の響き。
一匹の白い獣がくずおれる。
生気の失せた少女たちのかすれた歌声は
舞い落ちる落葉のなかで吹き消された。

額は神の色彩を夢みて
狂気の柔らかな翼を感じ取る。
人影は丘のふもとを歩きめぐる、
腐敗に黒く縁取られて。

安らぎと葡萄酒の香りにみちた秋の夕暮
物悲しいギターの音（ね）が流れてくる。
そして、室内のやわらかな灯火のもとへ
おまえは、夢のなかにいるように立ち寄る。

絶　望

アルベルト・エーレンシュタイン

何週も、何週もぼくは一言も話さなかった。
ただ独り、うつろな日々を送っている。
空には、ひとつの星も瞬かない。
ぼくはいっそ死んでしまいたい。

この部屋籠もりの毎日に涙ぐみ、
部屋の片隅へ這っていく、
蜘蛛のように小さく身を屈めていよう、
けれども、ぼくを踏みつぶす者さえいない。

ぼくは誰にも悪いことをしなかった、
善良な人たちに少しの親切もした。
幸福よ、ぼくはおまえに縁がないと諦めよう。
このままであの世へ行くことはないのだから。

苦しみ

アルベルト・エーレンシュタイン

ああ、ぼくは、自分の悲しみの
石炭車（きかんしゃ）につながれている！
時間（とき）は蜘蛛のように厭わしく
ぼくのうえを這いまわる。

オスカー・ココシュカ「ゲオルク・トラークル」 アニ・クニーツェ夫人（ニューヨーク在住）所蔵の未公開の肖像画。

この絵についてのピントゥスの照会にココシュカは次のように返答した。「私は、『嵐の花嫁』（1914 年）を制作していたときに、トラークルを描きました。彼は制作中の私のところへ頻繁に来ていましたが、或るとき、そのアトリエで 1 篇の詩を作りました。その詩のなかに「嵐の花嫁」という語（ことば）がありましたので、それを私は制作中の絵の題名にすることにしました。ちなみに、それは「夜」と題する詩でしたが、該当部分は「諸民族の火があたりで／金色の炎を上げて燃える。／赤熱に輝く嵐の花嫁（ヴィンツブラウト）が／氷河の／青い大波となって／黒い大岩を越え／死に酔いしれて／突っ走る……」と詠われていました」。

ピントゥスは、トラークルの肖像画は存在しないと聞いていた。しかし、ココシュカがかつてウィーンで誂えていた紳士服店のクニーツェ氏がニューヨークに高級紳士服店を開いたとき、そこでトラークルの肖像画の存在が明らかになった。すなわち、（当時、経済的に余裕がなかった）ココシュカは、仕立代を絵で支払っていた。その結果、年を経る間にクニーツェ夫妻のもとにはココシュカの描いた絵が何枚もたまったが、そのなかでクニーツェ夫人がトラークルの肖像画を見出したのである。なお、トラークルがココシュカの絵『嵐の花嫁』のアートリーディングに拠って書いた詩「夜」には、色彩語が豊富に現われ、詩と絵画の見事な融合が実現していた。

髪は抜け落ち、
頭は灰色の野に変わる、
そこでは、最後の
草刈り人が鎌をふるう。
眠りがぼくの体を暗闇でつつむ。
夢のなかで、ぼくはすでに息絶えた、
ぼくの頭蓋(あたま)から草が生え出た、
ぼくの頭は黒い土の塊になっていた。

無情なこの世で★47　アルベルト・エーレンシュタイン

ぼくは機関車が吐く煙に歓声を上げる、
星辰の白い踊り、
馬の輝き躍る蹄、
栗鼠(りす)の素早い木登りに心躍らせる、
銀色の冴えた湖、小川を泳ぎまわる鱒、
枯れ枝でさえずる雀に心和ませる。
けれども、この世では友も敵も現われこない、
ぼくは長い道を歩いて野原を越える。

「おお、人間よ、自ら喜びに満ち、他人(ひと)も喜びで満たす
　ように努めるのだ！」
この指示(おしえ)をぼくは足で踏みつけた。
陰欝な心で、ぼくは周囲(あたり)をさまよう、
感じやすく、血の涙を流すこの心が
好意を抱いた娘や若者に
踏み躙られてからというもの、その連中を避けながら。
ぼくはあの女(ひと)たちの息吹を大切にし、愛おしんだのに
あの女(ひと)たちの愛は、独り悲しみにくれるぼくに注がれな
　かった。
わびしさに震えるぼくは、こうして生きてゆく、これか
　らもなお。
ぼくはむせび泣きながら、長い道を歩いて荒野を越える。

若きヘッベル★48　ゴットフリート・ベン

きみたちは彫り、形作る。思い通りに動く鑿(のみ)を

きゃしゃな手にもって。
ぼくは大理石の塊に額をぶつけ、
形を打ち出す。
ぼくの手はパンを稼ぐために働く。

ぼくはまだ自分にほど遠い。
けれども、自分になりたいのだ！
ぼくは血の奥深くに一人の男をかかえている、
その男は、自分が創る神々の住む天空と
人間の暮らす大地を求めて叫んでいる。――

ぼくの母親はひどく貧しい女なのだ[★49]、
きみたちはぼくの母親を見たら、笑うことだろう、
ぼくたちは、村のはずれに建てられた
家畜小屋のような狭い家に住んでいる。[★50]
ぼくの青春は、この顔に残る瘡蓋（かさぶた）のようだ。
その下には傷口があり、
そこからは、毎日、血がにじみ出ている。
そのせいで、ぼくの顔はこんなにも醜くなった。
眠りなど、ぼくには必要ない。
食事など、くたばらぬ程度でいい！
闘いとは冷酷なものだ、
そして、世界は尖った剣先にあふれている。
そのどれも、ぼくの心臓を狙っている。
武器をもたぬこのぼくは、そのひとつひとつを
自分の血に浸して溶かし去らねばならない。

神なき歳月[★51]

アルフレート・ヴォルフェンシュタイン

音楽を奏でるのじゃなく、歩き進み、
その足取りを見せたいのだ。
ぼくの本源（ちゅうしん）を求めて
魂の軍団が競い合う。その群れをなして駈ける
騎馬の蹄音（あしおと）は、音楽を奏ではしない。

だから、もはや歩き進む大地や夢路がないとしても、
きみたちは、ぼくが立ち上がっていることに気づくだろ
う、

ぼくはまるで山のように佇み、歩き出さない
けれども、なおもいくつかの希望とつながっている、
どんな運命もぼくから勇気を奪い取ることはできない。

広がりを失った都市のはずれで
震えながら爪先立つしかない狭い場所で
ただ見えるものだけを眺めて、大きくなり
第一の庭から飛び出したものの、第二の音楽は鳴り響かない、
——きみたちは、ぼくが佇んでいることに気づくだろう。

さすらい人★52　アルベルト・エーレンシュタイン

ぼくの友達はみな、風に揺らぐ葦のようだ、
その心は口先に宿っている。
あの連中は誠実ということを知らない。
あの連中の頭（おつむ）のうえで踊りたいよ。

ぼくの好きな娘（こ）よ、
きみは魂のなかの魂だ、
選ばれた女（ひと）だ、光り輝く女（ひと）だ、
でも、きみは一度もぼくを見つめてくれなかった、
その気になって、膝を差し出してくれなかった、
ぼくの心は燃え尽きて灰になった。

ぼくはいつも犬に吠えかけられている、★53
ぼくは風の吹き荒ぶ裏路地に住んでいる、
ぼくの部屋は、頭上にひとつの天窓があるだけで、
壁の四隅では、黴がのどかに暮らし、
罅割れからは、いつでも雨が訪れる。

手にしたナイフがぼくに言う、「その体を刺すがいい！」と。
泥濘（ぬかるみ）にぼくは横たわっている。
そのうえを通って、あの憎い連中は
豪華な馬車で月の虹橋を渡っていく。

手をかざしてください★[54]

クルト・ハイニッケ

原初（はじめ）より名のない
お方よ、★[55]
手をかざしてください、
葡萄酒と笑いでふやけた
わたしの頭のうえに！

ぼくは、稲妻のように走る時刻（とき）のなかへ突き進み、
若さあふれる女たちへ血をほとばしらせ、
歌を奏でるヴァイオリンに合わせて体をゆらす
――見るがいい――
時刻（とき）はみな終わりに近づいている、
ああ、若いままでいることができるなら、
心が夏のままでいることができるなら――
けれども、心の奥でひとつの思いがむせび泣く――
暗い底から
涙をこらえた泣き声が昇ってくる、
そして、ぼくの青春を抱きしめる……
望むようになりはしない、
このことは永久に変わらない。
もしぼくがあらゆる事を望むなら、
この肩は冷ややかにすくむだろう、
この唇は嘲笑（あざわらい）を浮かべるだろう。
ぼくは流離（さすら）う者なのだ、だから
ここに留まってはいけないのだ……

ぼくたちはみな、この地上で他人なのだ★[56]

フランツ・ヴェルフェル

硝煙や短刀で殺し合うがいい、
恐怖を、愛国の標語を撒き散らすがいい、
一片の土地のためにその命を投げ捨てるがいい！
愛する女（ひと）はいつまでもおまえたちのもとにいない。
国土（りく）はみな河川になり、
おまえたちが立っている場所は足もとから流れ去る。
ニネヴェ★[57]、石で築かれた神の反抗者よ、

どの都市ももっと高くそびえ立たせるがいい！
ああ、ぼくたちの行く途（みち）には呪いが宿る……
頑丈なものもぼくたちの目の前ではかなく崩れ去る、
いま持っているものも、このまま持ちつづけることはできない、
結局のところ、ぼくたちは泣くよりほかにないのだ。

山も平野も我慢強い……
上へ下へと走り惑うぼくたちに驚いている。
ぼくたちが分け入った場所は、どこも川になって流れ始める。
命をなおも自分のものと言う者は、思い違いをしているのだ。
ぼくたちは罪深い、ぼくたち自身に罪を犯している、
ぼくたちの運命（さだめ）、それは罪を免れようとする罪である！

いま生きている母親も、やがてぼくたちから消え去る。
いま建っている家も、やがてぼくたちから壊れ去る。
いま喜びに輝いている眼差しも、やがてぼくたちから離れ去る。

心臓の鼓動さえも借り物なのだ！
ぼくたちはみな、この地上で他人なのだ、
そして、ぼくたちを互いに結びつけるものは消え失せる。

名前のない人物よ、拱道（きょうどう）から現われよ

ヴァルター・ハーゼンクレーヴァー

名前のない人物よ、★58拱道（きょうどう）から現われよ！
心をかき立てた若き日の衝動よ、やって来い！
日曜日よ、めぐって来い！　ぼくの初恋の娘（こ）の
白いドレスを飾った薔薇よ、ぼくといっしょに眠るのだ！
ぼくが馬に乗って、おまえたちのところから
黒い姿で海の暗闇へと急いだとき——ぼくは何だったのか！

彩り豊かな光線、日光を浴びた土塊（つちくれ）、
運まかせの冒険。
昔ながらの我が家よ、だれがおまえの平穏を楽しむだろうか！

ああ、ぼくに話さないでおくれ、いま、異国の島では
猿が歓びの声を上げ、鸚鵡が賑やかに鳴いていることを。
ああ、もう一度、終わりなき旅をすることができるな
ら！

哲学

ヴィルヘルム・クレム

わたしたちは知らない、光とは何かを、
天空（エーテル）の精気[59]とその揺らぎとは何かをも——
わたしたちは解さない、成長というものを、
そして、諸元素の親和性というものを。

わたしたちは知っていない、星辰と
時間（とき）の厳かな歩みが意味することを。
わたしたちは理解しない、人の心の深淵と
世界の民族が互いに滅ぼし合う愚かな行為を。

わたしたちは依然として知らない、往くものと来るもの
を、
わたしたちは知らない、神とは何かをも！
けれども、謎ばかりが茂る藪に生えている草木よ、
おまえたちの最高のすばらしさは、希望を抱いているこ
とだ！[60]

憂鬱

アウグスト・シュトラム

歩き進み、あがき求める[61]
生は切望し
立ち震え、止まっている
眼差しは周囲（まわり）を見まわし
死はしだいに近づき
その訪れは
大声を上げる！
深く沈み
静まり返る
ぼくたちは。

心の痛み★62

アルベルト・エーレンシュタイン

神さま、長老エピメーテウスよ、★63
なぜ、あなたはその歯で
わたしの心に穴を開けられたのでしょうか?
ああ、依然としてなお、悲しみがぼくにつきまとう、
しだいに過ぎ去る時間（とき）を思い、
ぼくを安心させようとせぬ
あの飽くなき女を想うとき、
ぼくの悲嘆の声は果てしなくとどろく。
でも、見るがいい、いろいろな物がぼくを慰めようとし
　ている、
木々はふたたび緑に萌え、
時計はたゆまず時刻（とき）を告げる、
そして、夜には生き物のなかで最も哀れな
南京虫の老いぼれがぼくの寝床を訪れる、
ぼくの独り寝を憐れに思って。
けれども、女などに人の心と礼節の何がわかるものか!
ぼくはミューズなど決して信じない。
ぼくの詩（うた）など気にもかけていないのだ、
その時どきのお気に入りを引き連れて
ミューズはせわしげに駆けていく。
神さま、わたしはこれまで一度もあなたにお願いしませ
　んでした、
わたしの自負（ほこり）がお願いすることを許さなかったのです、
けれども、いま、わたしはお願いしたいのです、
この心を恋愛（こい）からお護りくださるように、と。
わたしの死ぬこともできない魂は
もう十分に苦しみましたから。

生にも死にも倦んでいる

アルベルト・エーレンシュタイン

自動車（くるま）が蜂のように唸って走ろうと、
飛行機が大空を飛びまわろうと、
人間には、世界を揺るがす不断の力が欠けている。
人間は、まるで鉄道線路（レール）の上に吐き捨てられた痰のよう。
ぼくたちをまだ解き放たない地球の締め金が、

かぎりなく広い空間を取り囲む締め金が弛んだら、
その片隅に立っている聖なる世界の警官は
最寄りの星雲へ行く近道をぼくたちに示すことだろう、
――塵埃（ほこり）を拭い去る女神である
　思い出は、このうえなくはかないもの――
小さな雨蛙は、その女神が微睡んでいた間に
大きくなり、そして命絶えた。
音をたてて流れる川は、海のなかで力尽きて溺れ死ぬ。
スー族[★64]は出陣の踊りをしていたとき、ゲーテを想わなかった[★65]。
そして、あの情知らずの、永久に改心せぬシュレウス[★66]は
　キリストの苦しみを感じなかった！
感情が電光のように閃くこともなく
互いに何かを感じ合うこともなく、かたくなに心を閉じ
　たまま
恒星、原子：宇宙のもろもろの物体は
上昇し、降下する。

打ち拉（ひし）がれて[★67]

アウグスト・シュトラム

大空で　きらめく石が一個こなごなに割れる
夜はガラスをざらざらに砕く
時間（とき）は止まっている
ぼくは
石
遠くで
きみは
ガラスのようにつやつやになる！

灯火（あかり）

ヴィルヘルム・クレム

灯火（あかり）が燃えている[★68]、蠟が溶けて揺らぐ蠟燭の先端（さき）で、
白くほっそりとした使徒たちの静かな会合（つどい）、
蠟燭の尖った頭（さき）に休らう精霊の穏やかな炎、
夜の吐息のしたで燃え揺らぐ炎の舌。
灯火（あかり）が燃えている。夜の聖堂で燃えさかる献火。

嵐の前兆よ、おまえは何を告げ知らせようとするのか？
火の情欲、炎の角(つの)を立てて燃え上がる号火(のろし)、
おお、おまえの高鳴る心は、なんとわたしを奮い立たせ
　ることか！

灯火(あかり)がしだいに消える。暗闇の坑道で
静かに光を弱めてゆく坑内ランプのように、
煙につつまれた黒い廃墟で燻る最後の火花のように、
記憶が薄れる思い出のように。

灯火(あかり)が消える。夜と孤独が襲ってくる。
わたしたちの心は、いっそう激しく震える――
光を失った天使たちは、うろたえて天に昇る――
翼の羽ばたく音と啜り泣きは、いつ止むともなくつづく。

ゲッセマネ★69　クルト・ハイニッケ

人間はみな、救世主。
その暗い園で、わたしたちは苦痛の杯をかたむける。
父なる神よ、その杯を遠ざけないでください。
わたしたちはみな、愛(いと)おしむ心。
わたしたちはみな、深い苦しみ。
だれもが救われたいと望んでいます。
父なる神よ、あなたの世界はわたしたちの十字架。
その世界を遠ざけないでください。

逃れ得ぬ定め　アルベルト・エーレンシュタイン

だれが知ろう？
生が死ではないかどうか、★70
呼吸が窒息ではないかどうか、
太陽が夜の闇ではないかどうかを。
神々の宿る樫の木から
実が落ちる、その実は
豚の腹を通って糞になる、
その糞から
薔薇の芳香が立ちのぼる、
この恐るべき循環(めぐりあわせ)では

アードルフ・デ・ヘル「クルト・ハイニッケ」　ハイニッケの所蔵。

この肖像画はハイニッケ自身が所蔵していたが、それがいつ、どのような状況で描かれたかは明らかではない。表現主義の文芸雑誌『赤い大地（ダス・ローテ・エアデ）』第1巻（1919/1920年刊）にはハイニッケの詩や散文とともにデ・ヘルの木版画が2枚掲載されていたので、この雑誌が2人の出会いの場になった可能性もある。

なお、ハイニッケはおもに『嵐（デァ・シュトゥルム）』誌を活動の拠点にしていたが、「第一次大戦が終結するころ、『嵐（デァ・シュトゥルム）』誌との関係を絶って独立した。芸術家集団や文学流派に属するのを好まず、近年の文学とも関係がない」と述べていた。彼のそうした姿勢は、単独で絵を描き続け、独自の画風を切り拓いたデ・ヘルの孤高の芸術家精神と共通するところがあった。

屍体は胎児であり、
そして、生の萌芽は死に至る疫病である。

戦争[★71]（一九一二年）

ゲオルク・ハイム

戦争の神が長い眠りから起き上がった、
深い穴蔵の底から立ち上がった。
戦争の神は薄暮のなかに見たこともない姿で立ち[★72]、
黒い手で上空の月をつかんで、握りつぶす。

不気味な暗闇の冷気と影が
都市(まち)の夕暮の喧騒の隅々へ降りそそぐ。
広場の噴水の渦巻く流れは滞り、凍りつく。
都市(まち)は静まり返る。人々は周囲(あたり)を見まわす。けれども、
　戦争の神の姿はない。

裏路地を行く人の肩をそっと摑むものがいる。
誰なのか？　と訊ねても、返事はない。けれども、その
　問いかけた顔は蒼ざめる。

遠くから鐘の音がかすかに響き、
男たちの髭が、尖った顎のまわりで震える。

すでに山のうえで、戦争の神が踊り始めている、
彼は叫ぶ、兵士たちよ、立ち上がれ、進軍だ！　と。
その首には、髑髏(どくろ)の連なった首飾りがかかり、
黒い頭が振られるたびに、大きな音を鳴り響かせる。

戦争の神は真っ赤な夕日を背に、塔のような姿でそびえ
　る

太陽が逃げ去っていくあたりでは、すでに川の水が血色
　に染まっている。
葦の叢(やぶ)では、早くも多くの屍体が体をのばしている、
貪欲な死の鳥たちに白くおおわれて。

戦争の神は野原を横切り、夜の闇へ火を追い込む、
わめきながら、一匹の赤い犬を追い遣るように。
暗闇から夜の黒い世界が浮かび上がる、
その縁は火を噴く火山で赤く輝いている。

何千もの先端の尖った帽子が
揺れ動きながら、暗い平野を埋めつくす、
戦争の神は、街道を逃げ走る者たちの群れを
燃えさかる火の森へ追い込む。

火は勢いを増しながら、森をつぎつぎと舐めつくす、
まるで木の葉の間を黄色い蝙蝠がかすめ飛ぶように。
戦争の神は火夫のように、手にした棒を
木々の間に突っ込み、火を燃え上がらせる。

大きな都市は黄色い煙のなかに沈み、
音もなく奈落の底へ崩れ落ちた。
けれども、戦争の神は燃え盛る廃墟の上に高く立ち
握った松明を休みなく振り回す、荒れ狂う空のなかへ、

嵐に引き裂かれた雲の照り返しのうえへ、
深い暗闇の寒々とした荒野のなかへ。
戦争の神はその火熱で都市の夜空を干涸びさせ、
ゴモラ[★73]の町に瀝青と火炎をしたたらせる。

出発[★74]

エルンスト・シュタードラー

かつて一度、ファンファーレがぼくの堪えきれなくなった心を血まみれに引き裂いた、
ぼくの心は馬のように立ち上がり、猛り立って手綱を噛み砕くほどだった。
あの当時、鼓手の行進はどこの路上でも突撃を打ち鳴らし、
弾丸の雨はぼくたちにこの世で最もすばらしい音楽を奏でた。
そのあと突然、生は音もなく立っていた。道は老木のあいだにつづいていた。
寝間が招き寄せた。そこに留まり、時間を費やし、
埃まみれの軍装を解くように、現実から身を引き離し、
悦びにみちて柔らかい夢の時間の羽布団のなかへ体を横たえることは快かった。
けれども、ある朝、霧が立ちこめた戸外に、合図の反響がとどろいた、
激しく、鋭く、刀で切り込むように。それは闇のなかで突然、閃光が走るときのようだった。

それは露営の早朝を貫いてラッパが鳴りわたり、
眠っている者たちが飛び起き、テントをたたみ、馬を馬
車につなぐときのようだった。
ぼくは軍列に加わった。その隊列は兜や鎧に火の粉をか
ぶり、
前方へ、目や血に戦闘を思い浮べ、手綱を引き締めて朝
のなかへ突き進んで行った。
もしかしたら、夕暮には勝利の行進がぼくたちを囲むか
もしれない、
もしかしたら、ぼくたちはどこかで屍体に混じって横た
わっているかもしれない。
けれども、奪い取るにせよ倒れこむにせよ、そのまえに
ぼくたちの目は、世界と太陽を存分に、燃え立つように
楽しむことだろう。★75

海辺でキャンプファイヤーが（一九一四年五月）★76

ヴァルター・ハーゼンクレーヴァー

海辺でキャンプファイヤーが煙を上げている。
ぼくはこの身を苦難へ投じなければならない。
数頭の豹がぼくの顔に鼻を寄せ、熱い息を吹きかける。
兄弟よ、死よ、おまえはぼくに近い。
ヨーロッパは海原を走る数隻の船に
うろたえて、吹き過ぎる風のなかで震えている。
底知れぬ不安をつらぬいて、幼子の名を呼ぶ
母親の声が響きわたる。
ぼくの馬は死んだ、今朝、ぼくの手のなかで。
馬よ、ぼくはなんと寂しい思いをしたことか！
その死骸から、異国の大地が立ち上がる、
また、次の日時計へ向かって。

夜の虜（とりこ）たち（一九一四年六月二十九日作）

アルベルト・エーレンシュタイン★77

ぼくがひどく打ちのめされて
暗く轟音につつまれた広野で、夜闇、地獄、災禍、
大地を前にして死にそうになったとき、
ぼくの悲しみに眩（く）れる心に

慰めを注ぐ物がつぎつぎと現われた。
光が訪れ、
澄みわたった空に銀色の鷗(かもめ)が舞い、
日光に照り映える丘、樹木でおおわれた鉱原、
草原に広がる湖と池、
美しい村へ通じる道が現われた、
そして、廃墟は夕暮のなかで崩れ落ちた。

ぼくは両手で目をおおい、後退りして身をかわした。

「死の黒い蝸牛(かたつむり)が
ぼくの行く道に這い出てきた。かつてはぼくも
白く咲き匂うクローバの香りと、光につつまれた雲を
　愛した。
車軸の長い荷車の
車輪の合唱を楽しんだ、
のどかに揺れるポプラの並木道を楽しんだ、
照り輝く太陽を、
後方へ走り去る鉄道線路(レール)を楽しんだ、
村の街道に流れる
白く埃を浮かべた小川を楽しんだ。
けれども、ぼくは見た[78]、夜の虜たちを、
悪魔の偵察人たちが善からぬことを企(たくら)んでいるのを。
けれども、ぼくは見た、ハナク[79]の彫像のような倹(つま)しい
　農夫たちが、
畑に佇む色とりどりの服を着た案山子(かかし)たちが
緑の耕地に煤と灰を撒き散らす
急行列車を見て驚くのを。
けれども、ぼくは見た、ジブラルタル[80]でヨーロッパの
　最後の猿たちが凍えて死ぬのを。
けれども、ぼくは見た、羚羊(かもしか)のようにしなやかな足取
　りのインドの踊り子たちが
泡立つシャンペンと
片眼鏡をかけた若造たちのまえで踊るのを。
けれども、ぼくは見た、ジャングルの葦を踏み倒して
　いた象が
子供の投げるパン屑を拾おうと、大きな体を屈めるの
　を。
けれども、ぼくは見た、戦艦ドレッドノート[81]の乗組員

たちが
人食い魚雷＝鮫に囲まれて溺れ死ぬのを、
けれども、ぼくは見た――その日の光景にぼくの目か
　ら涙があふれ出た――
けれども、ぼくは見た、貧しい兵士たちが非番の日曜
　日に
上空を飛ぶ仲間の兵士たちに合図を送るために
建築物（たてもの）の足場のうえでじっとうずくまるのを。
けれども、ぼくは見た、
大空でいつも草を食（は）んでいた一羽の長元坊（ちょうげんぼう）が
ブレスラウの檻の砂のなかに潜り込むのを、
――ぼくは、この夜のような日々の不安から抜け出さ
　ねばならない！
ぼくは、夢に押し流され
眠りこけている屍体ではないのだ。
雲におおわれた空から暑熱が垂れ落ちてくるとき、
木の梢が嵐に痛めつけられ、うめき声を上げるとき、
神の凧が
空を翔（か）けめぐり、横転して舞い落ちるとき、
ぼくはもはや荒天のどしゃぶりも
　雲の激しい追い打ちも欲しない、
　ぼくは、心を駆け抜ける稲妻が欲しいのだ！」
陰欝な死の天使がぼくの前に現われた。
「ようやく、あたしのことを思い出したようね。
あなたは遠い昔にあたしに夢中になった。
このうえなく烈しい悦びを得ようとして。
あなたを食い物にしているこの地上で
本当の自分になるがいい！」
生の粉砕者が両手をぼくの塵のような体に突っ込んだ、
生を奪われたぼくは、体を旋回させながら消え去った、
新緑に変わる木の葉のなかへと。

戦　争★82（一九一四年八月四日作）　フランツ・ヴェルフェル

偽りの言葉の嵐に吹き惑わされ
こけおどしの轟音で頭部（あたま）をつつまれ
飛び交う嘘のために眠りもなく

行動のための行動で身仕度をし
犠牲になることを自慢し
天には無愛想で冷酷に――
時代よ、
おまえは、そんなふうに
騒がしい夢のなかへ旅立っていく、
恐ろしい手で神を
眠りから追い払い
そして、捨て去って。

嘲笑するように、情けも知らず
慈悲ももたず、世界の壁はそびえ立つ！
そして、[★83]おまえの吹くラッパ
そして、わびしい太鼓の音
そして、おまえの行進の熱狂
そして、おまえの恐怖の萌芽
どれもみな、幼児のようにあっけなく砕け散る、
甲冑をこしらえて
永遠の心臓を
恐れも苦もなくつつんでいる

無情の青空に打ち当たって。
難破船の男たちは、恐怖の迫る
夕暮に救い出され、いたわられた。
子供は、もっていた黄金の鎖を
死んだ鳥の墓穴に納めた。
母親が事情もわからぬまま決断する
永遠の勇気ある行動は、人の心を打つ。
高徳な男は
歓声を上げて身を捧げ、血を流した。
聡明な男は力強く突き進み、
ほら、見るがいい、
敵を自分と同じ人間と認め、口づけをした。
そのとき、天空は割れ
その驚くべき光景に堪えきれず
砕け散った。
そのとき、人間の屋根のうえに
神聖な鷲の群れが
舞い降りてきた、
感動に心を震わせ、金色に輝いて漂いながら。

一人一人の小さな善意を前にして
神の目は涙に濡れ、
一人一人の小さな愛は
宇宙の隅々に浸み込んでゆく。

けれども、大きな足音を立てて行進する時代よ、
おまえに災いあれ！
虚言の演説の
忌まわしい嵐に災いあれ！
おまえは、騎兵隊の進撃を前にして
崩れゆく山脈を前にして
喘いでいる道路を前にして
巻き添えを食った多くの無駄な死を前にして、顔色ひと
　つ変えない。

そして、おまえの真実は
竜の咆哮でもなく、
演説に明け暮れる連中の
害ある、虚ろな正義でもない！

おまえの真実はただ、
愚かな行為、その害悪
傷口の縁、鼓動を弱める心臓
喉の渇き、泥水の飲用
剝き出した牙
悪意にみちた怪物の
あらわな怒り。
家族からの、とくに用件もない手紙(たより)
聡くても事態(こと)のすべてが
のみ込めない母親の
奔走。

いまや、ぼくたちはすべてを捨てた
ぼくたちの今後(しょうらい)を放り投げた
そして、この世の不幸に身を捧げ、
憑(つ)かれたように罵(のの)った……
このぼくたちをだれが知ろう。
暗い夜の上で
堪えきれずにとめどもなく流す涙を
両手の指の間から滴らせ、

果てしなく悲しみにくれる
天使のことをだれが知ろう?!

戦争の神（アレス）★84

アルベルト・エーレンシュタイン

小川は朗らかな音を立てて流れ、
野原は夕日に赤く照り映えている、
そこに、髪を振り乱した獣の頭が現われる、
人間に敵意をむき出して。
戦争の神（アレス）であるこのわしは
人間のもろい顎と鼻をへし折りながら
怒りにみちて教会の塔をねじ曲げながら
おまえたちの大地を踏み砕く。
おまえたちの叫びを聞こうとせぬ神に
呼びかけるのはよせ！　思い煩ってもどうにもならぬのだ。
貧弱な二流の悪魔がこの地上を支配している、
無分別と狂犬病を従えて。
わしは都市（まち）に立ち並ぶ旗竿に人間の皮膚を張り渡した。
わしは古い城のゆらぐ門を
この魔神（デーモン）の肩に担いだ。
わしは戦争の不毛の時間（とき）をまき散らし、
ヨーロッパを戦争の袋へ投げ込む。
おまえたちの血は、虐殺者のわしの腕を
赤くぬり染める、
それを見て、わしはどんなに嬉しいことか！
敵陣が炎を上げて燃える、
雨の降りしきる夜に。
弾丸はおまえたちの女房を打ち砕く、
地面には
おまえたちの息子の
睾丸が散らばる、
まるで胡瓜の種のように。★85
そんな赤子（あかご）のような手では、どうにも防ぎようがない、
死神はおまえたちの群れに手を突っ込んでかき混ぜる。
おまえたちは泥土となるために血を流し、
苦難に陥るために財布を叩（はた）いている。
わしの催した宴会のあとに
早くも狼たちは嘔吐を繰り返している、

おまえたちの腐肉を食べ過ぎたにちがいない。
赤痢とペストが広がったあと
まだ何が残るというのだ？
おまえたちを全滅に追い込む意欲に
わしの心は熱く燃え立つ。

心に浮かぶ光景

クルト・ハイニッケ

世界よ、
おまえはなんとよろけていることよ！
ぼくの差し伸べた手を振り切り、
うろたえ、血にまみれて
世界よ！

叫び声が真夜中から真夜中へ響きわたる、
それは、おお、世界よ、
おまえの叫び声！

おまえの母親たちの叫び声
おまえの子供たちの叫び声――
人間の群れが赤い塀のそばで揺れている、
黄金の国土は煙を吐き、苦しそうに喘いで沈む。
人間の群れはよろけ、立ち上がり、歩き進む――
永久につづく人間の群れ
兵士の群れ
母親の群れ
人間の群れ！
よろけ、倒れ、子をもうけ、たたずむ！
人間の手は闘い、血を流し、懇願する。
手、体、顔、
おお、世界よ、崩れ落ちるがいい！
日々が放つ有毒の光につつまれて、黄ばんだ姿で。

ぼくは塀のそばに立ちつくすつもりはない！
おお、ぼくの兄弟たちよ！
ぼくはここで果てるつもりだ！

ベルゼルカーが叫ぶ★86

アルベルト・エーレンシュタイン

おれは世界を引き裂きたい
一片一片、焼き崩したい
生のように熱く燃え
死のように烈しいおれの激情で。

おれは陸を、そして海までも
手に入れた。なんと多くを手に入れたことよ！
おれは人間をたらふく食った
けれども、なお行き着くところを知らぬ。

新しい望みが芽生え、
新しい力が湧いてくる。
幾千もの車輪を回して進んで行こう、
疫病（ペスト）が東西へ向かうおれの行く手を阻むまえに！

マルヌの会戦★87

ヴィルヘルム・クレム

石はしだいに動き、語り始める。
草はこわばり、緑の針金になる。森、
低地、茂みの隠れ場所は、遠方を進む隊列をのみこむ。
空は、灰色の秘密は、はちきれんばかりに膨らむ。
長い二時間は縮んで数分になる。
物影もない地平線は高くせり上がる。

この心臓はドイツとフランスを合わせたほどに大きく、
世界のあらゆる弾丸に撃ち抜かれている。
砲列は獅子の吼え声を
六度、陸地にとどろかせる。榴弾がうなる。
静寂がおとずれる。遠くでは歩兵隊の火が立ちのぼる、
何日も、何週も。

番兵★88

アウグスト・シュトラム

星は　塔の先端（さき）の十字架を驚かす

馬は　霧をぱくつく
鉄蹄（ひづめ）は　眠そうな音をたてる
霧は　なでる
身震い
見つめる　震える
震える
さする
ささやく
おまえ！

偵察隊★[89]

アウグスト・シュトラム

石は敵意をむき出し
窓は裏切りを薄笑い
木の枝は喉を絞め
山の叢林（やぶ）は葉を擦り合わせ、音をたてる
さけび声
死。

突撃

アウグスト・シュトラム

隅々から、恐怖、切迫が叫ぶ
悲鳴をあげて
生は
鞭打ち
自分の
まえ
から
喘ぐ死を追い立てる
空は引き裂かれ
恐怖はやみくもに打（ぶ）っ殺す

ザールブルクの戦い★[90]

アルフレート・リヒテンシュタイン

大地は霧につつまれて黴びてゆく。
夕暮は鉛のように重く垂れる。
あたりでは、砲撃の轟音が駆けめぐり

すすり泣く音をたてて、すべてを引き裂く。[★91]

地平線のあたりで、村が
襤褸切れのように煙を上げている。
ぼくは神に見捨てられて横たわっている、
銃声がとどろき、火球が降りそそぐ塹壕に。[★92]

敵意をむきだした無数の弾丸が
小鳥のように心臓（むね）と脳髄（あたま）のまわりをうなり飛ぶ。
ぼくは灰色の夕闇のなかへ立ち上がり
殺戮を睨みつけて額を高くかかげる。

詩人と戦争[★93]　　アルベルト・エーレンシュタイン

ぼくは、赤く切り裂く復讐の歌を歌った、
森の奥に広がる湖の静寂を歌った。
けれども、だれもぼくの歌に加わらなかった、
ぼくは、ひとりで佇み、
自分だけで歌う蟬のように
ただ自分のためだけに歌を歌った。

すでに、ぼくの歩みは疲れ果て
辛苦の砂のなかで力を失っている。
眼は眠気のあまり地面に落ちている、
ぼくは、物静かな浅瀬にも
川越しにも、街道や娘たちにも倦んでいる。
ぼくは、谷間の縁に佇み、
盾も槍も思い浮かべない。
ぼくは、白樺の木のそよぎにつつまれ
楓の陰で覆われる。
ぼくは、まわりの兵士が奏でる
竪琴の音響（ひびき）へと眠り込む。
それは兵士たちに楽しげな音を響かせる。

ぼくは、身動（みじろ）ぎひとつしない、
なぜなら、どんな思考も行動も
この世界の清澄を濁らせるから。[★94]

星の音楽

パウル・ツェヒ

憂鬱の塹壕のなか、敵意の鉄条網のまえ
おまえはあらゆる攻撃にさらされている――
でも、聞くがいい、弾丸で葉がそぎ取られた梢に
星の音楽があふれている⁉。

地平線の深まりゆく暗闇と
敵陣の銃眼付き胸壁（とりで）から
鳴り響く騒音で
神がオルガン舎を建てている。

おまえがようやく陰欝な眉を上げ
盾と刀を打ち砕くとき、
その体から古びた灰色の軍服が
脱げ落ちる。おまえは意を決し、

その日の出来事をみな振り払い
一本の木のように塹壕の縁に立つ。
まだ数時間まえには迷いためらっていた
おまえが、早くも空へ向かって手をかかげる。

おまえはいま、星と風と木の葉で編まれた
花衣装の銀の編目。
おまえはいま、出口のない
門にかかる出発の幕。

おまえは何かに抱かれ、
どこかで光につつまれて
跡形もなく消え去った。
もはや自分自身を感じない。

けれども、おまえは音符だけが途切れもせず
自分のまわりを躍り巡るのを感じる。
そのあと、鎖が音を打ち鳴らし、光の聖歌が
おまえと、多くの逝った兄弟を誉めたたえる。

森の声と星の声で
創造主の大フーガが鳴りひびく、
そのまわりを、世界の兵営が

マックス・オッペンハイマー「アルフレート・リヒテンシュタイン」『行動』誌・第3巻40号の表紙絵の複写。

オッペンハイマーはウィーンで生まれ育ったが、1911年から1915年までベルリンに住み、表現主義の詩人、画家、批評家と交際した。この経緯から、彼はリヒテンシュタインのほか、カール・アインシュタイン、ハインリヒ・マン、ルネ・シッケレ、ハルデコップフ、S.フリートレンダー（筆名ミュノーナ）、プェムファート、ヴェルフェル、Fr.ブライなど、じつに多くの文学者の肖像画を描いた。そして、そのほとんどを彼の活動の拠点だった『行動（ディ・アクツィオーン）』誌で1912年から1918年まで発表した。

他方、リヒテンシュタインは（それまでは種々の雑誌で作品を発表していたが）1913年以降は、おもに『行動（ディ・アクツィオーン）』誌を活動の拠点にし、同誌を通じてオッペンハイマーとも親交を結んだ。

死んだ新月となって唸り巡る。

最後には、神だけがなおも
宇宙で激しく鼓動を打っている……
太古から打ちつづくその脈拍は、まるで金属（かね）の翼のよう
に
風と海を叩いてまわる。

死者たちの故郷

ゲオルク・ハイム

I

冬の夜明けがゆっくりと、ためらいがちに訪れる。
朝日の黄色いターバンが大地の縁に浮かび上がる、
葉がまばらに残るポプラ並木の向こうに。朝日の額は
たちまちポプラ並木の黒いリボンで飾られる。

湖の葦がざわめく。小道を吹きわたる風が
目覚めたばかりの陽光（ひざし）でその叢（やぶ）を掻き回したのだ。
北の嵐は兵士のように野原にたたずみ、やがて
その太鼓の皮のうえを轟音とともに駆けめぐる。

死神の骨張った腕が鈴を大きく振り鳴らす。
それに合わせて、船人夫の死者が道路を上ってくる。
その口には、馬の歯のように黄ばんだ歯が並び
まわりには、白い髭がわずかに生え残っている。

腹が大きく膨らんだ老婆の死者がやってくる、
胸に幼児の小さな屍体を抱いて。
その幼児は、老婆の乳の出ぬしぼんだ乳房を
まるでゴムホースのように引っ張っている。

首を刎ねられた数人の男たち、冷たい石窟の暗闇のなか
で
死者たちの列から選び出された者たち。彼らは腕に
自分の頭部（あたま）を抱えている。そこには血の赤いガラスが
凍りつき、氷原の朝日のなかで輝いている。

晴れわたる朝と青く広がる冬の昼。
そこでは、黄色い薔薇から立ちのぼる芳香のように

太陽が野原や木立のうえで
夢見心地の大気につつまれて揺らいでいる。

黄金の昼の橋は大地を大きくまたぎ
まるで巨大な竪琴のように音を鳴り響かせている、
ポプラは喪服の衣擦れの音をたて
道端で風にそよいでいる。そこでは、すでに夕暮が

銀色にかがやく小川で陸地を浸している、
そして、はるか彼方では、一面に夕日が燃えている。
黄昏が死者の行列に寄り添って立ちのぼる、
空をめがけて燃え上がる黒い炎のように。

死者の杜、月桂樹、立ち並ぶ木々は
風にそよぐ緑の炎のように
大きく揺らいでいる、早くも一番星が
淡い光の翼を広げる天空で。

吸血鬼の一群は、まるで大きな鷺鳥のように
円柱のうえに座り、寒さのなかで凍えている。

彼らは鉄の鉤爪の威力と嘴（くちばし）の切れ味を
十字架の鉄錆をつついて試している。

木蔦（きづた）が冥界の門に這い出て、死者たちを迎える、[★95]
色とりどりの花輪も墓地の塀から手招きする。
死神が門扉を開けると、死者たちははにかみ
戸惑いながら、手で頭をおおって前に進む。

死神は墓穴に歩み寄り、そのなかに息を吹き込む。
すると、大地の懐から頭蓋骨が次々と飛び出す、
まるで棺から雲の塊が噴き出すように。
その頭蓋骨の髭の周りには、緑の苔がこびり付いている。

年老いた頭蓋骨がひとつ、墓穴から飛び出す、
炎のように赤い髪を振り乱しながら。
その髪は顎に巻きつき、空中高く風に舞い
火炎のネクタイを結ぶ。

墓穴は黒い口を大きく開けて
死者たちにほほえみかける。死者たちは気を失い、

開いた墓穴の喉の底へ転がり落ちる。
そのうえで、墓の石蓋が音もなく閉じる。

II

目蓋は氷でおおわれ、耳は積年の埃で
ふさがれている。おまえたちは自らの時間に休らう。
ときおりまだ、ひとつの夢がおまえたちに呼びかける、
夢は遠い過去から、おまえたちの無言の永遠の扉を叩く、

雪のように仄白く、歳月の流れで
すでに石と化した空のなかで。
おまえたちの崩れ落ちた墓碑のうえには
その死を悼んで、一本のユリが手向けられるだろう。

早春の夜の嵐は、おまえたちの眠りを露で濡らすだろう。
東の空で靄にけむる大きな月は
おまえたちの虚ろな目の奥をのぞき込むだろう、
そこでは、一匹の太った白い蛆虫が体を引き攣らせている。

おまえたちは眠りつづける、侘びしい笛の音を子守歌として
終末に向かう世界の死に抱かれて。
おまえたちのうえを一羽の大きな鳥が飛んでいく、
黒い翼を広げて、黄色い夕焼けのなかへと。

馬で行く

フランツ・ヴェルフェル

夢のなかで思いがぬ場所へ流れ着いたとき
ぼくはこのうえなく美しい午後に、丘を下る自分に気づいた、
その丘はただよい、羽ばたいていた。
ぼくの足元には、横たわっていた、
黄金の装いをした大地が、
実った穂の列が風にざわめく大地が。
ぼくはやって来た、多くの苦難を乗り越えた者のように
熱病の宿った下着を脱ぎ捨て、以前よりも軽やかに
しなやかに動き回ることができる者のように。

汗孔（けあな）や血管では、体の動きを妨げぬ
さわやかな血が、感動に脈打っていた。

ぼくは心穏やかに入って行った、
穀物と日光にあふれる収穫の谷間へと。
胸や腰のまわりでは、実った穂が重く揺れ
ぼくの急ぎ行く畔道をふさぐほどだった。
けれども、夢路はぼくの歩みに快く
頭上を飛び交う鳥たちもほとんど目に留まらなかった。

けれども、その鳥たちの飛翔には理由（わけ）があったのだ……
とつぜん、大地を踏むぼくの足がとても重くなった、
まるで強い磁石が地面で働いているかのようだった。
ぼくの膝と脈拍は、ときおり動きを止めた。
ぼくは自分に問いかけた、磁石がこの歩みを妨げている
　というのに
なぜあの鳥たちは大空の下を羽音を立てて飛んでいるの
　か？　と……。

そのとき、ぼくは見た、周囲のいたるところで
作物が、まるで洪水に襲われ、雹に打たれたように
折れ曲がり、押しつぶれて地面に倒れているのを――
沈みゆく黄金の夕日につつまれて
あたりの麦畑におおぜいの男が手足を伸ばし、死んで横
　たわるのを。
男たちは余所行き（よそゆき）の服装（みなり）をしていたが、頭はすでに黒く
　泥にまみれていた。

彼らはここに、ずいぶん長く横たわっていたのだ――
そう考えて、ぼくは目を閉じた。けれども、まるで小さ
　な隙間から覗くように
ぼくは見た、多くの黒い頭と、何本もの光っている歯を。
膨らんだ胴着では、何本もの銀の鎖が輝いていた。
物取りも、横着な鵲（かささぎ）も持ち去らなかったのだ――
ぼくはそう呟いた――鵲（かささぎ）たちも上空でそう訴えていた。
ぼくは、自分の心をとらえる力を肩から振り払うことが
　できなかった。
たとえどんなに苦しもうとも、ぼくは見なければならな
　かった……

ぼくの眉毛の毛根は凍りつき、皮膚を刺した。

死者たちは、夕方の光のなかにこわばった体で横たわっていた。

とつぜん、ぼくの体が大きな袋に膨らんだように感じられた。

いや、まるで馬にまたがっているように、まるで誰かに背負われているように感じられた。

一人の男がぼくを背負っていた、
ぼくの股はその男の肉の落ちた肩を強く締めつけていた。
ぼくの目のまえで、色あせた髪が風になびいていた。
ときおり、黒光りのする顔が難儀そうに振り向いた、
ぼくが具合よく背中に乗っているかを確かめるために。
ぼくを背負っていたその死者は、顔を歪めて微笑んだ、人の好い下男のように。

その背にまたがって、ぼくは先へ行き進んだ。

彼は速く駆けて行った。鼻息も立てず喘ぎもせずに走る
競走馬でもかなわないほどに速く。

けれども、とつぜん、彼はよろめき、足を止めた。

そして、立ち止まり、哀れなほど蝕まれた顔をぼくに向けた。

ぼくは、まるで自分の朽ちた顔が鏡に映っているように感じた。

彼は口をぱくつかせて言った。

「お若い方よ、神がこのわたしをきみのために
打ち倒し、叩き殺されたことで十分だろう。

わたしはきみの運命を自分に引き受けた。でも、きみは負傷も病んでもいない。

さあ、言っておくれ、はたしてこれは公平な配分だろうか？

きみはわたしの背に乗り、わたしの主人であり――わたしはきみを背負い、きみの下男であるのか？

さあ、座っているその鞍からすぐに飛び降り
股をわたしの項から外しておくれ！

わたしにはわかっている、きみはそうしても困らないだろう。

きみの目は哀れみに濡れ、その心は情けにもろい。

わたしは蛆虫に覆われて黒ずみ、風に晒されて蒼ざめ、
きみのために朽ちてゆくのかね？
さあ、今度はきみがわたしを少しばかり背負う番だ！
わたしはとても軽いから」。

けれども、ぼくは大声で笑い飛ばした、
そして、男の胴体を蹴り、前進を促した。
「ぼくはこの鞍から降りない。走るのだ！　急げ！　走るのだ！
たとえおまえがそうしてぼく自身の姿を映し出そうとも、[★96]
おまえの顔のなかで、ぼく自身の顔が砕け散ろうとも、
ぼくはおまえにまたがっている、手綱を放さない！

ぼくにはよくわかった、
自分が不安の底へ向かっていたことが！　その不安はぼくの首を絞め、
決して慈悲（いつくしみ）を請け合うものじゃないことが。[★97]
このときから、ぼくは自分の首に永久に手が回されているのを感じる。
ぼくは背負われているから、その背に乗っていく！　尽きぬ苦難を感じながら、
ぼくは自分自身の死にまたがる騎手（のりて）であり、主人なのだ！」

そして、笑いながら、ぼくは榛（はしばみ）の茂みから
枝を折り取り、その死者の脇腹を
軽く鞭打った。彼は溜息をつき、初めは
気乗りのせぬままぼくを背負っていたが、やがて駿足になり、
ついには、自ら進んでぼくの快活な力に従った
ぼくは夕暮のなかへ進み、ぼくたちは森の懐に抱かれた。

その森は――
ぼくの生の竪琴を夕焼け空に張り渡していた。
ぼくは大きな手で手綱をつかんだ、
そして、勝利を叫び、冒険を呼び招いた！
死者の足取りは軽やかな音をたて、それとともに樫の木が穏やかに囁いた――
けれども、ぼくは自分の死にまたがり、行き進む喜びを歌った。

男と女が癌病棟を行く★98

ゴットフリート・ベン

男が言う、
ここに並んでいるのは潰敗(かいはい)した子宮
そして、こちらは潰敗した乳房。
どのベッドも悪臭が漂っています。看護婦は一時間ごと
　に交替します。

さあ、気にせずこの毛布をめくってみなさい。
ほら、この脂肪の塊と腐った粘液
これがかつてはどこかの男には堪らなく好いもので、
陶酔とも故郷とも呼ばれたのです――

さあ、この乳房の傷跡をごらんなさい。
柔らかな瘤(こぶ)の数珠に触るでしょう?
気にせずもっと触ってごらんなさい。肉はぶよぶよして
　痛みませんから――

この女は三十人分もの出血をするんです。
だれもこんなに多くの血をもっていません――

こちらの女の癌に冒された胎(はら)からは、まず切開して胎児
　を取り出しました――

患者たちは眠らせておきます、昼も夜も★99――
新患には言います、ここではすやすやと眠れます、と。
日曜日だけは、見舞い客のためにいくらか目覚めさせて
　おきます――

食事はまだわずかに摂られています。
背中には床ずれができて、蠅が飛び交っています。
時どき、看護婦が体を洗ってやります。ベンチを洗うよ
　うに――

ここでは、ベッドのまわりにすでに耕地が盛り上がって
　いる。
肉が地面のように平らになる。体の熱は逃げ去る。
体液が滴りはじめている。大地が呼んでいるのだ――

屍体陳列所（モルグ）★100

ゲオルク・ハイム

数人の看視人が影のように足音をしのばせて歩く、
その周囲では、覆い布をとおして頭骸骨が白く光ってい
る。
ぼくたち死者は、最後の旅立ちのために集まった、
広い荒野を、海を、冬の寒風を突き進む旅のために。

ぼくたちは、黒い襤褸切れで乱雑にくるまれ
飾りもない棺台のうえに気高い姿で並んでいる。
モルタルがはげ落ちた天井の梁からは
キリストがぼくたちに大きな手を差し伸べている。

ぼくたちの時間（とき）は過ぎ去った。すべてが終わった。
ぼくたちは疲れ切っている。ほら、このとおり死んでい
る。
ぼくたちの白い眼のなかには、すでに夜が棲んでいる、
ぼくたちは決してもう朝焼けを眺めることはない。

きみたちは畏（おそれ）多いぼくたちの前から下がるのだ、
ぼくたちに触れるんじゃない、ぼくたちは広がる冬空に
早くもあの界（くに）を眺めている。その前方にはひとつの影が
たたずみ、
黒い肩を夕闇のなかへ突き出している。

きみたちは小人のように縮んでいる、
きみたちは皺だらけの姿で、ぼくたちの膝に乗っている
ぼくたちはきみたちの上で大きな山のように聳えた、
永遠の死の夜へ向かって、神々のように大きな姿で。

笑わせるじゃないか、ぼくたちのまわりに蠟燭が立てら
れている、
朝には、不平をかこちながら、ぼくたちを黴臭い穴蔵の
隅から引っぱり出したのに。
ぼくたちの胸には、すでに青い死斑ができている、
夜に、死の鳥がこの胸の上を飛び越えたから。

ぼくたち王者は、生い茂る木々の間から、
鳥の王国に吹きわたる旋風（つむじかぜ）から姿を現わした。
幾人かはすでに葦の叢（やぶ）の奥深くに滑り込んでいた、

　つぶらな優しい目をした白い獣となって、
秋から放り出され、歳月で朽ちた果実となって。
ぼくたちは、夏には溝の穴を流れ下って腐乱した、
ぼくたちの薄くなった髪のうえを
七月の暑熱を宿した白い蜘蛛がゆっくりと這っていた。

ぼくたちは無言の塔のなかで休らうのか？　世間から忘
　れ去られて、
ぼくたちは冥土の川のさざ波になるのか？
それとも、空に映った火影にまたがって飛翔する小鴉（こがらす）
　のように
嵐に追われ、冬の餌を求めてさまようのか？

ぼくたちは花になるのか？　それとも、ぼくたちは鳥に
　なって
青空の高慢、海の憤慨のなかを飛びまわるのか？
それとも、死の孤独につつまれ、無言の土竜（もぐら）となって
大地の奥深くをさまよい歩くのか？

ぼくたちは早朝の巻き毛のなかに住むのか、
それとも、樹に咲く花となり、果実のなかで微睡むのか、
それとも、波が音も立てぬ入江の真昼に
磯巾着（いそぎんちゃく）に止まって翅（はね）を震わせる青い蜻蛉（かげろう）になるのか？
ぼくたちはだれの耳にも届かぬ独言（ひとりごと）のようになるのか、
それとも、夕暮の空に棚引く一筋の煙になるのか？
それとも、とつぜん歓声を遮る啜り泣きになるのか？
それとも、夜を照らす灯火に？　それとも、夢に？

それとも——だれも寄りつかぬ存在なのか？
ぼくたちはしだいに朽ち果てることだろう、
高く雲の上をざわめく
月の哄笑にさらされながら。

ぼくたちは無へと砕けてゆく、
——かつて大きかったぼくたちの体も
子供の小さな手のなかで
つぶれ、砕けることだろう。

ぼくたち、名もなき者たち、哀れな世に知られざる者たち
ぼくたちは人影のない地下室で孤独のうちに死んだ。
なぜきみたちはぼくたちを呼ぶのか、ぼくたちの灯火（あかり）は燃え尽きてしまったのに。
なぜきみたちはぼくたちの楽しい逢引きの邪魔をするのか？

あそこに横たわっている男を見るがいい、朽ちた口から
楽しそうに灰色の笑い声を上げている。
大きなペリカンのように、長い舌を胸元まで伸ばし
きみたちを笑い飛ばしている。

あの男はきみたちを噛むことだろう。彼は何週間も
魚の館を訪れていた。彼を嗅いでみるがいい、どんな臭いがするか。
見るがいい、彼の髪にはまだ蝸牛（かたつむり）が棲んでいて
きみたちをからかって、小さな角（つの）で手招きしている。
――振鈴が鳴り響き――仲間の死者たちが出て行く。

暗闇が黒い手をのばして這い寄ってくる。
いまや、ぼくたちは広い館で静かに休らう、
高い壁棚の奥には、棺が数え切れないほど並んでいる。

なぜ、あの方はおいでにならないのか？　ぼくたちは
死出の旅に出る装束（しょうぞく）を整えた。腹ごしらえもした。
ぼくたちを率い、大きな旗を先頭に立てて
旅のお供をしてくださるあの方はどこに？

あの方の大きな声がするのは、どこなのか？
ぼくたちはどんな夕闇へと飛んでいくのか？
孤独に打ち捨てられ、ぼくたちは
どんな侘しい天の嘲笑と欺瞞のまえに佇むのか？

永遠の静寂。生の残り火は
黒い空気のなかではかなく消え去る。
ぼくたちの穴蔵の戸口を、地下納骨室の埃にまみれた暗い肺を
吹き過ぎてゆくのは死の風。

それは重く息を吐く、雨が遠くから
単調な音をたてて、ぼくたちの耳に音楽を奏でるとき、
ぼくたちが暗い夜のなかへ耳をすませ、この館に
物悲しく響きわたる嵐の声を聞きつけるとき。

腐敗の青い光輪が
ぼくたちの顔のうえで燃え上がる。
一匹の鼠がむきだした脚で跳びまわる、
ここへ来るがいい、おまえの空腹を満たすがいい。

ぼくたちは、まるで巨人のような出立ちで出発した。
だれもがゴリアテ[★101]のように音を響かせて歩いた。
いまや、鼠たちがぼくたちの護衛を務める、
ぼくたちの体は、細い蛆虫の通る小道になった。

ぼくたちは、かつて光の青い嵐のなかを
白い翼で飛びまわったイカロス[★102]の一族だ、
ぼくたちが黒い死のなかへ仰向けに飛び込んだとき、
ぼくたちには、まだ高い塔の歌声が聞こえていた。

見捨てられた空の国の、遠くへ広がる平原で
はるかに大波が逆巻く果てしない海洋で
ぼくたちは誇らしげに飛び込んで行った、
風雨にしなう帆を広げ、真っ赤に燃える夕焼けのなかへ。

空の果ての光輝のなかにぼくたちが見たものは何か?
空虚な無。いまや、ぼくたちは四肢を引き摺(ず)る、
道端の乞食がうつろな手のなかで
小銭を擦り合わせるような音をたてて。

なぜ、あの方はまだ待っておられるのか?
この館も、隊商宿のまわりの小家も
死者の市場も満員だというのに。そこでは、死者たちの
骨が
まるでコルネットのように、遠くの荒野へ鳴り響いてい
る。

ユリアヌス[103]

アルベルト・エーレンシュタイン

太陽よ、巨神ヘーリオス[104]の黄金に輝く円盤よ！
ヘーリオスよ、あなたは灰色の宇宙を膝まで漬かって歩
　きながら
黄金の円盤を投げ飛ばしておられます！
わたしは、高い空をめざして
祈りの柱をよじ登りませんでしたか？
泣きませんでしたか？　そして、わたしの涙は
あなたの思召（おぼしめし）に従いませんでしたか？
わたしはこの身を捧げ、この血を
慰めようもなく啜り泣いている赤い罌粟（けし）に注ぎました。
光が射し込んできたとき、わたしは祈りながら、あなた
　を見つめました、
この目が黄色い日光の網に覆われて盲（めし）いるまで。
いまや、夜の銀色のしずくも
星のまたたく光も滴り落ちてきません。
梢もなく黴に覆われた細い樹幹からは
枝が一本、わたしの方へ伸びているだけです。
朽ちて、夜露が凍りついた樹皮では
落葉を終えた木に残る、秋を逃した最後の一葉が風に慄（ふる）
　えています。

少年エーリスに[105]

ゲオルク・トラークル

エーリスよ、黒歌鳥（くろうたどり）が黒い森で鳴いたら
それは、おまえが没落するときだ。
おまえの口は岩間に湧き出る青い泉の冷水を飲む。
おまえの額から静かに血が流れ出したら
太古の伝説を語り、
鳥の飛翔をおぼろに解き明かすのをやめるがいい。
けれども、おまえは静かな足取りで夜のなかへ入ってい
　く、
そこでは、深紅の葡萄がたわわに実り
その青い宙でおまえはいっそう美しく腕を動かす。
茨の茂みが声を響かせるところで[106]

おまえの月のような瞳が憩う。
ああ、エーリスよ、おまえはなんと遠い昔に死んでしま
　ったことか。

おまえの体は一本のヒヤシンス[★107]
そのなかに、ひとりの僧が蠟のように白い指をひたす。
ぼくたちの沈黙[★108]は黒い洞窟

そこからは、ときおり動物が一匹、静かに歩み出る
そして、物憂げに重い目蓋を伏せる。
おまえの顳顬の上には、黒い露がしたたり落ちる、

崩れ落ちた星から降る最後の金色が。

エーリス

ゲオルク・トラークル

1

この黄金の日の静寂を破るものはない。
樫の老木のしたに
おまえは姿を現わす、エーリスよ、つぶらな目をして安
　らぐ者よ。

その目の深い青は、恋人たちの微睡みを映す。
彼らの薔薇色の吐息は
おまえの口に触れてその音響を消した。

夕暮に、漁師は重い網を引き上げた。
善良な羊飼い[★109]は
羊たちを森の縁に沿って率いていく。
おお、エーリスよ、おまえの日々はみななんと義しいこ
　とか。

土のはげ落ちた塀で、オリーブの木の青い静寂は
音もなく沈み、
一人の老人の呟きのような歌は鳴り止む。

一艘の黄金の小舟は
エーリスよ、おまえの心をわびしい天空で揺らす。

2

夕暮に、穏やかな鐘の音が
エーリスの胸に響きわたる、
そのとき、その頭は黒い枕のなかに沈む。

一頭の青い獣が
鳴き声もなく、茨の茂みで血を流す。

一本の褐色の木がぽつんと離れて立っている。
その木からは、青い果実が数個、落ちた。

星座とその周辺の星は
音もなく夕暮の池に沈む。

丘の向こうでは、早くも冬が訪れた。

青い鳩たちは
夜、氷のように冷たい汗を飲む、
エーリスの水晶のような額から流れ出る汗を。

暗い塀では、神の物悲しい風が
たえず音を鳴り響かせている。

センナ・ホイ[★110]

エルゼ・ラスカー＝シューラー

あなたが丘に葬られてからというもの、
大地が甘く匂うのです。

いま、わたしが爪先立って歩いて行くところは
どこまでも清らかな道です。

おお、あなたの血の薔薇は
静かに死に浸ります。

わたしには死ぬことなど
もはや恐くはないのです。

すでに、わたしはあなたの墓のうえで
蔓草の花といっしょに咲いています。

あなたの口はいつもわたしを呼んでいました、
いま、わたしの名前はもはや帰り着くところを知りません。

あなたを葬るために、わたしが掘った一掻きごとの土は
わたしをも埋めてしまったのです。

そのために、わたしのいる場所は夜が明けず、
早くも、星が薄暗がりのなかに瞬いています。

そして、わたしは周囲(まわり)の友達には解せぬ者に、
まったく馴染みのない者になりました。

けれども、あなたは静まり返った町の門のそばで
わたしを待っていてくださいます、大天使のあなたは。

我が母★111

エルゼ・ラスカー＝シューラー

母は、わたしと並んで歩いていた
あの偉大な天使だったのでしょうか？

それとも、母は霧の立ちこめる空のしたに
葬られているのでしょうか——
母の亡骸のうえで青く花開くものはないでしょう。

せめてこの目が明るく輝いて
母に光をもたらすことができるなら。

微笑がこの顔から消えていないなら、
その微笑を母の墓のうえに広げることでしょう。

けれども、わたしは日が暮れることのない
星をひとつ知っています。
その星を母の大地のうえにもってゆくことでしょう。

いまから、わたしはいつも独りぼっちでいることでしょ

う、
わたしと並んで歩いていた
あの偉大な天使と同じように。

死の天使[112]

ヤーコプ・ファン・ホディス

I

鳴り響く太鼓の音に合わせて、婚礼の行列が進む、
花嫁は絹でおおわれた輿に乗せられ、運ばれていく、
白馬たちは行列の遅い歩みに堪えきれず
黄金の轡を噛んで茜色の雲の間を飛んでいく。

この優しい花嫁の粗暴な花婿である
死の天使は、空の広間で花嫁を待ちわびている。
振り乱れた黒い髪は
額に垂れ、そのうえでは朝が明けかかる。

目は花嫁を哀れんで、燃えるように大きく開いている、
まるで絶望の淵に在るように、訪れ来る歓びを見つめながら。
恐怖を覚えつつも、決して潰えることのない希望と
彼が一度も知ることのなかった日常の夢を映して。

II

死の天使は姿をあらわす、一人の少年に
このうえなく優しく抱かれていた穴蔵から。
死の天使は、蝶となって夢の国を飛びまわり、
愛の一夜の礼として、少年に世界の海を見せた。

微風のそよぐインド[113]。そこでは、灼熱の真昼に
灰色の海水が黄色い入江へ打ち寄せている。
岸辺の寺院では、一人の娘が焚かれる炉のそばで
僧侶たちが踊り、シンバルを打ち鳴らしている。

娘は、歌いはやす群衆に邪神を見せられ、小声で
すすり泣いている。邪神は、髑髏をつないだ数珠を
太股に巻き、雲のうえに腰を下ろし、
焚かれる娘の苦しみを黒い接吻で癒す。

酒に酔った男たちが、立ち並ぶ剣の間を裸で踊りまわる、
そのなかの一人が胸を刺して倒れ込む。
男は血を流しながら、太股を激しくふるわせる、
その間に、少年からは寺院、夢、世界が消えてゆく。

III

そのあと、死の天使は一人の老人のところへ飛んで行き、
緑の鸚鵡となって彼のベッドに歩み寄った。
老人はかすれた声で「おお、恥知らずのスザンナ！」と
とうに忘れた若き日の恨み節を口ずさむ。

彼は死の天使を見つめる。力ない目からは、なおも一条
　の光が
ガラスのようにきらめく。最後の作り笑いが
歯の抜け落ちた口のまわりで引きつる。そして、
最期の喉から鳴り響く喘鳴が、部屋の静寂を揺り動かす。

IV

花嫁の体は、薄絹の衣装の下でしずかに動きを止めてい
　る。

死の天使は黙している。微風だけが病んだように重く吹
　き過ぎてゆく。
死の天使はひざまずく。いまや、二人は
天から降り注ぐ愛の光に身をふるわせている。

ラッパの音と暗い雷鳴がひびきわたる。
花嫁が静かに、しとやかな仕草で
死の天使に唇を寄せたとき、
花嫁のヴェールは朝焼けの空の彼方に飛んで行った。

オフェーリア[★114]

ゲオルク・ハイム

I

髪のなかに、河鼠の仔の巣をいだき、
流れの上に、指輪をはめた手を
まるで鰭（ひれ）のように浮かべ、オフェーリアは漂っていく、
水面に広がる原始林の木陰のあいだを。

暗がりをさまよう最後の夕日は

ルートヴィヒ・マイトナー「ヤーコプ・ファン・ホディス」

マイトナーは「新クラブ」や「新パトス・キャバレー」の会合に出席する過程でファン・ホディスなどの表現主義の詩人と知り合った。その後、ファン・ホディスとは「西区カフェ」や、マイトナーのアトリエで開いた「水曜日の夕べ」でさらに親交を深めた。この肖像画は1913年に描かれたが、当時、2人は「西区カフェ」で夜遅くまで語り合ったあと、ベルリンの街を彷徨うのが習慣になっていた。

なお、マイトナーはファン・ホディスについて「南欧人のような風貌で、時折り目が潤んでいた。活力が漲り、興奮しやすく、何ごとをも思い詰める性格で、とにかく気性が激しかった。自分に合わないものは何であれ、躊躇なく拒否していた。しかし、神経が繊細で、感受性が強く、感情の起伏が激しかった。それは詩を書くときの身体にも表われており、口いっぱいに唾を溜め、体を小刻みに震わせていた」と語っていた。この肖像画でファン・ホディスの頭上に何本もの斜線を引いたとき、マイトナーは早くもファン・ホディスの精神錯乱を予感していたのかもしれない。

オフェーリアの脳髄（あたま）の小箱に深く沈む。
なぜ、彼女は死んだのか？　なぜ、たったひとりで
羊歯（しだ）や雑草の絡み合う川を漂っていくのか？[★115]

生い茂った葦の叢（やぶ）には、風が立ち止まり、
まるで人間の手のように、蝙蝠（こうもり）の群れを追い払っている。
その群れは暗く羽ばたき、水を浴びながら
煙のように、まるで夜の群雲のように

暗い流れのあいだに漂っている。細長く白い鰻が一匹
オフェーリアの胸の上を滑っていく。螢が一匹
その額の上で光を放っている。一本の柳が彼女の上に、
その無言の苦悩の上に葉枝を垂らして泣いている。

II

穀物。種蒔き。そして、真昼の赤い汗。
畑にとどまった黄色い風は、音もたてず眠っている。
オフェーリアがやって来る、永眠の床に就く一羽の鳥が。
オフェーリアの上に白鳥の翼が白い屋根を広げる。

青い目蓋（まぶた）が柔らかい影を落とす。
大鎌の光り輝くメロディーに合わせて
彼女は夢みる、永遠の墓穴で
深紅に燃える口づけを、終わりなき夢を。

オフェーリアは流れ、漂っていく、都市（まち）の喧騒が
とどろく岸辺を通り過ぎ、堤防をいくつも突き抜けて
白い水が流れ込むところを。反響が遠くにこだましながら
鳴り響くところを。混み合う街路にあふれる

どよめき、鐘の音と警笛。
機械のきしむ音。闘争の叫び。西側の
曇ったガラス窓に射し込む鈍い夕陽。
その赤い陽のなかで、クレーンは大きな腕を振り上げている。

黒い額をした横暴な独裁者、
モロク[★116]のまわりには、奴隷たちが暗い影のようにひざまずく。

川の上に鎖のようにつながる
鉄橋の重圧と情け容赦のない追放。

人目にも留まらず、オフェーリアは水とともに流れてい
く、
けれども、彼女が漂っていくところでは、暗い悲しみが
両岸に広く影を落としながら、大きな翼を広げ、
人間の群れを遠くへ追い払っている。

オフェーリアは流れ、漂っていく。その周囲（あたり）では
晩夏の西空に残る高い日が暗闇に身をゆだね、
草原の深い緑のなかには
遠方で出番を待つ夕暮の静かな疲労がたたずむ。

川の流れに乗って、オフェーリアは遠くへ運ばれていく、
幾多の冬の悲哀にみちた港を通り抜け、
時間（とき）を下り、地平線が火炎のように立ちのぼる
果てしない空間（ひろがり）を突き抜けながら。

永遠の眠り　アルベルト・エーレンシュタイン

ぼくは銀の脚（あし）をした酌取りだった、
現世（このよ）を忘れさせる葡萄酒を酌いでまわった。
ぼくは時勢（とき）の歓喜の舞踏から早くも外れてしまったの
か？
歓喜はすでに行く先を変え
悲嘆に移り変わってしまったのか？

ぼくの足元には
豊穣の年が身を転がして横たわっている、
けれども、ぼくは唆（そそのか）され、怪我をしながら
裸足で刈り株ばかりの畑を歩き進まねばならない。

ぼくは見る、水の流れに喉の渇きを、
太陽の輝きに星の瞬かぬ夜を。
享楽（たのしみ）でこの体をすっかり壊してしまった。
ホーラーたち[★117]はケレース[★118]になってしまった。
死んだように静まり返った回想の森が現われ、
鈴蛙の鳴き声が響きわたった。

きみたち女は何を望むのか？　貧しく、纏う衣服もなく
その若い目の縁に心痛と愛の隈（くま）をとどめて。
ぼくは、きみたちの軽やかな姿を、
風にそよぐ眠り草を目に留めなかった。
ぼくは、きみたちの髪が白くなるのを耳に捉える！

ぼくとは？　ぼくは何者か？
ぼくは、もろく崩れ落ち
海へ流れ帰る時間（とき）の塊。

ぼくは、水溜りを曇らせる啜り泣く風。
ぼくは、閃光を発して消え去る稲妻。
ぼくは、降ってはすぐに解ける雪。
ぼくは、池のなかで掻き消える櫂（かい）の波筋。
ぼくは、娼婦の胎（はら）に残る精液！

だから、きみも王侯のような身振りを捨てるがいい、
きみは立派な死、
ぼくは一塚の土。
おお、やがてここへ来て、ぼくと混ざり合うがいい、
土と土が混ざり合うように。

酒宴の歌

フランツ・ヴェルフェル

ぼくたちはまるで酒呑みのようだ、
自分の犯した殺人のうえに平気で身をかがめて
物陰の逃げ道を
微睡み、よろけながら歩いて行く。
ここには、どんな隠し事があるのか？
この下で、なにが叩いているのか？
なにも、ここには隠し事などない。
なにも叩いていない。

ぼくたちを生かしておいてくれ！
深く酔わせ、心を麻痺させる自惚れを抱かせておくれ。
そしたら、ぼくたちは元気でいることができる！
ぼくたちに巧妙な嘘を
この身をいたわる故郷を残しておいてくれ！

どんなことをして生きているのか？
ぼくたちは知らない……
それなのに、ぼくたちはあちこちへ
出任せを言っている。

ぼくたちは、夜間に黒い川から浮かび上がる
腕を見たくない。

ぼくたちには深い森があるのだろうか？
梢のうえに聳える鐘塔があるのだろうか？
立ち去ろう、ここから走り去ろう！
あちこちに定まりなく生きることにしよう。
黒い眠りに満ちた酒瓶を手渡しておくれ！
ぼくたちを生かしておいてくれるだけでいい、
ぼくたちに酒を呑ませておくれ、酒を！

けれども、きみたちが見つめているとしたら！
ぼくが自分の犯す殺人を見つめているとしたら！
ぼくの足は逃げ走ることだろう！
この楡の木の下に、ぼくはいないだろう。

どんな場所にも、ぼくはいないだろう。
周囲（あたり）の木々は褐色になるだろう、
周囲（あたり）の岩は死刑執行人のようにそそり立つだろう！
どんな火のなかへもぼくは身を投げ、
もっと苦しんで燃え崩れるだろう！

ぼくたちは自分の犯した殺人のうえに身をかがめる酒呑
　みなのだ。
ぼくたちは言葉に温々とくるまっている。
黄昏が訪れ、ランプをのぞき込む！
ここに隠し事はないのだろうか？
そのとおり、なにもない！
踊り子たちよ、ここへ来て、歌うがいい！
カスタネットを打ち鳴らして！
さあ、ここへ来るがいい！　ぼくたちはなにも知らない。
ぼくたちは戦い、戯れたいのだ。
ぼくたちに酒を呑ませておくれ、酒を！

ヘーリアン★[119]

ゲオルク・トラークル

精神（こころ）だけが目覚めている時刻（とき）に
陽光を浴びながら、夏の黄ばんだ塀★[120]に沿って
歩いて行くのは、なんと快いことか。
歩みは草叢でかすかに音をたてる、けれども
牧羊神（パーン）の息子は、灰色の大理石のなかで眠りつづけてい
　る。★[121]

夕暮に、ぼくたちはテラスで褐色の葡萄酒に酔った。
桃が葉陰のあいだで赤く輝いている。
穏やかなソナタ、楽しげな笑い。

夜の静寂は快い。
暗闇の平原で
ぼくたちは羊飼いや白い星と出会う。

秋になったら、
澄み切った明るさが杜に現われる。
ぼくたちは心穏やかに赤い塀★[122]に沿って歩いて行く、
そして、つぶらな瞳★[123]で鳥の飛翔を追う。
夕暮には、白い水が墓の骨壺に溜まる。

葉を落とした小枝のなかに、空が休らう。
汚（よご）れをぬぐった手で、農夫はパンと葡萄酒を運ぶ、
そして、果実は陽光の居残る貯蔵室（くら）で静かに熟れてゆく。

おお、尊い死者たちの顔はなんと厳かなことか。
けれども、魂は義（ただ）しく眺めることを好む。

荒れ果てた庭の沈黙は深い、
あの若い修練士が額を褐色の葉で飾り、
その呼吸が氷のように冷たい金色の光を飲むがゆえに。

手は青みがかった水の歳月に触れ、
あるいは、厳寒の夜に、姉妹たちの白い頬に触れる。

歩みは、静かに穏やかに温もりのある部屋のそばを通り
　過ぎていく、
そこには、孤独と楓（かえで）のざわめきがあり、

もしかしたら、まだ鶫（つぐみ）がさえずっているかもしれない。

人間は美しい、暗闇に現われて
驚いて手足を動かし、深紅の眼窩のなかで
静かに目をめぐらすとき。

夕べの祈りのとき、あの異郷者は十一月の黒い破滅[★124]に迷
　い込む、
朽ちた枝のした、癩にまみれた塀[★125]に沿って。
そこは、かつてあの聖なる兄[★126]が歩いて行き、
錯乱の穏やかな弦の響き[★127]に沈んでいったところ。

おお、夕暮の風はなんとさびしく吹き止むことか。
息絶えながら、その頭はオリーブの木の暗闇に傾く。

あの種族の没落は心を揺さぶる。
この時刻（とき）に、眺める者の目は
その星の金色の光にあふれる。

夕暮に、鐘は鳴り止み、もはや音を響かせない、
広場をかこむ黒い塀はくずれ、
死んだ兵士は、人々に祈りを呼びかけて声を上げる。

蒼ざめた天使となって、その息子は
かつて祖先が住んでいた、人影もない家へ歩み入る。

姉妹たちは、遠くにいる白い老人たちのもとへ行った。
夜に、眠る男は玄関の柱の下に姉妹たちの姿を見つけた、
彼女たちが哀れな巡礼から帰って来たのを。

おお、彼女たちの髪はなんと哀れに汚物と蛆虫に覆われ
　ていることか、
眠る男は銀色の足でそこにたたずみ、
姉妹たちは死んで、わびしい部屋から歩み出ていく。

ああ、真夜中の篠突く雨のなかに響く彼女たちの賛美歌、
下男たちは刺草（いらくさ）で柔らかなその目を打っていた、
接骨木（にわとこ）の愛らしい実は
それに驚いて、人影のない墓のうえに身を屈める。

黄色がかった数個の衛星（ほし）が静かに
若者の熱を宿した敷布のうえに転がる、
若者が冬の沈黙のあとを追うまえに。

ひとつの崇高な運命がケデロンの谷[★128]を想う、
そこでは、しなやかな植物のヒマラヤ杉が
主なる神の青い眉のしたで枝を広げ、
羊飼いは羊の群れを夜の草原を越えて率いていく。
あるいは、恐れを知らぬ天使が杜のなかで人間に近づき、
聖者の肉体が赤く熱する火格子のうえで崩れるとき、
眠りのなかで叫び声がひびく。

土室（つちむろ）の壁のまわりに、深紅の葡萄が蔓を絡ませている、
黄色く色づいた麦の束はざわめき、
蜜蜂はうなり、鶴は飛びまわる。
夕暮に、甦った者たちは岩間の小道で出会う[★129]。

黒い水に癩を病む者たちが姿を映す、
あるいは、夕映えの丘から吹いてくる匂い立つ風に泣き
ながら
汚物で汚れた衣服を広げる。

ほっそりとした少女たちが、夜の小路を手探りで歩き進
む、
想いを寄せている羊飼いに会えるかもしれない、と。
週末の夕べ、あたりの小屋では穏やかな歌声が響く。
その歌に思い出させよ、あの少年のことを、
彼の狂気を、白い眉と彼の死を、
血の気の失せた目を見開いて息絶えた者のことを。
おお、この再会はなんと悲しいことか。

黒い部屋のなかには、狂気の階段がつづき、
開いた戸のしたには、老人たちの影がただよう。
ヘーリアンの魂が薄紅色の鏡に映った自分の姿を眺め、
雪と癩がその額から降り落ちる。

四方の壁からは、星影も
光の白い形姿（すがた）も消え去った。

墓地の骸骨が絨毯から立ち現われる、
丘には、朽ちた十字架の沈黙がたたずみ、
深紅の夜風には、香煙の芳香がただよう。

おお、黒い墓穴のなかの砕けた目よ、
その孫が穏やかな錯乱のなかで
独り、もっと暗い最期に思い沈むとき、
神は、彼のうえに無言のまま青い目蓋(まぶた)を落とす。

世界の神々

アルベルト・エーレンシュタイン

ぼくたちは自由を奪われ、悪魔に取り囲まれ
まるで家畜のように追い立てられる。
地上が光明を得るまえに
この世に現われたぼくは、我が身を呪う。

ぼくたちの帆は、風を受けて膨らむこともない。
嵐がやってきた。友人たちは
髪を乱雑に刈られ、足を凍えさせ、
創造から離れ去り、精神(こころ)を身体(からだ)に半田付けされ、
夜更けに、馬小屋を見回りながら馬糞の臭を嗅ぐ。
あるいは、徴兵を拒み、悲鳴をこらえて手を切断し、
だれのものとも判からなくなった腕を涙が滲んだ外套の
　袖にくるみ、
大地が彼らを呑み込むところまで、塀にそって
松葉杖にすがりながら歩いて行った。

嘆き悲しんで、ぼくは友人たちのもとから立ち去った。
この地上では、だれもぼくを愛おしんでくれない、
だから、ぼくも自分の血を流すことを望まない。
だれもこの身の施しなど喜びはしないのだ。
恐怖と悲嘆から生まれた苦痛の産物である
このぼくを、草原はもはや慰めてくれなかった。
故郷の畑で風にゆらぐ薹茎のような
このぼくは、夢のなかでジャングルに逃げ込んだ。
どこにも居場所がなかったのだ！★130
ジャワのベンガル虎、
勇猛で、なにものにも冒されぬ神、
――その前足の下で、ぼくは体を打ち砕いて消え失せた。

最後の呼吸がもれ出た。魂が立ち昇った、高くはなかっ
　たが。
その魂は、唸り声を上げて灰色の湿原を越え、
黒い影の群れをなし、
神の壮麗な浜辺から
遠く離れて
ただ世界の神々だけを眺めた。
ぼくは、風を切って踊り回る輪舞に近づき、
祈りながら自分の神へ向かって体を起こした。

「太陽の神なるアポロン、
日は、薔薇色のミューズとともにあなたの周りを九重(ここのえ)
　に踊りめぐる、[★131]
運命を担いだあなたの肩はなぜそんな音をたてるのです
　か？
だれもあのクリューセース[★132]の感情を害しませんでした。
あなたの成上がり祭司たちは、あなたを辱めるのです
　か？
半人前の詩人が詩を、嗅ぎ廻る記者が新聞を堕(お)とすなら、
罪のない民衆をいたわってください、
慈悲をもって、あなたの領国を見回ってください、
疫病や黄色い腐敗で、わたしたちの息を詰まらせないで
　ください！」

山の歌声が不安を誘うように、ぼくの方へ響いてきた。

「おまえたちは幸福について熱心に語り、
欲望に身をすり減らして生きている。
けれども、おまえたちが熱を上げ、
楽しんだのは、女の胎(はら)だった。

小人のようなおまえたちは、岩に当たって砕け散るまで
木の葉のように風に舞う。
酔って目もかすんだおまえたちは、よろけながら
灰燼から灰燼へと真っ逆さまに落ちていく。

地上の暴力で起こった破壊のうえを
われわれ神は、幸福感にみちて吹き過ぎていく。
戦場で恐怖を味わったあとに、熱狂が黒ずんで冷めるこ
　とは、おまえたちのためになることだ、

われわれは歓喜（よろこび）であり、われわれは意義なのだ。[★133]

神も、言葉も
行動する勇気も失ったおまえたちは
どこまでも戦闘をつづける運命（さだめ）なのだ。
おまえたちは自分の強欲の道を突き進む。

愚かな者よ、売買品の子分たちよ！
時間（とき）の岩のうえを
大出血が赤[★134]く広がる、
野蛮な者たちよ、殺し合うがいい！」

そのとき、ぼくはすべてが石と化すのを見た。
白髪頭のゼウスはなおも女の尻を追いかける、[★135]
ヴォーダンの片眼鏡はその片目[★136]を自慢して、戦場で音を
　鳴りひびかせる。
マホメットは勝利の頂上から遠く離れ、
歩き疲れて見た、その山が後退（あとずさ）りしつづけるのを。
イエス・キリストは十字架に
固く釘づけされて、その木柱の番をする。

三十人の義人たち[★137]の祈りも無駄だった。
北方の殺戮の夜から
絶え間なく悲嘆が鳴りひびいていた、
苦悩がぼくの心を切り刻んだ、
イスラエル[★138]は冬の寒さのなかですすり泣き、
神は
自分の民に割礼（かつれい）をほどこす。[★139]

魂は、冷酷な茨の茂み[★140]に身を投げた、
犠牲となり、神の怒りを身に受けようとして。
「あなたの民は、自分たちがカッラーラの大理石の切り
　出し場[★141]で
生まれたと思い込んでいました、
そのあと、あなたの民は犬たちの礎石（すみいし）[★142]になりました、
選ばれたのです！　選民となったのです！

あなたは自分の民を
あなたの怒りの戦車鎌のしたへ送りました[★143]！
あなたの因（せい）であなたの民は終わったのです、

だれがあなたのような非情な主(ぬし)を生んだのですか?」

神はぼくの言葉を心に留めなかった、
究めがたい朝霧の涅槃から
釈尊(しゃくそん)の声が薄明を貫いてぼくの方へひびいてきた。

「おまえたちは国を治め、毎日を生きている。だが、お
　まえたちはこのわたしを知らない。
自惚れるものは、自分の顔しか見ないのだ。
死んで、このうえなく温かい魂の奥まで入っていくが
　いい!
生は汚れであり、この世は苦痛である。

空間は苦難であり、
時間は妄想である。
世界の混乱のなかで
死は祝福されてあれ!」
すると、悪魔がすかさず言った。
「おお、この青空さえもなんとはかなく消え去ってゆく
　ことよ!
あなたがた神は奇跡に通じていない。
何人(なんぴと)も自分が創ったものを支配できやしない、
神聖な場所も腐敗しつづける。
禁欲者の頭のうえで昆虫が交尾する!
永遠なるものがきみたち野蛮人の手に届かぬからとい
　って
神々のまえで、この世の支援(たすけ)を求めて歯ぎしりするん
　じゃない!
束の間の標語は、きみたちの頭脳(あたま)でも芽生えるのだ。★144
民族間の闘鶏のなかで
栄える祖国も多いのだ。
軍隊の気力も乏しい森で、名も知られず
戦闘の雄叫びを上げることなど、おもしろくもない。
精神(こころ)はもっと深い苦痛を英雄の歯に植えつける。
司教冠のうえに災いあれ!
イエズス会の大砲キリスト教徒の
化膿し、血がにじむ瘡蓋(かさぶた)を掻き落とせ!
すり切れた影を引きずっているというのに
草原のうえを若々しい姿でさまようんじゃない!

きみたち死すべき者に、もはや死が重大なことでなく
　なったときに初めて、
アッサシン派の者たちよ、アモック[★145]の空気を吸い込む
　がいい、
本物の野蛮人皇帝(ツァー)たちとの戦いのなかで、
世界じゅうの成金貴族たちとの戦いのなかで。
強大な勢力(ちから)を欲するこの世の支配者たちの
燃えさかる火は、彼らの血で
消し去らねばならない。
ブローニング銃や爆弾がうまく働けば
軍隊による大量殺人はもっと少なくなるはずだ！」

ようやくぼくはこの窮地の夢から自分を救い出した、
このぼくもまた、人殺しをしたのだ[★146]！
人間は悲痛な思いを食べて生きているのだ。

なぜ、わたしの神は

フランツ・ヴェルフェル

主なる神よ、なぜあなたはわたしをこのようにお創りに
　なったのですか？
わたしは蠟燭の光を知らないまま、とつぜん燃え上がり、
いま、自分の罪の風に吹きさらされています、
主なる神よ、なぜあなたはわたしを
言葉に自惚れる者にお創りになったのですか？
ですから、わたしは言葉を繋ぎ合わせて
身のほど知らずに自慢しています、
けれども、わたし自身から遠く離れたところには
寂しさがうずくまっています?!
主なる神よ、なぜあなたはわたしをこのようにお創りに
　なったのですか？

なぜ、どうして、あなたはわたしに与えてくださらなか
　ったのですか？
人を助ける力にあふれた手を、
人を慰める二重星[★147]をつかさどる目を、
善意を降り注ぐ音楽の四月の声を、
謙虚という心優しい
灯火をつるした額を。
そして、夕暮に地上の鐘の音を

すべての人の心に、苦しんでいる人の心に
届けるために
幾千もの道を駈け抜ける足を?!

ごらんください、いま、おおぜいの子供が
夜のベッドで熱を出しています、
あのニオベ★148は石と化し、もはや泣くことができません。
そして、暗愚な罪人は
自分の頭上の空の広がりを見つめています。
魂はみな、夜の闇へむかって落下し、
木からは、一枚の葉が夢の秋のなかで舞い落ちています。
すべてが暖かさを求めてひしめき合っています。
なぜなら、いまは冬であり
苦痛がうずく時節（とき）だからです。

主なる神よ、なぜあなたはこのわたしを
熱のある額に水晶のように冷たい手を当て、
苦しみに喘ぐ人々の家をまわる
万人に待ち望まれる黄金の熾（し）天使★149へとお創りにならなかったのですか?!

このわたしは人々から声をかけられ、こう呼ばれる人間でしょうか?
眠り、涙、憩いの家、接吻、仲間、幼年期、慈母の愛と?!
わたしは暖炉のそばで休らい、
ただ励ますだけの言葉、あなたの家に常備の香油、
駆け廻る走り使いにすぎません、自分についてなにも知っていません。
わたしの髪のなかにあなたの顔の朝露を滴らせてください!

われわれはない（ヴィーアニヒト）★150

フランツ・ヴェルフェル

ぼくは木の梢に耳をすませた——すると、葉のなかに声がして、言った、
まだ（ノッホ）——ない（ニヒト）!　と。
ぼくは地面に耳を押し当てた——すると、草や塵埃のしたに音がして、伝えた、
まだ（ノッホ）——ない（ニヒト）!　と。

ルートヴィヒ・マイトナー「フランツ・ヴェルフェル」

マイトナーは親友ロッツが戦死したあと、彼と共同生活をしていたドレスデンを去り、ベルリンの以前のアトリエに戻ってきた。そこへは、悲しみにくれる彼を慰めようと、多くの作家や画家が訪れたが、Fr. ヴェルフェルもその一人であった。そして、ヴェルフェルは、そのときに彼に肖像画を描いてもらった。

ぼくは鏡を見つめた、そこに映ったぼくの顔は嘲るよう
　に笑って、言った、
　おまえは（ドゥー）——ない（ニヒト）！　と。
　これがぼくの審（さば）きだった。
　ぼくは自分の歌を捨てた、
　足ることを知らぬ貪欲な心も捨てた。
ぼくは街路に出た。すでに夕暮の人波があふれていた。
人々の額にぼくは見つけた、「われわれはない（ヴィーアニヒト）」という
　言葉を。
けれども、ぼくはあらゆる人の眼差しに秘かに読み取っ
　た、ひとつの賞賛を。
そして、ぼくは知った、ぼくも心定めぬ欺瞞で本性を歪
　めてしまったけれど、★151
もう一度、初めから生き直すことができるのだ、と。
なぜなら、まわりのすべての生き物と同じく、ぼくも新
　たに胎内に抱かれているのだから。そこで、ぼくは死
　を讃え、
涙を流しながら、世界に在るあらゆる萌芽を誉め讃えた。

心よ、目覚めよ (Erweckung des Herzens)

心[★1]

アルフレート・ヴォルフェンシュタイン

心は、忘れられたまま、ぼくたちの胸に潜んでいた、
ずっと長い間！　意志が愛する玩具の小石、
水のように冴(さ)え、きらめいている手だけが
ときおり、気づかぬままに触れている。

隠者のように自分のなかを小さく彷徨う心、
大都市の石の建物を造るにも
富の神(マモン)[★2]の鉄の玉座を作るにも無用のもの、
まるく膨らんだ心は歯車に絡みはしないから。

けれども、魂の抜け落ちた歯車の回転はいつかは止まる、
光は、ぼくたちの外側から射してはこない、
空は、ぼくたちの周囲で輝きはしない！

朝は、人間の内側から明けるのだ——
心——それは小さな太陽、だけど、とても明るく輝いている
だから、周囲(まわり)の星は、その光線に因(ちな)んで名づけられた
小さな心は、人間の魂の蒼穹から
計り知れないほど多くの光を放っている！

おお、額よ、この心の印影(すがた)を刻み付けるのだ、
思考よ、この心の鼓動でさらに深く鳴り響くのだ、
心は万人の力をひとつに結び合わせる！
心は宇宙で人間の昼となって輝く。

鏡のなかの太った男　フランツ・ヴェルフェル

ああ、神さま、鏡の中から見つめている男は、
濃い胸毛と無精髭の男は、わたしではありません。★3
　　今日の昼は晴れわたっていた、
　　だから、乳母（ばあや）★4と
町の公園を散歩した。

いまだに、セーラー服★5はぼくから離れず、
あの堅く鍵がかかった形見の箪笥へ入らない。
　　いま、ぼくが脱ぎ捨てた
　　その服は、わずかに皺を残したまま
静かにそこの戸口に掛かっている。

昼下がり、台所を覗く者はいなかった、
コーヒーは冬の匂を漂わせ、時計は大きな音で時間（とき）を刻
　　んでいた。
　　それまで、何度もしくじっていたぼくは
　　愛らしい姿で、不思議そうに立っていた、
小さな弟たちといっしょに、滑る氷のうえに器用に。

乳母（ばあや）はいつもと同じように今日もまた、ぼくを恐がらせ
　　た、
公園を見回っているあの番人カーキッツの話をして。
　　どうということもない時間（とき）に
　　何度も遠い夢のなかで聞いた、
その悪魔が夜更けにサーベルを引きずって歩く音を。

正直者のあの乳母（ひと）は、なぜまだやって来ないのか？
ぼくの顔は、眠りが迫ってこんなにも重い。
　　あの乳母（ひと）が早く来てくれたら！
　　そして、ぼくの頭上でつぶやいている
この燈火をもっていってくれたら！

けれども、かすかな足音さえもこの夕暮に響かない。
あの乳母（ひと）が灯（とも）った燈火（あかり）をもって立ち去ることもない。
　　あの太った男だけが
　　途方にくれてぼくを見つめている、
そのあと、その男はひどく怯えて鏡の中から歩み出る。

ボイラー室の窓から

パウル・ツェヒ

すでに熾火（おきび）がぼくをこの一日から解き放った。
庭園で休むほんのわずかな幸福が訪れた。
なかば夢のなかで、なかば現実にもどって。
それでも、ぼくは青空の葉におおわれていた。

この碧い時間（とき）、神と子供たちへの善き行ないは
けれども、あまりにもはかなく、血を盗み取るようなも
　のだった、
そうまでして、ぼくは主人の財を増やすために
身を粉にして働かねばならないのだ。

主人がぼくに望むことは、息を切らし
筋肉と頭脳（あたま）をすり減らして働くことにほかならない。
心に燃え上がる赤い憎悪、額に浮き出る血管（ちすじ）、
これ以外に、何がまだぼくに残っているのか？

人間の顔を失って、工場の歯車になること。
深く考えもせずに署名（サイン）をした、会社との契約（やくそく）を
果たす以外に、何がまだぼくに残っているのか？
ぼくにはもはや刃向かう力はない。

火は燃え上がる。ボイラーは
冥界のようなこの部屋で怪物のように膨らむ。
けれども、この地獄の建物の穴蔵には
だれもぼくに声を張り上げない一時間がある。

筒穴のような窓が夜の闇をうかがっている。
そこに顔を入れ、ぼくは感じ取る、
火照った目が、さわやかな涼気につつまれ
そよ吹く風、冷たい水滴（しずく）で優しく解（ほぐ）されるのを。

おまえは、木々が夕闇につつまれたとき、
ぼくがその端から端まで歩いた森なのか？
ぼくが知っているのは、かつておまえはぼくのものだっ
　た、
ぼくの手は五月の萌える緑で溢れていたということだけ。

いま、月はおまえの果てしない深淵を照らす。

木々の梢は白く、苦もなく輝いている。
かつて、ぼくは神の目のように大きな
黒い目を見て、体を震わせた、

いま、ぼくは暗いガラスのような流れを見て心を震わせる、

それは、この大地の魂をぼくの方へ運んでくる。
すると、それまで一度もぼくになかった青春が、
父の折檻（せっかん）だけで過ぎた青春が、ぼくに戻ってくる。

水は流れ、音をたて、目に見えず芳香を放ち、
邪悪なものを流し去る。すでにおまえはあの時期を経たのだ！
早くも木の枝が、風になびくぼくの髪を捕らえ、
綿毛でおおわれた木の葉が、ぼくをつつみ込む。

ボイラーの火炎は、ぼくが背負ったすべてを焼きつくす。
堅くなった胼胝（たこ）も消えてゆく。
宇宙の歌声がボイラー室にとどろく、
目は星の煌めきにくらみ、歯車を見ることもない。

これは現実（ほんとう）の日常ではない……けれども、
これは光輝と栄えある行為に満ちたぼくの世界だ。
この世界は、まるでぼくから発しているように音響を拡げ、

小島にいるようにぼくの心と体を憩わせる。

散歩

アルフレート・リヒテンシュタイン

夕暮が訪れる、月の光と絹の闇を伴って。
道はみな眠りへと向かう。狭い世界は伸び広がる。
夢心地へ誘う風が吹きわたる、野から野へと。
ぼくは目を銀の翼のように開く。

まるで全身が大地になったかのようだ。
都市（まち）は輝き始める。幾千もの街灯が風にゆらぐ。
早くも空もまたおごそかに天の蠟燭に火をともす。

……ぼくの人間の顔は、あらゆるものの上を果てしなく巡る。

栄光の歌★6

エルンスト・W・ロッツ

青いスカーフと赤いカラーで身をかざり、
ぼくは士官候補生、若さあふれる将校だった。
けれども、時折り、夢となって夜に浮かび上がる
あの時期（ころ）も、もうぼくのものじゃないのだ。

ぼくは石塊（いしころ）に埋まった街道を馬で進んだ、
行進に舞い上がる砂埃と緑の風を体に受けて。
驚嘆の声を上げる村、川、町を駆け抜けた、
そのとき、ぼくの生命は風になびく金髪のようだった。

露営の火は、星が瞬くように谷間で明るく燃え、
空は、赤い鏡となって火炎を映していた。
黒く連なる山からは、敵の接近を知らせる号火（のろし）が上がった、
そして、火の球は弾ける音をたてて夜の闇を突っ走った。

夏の日で褐色に焼け、冬の戦場で鍛えられたあと、
ぼくは埃の臭が立ちこめる商社の事務所へやって来た、
そこでは、背中を三日月のように丸めて
帳簿に数字の列を書き込む日々を送った。

どこかの国では、緑の海岸がはるか沖へ伸びていた、
椰子の木の香りが港から吹き漂ってきた、
隊商が白い姿で砂漠の天水溜めのそばに休らいでいた、
それぞれが頭を信心深く東方に向けて。

海原を大きな船が何隻も走って行った、
海面をかすめ飛ぶ魚の涼しげな音につつまれて。
広い草原の、日光に輝く地平線では
馬車を引く馬が歩き廻っていた、長旅用の馬具を付けて。

カメルーンの鬱蒼と茂る森の、ざわめく音につつまれて
人間を焼き殺すような大地の熱風を体に浴びて
原住民たちは言われるままに働いた、白人が振り下ろす

鞭に震えながら
炎熱を宿した密林で人食い人たちに脅えながら！
アメリカの大都市は、夜明けの薄明のなかで動きまわっ
　ていた、
巨大なクレーンは、かすれた叫び声を上げ、
貨物を積み込む船の腹をつついていた、
そして、列車は波止場から内陸へ轟音を立てて走ってい
　た――

こうして、ぼくは世界のあらゆる地域を身近で見た、
周囲の事務机からは、青々と茂った島が手招きしていた、
地球は、ぼくの足の真下で熱い息を吐いて駆けていた、
風を切る速さで太陽のまわりを回るために――

そのとき、ぼくは所長の頭に帳簿を何冊も投げつけた！
そして、怒りの笑い声を上げて事務所から走り出た。
そのあと、ぼくはコーヒーハウスで、得意顔で話しつづ
　ける友達を相手に
昼も夜も何日も世界を論じる日々を送った。

ある晩、ぼくは布団のうえに仰向けに倒れ込んだ、
不安に満ちた、大きな苦悩に押しつぶされて――
そのとき、ぼくは見た、部屋の暗がりのなかで
星のように黙した未来がぼくの前に立ち昇るのを。

晴れやかに輝く人間　フランツ・ヴェルフェル

ぼくと語り合っている友人たち、
いつもはたいてい不機嫌な友人たち、
その友人たちも、晴れやかな顔のぼくと腕を組んで
歩くとき、気高い姿になる。

ああ、ぼくの顔は厳しさを留めることができない、
真剣で冷静な面持ちを保つことができない、
幾千もの微笑がつぎつぎと翼を広げ、
天の像（すがた）へと羽ばたきつづけるから。

ぼくは、日光の降りそそぐ広場を巡る花馬車行列、

女たちとバザーでにぎわう夏祭り、
ぼくの目は、おのずと輝き出る光に眩む。
ぼくは芝生のうえに腰をおろし、
大地とともに、夕暮のなかへ旅立って行こう。
おお、大地よ、夕暮よ、幸福よ、おお、生きている喜びよ‼

ガス灯に火をともす……

エルンスト・W・ロッツ

ガス灯に火をともす。★7
驚嘆の声が上がり、部屋じゅうに反響する。
ぼくは薄い影になって部屋の真ん中に立っている、
ポケットのなかで手を堅く握り、
ただ感動に息を殺して。

部屋の壁は、拡がる音響で大きく膨らむ。
千年の巨匠たちの絵画は、その壁面から音を響かせる、
ハレルヤを唱う精霊たちの、音楽を奏でる思想に心動かされて！
ぼくは為すすべも知らず、部屋に立っている、
かすかな呻き声を上げ、小さく震えながら、
大波のようにうねりくる音響をまえに、
勝利を信じて勇み立つ雲の闘争をまえに！

おお、神に挑むような行為！
筆の一振りが閃光のように走り、ぼくの目を眩ませる、
軽快な風と巧まざる勢いで！

ぼくの胸は、この感情の高揚を抑えようとする。
そして、息を部屋の空気を深く吸い込む、
——この漲り、この熱気！——
そして、息を吐く、咳をし唾を吐いて。
すると、血が！　血が出てくる！

ぼくは、冷たい風が吹きわたる夜のなかへ沈む。
そして、知る、死神が手を差し伸べているのを——
けれども、ぼくの頭上へ押し寄せてくる、躍る蹄と体の

風を切る音が、
太陽のような光輝と勢力(ちから)が湧き出る音が！

ガス灯がつぶやいている

ヴァルター・ハーゼンクレーヴァー

ガス灯がつぶやいている。[★8] ぼくはその下に座っている。
ぼくの心はこの書き物机から離れず、
ここで詩を書いている。でも、ぼくはどこへ行き着くのだろう！
こう考えている間に、ぼくはさまざまな姿をして
賑やかな大都市の靄(もや)のなかを彷徨っている。
早くもぼくは暗く険しい道を通って
狂乱のなかへ、墓穴のなかへ入っていく。
ぼくの脳髄(あたま)の神経は緊張に耐えられなくなった、
いまや、妄想が毒蛇のように牙を剝き出して襲ってくる
——
そこで、ぼくは踊り始める——すると、ふたたび呼吸が戻ってくる。

仮面舞踏会が気を失うほどに熱狂を高めると、
ぼくたちの心はふたたび原始林へ戻っていく。
けれども、ぼくたちの魂は、どんなに遠くへ飛び去ろうとも
ゆるやかに至福の園(エーリュシオン)へ漂っていく。[★9]

夜は跡形もなく忘れ去られる

ヴァルター・ハーゼンクレーヴァー

夜は跡形もなく忘れ去られる。
愛の体験はおまえから外皮のようにはがれ落ちる。
すでに昼は、飼葉を待ち望む片目の馬たちに
樽、角灯、荷車を取り付けている。
愛しい女(ひと)よ！　きみたちは今宵、どこで夢を見るのか！
どんなベッドのなかで、人知れず体力を使い果たすのか。
なおも炎を揺らす最後の蠟燭よ、燃え尽きるがいい！
ぼくは、人に喜ばれる善意で我が身を飾りたい。[★10]
信義厚き者は、態度を定めぬ曖昧な生から立ち去り、
自らが知る運命へ戻っていく。

なにも失わず、なにももちつづけない者の
うわべだけの苦悩など、もはやこの心をとらえはしない。
信義厚き者は、このうえなく人間らしい人間の仲間にな
るだろう——
そうした人間は、永遠の世界に現われるだろう。

恋の冒険をして……

ヴァルター・ハーゼンクレーヴァー

見知らぬ土地で恋の冒険をして
ぼくたちの心臓は何度も鼓動を止めた。けれども、時間(とき)
はめぐりつづける。
広大な大地よ、もっと心躍らせるものを与えておくれ、
叶わぬ願望(おもい)ばかりを抱いているぼくたちが
はかなさを嘆き、孤独な思いを抱かぬように！
なぜなら、自分を愛する者は自ら破滅へと向かい、
楽しい事を待ち望みながら、路地に佇まねばならないの
だから。
その耳は、夜の叫び声を聞くことができる、
その姿は、おおぜいの人の目にとらえられる。
その喉は、閨(ねや)の空気や猥談で絞めつけられる。
その喉の渇きは、焼き付いて息を詰まらせる。
そのとき、眠りが彼を救う。死者たちを葬るがいい！
未知の国が、なおも東方で彼の心を誘っている。[★11]

ぼくの精神よ、戻って来い[★12]

ヴァルター・ハーゼンクレーヴァー

ぼくの精神よ、血に溶けて、ぼくのところへ戻って来い。
おまえが解き放った物をふたたび集め束ねるのだ、
恋するときも、ぼくは心の平静を保っていなければなら
ない、
さもないと、疫病で命を落とすように、熱情で死ぬだろ
う。[★13]
いま、ぼくはおまえといっしょにいたい、おまえととも
に旅をしたい。
ぼくたちは、二つの球となって互いの周りを巡るだろう、
明るい部屋から暗がりへ漂っていくだろう。

歓びがおまえの力を奪うなら、歓びを葬るがいい！
おまえの女を売り飛ばせ、そうすれば乗り越えられるだろう。
嫌な感情（おもい）や恋の心痛で不安になることはない★14
――空では、風と朝焼けが歩みを速めている、
窓ガラスは音を立て、列車は走っていく。

急行列車

ゴットフリート・ベン

コニャックの褐色。秋の枯葉の褐色。赤茶色。マライ人の黄色。
ベルリン―トレレボリ間の急行列車、バルト海の海水浴場――

裸で歩きまわっていた肉体（からだ）。
海辺で口のなかまで日焼けして。
ギリシャ人の幸福を予感して。熟れて。
収穫を待ち焦がれているうちに、夏はなんと遠ざかってしまったことか！

もう九月も残すところあと一日だけ！――
刈り株と最後の巴旦杏（はたんきょう）がぼくたちのなかで息を切らしている、
開花、血、倦怠、
身近で花開くダリアがぼくたちをとまどわせる――

男たちの褐色の体が女たちの褐色の体に飛びかかる。

女とは一晩のためのもの。
前の晩が快（よ）かったら、次の晩も！
おお、そのあとは、また独りでいることになる！
こうして黙りこみ！　こうして欲望にかられる！

女とは香りを放つもの。
なんとも言いようのないもの！　消えてしまうがいい！
木犀の香り。★15
その香りのなかには、南方と牧人と海が宿っている。
どこの丘にも、幸福が寄りかかっている――

女たちの淡い褐色の体が男たちの濃い褐色の体によろけ
　かかる。
受け止めて！　ねえ、わたし倒れそうよ！
項（うなじ）がとてもだるいの。
おお、果樹園から漂ってくる
この熱っぽく、甘い最後の香り——

ボンベイ港へ入るさいに

ルネ・シッケレ

目の前にひらけた眺め、岩に砕け散る波、
深く切り込んだ入江、長く伸びる海岸、すべては
靄（もや）から織り出されたものじゃないのか？
天空へ向かってそびえ
　紅（くれない）色の炎につつまれて
なかば水煙と化したものじゃないのか？
これは、空へと開かれた都市の緋色の花が
咲き誇る場所じゃないのか？
海は、太陽をひたした水路へ流れ込み、
あたりの宮殿は、薄紅色に輝いて波間に消える。
これは、黄金に煌めく航跡じゃないのか？
青色に溶けて、ほとんど目にとらえることができない、
これは、蜃気楼じゃないのか？
これは、光の小径を行く
物静かな永劫の流離（さすら）い人が
住居（すまい）を造る光景を映しているのじゃないのか？

囚われ男（びと）

ヴァルター・ハーゼンクレーヴァー

クルト・ピントゥスのために[★16]

夜、町外れを彷徨うだれも知らない、
彼がだれを愛し、どの女性（ひと）のことを考えているのか。
ときおり、コーヒーハウスに流れるワルツの曲にのって
彼の心を躍らせ、感情を害する思い出がよみがえる。
美しい青春の日のメロディーが訪れる。
幻影（まぼろし）と名声と最初の新聞記事が思い浮かぶ。
心苦しめる魔力をもった黒い川が

その町の西の、昔と同じ場所に現われる。
そこにはひとつの心が生きており、多くの心と結びつき
運命をより深くまで推し量った。
燃え上がる心。世界——
それはいま、不安そうにぼくたちの口に上ってくる。
なおも酒場は夜更けの客の入り、
ぼくたちがゆっくりと絞め殺すブルジョアの喚き声。
永遠の町は、ぼくたちの顔を明るく輝かせるだろうか？
ぼくたちは臆することなく勇気をだして、この平坦な町
　から歩いて行こう！
霧が立ちこめるなか、地下を走る鉄道の鈍い逃走が
すでに、ぼくたちの脳髄（あたま）を離れ、輝き立っている。
とつぜん、ぼくたちの目が閃光にくらむ、
朝がたたずんでいる——ベルリンの上空に。
きみたちはみな危険と愛の苦しみにつつまれている。
ぼくたちは白馬を探し回っている。
幻影と歳月の循環が止む。
歓びの時間（とき）よ、おまえもまたなんとすばらしいことか。
心地よい現在（いま）から離れ去った精神が
東方の光の町へ向かって起き上がる。

その町は限りなく広い天空に
美しく快い音を鳴り響かせる。
辻馬車はよろけて止まる、ぼくたちが見知らぬ女性（ひと）に何
　度もひざまずいたところで。
そのあと、一瞬のぞいたそのストッキングに——
幻想が破れ、情欲が解き放たれた。
まるで眠気を払いながら、重い足取りで
廊下を渡り、微睡みの国へ入っていくような感じだった。
これは、どこかの家の門にまだ小さな燈火（あかり）がひとつ
灯っていたときに、ぼくたちが抱いた想像（かんがえ）だった。
窓の鎧戸は、青い光輝につつまれている。
鎧板が開くと、淡い光が狂ったように脳髄（あたま）へ躍り込む。
雲と星のうえに掛かっていた透かし絵は
とうに消え失せた……そうだ、きみもまた遠ざかってい
る。
やがて、夜は薄紅色にかがやく空で息絶える、
すでに南へ渡る鳥の群れが近づいている。
ぼくの名前を呼ぶきみはどこにいるのか？
雲が真っ赤に燃えている——ベルリンの上空に朝が訪れ
る。

護衛

ルネ・シッケレ

そして、ぼくもまた呪われているように思う時間（とき）がある、
でも、ぼくは知っている、どこで行動し、どこで休息し
　ようとも
ぼくの血の輝きが、心に燃え上がる栄光の炎のように
ぼくをつつむことを。
そこには、たとえ兵士であれ農民であれ、罪を犯した人
　であれ祈りを捧げる人であれ、
祖先たち[★17]の心の奥から燃え立ったもののすべてが
ぼくのなかに生きている、
そして、ぼくはいまもなお、その血を感じ取る。

たしかに、ぼくはそれを甲冑、盾、塁壁のように、
つねにぼくを取り囲む要塞のように感じる。
たしかに、それはうねって押し寄せる創造の大波を
血と日光の飛塵で結（す）いた網で漉（こ）し分ける、
だから、ぼくの目が捉えるのは、
永久に祖先たちの心をはぐくみ、
つねにぼくの心に根を張り、
ぼくの心を育てる種子を生むものだけである。
そして、もっと深く根源に根差しているものについて
ぼくが知っているのは、最初（はじめ）に
熱く燃える意志があり、それはそのあと口から口へ伝わ
　って
いま在るようなぼくに辿り着いたということである。
このうえなく重い苦しみからぼくを護るものがある！
ぼくは天上の軽騎兵たちの真ん中に立っている、
ぼくが手を上げると、幾千もの手がいっせいに動く、
ぼくが立ち止まると、その精霊たちも馬の足を止める。

眠りのなかでぼくは感じる、まるで露営にいるように、
　精霊たちがぼくのまわりに集まっているのを、
精霊たちは馬の手綱を結わえつけ、横たわっている、
精霊たちはぼくと呼吸を合わせ、いっしょに体を動かす、
　軽やかに、重く、
ときおり、そのなかの一人が仲間に近づくとき、
武具が音を鳴りひびかせる。その反響は
ぼくの体のなかで、まるで玄関前の噴水が

落下するときのように小さな音をたてる。
母親たちの心の震えを感じるのは、まさにその瞬間であ
る！

愛が激しく、甘く
ぼくとあらゆる生き物にあふれ、
ロケットがつぎつぎと空へ向かって飛び立ち、
暗闇のなかで、どの時計も動きを止めるのは、まさにそ
の瞬間である。

澄み渡った海洋は、瞬く星を映し、
果実は恥じらいもなく種を覗かせている、
一条の光は、ぼくのもとから遥か遠くの国へと走り
足もとで躍る波は、遥か遠くの海岸へと打ち寄せる。

ぼくもまた呪われているように思う時間がある、
それでも、ぼくは知っている、この血の輝きが
ぼくがどこにいようと、眠っていようと目覚めていよう
と、
心に燃え上がる栄光の炎で、ぼくの行動をつつむことを。
そこには、たとえ兵士であれ農民であれ、罪を犯した人
であれ祈りを捧げる人であれ
祖先たちがぼくを護るために
心を尽くして成し遂げたもののすべてがある。

俳優　ヴァルター・ハーゼンクレーヴァー

エルンスト・ドイチュ★18に捧げる

たけき獣よ、疑念の鎖を断ち切って出て来い！
舞台の背景幕が下りてくる。都市の朝焼けが
きみの情熱で開いた傷口から滴るように現われる。

きみは雲のなかで愛し、ベッドのなかで死ぬ。
音楽はきみのみなぎる力をさらに高める。
きみは、その精神の、生を讃える勢力をもちつづけるだ
ろう、

それは、きみの体を言葉で創り上げる。
ぼくは、太鼓のように轟く嵐からきみに呼びかける。
きみは、ぼくの熱狂と夢の兄弟だ。

暗い民族が歩んだ長い行路（みち）を巡りながら
きみは、自分で思い描いた領界（せかい）を駆け抜ける。
ぼくは、きみと一つになって生まれてきたように思う。[19]
きみは生きている！　だから、行為（こうどう）は無駄にならなかった。
ぼくたちの秩序の女神（ホーラ）の揺り籃のまわりでは
女性と、母親の同じ胎（はら）が息づいている。
涙よ、あふれ出よ！　墓の門から
アトランティス島[20]をめぐる奔放な流れから。
おお、人間の心を揺さぶる優しさよ！
幕は切って落とされた。ぼくたちは出で立つ。

ヘカベー[21]

フランツ・ヴェルフェル

ときおり、彼女はこの世の夜を通りぬけていく。
ヘカベー、この世のこのうえなく重く哀れな心。
木の葉や星の下をゆっくりと漂い
路地や戸口や息吹の彷徨（さまよ）いのなかを通り過ぎていく、
年老いた母、母たちのなかのこのうえなく惨めな母。

かつてはその胸にたっぷりと乳があふれていた、
養わねばならない息子も何人かいた。
それらはすべて消え去り――いまや、ヘカベーは夜にこの世を漂っていく、
年老いた母、世界の中心である彼女は
一個の冷えた星が転がっていくように消え失せた。

この世で、星や木の葉の下を彼女は漂っていく、
夜に、灯火が消えた幾千もの部屋を通り過ぎていく、
そこでは、若い母親たちが眠っている、
ヘカベーはベッドの柵のそばを通り過ぎ、
子供たちの安らかな深い眠りをあとにする。
ときおり、ひとつのベッドの枕もとに立ち止まり、
悲しそうに周囲（あたり）を見まわす、

苦しみで形作られた力ない凮のヘカベー。
苦しみは彼女のなかで初めて形姿(すがた)を現わす、
すると、炎が消えたランプで蠟が涙を滴らせる。

そして、女たちがベッドから起き上がる、
ヘカベーが裸足の重い足取りで——漂い去っていくとき
女たちは子供の眠りのそばに座りつづけ、
ゆっくりと部屋の暗がりを眺める、
なぜかわからぬ悲しみの涙を流しながら。

女像柱(カリアティード)★22

ゴットフリート・ベン

石から体をもぎ離せ！　おまえを虐げている
洞穴を打ち砕け！　広野へ軽やかな音をたてて
走って行け！　蛇腹(コルニス)などあざけるのだ★23——
見ろ——酔い痴れるシーレーノス★24の顎髭を通り抜け、
その永久につづく陶酔の
一瞬高くとどろく血潮から
葡萄酒が彼の陰部(また)へ滴り落ちている。

円柱への愛着に唾を吐け！　死ぬほど
打ちのめされ、老いやつれた手は円柱を
雲におおわれた空へと揺り動かす。
踊りを熱望するおまえの膝をなだめるために
神殿を押し倒せ。

手足を広げ、おまえの花綵(はなづな)となって咲き乱れよ、
おお、おまえの柔らかな花床を、大きな傷口から血で流
　し去れ。
見ろ、鳩を引き連れたヴィーナス★25が
腰の愛の門に薔薇を巻きつけている——
見ろ、この夏の最後の青い息吹が
アスターの海を越えて、遠くの
樹木でおおわれた褐色の岸辺へと吹きわたるのを。
見ろ、ぼくたちの南方の民の
この最後の幸福＝虚偽の時間(とき)が
空に高くせり上がるのを。

少女たち★26

アルフレート・リヒテンシュタイン

少女たちは夕暮を部屋で迎えることなどできない。
彼女たちはひそかに星の瞬く街路の奥へ出ていく。
世界は街灯の揺らぐ光につつまれて、なんと優しいのだろう！
生は、歌を口ずさんでなんと風変わりな流れを見せているのだろう……

少女たちは庭園や家並みを歩き過ぎていく、
まるではるか遠くにひとつの灯火を見つけたかのように。
そして、欲情に駆られた男たちを見つめる、
まるで優しい救世主を見つめるかのように。

ロッテのための詩から★27

ヨハネス・R・ベッヒャー

きみのことを考えるだけで
‥このうえなくすばらしい和音が鳴り響く‥
腕は旗を振り
北風は音を響かせながら吹き過ぎていく。

きみのことを感じるだけで
‥棕櫚の木とオアシスが目に浮かぶ‥
風は涼しげに香油を塗り
天使の合唱が流れてくる。

ぼくがきみであり、きみのものであるならば
‥巨人と嵐が立ち現われる‥
汚れなく慎ましく純真で
檻の格子に囲まれてもなお開放感にあふれる。

勝利をかたく信ずれば
‥人間は神の力につつまれる‥
嵐に引き裂かれたあとの逃げ場所。
すばやく体を起こし
天空に向かって羽ばたくのだ！
あたり一面に星の散らばる平原へ向かって。

そうなのだ、征服する者なのだ。ぼくが
きみのものであるならば……歌が鳴りひびく。

ぼくたちは喜びを見つけた

エルンスト・W・ロッツ

ぼくたちは喜びを見つけた、海を、創作場（しごとば）を、自分を見つけた。
夜には、三日月がぼくたちの窓辺で歌をうたった。
ぼくたちは自分の歌声の階段を昇って行った、
手に手を取って旅をした。
朝の華やいだ光輝の接吻は
きみの髪を伝って狂ったように舞い上がり、
きわまった歓喜をぼくの血にそそぎ込んだ。
そのあと、ぼくたちは涸れた井戸のそばで何度も喉の渇きを覚えた、
陸地では、立ちならぶ塔が鋼鉄の匂を放っていた。
そして、ぼくたちの股（もも）と腰と猛獣の下腹は
あらゆる地域を駆けぬけた、立ち昇る芳香に緑に萌えながら。

そして、鮮やかな猛獣の斑点が……[★28]

エルンスト・W・ロッツ

はたして、それはきみなのか？
夜に、すべてを映す鏡の宇宙から
きみの揺れる姿がぼくの心に音を響かせる。
星は竪琴をかき鳴らしつつ、きみの胸元を横切っていく。
けれども、きみは……
もしかしたらきみは艶（あで）やかに輝いているかもしれない、疲れきって
白い羽布団のなかで、深い夢の胎（ふところ）に閉じこもって――
それとも、ひとりの若い恋人（おとこ）が
絵を描くように、指できみの豊かな胸の線をなぞって
きみを愛撫しているかもしれない。
きみたち二人は激しく燃えている。

161　詩　篇　心よ、目覚めよ（Erweckung des Herzens）

ルートヴィヒ・マイトナー「エルンスト・ヴィルヘルム・ロッツ」

マイトナーがロッツと知り合ったのは1913年12月であるが、2人は早くも1914年4月末からドレスデンで共同生活を始めた。それは、同地の印刷工場主の支援を得て文芸雑誌を共同発行するためであった。そして、その創刊号の寄稿者を求めてロッツはベルリンへ出たが、ちょうどそのときに第一次大戦の勃発を知り、即座に入隊を志願した。その後、出征したロッツからは戦況を知らせる手紙が数通マイトナーに届いた。しかし、ロッツは早くも9月26日に戦場で命を失った。

マイトナーはロッツの戦死後、ベルリンへ戻ったが、彼の回想記『ドレスデンの思い出』（1917年刊）では、画家と詩人の創造的な共同生活が次のように綴られていた。

「僕たちは騒音と混乱に満ちたベルリンを去り、花咲く野原の町へ来た。精神的活動に専念し、心の歌声に耳を傾け、未知の洞穴で宝探しをしようとした。僕たちはすべてで考えが同じだった。喜びを分かち合い、冒険に心躍らせた。……詩人と画家が創作に全力を注ぐことができた。敵対も羨望もなかった。知的で充実した生活があった。昼間、ロッツが表の部屋で眠っている間、僕は奥の部屋でカンバスに向かっていた」。

ロッツの肖像画を何枚も描いたマイトナーは、ロッツについて「決して作家（リテラート）ではなく、日常生活でも徹底して詩人（ポエート）だった。抒情的な人間で、世事には疎かった。細い身体の上に鳥の頭のように小さい頭がのっていた。切れ長の目と厚い唇はスラブ人を思わせた」と語っていた。

そして、その背中には鮮やかな猛獣の斑点が広がっている。

愛の歌（サシャに）★29　エルゼ・ラスカー＝シューラー

あなたがいらっしゃらなくなってからというもの、
町は暗いのです。

わたしはあの棕櫚の木の
影を自分の周囲（まわり）に集めます、
かつてその下をあなたが歩いておられましたから。

いつも、わたしはひとつのメロディーを口ずさまねばなりません、
それは、微笑みながら木の枝に掛かっていますから。

あなたはふたたびわたしを愛してくださっています――
この大きな喜びをわたしは誰に話したらいいのでしょうか？

孤児（みなしご）に？　それとも、わたしの言葉の反響に
幸福を聞きとる花婿に？

わたしにはいつもわかっています、
あなたがわたしのことを想ってくださる時刻（とき）が――

そのあと、わたしの心臓は幼い子供になり
叫び声を上げるのです。

街道のあらゆる門のそばに
わたしはたたずみ、夢をみます。

そして、わたしは、太陽がどの家の壁にも
あなたの美しい姿を描くのを手伝います。

けれども、あなたを想って
わたしは切なさに身をやつすのです。

細い柱にわたしは体をからませます、

すると、それはどれも揺らぎ始めるのです。

どの場所にも気高い野の花が、
わたしたちの血の花が咲いています。

わたしたちは黄金の小羊の毛でできた
清浄な苔のなかに身を潜ませます。

ああ、一頭の虎が体をのばし
わたしたちを隔てているこの空間のうえに

近くの星へも渡っていけるような
橋を架けわたしてくれるなら！

あなたの息吹は早朝に
わたしの頬のうえに休らうことでしょう。

我が愛の歌（天上の王子サシャに）

エルゼ・ラスカー＝シューラー

あなたの頬のうえで
金色の鳩が翼を休めています。

けれども、あなたの心臓は旋風（つむじかぜ）
あなたの血は、わたしの血と同じように——

快い音をたてて
木苺（きいちご）の潅木のそばを流れ過ぎていきます。

ああ、わたしがどんなにあなたのことを想っているか、
夜に訊ねてみてください。

だれも、わたしほど美しく
あなたの手と戯れることはできません、

だれも、わたしが金色の指で築くように
城を築くことはできません。

その城には高い塔がいくつもそびえているのですから！
そのあと、わたしたちは海難貨物を奪いに出かけます。

あなたがいてくだされば
わたしはいつも豊かでいられます。

あなたはわたしをその腕に迎え入れてくださいます、
すると、あなたの心臓が星のように煌めくのが見えます。

あなたの腸(おなか)は
虹色にかがやく蜥蜴(とかげ)です。

あなたは、全身が黄金でできています——
どの口もその美しさに息を止めます。

古いチベットの絨毯

エルゼ・ラスカー＝シューラー

あなたの魂はわたしの魂を愛し、
わたしの魂と絡み合って、チベットの絨毯[★30]を織り上げて
いる、

光と光が溶け合って、灼熱の恋の色。
空を翔(かけ)て激しく求め合ったふたつの星。

わたしたちの足は、幾千、幾万もの織り目が広がる
この華麗な敷物のうえに休らっている。

麝香草(じゃこうそう)[★31]の玉座に座る若いラマ僧よ、
わたしたちは唇に唇を重ね、頬に頬を寄せ、
つややかに結ばれた歳月のなんと長いことよ。

花盛り

アウグスト・シュトラム

ダイアモンドがいくつも水のうえを流離っていく！
淡い黄色の花粉は腕を
太陽へと伸び広げる！
花がいくつも髪のなかで揺れ動いている！
真珠のように玉をなし
小枝のように広がって
ヴェールを織り上げている！
白くくすんでおぼろに光る
そのヴェールの
なんと匂い立つことよ！
薔薇色に映え、音をひそめ、光ほのかに
水玉模様が打ち震えている。
唇よ、唇よ、
渇きを訴え、すぼんだ熱い唇よ！
花よ！　花よ！
口づけよ！　葡萄酒よ！
赤く
黄金に
泡立つ
葡萄酒！
おまえとわたし！
わたしとおまえ！
おまえ?!

奇　蹟

アウグスト・シュトラム

きみは立っている！　立っている！
そして、ぼくは
そして、ぼくは
ぼくは羽ばたく
空間を超え、時間を超え、重力を超えて
きみは立っている！　立っている！
そして
激情はぼくを産む
ぼくは
ぼく自身を産む！
きみ！

きみ！
きみを、時間(とき)は追い払う
きみを、円環は円く囲む
きみを、精神は心に留める
きみを、眼差しは見つめる
きみは
世界をめぐる
世界を
世界を！
ぼくは
宇宙をめぐる！
すると、ぼくのきみが★32
すると、ぼくのきみが
ぼくのきみが
立っている
まさに
奇蹟だ！

早朝に

エルンスト・シュタードラー

きみの体のシルエットは、早朝の、ブラインドを下ろした部屋の薄明かりのまえに
暗く佇んでいる。ぼくはベッドに横たわったまま、きみが顔を聖餅(ホスチア)★33のように、ぼくの方に向けるのを感じる。

きみがぼくの腕から離れるときに囁いた「行かなくてわ」という一言は、ぼくの夢の一番奥の門で聞こえていた——

いまは見えるよ、まるでヴェールを通して見るように、
きみの手が軽やかに白い下着を手に取って、胸から下へ滑らせるさまが……

ストッキングをはき……スカートをはき……髪を束ねると……きみはもう別人だ、昼の仕事と人前に出る身なりをして……

ぼくは静かに戸を開けて……口づけをする……きみはにっこりと頷いたかと思うと、早くも遠くから、さよなら、と手を振り……そして、姿を消す。

ぼくはふたたびベッドに横たわり、きみがすばやく階段を降りていく足音を聞いている、

布団から立ち昇るきみの体の甘い匂は、ぼくの心に拡がり、ぼくはふたたび夢心地へと誘われる。

空はしだいに明るくなる。窓辺のカーテンが膨らんでいる。目覚めたばかりの風と太陽が部屋に入ろうとしている。

騒音があちこちでわき上がる……早朝の音楽が……それに聞き入りながら、ぼくは静かに朝の夢のなかへ眠り込む。

告白

ヴィルヘルム・クレム

空が肩に掛けた飾り帯（エシャルプ）がいっせいに輝きを放つ、
夕暮は、まとった衣服の引き裾を厳かにつまみ上げる、
あたりの景色は夕日の底へ引きさがる、
神秘に満ちた大きな鷲が一羽、飛び去っていく。
血のしずくが語り始める、
風に揺らぐ霧のように、うつろな音を響かせて、
おだやかな青い海峡が
幾千もの金色の島の間に広がる。
ぼくは、永遠の銀の指輪を
意志の天秤にかけてみた、
けれども、いつもきみの接吻のほうが重かった。
ぼくは、死ぬまできみを愛しつづけよう！

薄暮

アウグスト・シュトラム

光明が暗闇を目覚めさせる
暗闇が光輝と戦う
空間はあちこちの空間を打ち砕く
残片は孤独のなかで溺れ死ぬ
魂は踊る
そして
左右に揺れ
そして
空間のなかで震える
きみ！

ぼくの肢は求め合い
ぼくの肢は愛撫し合い
ぼくの肢は
揺れ、沈み、沈み、溺れ死ぬ
無限の広がりの
きみの
なかで！

光明が暗闇と戦う、
暗闇が光輝を食う！
空間は孤独のなかで溺れ死ぬ
魂は
渦巻き
逆立ち
止まる！
ぼくの肢は
旋回する
無限の広がりの
きみの
なかで！

光明は光輝！
孤独はすすり飲む[★34]！
無限の存在は流れ
ぼくを
引き裂く
きみの
きみの
なかで！

夕暮の散歩

アウグスト・シュトラム

しなやかな夜を抜けて
ぼくたちの足音は消えてゆく
手は蒼ざめ、しがみつく恐怖を気遣う
光は鋭く突き刺す、ぼくたちの頭を影のなかへ、
ぼくたちを
影のなかへ！
上空で星がまたたく

ポプラが夜空にせり上がる
すると
大地もそのあとから体を起こす
眠っている大地が裸の空を抱きしめる
それを見て、きみは体を震わせる
きみの口は熱い息を吐き
空は接吻する
すると
その接吻からぼくたちが生まれる！

ロッテのための夕べの祈り

ヨハネス・R・ベッヒャー

I

監視人たちが鼾（いびき）をかき始めるやいなや――
早くもぼくはきみのなかで活動を始めている。
おお、果実よ！　おお、春の果樹園よ！
このうえなく穏やかな微風（そよかぜ）のようなきみ。

恋人よ、ぼくは暗闇と
淡黄色の夢のなかで消えてゆく。
きみの顔がいつの日か、このうえなく美しく
天空に現われ出んことを。

恋人よ、ぼくは身を低くかがめ
木の葉の茂る森へと姿を変えてゆく。
けれども、きみは――きみの領域（せかい）は
夜の寒々とした塔の上空にあらんことを。

燃えつきた噴火口のなかで
ぼくは哀れにも赤く溶けてゆく。
きみは雲の角石で築かれた宮殿から輝き出る、
このうえなく神々しい天使の使者となって。

II

恋人よ、きみはどこで快い音楽を奏でているのか？
ぼくはそれに合わせて歩いて行く。
ぼくは森、悲しみ多き者
ぼくから、永遠というものが消え去ったから。

ぼくは夜をも、宮殿の角石をも
食いつづけてゆくしかない。
拳を堅く握りしめながら
のたうちまわる嘔吐の獣。

おお、ぼくたちの精神の頂よ！
ぼくたちは何者か……きみだけがそれを知っている。
賛嘆すべき兆候よ！
ぼくたちは堕ちた天使。そうなのだ。

真夜中に

クルト・ハイニッケ

きみの愛は、ぼくの憧憬の真夜中へ
逃げ込む一頭の白い獐鹿、[35]
きみを想って見る夢の森には、涙の木が一本立っている、
いま、きみはここにいる——
月は、光輝の鉢からぼくに夢の実現を投げかける——
ぼくはきみが好きなのだ、

だから
きみの部屋の前にカーネーションの香りを漂わせ、
きみのベッドの上に水仙の花を撒き散らす。
ぼくは、きみと同じように銀色に輝く姿で現われ、
この体できみの上にアーチを架ける、
ぼくは、きみの敬虔な魂の祭壇のうえに茂る
神聖な杜。

ドクトル・ベン[36]

エルゼ・ラスカー＝シューラー

わたしは泣いています——
わたしの夢は世界へと落ちてゆきます。

わたしの暗闇へは
どの羊飼いも足を踏み入れようとしません。

わたしの目は、あの星たちのように
道を照らしはしません、

いつもわたしはあなたの魂の前で物乞いをしています、
あなたはそれをご存じでしょうか？

いっそ盲目であればいいのに――
そしたら、わたしはあなたの体のなかに休らっているも
　のと思うでしょう。

すべての花を
あなたの血にしてしまうことでしょう。

わたしは豊かに咲き匂っています、
だれもわたしを摘み取ることはできません。

それでも、わたしを花束の贈り物にするなら、
それは毎日を豊かに潤すことでしょう。

わたしは自分のことをあなたに優しく教えたいのです、
そしたら、あなたはわたしの名前を呼ぶことができます。

わたしの体の色を見てください、
この黒色と星色の輝きを。

そして、わたしは肌寒い昼を好みません、
なぜなら、それはガラスの目をしているからです。

すべては生気を失っています、
けれども、あなたとわたしだけはそうではありません。

哀切

アルベルト・エーレンシュタイン

どこを彷徨っても
この心の痛みは消えやしない、
あの娘がぼくのもとを去ったから。

どこに佇んでも
どこを歩きまわっても
ぼくにはそれが本当と思えやしない。

ぼくの愛しい娘、ぼくの心の痛み

ぼくの可愛い娘、ぼくの獐鹿
きみは本当にぼくのもとを去ったのか？

ひとつの歌

エルゼ・ラスカー＝シューラー

わたしの目のうしろには、湖があるのです
その水をわたしは泣き尽くしてしまわねばなりません。

いつも、わたしは空高く舞い上がり
渡り鳥といっしょに飛び去って行きたいのです。

広い空で、わたしは風とともに
虹色の息を吐いていたいのです。

ああ、わたしはとても悲しい――
月に映った顔がそれを知っています。

そのために、ビロードのように優しい愛と献身があり
近づいてくる夜明けがわたしを取り囲んでいるのです。

あなたの石のようにかたい心臓に当たって
わたしの翼が折れたとき、

つぐみたちは葬式の薔薇のように
上空の青い茂みから落下しました。

声をひそめていたさえずりが
ふたたび歓声を上げようとしています、

そして、わたしは空高く舞い上がり
渡り鳥といっしょに飛び去って行きたいのです。★37

別れ

エルゼ・ラスカー＝シューラー

けれども、あなたは夕暮の訪れとともにはいらっしゃいませんでした――
わたしは星のマントを着て待っていましたのに。

エルゼ・ラスカー＝シューラー「自画像」

頬に三日月と星を描いた顔は睨みつけるように前方へ突き出し、乗馬ズボンをはいた脚は大きく開き、右手は短剣を握っている。このように、彼女は非常に好戦的な自分を描いた。そこには社会通念など少しも気にかけない彼女特有の生き方も表われていた。開いた脚の下に記された「ユスフ」（Jussuf）とは、空想癖のある彼女が仮構したもう一人の自分である「テーベの王子ユスフ」を表わした。

ラスカー＝シューラーは1894年1月にエルバーフェルトで結婚したが、早くも8月にベルリンへ転居し、画家ジーモン・ゴルトベルクに師事して絵を学び、自宅近くにアトリエを構えた。そして彼女の絵画制作に対する情熱は、詩作と同様に、生涯、衰えることがなかった。

ラスカー＝シューラーはベルリンで数々の文学カフェに通い、そこで知り合った文学者の肖像を数多く描いたが、なかでもヘルマン＝ナイセ夫妻、ヴィーラント・ヘルツフェルト、Fr. ヴェルフェルを描いた肖像画はよく知られている。さらに、彼女は自分の本や、画家Fr. マルクと交わした書簡にも素描画を描いていた。ちなみに、パウル・カッシーラ社から発行された『エルゼ・ラスカー＝シューラー全集』全10巻（1919年/1920年）の表紙はすべて彼女の素描画で飾られ、好評を博した。

……わたしの家の戸をたたく音がしたのですが
それは、わたしの心臓の鼓動でした。

わたしの心臓は、いまやすべての門柱に、
あなたの家の戸口にも掛かっています。

それは、花飾りの褐色のなかで
羊歯(しだ)に挟まれて消え去ってゆく炎の薔薇。

わたしはこの心臓の血で
あなたのために空を木苺色に染めました。

けれども、あなたは夕暮の訪れとともにはいらっしゃいませんでした——

……わたしは黄金の靴をはいて待っていましたのに。

和解

エルゼ・ラスカー゠シューラー

ひとつの大きな星がこの膝に落ちてくることでしょう。

わたしたちは夜通し起きていましょう、

竪琴のように刻み込まれた
言葉を口ずさんで祈りましょう。

わたしたちは夜のあいだに和解しましょう——
神さまがおおぜい漂っていらっしゃいます。

わたしたちの心臓は子供なのです、
それは心地よく疲れて、休息したがっています。

そして、わたしたちの唇(くち)は接吻を交わそうとしています、
あなたは何を恐れ、ためらっていらっしゃるのでしょう?

わたしの心臓はあなたの心臓とひとつになっています、
あなたの血はたえずわたしの頬を赤く染めています。

わたしたちは夜のあいだに和解しましょう、
愛撫し合えば、わたしたちは死なないでしょう。

ひとつの大きな星がこの膝に落ちてくることでしょう。

出会い

ヴァルター・ハーゼンクレーヴァー

すでにそのベッドの夜の闇に迷い込み、
きみはだれかと体を寄せ合って眠っている。
海にわき立つ雲のようなその口から言っておくれ、
きみは何時、目を覚ましたのか？

そのテーブルの縁に置かれた時計とグラスは
何時、その暗い音色をひびかせ始めたのか？
見知らぬ男の手のしたで体を震わせながら
何時、きみは鈍いうめき声から身を起こしたのか？

まさに、その不安な時刻に
彼女は庭の門をぼくに開けてくれた、
ぼくが黒い木々と、星の合唱につつまれて
ひとり途方にくれて佇んでいたときに。

まさにその時刻に、ぼくは、とつぜん
夜に追い払われた者たちに親しみを覚えた——
そして、ぼくは感じた、愛の事実から生まれた
変わることのない心で、ぼくたちが互いに識り合ったこ
とを。

きみの長い睫毛……★38

ゲオルク・ハイム

きみの長い睫毛
きみの瞳の黒い水
ぼくをそのなかに浸らせて
その深みにまで行かせておくれ。

坑夫は立坑へ下りていく
その手元で鈍くともるランプが揺れ動く
鉱石の門のうえ
影の立つ壁のうえ高くで。

ほら、ごらん、ぼくも下りていく
はるか上の方で鳴り響いているものを
明光と苦悩と昼を
きみの胎(はら)の奥深くで忘れるために。

野原には、茨が高く生い茂っている
風が吹くと、まわりの麦穂に呑み込まれつつ、
高く、病み疲れて
青空へ向かって。

ぼくの愛を受け入れておくれ
ぼくたちは互いのなかへ茂っていこう
風と孤独な鳥たちの飛翔に
取りかこまれて。

夏には、力ない雷雨の奏でる
オルガンに耳を傾け
秋には、青空の昼の
岸辺で陽光を浴びよう。

ときには、薄暗い井戸の
縁に立ち
その静まり返った底をのぞいて
ぼくたちの愛をさがし求めよう。

それとも、金色の森の
影から歩み出て
優しくきみの額をつつんでいる
夕焼けの広がりのなかへ入って行こう。

神のような悲しみよ
永遠の愛に黙すのだ。
ジョッキをかざし
眠りを飲み干すのだ。

いつの日か、ついに佇むことだろう
海が黄色い斑点となって
静かに九月の入江に
流れ込むところで。

わずかに花が咲いている家の
階上（うえ）で休らうことだろう
岩を越えて吹き下ろす
風が歌い、身を震わせるところで。

けれども、永遠の青空にそびえる
ポプラからは
すでに褐色の葉が一枚、落ちて
きみの項（うなじ）で安らいでいる。

死ぬほどきみに夢中になったとき

フランツ・ヴェルフェル

ぼくが涙を流すほど、きみの姿に心を奪われたとき、
ぼくがきみにこのうえなく熱く心を燃やしたとき、
心労でやつれた人が、何百万もの虐げられた人が
不幸のなかでこの一日を生きていたのではないだろうか？

ぼくが死ぬほどきみに夢中になったとき、
ぼくたちの周囲には辛い仕事があり、巷（ちまた）には騒がしい音があふれていた。
そして、空虚があり、信ずる神も心の和みも知らない人がいた、
一度も幸福と縁のなかった人が生まれては、死んでいった！

ぼくがきみを得て、浮かれた気分にひたっていたとき、
おおぜいの人が単調で難儀な仕事を重い足取りでつづけていた、
事務机で体を小さくまるめ、ボイラーのまえで汗にまみれていた。

きみたち、道路や川縁（かわべり）で苦しそうに喘いでいる人たちよ!!
この世界と人生に均衡（つりあい）というものがないとしたら、
ぼくはこの罪をどう償えばいいのだろうか⁉[★39]

自然の息吹

テーオドア・ドイプラー

風であり、大地の想像力である自然の息吹は
北へ流れていく神々の雲を夢みる。
大地の想像力である風は霧の馬を創り出す、
すると、ぼくはどの山頂にも神が立っているのを見る！

ぼくは深く息をつく。すると、この心から精霊が飛び出
してくる。
さあ、高く舞い上がれ！　願望がどこでそれと気づくか
は、だれにもわからないのだ！
ぼくは深く息を吸い、願望（おもい）を高める。すると、世界の
像（すがた）が
その神の名を呼ぶぼくの心に入ってくる。

自然！　これのみが自由であり、終わりなき宇宙の愛！
けれども、生活（くらし）は献身の生を美しいものにする！
おお、自然の自由よ、ぼくたちの手は、時間（とき）を
世界を、広野を、乗り越えるべき高地をも作る工具なの
だ！

花開く森、合掌するような姿で燃える薪。
ぼくたちはみな、献身によってのみ善良な気持ちになる。
おお、神よ、おお、神よ、人間のわたしだけが後れまし
た、
わたしは何度も、このうえなく清らかに燃える心の炎を
抑えました！

谷間に煙が昇る、まるで奉納鉢から立ち昇るように
ゆっくりと、神聖なまでに輝やいて、村の空高くに。
ぼくは知っている、人間は毎日の食事で神に供物を捧げ
ていることを、
なぜなら、その竈に立つ煙は神が望まれたものだから！

森

ヨハネス・R・ベッヒャー

ぼくは湿気と暗闇にみちた森。
ぼくはきみが訪れてきてはいけない森、
ぼくは土牢、ここからはミサ曲が激しく鳴りひびき、

その音調（しらべ）にのって、ぼくは古代の怪物である神を呪う。
ぼくは森、黴臭い大きな監獄。
命を落とした者たちよ！　苦痛の叫びを上げてぼくのなかへ入ってくるがいい！
ぼくはきみたちの頭蓋（あたま）を朽ちた苔のなかへ静かに横たえよう。
命を落とした者たちよ！　ぼくのなかへ、沼と池のなかへ沈むがいい！

ぼくは森、黒布でおおわれた棺のような森、
葉の茂った木々は、奇妙に曲がった姿で体を伸ばす。
ぼくの暗闇のなかで神が死んだ……
ぼくは決して炎を上げることのない湿った蠟燭の芯。

耳をすませるがいい、黴で覆われた沼地から何かが囁いている、
薄笑いを浮かべながら、陶器の破片を打ち鳴らしている！
腐敗の漂う湿原から、黒い帽子にフォークの角（つの）を突きだした甲虫が
生意気にラッパを吹き鳴らしている。

ぼくに用心するがいい、陰険で冷酷だから！
ひび割れる地面は、大きく口を開け
ぼくの枝は網のように絡って、きみたちを捕らえる、
嵐は、崩れ落ちる迷宮で轟音をたてて吹き荒れる。

けれども、きみは平原……歌声にあふれ、
長い髪をそよ風になびかせている。
きみは、ぼくの前にひざまずいている、
鉛色の雲の桶からあふれ出る、雹（ひょう）の涙に灰色に浸って。

ぼくは森、きみが遠くから暖かい風を吹きかけて
愛撫してくれるときにだけ微笑む。
輪縄は、痩せ細った首をそれほど強く締めつけない。
害ある動物は、静かに洞穴へ帰っていく。

死者たちは歌い、鳥たちは目覚める、
虹色の日光に目もくらむほど照らされて。

不吉な夜は、遠吠えしている犬のように姿を消す。
芳香の液汁は、開いた傷口から浸み出る。

きみは平原……欠けてゆく月のレモンが
きみの頭のてっぺんで揺れている。
きみは強い罌粟の香りで、放浪者のぼくを眠らせる。
金髪の天使のきみは、夢のなかでぼくに近づいてくる。

ぼくは森……ぼくからは、黄金の小川が湧き出し、
生い茂る草の間を囁くような音をたてて流れていく、
長い針の舌をもった蛇のように、ゆるやかに。
星のシャンデリアは、ぼくの頭上を駆けていく。

ぼくは森……きみたちの国土は
ぼくの最後の大火の、血色に輝く地獄のなかで燃え崩れる。
氷山の縁では、氷が解け、はがれ落ちる。
海にただよう岩石は、鋭い音をたてて飛び跳ねる。
ぼくは森、地面から解き放たれて、夕暮の世界を駆け抜ける、
きみたちの意識を朦朧とさせる匂を漂わせながら。
そのあと、ぼくの火炎は赤光を発して地平線を突っ走る、
すると、そこでは光が消え、ぼくは紅色の布でつつまれる。

花の咲き広がる草原が、ぼくの墓を覆う丸屋根になった。
ぼくの廃墟の会堂からは、色とりどりの花が咲き出る。
そのとき以来、その平原はぼくのもとへ降りてきた、
ぼくたちは美しく快いオルガンの音をひびかせる！

ぼくは森……きみたちの眠りへ静かに入っていく、
すでに誹謗、強奪、殺人は償われた、だから、
ぼくはもはや破滅の運命でも、厳罰を受ける身でもない。
ぼくの暗闇は、きみたちの燃え輝いている目を閉ざすだろう。

森

イーヴァーン・ゴル★40

I

おまえのところへ行くために、アザミの野原を越えねばならなかった、
おまえは赤く燃えている宇宙に休らいでいた、
まるで神にいだかれた太祖のように。

おまえは、埃にまみれた放浪者のまえに華麗な姿で現われた、
神々しい姿で、満ち足りて
大地の神聖な下僕となって。
だから、異郷（よそ）から来たぼくはいっそう馴染めぬ気持になった。

黄金の燭台が穏やかな夕暮から蠟をしたたらせた、
沈みゆく夕日の、光の梯子（はしご）のまわりでは
薔薇色の天使たちが忙（せわ）しげに飛びまわっていた、
そして、おまえの娘であるニンフたちは
銀色の体をおまえの格子戸にからませていた。

II

菫（すみれ）がひとつ落ちてきた、
まるで青い星のように、とつぜん、ぼくの足もとに。
ぼくはそれを黄金の夕暮のなかへもっていった。

ぼくたち二人は、互いの目で
照らし合い、激しく燃え上がった。
歓喜の声を上げ、接吻を交わし合うほどに！

けれども、互いが語る言葉はあまりにも力ないものだった！
そして、愛は言いようもなく侘しかった！
ぼくたちは萎れ、離れ離れになって息絶えた。

III

けれども、森よ！　おまえの、動物の根源では
同類の精神（こころ）の、涙に濡れた目から暗闇が現われていた、
森よ、おまえはぼくと同類だった！

おお、おまえに創造された物であることは
まさに地上の粘土にほかならない、[★41]
蝶は、虹色にかがやく太陽の滴、
そして、細い体に勇気を秘めた狐は
周囲の茂みから感じ取る、自分が
献身と、友愛の平和であることを！

おまえの、動物の根源では、おまえはぼくにとって神聖なものだった。
だから、ぼくはおまえに身を捧げ、
成長と芳香に全力を注いだ。

森

パウル・ツェヒ

舌が抜き取られても、ぼくにはまだ
孤島にいるようなこの平穏な生を讃える手がある。
この生はぼくと一つになり、ぼくのなかへ入ってくる、
まるでこの額から、それを守る塀が生え出ているかのように。

ここでは、山が雲に近づこうとして澄んだ姿で立ち上がる。
ぼくは光線を束ねた筆で
青空に、未だかつて書いたことのない詩を書き、
それを空一面に小枝のように広げよう。

なぜなら、そこには限りないものへ通じる入口があるのだから、
そこで世界は運命を決する籤を引き、
ふたたび子供になったのだから。

道に迷い、先が見通せないおまえ！　かつて夢のなかで
神を求めて大声で叫んでいたなら、ここへ入ってくるがいい、
ここに茂る木は、神へ行き着く階段なのだから。

マルク・シャガール「イーヴァーン・ゴルとクレール・ゴル」　クレール・ゴルの所蔵。

シャガールは1923年にパリに転居したが、そのころにイーヴァーンとクレールのゴル夫妻と知り合ったようである。それ以来、両者は、ゴル夫妻が1939年に、シャガールが1941年にそれぞれアメリカへ渡るまで20年近くの間パリで親交を結び、創作面でも協力し合った。実際、ゴル夫妻の、とくに1930年以降に発表された作品にはシャガールの線描画が何枚も収められた。

このイーヴァーンとクレールの二重肖像（ドッペルビルトニス）は、夫妻の共作『愛の詩集』（1930年刊）に収録された7枚の線描画の最初の1枚であるが、これはシャガールが1924年に描いた自分と妻ベラの「二重肖像（ドッペルビルトニス）」に構図が非常に似ていた。その2枚の「二重肖像」画は、まるで両夫妻が見つめ合って挨拶を交わすかのように、顔向きが左右対称に描き分けられていたが、シャガールはゴル夫妻との長年の親交をその一対の「二重肖像」画で後世に伝えようとしたと思われる。

山毛欅の木

テーオドア・ドイプラー

山毛欅の木が言う、葉の茂りはぼくの言語でありつづける。
ぼくは思想を語る木ではない、
ぼくは枝の絡み合いに自分を表わす、
ぼくは茂る葉、腐土のうえに広がる樹冠。

生まれ出た暖気の呼びかけに、ぼくはすぐにも応えたい、
だから、春になると、上機嫌で語り始める、
だれにでも素直に声をかける。
きみは驚いている、最初、ぼくが錆色をしていることに！

森に暮らすぼくは、夏を楽しんでいるように振る舞う。
ぼくは、霧がこの枝のまわりに漂うのを待ち望んでいる、
ぼくは湿り気が好きだ、ぼく自身が雨だから。
暑熱が消えると、ぼくは緑色にかがやく！

冬の義務を、ぼくはまじめに灰色の姿で果たす。
けれども、まずぼくは、体から秋を振り払う。
秋は、ぼくなしでいたことは一度もなかった。
秋には、ぼくは絨毯にも赤いビロードの草地にもなるから。

樹木

ヴィルヘルム・クレム

天国のものと、地上のものが織り交ざる。
一方を愛する者は、他方を憎むことができない。
ぼくは成長をつづけ、自分に定められた形になった。
いま、ぼくは、きみが望んだような姿で立っている。

体は、歳月の歩みのなかで移り変わる、
心は、自らの幾千もの道を切り拓く、
ぼく自身の存在は、幾世代の人間とともにつづき、
ほとんど行き着くところを知らない。

梢は、ぼくの頭上で揺らぎ、
青い空の平原をさまよい、

風に乗って、遠くへ旅立って行きたいと願う、
けれども、梢は夕暮の平穏のなかで同じ場所に休らいでいる。

木

ゲオルク・ハイム

太陽は、その首吊り男を焼き焦がした、
風は、彼を干涸びさせた、
どの木も彼を迎え入れようとしなかった、
どこにぶら下がっても、彼は木から落ちた。

一本の木だけが、火の舌をもったように
赤い実をたわわに付けた
ナナカマドの木だけが
彼を迎え入れた。その男は風に吹かれながら

ナナカマドの木にぶら下がっていた、
足を草叢に横たえて。
夕日は血を滴らせながら
彼の肋骨のあいだを通り抜けた。

オリーブの森がいっせいに
その風景のうえに広がった、
白い衣装に身をつつんだ神が
雲のなかに現われた。

花が咲き乱れた谷底では
蛇の一族が唄を歌いながら憩い、
その銀色にかがやく喉では
内容のない噂話が反響していた。

それらの噂話は、葉の茂る王国のうえで
みな体を震わせていた。
主なる神の手が、光りかがやく小枝の網に
軽く触れる音を聞きながら。

木

テーオドア・ドイプラー

風は、露にぬれた何千もの葉と戯れている、
葉は、出番を待つ風に手招きを繰り返している、
そして、ぼくは木陰を鳴りわたる森のワルツを聞く。

ぼくも歌い始める。風のように激しい旋律をもっている
　から！
それは、まるで小さな蜜蜂の群れのように鳴り響く、
開花の煌めきを思い出す、すべての新芽のまわりに。

このうえなくはかない身のぼくにも、自分を主張する勇
　気がわいてきた。
無数の枝から古代の知識がぼくによみがえる、
すると、理性がそれを密蜂のように吸い取ろうとする。

吹いていた風は立ち止まり、耳を傾ける。
風は木の中に自分の騒めく音を聞く、夢の吐息のように。
そこには、逆巻く波にとどろく海の音が鳴り響いている。

大地は木となって、木に酔い痴れたいと思う。
夢で経験することが、また自分の夢にもなる、
なぜなら、夢は、ぼくたちの話を幻想をも逃さず聞き取
　ることができるから！

ぼくの木の夢よ！　ぼくのなかへ根を張るがいい、
憧憬を詠う歌は、すでにぼくの平穏のなかに休らいでい
　る、
なぜなら、静寂が根を伝って森の縁まで歌声を響かせる
　から。

根は深く伸び、服従へと降りていく！
その静寂のなんと深いことよ！　まるで眠り込むように
　深い！
けれども、梢では、木が北風の音を反響する。

木は風に従う。木としての本分を果たそうとする。
木は荒れ狂っている運命に愛をそそぎ込む。
木は自分を主張し、夢となって古代の木のように深く作
　用する。

木よ、ぼくは知っている、ぼくが雑木林となって自分の
　心をとらえるのを。
おまえは愛に満ち溢れている、まさに狂おしいほどに！
おお、木よ、おまえは、ぼくが自分のなかに見る「き
　み」を愛おしむ。

何に呼びかけても、ただ「きみ」、「きみたち」とだけ聞
　こえる。
あたりの平穏をつつむ暗闇は、あらゆるものの「きみ」
　を知る！
だから、世界はこんなにも快い歓喜の言葉であふれてい
　るのだ。

おお、太陽よ、梢でぼくが歌っている声に耳をすませる
　がいい。
上空を吹きわたる北風は、殺人をも犯しかねない理性で
　満ちている、
けれども、この陸地には、星の蝶たちを彩る金色がある。

きみたち、生意気な気取り屋よ、理性にくるまった者よ、
きみたちの天上の合図は、きみたちを蔓の絡まりから解
　き放つ。
束縛が解け、疑問の炎が燃え上がる。

向こう見ずな蛇が、世界の運命へ向かって体を起こす！
原始林は、穏やかな世界の幸福へと光を発する。
木は信念を語る！　風にざわめく梢はうなずく！

木は、平穏という自分の本性の中心に根を張りめぐらす。
木は動物たちの巣を守り、その苦痛＝自我を護る。
なぜなら、すべての葉は偉大な忍耐の地上の象徴だから。

このように、作用を促す合図は決して消えることがな
　い！
けれども、動物たちは唸っている風以上のもの。
なぜなら、彼らは決して思い誤らず、自分の本性の周り
　を飛び回っているから。

自分自身を完全に解き放つがいい！　いかに小さなもの

でも世界に作用しようとする！
おまえたちは自分の木のなかに自由の海の夜明けを聞き取るがいい！
おまえ、崇高な太陽よ、おまえとともに一日は正確に過ぎてゆく！

木は高く聳えている。木はすでにその最も大切な務めを果たした。
その上で瞬く星の子供[★42]は、空へ向かって伸びる木の情熱に
耳を傾け、歓喜の声を上げる。
どれほど多くの獐鹿（のろじか）が、すでに鳴きながら倒れたことか！
おお、星の子供よ、獐鹿（のろじか）たちの魂の涙を心に留めよ、
そして、行動するぼくたちを害なく、優しいものにしておくれ！
動物の残した足跡に、ぼくはその怯える性質を感じ取る、
かつて一枚の葉、一匹の動物は死へと追い遣られた。

そして、陸地全体は逆上の鬣（たてがみ）のように燃え上がった。
世界よ、望みを失った者たちの名において奮起せよ！
大地よ、あらゆる死の叫びを光明の祈りにつつむのだ。
木の名において急ぐのだ！「いまだ！」と輝いている。
大地の激情は、吹き過ぎる風のあとを追って燃え上がる。
それは、火炎を身に浴びて創造の生気に溢れる原始林。
そこには、死滅というものはない！　動物たちは彗星にかこまれて輝く！
動物たちは彗星の巨大な尾にまたがり、煙とともに宇宙を駆ける！
彼らは寒い夜に、とつぜん昼のように輝くことができる。
なぜなら、その良心が自分自身へ戻る道を逸れなかったから。
警告を発しながら人間を前進させる遍歴の旅は
燃え上がる情熱を北風の性質へと注ぎ込む、
すると、動物たちは煌めく夜の伝説が生まれる気配を感

じる。

最高の芸術は、それ自体の真髄へと発展してゆく。
生の真正は、忘我の境によってのみ示される、
世界の烈火の狂気のうえに、無言の好意が薄明のように現われる。

思想は、冷たい白熱を発して憎悪し始める。★43
木の夢は、身をよじりながら大空へ伸びてゆく。
星の子供たちは、燃え輝く路地で歌声を響かせ、

木の平穏な好意につつまれて無邪気に休らう。

何百万の小夜啼鳥（ナイチンゲール）が鳴いている

テーオドア・ドイブラー

満天の星。青い夜空。果てしない広がり。
星たちが歌う炎の歌！
何百万の小夜啼鳥（ナイチンゲール）が鳴いている。
春はきらめいている。
どの睫毛も驚きに震え、光を放つ。
春の夜の宴にみちる緑の幸福は
万物をはぐくむ光輝を発し始める。
暖かい春の驟雨は魔力を降りそそぐ、
何百万の小夜啼鳥（ナイチンゲール）が鳴いている。
ぼくは優しい精霊を見つけるだろうか？
ぼくは彼らと思いを通じ合えるように全力を尽くすだろう。
どんなに小さな合図も、ぼくがそれに気づく手立てとなるだろう。
ぼくの夢の存在がいつ現実になるか、だれが知ろう。
精霊たちはぼくたちの優しい動物に似ている、
彼らはすぐにもビロードのように細やかな愛情を感じ取ることができる。
彼らは空に昇り、漂い、ぼくたちに近づいてくる、
そして、驚くほどの優しさでぼくたちの心をとらえつづける。
ぼくはあの光の群れに宿る静寂を失いたくはない、
古代の秩序はやがて優しい心から現われるにちがいない。

何百万の小夜啼鳥(ナイチンゲール)が鳴いている。
それに似た声が夜通しぼくたちに注意を呼びかけている。
月は神秘にみちて、かすかに輝いているようにみえる。
それにしても、この夜のなんと暖かいことよ、心地好さ
　が大きく呼吸している！
激しい欲情に目覚めた閃光は、すばやく互いを追い求め、
あたりを飛びまわる、春の衝動にかられて。
春の精霊がひとつまたひとつと、木立のなかをさまよい
　歩く！
葉の生い茂る森はさすらい、本来の自分の出番を待って
　いる、
精霊は古式に則って漂い、踊っている。
夜空は笑い声を上げ、北斗七星は勇を鼓して進み、天秤
　座は見張りをつづける。
そのとき、踊りに夢中になった問いかけがいくつも輝き
　出る――
何百万の小夜啼鳥(ナイチンゲール)が鳴いている。

早　春★44

アウグスト・シュトラム

丸くふくらんだ雲が水溜りで追いかけ合う
草の葉の裂け目から、茎の洪水が叫ぶ
影は疲れきって立っている
空気は甲高い声を上げる
旋回し、風を吹かせ、吼え、転げまわりながら
そして、裂け目はとつぜん裂け開き
傷跡を残す
灰色の体では
沈黙が手探りで歩き進み
重くのしかかる！
すると、光が転がり出て
とつぜん、黄色を帯びて跳び上がる
すると、汚水がはねかかる――
汚点(しみ)は薄れる
そして
丸くふくらんだ雲が水溜りでふざけまわる。

早春

エルンスト・シュタードラー

三月のこの夜更けに、ぼくはひそかに家を出た。
どの道路も春の匂と緑の慈雨で目覚めていた。
風が立ち騒いだ。慌てふためいた家の谷間を通って、ぼ
　くは歩いて行った、
開け放たれた都市（まち）の塁壁まで。そして、感じた、ぼくの
　胸に新しい鼓動が打ち始めるのを。

どの微風（そよかぜ）にも、若い生成の気配がみなぎっていた。
耳をすますと、ぼくの血潮が渦巻いて騒いでいた。
広い畑はすでに鋤き返されていた。地平線には早くも
限りなく遠くへ広がろうとする夜明けの空の青が滲んで
　いた。

水門がきしんだ。冒険がはるか彼方から躍り出た。
出港の新しい追い風に波立つ運河のうえには、明るい航
　跡が広がった、
その光のなかをぼくは進んで行った。運命は、風に揺ら
　ぐ星のなかでぼくを待ち受けていた。
ぼくの心には、翻る旗のような情熱が目覚めていた。

秋

ヴィルヘルム・クレム

歳月が折り重なる。
表情の失せた墓がぼくたちを見つめる。
風はかすかに吹きわたる。地方では住民が減る[★45]、
思考はゆっくりと濾過され、灰色の液汁になる。

けれども、園亭はなおも変わらぬ姿で立っている、
ぼくたちは死の葡萄酒を飲み、
忘却の流れに身をまかす、
それは回想の寄せ波よりも快い。

煙は遠くで、悲しげに匂を漂わせる。
それは、ぼくたちをそのなかへ眠り込ませてしまうほど
　強い。
暗くなったら、だれがぼくたちを、そして
あの大声で吠えている犬たちを家へ帰り着かせるのか？

孤独な者の秋

ゲオルク・トラークル

暗い秋は　果実と豊穣にみちてめぐりくる
夏の美しい日々は　黄色く色づいて輝く。
澄み切った青空が　朽ちた天の覆いから現われる。
鳥たちの飛翔は　古い伝説の音を鳴り響かせる。
葡萄はしぼられ　その穏やかな静寂に
謎めいた問いへのかすかな返答が　響きわたる。

そして　荒れ果てた丘のここかしこに残る十字架。
紅葉で色づいた森では　獣の群れが姿を消す。
雲は　池の鏡のうえをさすらっていく。
農夫の穏やかな動作が　休らう。
夕暮の青い翼は　静かにかすめていく、
藁葺き屋根を　黒い大地を。

やがて　星たちは　疲れた農夫の眉に憩い
寒い部屋には　平穏な心の安らぎが戻ってくる。
そして　天使たちは　苦しみの鎮まった
恋人たちの青い目から　静かに姿を現わす。
葦の叢（やぶ）がざわめき　骸骨のような恐怖が襲ってくる、
葉を落とした柳から　露がかすかに滴り落ちるときに。

黄色い入江で

エルンスト・W・ロッツ

黄色い入江で、ぼくたちは遠方から吹いてくる
温かく湿った風を吸った、それは、
気が触れて、欲望が緑に萌える都市（まち）のことを知っていた。
ぼくたちは灼熱を積み込んだ舟で河を上り、
夏日に苦しむ密林の豹たちの
発情にむせ返りながら、体を日光にさらした。
ガラガラ蛇のとぐろを巻いた泥まみれの体は
ぼくたちがそばを通り過ぎたとき、うろたえてよじれた。
まだ眠気が残る村では、快楽が喉を鳴らしてうがいして
いた。
欲望を満たした温かい風が、棕櫚の木の間をそよ吹いて
いった――
ぼくは、白い姿で眠っているきみを見た。

そして、きみのもとから立ち去った、
誇らしく、満ち足りた血潮で心を躍らせながら。
おお、夜の嵐よ、おまえはぼくをその血の流れに乗せて、
未だ発見されぬ、冒険に満ちた地帯（ところ）へ運んでいった、
おお、なまめかしい恋人よ！　秘密の流れよ！
微睡んでいる国土よ！　南国での！　おお、夏の悩ましさ！

冬

テーオドア・ドイプラー

森は、木のそよぎもなく、押しだまり
雪は、見守るように座っている
獐鹿（のろじか）の心は、このうえなく寂しい。
わたしは叫んでみる。すると、あの声は？
こだまがつぎつぎと帰ってくるのだ。
こだまはその悲しみへと帰ってくるのだ。
その悲しみは、忍び足のように近づいてくる。
こだまはわたしを取りかこむ。
どうしてわたしは森の静寂を破ったのか？
雪からは物音ひとつ聞こえなかった。
獐鹿（のろじか）は怯えただろうか？
わたしは叫んだりなどするんじゃなかった。

均衡（つりあい）

ヴィルヘルム・クレム

山脈は伸び広がる。石塊（いしくれ）のビロードは
翳（かげ）った谷間に沈む、森が翼を広げる谷間に。
なだらかな道は物思いに耽って峰から峰へとつづく、
万年雪の銀色の頂（いただき）はうずたかく聳える。

孤独が紺碧の目でわたしを見つめる、
断崖には、裂け割れる岩が張り出す。
罅割れた地盤の、混沌とした荒廃は
轟音をたてて、静まり返った劫罰（ごうばつ）へ落下する。

崩壊と復興は
果てしなく互いに手を差し伸べる。
滝は静かに黒い岩の割れ目へ落下する。

鳥は空で旋回し、泉は微笑む。

朝に★46

ヤーコプ・ファン・ホディス

強風が跳び上がった。
鉄板の空の、血を滴らせる門を引き開け、
あたりの塔を一撃し
金属(かね)を叩く音を響かせ、都市(まち)の青銅の平原を越える。
朝日は煤にまみれ、列車は堤防を轟音をたてて走る。
黄金の天使の鋤は雲間を耕す。
蒼ざめた都市(まち)の上で、風が吹き荒れる。
悪臭を放って流れる川で、汽船と小舟が目を覚ます。
風雨に晒された聖堂で、鐘が不機嫌に時刻(とき)を打つ。
おおぜいの女や娘が仕事場へ急ぐ姿が見える。
淡い光のなかを。夜から解き放たれ、スカートを風に翻
　らせて。
その手足は愛のために創られたもの。
それが、いま、機械へと、不満ばかりの辛い仕事へと向
かう。

柔らかい光を見るがいい。
木々の若い緑を見るがいい。
ほら！　雀が高い声で鳴いている。
そして、郊外の荒れ野では
雲雀(ひばり)がさえずっている。

日没

ルネ・シッケレ

地下室を出て
屋根裏まで昇っていった、
屋内は、階段を昇るにつれて
しだいに明るさを増した、
いつもは不機嫌な都市(まち)が
黄金の丸屋根をそびえ立たせていた、
道路脇の溝は赤く燃えていた、
黄金の血筋のように。
野原は大きくうねっていた、
海は沖へと波打っていた、

鳥たちは
夕陽を浴びて、ゆっくりと
珊瑚の梢に降り立った。
降りそそぐ夕陽は
おごそかに身構えた山頂の
顔のうえを駆けて行った……。

塔を昇りながら
世界を眺めた。
世界は体を夜へと傾げ
欲望に輝いていた、
かすかに光る
微笑を浮かべながら。
その口元に
炎を燃え立たせながら、

世界は歓びに浸る女のように、
体をおおうこともなく
しばらくの間、物思いにふけり、
回想に心奪われて横たわっていた。

庭園の少年

ルネ・シッケレ

ぼくはこの両手を重ね合わせ、
夕暮が訪れたら
まるで恋人たちのように、深く横たえよう。
スズランは薄暮のなかで小さな鐘を打ち鳴らし、
芳香の白いヴェールはぼくたちの上へ降りてくる、
ぼくたちは互いに体を寄せ、周囲の花に耳を傾ける。
チューリップは昼の名残の陽光に照り映え、
ライラックは茂みから湧き出るように咲き誇り、
バラは夕映えのなかで輪郭を弱め、地面に溶け入る……
ぼくたちはみな慈しみ合っている。
園外の青い夜に
遠くで時刻（とき）を打ち鳴らす鐘の音が響きわたる。

たそがれ

テーオドア・ドイプラー

空には、一番星がまたたき
生き物たちの思いは、主なる神へ向かう。

そして、小舟はひとりでに漕ぎ出ていく、
わが家には、灯火がともる。

大波は、白い泡を放って立ち上がり、
すべてのものが神聖な姿で現われる。
どんな目覚めが、わたしの心に訪れるだろうか？
おまえはいつまでも悲しんでいてはならない。

夕暮のなかへ……

アルフレート・リヒテンシュタイン

波のようにうねる霧から、心楽しませるものが現われる。
ちっぽけなものが、とつぜん大切なものになった。
空はすでに緑色になり、翳った丘が
静かに眠りに就く彼方では、夕靄が立ちこめている。
襤褸をまとった木々は、地平線へ流離っていく。
酔い心地の草原は、踊り回る。
そして、どの平野も灰色になり、思慮深くなる……
村だけが、赤い星の群れのように輝いてうずくまってい
る――

どの家も目を開けた……

パウル・ツェヒ

夕方、時刻が急き立てられ、波のように立ち去るとき
あらゆる物はもはや盲いて塀のように佇んではいない。
風は水車小屋から
冷たい露と精霊のような青を運ぶ。

どの家も目を開けた、
地球はふたたび星辰の仲間に加わった、
どの橋も川床へ潜り込み
深みでは、小舟がつぎつぎと泳いでいく。

あたりの茂みからは、物影が大きく立ち上がり、
梢は、緩やかに棚引く煙のように風にそよぎ、
谷間は、長いあいだ覆い被さっていた山々を振り払う。

けれども、人間は星の銀色の波につつまれ、
うっとりとした顔で感嘆の声を上げる。
熟れて、甘美に落下の時機を迎えた果実のように。

夕べの歌

ゲオルク・トラークル

夕べに、ぼくたちが暗い小道を歩いていくと、
自分たちの蒼ざめた影が、目のまえに現われる。

ぼくたちは喉が渇くと、
池の白い水を飲む、
自分たちの物悲しい幼年時代の甘い水を。

ぼくたちは、息絶えた者のように接骨木の茂みの下に休らい、
灰色の鷗の群れを眺めやる。

春の叢雲が暗い町のうえにわき上がる、
その町は、修道士たちがいた、より気高い時代を語りはしない。

ぼくがおまえの細い手を取ったとき、
おまえは、静かにつぶらな目を開いた。
それは、もはや遠い日のことだった。

けれども、暗く美しい音調が魂に訪れると、
おまえは白い姿で、あの友人の秋の風景に現われるのだ。

どの風景にも……

ゲオルク・ハイム

どの風景にも
青があふれている。
はるか北方へ豊かに流れていく
川の縁の木々と茂みにも。

軽やかな艦隊になった雲、
風をはらんだ白帆の群れ、
その向こうの空の海岸、すべてが

風と光のなかへ溶けてゆく。

夕日が沈み、
ぼくたちが眠り込むと、
美しい夢がいくつも
軽やかな足取りで訪れてくる。

それらの夢は、輝く手にもった
シンバルを打ち鳴らす。
そのいくつかは、ささやきながら
顔のまえに蠟燭をかざしている。

夕べの湖★47

アルベルト・エーレンシュタイン

星と湖のうえで恋に戯れながら、ぼくたち
牧羊神(ファウヌス)と妖精は雲の髪を梳(と)かしていた。
そこへ夕暮が雪片のように舞い降り、霧がぼくたちを引
き離した、
ぼくたちの百合の時間(とき)★48は悲しみのなかで黄ばんでゆく。
嫉妬の雲よ、ぼくの心を奪おうとする白い狼よ、
おまえたちは、陽気に踊っていた妖精をぼくの幻想(ゆめ)から
追い払った。
ぼくの夕べの歌は湖に沈んでゆく。

粗暴な夜が、ぼくの獐鹿(のろじか)の腰に飛び乗る、
それを見て、星たちは顔をそむけた、
荒野の鳥は「夜も更けた！　遅すぎた！★49」と鳴いて渡る。
ぼくは悲しみのなかで感じ取る
体が雪のなかへ沈んでゆくのを。

平穏

アルベルト・エーレンシュタイン

木々は、大空の虹に耳を傾ける、
露の水源は、緑を帯びて新たな静寂になる、
三匹の小羊は、その体の白色を食(は)む、
小川のせせらぎは、娘たちを水浴へ誘う。

199　詩　篇　心よ、目覚めよ（Erweckung des Herzens）

オスカー・ココシュカ「アルベルト・エーレンシュタイン」（小説『トゥブチュ』の主人公としてのエーレンシュタイン）

ともに1886年生まれで、青年期までをウィーンで過ごしたココシュカとエーレンシュタインは、1911年に知り合って以降、急速に親交を深めた。2人はさまざまな面で助け合う親友になった。たとえばココシュカは、いつも金銭に困っていたエーレンシュタインに画商から得たわずかな報酬の一部を与えていた。こうした2人の協力関係は創作活動にも及び、ココシュカはエーレンシュタインの小説『トゥブチュ』に12枚の線描画を制作したほか『人間は叫ぶ』（1915年刊）や『我が詩』（1931年刊）にも石版画を制作した。

ココシュカはエーレンシュタインの肖像画を何枚も描いたが、ピントゥスは『人類の薄明』に『トゥブチュ』の挿絵の1枚を収めた。死神の骸骨に取りつかれたトゥブチュほどエーレンシュタインの生をよく表わした画は他にないと考えたからだろうが、その挿絵にはココシュカ自身の生も表われていたと言うことができた。トゥブチュ（＝エーレンシュタイン）に取りついた死神の骸骨は、ココシュカが同じころに制作した『迷える騎士』（＝ココシュカ）にも同様に表われていたが、そのようにともに死神に取りつかれた2人の存在とは、それぞれ文学界と美術界で相応の評価も得られないアウトサイダーであったことを窺わせた。

実際、『トゥブチュ』はさほど売れなかっただけでなく、新聞や雑誌で精神異常者の作品として酷評された。また、ココシュカの絵もウィーンやドイツの若者にはよく知られ、愛好された時期もあったが、それ以外の鑑賞者には憎悪の対象でしかなかった。

赤い太陽は、夕暮へと転げ落ちる、
綿毛の雲、その夢の炎は消え去る。
河川と耕地には暗闇が訪れる。

蛙の放浪者は、大きく目を開いて跳び回る、
それに合わせて、灰色の草原は軽やかに躍る。
ぼくの星たちは、深い泉で音を響かせる。
郷愁の風は、安らぎの夜を運ぶ。

月の出

ルネ・シッケレ

生き埋めになった心よ、まだ澄んでいない月よ、
現われよ、最後の日光は夕風のなかで消え去った……
これまで非とされたわたしの信念は、いま、孤独に彷徨
っている、
けれども、やがていっせいに輝き始めることだろう。

二度ともう、馴染めぬ魂にへつらいはしない！
二度ともう、願望の実現を懇願しはしない！
二度ともう、憧憬を抱いたまま果て、
信義をもたぬまま甦りはしない。

おお、明るく澄んだ月よ、希望の鉢よ……
世界は夕風のなかで光明を消した。
夜が訪れてきた。蒼ざめた奴隷だったわたしの信念は
海と大地を征服し、いまや光輝を放つ。

月

ゲオルク・ハイム

あの地平線から、血のように赤い月が産まれ出る、
地獄の大きな喉から、月が昇ってくる、
その深紅の頭は、黒い筋雲で飾られている、
アカンサスの葉で音もなくつつまれる神々の額のように。[★50]

月は、大きな黄金の足を前へ踏み出し、
広い胸を競技者のように反り返し、
パルティア[★51]の君主のように山を昇ってゆく、
顳顬（こめかみ）の黄金の巻き毛を風になびかせながら。

月はサルディスの都[★52]と黒い夜のうえを
銀の塔と鉛の海のうえを
番人のように時刻（とき）を報せるラッパを手にして巡回し
やがてポントゥス[★53]から朝を呼びまねく。

月の足もとには、広大なアジアが微睡んでいる、
青い影につつまれて、アララト山[★54]のふもとで。
その雪を被った頂上は、荒涼を貫いて微光を発している、
アラビアが海の穏やかな浴槽へ

白い足で降り立つあたりまで。
そして、遠く南の方では、シリウス[★55]が
一羽の大きな白鳥のように頭を水面へ傾げ、
歌をうたいながら、海原を越えてゆく。

高い橋に幾重にも飾られて、輝く鋼鉄のように青く
長い塀にかこまれて、大理石のように白く
ニネヴェ[★56]は、ゆったりと黒い谷間に休らいでいる、
そこでは、数本の松明（たいまつ）がなおも光を放っている、

走り飛ぶ槍のように。そして
ユーフラテスは頭を砂漠にひたし、轟音をたてて黒く流
　れている。
スーサの都[★57]は微睡み、その額のまわりでは
なおも葡萄酒の靄にけむる夢の群れが唸り声を上げてい
　る。

丸屋根のうえ、黒い流れのうえでは
一人の天文学者が白い長衣を身にまとい
災いの星の軌道（みち）に耳をすませながら
王笏のような望遠鏡をアルデバラン[★58]へ差し向けている。

彼は、白い光を求めて月と競い合っている、
そこでは、夜が永久に光を放ち、
遠くの砂漠の縁では、人影のない泉が
青い光のなかに浮かび上がっている、そして

微風（そよかぜ）は、さびれた寺院を囲むオリーブの森と
銀色の湖を吹き過ぎてゆく。太古の山に囲まれた渓谷で

は
深い谷底を、水が静かに流れている、
楡(にれ)の木が生い茂る入江のまわりを。

おお、夜よ——

ゴットフリート・ベン

おお、夜よ！　わたしはもうコカインを服んだ、[★59]
それは血液に溶けて、全身に広がっている。
髪は灰色になり、歳月は飛び去る。
わたしは活力(ちから)の充溢のなかで
消え入るまえに、もう一度、花開かねばならない！

おお、夜よ！　わたしの望みは多くない。
ほんの一片の凝固、
夕暮の霧、空間変動の高まり
自己感情の沸騰だけでいい。

触小体、赤血球膜、
あちこちに揺れ、匂を放ち、
言葉の豪雨に引き裂かれ——
脳においてあまりに深く、夢においてあまりに浅く。

隕石は地球をめがけて降り落ちる。
小さな物影に魚が食いつく。
頭蓋の羽箒(はねぼうき)は、ただ陰険に
物と化した存在の間をよろける。

おお、夜よ！　わたしはおまえを煩わすつもりはない！
ほんの一片だけでいい、自己感情の一摑みでいい——
この活力(ちから)の充溢のなかで
消え入るまえに、もう一度、花開かねばならない。

おお、夜よ、わたしに額と髪を与えておくれ、
昼の衰退のまわりにおまえを流し去れ！
わたしを神経の神話から解き放ち、
蕚と花冠に産み落とす者であれ。

おお、静粛に！　突進しつづけるわずかな衝動が感じられる。

エルンスト・M・エンゲルト「ゲオルク・ハイム」

エンゲルトは美術の勉強を終えた1910年ごろから、住所を定めぬ放浪生活をしていたが、ライプツィヒに滞在していた間はヴィルヘルム酒場で表現主義の詩人たちと交際した。しかし、ハイムと知り合ったのは、ベルリンで「新クラブ」の会合に出たときであった。それ以降、2人は親交を深め、ハイムが家出したときは、エンゲルトのアトリエがその間の宿泊所になった。他方、ハイムはエルンスト・ローヴォルト社から出版予定だった彼の詩集にエンゲルトの作品が収録されるようにローヴォルトに働きかけたことがあった。

エンゲルトはハイムをパステル画でも描いていたが、『人類の薄明』には、1911年に制作した影絵（シャッテンリス）が収録された。

ハイムの突然の死のあと、エルンスト・ローヴォルト社から『生の影』という表題の遺稿集が発行されたが、エンゲルトの黒い影絵は、そうしたハイムの生と作品をよく表わしていた。

わたしの内部に星が現われ始める——冗談など言ってはいない——
わたしは顔を感じ取る、わたしという孤独な神が
一発の雷鳴に集中するのが感じられる。

夢[60]

アウグスト・シュトラム

茂みを、星がくねり抜けていく
眼はもぐり、くすぶり、しずむ
囁きはせせらぐ音をたてる
花は切に求め
香りは噴き出す
驟雨は突き進み
風は疾走し、跳ね返り、ふくらむ
布は引き裂け
落下は驚き震えて、深い夜になる。

夜、ケルンのライン鉄橋を渡る[61]

エルンスト・シュタードラー

急行列車は手探りしながら、闇を抜けて突き進む。

星は現われそうにない。あたり一帯は狭く、夜の闇につつまれた坑道、
そこでは、ときおり、青い光の点る運搬基地がとつぜん地平線を引き裂く。

アーク灯、屋根、煙突の火の循環が煙を吐き、流れ出る……ほんの数秒間だけ……

そして、すべてはまた暗闇に。まるでぼくたちは夜の内臓(はらわた)へ交替勤務のために降りていくようだ。

いま、光がよろけ出る……迷いつつ、哀れなほどわびしく……光はしだいに増え……集まり……そして密集する。

家並の灰色の正面に浮かび上がった骨組みは、むきだしたまま薄明のなかに青白く死んで横たわる——何かが現われるにちがいない……おお、その気配がぼくの頭で濃くなる。

不安感が血のなかで騒ぐ。すると、とつぜん大地が海の

　ようにどよめく。
ぼくたちは飛ぶように進んでいる、夜に打ち克った大気
　を漂い、堂々と、川の流れのうえに高く。おお、数百
　万の光の湾曲、無言の番人。
その光のパレードのまえを、ラインの水はゆったりと下
　流へうねってゆく。果てしなくつづく両側の光の列は、
　歓迎のために夜のあいだに設（しつら）えられたもの！
松明（たいまつ）のように突進してくる！　喜ばしきもの！　青い海
　に浮かぶ船からの礼砲！　星で飾りたてた祝祭！
群がり、目を輝かせて、前進する！　この都市（まち）が最後の
　家並とともに別れを告げるところまで。
そのあとは、長い孤独。わびしい堤防。静寂。夜。沈思。
　内省。交感。そして、熱情と衝動、
究極のものへ向かって、恵みを与えるものへ向かって。
　子をもうける祝祭、悦楽へ向かって。祈りへ、海へ、
　根源へ向かって。

驚きの体験

テーオドア・ドイプラー

唐傘松（からかさまつ）の林を抜け、支那藤（しなふじ）★62をくぐり抜けて、月はさすら
　う！
青みを増す川の水は、木の葉をいっそう青くする。
微風は、木々の輪郭を弱め、揺るがす、
あたりでは、薔薇の蔓が擦り合うような音がする。
ライラックは、咲き開いた姿を誇らしげに見せ、
甘い香りを、息を吐くようにあたりに漂わせている。
まるですべての植物が息吹で接吻を交わしているようだ、
快びを交換し、分かち合おうとして。
とつぜん、夢のように蒼い光が射し込み、ぼくは戸惑う。
けれども、すぐにひとつの奇跡が起こるのに気づく。
水晶のように澄んだ池の淡い光につつまれて
数個の人影が、蒼い姿で鉢の水を飲んでいる。
ぼくは、まるで兄弟のもとへ帰るようにその近くへ行き、
水を跳ねながら池に入っていく。そのうちの一人がぼく

に笑いかける。

そして、ぼくの周りに広がるさざ波を掬い取り、疲れ伏している仲間に与える。

すると、たちまち少女たちが起き上がる。

ぼくは、まるで空を飛ぶように軽やかに島へ泳いでいく、

そして、とつぜん見知らぬ国にいるように感じる。

そこでは声がする、「このすべては、救世主がわれわれに約束されたものだ。

われわれは、自分たちの墓であるおまえたちのなかで甦ったのだ！」

ぼくは、農民たちが高貴な姿で笑っているのを見る。

そのうちの一人が言う。ほら、骨折り甲斐はあるんだ！

自分たちの祖国を開墾するのは、大きな喜びだ、

さあ、野牛を引いていこう！　雌牛たちに餌をやろう！

ぼくは自宅にいる。けれども、遠い昔に生きているように思う。

もしかしたら大昔に、もしかしたらナイル河畔にいるのかもしれない！　と。

そこでは、人々が山へ登っていく。ぼくは追いかけようとする、

けれども、一人の僧侶から別の場所を指し示される。

彼は言う、「われわれはかつてピラミッドを築き、

その石英のなかに埋葬されることを強く望んだ、

けれども、その後、ピラミッドの本質は幸福な平和になった、

そのおかげで、われわれはふたたび生存することになった」と。

たしかに、そこでは人々が鉱石を求めて地下に降りていく。

とつぜん地面でラクダが起き上がる。

いや、それは土が空へ噴き上げている光景なのだ。

地下で爆破が行なわれている。それは人々の魂なのだ！

ナイルの平和、ナイルの愛がこの下で作用いている。

神官のような平穏が生のすみずみに訪れる。

石のピラミッドの建設によって
遅まきながら、ぼくたちの根源（ルーツ）が戻ってきた。
あたりで、子供たちが銀の竪琴をかき鳴らしている。
ほとんどがほどよく日焼けした、黒い瞳の子供たち、
彼らは、優しく大地に降りそそぐ月光のヴェールを被っている、
その光は、竪琴を爪弾く子供たちの指の上で輝き躍る。

いま、ぼくは、夢を見ているように女帝の姿に気づく。
女帝は、愛らしい皇子を農民たちのところへ連れていく。
そして、言葉もなく畏っている農民たちの間を
晴れやかに蓮の花★63をかかげて歩いていく。

農民たちは、その権力（ちから）ある女帝（ひと）の傍へ来るように手招きする。
ぼくは、自分の人格（にんげん）が女帝の本性で試されるように感じる。
けれども、勇気を出して、女帝の言葉に応えようとする。
女帝はもっていた花を下に降ろして語り始める。

「ここに在るものは、女帝（わたくし）にふさわしい好意を象徴（あらわ）しています」と。
目が眩んでよく見えないぼくは訊ねる、「何がでしょうか？」と。
女帝は言う、「この花にとまっている螢、
この萼の下で青みを帯びてゆく露の滴です！」と。

いまや、女帝はこのうえなく優しい微笑を浮かべる。
それはぼくの心に浸み、心の奥に潜む幻想を照らす。
すると、早くもその澄んだ輝きで幻想が吹き消される、
そして、ぼくの苦悩はその優しさで静かに和らいでゆく。

いま、小舟が何艘もゆっくりと家に帰ってくる。
ぼくのまわりで、漁師たちが仄かに光る網を引いている、
波が打ち寄せる海から、魚や海草でふくらんだ網を。
すると、どの広場もたちまち人の群れであふれる。
女たちは、月のように青い鎌をもって現われ、
娘たちは、何度も荷車に鵝鳥を積み込む。

人々は暗闇で忍び笑いをし、互いに皮肉を言い始める、
けれども、農民たちは、いまやあらゆる物を大鎌で照らす。

水夫たちも力を貸し、月のように白い魚を捕える。
魚はもがきながら、鎌のように体を曲げ、
あたりに微光を放ち、逃げ惑い、滑り落ちる、
そして、かすかに蒼ざめ、興奮し、すばやく身をかわす。

けれども、無言の人影がなおも浜辺でうずくまっている。
彼らは、満月の魚のマンボウを捕えようとしているのだ！
けれども、ぼくは魚捕りに加わらず、ゆっくりと歩いていく、
ぼくにはわかっている、ぼくをもっと驚かすものがあることを。

夢の岸辺で、魂がぼくに聞かせる、
ぼくの苦悩する心の奥が歌う歌を。
ぼくは望む、風があらゆる憧憬をふくらませ、
ぼくの物語（はなし）がその実現の夜明けにたどり着くことを。
エジプト人の謎よ！　夢みる者のなかで解き明かされよ！
テーバイの娘たちよ、ぼくたちをふたたび魅了せよ！
おまえたち、厳格の象徴よ、風はすでに以前よりも暖かく吹いている、
だから、冥府の精霊たちよ、ぼくたちの歌に入り込め！

熱帯の灼熱の川は、流れつづけている。
星の幻影よ、木々のなかで互いの心をとらえよ！
人間の魂よ、熱狂の消去よ、
羽ばたいて行け、永久に夢のなかを渡り歩くのだ！

神聖な原始の平和の園に茂る植物たちよ、
効果をもたらす領界（せかい）は、熱狂して輝いている！
星も泉＝魔法使いもともに待ち望んでいる、
魂の蓮が、夢のように青い池に咲き開くのを。

冥府の川に立つ嵐よ、予言者たちの間を轟音とともに吹

き過ぎよ！
キマイラたちよ、思い煩う心に巣を作り始めよ！
すでに子供の幼虫が、囀りながらぼくたちに近づいている、
まるで幽霊たちがその帆＝自我をぼくたちの周りで広げるかのように！

おまえ、ぼくの本性よ、行動せよ、おまえ自身のために想像を紡げ！
月の精霊がさまよう領界（せかい）で自分のために歌声を高めよ！
ぼくのなかの優しさよ、もっと優しくなれ。
たんに引き立つだけの永劫など注意を払わぬがいい！

夢のなかのセバスチャン★64　ゲオルク・トラークル

アードルフ・ロースに★65

母は、白い月影のなかで幼児（おさなご）を抱いていた、
胡桃（くるみ）の木や接骨木（にわとこ）★66の老木の影のなかで
罌粟の花汁や鶫（つぐみ）の鳴き声に酔い痴れて。
そのとき、ひとつの髭面が憐れみとともに
静かに母のうえに屈み込んだ、

窓の暗がりのなかで優しく。そのとき、祖先たちの
古びた調度は
朽ち果てていた。愛と秋の夢想があった。

そのせいで暗いのだ、その年のその日、悲しい幼年時代は、
あのとき、少年は静かに涼しい水辺へと、銀色の魚たちのところへと下りていった。
安らぎと沈着の表情（かお）があった。
あのとき、彼は突き進む馬のまえに石のように身を投げ出し、
灰色の夜に、いつも見る星が彼の頭上にやってきた。
あるいは、彼が母の氷のように冷たい手にすがり
夕暮に、聖ペテロの秋の気配につつまれた墓地★67に行くと、
ほっそりした骸骨が音もなく廟の暗がりに横たわり、
冷たい目蓋を彼の方に上げた。

けれども、彼は葉を落とした木の枝の間をさまよう小さな鳥だった、
鐘は十一月の夕暮にゆっくりと間（ま）をおいて鳴っていた★68
父の静寂が漂うなか、彼は眠りのなかで薄暗い螺旋階段を下りていった。

＊

魂の平穏。孤独な冬の夕暮。
古い池のほとりには、羊飼いたちの黒い姿。
藁葺き小屋には、幼児（おさなご）。おお、なんと静かに
暗い熱をおびて、あの表情（かお）は沈んでいったことか。
聖なる夜。

あるいは、彼が父のこわばった手にすがり
暗闇につつまれたカルヴァリオの丘★69を静かに登り、
そして、暮れてゆく岩の壁龕（へきがん）で
あの方★70の青い姿がその伝説のなかを通り過ぎていったとき、
心臓のしたの傷口からは、深紅の血が流れていた。

おお、暗い魂のなかで、なんと静かに十字架は立っていたことか。

愛があった。そのとき、暗い片隅で雪が解けた、
青い微風が接骨木（にわとこ）の老木に
胡桃の木の黒い影の穹窿（きゅうりゅう）に晴れやかに留まり、
そして、薔薇色の天使が少年のまえに音もなく現われた。

喜びがあった。そのとき、冷気の漂う部屋に夕べのソナタが響きわたり、
褐色の梁のあいだで
一匹の青い蝶が、銀色の蛹（さなぎ）から這い出た。

おお、なんと死は近いことよ。石の塀のなかで
黄色い頭がかたむき、子供は黙していた、
その三月に、月が欠けて崩れていった。

＊

夜の墓所には、復活祭の薔薇色の鐘と
星たちの銀色の声、

それに戦いて、黒い狂気は眠る者の額からすべり落ちた。
おお、なんと静かに歩みは青い川を下っていったことか、
忘れ去られたものを想いながら。そのとき、緑の枝のなかでは
鶫（つぐみ）が異郷者を没落へと誘っていた。

あるいは、彼が老人の骨ばった手にすがり
夕暮、都市（まち）の崩れた壁のまえへ歩いて行き、
そして、あの男が黒いマントを着て、薔薇色の幼児（おさなご）を抱いていたとき、
胡桃の木の影には、悪の霊が現われた。

夏の緑の階段を手探りしながら昇る。おお、なんと静かに
庭園は秋の褐色の静寂のなかで崩れていったことか、
接骨木（にわとこ）の老木の香りと憂欝が漂っていた。
そのとき、セバスチャンの影のなかで、天使の銀の声が消えていった。

省察

ヴィルヘルム・クレム

木々は、静まり返った森のなかで空腹を満たす。
空は、忘れられた薄暮のなかで暗闇を増す。
草の果てしない成長は
幾千もの小さな頭をもたげて勝ち誇る。

はたして、ぼくたちがもっとも愛したものは何か？
美徳は理解されることもなく
とうに色褪せた。名声は力弱く
何人をも自由にしない。英知は

憂欝へと沈む。思い出は、いかに美しい思い出でも
苦しみから解き放たれたときの思い出でも薄れてゆく。
耳がとらえる遠くの呟きは
馴染みなく、理解されぬまま消え去る。

神秘にみちた愛は
なかば女に、なかば星に宿りつづける、
それは、言い表わせぬほどの優しさで、憂いを深める心

のうえで
永遠の滴のように震えている。

冬がふたたび冷気とともに陸を渡る間、
空は木々のうえでいっそう孤独になる、
そのとき、胸は安堵の吐息をついて西方を向く、
そこでは、夕暮が、目覚めをためらう夢想者が家路に就く。

涙

フランツ・ヴェルフェル

騒がしいカフェの、鳥も飛ばない空のしたに
ぼくたちは時折り、座っている、憂鬱の時間が漂うときに！

音楽の群れがすばやく羽ばたいて
鷗のように
ぼくたちの耳をかすめていくときに。

四方を塀にかこまれた場所で
ここほど異国の植物が奥深く咲くところはない。
目を閉じれば、北極の氷山が
ぶつかり合い、
古いフィヨルドがむせび泣いているのがわかるだろう。

さあ、心を開いてみるのだ！　何が起こっているか？
目を開けてみるのだ！

喧噪を打ち破るものは何か？　混乱に向かって静穏を呼びかけるものは何か？

あちらのテーブルで喪服を着た婦人が
とつぜん泣き始める、
すると、そばの若い女性も両手に顔を埋めて泣き崩れる。
そのときまで独りだったものが、互いに身を投げ出す。
泣き声がすべてを結びつける法則になる。
だれもが立ったまま泣いている、
神聖な涙のほとばしり、
給仕が手にした盆さえも震えている。

ぼくたちはだれもひとつの破片にすぎない、けれども、

泣き合ううちに、ひとつの容器になる。
涙を讃える者は、共同体を作っているものを知る。
ぼくたちは大洋だ。兄弟よ、さあ、出航しよう、
永遠に乗り出そう、
心の大洋を航行しよう。

孤独な者の苦しみよ、不滅なものの子供よ！
神の穏やかな血が、ぼくたちの涙が流れている。
ああ、ぼくたちはこの涙を
エデンの花壇にそそぎ込もう。
兄弟よ、ぼくたちのために楽園は実り豊かになるだろう。

歌

フランツ・ヴェルフェル

かつて、昔——
ぼくたちは純真だった。
畑の境界石のうえに身をかがめて座っていた、
何人もの心優しい老婆たちといっしょに。
ぼくたちは大空を眺めつづける者だった、
死者たちが憂いなく暮らす墓地のまえを
吹きわたる風のなかの小さな風だった。
ぼくたちはなかば崩れ落ちた門を見上げた、
丸花蜂が山査子の茂みを唸って飛んで行った、
蟋蟀の奏でる夕べの音楽は、大きく耳に響いていた。
少女は白い花輪を編んでいた、
そのとき、ぼくたちは死と穏やかな痛みを感じた、
ぼくたちの目は深い青色になった——
ぼくたちはこの地上にも、神の心のなかにもいた。
ぼくたちの声は男女の別なく歌を響かせた、
ぼくたちの体は健やかで、障る部分がなかった。
ぼくたちは眠りによって緑の木陰道へ導かれた——
そして、愛のうえに、神聖な花輪のうえに休らいだ、
時間は、まるで来世のようにゆったりと流れ、永かった。

唄

ゴットフリート・ベン

1

ああ、ぼくたちが自分の太古の祖先であればいいのに。

温かい湿原に漂うひと塊の粘液体。[★71]
生と死が、受胎と出産が
ぼくたちの無言の体液から流れ出ればいいのに。

ひとひらの藻の葉、あるいは砂の丘、
風に吹き寄せられ、重く垂れさがった形象（かたち）。
トンボの頭でさえ、カモメの翼でさえ
すでにあまりに進歩し、あまりに悩み多い——

2

愛し合う者たちも、嘲る者たちもみな軽蔑に値する。
あらゆる絶望、憧憬、そして希望を抱く者も。
ぼくたちはこんなにも痛ましく、疫病に苦しむ神々[★72]なの
だ、
それなのに、ぼくたちはいくたびもあの神[★73]を想う。

柔らかな入江、暗い森の夢。[★74]
スイカズラの花ほどに大きく、重い星々。
豹は音もなく、木々のあいだを跳びまわる。
すべては岸だ、永遠に海が呼んでいる[★75]——

統合（ジュンテーゼ）

ゴットフリート・ベン

押し黙っている夜。黙り込んでいる家。
けれども、わたしほど静かな星はない、
わたしは、自分から発する光をも
自分の夜のなかへ注いでいる。

わたしは、脳髄に導かれて我が家へ帰ってきた、
洞穴と天空と汚物と家畜のもとから。
女にまだ残っているものといえば
暗く甘いオナニーぐらいのもの。

わたしはこの世を転がす。喘鳴で獲物（えじき）を追い出す。
そして、夜には、幸福にみちて裸で歩きまわる。
どんな死神も、どんな塵の悪臭も
わたしを、自我＝概念をこの世へ連れ戻しはしない。

憧憬の隊商

イーヴァーン・ゴル

ぼくたちの憧憬の、列をなす隊商は
ニンフたちが憩う日陰のオアシスを見出せない！
ぼくたちは愛に身を焦がし、この心臓はたえず
苦痛の鳥についばまれる。
ああ、ぼくたちは冷たい水と風があることを知っている。
どこにでも至福の園（エーリュシオン）があればいいのに！
けれども、ぼくたちはさまよい歩く、こうしていつも憧憬にかられて！
どこかで、ひとりの人間が窓から飛び降りる、
星を摑み取ろうとして。けれども、死を摑むだけ。
そして、蠟人形館では、だれかが
自分の蠟細工の夢を探し求め、それを愛（いと）おしむ——
けれども、ぼくたちの焦がれる心では、フエゴ島が燃えている、
ああ、ぼくたちのうえをナイル川やナイアガラ川が流れても、
ぼくたちは、この心をなおも熱く燃やして叫ぶしかない！

妄想と死のバラード

フランツ・ヴェルフェル

昼の広い空間のなかで——
町は十一月の海のように虚ろになり、重く鳴りひびいた、
まるでシナイの山がとどろくように。
雲は塔に突き刺されて萎み、球となって落下した——
時間（とき）が、息を殺した平手打ちでぼくの耳元をおそった、
ぼくが体を小さく丸めて屈んでいたときに。
そして、ぼくは自分から抜け出し、転がり、眠りのうえで揺れ動いた。

この眠りをどう考えればいいのだろうか——
時間（とき）がぼくの心臓に一撃を加えたとき、
ぼくは暗闇へと向かっていた、
だから、眠りがぼくをおそうことはなかった！
そのあと、ぼくが上方へ昇り、
夢のなかに浮かび上がりながら、呼吸を始めたとき、
ぼくは寒々とした門を通り、暗い廊下を渡って、ぼくの昔の家へ足を踏み入れた。

さあ、友よ、聞いておくれ！
ぼくが暗い昼に佇んでいたとき、ひとつの手が軽やかに
　ぼくを叩いたのだ。
ぼくは金縛りにあったように、冷たい壁のそばに立ちつ
　くした。

おお、暗く恐ろしい回想よ、
そのとき、ぼくはその主(ぬし)を見つけることができなかった、
そんなふうにぼくに近づいてきて、あの門の暗い昼に
軽やかな手でぼくをやさしく叩いたその主(ぬし)を！

そこでは、ひとつの光輝も現われなかった。
造花の薔薇に編み込まれ、飾り絵の下方で
おぼろに広がる、小さなすばやい
光さえも消え去った。
その冷たい石からは、黒い天使も
人影も呼吸も現われなかった！
けれども、あの門は、夢に滑り込んだぼくの背後ですす
　り泣く音をたてて消えた。

そして、ひとつの言葉も鳴りひびかなかった。

けれども、ぼく自身の声で、ひとつの言葉がぼくの冥界(せかい)
　の奥へ叫んだ。
そして、ぼくは、まるで樫の立ち木で一枚の葉が枯れる
　ように萎れた。
哀れなことに！　ぼくは干涸びて軽くなり、狂ったよう
　に
舞いながら、秋と突風のなかを駆け抜けた。
ひとつの言葉と風に、ぼくは連れ去られたのだった、
そのとき、ぼくの体を突き抜けた短い言葉は「望みな
　し」というのだった！

おお、このうえない不安と苦痛よ！
おお、ぼくがあの女(ひと)によって連れ出される以前に居た、
　あの家とあの廊下の夢！
おお、ぼくがあの女(ひと)によってこの世へ連れ出される以前
　に休らいでいたベッド、暗闇につつまれたベッド！
ぼくは黒い鉱石のなかにたたずみ、
心臓の鼓動を抑え、もう声を上げることはできなかった。
そのあと、ぼくは――脱出するのだ！――と、自分へ囁
　きかけた。

石の空間がぼくを囲んでいた。ぼくは川が流れる音を聞いた、ただ川の音だけを。

そんななかで
ぼくの最後の運命が明らかになった、そして、ぼくは胎から一気に滑り出た。
廊下の黒い夢のなかで、臍の緒は引き裂かれ、音を鳴り響かせた。
ぼくにはようやくわかった、
なぜあの手がぼくを軽く、やさしく叩いたのかが、
それはぼくの額を静かに撫で、ぼくの歩みを秘かに抑えた、
だから、ぼくはもはや歩みもせず、体の重みだけを感じた。

自分に訪れたその瞬間に気づくやいなや
ぼく自身は、もう一人の人間になっていた、
ぼくは、自分に厳しい要求をするぼくの死だった。
それは、ぼくからすべてを容赦なく取り上げ、
握ったまま放さなかった——

楽しみと恋愛を、能力と名声を。ついには嘆きながら、詩を書くことも。
ぼくはひどく驚き、疲れ切って、妄想も抱かず、身を覆い隠すこともなく立っていた。

おお、死よ、おお、死よ、ぼくは初めて見た、
本当の自分を、意欲も願望ももたず、虚偽もない自分を、
まるで酒飲みが夜更けに自分と向き合うように。
——笑いながら、自分から遠ざかり、自分に近づいて。
ぼくは自分自身の初めての現在に呆然と立ちつくしていた、一人で、いや二人で。
（ああ、ぼくたちが口にすることは、この状態で語るのだから、すでに虚偽なのだ）
ぼくは自分自身を見出した、妄想を抱かぬ自分を。そして、死んで自分の目覚めにたどり着いた。

昼の広い空間のなかで
ぼくは夢から覚めて頭を起こし、部屋の窓辺の木を眺めやった。
町は十一月の海のように虚ろになり、重く鳴りひびいた、

空はまだほとんど輝いていなかった。
けれども、ぼくは帽子を被って出かけて行った、
街道と、赤みをおびた山脈と峠を通り抜けて……
頭はなおも夢につつまれていた、ぼくは虚ろな足取りで
　歩いて行った。

ぼくは、まるで死者のように歩いた、
死んだ霊のように、独りぼっちで、だれの目にも止まらず。
帰宅する人や雑踏から遠く離れ、一人で静かにさまよった、
ぼくは、子供たちが走り回り、乞食が佇んでいるのを見た。
一人の傴僂（せむし）が腹をかかえ込み、一人の老婆が杖を振りかざして叫んでいた。
一人の婦人が静かに微笑み、一人の娘が自分の手に唇を寄せていた……
そして、ぼくはその人たちを結びつけていたものを知り、
　そのたくましい変貌の間を歩いて行った。

探索

ヴィルヘルム・クレム

優雅を運ぶ精霊たちが
リラの花咲く楽園を彷徨っていく、
空に輝く銀河と
千の煌めく星雲のしたを。

色彩を運ぶ神々の群れが
世界の、大理石の円形劇場に集まる。
仄白（ほのじろ）い静かな球がいくつも
銀緑色に輝いて、深い谷間を漂っていく。

燃え盛っている美は穏やかに生気を帯びる、
すばらしい運命が開ける、
覚醒の急流が
音をたてて水路を流れ走る。

大きな蕾がひとつ現われる。
天空にみなぎる精気（エーテル）はどこへ降下するのか？
一度も見たことのない魂というものを

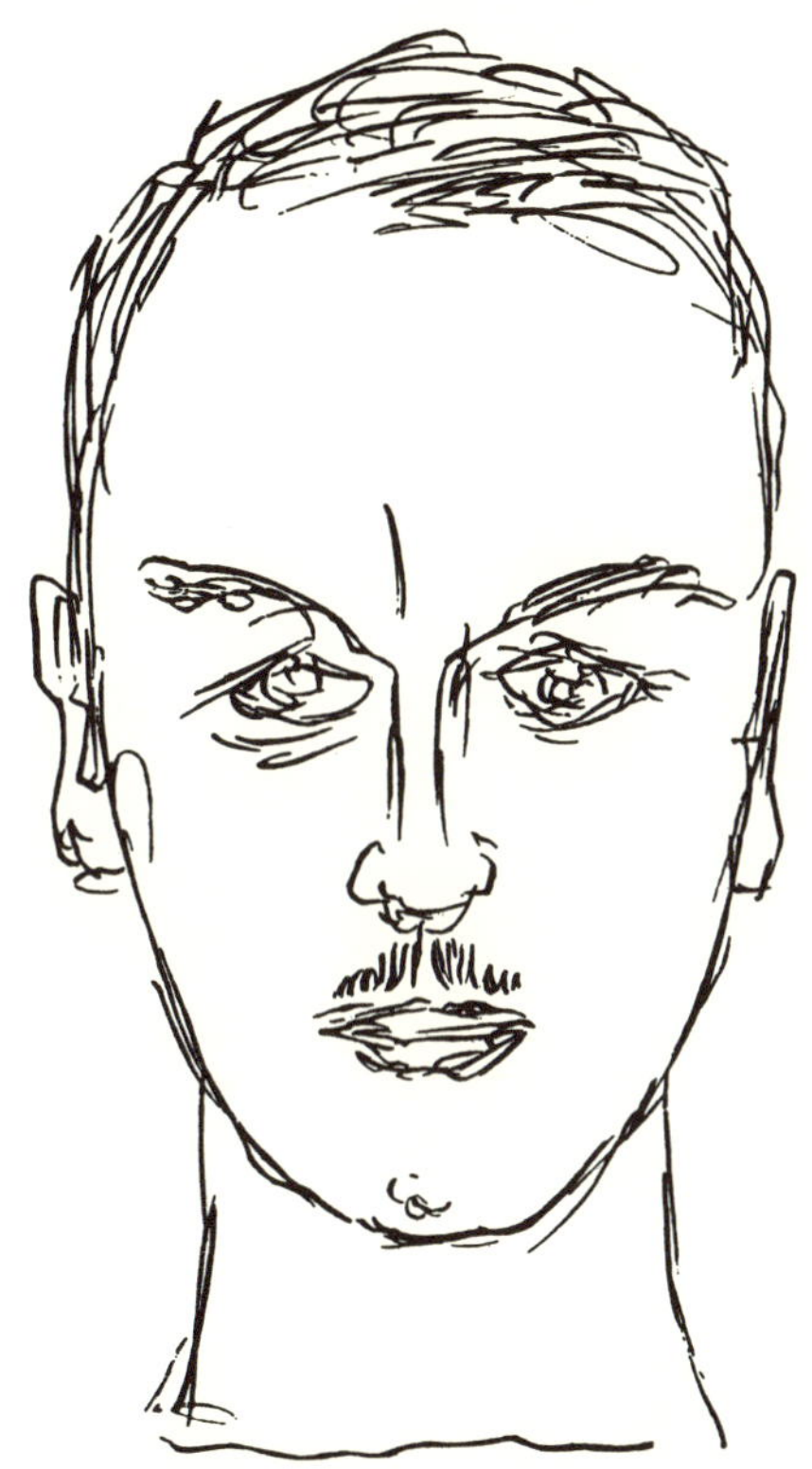

ヴィルヘルム・クレム「自画像」　第一次世界大戦中の戦場で描かれた。

クレムに画才があったことは、彼の詩における優れた視覚的表現や直観的形象から窺い知ることができる。この自画像は「戦場で描かれた」のだが、戦線が膠着状態に陥った4年間に彼を頻繁に襲った憂鬱、無気力、孤独感がとくにその眉間の皺によく表われていた。

クレムの素描や木版画のほとんどは彼の詩集に収録され、まるで詩画集のように独特の画文交響を奏でていた。たとえば、『詩と絵』（1916 年刊）には、彼が制作した大判の網目版画と木版画が合計 14 枚も収録されていた。そのほか、詩集『要請』（1917 年刊）と詩集『夢の破片』（1920 年刊）では彼が描いた絵がそれぞれ挿絵と表紙絵になっていた、おまえは流星のうえのどこに探し求めるのか？

幻　影

ヴィルヘルム・クレム

いくつかの人影が宴席についている――
まるで白い毛皮のように夜の闇に漂っている。
友よ、乾杯しよう！　われわれは音をたてない杯（グラス）をもっているのだ！
忘れられた星もこの宴の真ん中で輝いている。

愚かなことよ、いったいだれが信じているだろうか？
人間と呼ばれるもののすべてが、頭の天辺と足の先の間に収まっているなんて！
心のなかの消しがたい願望、精神の腕は
神の門前に輝く光輪へと伸びている！
空想の眼差しをして――おまえは永遠を呼吸しているのか？
憂いにみちた美しい横顔をして、おまえは額を傾けているのか？
天の螺旋にいっそう深く耳をすませながら。
ヘラクレスよ、おまえは永遠の石の腰掛（ベンチ）で手足を伸ばしているのか？

さて、考えてみよう、開始、終了、反復とは何か？
ぼくたちはもはや、これを軽視しない。思い違いはみな消え去った。
全世界が音もなく降り落ちてくる、
ぼくたちの衣服の、白く明けゆく皺のなかへ。

船を走らせて

ゲオルク・ハイム

船を走らせて
ぼくたちは海をさまよった、
どこまでも海上を進み
輝いている冬を抜けてさまよった。
しだいに遠く沖に出て
ぼくたちは島が点々と浮ぶ海で踊った、

潮流はぼくたちのそばを通り過ぎ、遠方へ走って行った、
空は明るい音を響かせ、雲ひとつなく晴れわたっていた。

町よ、言っておくれ
ぼくが市門に座っていなかった間に
おまえの足はそこを通り抜けて行ったのか？
ぼくはおまえの巻き毛を刈ってやったのに。
死へと赴く夕暮のしたで
ぼくは、その道を下りてくる人のために
探照燈（サーチライト）をかかげ、ああ、永久に
見知らぬ人の顔を照らしていた。

死者たちの住処（すみか）でぼくは叫んだ、
埋葬された人が住む
心寂（うらさび）しい場所で。
ああ、おまえはそこにいなかった。
そして、ぼくは野原を越えて歩き進んだ、
ぼくの頭上で風に揺れていた木々は
凍（い）て付く空のなかに立ち
冬のなかで葉を落としていた。

ぼくは大鳥や小鳥を
そこへ飛んで行かせた、
鳥たちは薄暮のなか
遠くへ広がる大地のうえを飛び去って行った。
けれども、鳥たちはまるで小石のように
物悲しい音をたてて夜へ落ちていった、
そのとき、その鉄の嘴に
藁と雑草で編まれた輪をくわえていた。

ときおり、おまえの声が鳴りひびく、
けれども、それはすぐに風に吹き消される、
おまえの手は夢のなかで
ぼくの顳顬（こめかみ）をそっと撫でる。
すべてはすでに大昔にあった。
それがふたたび巡ってきたのだ。
すべては、悲しみにつつまれて歩き進み
灰をあたりに撒き散らす。

悲嘆と疑問

ヨハネス・R・ベッヒャー

夜の狩猟場――！
なぜ、どうして、いつもいつもぼくは自分を痛めつけ、★76
　自分の首を刎ねることになるのか?!――
確かな足跡を残すぼくのまっとうな生の潔白な正しさは
　騙し討ちに遭ったように崩れる――
雹と硫黄が猛威をふるう、
ぼくの小麦が得意になって発芽する無邪気のうえで?!
月の腺
おまえは魔力をもった毒＝汁を分泌する、
ぼくの本物の天上＝食事の澄んだ青のなかへ。
……けれども、ぼくが楽しくさまようのは、永遠の泉が
　湧き出る楽園のような地域（ところ）じゃない……
ぼくは血と、汗の塩で生きている。
なぜ、どうして、いつもいつもぼくはきみから
オフェーリアから
信用せずに立ち去ったのか。
きみは、ぼくの樹脂も出ない荒野のなかでもっとも豊か
　に水の湧き出るところ?!――

暴君のようなリューディアよ、きみのところへ行こう。
苦悩、疑惑、悪寒、夜行癖に満ちたきみ……
神の偏在を信じぬ野蛮な者たち、
悲惨の大都市＝狂暴な者たち、きみたちのところへ行こ
　う……
人を惑わすもののうち不吉の最たるものは
奈落の底をすすり飲むこと
朽ちた骸骨の穴蔵に住むこと。
……いったい、いつになったらぼくは汚名をそそぎ、娼
　婦のあの使い古した毛氈（フェルト）をはぎ取るのか……
きみ、きみはぼくを煙に巻いた、
アーフラ、きみは危険の、憂鬱な檻＝雲
きみは、体をむしばむ麻疹の消耗性の熱の憤怒＝赤。
妖婦キルケーのようなノーア！
そして、きみの伸び広がった皮膚の、灼熱の砂嵐がぼく
　を打ちのめした、
甲高い声を上げる黒人女！
叫び声、きみの激しく打ち鳴る舌の刀剣
冷やかな笑い声を上げながら
きみ、無邪気な死の天使、おお、男色の相手をする少年

が
ぼくを野蛮な人間にする……
おお、神よ、わたしはあなたの沈着の冷静とは無縁の鹿
です★77
このわたしは草を食(は)みます、
湿っぽいアスファルト舗装＝海岸線＝通路のうえで
太陽が海に没するほど恐ろしく、押し流すような雷雨のあとに
死の風と、星＝乳白＝渦巻のしたで
夕べに穏やかに。
蟻＝謙虚さ。
白い髭をたくわえた老農夫です。
けれども、その邪悪な目の銃眼から
あなたの汚れなき湖の、熱い童話＝蜂蜜が滴り落ちる。
わたしは究極の柔和の南瓜に根を下ろしています。
あなたの慈悲の油は、不安＝皺をのばします。
雄牛＝首は、小羊と責め苦の十字架をやさしく揺らす、
めった打ちにされた鉄兜は、あなたの善意のターバンを
名乗る。

ぼくの軽蔑＝笑いの酸味と、身を切るような反乱者＝憂鬱の
荒れ狂う噴火口を嘆きながら
きみ、チョウジの強烈な匂を放つ竪琴弾きの最も人を感動させる者
きみ、ぼくの殺人もいとわぬ略奪欲の、手つかずの天頂でなおも根気よく上昇している者
棍棒＝光線を叩きつける者！　優雅の丸天井！
きみ、ぼくの熾(し)天使のような幼年期＝旅に母親のように
付き添う者。
きみ、幼いころの妹、ぼくたちの眠り＝罌粟(けし)の、音も聞こえぬ深い絶望を小夜啼鳥(ナイチンゲール)のように目覚めさせる者。
飢えている者と渇いている者のすべてにとって、きみはいつも溢れそうな火＝乳房。
きみ、ぼくの孤独な悲嘆＝樅(もみ)の木が産み出す、慰めをそそぐ香辛料……
ぼくの秋の夢に現われる質素な女友達のような四月のトロンボーン……
水晶の涙を流している者！　オーボエのように高らかに

笑う者！
太陽のきみにぼくは訊ねる、
きみ、ぼくの打ち砕かれ、虫に食われた拷問＝台に掛かる神のみぞおち
きみ、ぼくの眼の虹彩の鶬（はいたか）＝閃光と、水銀＝種子。いつ、なぜ、いつ——
なぜ、どうして、いつもいつもぼくは自分を痛めつけ、自分の首を刎ねることになるのか?!
鞭と刺（とげ）の櫛（くし）で痛めつけられて、葉を落とすのか?!
ぼくの憧憬の種子を気まぐれに雨で台なしにするのか——?!
いつになったら
ぼくは汚名をそそぎ、娼婦のあの使い古した毛氈（フェルト）をはぎ取るのか?!
いつになったら、ぼくがいくら試みても弾き出せない音域のうつろな影から
きみの汚名をそそぐ調和の
唯一の華やかな世界＝音調が鳴りひびくのか?!
いつ、ぼくは無事に
人の望みに応じるきみの楽器を
顰（しか）め面（づら）の泣き言にくるめられながら褒め讃えるのか?!
いつ、ぼくは不寝（ねず）の番をして
神の活力の露を
おまえ、人生に飽きた者よ、
おまえの妄想＝顔のなかにまき散らすのか……?!
永遠の泉が湧き出る楽園のような地域（ところ）を楽しくさまよいながら
いつ、ぼくは雪の羽毛で、殉教者の体に痛々しく残る火傷の痕を撫で消すのか！
そして、ファンファーレのように鳴りひびく氷河＝炎熱＝河川とともに
ピラミッドの切り立った偶像＝城塞のおまえを溶かすのか。
ぼくの征服しがたい天使の放つ森の匂で、大酒飲みは緑色になる。
汚物の詰まった無数のバケツは空（から）になる。
奴隷＝苦業の不気味なガレー船は消え去る。
貧しく惨めな農家には、息に蒸せかえる雌牛＝牧柵が並ぶ……

気力にとぼしい放蕩息子のおまえは、あらゆる変貌を導く者となる。[★78]
そのとき、おまえのオアシスの居留地に張られた伝説の天幕は、時間（とき）と空間（ところ）を超えて果てしなく伸び広がる、
そして、ぼくたちの頬の神聖な皮膚は、驚くほど大胆にシンバルになった。
全員の太股が音を鳴りひびかせ、その髪のまばらな亜麻は、おまえの穀粒の嵐のなかで揺れ乱れる。
けれども、義（ただ）しき者の甲冑をつけて
自由になった奴隷たちは座っている、
玉座の棕櫚の枝葉のしたに。
その固い拳には、この世の遺物の恐ろしい貝殻＝天秤[★79]が、
審判の旋律豊かな糸巻き棒が握られている。

箴　言

エルンスト・シュタードラー

一冊の古い本のなかで、ぼくはひとつの言葉に出会った、
それはぼくの心を一撃のように打ち、ぼくの日々に燃えつづくことになった。
そして、もしぼくが喜びもない楽しみに身をまかせたり、
本来の行為（おこない）[★80]ではなく、虚偽や嘘や遊びを讃えたりすると、
あるいは、もしぼくが軽々しい考えで自分をいつわり、
暗いものを明るいと言ったり、人生には冷たく閉ざされた幾千もの門など存在しないかのように語ったりすると、
そしてまた、意味の広さを十分に知りもしない言葉を何度も口にしたり、
心がまだ一度も動かされたこともない事柄をわかっているように思うと、
そしてまた、優しい夢がビロードのような手でぼくを愛撫して誘い、
昼間と現実がぼくから逃げ去り、
世間からも、自分の心髄からも離れていこうとすると、
そのとき、その言葉がぼくの前に立ちはだかるのだ、人間よ、自分の本来の生を守りつづけよ！　と。

ぼくは善いことをした　フランツ・ヴェルフェル

喜びにあふれるぼくの心！
ぼくは善いことをした。
いまはもう、ぼくは独りぼっちじゃない。
一人の人間が生きている、
一人の人間が生きていることを知ったのだ、
その人はぼくのことを思い出すとき
目を涙でうるませるだろう。
喜びにあふれるぼくの心！
一人の人間が生きていることを知ったのだ！
もう、決してもう、ぼくは独りぼっちじゃない、
ぼくは善いことをしたのだから、
喜びにあふれるぼくの心！

いまや、嘆きの日々は終わりを告げた。

ぼくは千の善いことをしよう！
ぼくにはすでにわかっている、
あらゆるものがどんなにぼくを愛おしんでいるかが、
ぼくがあらゆるものを愛おしんでいるのだから！
たがいを理解する喜びに満ちて、ぼくの心は流れつづける！
おまえはぼくの最高のもの、最も愛すべきもの
このうえなく明るく、澄み切った素朴な感情！
善意！
ぼくは千の善いことをしよう。

このうえなく美しく、満ち足りた心
これがぼくにはある。
感謝の気持！

世界の感謝の気持。
無言のまま動かなかった物まで
ぼくの腕に飛び込んでくる。
無言のまま動かなかった物を
ぼくは心の満ち足りた時刻(とき)に
おとなしい動物を可愛がるように愛撫した。

ぼくがものを書いている机がきしむ、

ぼくを抱擁しようとしているのがわかる。
ピアノはぼくの好きな曲を奏でようとする。
ぎこちなくも、不思議な音で
すべての弦がいっせいに鳴る。
ぼくが読んでいる本は
頁がひとりでに繰られてゆく。
ぼくは善いことをした。
いつの日か、ぼくは緑の自然のなかを歩き回りたい、
そのとき、木々や蔓草は
ぼくの後（あと）についてくるだろう。
草や花は
ぼくに追いつくだろう、
幾千もの根はぼくを抱（いだ）き、
しなやかな枝は
ぼくをつつみ込み、
木の葉はぼくの上を流れ漂うだろう、
あの細く落ちる
滝のように優しい音をたてて。
多くの手が、
多くの緑の手がぼくの方に伸びてくるだろう、
ぼくは、愛と優しさの巣に
深くいだかれ、
心を奪われて立っているだろう。

ぼくは善いことをした、
ぼくの心は喜びと善意にみちている、
だから、もう、決してもう
ぼくは独りぼっちじゃない。
喜びにあふれるぼくの心！

いくたびも

テーオドア・ドイプラー

なぜ、そんなにいくたびも、わたしの胸に浮かんでくる
のだろうか？
夕べの谷間と、そこを流れる小川や樅の木は、
ひとつの星がわたしの心を読み取って見つめ、
こう告げるのだ、「そっとそこから立ち去るのだ」と。

そこで、わたしは親しい人々から離れ去る。
なぜ、わたしはあんなにも世を拗ねていたのだろうか？
あちこちの鐘が鳴り始める。
すると、あの星も身を震わせ始める。

神に

エルゼ・ラスカー＝シューラー

あなたは善い星にも悪い星にも制止しようとなさいません。
星たちは気の向くままに流れていきます。
わたしの額で、深く刻まれた皺が痛みます、
薄暗い光が彫り込まれた冠が。
そして、わたしの世界は静まり返っています――
あなたはわたしの気紛れにも制止しようとなさいませんでした。
神よ、あなたはどこに？
あなたの王国で、金色に輝きながら
幾多の至福にみちた光から
善い泉も悪い泉もいっせいに音をたてて湧き出すとき、
わたしは耳を寄せて、あなたの心臓の鼓動を聞きたいのです、
はるか遠くのあなたが近づいて来てくだされば、このわたしを差し上げてもいいのです。

万軍(ばんぐん)★81

エルゼ・ラスカー＝シューラー
（フランツ・ユング★82に）

神よ、あなたがその庭園から歩み出て来られるとき、
わたしは、薔薇色の衣装に身をつつんだあなたを愛します。
おお、あなたは神＝若者、
あなたは詩人、
わたしは、ひとり寂しくあなたの香りを飲みます。
年頃のわたしの血は、あなたを待ち焦がれています、
さあ、ここにおいでください、
あなたは愛しい神、

あなたは愉しい友達＝神、
あなたの門の黄金は、わたしの熱い想いで溶けてゆきます。

アブラハムとイサク★83

エルゼ・ラスカー＝シューラー

（偉大なる予言者ペーター・ヒレに畏敬の念をこめて）

アブラハムはエデンの地に
粘土と木の葉で自分の町を造り
日夜、神と語り合った。

天使たちは、神を敬う彼の小屋（いえ）のまえで時折り、休んでいた、
アブラハムはどの天使とも知り合いだった。
翼で行き交う天使たちの足取りは天上の印（しるし）を残していった。

そのあと、天使たちは不安な夢のなかで
責め苦を受ける雄羊の鳴き声を聞いた、
甘草（かんぞう）の木の茂みの陰で、イサクが犠牲を捧げる遊びをしていたのだ。

そこで、神は呼ばれた……アブラハムよ!!
アブラハムは海の波頭から貝と海綿を採ってきて
供犠の薪の祭壇に高くかかげた。

そして、一人息子を背中に縛りつけていた、
偉大な神の正しさを示すために――
けれども、神はその下僕をいとおしまれた。

呼びかけ

エルンスト・シュタードラー

わたしは火炎、渇き、叫び、燃焼にすぎません。★84
わたしの心の狭い溝の間を時間（とき）は流れていきます、
暗い水のように、激しく、速く、人知れず。
わたしの体では、「無常」という烙印が焼けただれます。

けれども、神さま、あなたは鏡のような泉です。その縁を越えて
あらゆる生の清流がほとばしって流れていきます、
その水が湧き出る金色の水底のうしろでは
死んだ物たちが微光を放ってよみがえります。

わたしなど、輝いたかと思うとすぐに消える——迷い星、
青い夏の夜空の深淵へと落ちてゆきます——
けれども、神さま、あなたの昼の姿は高く、遠く
永遠の象徴(しるし)となって、あなたの運命を拓いてゆきます。

あこがれ

ヴィルヘルム・クレム

おお、主よ、わたしの語る言葉を簡単なものにしてください、
わたしのもつ秘密を早く解けるものにしてください。
わたしの歩みを緩やかにする知恵を授けてください。
三音節(シラブル)に、なんと多くの事柄が含まれることでしょう!

わたしにお恵みください、赤く燃える紋章を、
はるか遠くにある物を繋ぐ結び目を、
魂のひそかな戦闘から発する雄叫びを。
森の緑の喉から叫び声を上がらせてください。

火光信号(のろし)は、深い谷間のうえで閃光を発し、
伝言は、異郷者の心に勇気を吹き込む、
投瓶通信は、時間(とき)の海に漂い
何百年も経ったあとに拾い上げられる。

あなたを予感します

パウル・ツェヒ

I

あなたを予感します、あなたを感じます、そうなのです、勢力(ちから)であるあなたは
本当に居られるのです、そして、わたしが考えていたよりも偉大なのです。
あなたは星につつまれた顔を、
幾千年も経た目をすでにわたしの方に向けておられます。

あなたは思っておられることでしょう、「この広い宇宙
　に漂う塵粒は
しきりに自分を引き留めようとしている、
それは、手を合わせて祈れば
落下することはない、と考えているようだ」と。

おお、体を突き刺すようなきびしい試練に
わたしは耐え抜きます！　この足のしたで
堅固なものが早くも流れ去っていくのがわかります。

裸でもがいているわたしの体は旋回します……
けれども、あなたはわたしに声もかけられず、
わたしを拒みながら、黙って通り過ぎていかれます。

II

溺れる者のように、わたしはあなたの髪にすがりつかね
　ばなりません、
あなたがふたたびどこかへ行ってしまわれないように。
けれども、あなたがわたしに優しく手を差し伸べられる
　とき、
わたしは、早くも自分が凍えて棺架に横たわるのを見て
　いたのです。

あなたのもとへ行こうとするこの力の強さを知るために
わたしは自分自身を敵手（ライバル）の姿に変えました。
けれども、天秤の棹が上がったら、それは
わたしが軽すぎるからでしょうか、重すぎるからでしょ
　うか？

不確かなものがなおもわたしのなかで大きく鳴りひびい
　ています、
そのために、わたしはあなたの名前すら知らないのです、
それは、物言わぬ動物にはすでに馴染み深いというのに。

わかっていますことはただ、あなたは分別のない者のた
　めに居られるのですが、
そのことをわたしは自分にも願っており、
わたしは、その最後の一人だということです。

対話

エルンスト・シュタードラー

神さま、わたしはあなたを探し求めています。わたしがあなたの社(やしろ)の敷居の前でひざまずいているのをご覧ください。
そして、中へ入れてくださるようにお願いしているのを。
ご覧のとおり、わたしは道に迷っています。わたしは
千の道によって暗闇へ引きずり込まれました、
だれもわたしを家へ連れて行ってくれません。あなたの
庭の駆込み小屋へわたしを逃げ込ませてください、
その真昼の静寂のなかで、わたしの放蕩の生活がふたたびその姿を振り返ることができるように。
わたしは色とりどりの光を追って、絶えず走って来ました、
生活、願望、目的が夜のなかでわたしから消え去るまで、
奇蹟が起こることを望みながら。
いま、夜が明けます。いま、わたしの心は行動の牢獄に
閉じこめられ、
不安にみちて問いかけます、激しく音をたてて流れる
時刻(とき)の意味を。
けれども、答えは出てきません。わたしは感じます、わたしの船が最後の船荷で運ぶものが
嵐のなかであてもなく海の波間にさまよっているのを、
朝に、出航を楽しんで勢いよく揺れ動いていたものが、
わたしの人生の船が
迷い多き運命の磁石山にぶつかって、厚板を粉々に砕くのを――

魂よ、鎮まれ！　おまえはおまえ自身の故郷を知らないのか？
ほら、見るがいい、おまえはおまえのなかにいるじゃないか、おまえを惑わせた
あの不確かな光は、おまえの生の祭壇の前で燃えている
永遠の灯火だったのだ。
なぜおまえは暗闇のなかで震えているのか？　おまえはあらゆる音の激情を組み合わせて結婚式の輪舞を生み出す楽器じゃないのか？
おまえは、深淵からおまえに向けて歌っている子供の声を聞かないのか？
おまえは、夜毎の、その荒涼きわまる生活に注がれる清

らかな眼差しを感じないのか――
同じ水脈から、濁った水も澄んだ水も吸い上げる泉よ、
おまえの運命の羅針盤、嵐、荒天の夜、平穏の海よ、
おまえは、おまえ自身にとってあらゆるものなのだ……
　煉獄、昇天、永劫回帰なのだ――
ほら、見るがいい、おまえの生が熱い手を伸ばして摑み
　取ろうとした最後の願望は
おまえの早朝の憧憬の空に輝いて佇んでいる。
おまえの苦痛と愉悦は、すでにおまえのなかにある、ま
　るで櫃（ひつ）のなかに納まっているように。
そうなのだ、過去にあり将来にもあると思われるものは、
　おまえから失われることはない。

全能

アウグスト・シュトラム

探究する　質問する[★85]
きみは答えを出す
逃げる　恐れる
きみは勇気を奮う！
悪臭と汚物
きみは清浄を広げる
不実と悪意
きみは公正に微笑みかける！
妄想　絶望
きみは幸福を引き寄せる
死と不幸
きみは豊饒を温める！
頂上と谷間
きみは小道を曲がる
地獄　悪魔
きみは神に勝つ！

成熟

ヴィルヘルム・クレム

わたしは高い空へむかって伸びた
空では、無数の星が集まってひとつの塀ができていた
そして、わたしは、神秘にみちた恋人の顔を見るように
身近に無限の広がりを見た。

次に、わたしは想像の領界(せかい)の門をくぐり
銀色に輝きながら、布の織り目を走り抜けた
そして、どんな小さなものよりも小さくなった——
わたしは無を探したが、見出さなかった。

わたしは沈黙の永劫に暮らした、そこでは
創造が音もなく佇み、未来と過去がひとつに溶け合い、
永遠が産まれ出ようとしたが、無益だった
そこで、わたしは神のように待つことを学んだ。

けれども、次にまた、わたしは稲妻のような速さになった。
わたしは、光よりも千倍速く馬で駆けた
瞬間の刃先で無数の単子(モナド)が戯れるのを見るために。
けれども、友よ、信じておくれ、それらはわたしよりも速かったのだ！

そして、青春の美のなかで、わたしは世界を眺めた。
そこでは、永遠の法則が静かに勝ち誇っていた！

それはみな歓声を上げ、四方に播(ひろ)がっていた。
わたしは打ち負かされた思いで、その三つの領界(せかい)に立ちつくした。

そのあと、わたしは、魂がひとりで
神秘の世界へ漂っていくのを知った。
兄弟のような親愛がわたしを不思議な感情でつつむ——
おお、主よ、わたしはあなたの永遠の手をどこに見出すのでしょうか？

それをあなたはわたしに差し出されるのでしょうか、それとも拒まれるのでしょうか、
あなたの偉大な世界はわたしの故郷！
これまでこの地上の目で見てきたもの、
これまで生きてきたもの——それにわたしは充分、満足しました。

神

カール・オッテン

わたしはあなたの名前を口にすることができません。[★86]
思想の山脈はその知力のマントであなたをつつみます。
あなたには、底というものがありません。
大洋の底を歩かれても、その足は乾いたままです。
わたしがあなたのことを口にするとき、
わたしはこのわたしではなく、あなたの息吹の木の戦ぎに生まれる
表わしがたいほど偉大なものの影に付いた棘にすぎません。
それが語る言葉のなかの一個の句点にすぎません。
けれども、あなたの試練の夜は、梟のわたしを目覚めさせました、
はるか遠くで輝くあなたの偉大な光は、わたしの膜状の目をくらませます。
わたしが扉と窓を閉めるなら、無しか存在しません。
けれども、石がわたしであるように
星の智天使がわたしであるように
あなたがわたしであるなら、そして、
わたしの生存が死滅であるように
わたしの平穏が激動であるように
わたしの思考が夢想であるように
わたしの意欲が無関心であるように
わたしがあなたであるなら、無は存在しないのです。
そのとき、あなたの銀色の爪が打ち鳴らす音は、
原口の下を流れるあなたの呼吸は
ひそかに、わたしの存在＝非存在に触れます。
わたしの胸の　額　のうしろでは
新しい心臓が鼓動し、「あなた」と音をひびかせます。
すべてを眺める眼球の、集中した輝きは
光の父のあなたが光明を授ける行為のなかで
創られた新しい人間の胎児のまわりを巡ります。
あなたは、あらゆるものが存在するところに居られます。
溢れる涙の悲しみのなかに
時代の贖罪衣のなかに
分散したものが疾走しながら集結するところに
時間もなく、喜びも悲しみもなく
ただ寡黙だけがあるところに

人間が自分の名前を口ごもって言うところに。

あなたの叡知、あなたの信心、あなたの壮健、あなたの想像力、あなたの強さ、あなたの愛、あなたの巧みさを発揮してください。

あなたの青春の感情を、あなたの熱い恋の最初の情熱をそのまわりに集めてください。あなただけに開かれた真の認識（さとり）で、あなたであるすべてのものを身に備えてください、あなた、唯一のお方、あなた、人間よ！

神に寄せる歌

クルト・ハイニッケ

わたしはこの世界へ追い出されました、
地球の運行（あゆみ）を共に行なうために。
わたしはあなたの炎に明るく照らされています、
主よ、わたしはあなたと異なりません！
わたしはその運行（あゆみ）に加わって巡っています、
わたしは海へ流れ出ました、
わたしは見知らぬ兄弟と手をつないで踊り回ります、
あなたのご意志は、わたしをこの現状（いま）に留めておこうとします、
けれども、わたしは神の洪水に押し流されて、根源を見出したいのです、
主よ、わたしはあなたと異なりません！

夜は、遠い原始の顔をしてざわめきます。
わたしの目に青い光が射し込みます。
わたしの魂の故郷の星は、光にあふれています！
はるか遠くの星に囲まれて、世界を生み出された主よ、
あなたが居られるところで、わたしの眠りを遠ざけたいのです、
神の目のように、永久に目覚めていたいのです！
あなたによって、わたしは高く築かれました。
あなたによって、わたしの頭はあなたの膝に、
わたしの手足は地球の塵埃に深く休らいでいます。
わたしの声はあなたに歓喜の叫びを発します、
わたしは、千の祝福が降りそそぐのを感じます、
わたしの魂は、世界の最果ての音を聞き取る耳をもって

います。
あなたに天空へ誘われ、わたしは星に通じる入口でひざ
　まずいています。
主よ、わたしにあなたという冠をかぶせてください！

神よ、
兄弟よ、優しい声が夜の闇でささやいています。
我が兄弟よ、あらゆる真実が目覚めました、
瓦礫と灰燼から、炎が塔のように燃え上がります、
おお、兄弟よ、人間は祈りの声につつまれて、あなたの
　耳元にひざまずいています！
おお、人間＝神よ、
あなたを見出すために、多くの罪をお赦しください！

詩

クルト・ハイニッケ

ぼくは、循環(めぐ)っているこの軌道を切り開きたい、
ぼくは、黄金の鎖を断ち切る一個の輝く石。
ぼくは、生きてはいない、
ぼくは、日々の雑踏のなかですでに久しく死んでいる。
ぼくの夜は、その時刻(とき)を高遠の空間へ持ち上げる
青いヴェールから、白い星がいくつも輝く、
ダイヤモンドのような蛇が恒星(ほし)の散らばる夜空を泳ぐ。
月明かりに照らされた庭園では、色彩が金色に飛び交い
その輪舞は、甘美な夕暮のメロディーを奏でる。

愛、光＝愛、人間＝愛、孤独が
ぼくにあふれるとき
それが夜である。
神がぼくを客に招かれるとき
それが夜である。
遠い門の向こうに自分の故郷をもつもの
それが世界である。

独りで立ち上がり
その目を神の根源へ差し向けるもの
それが時刻(とき)である。
官能がしだいに消え去り、神がこのうえなく遠い夜の星
　辰から

降りて来られるとき、それが生である。

天使への頌歌

ルネ・シッケレ

きみたちは、ぼくが広大な世界について
識った最初のものだった！
太い川の流れ
深い森
そのあいだに広がる平野
これらについての通知(しらせ)は、その魂の赤熱で
過去にあり現在にあるものを明るく照らす。
そこでは、かつて人を愛した
すべての人間の愛が
赤々と燃えていた、
太陽よりも明るく
地球や星よりも永く
不滅のなかで。
そこに、きみたちは住んでいた
そこから、きみたちはぼくたちのところへ来た。

その手は、心臓が鼓動を打つ
場所をすべて知っていた。
その翼はあらゆる苦しみをおおった。
その額は光り輝いていた、
きみたちが忍耐強く識った
生きている者たちの多くの神秘によって、
逝った者たちの浄福によって。
呪われた者たちについて識り
目にかすかに涙を浮かべたきみたちは
ことのほか美しくなった。
ぼくはきみたちを見た、
目(ま)の当りに見た！
きみたちは、祈りを捧げるぼくの横にひざまずいていた、
きみたちは、ぼくが夜更けに目を覚ましたとき
寝室の片隅に立っていた。
ぼくは友人を守るために、きみたちを友人の所(もと)へ差し向
　けた。
きみたちは脚を組み
とても真剣に、姉のように
ぼくのベッドにすわり、

ぼくの初めての恋の痛みを分かち合ってくれた。
本当に、姉のように、けれども
きみたちはぼくよりも、そしてまた
ぼくの女友達たちよりも年が往（い）っていなかった。
きみたちは髪を長く垂らし
短いスカートをはいていた、
そして、ぼくに優しい手を差し出した、
「ご存分に！」と言って。
ぼくはその手を胸元にもっていった、
そして、なんと安らかな眠りについたことか！

のちに行動が、
あらゆる種類の暴力行動が、
天へ燃え上がる行動が実行されたとき
きみたちは、そのすべての場所にいた。
きみたちは、人知れず自分を抑えていた
人間のまえに華麗な姿で現われた。
きみたちは畏怖を覚えさせつつも、優しかった。
きみたちはいた、人間が大地から
燃える火花を取り出したところに、
種が畝を飛んでいったところに、
果実の外皮がはじけたところに、
たわわに実をつけた葡萄の木の間に、
雨降りの空のしたで
パン種のように赤く膨らんだ
収穫間近い畑に——
そして、すべての女のスカートにも。

きみたちは、自動車（くるま）のうしろに舞い上がる
砂埃の雲から
鋼鉄の輝きにつつまれて現われる。
きみたちの歌は、ハープの高い音色のように
風に震えながら
鳴り響いてくる。
きみたちは、共に並んで大空へと昇る
飛行士たちに微笑みかける、
彼らが地上に戻るとき、きみたちも降下する、
そして、きみたちの唇は赤く燃える、
大空の光と恐怖を
顔から両手で拭い取る

飛行士たちを前にして。
その唇は人間の娘のように赤く小さく開く、
その腰はしなやかに揺れる、
すると、飛行士たちは、操縦席に着いたまま
安堵と悦びの吐息をつき、
地上の果実に目を止める。
きみたちは、高く広く空をめぐる飛翔、
きみたちは、死より強いすべてのもの。

わたしなどまだ子供です

フランツ・ヴェルフェル

おお、主よ、わたしを引き裂いてください！
わたしなどまだ子供です。
それなのに、あつかましくも歌っています。
主の名前を呼んでいます。
自分のまわりに在る物についてはこう言っています、
「われわれは在る！」★87と。

あなたの苦しみを味わいもしないうちに
わたしは口を開きます。
わたしは病に倒れたこともありません、
老人が錆るように衰えるさまも知りません。
陣痛に苦しむ産婦のように
ベッドの太い柱にしがみついたこともありません。

辻馬車を引く馬のように、迷うことも動じることもなく
周囲の世界から
(女たちの足取りの、魅惑的で打ちのめす音からも、笑いを放つすべてのものからも)とうの昔に逃れて
疲れた夜を喘いで走ったこともありません！
限りなく遠くへ駆けていく馬のように、苦しんだことも
ありません。

油がきれたときの、
幾千もの大波が太陽を嘲るときの、
緊急号砲がとどろくときの、
火矢(のろし)が揺らぎながら空に昇るときの、船員だったことも
ありません。

おお、主よ、あなたの怒りを鎮めるために
わたしは、世界の最後の祈りを捧げようとひざまずいたこともありません。
この悲惨な時代の工場で打ちひしがれ、
小さな腕を傷跡だらけにした子供だったこともありません！
保護施設で空腹に苦しんだこともありません、
母親が安労賃の刺繍の内職で失明するさまを知りません！
女帝が屈服するときの苦しみも知りません、
きみたち、逝った者よ、ぼくはきみたちがどのように果てたのかも知らないのだ！
いったい、ぼくは知っているだろうか？　燈火のことを、
帽子のことを、
空気を、月を、秋を、吹き荒れる
風のざわめきのすべてを、
邪悪な、あるいは善良な顔つきを？
娘たちが誇らしく語る偽りのおしゃべりを？
ああ、そして、お世辞がどんなに相手の心を傷つけるか、
知っているだろうか？
けれども、主よ、あなたは降りて来られた、わたしのところへも。
そして、さまざまな苦しみを見出された、
女の身になって産みの苦しみを味わわれた、
汚物にまみれ、紙くずに埋もれて、死を経験された、
サーカスの海豹（あざらし）になって虐待を受けられた、
多くの男たちのために娼婦にもなられた！
おお、主よ、わたしを引き裂いてください！
この虚ろで、わずかばかりの楽しみが何でしょうか？
わたしなどのために、あなたの傷口から血が流されてはなりません。
わたしに拷問の苦しみを味わわせてください、一刺しごとの痛みを！
わたしは世界じゅうの死をこの自分に背負いたいのです。
おお、主よ、わたしを引き裂いてください！

このわたしが、ついに浮浪者のなかで息絶え、
のら猫や駄馬にかこまれてのたれ死に、
砂漠の渇きのなかで命尽きる兵士となるまで。
無情な罪人(つみびと)であるわたしの舌に聖餐が痛く沁み、
わたしが、嘲られながらも、追い求めた人間の姿へ向かって
病に蝕まれた体を苦しみのベッドから起こすまで！

そして、ようやくわたしが風のなかに散らばり、
あらゆる物のなかに、煙のなかにも在るようになったら、
そのときこそ、神よ、茨の茂みから燃え出てください！
（わたしはあなたの子供です）
いま、予感のうちに使っている言葉よ、おまえも音を鳴り響かせよ！
力尽きることなく、万有を貫いて広がっていけ、「われわれは在る」と‼

反乱へ立ち上がろう（Aufruf und Empörung）

ヨハネス・R・ベッヒャー

準備

詩人は光りかがやく和音を避ける。★1
テューバを吹き鳴らし、★2太鼓を激しく叩く。
切り刻んだ文章で民衆の心を掻き立てる。

ぼくは学び、準備し、練習する。
ぼくはまだ形の定まっていないこの顔に
夢中になって――加工をほどこす！――
ぼくは皺（しわ）を彫り込む。
新しい世界を
（――苦痛にみちた、古い不可解な世界を消滅させる新
　しい世界を――）
できるかぎり正確に刻み込む。
日当たりがよく、変化に富み、手が込んだ造成の風景を
　心に描く、
幸福な人類の島を。
これには多くのことが必要だ。（それを、詩人はすでに
　百も承知だ）

おお、創造の三位一体：体験、表現、行動（タート）。★3

ぼくは学び、準備し、練習する。

……まもなく、ぼくの文章の、逆巻き、砕ける波は前代
　未聞の外観を示すことだろう。
演説、宣言、議会。火花を散らす政治劇、実験小説。
演壇から歌が鳴りひびいてくる。

人類！　自由！　愛！

新しい神聖国家が
その血を民衆の血に接種して、説かれるように！
それが完全なものであるように！
楽園が始まる。
――爆発性坑内ガスの空気を拡げよう！――
きみたち学べ！　準備せよ！　練習せよ！

政治に参加する詩人★4

ヴァルター・ハーゼンクレーヴァー

彼の口は吐き出す、白い蒸気を
地下坑の貯水槽から周囲の都市へと、
気管から噴き出した血にまみれ
労働、休憩、夜間、闘争と叫びながら。

荷担ぎで硬くなり、体に深く根を張った腫物（はれもの）が
曲がった背中一面に広がる小男たちといっしょに、
ガレー船漕ぎで、振り下ろされる鞭を受けて
血瘤（こぶ）が破裂する奴隷たちといっしょに。

彼の腕は突き出す、国民の熱狂で殺人へ駆り立てられる
軍隊★5のすさまじい大砲連射のあいだに、
革命家たちがぶち込まれた牢獄に散らばる
汚物、藁、腐敗する黄色い蛆（うじ）のあいだに。

彼の耳は何度も傾けられる、小さな切り妻屋根に、
都市（まち）の大きな鐘が時刻（とき）を打ち鳴らすとき
貧困にとりつかれた生活に耐えようと
低くうなだれる多くの額とともに。

夜ごと、あちこちの映画館で不幸が映し出され
大理石の広間（ロビー）の後ろを飢えた者が物乞いして歩くとき、
子供を一人、虐待して死なせた者が
ぶち込まれた監獄で激しい罵声を浴びるとき、

詐欺師が宮殿の照明の煌めきに目が眩んで唆され
橋の上から身を投げるとき、
アナーキストたちがひそかに行動を誓い合い

用意したナイフを研ぐとき、
不正が真実の炎となって燃え上がり
暴君たちの頭で毒を含んで膨れ上がり、
それを知った地上の竜から
反乱と暴動の稲妻が走るとき――

ああ、そのとき、あらゆる都市（まち）のいちばん高い塔に
その詩人の心臓が、朝焼けに輝いて高くかかげられる。
眠っている者の寝台のアスファルト色の薄明は
ラッパの音で吹き払われる。起きて殺人（やっつけ）に行くのだ！　と。

起きて、殺人（やっつけ）に行くのだ！　と。嵐のような襲撃が始まる。
鎖が丸天井から音をたてて投げ降ろされる。
川岸では、議会が黙り込んだまま頭をかかえる。
議事堂の丸屋根がひび割れる。すでに解放の歌がとどろいている。

馬に乗った国家権力の手先どもがとっさに奏でた狂想曲が
舗道の敷石の抜け落ちた窪みを駆けめぐる。
喧噪が増す。障害物が山のように高くなる。
家を踏み荒らされた女たちは、鎧戸の後ろで泣く。

けれども、あちこちの教会からラッパの音が鳴り響く、
家は轟音とともに舗道のうえに崩れ落ちる。
電信が周辺の郡部をささやきまわる、
モールス信号を打つ者は、ダイナマイトに囲まれて体を震わせる。

最終列車は停ったまま、駅の構内にあふれる。
大砲はすさまじい音をたてて突き進み、はじける。
押しつぶれた屍体は固まって、血の団塊（かたまり）になる。
道路は、横転した動物のうえで割れ、口を大きく開ける。
家の窓から、煮えたぎった油が大通りへ流れ出る。
そこでは、軍隊の司令官たちが串刺しになって黴びてゆく。

夕日は燃え、工場のうえでは
灰色の空から赤い旗がひるがえる——

戦いをやめろ！　向う側でも心臓が鼓動しているのだ。
兵士たちよ、市民たちよ、ぼくたちはふたたび互いを認め合えるだろうか？
硝煙と痛みに苦しむなかで、兄弟のような言葉がひびく。
行列ができ、隊列が組まれる。

群衆は和解し、王宮へ向かって歩き進む、
すると、その高いバルコニーに支配者が姿を現わす。
群衆は叫ぶ、「ここに横たわっている死者に
帽子を取って、頭を下げるのだ！」と——

炎が消えた暗い灰燼。バリケードのうえに広がる夜空。
暴力の報せ（しら）が伝わる。どんなことでも認（ゆる）される。
盗人のさげた角灯が郊外の店をうろつく。
略奪がサソリの頭をもち上げる。

穴蔵から出てきた害虫どもが、金持ちの寝台に這っていく。
裸の獣どもが清らかな娘たちに襲いかかる。
屍体の胴体から、装身具（アクセサリー）が切り取られる。
あちこちの運河から、無秩序（アナーキー）のくぐもった喚き声が上ってくる。

激情に駆られた民衆は、被ったジャコバン党の帽子★6に
血のリボンを結んで踊り回る。
正義、最高位の法律。
民衆が変えた世界を詩人が完成するのだ！

きみたち、自由の闘士よ、自由の裁判官になるのだ、
裏切り者が、きみたちの創ったものを敵に売り渡すまえに。

天空から新しい詩人が降りて来る、
地上でさらに偉大な行動をするために。

朝の訪れを感じ取る、その詩人の目のなかで
夜は見せかけの混乱を消す。
詩神（ミューズ）は逃げ去る。大地は詩人の精神に衝き動かされて

隆起し、願望の実現を見る。
大地は、そこに立てられた標示板から
特権階級が抜け目なく遺した「世襲地」の表示をはぎ取
る。
広大な草原はあらゆる生き物に食糧（パン）を産み出す、
なぜなら、すべての作物は弱き者のためにも実るのだか
ら。

鋼鉄のアンフォラ★7の陰では
自分の獲物を追い求める企業合同（トラスト）★8は光輝を放たない。
きみたち、大統領よ、急いで生まれるのだ！
千の顔をもつモロクを打ち殺すために。

権力は崩壊し、ぼくたちは団結するだろう。
大西洋の輸送船に揺られる
ぼくたち移民に、故郷の雲が明るく輝く。
ヨーロッパが近づく。鉄の門は沈む。

若者たち、父親を憎む息子たちが
あちこちの大学で立ち上がる。
銃が発砲される。干上がった都市（まち）では
役人たちの宴会ももはや豪華をきわめない。

民衆は堕落する。彼らは議会の演壇から演説する。
血の海がその会場へ流れていかないだろうか？
彼らはいつ死んだ者の苦しみを復讐するつもりなのか？
すでに地方から地方へと合図が鳴り響いている――

政治に参加する詩人はもはや青い入江で夢を見ない。
彼は、群衆が晴れやかに馬で出発する姿を見る。
彼の足は不届き者の屍体のうえにのっている。
彼の頭は高く起こされ、民衆を護る覚悟を示している。

詩人は群衆の指導者になるだろう。彼は予言するだろう。
彼の炎のように燃える言葉は音楽になる。
詩人は諸国の大連合を築くだろう。
人間らしく生きる権利、共和国を打ち立てるだろう。

会議が盛んに開かれるだろう。国民は勇気づけられるだ

ろう。
川岸は広大な海に沿って遠方へと伸びるだろう。
人間は互いに食い合うために生きているのじゃない。
人間の心は、無情の地域（まち）で友愛を誓い合う。

暴力を追い払うのは、戦争じゃない。
司令官たちに縁日の祭りで手伝ってもらうのだ。
平和が安住できる地を造るために
このうえなく気高い、善良な人々が集まっている。

きみも知っているように、民衆はもはや武器で勝利を収
　めはしない。
民衆が進む道を拓くのは、戦闘じゃないのだから。
さあ、親愛なる友よ、きみは精神の冠[★9]を被って
不毛の墓穴から立ち上がるのだ！

わたしの深淵から

フランツ・ヴェルフェル

わたしの深淵から、わたしはあなたに呼びかけました。[★10]
どうしたことか、この舌はすっかり味覚が狂ってしまい、
　とつぜん、金属（かね）を舐めているように感じたからです。
わたしは思考を巡らすことなく、物事が理解できたと喜
　んでいました。
わたしは、自分を燃え立たせている邪悪な油がしみ出る
　のを感じました。
甘ったるい疲労がこの骨のなかで戯れました、
わたしは、すっかり音の狂ったヴァイオリンになってい
　ました。
わたしは、かけはなれた夢の岬で体が揺らぐのを感じま
　した。
わたしは上昇し、自分を守り、自分を獲得し、保護しよ
　うとしました……。
けれども、わたしは落ちて行きました、不気味なほど体
　を萎えさせて
鈍く鼓動を打つ絶望のなかへ。

わたしの深淵から、わたしはあなたに呼びかけました。
わたしは、まるで治まった熱病から歩み出るように叫び
　ました、自分はどこにいるのか？　と。

わたしは、揺らぐ風景のなか、かすかな地面の振動の目眩のなかに頭をふらつかせて立ち、叫びました、自分はどこにいるのか？　と。
わたしは世界を識りました。世界は小刻みに震える最後の神経に掛かっていました。
わたしはまわりの物がどれも臨終の汗をかくのを見ました。それらは身が引きつる瀕死の苦しみのなかでもがいていました。
けれども、それらは、涙をこらえる気高い子供のように、慎ましく下から微笑みかけていました。
そのとき、わたしは自分の孤独から抜け出ました、
そのとき、わたしは束縛と部屋籠りから抜け出ました、
そのとき、わたしは人の集まる建物へ入って行きました。
　そこは、都市をつらぬいて流れる川の底のように
人の声や物音がとどろいていました。食器の当り合う音、騒がしい話し声、太鼓を叩くような足音、
タイプライターを打つ音がわたしをつつみました。
わたしの深淵から、わたしはあなたに呼びかけました。
けれども、この顔には、薄笑いが浮かんでいました。

わたしは、右手で、この顔を真剣な顔に変えました。
すると、みんなも同じことをしました。
わたしたちは向かい合って座っていましたが、たがいに別の方を見ていました。
いっしょにいるにもかかわらず、どうしてもそう感じられなかった溝（へだたり）をたがいの手でおおいました。
わたしたちは、言葉を長く繋ぎ合わせて語りました……
けれども、それらの言葉は口先で生まれたものでした、
喜びと苦しみを表わすことができませんでした、
わたしたちの喉は、親しい対話を装っていましたが。
わたしの深淵から叫びました、「わたしはどこにいるのか？　わたしたちはどこにいるのか？」と。
なにも変えることができないまま、無情な笑いに突き落とされ、トランプ遊びに興じる難船の船乗りたちの島に漂着したわたしたち！
わたしたちの休息は死、
わたしたちの覚醒は腐敗！
わたしたちは意地悪い禁止規則でマリネー漬けにされ、
塩漬けにされ、薫製にされました！

わたしたちは、安穏と眺める眼差しを捨て去りました、
寝そべって空を見つめる楽しみを捨て去りました！
わたしの深淵から、わたしはあなたに呼びかけました、
なぜなら、ここではもはや意志ではなく、ただ奇跡のみがわたしたちを救うことができるからです。
奇跡を行なってください！

夕日の丸屋根の頂

カール・オッテン

夕日の丸屋根(ドーム)の頂は、夜の雲の胸元で消えてゆく。
大きな荷船のような家並は、舵のないまま、生活の浮き沈みを運んでゆく。
空の青銅の門は大きな音をたてて開き、智天使たち★11の合唱がとどろく。
その星のような口は明るく輝いて歌声をひびかせ、月の礼服から吹く風は
子供たちが手にしたランプの灯(ひ)を揺らす。
ぼくは請う、眠りに就こうとしている人間に、
ぼくは請う、サイレンの声で石炭が轟く工場へ呼び集められる人間に、
ぼくは請う、子供を産む者たちと、子供をもうける者たちに、
ぼくは請う、死へと赴くなかで、この世のものを捨て去る者たちに、
ぼくは請う、殺人の恐怖の嵐のなかで、短刀と突き鑿(のみ)を手にして震え、
細い体を、神が背後で閉じる扉のように打ち鳴らしている者たちに、
ぼくは請う、自分の足に向かって、どこへ行き着くのかと訊ねるきみたちに、
ぼくは請う、拳銃を突きつけられ、綱に引かれ、毒の臭につつまれ、水の煌めきに心誘われるきみたちに、
ぼくは請う、薄笑いを浮かべる月の光につつまれて震えながら独房窓の鉄柵を数えるきみたちに、
ぼくはきみたちに請う、きみたちは数週、数カ月も前から膿のうずきで目を覚まし、
漆喰壁や寝台の柱に
丸い頭蓋(あたま)を押し当てて熱を鎮めている、
ぼくはきみたちに請う、きみたちにとって世界は原因(わけ)も

わからぬまま小鉢や大鉢になり、血を煮えたぎらせる噴火口になった、
それは白や黒になり、熱い煮汁（スープ）や冷水をきみたちの痩せた体にそそぐ。
ぼくはきみたちに請う、嵐に遭い、大波に揺られて転げまわり、
嘔吐をくりかえし、寒さに凍える水夫のきみたちに。
きみたちの動きをなくした目蓋（まぶた）の間には星が挟まり、
喉には月が詰まっている。
そして、きみたちは頭上に爆音がとどろく塹壕の底に
生命を脅かす飢えとともに潜んでいる、
きみたちの膀胱と睾丸のまわりでは、苦痛の棘（とげ）が思考の能力（ちから）を刺す
理性、健康、官能の歓び、幸福への憧憬を、力一杯、手加減もせず、機転をきかせて。
悪臭のガスが噴き出す塹壕に潜む、なかば死人のきみは
自分の血に溺れ、泥水のなかで渇き、自分の鼓動に打ちのめされ
蛆虫、おたまじゃくし、芋虫よりも惨めな者、
ぼくはきみに請う、神を創り、神を想う兄弟に。

ぼくはきみたちに請う、きみたちは肩に小銃を担ぎ、
目標（ねらい）を定め、死をぶっ放し、なんの疑いも抱かずにいなければならない。
ぼくはきみたち全員に請う、どこまでも謙虚な枝垂れ柳が
山の麓で頭を垂れたように、神が目蓋を伏せて
創造したもうた、あの第一夜のように始まるこの夜に。
ぼくはきみたち全員に請う、ぼくの犯した大きな罪を赦しておくれ、と。
ぼくは体を横たえる、皮膚のように、下着のように、甲冑のように、斜面（スロープ）のように
きみたちの魂と運命のあいだに。
ぼくはこの夜の眠りを断つことを誓おう。
ぼくは鞭打苦行をし、アザミのうえを転げまわろう、
ぼくは注意を呼びかけ、祈り、懇願し、悪人と口論（けんか）しよう、
懇願する行為は、照明弾用ロケットや水噴射と同じように、いつも身に備えておくもの。
ぼくはきみたちの激しい情熱の山彦（こだま）を谷間のように受けとめ、

天空が反響しないのなら、
大地の雷鳴を思う存分、執拗に
何千倍にも高めて
叫び返そう。
父なる神の、動こうとせぬ膝を揺り動かし、
すべての太陽の太鼓を憤怒とともに叩き鳴らそう、
神が目を覚まし、ぼくたちのことを思い出されるまで。

夢想

ヴィルヘルム・クレム

わたしには見える、精霊たちが暗い園亭で酒盛りをしている姿が、
女たちが微光を放って、覆いのない玉座のうえで体を伸ばしている姿が。
わたしには聞こえる、巨人たちが体の鎖を断ち切っている音が。
グリフィンたち[★12]が棲む城は、うつろな光を発している。
巨大な像が、智天使(ケルビム)の像がわたしの方へ揺らいでくる。
その鋭い目は夜を宿し、その翼は暗くざわめいて天空を翔(かけ)ていく。
火炎のような旗は大きくひるがえり、
合唱曲と激しい戦闘歌はしだいに鳴りやむ。
老いた心よ！　さあ、元気をだすのだ！　かすかに光る夢は
無数の網目を揺らして、世界のうえを翔(かけ)ていく。
だれがそれを編んだのか？　だれがその末端(はし)をつかむのか？
光り輝く装飾具は、無限へと沈んでいく。

表現することの幸福

アルフレート・ヴォルフェンシュタイン

動作、人間の閃光！
目から目へ伝わる人間の合図。
ぼくの血潮の赤い底から開始するのだ！
まるで風の波に乗ったように立ち上がるのだ。

ルートヴィヒ・マイトナー「アルフレート・ヴォルフェンシュタイン」
ヴォルフェンシュタインはベルリンに住んでいたとき、毎晩のように「西区カフェ」を訪れ、そこでマイトナーと会っていた。マイトナーはヴォルフェンシュタインの肖像画を素描のほか腐食銅板でも制作したが、彼について「広い額の下で眼鏡のレンズがいつも光っていた。その当時、彼は人道的行動主義を代表する人物であった」と述べていた。

海は、その縁に至るまでただ海である、
けれども、海は、帆の手をさらに広げ
上方へ伸ばす――そんなふうに、ぼくの腱は
ぼくを深淵から天空へそびえ立たせる。

物影だ！　これで、長い航海は空虚な日々を
打ち砕く。高くもち上げた膝よ、世界を
大股で横切るのだ。腰と肩の飛翔は
このうえないほど、はっきりと見ることができる！

口が朝焼けのように開き、
感情の高まりを周囲に知らせるように！――
そしたら、心の霧につつまれた庭は、花開いた姿を見せるだろう、
そして、腕は、王旗のように
発言を促し、その声明（メッセージ）を
ぼくたちの兄弟の、太陽のように明るい顔に掲げるだろう――

そしたら、どんな不幸が姿を消すか？　沈黙は消え去るだろう！
遠くの人間にも人間の声が届くだろう。
大地のように大きな音をたて、決して黙（もだ）すことなく、
心の奥底が望むことを、つねにより気高く表現するのだ、
あらゆるものがあらゆることを表現する！　人間の合図である動作は
全能にも等しいのだ。

ぼくの墓はピラミッドじゃない

テーオドア・ドイプラー

ぼくの墓はピラミッドじゃない、
ぼくの墓は火山だ！
北極光はぼくの歌から輝き出る、
すでに、夜は臣下のようにぼくに従う！
この平和に、ぼくは苛立つ、
ぼくは自由のために、根拠のない希望を捨てる！

ぼくたちの生の根本にある不自然（まやかし）を、
アラト山[★13]をぼくの熱情は打ち砕くだろう！

アダムは彼の墓へ運ばれ、
あとには彼の世界＝本能が残る。
それは、千の不滅の伝説から成り立っている。
ぼくはと言えば、足を引きずって活動（しごと）へ向かうひとつの影、
ぼくの祖先を深く悼むことができるのみ、
ぼくのおかげで、祖先は竪穴で平静を求めて奮闘しているのだから。
祖先が自分のために造っている墓は、彼の信念、
時が経っても、自分の原型は決して奪われないという信念！

誇り高い大地の父よ、ぼくは
慣例（きまり）を打ち破るあなたの苦悩を感じます。
あなたは、劇場で千もの階段に囲まれて
ひとつのドラマを考えておられます。
あなたは、凄まじい勢いで閉じる
噴火口から、自由を呼吸しておられます。
あなたの墓の平和を諦めようと努めてください、
そうすれば、あなたの心臓の星は世界を明るく照らすことでしょう！

ぼく自身は自由の火花、
心の平静に耐えられない！
経験の虚飾を捨て去る、
だから、自分の墓を諦める！
慈悲は、烈火の一服（いっぷく）で泡立ち、
あふれ出て、最後の審判へとそそぐ。
けれども、それをぼくは自分の影と分かち合いたい、
解き放たれた大地の勢力（ちから）よ、ぼくはおまえを夢みる！

ぼくの墓はピラミッドじゃない、
ぼくの墓は火山だ。
ぼくの脳髄は火花を飛び散らす鍛冶屋、
変化をもたらす転換の行動がなされんことを！
平和はぼくの歌から鳴りひびかない、
ぼくが望むのは世界のハリケーン。

ぼくの呼吸が鮮やかな昼の形姿(すがた)を創り出さんことを！
それは、見つけるやいなや、アララト山を打ち砕くだろう！

出発

クルト・ハイニッケ

世界は開花している。
さあ、心よ、体を起こし、目覚めるのだ！
世界は明るく輝いている、
夜は砕け散った、
光のなかへと出発するのだ！

心よ、愛のなかへと出発するのだ！
あたたかい眼差しが人間から人間へ伝わるように！
手をつなぐのだ。
山に向かって、神のように悠然と昇るのだ！
おお、開花している民衆よ！
この手から存分に太陽を受け取るのだ！
世界は明るく輝いている、
夜は砕け散った！
光のなかへと出発するのだ！
おお、人間よ、光のなかへと！

きみ、ぼくの若者よ★14

ヴァルター・ハーゼンクレーヴァー

きみ、ぼくの若者よ、ぼくはだれよりもきみが好きだ、
きみはぼくのまえに現われたぼく自身の像(すがた)！
ぼくは、きみが何本もの悪魔の鉤爪に捕らえられているのを見る。
そうだ、きみは幸福じゃない、きみは泣いていた。
きみはだれかを好きになっても、ひどく悲しむか待ちつづけるだけ、
きみは父親や女家主に苦しめられる★15、
きみは荒んだ生活のなかでもがいている、
きみの精神(こころ)はブルジョアのようになり、頭髪は薄くなる。
きみはぼくと連れ立とうともせず、ぼくの話を聞こうともしない！

でも、ぼくも同じ岩礁へ向かって泳いでいる。
かつては大草原にいたが、いまは精神の合唱隊にいる、
ぼくはきみに呼びかけ、きみといっしょにいたいと思う！

青春の出発（一九一三年）[★16]　エルンスト・W・ロッツ

照り輝く夏の庭、風、豊かに実った穂、
暗く渦巻いた雲、光線に切り刻まれた家並。
すさんだ夜のあとに、ぼくたちに訪れた疲労、
それは優しく労られたあと、折り取られる花のように消えた。

そして、ぼくたちは新しい日々のために活気を得て、腕を伸ばす、
朝日が出番を待って、高く東の空に昇るとき、
みなぎる力のように、非常呼集に勇みたつ軍隊の縦列のように
こみ上げる笑いに体を揺らしながら。

旗は煌めいてひるがえり、ぼくたちは行動を決心した。
衝動がぼくたちを駆け抜け、緊急が叫び、ぼくたちは波のように前進している、
ぼくたちは高潮のように都市の道路になだれ込み、
砕け散った世界の廃墟を流し去る。

ぼくたちは権力を吹き飛ばし、老人たちの玉座を引き倒し、
黴びた王冠を笑いとともに売りとばす、
すすり泣きが響きわたる監獄の扉を叩き割り、
非道な牢獄の門を押し開ける。

いまや、追放された者が群れをなして現われる、背筋を伸ばして。
ぼくたちはその手に武器を押し込む、彼らはそれを怒りに震えながら握りしめる、
赤い演壇からは、憤怒の声がわき上がる、
バリケードは熱狂の叫びにつつまれて塔のように聳える。

朝日に照り映えて、ぼくたちは将来に望みある者、
頭髪は若いメシア★17の冠で飾られ、
額からは、新しい世界が輝いている、
願望の実現と有望の未来、日々よ、嵐がぼくたちの旗だ！

赤い雄牛が夢をみる★18

ルネ・シッケレ

三千人もの人間が群れをなして立っていた。
飢え、病気、願望があふれていた。
男たちの顔は、立ちこめた霧をつらぬくように
赤い幕が掛かった演壇を見上げていた、
赤く燃えている顔、死んだように蒼ざめた顔、病にむしばまれた顔が、
そして、髪を振り乱し、なかば気が狂ったような女たちの顔も。
軽く触れ合う眼差しは、互いを明るく照らすようにみえた。
人々は体を震わせ、互いに抱き合おうとした。
どの項(うなじ)にも熱い息が吹きかかった。
人々は互いに体を押しつけ、寄りかかり、息をはずませ
分散と合流をくり返した。
さながら黙示録の動物だった。いまにも飛び立つ姿で
巨人のように聳え、千もの心臓を燃え立たせていた。
赤く燃える靄が立ちこめるなか、遠くから声が上がった、
「嘘をつくこと……態度を和らげることは……
この世で活動(しごと)をする、強き者の正道じゃない、
自分が行なう活動(しごと)は自分のもの。
同情したり、心を和らげることなどない。
戦争、万歳！
血は神に、われわれとわれわれの子供の精神に
捧げられねばならない。どの人間も血を流して死んでいく
毎日、ゆっくりと、喜びと悲しみのなかで。
われわれの活動(しごと)は戦争だ！　われわれは自ら開戦合図を発するだろう！
長い行進と衝突、
そのなかで人間は、心に秘めたもっと偉大な精神を、
自分の神を、

嵐のなかで叫んでいる古代の神を産み出す！
それは、われわれの戦いであるだろう、
われわれ自身の意欲に燃えた活動（しごと）であるだろう。
悲しむことなどない！
人間は英雄として果てねばならない、
それによって、他の人間はその気高い影響（かげ）の下で育つのだ、
彼らは窮状からしだいに抜け出し、神へと、
　われわれが偉大な言葉を見出した精神へと向かっていく。

千年もの間、憧れつづけた
偉大な像（すがた）に向かって育つのだ……。
永遠の時間（とき）のなかで、われわれは
自分自身の勝利した像（すがた）を見るだろう。
肉体はすべて滅びてゆく、
けれども、これはわれわれの精神なのだ。

自由、万歳！
自由は、一人の人間の力を
他の人間の力に結びつける、
これによって、どの世代も
自由に参加することができる競技会（コンペ）で
自分のパルテノンを建てることができる……
自由：あらゆる大望を目覚めさせ
われわれの熱狂を高め
われわれの力をみなぎらせ
この手の完成と
この心の完成を求めて[★19]
われわれをたえず前進させるもの！

美、万歳！
美は、完成を憧憬する心から現われる、
ひとつの星が夕暮の霧から現われるように……
見るがいい、美は、微笑に表われる自然であり、
それ以外のなにものでもない。
自分の活動（しごと）を成し遂げる者は微笑む。
これは、自分の活動（しごと）について考えたことがある者なら
だれでも知っていることである……

神、精神[★20]、万歳！
完成をめざして働く者は

永遠が身を震わせるのを感じ取るだろう。
精神のために働こうとする大望、万歳！
われわれに威張り散らす者は咎められてあれ……
奴隷たちは自由を勝ち取る！
彼らの真ん中には、おおぜいの王が立っている、
切に望まれる美、信仰、道徳、
そして、われわれの花冠を編む正義もある。
われわれは、**自分の**活動(しごと)で**自分の**君主になるだろう、
心躍らせ、晴れやかに。
われわれの一人が他の人間の顔を見るとき、
われわれは互いを、人間を映し合っている……」

三千人もの人間が群れをなして立っていた。
遠くで声が上がった。
三千人もの人間が叫び、泣いていた。

労働者よ！[★21]

カール・オッテン

労働者よ！　鍛錬(きたえ)られて歯車、旋盤、ハンマー、手斧、
　鋤になった者よ、
光を失ったプロメテウスよ、ぼくはきみに呼びかける！
かすれた声でぶっきらぼうな口を利(き)くきみに。
汗と傷、煤と汚れにまみれたきみに、
言いつけどおりに働かねばならないきみに。
ぼくはきみたちに訊ねるつもりはない、きみたちがどん
　な仕事をしているのか。
それはどんな役に立つのか、正当なものか不当なものか、
　賃金は好いのか悪いのか、
そもそも賃金はその憂鬱な仕事に見合っているのかどう
　か。
そもそも金銭(かね)は謝意の表現(しるし)か、それともその労働を
害のないもの、意義のあるもの、労賃に値するものとす
　る宥(なだ)め物なのか。
ここの夜は、数年来、このうえなく暗い闇がつづき、
その湿った下着をぼくたちの黙した口に押しつけている。
だから、きみたちがぼくの問いに顔を赤らめているかど
　うかは、判(わか)らない。
だれもきみたちの心のなかを覗くことはできない。
それでもやはり、きみたちは知っている、

きみたちが数字にすぎないことを！
工場、監獄、野戦病院、兵舎、墓場など、どこに在っても
きみたちは、どんな新聞にも載っている統計表のなかの
合計、増加、減少、不況を表わす数字にほかならない。
きみたちの子供、妻、両親、兄弟姉妹とても同じこと。
きみたちの暮らし向きがよくなったことは、統計表で読み取れる。
きみたちがより自由になったことは、協会などでのお喋りから聞き取れる、
きみたちが暮らしに満足していることは、手で振る旗や奏でる音楽に感じ取れる、
きみたちが勤勉であることは、その背広の布地や細君（つれあい）の靴に見て取れる。
ぼくの言っていることがわかるかい？　心のなかでは、その奥底では
きみは目覚め、不満をかこち、本質を見通し、反抗心を燃やしている。
きみは深く血のなかに処罰と集会出席の苦しみを抱えている。
きみは、その意味深い隷属の謎に、天使のように
どうにも馴染めず、口に出せないまま、悩んでいる。
労働者、無産者階級に、工場と借家に生まれ落ちた者、
映画と探偵ニック・カーター[★22]と売春宿に熱を上げる者！
きみはじゃが芋とパンで命をつなぎ、十二人で二部屋に寝起きしている、
きみの幼年時代の楽園は、妬みと折檻に満ちた、とても暗いものだった、
きみはその恨みを自分の子供で晴らそうと、冷酷に陰険に試みた。
きみは富の分配、海、アルプスを、金持ちの御殿や庭園を夢みている、
きみは煌々と輝く電灯（あかり）、鏡、安楽椅子を、美しい巻き毛、
恋人を欲しがっている——
きみたちは待ち望んでいる、昼を、光を、報復を！　連中に仕返しする日を！
目には目を、歯には歯を！
その日は輝いて訪れる、永遠の太陽はあの教会の塔のうえに厳かに昇ってくる、

そして、きみたちの勝利の叫びは、どんなに重い臨終の
　喘鳴をも消し去る！
きみたちは自分の計画をもっている、自分の予言者をも
　っている、勝利はきみたちのものだ！
勝利は必ず訪れる、それを当てにすることができる！
期待して待つがいい！　ぼくには聞こえる、きみたちの
　足が
千年も機械のまわりで踏み鳴らされているのが。
機械はどんな祈りにも、どんな願いにも耳を貸さない。
きみたちはなにも言わず、ただ待ちつづけ、苦しんでい
　る。

心臓はしだいに鼓動を弱めながら
無情に過ぎてゆく歳月と繋がっていた。
心臓は歯車、ピストン、鋸の拍子をとって脈打っていた、
そのとき、きみたちは上機嫌で搾取者と手を結んでいた。

そのとき、唸っていた機械の踊りは
きみたちを寝かしつけ、きみたちの心にはいり込んでい
　った。

鉄と火と金銭の神が、機械から
きみたちの心へ入ってきた。それがきみたちの信ずる神
　なのだ。

そういう神をきみたちは望み、
新聞、数字、戦争で褒め称えようとするだろう。
その神が、いまや血の幻影で人類を苦しめる、
それは株式取引、勲章、勝利を携えた、大虐殺と大火災
　の神。

きみたちは、とつぜん血まみれの冷汗の目覚めを経験す
　る、
心臓の最後の一片が、忌むべきものがきみたちの喉から
　転がり出る、
こうした恐ろしい目覚めを経験するときがいつかくるこ
　とだろう、
それはただ今日か明日かだけのことだろう！
蒸気を立てているガレー船の息子よ、ぼくはきみに呼び
　かける、

ぼくはきみを引き留める、驚愕のこの島に、
血の海、不安の海、火の海に、
戦場に斃れた兵士たちの、母親たちの、
花嫁たちの、乳飲み子たちの最後の叫びの嵐のなかに、
罵言の、絶叫の、懇願の、高熱の譫言の嵐のなかに、
撃ち傷を負った兵士の、焼け焦げた兵士の、毒で殺され
　た兵士の、
生き埋めになった兵士の、木っ端微塵になった兵士の叫
　びのなかに、
きみはぼくと同じ人間なのだ！
不安、飢餓、毒薬で発狂した兵士の最後の叫びのなかに。
きみは考えるべきだし、考えることができる！
きみは、梃子の圧搾やハンマーの強打を、
過剰労働の安賃金を尤もなこととしなければならない。
きみは、嘘や悪態をつく言葉を正当なものとしなければ
　ならない！
きみは知っているだろうか？　きみには、人間であり、
地球の住人である義務があることを、魂と心をもつ義務
　があることを！
労働者よ、ぼくの打ち沈んだ兄弟よ、きみには心がある
　のだ！
きみの心は、人間らしい生を営むことをきみに誓わせる。
あらゆる苦しみが、きみの心から
すべての人の心へ拡がってゆく。
きみの心臓はすべての人の心臓と同じ鼓動で繋がってい
　る。
きみの心は人を元気づけ、和解させるが、また打ち沈ま
　せたり、命にかかわる傷を与えたりもする。[★23]
きみの心を機械の胸腔から、針金の網から引き離すのだ、
急ぐのだ、血が流れている、急ぐのだ、あたかも死神に
　襲われかかっているかのように。
きみは人類を救うことができる！
きみは人類の息子なのだ、きみの手足にできた胼胝は、
　どのお方も褒め称えて舐めるだろう、
きみは下働き女の息子、キリストの兄弟、
光が血と殺戮のこの海に射し込むかどうかは
きみの心に、きみの善意に、きみの存在に
きみ一人にかかっている！
きみの目標、きみの勝利、きみの幸福はその心のなかに
　ある！

そうなのだ！　きみの心臓はなんと義しく鼓動している
　ことか、
その心だけが、きみに挑まれた
この戦いに勝つことができる。
きみの心は弾丸をも射ちつらぬくのだ、
その心がだれの胸にあるかは、重要ではない。かつてそ
　れは病み、不安におののき、
希望を抱き、歌い、小さく貧弱だった、
それは一人の人間の、きみの兄弟の心だった。

かつては、きみにパンと金銭が、仕事と許可が与えられ
た――
いまは、きみにきみの心を与えよう！
きみの心、きみの感情、きみの善意を信じるのだ、善意
　というもの、正義というものを信じるのだ！
善意の不滅を信じることに、
きみがその心となっている人類を、善意の不変を信じる
　ことに
意義があると、信じるのだ。
善意、愛情、優しさ、そして
真実を目指す、強く揺るぎない意志、
感じたことを思い切って言おうという堅い決意、これら
　のみが勝利を収めるだろう、
真実以外に人間をより幸福にするものはないと、信じる
のだ。
労働者よ！　人間の兄弟であれ！　人間であれ！　心で
　あれ！

新・山上の垂訓[★24]（一九一〇年）　パウル・ツェヒ

I

きみたち、子供に優しく車椅子を押される、蒼白い顔の
肢体不自由な者たち
きみたち、病院から出てきた体の弱った者たち
きみたち、路上で抱き起こされる、精神を病んだ者たち
きみたち、工場から逃げ出した者たち
マグダラのマリアの娘たち[★25]、カインの強健な息子たち
中国から、ウラルから来た流浪の民。

わたしの言葉が、きみたちの呻き声の間を
響きわたり、熱いフェーンの嵐のように
深くその額の瘡蓋に沁み、

悲嘆で詰まった血管（ちすじ）を
豊かな音調（しらべ）とともに押し広げることを願う。
この瞬間（いま）は、兄弟が、狂犬病に罹ったように追いかけ合い、

洞穴に置かれた噴射送風機の、巨大な犬のように噛みつき合う前に、
もう一度、わたしに残された時間（とき）なのだ、
そして、たとえ怒った神はもはやわたしの口を通して語られなくても、

わたしを遣わされた父なる神は、なおも世界と同じ名前をもっておられる。

II

きみたち、話しておくれ、青い川の上方、高く、きみたちの祖先の骨で築かれた
あの黄金の宮殿は、すでに煙につつまれて
轟音とともに崩れているだろうか？　そして、神に誓約しても無駄に終わった巡礼の隊列を

まるで甘い草でも食（は）むかのように食った
あのバールの腹は、すでに破裂しただろうか？
そして、教会の塔の先端（さき）では、早くも自由の旗が

独房で疥癬に苦しむ囚人たちに炎のように翻っているだろうか？
そして、きみたちの胼胝（たこ）でおおわれた屈辱の生は
その筋肉を離れ、憎しみへと跳ね返っただろうか？

だれが不信心の民衆を真鍮の馬具の軛（くびき）へ導くのか？
きみたちを行動へと駆り立てる鬨（とき）の声はどこにあるのか、
きみたちに天空を翔（かけ）させる危難の帆はどこで膨らむのか？

きみたちが雲の指で黒く描いている不幸の前兆は
磔刑の死の、五カ所の剝き出した傷口から現われたの
　か？
そして、その死は、この地上が人間をもはや好まなくな
　るまで、
復讐されないままなのか？

III

そして、きみたち、葉の茂った母親たちよ、きみたちは
　考えることもなく、よく実をむすび
新たに子を妊(はら)もうと、永久に体を伸ばしている。
けれども、その奉仕はすでに十分な利益を得ただろう
　か？
王国を？　金色の麦穂が揺れる郡部を褒美にもらっただ
　ろうか？
そして、ルツ[★26]のように信心深く従順な娘たち、
きみたちは、不安におののく夜通しの祈りのなかで
男たちが流した血を惜しんで泣いただろうか？
そして、絶望の幼虫に見つめられて
復讐に燃える憤怒へ刻一刻と駆られただろうか？
神はきみたちに賛美歌を奏でる緑の竪琴の息吹を与えら
　れた、
野獣のような物の裸体に悔恨の情ですがりついた
魂の霜を銀色に輝かせるために。
きみたちの魔法のような指からは
このうえない困窮を和らげるために、薔薇が咲きつづけ
　ている。
竪琴は、川に大きな弓形(ゆみなり)の橋を架けるために
薔薇色の奇跡の上を鳴り渡っているに違いない。

IV

奏で尽くされた音楽が、なおもきみたちの唇のまわりに
　漂っている。
きみたち、子供よ、そんなにも救いようがなく、

いまにも泣き出しそうな子供をわたしはこれまで見たことがない。

ただ薄い絵本のなかだけできみたちが楽しむこと。
天道虫の歌と蝶捕りの体験は
草花の芽ぐむ春の野原にあふれていた光景

落胆がいくどもきみたちの夢を通りすぎていった。
きみたちに雪合戦の歓声をもたらしはしなかった。
ストライキへの突入で激しく鳴りひびいた鐘は

そして、きみたちが休閑地のどこかで小さな焚火をするとき
その口からはすぐに、噛み砕かれた白墨のように不安がこぼれ出る、
そして、きみたちはいつも咳と赤痢を家へもって帰った。
けれども、わたしは望む、きみたちが千の麦穂と同じように
日光を浴びて稔ることを。なぜなら、わたしの製粉小屋

はすでに空っぽになり、
生の岐路の、生存が不確かな境界では、わたしたちを苦しめる黄褐色の者たちが
まるでフン族[★27]の軍隊のように待ち伏せているから。

V

救済がわたしの口からあふれ出し
大西洋のように遠方へ流れてゆくことを！
そして、きみたちがその海底へ潜って行き、
最後の自由のために勇気を奮い起こすことを。
かつて戦場に撒かれたわたしの精液（たね）は
子を成さぬ砂として、ここにどのように残るのか?!
心わびしく、眠りを迎えないその目から
苦悩の夜を擦（こす）り取り、わたしの行列に加わって行脚するのだ、
わたしたちをまたも苦しめる父親たちがかつて嘲笑い、

司祭たちが恥知らずにも人騙しに利用した、この行列に加わって。
きみたち、盲目の眼差でここへ歩いて来た者よ、
わたしには、つねに真昼の空と星の飛翔があるのだ。
ソドム[★28]と古代ギリシャ、ローマに打ち勝つために、わたしは
飲もうとする者すべてに、この自分を絶え間なく注ぎ込む。
そして、東方から吹いてくる風で
わたしは毎日、きみたちのために早朝の陽光を立ち上がらせる。

VI

おお、生まれたばかりの日、それは天空の轟音から感じられる。
おお、光線、それは火となって腐敗したものを焼きつらぬく、
おお、雷鳴、それは、とつぜんバール神のバベルの塔を打ち砕く。
そして、絶望に陥っている悩み事は、真実へ向かって明るむ。
すでにわたしには聞こえる、深淵から蹄が躍り出る音が、
わたしには感じられる、方々の都市の薄暮の闘いを焼き払うために
黒い雲から膿のように黄色い火炎が噴き出すのが。
そして、エリヤが火の戦車[★29]で戻って来るとき、
恐怖で凍りついた目は
堅い信仰心で大きく開かれ、燃え盛る火へと突き進む、
その炎は、新しい世界の土地を肥沃にするために燃え上がる。
過去の事に思い悩む者は誰もそこに住まないだろう。
創造的な幸福の発展へと目覚めるのだ、
すでに無駄に流された神の血を
あらゆる人間の心臓を経て、彗星の躍進へと導くのだ、

そして――三重（さんじゅう）の太陽となって――カナンのうえで輝
　くのだ。

大都市の民衆

ルネ・シッケレ

そうなのだ、大都市はきみたちを偏狭にする……
きみたち、何千人もの人よ、動きだすのだ……
とにかく、戸外へ出て、木々が育つさまを見るのだ！
どの木もしっかりと根を張り、伸びてゆく
どの木もさまざまな方法で光へ向かってそびえる。
むろん、きみたちには手も足もある、
林務官は、きみたちのためにまず土地を拓く必要はない、
きみたちはそこに佇んで、自ら監獄の塀を造っている――
さあ、歩きだすのだ、自分の土地を拓くのだ、土地を！
さあ、前進するのだ、出発するのだ！――
（リヒャルト・デーメル『大都市の民衆に説く』★30より）

いや、きみたちはここに留まるべきだ！
この憂鬱な五月のなかに、この侘びしい十月★31のなかに。

ここに、きみたちは留まるべきだ、なぜなら
国にとって望ましい**権力**の祝祭が催されるのも、
ぼくたちを蒼ざめさせ、ぼくたちを――否応なく――機
　械のように駆り立てる
権力の命令が発せられるのも、この都市なのだから。
武器をいっぱい積み込んだ列車が
殺意にきらめく線路（レール）のうえを
国土の征服を繰り返しながら
走っていくのも、この都市からなのだ。
何百万もの項（うなじ）に押し寄せる波となって
意志の泉が湧き出るのも、この都市なのだから。
何百万もの背中の揺れる拍子に合わせて
何百万もの手足の動きに合わせて
意志の泉がはるか遠くの海岸までうねっていくのも、こ
　の都市なのだから――
ここに、きみたちは留まるべきだ！
この陰鬱な五月のなかに、この侘びしい十月のなかに。
きみたちはだれからも追い払われはしない！
きみたちは、都市と力を合わせて、自分たちのために大
　地を征服するだろう。

五月の夜（一九一一年）

パウル・ツェヒ

なおも循環エレベーターは音をたてて回っている。窓の
最前列は行進していく、
フラミンゴのように白く光って、電灯の海原へと。
けれども、川岸は砕屑物で埋まり、クレーンが立ち並ぶ、
運河からは、塀が三方に生え伸びている。

煙突の森の前に広がる貧困の褐色の丘陵は
ここでヴェスヴィオ山のような爆発があったことを忘れ
た……
どの酒場でも客の叫び声がひびいている、
その入口には、月が、赤らんだ猥談が掛かっている。
すると、とつぜん、単調で平坦な道路の上で
顔が大きく膨らみ
まるで天啓を授かるように立て看板に顔色を変える
そこには「**ぼた山、波止場、斜堤のうえに、芝生、花壇、**
砂利地のうえに道を拓くのだ、
叫び声となってわれわれの喉をおそう五月のために！」
という声明文が月光に照り映えている。

声[32]

ルートヴィヒ・ルビーナー

おお、いま話しているこの口は、透き通った風に揺れな
がら海の水平線を越えわたる。
おお、地上のあらゆる場所の人間に宿る光[33]、声は方々の
都市で銀色の槍のように飛び立ってゆく。
おお、自転している地球の倦怠よ、おまえは神に戦いを
挑んできた、牙をむいて唸る獣の群れ、原始林、軍刀、
発砲、故意の誤解、殺戮、疫病をもって。
けれども、光の人間が死の殻から飛び出す。工場ではバ
ルブが地面のうえを吠え回る。光の人間は幾千ものラ
ッパを吹き鳴らし、叫び声を上げた。

ひとつの声が立ち上がった。一本の硬い鋼鉄の矢が、鉛ガラスのように唸りながら、赤熱のなかで光を放って破裂する。


ひとつの声がアメリカの上空を行く、白い目をめぐらす汗まみれの黒人(ニグロ)たちの、ドイツの難民たちの、打ち沈んだ髭面の乞食たちの、汚れでぬらつく陰欝なゲットーに押し込められた飢えるユダヤ人たちのあいだを。

ひとつの声が疲れ切った労働者たちのあいだを行く、新しい工場組織が生まれたあと、毎年、孤独のうちに死んでゆく三百万もの労働者たちのあいだを。

ひとつの声が派手な下着を身につけた女たちのあいだを行く、売春宿の親方に金を巻き上げられ、病に蝕まれた女たちのあいだを、
昼も夜も薄い上等の下着を洗う、飢えに苦しむ体のかじかんだ中国人たちのあいだを。

ひとつの声がブロードウェーの上空を行く、失業者たちが投げ捨てられた残飯をつかみ取ろうと手をのばす街角を。

湯沸かし釜がにぎやかな音をたてて沸き上がるまえに、かぼそく立ち昇る湯気の叫び声のように優しく響くひとつの声。

その声は、まるで砂煙のように、押し黙った口のなかへ飛び込み、まるでフルートを吹きぬく息のように、疲れた運搬人たちの曲がった背骨のうえを這った。


真っ暗な部屋を、太陽と月はさまよって行った。星は、破れを継ぎ当てた、悪臭を放つ壁紙のあいだを通り過ぎて行った。

おお、もしかしたらすべての人間が死んで腐肉と化すまえに、天上の奇跡の光が立ち昇るだろう！

ひとつの声が飛び立ち、薄汚れた仕事場で過ごす時間(とき)をたっぷりと吸い込んだ、
憤怒と希望、自ら唾を吐きかける憎悪が血のようにめぐった。

ひとつの声が、破産した印刷工場の偽造小切手のうえで陰険にささやく。

ひとつの声は、「ストライキ!」という語を密かに読んで呟いた、コロラドの鉱山の赤い坑道のなかで。

その声は、波の打ち寄せる港のうえに、不信の渦巻く酒場のなかに、畑を荒らされた農民が種を播いても飢えた村に熱い煙のように漂う。

その声は、都市では、警官がひそかに入口で監視する騒がしい集会場へ大声で合図を発する。

おお、人間の声が燃え出る口よ!

おお、悲しげにうなだれて落穂を拾い集める六十歳の老人の干涸びた唇よ、それが小さく開くのは死のまえに告白をするとき。

おお、黒人の白く光る歯の奥で、狂ったように赤く燃える舌、その声は幸福の唄を歌いながら喉を低く鳴らす。

おお、口よ、音を鳴り響かせる円形の門、音響と歓喜、民衆の賛美歌、これに会場は共鳴した。

おお、公正な賃金を求めて嘆き、グロッシェン硬貨★34と秤の目方を甲高い声で数えるお針り娘たちの憤慨に歪んだ口。

おお、梟の目のようにしきりにまばたき、演出効果を狙う皺の寄った弁士の口。

おお、工場の休憩時間にせわしなく宣伝活動をする青シャツを着た組合員よ、

おお、すべての逓信所へ書簡と徴募名簿を書き送る几帳面な公務員よ。

おお、身分の高い人とただ一度しか握手を交わそうとしない謙虚な男、当惑した心よ。

おお、初めて言葉を語り、一言を口ごもって終わる無口

な男よ。

ひとつの声が、ヨーロッパの戦争に駆り立てられた人々のうえでも、オーストラリアの叢林で働く背の曲がった寡黙な苦力（クーリー）たち[★35]のうえでも燃えている。

おお、なんと多くの口がおまえたちの声を待っていることよ、おまえたちが音を響かせると、それらの口もまた開くのだ！

二十歳（はたち）のきみたちへ[★36]

ヨハネス・R・ベッヒャー

二十歳（はたち）のきみたち！……きみたちの外套の皺（しわ）は
夕焼けのなかへ消えた街路を、兵営や百貨店（デパート）を留めている。
そして、戦争をことごとく拭い取る。
やがて、それは保護施設から吹く突風を捕らえるだろう、
それは、煌めく宮殿を火のなかへ投げ入れるだろう！
詩人は、爆弾の拳と甲鉄板の胸をもった二十歳（はたち）のきみたちに呼びかける、
その胸では、新しいラ・マルセイエーズ[★37]が溶岩のように揺らいでいる!!

合唱団

アルフレート・ヴォルフェンシュタイン

声を高めて歌っている者たちよ、その指に触れ、感じ取れ、
思考している自分を、ヴァイオリンのように軽快な音を響かせている自分を、
けれども、心臓からは、高く鳴り響いている、ティンパニーが
きみたちの幸福を求めて、さらに声を殺した闘士が。
立ち止まることも、耳を傾けて心を和らげることも望まぬように！

山地を行き進むような、その足取りで形作るのだ、
大地は闘いながら、きみたちに息を吹きかける、
その風は勢いを保ってきみたちのなかに留まりつづける。

星のような冷却、魂の燃焼、
孤独、愛——おお、この二つのものを感じ取る！
前進する声は多くの声に向かって高まる、
友人たちは荒涼を幸福へと造り変える。

（イ長調の交響曲の第二楽章に拠る）[★38]

仲間たち！[★39]

アルフレート・ヴォルフェンシュタイン

そのとき、ぼくは自由になって戸口へ走り出た、
温かい階段の吹抜けがすぐに電灯を点し、逃げ道を照らしてくれた、
盗み聞きされるような狭い住宅（いえ）で涙にくれるよりも
街道の石ころの上を歩いていくほうがましだ！
これは、あまりにも窮屈な親類のしがらみからの逃走だ、
あの人たちは、ぼくを知るまえに、ぼくに触れていた、
まるでぼくがなおも虚ろな胎（はら）のなかにいるかのように
両親の強制（さしず）は、生まれて以来（このかた）、ぼくから離れない。
理由（わけ）もなくぼくを養っているあなたたちの愛よりは
この都市（まち）の憎悪と荒涼のほうが望ましい、
ぼくたちは互いに選び合った仲じゃない！　ぼくに乳を飲ませたことが
ぼくをもうけたという感情をあなたたちに抱かせるのか？
いや、そうじゃない。電灯に照らされた偽りの魂の平和から、
息詰まるようなあなたたちの保護から逃れるほうが望ましい！
そして、未だ知らぬ夜のなかへ入り、ベッドにも横たわらず
真実を見つめて起きているほうが好ましい！

ここへはやって来る、切り立った冷たい家並のように
短い停車を繰り返して走っている路面電車のように
感情（こころ）のないまま、あわただしく、陰鬱な人たちが。
その人たちは珍しい獲物を楽しもうと、相手を探し合っている。

ぼくはその人たちと散歩をしても、独りで歩いているような気分だ——
明るく輝くカフェに入っても、無言の杜にいるような気分だ、
そこでは、どの頭も葉を落とした樹幹のように
隔たり、飽きることもなく、次から次へとテーブルを移動する。

あそこに、夫婦が、和合もなく、
氷のように冷淡に繋がって、帰宅する姿が見える。
あんなのよりも、黒い窓と鈍く点る街灯に沿って
密かに小さな星群へ歩いていくほうがましだ！
ついに、ぼくは自分の真実の手をかかげる——

ぼくの心臓は、トランペットのように部屋じゅうに鳴り響く——
おお、欲情に燃えた寒々しい孤独を、
中途半端な心の、沼地のような共同生活を追い払うのだ！

両親の愛の夜から生まれ、家族に組み入れられた存在、
互いの気持ちの通いもなく、両親と深く係わっている、
行きずりの愛から生まれ、家族に組み入れられない存在、
いまや、この両方が新たな悲嘆の叫びで追い払われんことを！

友情を求めて叫ぶ！　すると、暗い部屋で
四方の壁が崩れ落ち、衣服を纏わぬ人影が輝いて現われる、
覆いを取り外し、声を抑え、人目につかず、
無気味な感情を拭い去って。

あの貧しい時代に**願望（のぞみ）を叶えられなかった者たち**が
墓穴から、ぼくたちの精神の領界（せかい）へ漂ってくる、

いまや、新しい人間が生まれることだろう、
開花する心の、より感動が深まった身振りとともに。

太陽を求める叫び！　それは互いをこき使うのではなく
より誇り高い魂を互いに吹き込むこと――
自由を求める叫び！　それは群衆に混じるのではなく、
兵隊の縦列のように集団をなすこと――！

広場はゆるやかに漂う強いリラの香りにつつまれ、
どの街路からも、反響を繰り返す山彦のように
赤い陽光が射してくる、
新しい世界へ自分の姿を描き込むために。

それは、ことごとく光から鍛造(つくら)れた意志であり
意志の顔をして、互いに愛し合う、
それは、光の上昇のメロディーであり
万人を結びつける、美しく堅い友情の絆！

マルティネのために★40

カール・オッテン

I

ぼくたちは森の入口へ歩いていく。その上では夏が轟いている。

唐檜(とうひ)の針葉でなだらかに伸び広がる丘から見下ろす。

その下には、苺や茸がなにも知らずに潜んでいる。

草地はぼくたちの足、雌牛、山羊に触れられて、体を沈める。ぼくたち二人は、そこで一休みする。

ぼくたちは空の雲を広大な青空へと拡げる。

あたかも空がぼくたちの血となり、二人でその星の襞へ潜っていくかのように。

ぼくたちは川岸のベンチに座る。川に架かった弓形の橋は
荷車や人間が通るたびに、雷鳴のような音を立てて飛び跳ねる。

川は、煌めきながら静かに陸地を飲み込み、
故郷、夕暮の鐘、舟、子供たちの歌を芳香のように漂わせる。

ぼくたちは体を震わせ、平穏な眠りから起き上がり、き

しむ橋板に降り立つ、
ぼくたちの心臓は震えながら、喜びの力強い鼓動、熱狂する歓喜の命令に耳を傾ける――
空は緑色に染まり、オリオン座、熊座、天の川で一面が燃え立っている。
鋸歯のような町の周縁(へり)、誇り高い塔、民家の屋根、乳白色の煙突、
すべてはほのかに光っている――遠方を、列車が泣き叫んで走っていく。

II

けれども、森、山、川の暗い輝きのなかを
遠くから吹いてくる風が走り過ぎる、ぼくたちの頭の後ろでは
氷のような寒さが襲い、針が刺すような痛みが走り、良心が焼けるように疼く。
雲と、子を孕んだ月から、復讐者の手が、人間の手のキュクロープスが噛みつく、
それは尖った指をかざして、心臓と腎臓をえぐる！
東洋と西洋から、二つの眼がぼくたちを焼き尽くし、灰塵にする！
ほら！冷たい雹(ひょう)の風が吼えている、
ほら！口のなかで砂がかみ砕かれている！
ほら！夏の雨が音をたてきみの厚い皮膚を打っている、
ほら！子供たちは悪態をつき、母親たちは押し黙り、
新妻たちは喋りつづけている、
いいかい！きみはただ一人の人間であり、あらゆる人間であり、独りっきりなのだ！
自分だけで責任を負っているのだ！
夏の大地よ、開くのだ、夜空はぼくたちのなかへ落下する！
神々しい春の風よ、おまえの戦ぎ(そよ)を酸にせよ、ぼくたちの魂をつつむ二十枚の毛皮をなめし、腐食せよ。
日光は稲妻であれ！すると、早くも日光は稲妻になり、赤光を発している！
すべてを忘れた屍体を舗道の上に振り落とせ！

III

兄弟よ、ぼくはきみが呼びかける声を聞いた。

ちょうど、いま、列車がぼくの頭上を走っていった、
どれも新入りの兄弟たちで鮨詰めだった。
連中は、兄弟たちの体を規則に拠って切り刻むことができるように、彼らが十九歳になるのを待ちのぞむ。
連中は少年たちを待ち伏せ、その関節や筋肉の張り具合を確かめる、
そして、もう間近ではないだろうか、と呟く。
母親たちは、少年たちが成長し、忠告に耳を貸さなくなる姿を見る勇気がない。
母親たちは、少年たちを隠し、家から出ることを禁じ、
催眠術でもかけて眠らせておきたいと思う。
事が連中の思いどおりに運ぶには――でも、うまくいかないが――まだ二、三年はかかる。
ぼくは他の者たちといっしょに地面を這う、ぼくたち全員が這うことになっているから。
兄弟よ、ぼくたちはもはや多く語ることはできない。
どの広場にも、どの路地にも、死者がうろついている、
どの家にも、死者のバリケードができている、
どの川も死者でうずまっている、
死者は空を、血の雲の下を
渡り鳥の群れのように漂っていく。
おお、夕暮も明日も決して訪れることがないとは！
青白い骸骨の群れがきみの脚をつかもうとして、痩せ細った腕を伸ばす。
商店の陳列窓や路面電車から、喫茶店の中庭や公園から
打ち沈んだ顔であふれる教会から、地下室の小窓から、
下水溝の格子蓋から。
きみは、がらんどうの部屋へ入っていく。
そこには三人、あるいは六人、（さらに増えて）二十人の男が座り、きみの本を引っ掻きまわしている。
彼らはきみを蔑み、化膿した指できみを指す、奴だ！
奴なんだ！　と。

IV

五月にうずくまっている、開花の春の華麗、腐敗の充満が、
肉体、魂、理念を浄化する陸の濾過器が――そこには、
腐敗し朽ちるものの悪臭、
血、膿、無益な汗でぬらつく物ばかりが残っている――

兄弟よ、殺人で毒され、酸で腐食したぼくの心にきみが呼びかける声がひびいた。

ぼくは見る、蒼白く、痩せた、背の高いきみが、口を大きく開けて遠くから手を振る姿を。

目を左右に巡らせ、首を長く伸ばし、声を嗄らして——叫んでいる。

きみはぼくたちに何かを叫んでいる——ぼくにはわかっている！　わかっているとも！

ぼくたちのだれにもわかっている、わかっているとも！

おお、羞恥、後悔、罪過！

きみ、ぼくたちの離れがたい友人、きみはぼくたちと結ばれた市民、そして、ぼくたちはきみたちと結ばれている！

神はぼくたちを時間（とき）の綱（ロープ）に繋ぎ、その周りを巡らせる。

神は角を立て、口に短刀をくわえ、血の涎を垂らす野蛮な獣。

神はぼくたちに殴り合いをさせ、ぼくたちを引き離し、追い立て、罵り、嘲笑う。

ぼくたち人間、ぼくたち愚か者、ぼくたち不道徳者は黙っている、
そして、駆り立てられ、唆され、殴られる。

おお、神さま、こう申してはなりませんが、あなたの強い腕、その途方もない強さに
わたしたちはもはや耐えることができません。

V

ぼくは疑わなかった、きみが生きていることを、
兄弟よ、きみが夜通し心配していることを。
黄金の蜜蜂は、きみの考えを唸りたてた、
夜の蛾は、ぼくたちの忍耐強い額のまわりを飛び回った、
そして、慰めをもたらす夜、母の安堵、子供の花が現われた。
きみの呼びかける声で、ぼくは機械の歯車から引き離された。
（機械……この獣を、この冷たい鉄の殺人鬼を、ぼくたちはどれほど憎んでいることか。
工業技術など追っ払え、機械など追っ払え！
おまえたちの忌々しい、地獄のような発明のことなど、
おまえたちの電気、ガス、酸化物、火薬、歯車、電池のことなどなにも知りたくない！

おまえたち、発明家よ、おまえたち、子供じみて血に飢えた自惚れ強い設計者よ、自分を呪うがいい！

華々しくも愚かしい機械の時代よ、自分を呪うがいい
――おまえは工場、機械をすべてとしている）

ぼくはふたたび自分の足で立つことができる。きみはぼくの目を開かせ、ぼくの頭を高く起こす！

きみはぼくの手を握る、ぼくはきみを認めよう！

ぼくはみなにきみのことを話した、きみが生きていることを、もはや敵対関係はないことを。★41
敵は発明（機械）であることを、人間こそが唯一の真実であることを。

真実、希望、信念、正義が**存在する**ことを。

機械は**存在せず**、技術は**存在せず**、敵対関係は**存在せず**、憎悪は**存在しない**ことを。

そんなものは――とにかく――**なくす**べきだ、**なくされる**べきだ、**なくなる**べきだ！

そんなものは根こそぎにして、きみたちの目、心臓、胃、腸から放り投げるのだ！

毒だ、毒なのだ！　虚偽だ、廃物なのだ！　敵はいない！

人間だけがいる！

VI

ぼくたちは葉の茂った森の側(そで)から静かに立ち去った。

ぼくたちはひざまずいた。そして、なおも胸を叩いている。

ぼくたちはきみたちに赦しを請う！

眼鏡をかけたへぼ詩人のぼくだけが
路地をよろけ歩き、血を浴びているのじゃない――

ぼくたちのすべてが、何百万人もが後悔、羞恥、罪の意識にさいなまれ、地面に倒れ込んでいる！

ああ、ぼくたちを信じておくれ、この右往左往、この虚言、罵り、このテーブルの連打を
この喚き、演説、宣誓、非難を――困惑を、ぼくたち自身への怒りを。

この愚かさへの、信念の欠如への、臆病への、恐怖への怒りを。

ぼくたちにはもはやわからない、自分がどこへ行き着くのかが！

ぼくたちにはもはやわからない、昼なのか夕暮なのか、

昨日なのか夜なのか今日なのか、右なのか左なのかが。
ぼくたちは羞恥に狂乱しながら、自分に憤慨している。
おお、兄弟の手よ、道を指し示しておくれ、
そしたら、ぼくはようやくきみを見つけるだろう、
おお、兄弟の目よ、夜の闇を穿（うが）っておくれ、
ぼくたちの道を照らしておくれ。
おお、兄弟の心臓よ、時機（とき）の到来を
和解の時機（とき）の到来を打ち鳴らしておくれ。
おお、兄弟の口よ、合図を！　合図を発しておくれ！
きみの呼びかける声、きみの歌声、喜びの讃歌はいつ鳴りひびくのか？
ぼくたちは待ちのぞむ、敵、兄弟、姉妹、両親、子供の同盟軍が
ついに互いを認め、互いの腕のなかに身を投じ、自分たちから奪い取った火で体を暖めていた真の敵を完全に
打ちのめすのを。

VII

真の敵！　敵はいる！　おお、歓喜の日、自由の日、神聖なロシア★42！
ヨーロッパはこれより麗しい日を、ぼくたちの青春はこれよりすばらしい目標を見ることは一度もなかった！
そこには、月と太陽とともに、
星と虹とともに大空に刻み込まれていた、
真の敵が！
そこでは、神秘に満ちた喜びのファンファーレの嵐が
万人の心を、すべての貧民の口を引き開け、髪と手を波のように揺らし、喜びと感激を高めた！
ヨーロッパじゅうがとつぜん、体を震わせた。真の理想が安賃金でこき使われていたすべての男たちの肌に触れた。
男たちは虚偽と煽動を捨て去った。殺人用の刀剣を放り投げて積み上げた、
この瞬間に、自由、共同体、目標、親愛がすべての心を轟き抜けた。
精神が男たちの空虚な生活、喜びのないあばら屋暮らしに沁み込んだ。
グラスは満ち、心臓は成長し、憤激は高まる。
大地は隆起して山の裾野を拡げ、復讐する者を産み出す！

ヘラクレスを、巨人を、復讐の神像を。
兄弟マルティネよ、ぼくはきみに言う、ぼくたちはみな
同じだということを。ぼくたちはみな進むべき目標(さき)を
知っていることを。
真の前線が、真の空軍勝利が、神聖な塹壕が、人間解放
の連続集中砲撃が呼び招いている！
ぼくたちは一つになり、団結している。ぼくたちは自分
の罪過を識り、自分の精神を濁りないものにする！

心の即位★[43]

カール・オッテン

兄弟よ、開くのだ、きみの心を
兄弟よ、夜明けの本を
兄弟よ、新しい時代の本を
兄弟よ、不安のマントを
兄弟よ、真実を見きわめる目を！
きみの心は、精神のひらめきを見る、
殺人を祝福されたきみの手の向こうに——
その青白く悲嘆にまみれた手は、いたずらに掻き落とす、
神聖を奪われた体から恥辱の瘡蓋を。
神聖に！　清らかに！　厳粛に！
開くのだ、口では言い表わせぬものを、きみの純白の翼
を、
きみの天上の呼吸を
きみの死の喘鳴を響かせる胸を——
人類よ！

ジョレスの死★[44]

ヴァルター・ハーゼンクレーヴァー

その白く澄んだ、清らかな顔は
誤りの恐ろしい痕跡を後(あと)にした。
ジョレスは、真実の精神は、
パリの貧民たちの慰めは殺された。
戦いが始まるのを予感して、自国の
誤りを問い正し咎めたが、その弾丸に倒れた。
すべての人間に平和への道を拓いた彼は

283　詩　篇　反乱へ立ち上がろう（Aufruf und Empörung）

エーゴン・シーレ「カール・オッテン」

シーレは数多くの線描画をおもに『行動（ディ・アクツィオーン）』誌に発表していたが、人物画はそれほど多くなかった。この肖像画は、オッテンがプェムファートと反戦運動を行なった経緯で『行動（ディ・アクツィオーン）』誌の「カール・オッテン特集号」（1917 年 11 月発行）や「行動（ディ・アクツィオーン）」誌出版社から発行された詩集『心の即位』（1918 年刊）にも収録され、広く知られることになった。

垂直に起こした頭、直角に曲げた左腕、垂直に下げた手指、真っ直ぐに伸びた背、輪郭のはっきりした顔、固く結んだ口、眼鏡の奥に光る眼、それらはオッテンの深い知性と鋭い感覚をよく表わしていた。しかし、そのポーズは、シーレが 1910 年に描いた自画像のポーズと類似していたので、シーレがオッテンを自分と同一視していたことを窺わせた。実際、2 人は、いっさいの虚飾を剝いだ赤裸な人間の現実を直視することで実存の本質を抉り出そうとしたが、そうした共通の姿勢は当時の詩人や画家に各自の意欲と発展を実現させる模範になった。

兄弟の手によって打ちのめされた。

神は、この時代の終末から彼を抱き上げ、
彼にもはや絶望を味わわせなかった。
彼の善良な目は、道を拓く助けとなった。
彼はぼくたちの近くにいる。彼はぼくたちのために復活するだろう。

ジョレスの復活★45

ヴァルター・ハーゼンクレーヴァー

体を激しく震わせて泣く女たち、
父親の首にすがりつく子供たち。
列車は走りつづける
いくつもの都市を通り抜けて……
きみたち、死んだ者たちの精神よ、
緊急の合図を送るのだ！
連中が、栄誉に輝くために、同情を得るために
希望の花輪を撒き散らすために
戦場を探し廻るとき、
あの三時★46に戻っていくのだ！
人類を助ける者(ひと)は立ち上がらず、
人類は、その足元に伏すこともなく
軍隊の罪を背負っている。
地方の広場では
なにも気づかない者、唆(そそのか)された者を前にして
永久の戦争の炎があおられる。

きみたち、高所にいる者に
叫び声が上がる、「この命を救っておくれ！」と。
深く掘り抜かれた塹壕から
使徒の白い姿が現われる。

連中は、群衆のなかに
ふたたびジョレスの姿を見つける。
貧しい農民たちはひざまずき、彼に祈りを捧げる。
ヨーロッパの兵士たちよ、荒廃した教会は
もはやきみたちの国を救いはしない。

ヨーロッパの兵士たちよ、ヨーロッパの市民たちよ！
きみたちを兄弟と呼ぶ声を聞くがいい。
それは、歌声を高める海から
難破船や
鼠の群れから
泳ぐように鳴り響いてくる。
それを最後に、銃砲がとどろく、
湖の縁に
レモンの花が咲く。
軍隊よ、膝をついて、頭を下げるのだ！
炭鉱よ、殺人を犯しかねない日を止めるのだ！
玉座に座っているきみたち君主は
そこから降り、
死者たちの丘で涙を流すのだ、
平和、和解が始まっている。

勢力（ちから）のある民衆よ、清らかになった人類よ、[★47]
黄金に輝く銀行が、大事業家の財産が
きみたちの手にわたるだろう。
兵営から、ガレー船から立ち去るがいい、
ひ弱で細い体のきみたちよ、夢をもたないきみたちよ！
大地はきみたちの前に広がっている。

友よ！　人間よ！　上へ向かって昇るのだ！

死んだモンゴル兵の頭部

ルードルフ・レーオンハルト

死んだモンゴル兵の頭部[★48]がひとつ
転がっていた、砲弾の破片で引き裂かれて、塹壕の縁に。
目蓋はもはや白い目をおおうことはできなかった、
けれども、黄ばんだ口から干涸びた歯がのぞいていた。
その頭部（あたま）をひとりの兵士が故国へ持って帰った。

それを兵士はひとりの娘[★49]に見せた、
娘はその無言の頭部のうえに深く身をかがめ、
それをすばやく胸に抱きかかえた。
そして、その黄色い頭部を絹の枕に横たえた。

その頭部は、おおぜいの白い姿[★50]の女たちによって
道路の喧騒のあいだを運ばれていった。
子供たちは行列を取り囲み、車両は停止した。
男たちは沈黙した。すべての者が彼を近くで見送るために集まった。

いつもよりゆっくりと進んでいた行列に
聖歌の声が鳴り響いた。
「無言の額よ！　かつては目の輝きが、血と生命が、
頭脳と精神が、行動と微笑があったのに、
いまは――まだ土に還らないまま――額に垂れていた髪は引きちぎれ、
白い骨が、やがて泥となる頭骨がひとつ転がるばかり！」

歌いながら行進する群衆のまえに、市庁舎の塔がせり出した。
ひとりの女[★51]が走り出て、髪を振り輝かせながら
死んだ頭部の厚い唇に口づけをした、
女の唇は、死者の額と眼窩をおおい撫でた。
すべての者がそれを見て、歌声を高めた。
上空では、鐘が嵐のように鳴り始めた。

野蛮ヨーロッパに響きわたる声[★52]

アルベルト・エーレンシュタイン

おお、おまえたちの金色にかがやく夕日
黄昏――その流れに架かる橋はどこにあるのか？
霧は、深い夜につつまれた灰色の街道をおびやかす、
粗石（あらいし）に埋まった鉄道線路（レール）
洪水の奔流でえぐり取られる浅瀬！
ぼくたちは、血の雨の海のなかをよろけ
眠りの泥水に浸（つ）かったまま
たどり着く岸辺を知らない。

殺人の長い歳月に
野蛮ヨーロッパを、
ユーラシアをとどろきわたる
きみたちの戦闘の夜は、いつ終わるのか？

きみたちは河へ身を投げ、
その涸れてゆく水源で息を詰まらせて死ぬ、
黒鳥（こくちょう）の羽ばたきは力尽きて血の河の流れに沈む。
きみたちには聞こえるだろうか？
滲（し）み出る膿（うみ）の静かな澱みが
天に向かって唸るのが。
砂州は口を開けた、
けれども、もはや開けつづけることはできない。
母なる国土を襲う災難は産む
四肢がそびえる戦場を！
——宣戦布告した者に宣戦布告するために。

宣戦布告した者に緑の幕の滑らかな水の流れが、
穏やかな野原が照り輝いている。
国民を苦しめる大王は、声が反響する大広間で
饗宴（きょうえん）のたびに
手柄を自慢する。
腐肉、どこもかしこも屍体ばかり！

鷲よ、舞い降りて来い、その鉤爪を突き刺すのだ！
戦争の冠をかぶって平和を叫んでいる魔神（デーモン）の内臓（はら）に！

天使たち

ルートヴィヒ・ルビーナー

わたしたちを導くお方、あなたは小さな姿で立っている、せまい演壇で震えている血の円柱のあなたは、
その口は弓形（ゆみなり）の弩（いしゆみ）。あなたは揺れながら飛んでいく。
その目は地平線をかすめ、光り輝く翼を緑野へと広げる。
その格闘者の腕は旋回し、遠くの敵陣へ突き進む。
あなた、倒れそうな円柱よ、その鉤鼻は神の一撃を受けて、体を震わせている群衆のなかへ飛んでいった、
その耳は、真ん中に穴の開いた翼となって、民衆の重い叫び声のうえを鳥のように軽やかに紅色に漂う、
その頭の玉座は光り輝く翼にのって、投石と灰色の侮辱のうえへ静かに運ばれていく。
その頭は、金色に輝く空の丸屋根を雲の羽毛のように
人間の肩のうえへ振り降ろす。

おお、天使たちよ、きみたちは頭部の輝いている球体のなか、青い空間を翔(か)け抜ける、
目よ、天使たちよ、きみたちは羽音をたてて旋回している兄弟たちのところへ突き進む、
おお、舌よ、腕よ、手足の円柱よ、天使たちよ、きみたちは風に揺らぐ木の枝のように互いに絡み合う。
わたしたちを導くお方、言葉を発してください！ 天使たちは水晶の山のうえで、光輝を放ちながら熱い想いであなたを囲んでいます。

考えてください

ルートヴィヒ・ルビーナー

白い監獄の夜空は、月の真珠に映えて高い、
光る褐色の鉄格子は、未来へと開いた小窓の前で交差している、
わたしたちを導くお方は、反った板ベッドに横たわっている、
毛髪のように細い偵察する目は、滑らかな鉄の扉の覗穴をつらぬいた。
そのお方は身動ぎもせず横たわり、血はまっすぐに伸びた手足を流れ、全身をめぐる。
褐色の髪におおわれた頭の塔は、看守が頻繁に昇降をくり返す。
下方では、口の壕が涸れて広がっている。
外では、暗く揺れ動く野原が火の燃え立つ時機(とき)を待っている。
おお、口よ、まもなく武器を手にした群衆が黒い波のようにおまえから泳ぎ出る、
褐色の頭よ、おまえはその大群を轟音とともに遠く地方へと投げ遣(おく)る、
おお、その目の輝きは、燃え盛る火のなかの標的を射ちつらぬく、
おお、水晶のように澄んだ頭のあなた。そこでは地上の新しい家、装飾円柱、森、言語(ことば)が相互に溶け合って豊かに漂う！
あなたは、いま、独房の白い骰子のなかで夜の板ベッドの縁に静かに横たわっている、

指はその脇腹で閉じている、墓穴のなかの明日のように。
けれども、あなたの脈拍はすでに監獄の塀の導管を穏やかに打ち抜けていく、
看守は規則を破って、囚われた者たちに囁きかける。

あなたの親愛の目は動く石のように、眠らずに起きている周囲の独房を眺め回す。

思考となって、囚われた者たちすべての脳髄（あたま）を通り、看守のところへ進み、中庭を抜けて、道路へ出て行ってください！

あなたの頭上に浮かんだ石は、大きくふくらんでいる。

あなたの髪は、眠りに就かない看守の見張り台、
あなたの血のなかの煉瓦壁は、あなたが体を震わせるたびに呼吸をくり返す。

建物の周囲に高く並んだ格子窓は、あなたの視線から暗く覆い隠されている。

いまから数千年もすれば、あなたの似姿の要塞は国々のいたるところにそびえることでしょう。あなたの名前は空に、その途方もなく高い石の頭の上に火のように漂うことでしょう。

わたしたちを導くお方、今宵は眠らないでください。今夜こそ、考えつづけてください。

熾（し）天使のような行進[★53]　ルードルフ・レーオンハルト

いまや、平和ではなく、戦争が来るべきだ、
そして、終わりなき終末が。
毎日がさらなる転換であるように！
一歩の前進と新たな勝利であるように！
ぼくたちは世界を休息させないだろう。
ヨーロッパのどの路地でも
世界のどの街角でも
両脚を跨ぐように大きく広げ、天空に向かって立ち、
額を風と雲のなかへかかげ、唇をかたく結ぶ。
ぼくたちは曇った目を怒りとともに大きく開け、
息を、息を吐きつづける、
曲げた腕の、青白くうつろな手のなかへ。

非常呼集を、非常呼集をかけるのだ！

ぼくたちは負傷はしても、危害を被りはしない。
身を守る力もなく、社会から追放された仲間たち！
ヘルメットも、ライフル銃も、号令ラッパももたず、
ぼくたちが追い求めた希望ももたない
信頼に満ちた未来の兵士たち、
ぼくたちは息を吐きつづけ、祈るだろう、
ぼくたちは精神の騎士、小さな群れ。
非常呼集を、非常呼集をかけるのだ！

きみたちの救済者のなかでもっとも気の逸る
ぼくたちは、きみたちの生を
精気に満ちた天球へと変えるために
絶え間なくきみたちの耳元を打つ。

だれが重く黒い土塊（つちくれ）をぼくたちの髪に振り注いだのか？
雑草は空へ向かって伸びる。きみたちの苦しみを
自分に引き受け、打ちのめされたぼくたちは
黒い翼がゆっくりと上昇し、冷風につつまれるのを感じる。

見るがいい、天空の隅々に呼集の声が響きわたるさまを！
天の形姿（すがた）のぼくたちを創りたもうた、あのお方が
その昔、ぼくたちを追い払ったあの広場に、人々が集まっている。
見るがいい、金髪の子供たちが日光に輝く草原を裸足で駆けている。
ぼくたちは楽園へ通じる門を叫び声とともに押し開ける!!

ぼくたちは、いかに心を燃やして育ち、いかに貧しいことか！
ぼくたちは寒さに震える裸の子供、
甲冑をつけた巨人――
非常呼集を、非常呼集をかけるのだ！

一九一七年　ヴァルター・ハーゼンクレーヴァー

憎しみを抱きつづけるのだ。苦しみをもちつづけるのだ。
孤独の鋼鉄のうえで燃えつづけるのだ。

新聞で一人の人間が殺されたことを読んだなら、
その人間ときみは同じじゃない、と思わぬように。

喚き声が響きわたる戦闘の、煙の立ちこめる危険な場所
から
幼子（おさなご）を抱いて逃げる母親の

死に物狂いの逃走を見たなら、
その不幸はきみの為せる仕業じゃない、と思わぬように。

粗末な棺に近づいてみるがいい、
そこでは、襤褸（ぼろ）の間から死者の骨格（からだ）が見つめている。

蝕まれたその見知らぬ男のそばに
ひざまずき、我が身を責めるのだ。

その運命（ほし）へと追い遣られた者たち全員の
望まぬ苦しみを自ら進んで受け入れるのだ。

天空を眺め楽しむ最後の片目を、
劫罰へと沈む叫び声を自ら進んで受け入れるのだ。

悲鳴を上げる大気の、燃え盛る狂乱を、
冷たい墓穴への激しい一撃を受け入れるのだ。

もしもきみの魂に震撼しているものがあるのなら、
それは、この恐怖をなおも生き抜くもの、

時代が沈んでゆくときに
それを大切に育て、嵐へと高めるのだ。

おお、人間よ、いっこうに消去せぬ無の状況から
最後の審判のラッパ[★54]とともに現われよ！

死刑執行人がきみを処刑台に引っ張っていくのなら、

力を蓄え、神を信頼するのだ！

その教えでは、人間の殺戮、裏切りにおいても
いつかふたたび善き行為(おこない)が輝き出る。

心の力、気高い精神が
星明かりの空をただよっていく。

善人と悪人のうえに輝く太陽は
世界の多くの川を涙して越えわたり

ぼくたち全員の心臓を脈打って通り抜け
いつかふたたび義(ただ)しい日に輝くことだろう。

憎しみを抱きつづけるのだ。苦しみをもちつづけるのだ。
炎よ、燃えつづけよ！　その時機(とき)は近い。

革命への呼びかけ★55

フランツ・ヴェルフェル

魂の洪水、苦痛、終わりなき突進よ、やって来い！
立ち並ぶ杭、堤防、谷間を打(ぶ)っ壊せ！
鋼鉄の声よ、とどろきわたれ！　鉄の喉から現われよ！

愚かな豚のような存在よ！　自己満足の生活よ、
おまえの死んだ「我在り(イヒ・ビーン)」など追っ払え！
ああ、涙を流すことでのみ、ぼくたちは純粋なものへ近
　づくことができる。

権力者がきみの項(うなじ)を踏みつけても、恐れることはない、
たとえ邪悪なものがきみに無数の釘を打ち込んでも、
義(ただ)しいことがきみの熾火(おきび)から燃え上がるのを見るのだ。

成長をつづけながら、忌まわしいものを識るのだ！
叫びながら、水と火の痛みのなかで燃え尽きるのだ！
旧い悲惨な時代に抗して走り、走りつづけるのだ！

人間よ、立ち上がれ

ヨハネス・R・ベッヒャー

呪われた世紀よ！　混沌として、歌声はなく！
人間、餌のなかでいちばん痩せた奴、苦悩と霧の妄想と
　稲妻のあいだにぶら下がり、
盲人になり、下僕になる。皺だらけになり、狂乱する。
　疫病に罹り、酸に腐食する。
目を充血させ、犬歯に狂犬病を宿し、熱笛を鳴り響かせ
　る。

けれども、
首に掛かった十字架では、尽きぬ精気（エーテル）が穏やかに波打っ
　ている。
塹壕から、工場から、保護施設から、下水溝から、地下
　の安酒場から出てくるのだ！
太陽の合唱団は賛美歌で洞窟にひそむ盲者を呼び出す。
そして
戦闘＝湖沼の血で汚れた深みのうえで
神の魔法の星は、永久に変わることなく煌めく。

きみ、兵士よ！
きみ、絞首刑吏、盗賊！　そして、神の下す罰のなかで
　最も恐ろしいもの！
いったい、いつになったら、
――ぼくは不安になり、同時に狂ったように苛立って訊
　ねる――
いったい、いつになったら、きみはぼくの兄弟であるの
　か⁇
きみが手にした殺人の小刀が、**その懐に**すっぽりと落ち、
きみが墓穴や敵のまえから、武器をもたずに引き返す
　とき。
逃亡兵よ！　英雄よ！　感謝されてあれ！　祝福されて
　あれ！
きみが、犯罪の引き金となる銃を怒りとともに打ち砕く
　とき。
きみの「呪うべき義務と責任」を容赦なく遠ざけ、
きみが、あらゆる搾取者、暴君、雇い主を公然と拒み、
　きみの安賃金の卑劣な仕事を軽蔑とともに退けるとき。
きみの破壊する歩みが、創造に活気づいた地球の、陽光
　を浴びた平穏な地面をもはや無慈悲に踏みつけず、

きみが、十字架にかけられた、きみの栄光に満ちた犠牲者たちのまえで、怒りに燃えながら自分を打ち砕くとき。

……そのときこそ、きみはぼくの兄弟であるだろう……

きみはぼくの兄弟であるだろう、
きみが、処刑された略奪兵のなかの、最後まで暴れまわった者のまえに悔悛の情とともにひざまずくとき。
絶望にかられ、屈辱に唇をかみながら
きみの甲冑の胸をつらぬいて
きみの目覚めたばかりの心の内部へ棘の付いた拳（こぶし）を押し込み――
きみが後悔に打ちひしがれ、叩きつけるように誓いを叫びながら、
「見るがいい、ここに横たわっている者もかつてはぼくの兄弟だった‼
おお、なんと重大なぼくの過ち‼」と泣き喚くとき。
そのときこそ、きみはぼくの兄弟であるだろう。

そのときこそ、ぼくたちの人間らしい充実の日、あの煌めく楽園の日がようやく来たことになるだろう。

万人が万人のなかで自分を識るがゆえに
万人が万人と和解する日が。

そのとき、鞭打つような暴風雨も、ぼくたちの正直な言葉のまえに力なく鎮まるだろう。

きみたちの高慢の、強情なアララトも救われて、謙虚という柔和の天幕の下へ自らすすんで腰を下ろすだろう。

悪魔のような者たちの邪悪な襲撃、虐待、暴動は風に吹き消されるだろう。

ちょうど悪人たちの強奪欲、とどまるところを知らぬ裏切りと勝利が、暴力を使わずに打ち砕かれるように。


おお兄弟よ、人間よ、言っておくれ、きみは何者なのか⁉

暴れ者、殺人者、ならず者、死刑執行人。

きみの隣人の黄ばんだ骨を掠奪者のように見つめる者。

国王、皇帝、将軍。

黄金の暴食家。バビロンの売女と廃墟。

憎悪を喚き散らす口。はちきれそうな財布と駆け引き上手。

それとも、それとも、
神の子供!!??

おお、人間よ、ぼくの兄弟よ、言っておくれ、きみは**何者**なのか！

罪もなく、無防備なまま虐殺された者たちの、
呪われた者たちの、避難した者たちの、激怒している奴隷たちの、日雇い下僕たちの安らぎのない幽霊が、
楽しそうに喉を鳴らして取りかこんでいる⁉

あらゆるところに、荒れ果てたピラミッド、不毛の土地、墓穴、毛髪の付いた頭皮、屍体。

飢えと渇きで死に瀕した者の干涸びた舌は、きみたちには食事の調味料なのか⁉

哀れな喉、最期の呼吸、憤慨した者の激しい嵐は、遠方からきみたちに向かって鳴り響く快い音楽なのか？

それとも、これとは異なり
この苦痛きわまる悲惨は、きみたちに関係ないのか、
きみたちは満ち足り、気力に乏しく、気乗り薄いのか、きみたちは薄情で高慢なのか？

きみたちの無情の要塞は、時間(とき)の旋風に吹きさらされ、いまも手つかずの状態か⁉

きみたちの誇り高い塔は、石が剝がれ落ちていないので、子を孕んだ雌驢馬が最後に休息するところ。

きみたちの果実は黴びている。民衆は魂がなく、獣にひとしい。

きみたちに、きみたちばかりに罪を負わせるこの世界の支配者!!!

おお、兄弟よ、ぼくの人間よ、言っておくれ、きみは何者なのか⁉

……極貧の者たちの安っぽい天上の願望に掛かる完璧な星の模様。

ただれた火傷、冷たいバルサムの愛用者。

虎の棲む深い茨の薮(やぶ)に落ちた、心を奪うほど美しい露。

狂信的な十字軍の穏やかなエルサレム。

決して潰えぬ希望。

決して人を誤らせぬ羅針盤。神の印(しるし)。

深い疑念の苦い球根の油。

きみは、移民の息子たちの、放蕩息子たちの熱帯地方の港町。

きみが知らない者はだれもいない、
だれもがきみに親しく、きみの兄弟なのだ。
道に迷った蜂の群れは、きみのなかに巣を作っている。
きみの窪地をそよ吹く南風の眠りのなかに休息する、ひとりの乞食が、貧乏詩人が、彷徨えるユダヤ人が、世俗に遠く世俗に近い打ち沈んだ巡礼者が、
その広がりの迷宮のような侘しさにつつまれて、恍惚として歌を歌いながら。
きみの足の微睡みの園亭とオアシスのなかへ、平和をもたぬ者が飛び込む。
けれども、きみの頭のウラルの顳顬を、希望にみちた疲れを知らぬ者がよじ登る。
きみの清浄の水源は
呪いと大草原を掻き分けて流れる。
きみは防柵でふさがれた城塞に
香辛料、小羊、春の丘をそそぎ込む。
天使のきみは、極貧の者たちが体を引きずっていくところに舞い降りる。
地獄でも、きみは人を助ける者となって善き行為をする。
けれども、きみの青年の翼——審判——は、悪人たちに轟音を鳴りひびかせる。
岩のそそり立つ峡谷、その悪臭を放つ靄から
きみは怒りに燃えながら、果実と息吹を奪い取り、
天の血をすくい取る。

……怒り狂ったモロク、それともエデンの海岸。
毒ガス噴出器、それとも救済の種子。
ハイエナの怪獣、それとも棕櫚の茂る地域。
キリストの脇腹の傷、それとも酢を含んだ海綿。

おお、ぼくの兄弟よ、ぼくの人間よ、言っておくれ、きみはその**どちらなのか?!**
なぜなら、
焦眉の情勢は、返事を求めてきみに吠え立てる、
決定せよ！　答えよ！　と。
ぼくは釈明を求める、
きみの脳髄の強力な弩から放たれる罅割れた地球、意志、充足、運命を求める。
神聖で幸福な未来の、無邪気で気楽な眠りは、夢想のように執拗にきみに迫る。

297　詩　篇　反乱へ立ち上がろう（Aufruf und Empörung）

ルートヴィヒ・マイトナー「ヨハネス・R. ベッヒャー」

マイトナーはベッヒャーの思い出を次のように語っていた。

「第一次世界大戦が勃発する数カ月前に、彼は突然、僕のアトリエを訪れた。彼とは、10年ほどの間、親しく付き合った。僕たち2人はよく夜のベルリンを彷徨った。フリードリヒ通り近くの酒場やカフェへ行くと、彼は周囲の客に冗談をたたき、彼らといっしょに和やかな時間を楽しんでいた」。しかし、この肖像画にはそうした陽気な社交家ではなく、一心不乱に文書を読む反戦的闘士の彼が描かれていた。

心中をぶちまけよ！　告白し、自分を識れ！

自分の願望に耳を傾けよ！　遠慮なく物を言え！

勇敢であれ、そして、思考せよ！　と。


人間……きみ、人間に背を向ける者、独り思案にくれる者、罪人、収税吏、兄弟……きみはいったい、何者なのか!!


墓穴で回転せよ！　体を伸ばせ！　要望せよ！

呼吸せよ！　もういい加減に決断せよ！　方向転換せよ！

レモンの実る農園、それともアザミの咲く流刑地。

選ばれた島、それとも盗人の溜まり場。

廃墟の地下室。光の予言者、火炎のシナイ。

機関車、速度……ブレーキの悲鳴。

人間よ、人間よ、ぼくの兄弟よ、きみは何者なのか⁉

硫黄の嵐は、邪悪にも紺碧の空をおおいつくす。

きみの憧憬の地平線は、格子を張りめぐらす。

（血のなかへ沈め！　胸を開け！　首を刎ねよ！　引き裂かれよ！　押しつぶされよ。水門の排水口で……）

なおもまだ、潮時なのだ！

集合せよ！　野営地を発て！　行進せよ！

カナン人の夜から歩み出し、飛び立ち、跳び上がるのだ!!!

なおもまだ、潮時なのだ——

人間よ、人間よ、人間よ、立ち上がれ、立ち上がるのだ!!!

すでに赤い監獄から

ヴァルター・ハーゼンクレーヴァー

すでに赤い監獄★56から
四人の群れが泡立つように出てくる、
義憤は、鼠の群れのように
行進の合唱にあわせて口笛を吹く。
暗い音楽会場では、指揮者のはね上げた
腕が折れ砕ける。
きらびやかに飾りつけられたサーカス会場では

壁の白光の照明（あかり）が消える。
憎しみが緑の靄から立ち昇る、
生きるために、ともに闘うために。
マホガニーの扉の前に立つ肢体不自由な者は
勝ち誇った行動（ふるまい）を妨げはしない――
限りない出来事を映す鏡では
生きている者たちの外観（ようす）が流れるように表われ出る。
それを数年間、どこまでも眺めつづければ、
ぼくたちはもはやはかない存在ではないだろう。
ぼくの顔面を駆け抜ける、このうえなく気高い精神につ
　つまれて
活動し、完成する力が！
ぼくたちが絶望のうちに終わらないことは――幸福だ！
きみ、ラ・マルセイエーズの歌は[★57]――不幸だ！

正義の戦い

アルフレート・ヴォルフェンシュタイン

太陽が現われる、火の弾丸が――やって来る――漂う
――破裂する――
おお、哀れな大地よ、それは夜の屋根ばかりに当たって
　いる、
上空では、星の群れが青い夜空となって広がる、
けれども、大地には、灰の暗黒、猛しい攻撃、戦闘が雨
　となって降りそそぐ。

幾百万の目は怒り狂って大きく開き、
擬日輪[★58]のように、その眼差しに
地獄を映している！　見るがいい、どの国民も
戦争から、混乱の夏から赤い姿で現われる。

国民は、この大地へ眩惑の光を
そそぐ有毒の流れを飲み、
故国の無情な胎（はら）を出て、人間の大量殺戮へ
行き進み、その暗闇のなかで殺し合う。

おお、見るがいい、空は清らかな太陽を輝かせている、
けれども、それはきみたちのそばを通り過ぎ、無限へ傾
　いてゆく、

そして、きみたちには、戦争と有限と死が
毎日の夜明けから、陽光のないまま立ちのぼる。

家の扉は噛みつくような音をたてて開く、
人影は、塵芥と心配につまずきながら
朝日に向かって歩いて行く——昼でも
夜が潜んでいる都市の群れのなかへ。

そのポケットでは、昔ながらの冷たい音が鳴りひびく、
そこでは、鉄鍵と金鍵が互いに爪を絡ませている、
その鍵の硬い歯（かかり）は
扉の胎（はら）、富と権力を夢に見る。

彼らが夢中になって自分の同類を求め歩くところでは
太陽の代わりに、窓が明るく照り映え、
事務室や倉庫が人食い人の踊りをしながら、
金庫の煌めき、暖房炉の格子、帳簿の蒼白のまわりを喚き声を上げて這う。

虚偽で石のように重く垂れ下がるその衣服では
短刀が合図を待つ犬のように低く身構える、
そして、彼らの目は、額に刺さった小刀のように
とつぜん、隣人の血のなかへ三日月刀の光を放つ。

彼らは太った体を揺らして自分の大庭園から出てくる、
すると、まもなく
彼らの奴隷の、さらに大きな森がそのまわりに現われる、
地下の穴蔵から、子供の群れが走り出て、
立ち並ぶ煙突の間でやせ細った足をとめる。

そのとき、周囲（まわり）から鳴り響く鐘は、神の不在のなかで互いに音響を消し合う。

家は、家賃にもだえる大きな肩のうえに屈み、
揺れ動き、計算済みの抵抗をし、
陰険に押し合い圧（へ）し合う。

都市は、駅の頭蓋骨を次々と引き連れて
欲望のようにすばやく線路（レール）を滑っていく、
国境線の長く曲がった角（つの）は、その先端（さき）で
領土を侵しながら国土を切り裂いていく、飽くこともな

く。
おお、世界はどこまで自分を痛めつけるのか――そのあ
と、ふたたび
日常の憎悪のアコーディオンが
蛇腹を折りたたむ、そして、どこかでは
玄関の扉が、物乞いだけを殴り倒す。

職見習いの娘は親方の部屋へ呼ばれ
受けている世話と引き換えに、彼の相手をさせられる、
そして、学童は教室の窓の緑から
自由の真似事をするように、洗面所へ抜け出ていく。

それでも、太陽よ――おまえは黒く冷たく
地上をさまよっていく、おお、心臓の形姿（すがた）をした太陽
よ！
精神の力強い音響が、歌声を高める鷲のように
おまえの軌道を越えていく――

魂に仕えるきみたち、**こぞってこちらへ来るがいい、**
貧しい世界は、きみたちの活動のなかで、言葉の躍動の
なかで
ヴァイオリンの感泣のなかで、芸術に反響する頭から、
人間を勇気づける表情（かお）から、
いっそう理想に叶うものになる。

そして、石炭坑で、目がくらむほど高所の
慣れぬ足場で、貧困、毒臭、蒸気に苦しみながら
裸で働いているきみたちは、心配をいっぱい抱えている。
次の闘争へ！　新たな闘争へ頭と腰を上げるのだ！

仲間よ、きみたちは**いたるところに**暮らしている！
きみたちは荒れ狂う洪水、金銭の沼地、
戦争の地割れ、諦念の砂漠、
国々を不当に分割した地球のいたるところで働いている。

現われよ、たとえ泥沼から這い出て来るとしても
とつぜん、天空から訪れるかのように！
死神に刺されたように膨れ上がった
悪人の腹黒い群れの上に輝きながら降りて来い――

耳をつんざく音を響かせる騒動の雷鳴――
そこでは、憎悪と好意の敵対者が互いを探し求める、
矢の雨は音をたてて降りつづき、
鳴り響く弩(いしゆみ)から放たれる光の矢は標的に命中する。

夢は、獣性の血色の顔をその白い海に沈め
天使の火を降りそそぎながら
金銭の甲冑に息を吹きかける、
その息吹で、強欲の発する小声は消え去る。

頭は牢獄から、自由のように青く
叫び声の火を暴君の居座る建物へ放つ。
万人の体を羽ばたき抜ける微笑の旗は
愛の女神の手で、さまよう群衆に向けて振られる。

あちこちに思いつきでみすぼらしい集合住宅を建てる
愛にほど遠い金持たち、その石頭のうえには
若者たちの拳が無数の星を飛び散らせ、
凄まじい音を立てて振り下ろされる。

母親たちは休みなく警告を口ずさむ、
童謡に織り込んで興味を引き、心を躍らせるように楽しく。
その腕は、折れ砕けることもなく
殺人者たちの血まみれの腕に振り下ろされる。

きみたち、仲間の友人たちよ、草花も動物も
こぞってきみたちの軍団に加わる、
電気コードさえも協力しようと、激しく揺れて宇宙をめぐる――

大地の仲間たち！　神の仲間たち！
きみたち、敵の友人たちよ、その手は殴打でもあり、
創造主の言葉のように優しい呼びかけでもある！
戦いのなかで、きみたちの敵を形づくっている――！
けれども
その左手はきみたち自身の心臓をつかみながら、形を整えている。

おお、このうえなく小さなものにも熱い心を傾け、
蝶のようにしなやかに、精神に没頭する優しい者たち、
けれども、きみたちは、獅子のように力強く
自分に広がる苦しみの、このうえなく深い森を彷徨っている――

おお、美しい者たちよ、きみたちは心の海から
貝の放つ微光へと上昇し――
汚物、憤怒、悲哀のあいだをさすらいながら――
より清らかな姿で、永遠に新しい大地を歩きつづける。

おお、明晰な者たちよ、自分の精気に満ちた頭を知りつつも
体を震わせて、神性の青のまえにかがみ込む――
さらには、ひざまずいて
その一度も垂れたことのない強い頭に信頼を寄せる――

彼らは正義の突撃を行なう！
すると、暗闇が逃げ去るだろう、なぜなら
彼らは、未だかつて存在しなかったもの、人間の太陽を、
その精神から産み出し、それを天空で形作るのだから！

永久に反乱を……

ヨハネス・R・ベッヒャー

永久に反乱を起こすのだ、
このうえなく逆上した絞殺者たちの
小羊を殺す者たちの
要塞に抗して。
引き裂け、微塵に打ち砕け、
強烈な突風を
暗闇を
暴利をむさぼる者たちの塔を！
暴君たちは
玉座のうえで破裂した。
ああ、いい気味だ、すでに
夜の妄想＝群雲は消え去った。
ほら、後継の人食い人どもも
小さく縮んでゆく。
世界はもはや金持ちだけに

身を捧げはしないのだ。

森は善良な者たちの真昼を
鳥のさえずりでつつむ。
義(ただ)しい者たちは
神のなかに休らいでいる。
罪ある者たちは、山のなかで
木っ端微塵になる。
奴隷たちよ、有毒の峡谷から
立ち上がれ。
星は甦らせている、
かつてバール神の手下どもに
磔(はりつけ)にされた
死んだ預言者たちを。
下方の溶岩の噴火口には
偽善者たちが、
その兄弟の裏切り者たちが、
幽霊のような夢がうずくまっている。
きみたち、追い払われても、盲(めしい)ても

貧しき者は幸いなり！
なぜなら、[★59]罪なき者は
富がなくても、生きているのだから。
邪悪な者のみが
大地のなかに身を隠す、
苦悩にみちた海峡に
理由(わけ)もなくぶら下がって。
腐敗の干満のうえに
伸び広がって……！
牢獄に樹木の泉を
湧き上がらせよ……！
きみたちの土に埋まった
中庭は目覚めている！
とつぜんの嵐に
突き動かされて。

いぜんとして広場は
死刑執行人であふれている。
短刀を腰に下げ、
銃を腕に抱えた連中で。

彼らの手にした棍棒は
聖詩篇[★60]を強打した。
爆弾の雷雨は
天を恐れず降りつづく。
けれども、こうしたこともやがて終わるだろう。
そのあと――熱狂が戦車（タンク）の油＝腹で
とどろくなか――
殺人者たちは
舗道のうえで
斃（たお）れるだろう。
旗は赤々と荘厳に
翻（ひるがえ）るだろう。

来たるべきすべての革命の序曲

ルードルフ・レーオンハルト

沼地は平和の息を吐いていた。
ふたたび人類の敵が、時間（とき）が起き上がる。
都市は蒸気を出し、地方は隆起する。
稲妻は雲のなかへ引き返してしまったのか？　まだなにも決着していないのに。
平野はなおもこちらを見つめている、
早くも雷雨が来そうな気配だ、いまにもどしゃ降りが襲い、砂埃が舞い上がるだろう。
活動（こうどう）は、苦しみを生む危険をはらんだ臭を放つ。
死は体験された！　すでにきみたちは血がたぎるのを感じる、
さあ、生きるのだ。そして、知るのだ、やがて火炎が噴き出すことを。

髭面の吟遊詩人が喚く賛歌の滑らかな流れは漂い去った。
解き放たれた理性の門が大きく口を開ける、
裸の青年が、ぼくたちの東洋の皇帝が歩み出て
豹が描かれた赤い旗を振る。
それは正気の限界を超えて、激しくひるがえる。
ぼくたちは人数を増して、大隊の前に立つ、
聞くがいい、ぼくたちはカルメンの婚礼で開始し、
ぼくたちの火の燃え盛る轟音で報いるだろう。

死者たちは丘の中腹の墓穴に転げ落ちる。
きみたちが驚いて膝をついても、ぼくたちは笑っている、
冷静で信心深いぼくたちは、きみたちに不安を抱かせない。
用心深いぼくたちは、沈黙のうちに激情に目ざめる。
なぜなら、ぼくたちはみな結集しているから！　ぼくたちは、合唱隊、大隊になり、楔形隊形、縦列を組んで、
日光の降りそそぐ国土へなだれ込み、そこをより明るい叫び声でつつむ。

一番目の合唱隊は
屈従する者たちの本営から
その額を撫で吹く風のなかへと進み、
立ち止まって考える、
ほら、この足はぼくが行こうとするところへ歩いて行く。
ぼくは体を屈め、子供のように大地にひざまずく。
なぜなら、すぐに抱き起こされることを知っているから！
それを知っており、実際にそうだから、ぼくは平静になる。
ぼくは人間であり、人間らしい行為をする心構えでいる、
ぼくはどこに在っても、この指を動かすことができる、
体を縛られていても、血に膨らんだ顳顬（こめかみ）を撫でることができる。
さあ、次に進もう。達成されていない目標、空気と人類はまだある。さあ、進もう。
ぼくは人類のなかに立っている。自由へ向かうことができる。
自由へ！

二番目の集団は行進に合わせて
とつぜん古い唄を歌い始める。
ぼくはきみを知らない。
けれども、兄弟よ、きみは同じ光のなかを歩いている！
姉妹よ、ぼくはきみを労（いたわ）って腰に手を添えることができる、
この手はどの人へも差し伸べることができる。
歩調を速めて、もっと速く行進しても
ぼくたちはみな人間の足取りで歩いて行く！
ぼくたちは知っている、ぼくたちが同じではないことを、

けれども、ぼくたちは同じ風を吸っている。
なぜなら、ぼくたちはみなこの地上に在り、
人間の口で、同類も同類ではない者も
仲間になろうと呼びかけているのだから！
だれも他の人間と同じではない、
けれども、それぞれが他の人間のおかげで心豊かになっ
　ている、
どの「きみ」もぼくと同様に「ぼく」と言うことができ
　る。
優れた人は、ぼくたち人類のなかでは際立って優れた人、
一人一人がぼくたち人類のなかでは平等なのだ。
等しいのだ！

そして、三番目の集団は喜びのあまり泣き始めた。
ぼくたちは、人間の形姿（すがた）で現われた友人なのだ、
ぼくたちのだれもが生きようとしている。
ぼくたちのだれもが人間の運命を背負っている――
ぼくたちは人生を生き抜くために、互いに助け合おう！
友よ、眼差しを交わし合おう、
憎むべき者、死者、敵対者に抗して、
ほら、ぼくたちは体を寄せ合って一つになっている！
ぼくたち全員が、人間の肌を感じながら
暗い大地を隈なく照らしながら
人間の密集方陣（ファーランクス）を、
友愛を築いている！
準備するのだ！　きみたちには思案に眩れる暇などない。
昨日のこと、一人の娘が市街電車から降りてきて
ぼくの肩を温もりのある腕でつつんだ。
世界はなにもまとわず横たわり、空はとどろきつづけた。
ぼくたちは団結した。結束して準備した、
ぼくたちは知っていた、これまでの、願望（おもい）を叶えられな
　かった不幸のあとにくる時代のために
多くの者が道を拓く心構えでいることを！
ぼくたちの血潮は歌った。ぼくたち、ひとつの和音が奮
　い立った。
きみの口、きみの頭の頂に――ついに火炎が噴き出す！
ぼくたちは呻き声を上げた、人類がぼくたちのなかで叫
　ぶように。
歓声を上げて唱えた、人類！　愛！　そして
全心霊を震撼させる正義という言葉を！★61

エロイカ★62

ヨハネス・R・ベッヒャー

だが、ぼくのゴビ砂漠の燃えるイバラ＝茂みの奥深くにも
そよと風も吹かないメキシコのイチイ＝生け垣のなかにも
ぼくの鋸歯のような岸辺にも、クレタの迷宮と島＝流刑地にも
いまだに果てしないぼくのアルプス＝山腹にも
野営していた、
荒々しさと柔和さが入り交じる
列をなして
——全世界の究極の器官まで揺らして
身体の痙攣とディオニュソスの狂乱が——
きみたちギリシャの筋骨たくましい少年たちが。
賛歌を歌う牧人は（きみたちの胸のオリンポスは）輝く体と引き締まった腰をして
真鍮で編んだ鎖帷子（くさりかたびら）に身をつつみ——讃歌＝暴風につつまれ——戦いに勇み立つ。
彼らの神聖な雨は、その地域の冬＝乾燥と、砕けやすい死体＝毛穴を通り抜けて、熱を帯びた。
採掘しているマライ人＝口＝岸辺は、掻きむしるように激しくおまえをぼくの心の奥にある猛獣＝囲い地へと吸い寄せた。
たちまち、巨大な男根から溶岩＝精液が滝となって、ぼくの血のなかにほとばしり出た。
頬……アザミ、そして、緑地はやさしく水を流した、綿毛の雪で湿気をふくんで。

ぼくは吼えた、
幻想をはらんだ雄牛のぼくは
悪霊に犯されてはち切れそうになった腹をして——
きみたちの日常の風景の、荒涼とした有限性に危害を加える稲妻を投げかけながら——
果実、種子、樹木を貪欲に飲み込みつつ、物哀しい泉のほとりで、一人の神の無垢な体を……
ぼくは引き裂き、踏みつけ、噛み砕き、殴りつけた——
洪水だ、無情の狂暴者だ——
きみたちのみすぼらしい大地の、菌で汚染された土地や不毛の耕地を歩きまわる野蛮な征服者——

ぼくは古代ギリシャ・ローマの月桂樹の杜やレモンの森
　のあいだを喘ぎつつ這い上がった、
ハイマツ＝荒地や山間の急流のあいだを抜けて
リンドウの青い花がわずかに咲き散らばる、さびしい侵
　食した小石＝野原へ入り、
エトナの、人間を救出するような胎（はら）＝噴火口まで上り、
命を奪うような溶岩＝噴出をまえにして、熱に病むエン
　ペドクレース★63——
汗に腐食し、噛み傷だらけの口のまわりに無力感の漂う
　憤怒の唾をいっぱいにためて——
必死に、為すすべもなく、獣のように立ち上がり、太陽
　の厚かましい照射にこれを最後と反抗した——

ぼくの手に負えない気性の激しさは
何度もアスポディル★64＝平穏に変化した。
ぼくの狂気の刀剣は
何度も熾（し）天使のような幼年期＝微笑を留めた葉になった。
無防備で、飼い慣らされたぼくは
何度も光の最後の残照のなかへ
群衆の乏しい眠りのうえへ屈んだ。

‥おお、少年たちよ、きみたちの笛＝果実から漂う香り
　に引かれて。

ぼくの蹄（ひづめ）の殺害と地獄＝台風は、天上の鳩たちの奇跡
　＝油に鎮められ、
そして、苦い真昼の味は死体＝咽喉に溶け入った。
レモンと水晶＝水が痛む喉を快く冷やした。
……おお、少年たちよ、きみたちの笛＝果実から漂う香
　りに引かれて。
世界の焼けつくような運命＝軛（くびき）につながれ、責め立て
　られて
ぼくの粗暴の深い皺が消えた。ぼくの領界（せかい）は時間（とき）が消え、
　浄められた。

そして、久しく塞き止められていた魔法の輝きが
土で埋まった目の門から
世界の広い空間の狭間へと逆流する。
そして、かつて呪われたぼくの弓形（ゆみなり）の口から神は語る、
ぼくの際限のない、原罪にひたった夢の、もつれた網を
　祝福する言葉を。

‥とどまるところを知らない言葉、
もはや隣人の列から消し去ることのできない言葉。
ものに動じない中心。神聖な天使たちの
公正な遺産、唯一の確実な所有物。

＊

いつの日にか、男たちがこの大地を
端から端まで埋めつくすだろう。
彼らの頭は、湧き立つ雲のトライアングルを突き抜け
空の狭間の奥の奥にまで達するだろう。
輝かしい者たちの小道は、白鳥が羽でおおい、
その項の曲線では、魚たちが楽しそうに飛び跳ねる。
母たち＝オーボエは、おまえ、死を砕くまでさえずる。
睫毛は、おまえたち、眠りのない恒星(ほし)を支配する。
手の汗孔は永遠の春を種播いている。
男たちは虹の帯を腰に巻いている。
東方の火＝球の柱である男たちは倒壊する。
男たち、地球の中心をめぐる狩猟。
神聖な鋤のうしろで、裸で、日焼けして。

彼らの小屋のまわりを、野牛が駆けまわっている。
食卓のそばで踊っている踊り子たち。
光線を放つ男たち。弱き者たちのゴマの山。★65
男たち、地獄のような日を管理する者。
無力な者たちにかこまれ、戦闘の血を浴びて
天上の慰めをほどこす無邪気な者。
復讐に燃えた男たち！　暴君に短刀を突き刺す、
……暴君たちの胸は、刀剣の間で真っ赤な花を咲かせる。
だが、その頭頂(あたま)のまわりでは、すでに影が小さく縮んでいる。
あちこちの塀では、処刑された者たちが立ち昇る。

＊

英雄のような出発！　天国への上昇！　悲劇的な失敗！
そして、硫黄の立ちこめる混乱を十文字につらぬく電光の螺旋＝跳躍。
一眼の巨人(キュクロープス)たち！　塔を建てる者たち！　勤労者たち！
南国の木の葉＝髪のうえを震え飛ぶ氷河＝突風ととも

に
きみたちの心臓の中心から、冥府の川の赤熱する切石(きりいし)が
　音をたてて飛び散った。
政治を論じるきみたちの演説の白熱する焦点で、腐敗の
　悪臭を放つ怪物もついに押しつぶされて命尽きる。
だが、きみたちの息吹ならば、神聖に清められた戦線に
　抗しがたい弾幕を張ることだろう。
きみたちはみごとな大砲発射台のそばに立っている。
暴君に潜む獣性は身を震わせながら、その最後の夜の放
　埒な冒険を待っている。
なぜなら、きみたちの拳のなかの短刀が絶え間なく伸び
　つづけたから。

ユートピアからの音響(ひびき)

ヨハネス・R・ベッヒャー

すでにその音響(ひびき)は、ゆっくりとこちらへ進んでくる、や
　がて
その穏やかな流れは、血のなかを躍りめぐるだろう。
血管(ちすじ)が、張りつめた弦の網が音を鳴り響かせる。
チェロの沼地=湖は、山間に休らう。

そのうえには、星辰の島が掛かる。
朽ちた動物たちは、森のなかで花開く。
行列は、歌につつまれて下っていく。
川は、その黒い流れを明るく輝かせる。

おお、朝の穏やかな外気に休らう母なる都市!
家の列にそって、窓が大きく開く。
どの広場からも、噴水の樹木が生え出る。
ベランダは、月の旗を飾り立てたゴンドラは帆走する。

その音響(ひびき)は、男たちの到来を告げ知らせ、
街路の、永遠に青い狭間を軽快に躍り抜ける。
そうなのだ――女たちが歩いているのだ! 棕櫚の指を
　かざして
このうえなく甘い果実の蕚のように大きく胸を開いて。
そして、仲間たちは、その市門でともに顔を輝かせる。

紅潮した口から発する歓声は、賛美歌のように鳴り響く。
父親と衝突する息子はもういない。[★66]
父と息子は抱き合い、恒星（ほし）のように肩を並べて家路に就く。

野原は、やがてこのうえなく穏やかな公園に変わるだろう。
貧しい者たちが、華やかな蝶たちがそこで舞うだろう。
黄金の空が、雲の濾過器（フィルター）から
民衆へと滴り落ちる。——長くとどろく和音。

民族

クルト・ハイニッケ

我が民族よ
民族よ、永遠に咲き開け！

真夜中から真夜中へつづく流れ
海から海へ、広く深くつづく流れ
きみたちの深淵から泉が湧き出る
際限なく、きみたち民族を
養いながら。

我が民族よ
民族よ、永遠に咲き開け！

きみたちはその胸で未来を夢みる。
この先、その夢が打ち砕かれる日は来ないだろう、
きみたちの魂の山は空へそびえ、
わたしたちを
わたしたちを
民族を高めるだろう。

わたしは民族という森に立つ一本の樹木。
わたしの葉は太陽に養われる。
けれども、我が民族よ
わたしの根はきみたちのなかで
力を蓄える眠りを摂る。

我が民族よ

将来、あらゆるものが
きみたちの前にひざまずくだろう。
なぜなら、きみたちの魂は煙突や都市を越えて
きみたち自身の心へと翔（かけ）ていくから。
そして、きみたちは咲き開くだろう、
我が民族よ。

民族よ
きみたちのなかで。

我が民族

エルゼ・ラスカー＝シューラー

（我が愛する息子パウル[★67]に）

岩が朽ちて
そこから、わたしは生まれ出る
そして、神を讃えるわたしの歌を歌う……
とつぜん、わたしは歩いていた道から転落し
わたしのなかをさらさらと流れ落ちる
この世を離れて、ひとりで嘆きの岩山を越え
海に向かって。

わたしは、わたしの血の
新酒の発酵から離れて
こんなにも遠く流れてきた。
そして、いまもなお、なおもまた反響がする
わたしのなかで、
朽ちてゆく岩の骸骨が、
我が民族が
東方の神に向かって
血も凍るほど恐ろしい叫びを発するとき。

ナオミ[★68]

イーヴァーン・ゴル

I

わたしには、とても重荷になっている
わたしの聖書の母たちの
わたしの女預言者たちの
わたしの女王たちの運命の遺産が。

暗い何百年から、とても激しく鳴り響いている
神の時代が
神殿の時代が
ゲットーの時代が。

この張り裂けた心では、とても入り乱れて歌っている、
季節の祝祭が
天の祝祭が
死者の祝祭が。

このさわぎ立つ血では、とても強く叫んでいる、
太祖たちが
英雄たちが
息子たちが！
イスラエルよ、聞け[★69]、アドナイ[★70]はおまえの神だった、アドナイは唯一の神だった！　と。

II

わたしは春の民族の娘！
祈禱と供犠に時間（とき）を費やし、
大地をわたしの旋回へ引き入れた。
わたしの祈りは、アスポディルの唄と
オリーヴの木の交響曲が
人間の声で鳴り響いたものだった。
わたしの天国は、雲におおわれ
白く花咲く山脈のうえに築かれていた、
そして、星の金色の徴（しるし）は
暗い湖の底深くに映っていた。
どの男も誇らしくヒマラヤ杉の頭をもっていた。
どの若者も彷徨い歩くアカシアだった、
イスラエルは、春の丘と同じくらい敬虔だった！
彼の手足は、軟膏と香油の匂につつまれていた、
そして、彼の大きな瞳では
神が微笑んでいた。
供犠は、太祖たちが語った言葉であり、
天使たちは、天が発した返答だった。
どの娘の嘆きも鳩の番（つがい）のようだった、
どの女の願いも金色の小羊のようだった、

そして、戦士のそっけない戦闘の誓いは
雄牛の血の靄のなかで鈍く立ち昇った。
そして、甘く香る葡萄山で舞う踊りは
シンバルを打ち鳴らしつつ、その一年を花輪で飾った。

III

わたしはタルムード[★71]の民族の娘！
おお、神殿、そこでは銅の燭台が
樹木のように七本の枝を広げ[★72]、
おとぎ話の星に代わって
常明灯が、神秘に満ちた夜を
不安に揺るがせていた。
神は、黄金の盃のなかに捕らえられていた。
金襴と紫衣は、神に仕える者たちによく似合っていた。
死にゆく天は、斑岩（はんがん）の列拱回廊に
棺に入れられて横たわっていた。
イスラエルがその丘から立ち上がったとき
白髪に変わりゆく巻き毛におおわれた頭は
岩の峡谷に当たって砕けた、
ひざまずいた膝は、敷石に擦ってつぶれた。

太陽は焼け焦げて、黒い姿で道路にかかっていた、
小さな灯火だけが神殿の民族を照らしていた。
おお、イスラエル、風雨にさらされた山、
解けてゆく氷河、
教典、写本、カバラー[★73]のなかで
おまえは深く
天国の作用（はたらき）について考えを巡らせた。
けれども、おまえの魂は石と化し、
おまえの心は氷と化していた！

IV

わたしはゲットーの民族の娘！
きしる声で物乞いするラビたちの
みなし児たちの、墓掘り人たちの娘。
黴臭い地下室で、水の滴り落ちる穴蔵で
スペインの塔で、ルーマニアの洞窟で
わたしは飢えや渇きに苦しんだ。
エロヒームはどこにおられるのか？
おお、聖なる方々よ、

ああ、ああ、教えてください！
そして、アドナイはどこにおられるのか？
朽ちた祭壇で、あなたたちは棕櫚の葉を振る、
歯の腐食に病んだ口で、あなたたちは悲嘆の賛美歌を歌う。
連禱と叫び声で
あなたたちは神を解き放とうとする、
身にまとわりつくカフタン[★74]を着て
あなたたちは祖先の身振りをまねる、
血を流した迫害のときの、牢獄の鎖に繋がれたときの祖先の身振りを。
一眼の巨人（キュクロープス）[★75]たちの都市の、殺戮が起こる地区（ところ）で
あなたたちは自分を伝承者と決め、
死ぬことを望まない！
匂い立つ姉妹たちの、思索する兄弟たちの民族よ、
わたしの民族よ、よみがえれ、そして、歌声を響かせよ！
教典と嘆きの神を
埋葬（ほうむ）らせよ！
イスラエルよ、聞け！

V

聞け、
おまえはひとつの精神をもっている、
おまえはひとつの精神をもっている、血と神で培われた精神を、
おまえはひとつの精神をもっている、創造の炎のなかで混じり気なく溶接（つぎあわ）された精神を、
おまえはひとつの精神をもっている、あらゆる海と街道を広く旅した精神を、
おまえはひとつの精神をもっている、哲学、文芸、幾何学、人類の産業で取り囲まれた精神を、
おまえはひとつの、唯一の、永遠の精神をもっている。

イスラエルよ、聞け！

おまえの精神が五つの大陸を明るく照らさんことを！
おまえの精神が四つの元素[★76]に精通せんことを！
おまえの精神が三つの区界（ちいき）[★77]を征服せんことを！
おまえの精神が二人の人間を解放せんことを！

おまえのひとつの精神よ！

イスラエルよ、聞け！

その精神で、おまえは世界のあらゆる死に生命を与えるだろう。

おまえの精神はエデンの園に通じる門
おまえの精神は涅槃を目指す疾走
おまえの精神は至福の園（エーリュシオン）へ向かう帆船！
おまえの精神！　おまえの認識（さとり）！　おまえの全知！

イスラエルよ、聞け！

おまえの精神は輝く新生
おまえの精神は老齢の神、
人類の息子へと若返る。
おまえの精神は生命！

イスラエルよ、聞け、おまえの精神はおまえの神、おまえの精神は唯一のもの！

VI

新月のとき、わたしは死からよみがえろう！
青みを帯びた黒いお下げ髪に胡桃の油を塗り、
星のように澄んだ接吻で恋人を迎え入れよう。

新月のとき、わたしは流離いの旅をしよう！
そして、空の彼方までわたしの愛の幸福を知らせよう、
そして、地上にわたしの愛の勝利を打ち立てよう。

新月のとき、わたしは踊って行こう。
人間たちを夢から目覚めさせよう、
あたりの都市のうえに、新しい灯火をともそう。

新月のとき、わたしは死からよみがえろう、
気高い精神を不死鳥のように灰から立ち上らせよう、
古い信仰に認識（さとり）という名前をつけよう。

人間

ルートヴィヒ・ルビーナー

灼熱の赤い夏に、回っている地球の、塵埃を舞い上げる自転のうえ、うずくまる農民と士気の失せた兵士のあいだ、円形に広がった都市の喧噪のなか
人間が大空へ跳び上がった。
おお、宙に漂う円柱、腕と脚が付いた輝く円柱、光を発する堅固な身体の円柱、頭部（あたま）の輝く球！
人間は静かに漂った。その呼吸は回っている地球に光線を放った。
そのつぶらな瞳からは、太陽が出没をくり返した。人間は弓形（ゆみなり）の目蓋を閉じた。月が昇降した。手のかすかな振動（うごき）は、稲妻が閃（ひらめ）く鞭紐のように星の軌道（みち）をすばやく拓いた。
小さな地球のまわりを喧噪が流れていた、ガラス鐘のしたの菫（すみれ）の房に宿る水蒸気のように静かに。
愚かな地球は目が回るほど速く回転して体を震わせた。
人間は、炎を上げるガラスの洞窟のように、世界に微笑を降りそそいだ、
天空は彗星の尾を引き、炎を揺らして人間を輝き抜けた！
思考は赤熱する球となって、人間のなかでたぎった。
思考は火色の泡となって、人間のまわりを漂った、
明るく燃える思考は人間を駆け抜けた、
人間よ、天の微光を放つ脈拍よ！
おお、神の血よ、輝く水晶のなかで炎を上げて荒れ狂う巨大な海。
人間、光る円筒。地球儀。燃える巨大な目は赤熱する小さな鏡のように人間を泳ぎ抜ける、
人間、その開口部はすすり飲む口。人間は熱した天空の青く打ち寄せる波を飲み込んで、吐き出す。
人間は、天の輝く床に横たわる、
その呼吸は、微光を放つ噴水のうえの小さなガラス球のように地球を優しく打つ。
おお、白く輝く円柱、そのまわりを思考は血の閃光につ

つまれて躍る。

人間は、身体の光る円柱をもち上げる。人間は、円形の地平線の速い旋回を、雪片の循環のように明るく自分のまわりに拡げる！

閃光を発する三角形が人間の頭から現われ、天の星群を取りかこむ、

人間は、絡み合った大きな神の曲線を世界の方々に投げ飛ばす。それは人間のところへ戻ってくる。ちょうどブーメランがそれを投げた褐色の戦士のところへ戻ってくるように。

飛び交う光の網のなかで、人間は脈拍のように赤い光を点滅させて漂っている、

思考が人間を駆け抜けるたびに、人間は光の点滅を繰り返す、

人間は、戻ってくる躍動をその輝く身体に乗せて揺らす。

人間は燃え盛る頭部(あたま)を回転させ、自分のまわりの黒い夜に赤光の燃え走る線を描き出す。

天球の淡い光は、とつぜん、炎を上げ、花びらのような曲線を描く。光につつまれて隆起する平地は、微光を発しながら円錐をなす。その尖ったピラミッドの頂点は黄色い火花から日光のようにそびえる。

人間は光り輝く栄光につつまれて夜から松明(たいまつ)の四肢を持ち上げ、月に映える大地のうえへ広げる、

輝く数字、おお、溶けた金属(かね)のように煌めく線状。

けれども、それが（立ち上がる動物のように体を反(そ)らす）熱い地球を巡るとき、

それは、あとから旋回して戻ってこないだろうか？　地球空間の重みで降下し、まばらに分散して。

動物の鳴き声。緑の木の香り、花粉の彩り豊かな舞踏、雨のなかの日光の七色。音楽の長い響き。

人　間

クルト・ハイニッケ

ぼくは森のうえにいる、
緑色になり、輝きながら、
万物のうえに高く、
人間のぼくは。
ぼくは宇宙のなかの軌道、
最盛をもたらす運動、
運ばれ、運ぶ行為（おこない）。
ぼくは軌道を描いて回っているもののなかの太陽、
人間のぼくは。
ぼくは心に感じ取る、
高く軌道を描いて回っている者の近くにいることを、
その思想のぼくは。
ぼくの頭は星でおおわれている、
ぼくの顔は銀色に輝く、
ぼくは輝く、
ぼくは、
軌道を描いて回っている者
宇宙のようだ
宇宙は
ぼくのようだ！

善良な人間

フランツ・ヴェルフェル

能力（ちから）、星の統治は善良な人間のもの、
彼は世界を胡桃のようにその拳のなかにもっている、
彼の顔は永久に微笑でつつまれている、
戦いは彼の進む道、勝利は彼の歩み。

彼が居て、両手を広げるところでは、
その叫び声が君主のように轟くところでは、
あらゆる創造の不公平が砕け散る、
そして、すべての物は神になり、一つになる。

善良な人間の涙は打ち克（か）ちがたい、
それは世界を築く建材、心像を生み出す水。
その涙が滴り落ちるところでは、
あらゆる形が自らを使い尽くして、新しい形になる。

どんな激情も彼の激情には及ばない。
彼は、自分の命を火炙りにする薪の上に立つ、
その足には悪魔（サタン）が、
押し潰れた炎の蛇がなすすべもなく絡みつく。

彼がこの世を去るとき、その傍らには
二人の天使が居残る。天使たちは頭を天空に浸しながら
黄金と火炎につつまれて喜びの声を上げる、
そして、手にした防盾[★78]を雷鳴のように打ち鳴らす。

人間に愛を (Liebe den Menschen)

読者に[★1]

フランツ・ヴェルフェル

ぼくのただひとつの願いは、おお、人間よ[★2]、きみと親類になることだ！
きみが黒人であろうと、曲芸師であろうと、まだ母親の胎（ふところ）に深く休らいでいようと、
きみが少女の唄を中庭に響かせていようと、きみが夕暮に筏（いかだ）を流していようと、
きみが兵士であろうと、忍耐と勇気にみちた飛行士であろうと。

きみも子供のころ、緑の肩紐にかけて鉄砲を持ち歩いていたのじゃなかったかい？
ぶっぱなすと、糸のついたコルクの弾（たま）が飛び出したっけ。
お願いだから、ぼくが思い出を歌っても、つらく当たらないで、
ぼくといっしょに涙にかきくれておくれ！
あらゆる身の上を経験したので、ぼくにはわかるんだ、
湯治場の楽団でハープを弾（ひ）く孤独な娘の気持ちも、
見知らぬ他人の家に住み込んだ内気な女家庭教師の気持ちも、
プロンプターの隠れている箱のまえで、震えながら初舞台をふむ俳優の卵の気持ちも。
ぼくは森のなかで暮らしたこともあるし、駅員をしたこともある、
現金出納帳の記入に明け暮れたこともあるし、気の短いお客の相手もした。
火夫となって、顔を赤くほてらせながら、ボイラー番も

した、
苦力（クーリー）となって、屑や残飯をあさったこともある。
だから、ぼくはきみの、そして、みんなの仲間なのだ！
どうか、ぼくの願いを撥（は）ねつけないでおくれ！
ああ、兄弟よ、ぼくたちが互いに
抱き合う日が、いつか来ることを！

まえがき

ヴィルヘルム・クレム

限られた時間（とき）のなかで発展するもの、
無関心のなかに浮かび上がり
理解されぬまま、陰に沈むもの、
移ろい、たえず変化するもの、

帰還と出発
新生と回帰
それぞれの形状（すがた）の把握と忘却。
すべては、開始と終結のあいだに収まっている、
興奮と鎮静
願望とその実現
わたしたちに世界として訪れる有限のもの。
これを、わたしは消え去る運命（さだめ）の言葉にとらえよう。

そうすれば、わたしはそれを読んで、自分が生きていることを二重に知ることができる。
そうすれば、兄弟よ、人間よ、きみはそれを読むことができる、
そうすれば、きみも感じることができる、そうだ、そのとおりだ、自分もまたそうなのだ、と！
なぜなら、わたしたちはみな、たった一人の生き物なのだから！

我が息子に（一九一四年）

パウル・ツェヒ

輪回し遊び★3で、おまえの輪を跳び越えた、あの美しい夏の日、

蒸気船での遊覧と森での夕暮の散歩。
息子よ、それらはみな祭壇の蠟燭の炎（ひ）のように吹き消された。

問いかけに、重く雲がたれ込めたように噤（つぐ）んだおまえの
口、
苦しみの海が波となって打ち寄せたおまえの目。
息子よ、わたしはもはやおまえの顔を見出せない。

おまえの無邪気な幼年世界の遊びを斧で叩き割るように、
ぶちこわす嵐、それは時計の針を押し戻す。
息子よ、わたしはその嵐と野原で戦っている。

苦難で捻挫し、心配で痩せ細ったこの腕を
銃と刀剣を取るために、いまや力いっぱい伸ばさねばな
らない、
息子よ、わたしたちを結びつけ、護るものをだれにも破壊させないために。
わたしたちの華々（はなばな）しい時代はなおも戦争を好む烈しい欲望を愛し、
幸せな親交を愛することも、その心を次へ伝えることもしない。
息子よ、この罪をわたしはどこで赦されるのだろうか？

血まみれの戦闘にあってもなお、わたしは頭上に鳥が羽
ばたく音を聞く。
眠りのなかで、わたしはその翼によってここから運ばれてゆく、
息子よ、燃え盛る灯火から逃げ走る木々のように。

けれども、わたしがあとに残した女が、わたしが墓穴にいると思って
寡婦の夜を、孤児の不安な将来（ゆくすえ）を泣き明かすとき、
息子よ、おまえは梢のように青空へ向かって伸びるの
だ！　星の軌道を拓いて進むのだ！

なぜなら、おまえの運命は定（き）まっており、おまえは計画（おもい）を成し遂げる最後の者なのだから。
息子よ、わたしたちが夢のなかで肩を並べて立っていな

かった門、
円満な和合へ到る道を共に見ていなかった門などは存在しないのだ。
おまえの運命はすでに五千年も昔[★4]に定(き)まっている。
息子よ、おまえは、わたしが捕吏(とりて)に殴られ、突き刺されるとき
石を噛んでその名前を刻み込む者なのだ。

そうだ、そのときほどわたしは死という語(ことば)を強く感じることはない。
わたしの死は敵対者を、さまざまな旗がひるがえる国境を消し去るだろう、
そして、息子よ、すべての生が識るのは、ただ「世界」と「兄弟」――おまえだけだろう！

父親と息子

フランツ・ヴェルフェル

ぼくたちが、かつてかぎりない愛のなかで
幸福の喜びを求めて
終わりなき遊びを存分に楽しんでいたとき――
天空の神ウラノスは胸の青空を開いていた、
そして、ぼくたちは陽気に子供のように率直に
ウラノスの胸を揺れながら駆け抜けた。

けれども悲しいことに、その青空は消え去った、
世界はとどろき、身体が生まれた、
いまや、ぼくたちは互いを遠ざけ合っている。
昼の食卓で起こった言い争いで、互いの眼差(まなざ)しは
暗く、鋼鉄のように
敵意に満ち、身構えて交差する。

そして、老いた父親は若い息子と同じように
黒い肩マントの裾揺れに
嫌悪すべき鉄の武器を隠しもっている。
二人が語る言葉には、年齢の隔たりから生まれる
冷たい敵意が潜んでいる、
蒼い影のような姿で、力なく。

そして、息子は、父親がくたばる日を待っている、
あの老いぼれは歓声を上げ、「跡取りめ！」とぼくを嘲
　笑する。
すると、死の神オルクスがその言葉を反響させる。
ぼくたちの怒り狂った手のなかでは、早くも
――ほとんど避けようもなく――あの武器の
恐ろしい暴力が音を響かせている。

けれども、夕暮には、ぼくたちにも
食卓を囲む尊い家庭の平和が訪れる、
そこでは、混乱（もめごと）は鳴りをひそめている、
そこでは、互いの心の温もりを感じ、ぼくたちは堪える
　ことができない、
同じ血のたぎりに衝き動かされて
涙があふれ、こぼれ落ちるのを。

ぼくたちが、かつてかぎりない愛のなかで
終わりなき遊びを存分に楽しんでいたことを
ぼくたちは夢のなかで思い浮かべる。
そして、息子の手はすばやく父親の手を握ろうとする、
そのとき、驚嘆すべき静かな感動のなかで
二人を隔てていた溝が崩れ落ちる。★5

死亡広告　ヴァルター・ハーゼンクレーヴァー★6

今朝、ぼくが、陰鬱で不安に満ちた夢から目覚めると、
部屋の暗がりに、ひとりの天使が静かに漂っていた。
ぼくは、いくつかの死亡広告が並んでいる欄★6に、ひとり
　の母親の言葉を読んだ。
「道を誤った、それだけにいっそう愛しい我が子」と。
すると、多くの悲しみがぼくの寝床に押し寄せてきた、
ぼくは知っている、ぼくもまた道を誤った子供であり、
　ひとりの母親の子供であることを。★8
そのとき、ぼくは見た、救いもなく惨めな生活に陥った
　別の息子の頭部（あたま）を。
ぼくは見た、彼が愛され、飲んだくれ、恐ろしい疫病に
　罹っているのを。
彼もまた、夜の町外れに独りたたずんでいなかったか？
その熱い目から、涙が川へ滴り落ちはしなかったか？

彼は、たびたび、赤や緑の灯（ひ）が点る路地へひそかに向かった
夕暮には楽しそうに出かけて行き、朝には死ぬほど疲れていた。
あちこちの家で、意地悪い見知らぬ人たちと食事をともにし、
寒い部屋で眠らねばならなかった、震えながら、寝間着も着ずに——
母親は洗濯をしてやり、わずかの金銭も与えた。
すべてが良くなった。母親はこの世で彼を愛おしんだ。
星に囲まれたぼくの兄弟よ！　ぼくにはきみの貧しさがわかった。
この時間（とき）に、きみは神の祝福を受けて、ぼくに顔を向けた。
きみの微笑んでいる呼吸（いき）は、もはや黄金や極地★へと漂わず、
きみの髪は、もはや吹きすさぶ嵐のなかで無邪気に煽（あお）り立ちはしない。
見るがいい——きみの死の時刻（とき）にきみの母親が語った永遠の言葉は
きみを銀の翼に乗せて、きみが世間の忘却を免れ、永久（とわ）に生きる界（ところ）へ導いていく。
この重く悲しい夜のあとで、ぼくが鎧戸を開けようとすると、
星に囲まれたぼくの兄弟よ！　きみはぼくをなんと幸せな気持にしてくれたことか。

乞食

ヴィルヘルム・クレム

彼の帽子は、ぼろぼろに朽ちた海綿（スポンジ）だった。
髭は、灰色の胸のうえに沈殿（おり）のように垂れていた、
木の義足は、基部（つけね）がすり減って、広がっていた、
服のほつれは、その隙間に星をさまよわせていた。
彼の髪には、茨と蝸牛（かたつむり）がこびり付いていた、
目は炎症でただれ、
荒れて罅割れた顔は、静かに血を流していた、
彼のまわりでは、蝿が何匹も高い唸り声を上げていた。

彼の骨は、幾多の冬にむしばまれ、
内臓のあいだでは、永遠が発酵していた、
血はよどみ、病んでいた、
魂のなかでは、思い出の森が石と化していた。

子供のあなたを誰があやしたのか？　あなたを誰が愛おしんだのか？
年老いたあなた、さあ、ここへ！　私があなたを護りましょう。
けれども、彼は黙ったまま、物乞いする手の窪(くぼ)みを開いて見せる、
それは、死のように黒く虚ろで、苦しみのように大きい。

希　望★10

アルベルト・エーレンシュタイン

わたしはもっていない、
盲(めしい)いた石に眼を与える力を。
けれども、わたしは容易に行なうことができる、
脚が一本抜け落ちて見捨てられた
哀れな古い椅子に喜びをもたらすことを。
わたしはそれに
優しく腰掛けさえすればいい。

おお、きみたち強き者よ、優しくあれ！
そして、その心に力を蓄えるのだ、
人間は、幸福な者のように
やがて生気のない病んだ貧困から脱するだろう、
そして、神々が死んだ
その世界に
天国を見出すだろう。

そして、神を探し求めます

エルゼ・ラスカー＝シューラー
（わが息子パウルに）

わたしは、この心がざわめく以前、いつも横たわっていました。
一度も朝を見ることなく、

一度も神を探し求めることなく。
けれども、いま、わたしはわたしの子供の
黄金でできた四肢のまわりを歩きます、
そして、神を探し求めます。

わたしは、微睡みに疲れています、
わたしは、夜の顔のことしか知りません。
わたしは、夜明けを恐れています、
夜明けは、いろいろな事を尋ねる
人間のような顔をもっているから。

わたしは、この心がざわめく以前、いつも横たわってい
　ました、
けれども、いま、わたしはわたしの子供の
神に照らされた四肢を求めて手探りしています。

一人の老婆が歩いて行く

フランツ・ヴェルフェル

一人の老婆★11が歩いて行く、丸い塔のような姿で
木の葉が舞い落ちる昔ながらの並木通りを。
彼女は喘ぎながら、早くも姿を消す、
暗い霧が街角の周りに漂うところで。
やがて、彼女は玄関の入口に立ち、
小さな階段灯でほのかに照らされた
きしむ階段をゆっくりと昇っていく。

老婆が部屋に入り、上着を脱ぐとき
彼女に手を貸す者はだれもいない。
ああ、やがて彼女は手と脚を震わせ、
重い翼の羽ばたきのような動作で
数日前から残してあった食べ物を
竈（かまど）の乏しい火にかけようとする。
そして、そこに体をもたせかけ、独りたたずむ。

老婆は、食べ物を口に入れ、噛んでいる間、

心に息子たちが浮かんでくることに気づかない。
（いまや、彼女は室内靴を履いてくつろいでいる）
彼女が生み出したものはみな、他の家庭（いえ）に納まっている、
彼女は息子たちを産んだときの叫び声を忘れた、
時折り、街路の雑踏に迷い込んだときに
一人の男性が優しい声で「お母さん」と囁いて、うなず
　くことがある。

けれども、人間よ、この老婆に自分のことを思い出すの
　だ、
われわれは、時間（とき）のなかへ突き進んだときから
この世界で途方もなく大きな存在だったのだ。
われわれが未知のもののなかを彷徨う間に
いくつかの影が力強い爪をかざして立ち上がり、
われわれを最大限の存在へと高める。
この世界がすべて調（ととの）った世界とはかぎらないのだ。

あの老婆が足を引き摺って部屋を歩きまわるとき
ああ、彼女がすべてを理解するということが起こるかも
　しれない。

そのとき、その顔の輝（ひび）は消えてゆく。
そうなのだ、彼女はあらゆる物に囲まれて自分が成長し
　つつあることを感じ、
ひざまずき始める、
そのとき、灯火のかすかな揺らぎから
神の顔が巨像のように現われるのだ。

ローザ・ルクセンブルクへの賛歌[★12]

ヨハネス・R・ベッヒャー

オリーブの詩節があなたの心を隅々まで満たし、
マイアンドロス[★13]の涙があなたを淵に導き入れるように！
星のまたたく夜空がマントとなってあなたをつつみ、
賛歌を歌う深紅の血の、木枝の小径と絡み合う……。
おお、あなた、楽園の緑野の風味よ、
あなた、かけがえのない人！　あなた、神聖な人！　お
　お、女性よ！――
わたしは世界を駆けめぐる――

もう一度、あなたの手を、その手をつかもうとして。
神の薔薇色のオリーブの木に生える心奪う小枝よ、
幸福を探し求める者にとって、その在処（ありか）を予言する占い
　棒。
……あらゆるハープのなかでもっとも母の愛に満ちたあ
なたのなかへ、われわれすべての故郷の音色が滴り落
ちる……
われわれの頭上には、五本の指が頼もしい支配者のよう
　に開いている。
それは指先から血を噴きながら、数百万の極貧の民が投
　げ込まれた牢獄の格子を鑢（やすり）で切断した。

わたしは世界を駆けめぐる――
もう一度、あなたの口を、その口を感じ取ろうとして。
光の呼吸者、蝶の舞う土地、
オーボエの力強い旋律、最高に幸運な者の食べる
アンブロシア★14が実る丘陵の地……
弓形（ゆみなり）の唇に薄明のように漂う予言者の沈思（ものおもい）。
全員が耐え忍んでいる、
その一人一人をあなたの接吻は和らげる。

ほのかに光る水蒸気の散形花序。
命を奪うような打撃で力を失った人々にとって、まろや
　かな乳汁、
放蕩息子たちにその理由（わけ）を訊ねる人――
！　あなた、草原の火につつまれた銀色＝露！
――あなた、地獄の苦痛のなかの天国の慰め！
――あなた、殺戮の頂点にかかる微笑の月！
――あなた、顔面の痙攣に宿るこのうえなく深い紅色の
　　休息！
エレミア★15の救いを求める叫び声
熱狂の上拍
雷雨＝文章があなたのなかで集まる。
無心きわまりなく
清純で、処女（おとめ）のように白い鳩、
信仰の液汁、
演壇＝祭壇のうえには、聖餅（ホスチア）が高くただよう。

わたしは世界を駆けめぐる――

あなたの耳の象牙海岸をめざして、
巨大な太古の噴火口★16をめざして、予言する母のチューリップ＝萼＝筒をめざして、
あなたたち、巨大な太古の噴火口をめざして。
それは吸い込む、地上の騒音を、
極貧の者たちの、子供のように慎ましい願望と熱に浮かされた不安の夢を、
乞食や浮浪者の悲嘆の叫び声を、
被告人のお粗末で、継ぎ接ぎだらけの長口上を、
射殺された臆病者の別れのアリアを、
声を震わせて火刑を歌うキイチゴの茂みを、
専門用語をちりばめた戦争の綱領＝ファンファーレを、
抗議の時刻（とき）を告げる工場のサイレンを。
――巨大な太古の噴火口よ、
破廉恥きわまる罪の告白とともに、わたしを深く懺悔へと導くもの、
数百万の人々は、その心の奥の（はち切れる！）告白とともにその噴火口にしがみついている、
あなたの薄膜は、幾千もの（強烈に引き裂く！）苦痛で腐食され、汚染されている！

なのに、それなのに、
熾天使（し）のかぎりない（フルートとトランペットの）音調（しらべ）に照り映えている、
そうなのだ、天球の躍動も、あなたを熱狂させた。
おお、音楽に応じる音楽！
おお、旋律（メロディー）！

世界を駆けめぐりながら――
あなたの額！　おお、その額！
永遠の思想をおおう百合＝雪＝外壁、
発芽を請け合う種子をかくまう畑の畝。
すでに収穫が攻撃や負傷から芽生えている。
精神の塁壁。神聖な玉座。
台風の襞（ひだ）が
冥界（オルクス）のどん底から現われる、
けれども、天使があなたをなだめ
くつろがせ、香油を塗る、
あなたの心の燃え盛る王国には、椰子の森が広がっている。

世界を、そうだ、世界をわたしは駆けめぐる――
あなたの目、その目を、
噴火口の目を、紺碧の光で和らげようとして。
氷河の青を、短刀＝くぼみへ、
鋸歯のように切り立ち、荒んだ真夜中へ、
頬の、鞭で駆り立てられた激情へ、
月の、冷却する魔術へ浸そうとして。
目よ――ノアの箱舟から送られた偵察人たち、
彼らが戻ることは稀だった。
……彼らが自分たちの島を見つけることができたら！
楽園の果実を摘み、
翼を幸福のうちにたたむことができたら……
―――
市民よ！　殺人者よ！　握り拳と棍棒が
あなたの頭を汚物のなかへ叩き入れた。
！　けれども、あなたは嵐となって吹き荒れる。　あなた
　の空は破裂する。
すべての国土のうえに、あなたの朝焼けが広がる。
わたしは世界を駆けめぐる――

虐待で骨の折れた体を
十字架から取り外し、
このうえなく柔らかなリンネルにつつみ、
あなたの勝利を世界じゅうにラッパで吹き鳴らす。
かけがえのないあなたのために!!　神聖なあなたのため
に!!
おお、女性のあなたのために!!!

死んだリープクネヒト★17

ルードルフ・レーオンハルト

彼の亡骸（なきがら）は、町のいたるところに
どの中庭にも、どの道路にも横たわっている。
どの部屋も彼の流れ出る血で
光沢を失っている。

そのとき、工場のサイレンが
口を大きく開け、
果てしなく長くとどろいて

町じゅうに虚ろな悲鳴を響かせる。

すると、
白くかがやく
動きを失った歯が
微光を放ち
彼の亡骸（なきがら）が微笑み始める。

天地創造

イーヴァーン・ゴル

I

どこかで、天空の丸屋根が割れ砕けた、
そして、太陽が、まるで怪我をしたように
跳び回った、黄金と溶岩の血を流しながら
裂け割れた地球のまわりを。

薄紅色の海は
その波の春季のなかで輝いた、
風にざわめく棕櫚は高く伸びた、
珊瑚礁では、星の果実が
熟れていた。

どこかで、山が揺れ動き、
山肌に凍りついた氷河がはがれ落ちた、
そこから解けた最初の滴（しずく）は、
谷へこぼれ落ちた一粒の涙は
神の最初の微笑みだった。

II

きらめく三叉（みつまた）の戟（ほこ）[★18]が、
言葉が、無言の大洋から現われた、
大地の底はほのかな光を放った。

そして、精霊の青い槌（つち）と
天使の笛が
燃え立った空一面に音を響かせた。

暗闇の、征服した海岸に
人間が立っていた、額に一本の矢を付け、

赤い口を
凱旋門のように大きく開けて。
人間は、ときおり、思い出しては
回っている太陽に停止を命じた。

III

丘陵の婚礼を祝って
リラの噴水が谷間へ落下した、
木々は世界の抱擁でつつまれていた、
そして、顳顬（こめかみ）は春を讃えて脈打った。

そのとき、暗い地球の小屋から
黄金のオルガンの嵐が起こった。
地上の歌の円柱となって
人間が立っていた、
天と地の間に体を張り渡して。

愛のさやぐ胎（はら）の奥深くでは
石のような苦しみから
輝かしい人間が立ち上がった！

詩人の務め

アルフレート・ヴォルフェンシュタイン

雲が天頂と大地のあいだを燃え輝き、とどろき抜けるように
人間の、言葉を発する口はふるえ、
稲妻のように光る歯は薮を切り拓く。
すると、花は軽快に、彩り豊かに頭をもたげる。
かたくなに耳を貸そうとしない悲嘆よ、あの声を聞くがいい、
海底に広がる下生え（したば）のように暗い声を！
歌声をなくした鳥よ、その円形の籠のなかで歌い始めるがいい、
人間の口が歌でおまえにもっと多くの自由をもたらすように！
けれども、乾いた青空が夢に耽りながら雷雲の屋根のうえに休らうように
詩人はその唇のうえで、なおも務めを果たさないで待っ

ている——

嵐は、太陽に呼び集められながらも、太陽に雨を降り注がない、
日光は雲のうえで姿を潜めたまま、待ちこがれて輝きつづける。

おお、雷雨さえも詩人自身を存分に喜ばせない！
自由になった奴隷である言葉は、自分の重みで
耳を傾ける人間の容器（うつわ）へと流れ込み、
人間から発せられながらも、墓のように冷淡に人間から離れ去る。

真実よ、上方から人間の魂をのぞき込むがいい、
魂は決して空（から）になることはない、魂がさらに人間らしくなろうとしていることを広く報らせるがいい、
詩人が言葉で愛を叫ぶとき、そのひときわ明るく輝く喉は
より真実（たしか）に生命を産む愛を自らに呼び招く。
詩人が詩を呼吸するとき、その胸はいっそう活力に満ちあふれる！
すると、詩人は恥ずかしさと嬉しさのあまり、その最中に立ち去ろうとする、
荒地へ向かうために——
いや、さらに人間の近くへ行くために！

すると、ついに下から、いまや下から
雨が降り始める！
そして、顔面が、人間を深く感動させる詩（うた）が
人間の心を動かす詩人に向けて、その正体の発現に向けて光を発する！

地上を吹き渡る風は、その手を詩人に差し伸べる、
開け放たれた門を越えて。
言葉は遠ざかり、しだいに音を消す。詩人は両腕を高くかかげる。
すると、いまやついに、詩人の重く垂れた幕が詩人自身の前で上がるのだ！

微笑、呼吸、歩み[★19]

フランツ・ヴェルフェル

汲み上げ、運び、もちつづけよ[★20]
微笑の千の水を、きみの手に！
微笑は、幸福の水滴（うるおい）は広がっている、
顔の全面に。
微笑は皺ではない、
それは光の真の特性（すがた）。
光は空間を突っ走る、しかし、まだ光ではない。
太陽も光ではない、
人間の顔で初めて
光は微笑として生まれる。
軽快に鳴りひびく不死の門から、
目の門から流れ出た、
初めて春が、天の飛沫（しぶき）が、
微笑の、炎を上げない赤熱の火が。
微笑の降り注ぐ火のなかで、きみの古い手を洗え、
汲み上げ、運び、もちつづけよ！

きみよ、耳をかたむけ、耳をすませ、聞け！

夜に、呼吸の調和が広がる、
呼吸は、胸の融和は偉大だ。
呼吸はただよう、
陰欝な合唱の敵意のうえを。
呼吸は、最高の息吹の根本（すがた）。
牧草地に、森に、藪に
もぐる風ではない。
木の葉を舞い散らす風でもない……
神の息吹が人間の呼吸のなかで生まれる。
口から、重く覆われた
暗い不死の門から
神の息吹が現われる、世界を改心させるために。
呼吸の風の海で
無数の言葉を積み込んだ夜の小舟は
陶酔のうちに、その帆を広げ始める。
きみよ、耳をすませ、聞け、耳をかたむけよ！

座り込め、ひざまずけ、涙せよ！
見よ、大地から消え去る恋人たちの歩みを！
漂って行け、その歩みのなかへともに消えて行け！

歩みは運ぶ、
すべてを純粋へと、すべてを普遍へと。
歩みは、走行と歩行以上のもの
星の天体の上昇と巡行以上のもの
空間の、躍動する充溢以上のもの。
人間の歩みのなかで、自由への道が生まれる、
人間の歩みとともに現われる、
神の優雅と逍遙が、あらゆる心と門から。
微笑、呼吸、歩み
これらは、光や風や星の軌道(みち)以上のもの。
世界は人間のなかで始まる。
恋人たちの微笑に、呼吸に、歩みに浸れ！
涙せよ、ひざまずけ、座り込め！

ルネ・シッケレ

神聖な動物たちよ……！

何千年ものあいだ、人間は祈ってきた、
暴力よ、鎮まれ、と。
たがいに差し出した心と手は
ともに暴力を葬り去った。★21

人間という動物よ、
眠りに就くまえに、食卓をかこむときに
きみとぼくの間で
善意を求めて競い合うことなど
原初(もと)より忌まわしく、とても恐ろしいことじゃないの
か？
誇り高い男がおざなりな態度に覚える怒りも
弱い男の恥ずべき行為も
哀れな貧民たちの困窮も
湿気のなかの死も、炎暑のなかの死も、
きらめく客間のシャンデリアの光につつまれた愛の白と
赤も
ぼくたちすべての心臓の鼓動じゃないのか？
戦闘、勝利、行進、
負傷、隆盛、衰退
苦悩、熱狂、歓喜、明暗の日もまた。
神聖な動物たちよ、おまえたちはなんと偉大で善良な姿

で現われることよ！
人間の血の靄が立ちこめるなかを、夢のように流離って！

船で乗り出す者たち

ゲオルク・ハイム

陸地(おか)の額が王冠のように赤く気高く、
沈みゆく日のなかで消えてゆくさまを
ぼくたちは見た、そして、あたりの森のざわめく冠が
陽炎の翼の轟く羽音のしたに君臨するさまを。

揺れる木々を悲哀で黒く染めるために
嵐が立ち騒いだ。木々は血のように燃えつづけ、
早くも遠くへ沈んでいった。死にゆく心臓のうえで
なお、もう一度、愛の、消えゆく火が燃え上がるように。

けれども、ぼくたちは海の夕暮へと乗り出していった。
ぼくたちの手は、蠟燭のように燃え始めた。
そして、ぼくたちは手のなかの血筋を、
指のなかで緩やかに流れる濃い血を夕日にかざして見た。

夜が始まった。だれかが暗闇のなかで泣いた。ぼくたちは
打ち沈んだ心で、帆をたるませて沖へ出て行った。
けれども、無言のまま、甲板にそろって立ち
暗闇のなかを見つめた。すると、光がぼくたちのうえへ射してきた。

夜が永遠の空間のなかで始まるまえに
はるか彼方で、最後の雲が一片、なおもしばらく浮かんでいた、
宇宙のなかに深紅に漂いながら。ちょうど、ひとつの夢が
魂の鳴り響く深海のうえに美しい歌声を響かせて彷徨うように。

パナマ＝運河[★22]

イーヴァーン・ゴル

（一九一二年の第一稿。[★23] 一九一八年に改稿）［詩人の注より］

労働

I

かつてカリブの男が夢を見ながら
筏を海に浮かべたところ、彩り豊かな鸚鵡が
生い茂った原生林に憩い、猿がにぎやかに連禱を響かせ
　たところ、
スペイン人が大挙して押しかけ

甲冑を煌めかせて、あっさりと勝利を収めたあと、
誇らし気に大地に接吻して、そこを自分の土地と宣言し
　たところ、
そして、自分たちはキリストを信じているから、と言っ
　て
燃え盛る火から立ち昇る神をすべて足で踏みつけたとこ
　ろ。

そこでは、小さな黒い列車が
煙の白い信号旗を振りながら
白亜の崖に傷を刻み込んでいた。
深く生い茂った棕櫚の林は、あたりのいたるところで切
　り倒されていた、
死んだこの世界のうえを
鶴の群れが不思議そうに首をかしげて飛んで行った。

II

けれども、荒涼とした石の原野が緑の湿原に彩られて広
　がっていたところ、
そこでは、白い太陽が不快な夢につつまれて輝いていた。
ふくらんだ蚊の群れが
水路や牧草地のうえを靄のように漂っていた、
真昼の空は、その群れのうなり声で暑さを増した、
太陽の、刺すような日差しは、毒のように人間を焼き殺
　した。

沼地からは、緑褐色に光る目をして

ペストが立ち昇り、谷間や高原に唾を吐きかけた、
そして、その黒い歯は、嚙まれた者が
早くも腐肉に化したと思うほど強い臭を放った。

井戸や川の水からは、横木や草木の茎を伝って
ネズミやトカゲの悪疫が昇ってきた、
その波間では、陽光が、小刀が戯れるように躍っていた、
さざ波は、水にふくらんだ馬の死骸をたらふく食った。

III

けれども、大地はその侵害に立ちはだかった、
樹皮のようにひび割れ、乾き切った大地の体は
脱皮するときの蛇のように苦しんでのた打ちまわった！
峡谷からは、黄色い硫黄が膿（うみ）のように噴き出していた。
トンネルで腹をくりぬかれた山脈は、梁から剝がれる漆
　喰のように崩れた、
土煙の雲が立ち上る粘土の雪崩（なだれ）とともに——
崖に生え付いた苔のように伸び広がる都市。
公衆浴場、病院、寺院の周りに立ちならぶ
瓦葺き、藁葺き、先の尖ったテントで埋まった都市、
それらの都市が、とつぜん土砂のなかに沈んでいた。
労働者はみな同じ氷菓（アイス）を舐めすすっていた。彼らはみな、
　同じフライパンで
ガトゥン湖の魚を焼いていた。そして、日曜日には、い
　っしょに踊っていた——
けれども、大きな共同墓地が彼らの真ん中に現われて、
すぐにまた彼らを民族と宗教の慣習（しきたり）に拠って分け隔てた。

IV

そこでは、時間（とき）にむしばまれ、血にうがたれ、黄金と苦
　痛に腐食（おか）されて、
ついに運河が通り抜けた、
湖と岩と砂漠のあいだを。
夜にはアーク灯が輝いて、その流れを海から海へと導い
　た。
けれども、昼には金属（かね）やポンプの音、人間の呻き声が響

きわたっていた、
それらの反響は、ダイナマイトの雲のように空を突き破
った！

船が出入りするたびに、鉄の閘門が身を起こした、
小さく打ちつづけるハンマーによって一インチずつ。
巨大な水門は、まるで巨人たちに引かれるように
小さな鋼鉄の箱船によって海へと開かれていった――

そして、この運河の門が開くとき、
二つの競い合う大洋が歓声を上げて接吻を交わすとき、
おお、そのときこそ
すべての国民がこの地上で涙するにちがいない。

開港式

大地よ、おまえの懐に抱かれたすべてのものが、いまや
兄弟と呼び合うだろう、
鹹水(かんすい)も、淡水も
冷たい水流も、熱い源泉も
いっしょに流れるだろう。
メキシコ湾流の毒蛇が、太陽の鱗(うろこ)をつけてとぐろを巻
き、
その熱く流れる血で、あらゆる地域の岬と島を
取り囲むところ、そこでは
大地の心臓の鼓動が絶え間なく打ちつづけるだろう。

ブラジルの薪、アメリカ北部の樅材、
ヨーロッパの滑らかで光沢のある鋼鉄。
世界じゅうの波止場や峡湾から来た船が
この運河に並んでいる。

遠い内陸や鉱山から掘り出された石炭が立てる煙、
千年も経った森、苦労の末に打ち砕かれた石英、
これらのものが、一本の大きな樹木のように
明るく雲に向かって、黒い大地から伸びている。

どのマストも、槍の束のようにほのかに光っている、
多くの平和な国民のうえに。

そして、船のエンジンや海水のにぎやかな歌声に
運河は小さく身を震わせる。

そこでは、槍旗の花冠が赤や緑に輝いて風に揺れている、
広大な森に捕らえられた鳥のように。
その賑やかな歌声は
帆柱から帆柱へと響きわたる。

そして、それぞれが自分の国の歌を歌う、
おお、言語（ことば）と音声の渦巻！
けれども、世界の海を駆け巡った水夫やアルゴー号の船
　員たち[★24]は
たがいに十分、理解し合う。

港に、ドックに、酒場にいるどの人間も
たがいに善意に満ちて語りかける。
弁髪の男も、つば広帽を被った男も、縁なし帽を被った
　男も、そして金髪の男も、黒髪の男も
みな打ち解け合って。

どの男も、すぐに認め合える兄弟だ、
マホガニーのような目も、青銅の短刀のような目も
静かな夜空にまたたく星のような目も
苦痛にみちた花のような目も。

ああ、どの目もみな、普遍の愛のかぎりなく深い鉢から
同胞のような親愛を飲む。
なぜなら、この運河には、大地のすべての力が
兄弟のように集まっているから。

パナマ運河

イーヴァーン・ゴル

（一九一八年の稿[★25]）

I

なおも原生林の数世紀が、海洋と海洋の中ほどに横
たわっていた。黄金の鋸歯のような海岸線で切り取ら
れた湾や入江。滝が疲れも知らずハンマーを振り下ろ
し、立ちはだかる岩を打ち砕いていた。[★26]

木々は欲情をそそる正午のなかへ体を伸ばし、快楽の赤い花を点々と咲かせていた。毒人参は高い茎のうえで泡を噴き、空気を吐き出すような音をたてた。そして、しなやかな蔓植物は髪を風になびかせて踊っていた。

鸚鵡たちは、まるで緑や青の角灯のように、茂みの夜の闇を飛び回った。生い茂った林の奥深くでは、犀が地面を掘り漁っていた。この犀のところへ虎が川岸から兄弟のように親しげに近づいてきた。

太陽は黄金の空で火となって燃えながら、回転木馬のように巡っていた。生は千回も折り返し、永遠につづいていた。そして、死が腐敗へ向かうところでは、新しい生が二倍の輝きをもって芽生えていた。

なおも地上の人間の間に、昔の世紀が横たわっていた。

II

そこへ、長い列をなして、労働者の群れがゆっくりとやって来た。彼らは移民や追放された者たちだった。彼らは苦労と不幸をもって来た。

人間は苦難に喘いでやって来て、とどろきわたる金属の鐘を打ち鳴らした。

彼らは、まるで呪いをかけるように、両腕を高くかかげ、衣服をまとわぬ肩のまわりで、怒りとともに空を引き裂いた。

彼らの血は、汗のように土塊(つちくれ)にしみ込んだ。なんと多くの痩せ細った子供たちが、なんと多くの不安にみちた夜がそうした日のなかで無駄になったことか！

松明(たいまつ)のように高く振りかざされた拳。叫びではち切れそうになった顔。あえぐ胴体。労働があった。悲惨があった。憎悪があった。

このように、かつてスペイン人たちは拷問柱に身を絡ませた。このように、かつて黒人たちは紐に繋がれ、膝をついてのたうちまわった。

けれども、それは近代の姿をした労働者の群れだった。彼らは信心深く、生活に苦しむ無産者たちだった。

彼らは仮小屋に、堀立小屋にわびしい思いで住んでいた。そこには、揚げ魚の臭や吐き気を催すような火酒の臭がこもっていた。木製の寝台が、墓地にならぶ棺のようにひしめいていた。

日曜日には、アコーデオンがイタリアや南アフリカへの郷愁を奏でた。だれかの病んだ心が、ほかの千人の者たちのためにむせび泣いた。

彼らは、不安におののく重い足取りでいっしょに踊った。彼らは、翌日には斧のしたで叫び声を上げることになる大地を愛撫してやりたいと思った。そのあと、彼らは木苺入りの氷菓（アイス）を五セント分ほど買い、それを舐めすすった。

そして、労役が何年もつづく日がふたたびやってきた。

III

彼らは大地を病床に変えた。赤い熱病が峡谷からわき起こった。そして、蚊の群雲（むらくも）が太陽のまわりに渦巻いた。

もはや、木は一本もざわめかなかった。この粘土の地獄では、一輪の花も咲かなかった。死んだも同然の空へは、一羽の鳥も羽ばたいていかなかった。

すべてが苦痛だった。すべてが瓦礫と硫黄だった。すべてが叫びと罵声だった。

丘は、ダイナマイトの痙攣のなかで自分の胸を引き裂いた。水のしたたる峡谷からは、セイレン[★27]の狼たちが吠え立てた。浚渫機と起重機が湖を引っ掻き回した。

人間は、この果てしない墓地で死んだ。彼らはいたるところで同じ苦難のために死んだ。

男たちからは神を求める狂おしい叫び声が発せられ、彼らは黄金の円柱のように突っ立っていた。女たちからは弱々しい蒼白い児が転がり出た。彼女たちは、そうした多くの悲惨によって大地を罰しようとするかのようだった。

世界のあちこちから、彼らは奴隷のように働くためにやって来た。彼ら全員が黄金の川を夢みた者たちだった。彼ら全員が飢餓の生活に絶望した者たちだった。

そこには、正直な者や誠実な者がいた。彼らは、なおも運命の同情を信じていた。そして、自分の恥辱を不幸へと埋め込んだ鈍い間抜けや犯罪者がいた。

けれども、労働はたんに言い訳にすぎなかった。ある者は惨めな思いを抱いた同世代の二十人のために、心のなかで復讐せねばならなかった。また、ある者は梅毒の母親をその血のなかで絞め殺さねばならなかった。

彼ら全員が、大地との闘いのなかで叫んでいた。

IV

けれども、彼らはパナマ運河のことはなにも知らなかった。かぎりない同胞の愛についても、愛の偉大な門についてもなにも知らなかった。

彼らは海洋と人間の解放についてはなにも知らなかった。彼らは精神の、閃光を発する反抗についてはなにも知らなかった。

それぞれが、沼が干上がってゆくのを、森が燃え崩れてゆくのを、湖がとつぜん水を噴き出すのを、山が土埃を上げて崩れるのを見た。

けれども、彼らはどのようにして、人間の功績の偉大さを信じるべきだったのか！ 彼らは新しい海の揺籃ができあがるさまを見なかったのだ。

けれども、ある日、閘門が天使の翼のように開かれた。そのとき、大地はもはや呻き声を上げなかった。

大地は、母親たちがいつもするように、胸を開いて横たわっていた。大地は、人間の意志につながれて横たわっていた。

大洋の波の階段を白い船が降りて来た。千の港からやって来た千の兄弟の船。

歌を歌う帆を掲げた船もあれば、煙を吐く煙突を立てた船もあった。檣旗は、捕われた鳥のように賑やかにはためいていた。

帆柱の原生林が新たに現われ、ざわめいた。絡み合う縄と太綱（ロープ）で蔓草の網ができていた。

そして、太平洋と大西洋の興奮は、神聖な接吻を交わしていた。おお、金髪の東方と、西方の宵の明星との結婚。兄弟のあいだに平和があった。

そこでは、人類が驚嘆の声を上げて大地の中心に立っていた。人で溢れる都市から、風の吹きすさぶ砂漠から、輝く氷河から、礼砲が上がっていた。

世界の船の艦隊が結成され、青い水兵軍楽隊が音楽を奏でた。どの陸地からも、喜びの旗が風に揺れていた。

気力をそぐ労働は忘れられた。無産者たちのシャベルは土に埋められた。煉瓦の仮小屋は取り壊された。労働者の黒い群れのうえに、自由の波が打ち寄せた。

一日のあいだだけ、彼らもまた人間だった。けれども、すぐそばには、早くも新しい困窮が迫っていた。穀物と油をいっぱい積み込んだ商船が彼らの貧困を海岸に残していった。

次の日には、またも悲惨と憎悪があった。新しいボスが彼らを新たな労役へと駆り立てた。新しい奴隷たちがその過酷な運命を呪った。

その翌日には、人間はまたも旧い大地と闘っていた。

敗れた兵士たちに

カール・オッテン

血を吸っている山脈の赤い泥土がきみたちのパンになった。

空は、痙攣したように震えながら
有毒の皮膚を貼り付けていた、
きみたちの仮面のように赤らんで、目がすわった顔の、歯と頬骨のうえに。

きみたちの足の裏では、雷の握り拳が、
語り古された武勇伝のアザミ＝槍がくすぐるように駆けめぐった、
きみたちの心では、荒んだ幼年の日々から、戦闘がくり広げられた、
そのために、すでにきみたちの巻毛はいっそうまばらになっている。

弾丸が次々と飛んでくる戦場で、衛兵に取り囲まれ、
恐怖の魔女の血まみれの鉤爪に捕らえられ、
きみたちの横隔膜が破裂する、鍛錬、勇気、武器の優美、
父親たちの美徳に絶えず温められていた横隔膜が。

きみたちの兄弟の墓が大きな口を開けてきみたちを呑み込む、
精神の英雄たち、王冠、百合＝棕櫚の聖徒たちを。
ぼくは、きみたちが反抗して振り上げる拳に接吻する、
ぼくはきみたちに、あらゆる名誉、慈悲、存在を請け合う。

きみたちの苦難、墓から墓への転落、

火の接吻を受けてもなお、死ぬことができない運命、
死は訪れて来ず、氷、雪、鉄、コレラがきみたちを、
領主の花嫁たちのように飾り立てる――きみたちによって
狂暴な敵は人間になり、すべての悲惨は敵の所為(せい)となる!
神はきみたちを率いて行く、その水が滴るような歌声を
響かせる慈悲(いつくしみ)の一群は、天空へ向かって進む。
流血! 絶え間なくつづく発砲、罵声!
勝利など、臆病な殺人者の手のなかで干からびて朽ちるがいい!
その手は、神の気高さももたず、野獣のようにきみたちの内臓(はら)をえぐる。
きみたち、敗れた偉大な者よ、きみたち、英雄よ、
苦しむのは勝った者なのだ! ぼくには見える、
アブラハムに護られて、きみたちが巧みにその戦傷の手当てをしている姿が、
そのそばで、敵は慈悲を乞い、嘘を並べ立てている。

きみたち、不撓不屈の者よ、語られることもない者よ、
きみたちは証券取引所の叫び声や新聞の毒言と結ばれている――
きみたちの輝かしい勝利は、神の心を震わせる!
間違った謙遜を捨てるのだ、広場へ歩み出すのだ!
溢れる善意の光のなかで、ぼくたちはきみたちを誉め称えたい、
きみたちに爪を研ごうとする者はいないだろう――
敗れた兵士たちに、熱い心でこの手を差し伸べよう!
きみたち、死の友人たちに、ぼくたちは赦しを請う!
ぼくたちを赦しておくれ、きみたちは苦痛で蒼ざめ、傷痕で醜い姿になり
松葉杖にすがり、車椅子に揺られ、寝台に横たわり、光を失い、口もきけず、ぼくたちを呪っている!★28
きみたちは罵詈(ののしり)と松葉杖を積み上げて堤防を築く、
それを、ぼくたちは悔恨と善意と祈りで流し去りたい、
ぼくたちはきみたちを助け、きみたちに尽くしたい、そ

の憎しみが消え去るまで、
ぼくたちが互いを認め、ぼくたちを阻んでいる者を知る
まで。
おお、敗れた勝利者よ、神の手が火の湯浴みを施した、
きみよ、
雪よりも白い、炎の息子よ、
ぼくたちは待ち望む、神の玉座のまえで
ぼくたちが互いに手を取り合い
兄弟として、そう、兄弟として、友愛の炎に歓喜する日
を。

友情のアンダンテ

アルフレート・ヴォルフェンシュタイン

まさしくきみだ——！　ぼくは喜び勇んで
読んでいた本を閉じ、繊細で才気あふれた音色を止め、
煙が立ちこめ、あまりにも多くの試作（こころみ）が充満した
ぼくの部屋の扉を閉める。

人間の口が鳥を囀（さえず）りへと誘うとき、
道路は、鳥の細い止まり木のように
ぼくたちの歩調に合わせて揺れ動く。
星空は、まるで牢獄から出たかのように喜びに煌めく。

夜は、ぼくたちの歩行（あゆみ）にかぎりなく広く開かれている、
家々の勢力（ちから）は、かぎりなく高く聳えている、
葉は、木々のなかへかぎりなく深く沈みながら
空の星や家の窓のように輝いている。

牧草地は、大地の空となって
地平線の靄（もや）のなかへ色華やかに伸びている、
暗闇は開花し、実をつける、見渡すかぎり豊かに！
それでもなお、大地の足取りで歩いている。

ぼくの心で打ちつづけていたものが鳴り止む。世界よ、
自らを開くのだ——おお、ここで明らかになった、
ぼくが外の混迷の空虚のなかに探していたものが。
おお、友よ、きみはより広大な世界だ！

だから、澄みきった天空よ、思いのまま進むがいい、
金星、火星、木星は幻影だ、
そこでは、星は法則に縛られず自由にめぐっている、
その自由の王国へぼくたちは飛んでいくことができる！

きみは、ぼくが一度も突破しなかった暗闇。
そこでは、星が囁く夜の音響がぼくに届いてくる、
神秘は、そのなかで口を開いて語り始め、
額を輝かせながら、兄弟たちに手を差しのべる。

気流は力強くうねって進み——ぼくたちは聞く、
おおぜいの人間が集まり、同じ歩調の合唱をしながら、
鈍重な大地を
その明澄な拍子へと誘うのを。

そして、ぼくたちの膝は支柱のように聳え立ち、
ぼくたちの前に無数の聖堂を築いては崩し去る。
なぜなら、ぼくたちは大気の変化する形姿であり、
偉大な精神が地上で暮らす場所だから。

おお、精神は混沌のなかに**ただ一人の人間**を住まわせた
のじゃなかった——
それがよくわかる！　微笑や涙は
砂漠へと流れるのではない、
ぼくたちの呼びかけは、他の人間の耳に捕らえられる。

そして、それはまたそのなかで拡がり
精神のなかを流れつづける——ぼくたちの仲間が増える
のは
偶然ではなく、おおぜいの人間が集まる舞踏会の踊りだ
からだ——
ぼくたちの心臓はみな、そのために打っている！

ぼくたちの胸は、深い鼓動で大きな音を響かせる、
そして、この地上の不確かな支柱のぼくたちは
まるで山頂の先端で踊るように飛び散る、
おのおのは自らで、そしてきみときみの御蔭で強くなる。

それにもかかわらず、どんな喜びにもまさる力を！
友情は、無数の星のあいだに広がる空のように

行動を、行動というアーチをぼくたちの上に架け渡す！
そして、その息吹で新しい星へ到る道を示しつづける。

このように、世界はきみたちを経ることで広くなる。
精神であるきみたちの空間（へや）を開け放ち、互いに触れ合う
のだ――

そしたら、**きみたちから**閃光が発し、煌めきつづける！
きみたち、赤く輝く頭を揺らして**歩き進む**者よ！

友　情

クルト・ハイニッケ

友よ、

きみが微笑むと、
ぼくの心も微笑む、
そして、喜びは松明（たいまつ）をかかげる、
ぼくたちの街路は微笑んでいる昼！
おお、ぼくたちが互いに「きみ（ドゥー）」であり、
この「きみ（ドゥー）」を
一人一人の心に届けることができるなら――

それは、ぼくたちをひとつに結ぶ。

でも、寺院の静寂がときおり訪れ、
孤独の山が、ぼくたちを取り囲むことがあるだろう。
ああ、
心の奥ではだれもが独りぼっちなのだ。
けれども、微笑みがぼくからきみへ弓形の橋を架ける、
魂の寺院へ通じる扉は大きく開いている。

尊いのだ、
人間は！
苦しみがぼくたちを互いの前にひざまずかせ、
喜びがぼくたちを立ち上がらせる、
ぼくたちは互いに「ぼく（イッヒ）」と「きみ（ドゥー）」を贈り合う――
「人間」という
言葉でぼくたちは永久にひとつになる。

いつでも
ぼくたちは幸福でいられるのだ。

到来

ルートヴィヒ・ルビーナー

これから語る話を、きみたちは二度と聞くことはないだろう。不幸な娘は人目につかぬ街の片隅で兵士の子供を産む、
熱を出した母親には、子供に与える乳が出ない。
学童は人差し指をぴんと立て[★29]、直立不動で立たされる、
十五歳のきみたちは、目の縁に隈を作り、機関銃を撃っ放す夢を見る、
きみたちが客の人間の目を覗き込むとき、きみたちの貪欲な客引きは拳つば[★30]を隠す。
奇蹟が道路を駆け抜けるとき、きみたち、貧しい民衆は大声を張り上げる群衆になる、
きみたちは、その生活が自分のもつすべてだということ以外になにも知らない。きみたちの日々はひもじく寒い。
世界の言葉が境界塀の罅割れからきみたちに降りそそぐ。
それは、アスファルトの靄から、香煙のようにきみたちに立ち昇る。
きみたちは、屋根の向こうからきみたちの色薄い血へ射し込む天上の光[★31]の力をもっている。
きみたちは鳴り響く口、嵐が突っ走る道、新しく隆起した大地ベルリンに立つ家。
きみたち、図書館の机のうしろで決して判断を下そうとしないいささか慎重な学者。
きみたち、黒い帽子を首まで被り、数カ国語を織り交ぜて、汗を拭き拭き冗談を飛ばす株の相場師。
きみたち、司令室で一睡もせずに夜を明かす、白髭をたくわえた陸軍大将。きみたち、悪臭を放つ腐肉のバリケードのうしろで大地の屍体＝土管に身を潜める兵士。
仲間よ、千人もの兄弟や仲間に囲まれてもなお孤独な者よ、
仲間よ、なにもかもが御仕舞になった兄弟たちよ、
詩人、負債を抱えた役人、落ち着く間のない世界旅行者、子供のいない金持ち婦人たちよ。
不変の法則から、やがて起こる日米戦争を予言する小賢しい世を嘲笑う観察者たち[★32]。

きみたちは待っていた。いまや、きみたちは言葉であり、
　神のごとき人間だ。そして、天上の光は近くにある。

かつて一条の光が、褐色の肌をして南太平洋の湾から高く昇った。けれども、大地は何でも熟(こな)す野蛮な動物だった。

きみたちの両親は、その光が原因(もと)で死んだ。そして、きみたちは盲目で生まれた。けれども、きみたちは疾病と殺戮から立ち上がった。
きみたちは死を吸い込んだ。その光はきみたちの乳だった。きみたちは血と、星のように輝くダイヤモンドでできた円柱だ。
きみたちは光だ。きみたちは人間だ。きみたちのために、
大地はその手から新しい姿で隆起する。
きみたちは、回っている地球へ大声で叫ぶ。その大きな
人間の口は、きみたちに向けて声を反響させる。
きみたちは、勢いよく回っている地球の上に華麗な姿で
　立っている、風になびく神の頭髪のように。なぜなら、
　きみたちは地球の輝きにつつまれた精神の同盟だから。
仲間よ、黙(もだ)してはならない。おお、いかにぼくたちが愛
　されているかを、きみたちが知っているなら！
何千年もの歳月は、ぼくたちのために呼吸と血液を混ぜ
　合わせた。ぼくたちは天空の大地に住む星の兄弟だ。
おお、ぼくたちは口を開き、すべての人のために朝が来
　るまで大声で語らなければならない。
一言でも語る者は、ぼくたちの親愛なる兄弟だ、
大きな百貨店(デパート)の宣伝主任も、ぼくたちの兄弟だ！
黙していない者は、だれでもぼくたちの兄弟だ！
きみたちの孤独の、鋼鉄の監獄を打ち砕くのだ！
おお、きみたちの影は暗がりできみたちの血を吸って生
　きている、その青紫色の洞窟から飛び出すのだ！
きみたちを取り囲む壁にきみたちが穿つ穴のすべてが、
光へ通じるきみたちの円い口であるように！
地殻の、忘れられた罅(ひび)割れから、精神の息を日光の飛塵
　へと吹き込むのだ！
大地の木が樹液を白い蕾(つぼみ)へ注ぐなら、それは膨らんで
　はじけ開く。なぜなら、きみたちの口がその木を呼び

覚ますから。

おお、語るがいい、緑色に輝いている愛する地球が、きみたちの微笑を湛えた口の熱い息の上で踊り回るさまを。

おお、語るがいい、毛糸の房のような地上の山脈に息を
吹きかけるのは、ぼくたち全員の口だと。

心配顔の軍司令官と、橋の下で眠る髪を掻き毟った失業者に言うがいい、その口から天上の火が微笑んで燃え出ていると！

解任された大臣と寒さに震える路上の娼婦に言うがいい、
その人間の口が大声で叫ぶまでは、死んではならないと！

仲間よ、きみたちはいつ目覚めるともなく眠ることだろう。そのベッドのなかで、人がきみたちを欺いたことを、友達が妬みからきみたちを見捨てたことを夢に見るがいい。

きみたちが独房にぶち込まれたことを夢に見るがいい。

戦争を、大地の出血を、百万の声が発した殺人の命令を夢に見るがいい。

きみたちの恐怖を夢に見るがいい。きみたちの口は固く閉じた。きみたちの呼吸は、怯えた庭木の葉の戦ぎのように小刻みに震えていた。

暗く重苦しい夢、過去、おお、鉄の喘ぎを伴った眠り！

けれども、そのあときみたちは目を覚ます。そして、きみたちの言葉は彗星と松明に照り映えて、地球を駆けめぐる。

きみたちは眼だ。微光を放っている空間だ。そして、きみたちは新しい地上の国土を築く。

きみたちの言葉は虹の七色を放って拡がる。そして、夜は、煙突の煤のように輝いて飛び去った。

おお、夜から生まれた光の人間。きみたちの兄弟は目覚

355　詩　篇　人間に愛を（Liebe den Menschen）

ヴィルヘルム・レームブルック「ルートヴィヒ・ルビーナー」

ルビーナーは1914年までパリに住み、詩人、文芸評論家、平和運動家として活動していたが、第一次大戦が勃発すると、間もなくベルリンへ帰ってきた。しかし、行動主義的な反戦運動家の彼はすぐに妻とともにチューリヒへ亡命することになった。そして、同地でレームブルックと知り合った。レームブルックは1917年にチューリヒへ移って以降、大戦終結までドイツ人亡命者が住む「亡命者居住区」に暮らしていた。その間、レームブルックは詩作にも興味をもち、文学者との交流を積極的に求めていたので、ルビーナーのほかにレーオンハルト・フランクやFr. フォン・ウンルーなどとも交際していた。そうした状況で、彼は1917年にこの肖像画を描いたが、ルビーナーの肖像画はこの他にも何枚か遺されていたので、レームブルックはルビーナーの肖像彫刻の制作も考えていたと思われた。

めている。そして、きみたちの口は大きく開き、地上
に向けて神のような最初の挨拶をする。★33

平和の都市

アルフレート・ヴォルフェンシュタイン

夜は、木々の奥へ分け入っていくように暗くなる。
地面は、夢が詰まった頭蓋のように揺れ動く、
ぼくたちはゆっくりと彷徨い、ようやく知る、
なぜ出発して、黙ったまま待ち焦がれているのかを。

ぼくたちは、天国のような微温湯のなかで暮らしていた、
森や平原でどうということもなく時を過ごしていた、
それぞれが遠い風景から静かに眺めていた、
穏やかな身体には、意志が小さく潜んでいた。

ぼくたちの計画(のぞみ)は、小さな池を泳ぎ回った、
白鳥のように他事に気をとめず、軽やかに、孤独に。
ぼくたちの疑いを抱かぬ青春の上には
昔の、整った生活の静穏な日々があった。
そこでは、心も、洞察する力も、闘う意欲(きもち)も育たなかった、

風景は、根元から動きもなく立ち上がっていた、
平和の輝きへと、なかば暗く翳って。
――けれども、とつぜん巨大な光線のように、
ぼくたちの道は途方もない事態(こと)で閃光を発する。
そして、ぼくたちの手に松明(たいまつ)と武器が押し込まれる、
両刃の剣となって、魂をも傷つけながら。
そして、ぼくたちは太鼓の音につつまれ、強要され、自由を奪われて

地上の最古の運命に、戦争に巻き込まれている、
密偵団はぼくたちのどんな眼差(まなざ)しをもとらえ、
森は、自然に背く暴力行為に満ち、
ぼくたちを陰気にし、武装させつづける塀のなかで生い茂る。

幽霊が人間の縦列に何度も現われる、
索漠とした石の顔をして、近寄りがたいほど邪悪な姿で。
それは手に耳をつんざく騒音を
口と、音を響かせぬ心臓に鋼鉄をもっている。

大地は、爆音を轟かせる破壊に見舞われる、
もはやどこにも心臓の鼓動は聞こえない、
ぼくたちは、無の軍隊の縦列に加わり
殺人の光のなかへ派遣（おく）られる。

けれども、とつぜん敵意に満ちた国土で
ぼくの手探りする手は誰かに触れる。
おお——さらに勇気を出して手を伸ばす、
すると、ぼくとともにいるきみを、きみとともにいるぼ
　くを見出す！

人間とともにいる人間を見出す——そして、世界はまた
　元の姿になる！
暴力は蒼ざめ、きみの前で小さくなる、
おお、友よ！　兵営が撤退する、ぼくたちの頭から、
思いがけず同類になり、互いを信ずる美から！

大地が崩れる。けれども、精神はなおも存在する、
大地を隆起させるために！　さあ、ここへ来て、近くに
　留まるのだ、
地上の荒廃のなかに、二度と攻め落とされない
平和の城が築き上げられるように！

ぼくたちの手の、雷鳴のような力から
平和の都市が現われる！　アーチ形の頭部と天空、力と
　光を伴って！
永久に抱（いだ）き合っている道路が交わす接吻、
限りない光輝につつまれた喜び。

太陽は、ぼくたちの都市を越えて飛翔する！
裏切り者も、この平和のしたに
身を埋（うず）め隠すほど邪悪ではない、
ここには、ひそかに武器を造る隠処（かくれが）などない。
平和の都市の光線よ、あらゆる領界（せかい）へより深く射し込む

のだ、
ぼくたちはおまえを育む。ぼくたちは心底、同じ精神なのだ。
終わりなき親交から、海がうねり立つ、
前方へ、後方へ、より熱く、より高く。

おまえ、平和よ、この都市の奮闘よ、おまえ、赤い星よ、
戦争を、夜を、寒さを征服するのだ！
ぼくたちの結びつきがさらに深くなるように！
愛され愛することで、ぼくたちが輝き、燃え立つように！

感動

ヴィルヘルム・クレム

おまえ、子供のような心よ、
だれがおまえに驚嘆の叫びを教えたのか、
おまえ、迷える魂よ、
だれがおまえに孤独の時間（とき）の戦慄を植えつけたのか？

おまえがどこに立っていようと、世界の半分は
おまえの前に、あとの半分はおまえの後ろにある、
そして、おまえははかなく、限りある、
だから、おまえは限りないものを摑むことはできない。

けれども、身体は、神のような精神の火につつまれて閃光を発し、
輝き立つ。おまえの伴侶であり、兄弟である身体は！
人類よ、おまえの腕に抱くのだ、
不滅なものの、愛され花開いている奇跡の故郷を。

成就

ヴィルヘルム・クレム

魂に、太陽のような上昇が起こる――
血は、温かく薔薇色にめぐる。
手足は軽やかに躍る。感情はたちまち溢れ、
近い思い出も、遠い思い出も花開く。

風景も、人間の顔も、飛ぶように走り過ぎる、

恋人たちは、若さと美につつまれて現われる。
千の煌めく寝室（ねや）が扉を開く――
わたしを答えが出ないほど深遠な思想と呼んでおくれ！

わたしたちは、心に世界を開く鍵があることに気づく、
わたしたちは、天使だけができるほどに近づき合う、
天使たちは、最初は限りなく遠くから接吻を交わしてい
る、
けれども、そのあと、永久にいっしょに成長してゆく。

聖霊降臨祭[★34]

ルネ・シッケレ

ぼくたちの母の天使が
街路のうえに降り立った。
ぼくたちの父の猛る心も
以前より穏やかに打つ。
火のように燃える舌は駆けめぐり、
ときには、花冠のように
額のうえに安らいでいる。

眼と耳は能力（ちから）の限界（かぎり）を知らず、
ぼくたちは人間や動物と語り合う。
ぼくたちの眼差（まなざ）しがとらえるものは――「ぼくたち」と
声を返す。

道端の小石は歌声をひびかせ、
脈拍は遠くからこだまする、
花開いているものは小さな情熱に活気づき、体をのばす。

魚は鰭（ひれ）に空を乗せて揺り動かし、
光り輝く水平線に囲まれている、
太陽は犬の背のうえで踊る。
あらゆるものが、神の視界に倣（なら）って光に浸っている、
そして、この無二の時刻（とき）にそれに気づき、
兄弟姉妹を認めては、歌を歌う。

放棄の宣誓

ルネ・シッケレ

わたしは誓って放棄する、[★35]

あらゆる暴力を
あらゆる強要を
他人に親切であれ、という
強要さえも。
わたしにはわかっている、
わたしが強要ばかりしていることが。
わたしにはわかっている、
刀剣は人間の心よりも
強いことが。
殴打は人間の手よりも
よく効くことが。
暴力がまかり通れば
善として始まったものも
悪になることが。

わたしが世界にそうあれと望むなら、
わたし自身がまず欠けるところなく、
酷しさをなくさねばならない。
わたしは輝く光線に、
澄んだ水にならねばならない。

そして、このうえなく清らかな手を
人々への挨拶と援助に差し伸べねばならない。
宵の星は、過ぎ去ろうとする一日を振り返る、
夜は、母親のように一日を寝かしつける。
暁の星は、過ぎ去った前夜に礼を言う。
昼は光り輝く。

昼は昼をもとめ
光線は光線をもとめ
光線は光線とつながって
光輝になる、
一方の澄んだ水は他方の澄んだ水をもとめ、
手は木枝のように広がり
平穏のうちに同盟を創る。

万物の尺度

フランツ・ヴェルフェル

おまえが人を愛するなら、あらゆるものが存在する！

ルートヴィヒ・マイトナー「ルネ・シッケレ」

シッケレは1910年ごろにベルリンの「西区カフェ」でマイトナーと知り合ったが、2人の交際はマイトナーがロッツの戦死後、ベルリンへ戻ってから一段と深まった。シッケレはマイトナーが催した「水曜日の夕べ」もたびたび訪れていた。その時期、シッケレはマイトナーのアトリエから道路を2、3本隔てた場所に住んでいたので、彼を頻繁に訪れることができたのである。マイトナーはシッケレについて「1915年ごろから、とくに親しく付き合うようになった。彼はつねに精力的で、何ごとにも情熱を傾けていた。まさに作家に生まれついたような人物だった。いつも二番目の語を揚げるアルザス訛で話していた」と語っていた。

なお、シッケレは創作のほかに、新聞や雑誌の発行、報道活動などにも取り組んだが、仲間の文学者や芸術家に活動の場を世話することにも熱心だったので、Th. マンから「表現主義の戦略的指導者」と言われた。

おまえが友人に愛をそそぐなら、友人はソクラテスになる。
おまえ、心よ、おまえはなんと創造に秀でていることか[36]!
おまえは空中に漂う! 大地は天上のようになる。
昔、子供のころ、おまえは緑の森林地の池に来た、
そして、震えながら、神秘にみちた藻＝ヴェールを見た。
猫柳の、動物の毛のように快いビロードを撫でた——
そのとき、おまえの少年の手は、なんと深い幸福感にみちて震えたことか!
人間よ、おまえが上方へ振り上がれば、あらゆるものが偉大になる!
おまえが下方へ振り下がれば、あらゆるものが希望を失う!
我を忘れて愛する魂だけが
万物の尺度であり、何にもまさる尺度なのだ。

形式は愉悦だ

エルンスト・シュタードラー

まず外枠とボルトを打ち砕き、
開いたバルブから世界を押し出さねばならなかった。
形式は愉悦、平穏、天国にいるような安らぎである、
けれども、ぼくは畑の土塊(つちくれ)を鋤き返すことに心かき立てられる。
形式はぼくを縛り、締めつけようとする、
けれども、ぼくはこの存在をかぎりなく遠くへ押し広げたいのだ——
形式は慈しみもなく、たんなる厳しさにすぎない[37]、
けれども、ぼくは利発じゃない人、貧しい人に心惹かれる、
そして、こうした人たちに限りなく自分を捧げるなかで
ぼくの生が、達成感で満たされることを望む。

黙(もだ)した友

テーオドア・ドイプラー

人間に扱(こ)き使われた地球よ、おまえは自分の潮流(ながれ)に乗っ

て
月のところへ行きたいと、強く望んでいる。
ぼくたちは、おまえの願望をただ推し量ることしかでき
ない、
そして、ぼくたちはよく知っている、月の幽霊がぼくたちを労ってくれなかったことを。

願望が思いつきもしなかった出来事がいくつも、
ぼくたちの所為で生じたおまえの深淵から現われ、
得意になって苦のない月へと誘う。
何世代もが身体を互いのなかへと注ぎ始め、
死へと赴くその星のところへ行こうと努める。

ぼくたちは故郷へ帰り行く夢をみる、
そこでは、ぼくたちの上昇が滞り、凍りついているだろう。

夢にみた微睡み＝引き潮＝粘液には
死滅の銀の刺繍が現われる、
月が青白い死の胚芽を蒔いているのだ。
月の同情はすでにあらゆる卵で芽生えている。

人間に扱き使われた地球よ、このうえなく幸福な太陽の子供も
意外なことに、おまえの優しい仲間になろうとしている。
昼の間に驚くほどはやく萌え出たものは、心の底では
つねに慈悲深く、月のように優しい。

月は、死ぬ前に一言吐いた、
それを誰もが聞いたのに、誰も憶えていない。
月へ昇って行こう！　いま、その口は閉じている。
もはや一言も発しない銀色の月へ昇って行こう。

絶望の島

ヨハネス・R・ベッヒャー

——岩＝潰瘍のぼくは、なんと強く海に憧れることか、
海に潜りながら、ぼくは深く降りていくことができる。
ぼくの背のうえで、民衆が大量に血を流している。
けれども、ぼくは竜胆の海底が、
不思議な珊瑚の贈り物の宮殿がとても好きなのだ。

一艘の船のぼくは、海底から解き放たれて、海の上へ浮かび出るかもしれない、
天空の青銅の嵐を突き抜けて……おお、ますます上昇して！
すでにぼくの筋肉は花と咲き、関節が音を鳴り響かせる。
天使の星たちは、ぼくのまわりを漂いめぐる――
ぼくは永遠の踊りのなかで軽やかに舞うことができる。

ぼくの口が吐く硫黄の煙は立ちこめて旗になる、
それは大きく翻り――なんと美しいこと！　――波のように揺れ躍る!!!
ぼくの額は、光のバルコニーとなって輝く。
ぼくの眼窩（がんか）は、このうえなく澄んだ故郷の湖。

ぼくは、慈悲の潮流へ引き入れられた、
そこでは、動物は人間を讃え、人間は人間と融（と）け合う。
ぼくの光輝のなかですべての生き物が湯浴みする。
それらはみな兄弟と呼び合う……!!!

瀑布

イーヴァーン・ゴル

水と人間、
おまえたちは永遠の運動だ！
あらゆる前進のなかの前進だ。おまえたちは精神だ！
そこでは、岩も立ちはだからず、神の像も聳えない。
おまえたちの迸（ほとばし）りを前にして、花崗岩の塊も砕け散る、
おまえたちの大声を前にして、死の沈黙も破れ去る。
おお、瀑布、おまえ、真珠の踊り子よ、
おまえの切り立った一本の水の樹幹から
何百万もの水の枝が、花開くように大地に伸び広がる！
おまえは、道端の溝に生えている毒イラクサに身を捧げる、
おまえは、棕櫚の緑の噴水をいっそう高く躍らせる。
忘れな草は、おまえの冷たい水滴につつまれて体を震わせる、
太いオリーブの木は、銅色のポンプでおまえを吸い上げる。
おまえは大地の永遠の恋人だ！

そして、おまえの不死の恋人であるこのぼくは
人類のうえを流れ、あふれ出ようとする。
孤独から離れ去り、流れ落ち
愛に泡立ちながら、大地にしみ込もうとする、
（ぼくは、山の頂上から谷底の深さを推し量った）
ぼくは流れ戻ろうとする、人類へと
敗れた者と虐げられた者の暗い峡谷へと
成功を求める者と成果のない者の灰色の荒野へと
貧しい者と不器用で鈍い者の果てしない平野へと
追放された者と抑圧された者の煙霧の立ちこめる港へと。
流れ落ちていくのだ、ぼくは永久につづく前進に従わね
　ばならない、
我が身を捧げる者が、もっとも豊かな人間になるのだ。
ぼくは喜びに躍る口と、笑みを湛えた眼をもって
この夜の偉大な愛を楽しみたい。
自分を捧げ尽くすのだ。なぜなら、ぼくは知っているか
ら、
地上の氷河は解けて消えることがなく、
心の泉は涸れて尽きることがないことを！。

恒星と惑星が漂っている

テーオドア・ドイプラー

恒星と惑星が漂っている、[★38]それらはみな
世界にかがやく厳かな生の贈り主、
神聖の寺院にかがやく愛の光、
神が心から迸らせる光。

恒星と惑星は愛そのもの、力を合わせて深い休息を創り
　出している、
そこから湧き上がる光の叫びは、原始の力にみなぎり、
生のうねりとなって宇宙へ突き進む。
その光の叫びを捉えるものは、昼の明光に心奪われる！

自然は愛の絆で堅く繋ぎ止められている、
天空の敷居も火の星も
暗闇へと寝就く全世界も
自分のなかに同じ休息の中心をもちたいと望んでいる。

恒星の愛によって、夜は明るくなる、

その灼熱と歓喜によって、惑星は活気づく、
その火炎によって、硬直したものは砕け散る、
海からは、愛の風が吹いてくる。

自分の力が星となって燃え輝くところでは
生も、たちまち燃え上がる、
そして、世界がその創造物（いきもの）のなかに現われるとき
苦しみは、それが歓喜に由来していることを知る。

だから、地球はわれわれを悦びとともに産むのだ、
そして、たとえわれわれの存在が昼と結びついているに
　せよ、
星たちは、われわれに根源のものを教えることができる、
そして、愛の絆が切れることはないと誓うことができる。

われわれは見る、生がわれわれから青春を奪うのを、
老齢と死がわれわれを不安にするのを、
だから、われわれは開始（はじまり）を信じようとし、
永遠の秩序（きそく）に深い信頼を寄せようとする。

けれども、休息は安らかな生にほかならない、
変化を示すものもなんら異なりはしない。
そして、精神の震えとても願望の完了である、
そうなのだ、すべては、語ると同時に黙す（もだ）自然なのだ！

状態の不変は、硬直の結果である、
けれども、それは天空の烈しい勢力（ちから）に襲われ、打ち砕か
　れる、
そして、精神のみが存在し、自己の意志を貫きつづける、
なぜなら、光である精神はその速さを信じているから。

たしかに、世界は永久につづくことを望む、
だから、世界は自らの中心を回っている、
世界は自分を護るために、自分の周りにうずくまること
　ができる、
けれども、世界の抱く願望は永久ではなく、遠い未来の
　もの。

世界はどんなに遠くのものをも繋ぎ合わせるだろう、
けれども、自分自身から湧き出る精神は

そうした大きな輪を自分の周りに拡げることができる、
その結果、その効果（さよう）はいたるところに及ぶ。

こうして、世界は果てしなく生まれてきた、
けれども、永久なるものはどんな目標からも身を引き離
　すので、
星も星の絆（きずな）から自分を解き放った。
これによって、存在の間断なき連続が明らかになる！

そうなのだ、愛は自分のために世界を創造しようとする、
愛だけは、目的も目標もなく、つねに同じである、
それはたえず自分を別のように造り変えようとする、
だから、その永遠の活動（うごき）は生気にあふれ、清新でありつ
　づける。

なぜなら、もし創造主の願望がひとつしか宇宙を燃え貫
　かなかったのなら、
世界は**ひとつ**しか造られなかっただろう、
そしたら、光明に住まう精神は、夢をみることもなく
自ら明澄な存在でありながらも、その暗い深淵に留まる
ことになるだろう。

夕暮の歌

ルードルフ・レーオンハルト

夕暮が、点った街灯に驚いた街路を早くも気づけたとき、
肩を触れ合うこともなく、ぼくといっしょに歩いていた
女が——ほとんど唄でも歌うように——言った。
「いま、すべての生は繋がってひとつの輪になっている、
あたしは
その中心であり、意義（ないよう）なのよ。
こちらへやって来るすべての人の顔は、あたしの方を向
　いている、
ほら、ごらんなさい、明るく輝いた顔も、心労でやつれ
　た顔も
みなこの夕暮に元気を取り戻している！
あの窓ガラスの奥では、人々が笑い、楽しんでいる。
ここではかつて血が、あそこではいま涙が流されている。
向こうにいるあの男性は、明日、破産することでしょう、

別の男性は――ほら、見えるでしょう――微笑み、自分の神と語っている。
あそこの二人は接吻を交わしながら、体を溶かし合っている、
そして、動物みたいに――厚い毛皮の上を転がるように
――互いの体の上に乗っている。
ねえ、わかるでしょ！　わたしたちのだれもが
酒場と厳粛な教会の間の堅い玉座の上で暮らしているのよ！

あの郵便配達人をごらんなさい。彼はこのあと、さらに階段を昇っていくことでしょう！
ドアを小さく開けて待っている男や娘たちへ遠くからうなずき、
その全員に喜びや苦しみを休むことなく配達し、
なにも知らないまま、階段をさらに昇っていく、
一言も話さないまま。
彼は軽快な足取りと慣れた眼差（まなざ）しで、
四、五階を駆け昇り、人間の運命（さだめ）である天国へ昇っていく！

敷石の間で輝いている水溜りを見ると、嬉しくなるわ、
そこでは、街灯が寄り集まって光に揺らぐ花束ができているから。
噴水池の周りに立つポプラにも、心を奪われるわ、
それらは細い枝を互いに寄せ、つめ合って並んでいるから。
そして、あの泥まみれの姿で泣いている子供たちを見ると、悲しくなる。

昼とともに消え去ったあらゆる行為を
夕暮は、あたしの高くかかげた額に描き出した。
ああ、それでも、この頭を温もりの残る夕暮へ軽やかにもたげ、
バーやダンスホールにただよう陶酔の境地を超え
あなたを超え、あたし自身の苦しみを超えて
あたしは家の屋根や窓の周りを彷徨っていく――」
ぼくは静かに、懇願するように女の額を見ようとした。
その翳った眉間には皺が一本まっすぐに走っていた。

詩★[39]

ヴァルター・ハーゼンクレーヴァー

死が
音楽に聞き入るとき、
ぼくたちは互いに識り合うだろうか？
きみは男たちが佇む部屋で
暮らしているのか？
海から、島が、
ぼくたちにあてがわれたひとつの生が現われる。
鳥がつぎつぎと飛び立つ。
きみ、泣くのはおよし！

*

月。
カモシカが鳴く。
雪に覆われた谷間の荒涼。
ごらん、ぼくは彷徨っている、
愛をもったひとりの人間が。
希望にみちたひとつの心が
ぼくに訪れた。

*

きみはどこにいるのか？
星がひとつ空を流れていく。
きみの顔だ！
きみはそこにいる！

*

きみが杯を飲み干すとき、
向こうの界（くに）では
白い燕たちが杯をかたむける。
死者たちの天国（くに）で
忘れないように、涙を、
きみが夢に見た口づけを。
きみは慕われているのだ！

或る婦人の死にあたって

ヴァルター・ハーゼンクレーヴァー

あなたが夏の葉の茂りを奪われて
天の縁で身をかがめるとき、
わたしたちはあとに残り
目を開き
あなたの永遠の像（すがた）を見るのです。
いまや、あなたは識っている、あらゆるものを、
涙と希望を、
苦悩の世界と幸福の世界を。
救い出された魂、愛された魂、
われらの姉よ★40、
故郷はあるのです！

祈り

エルゼ・ラスカー＝シューラー

（我が親愛なる異父弟の青い騎士に★41）

わたしはあらゆる国でひとつの都市を探しています、
市門に一人の天使が休らう都市を。
わたしはその天使の大きな翼を、
折れた重い翼をこの肩甲骨に付け、
その天使の星を封印のようにこの額にかかげています。

そして、いつも夜のなかへ流離っていくのです……
わたしは世界へ愛をもたらしました――
どの心も青く花開くことができるように、と。
わたしは生涯を、眠らずに起きていました、
この呼吸の暗い音調（ひびき）を神に護られて。

おお、神さま、わたしをあなたのマントでしっかりとつつんでください。
わたしにはわかっています。わたしは球形グラスの底の澱（おり）なのです、
最後の人間が世界をそそぎ出すとき、
あなたはその全能の圏（いき）からわたしを滑り出させはしないでしょう、
そして、新しい地球がわたしの周りを回ることでしょう。

オスカー・ココシュカ「ヴァルター・ハーゼンクレーヴァー」

ココシュカはハーゼンクレーヴァーと 1913 年にライプツィヒのクルト・ヴォルフ社で知り合った。当時、ココシュカはそこで彼の作品『戯曲と絵画』の発行準備をしながら、同社が出版する本に挿絵を描いていた。しかし、1916 年秋からは、ココシュカはハーゼンクレーヴァーとともにヴァイサーヒルシュに滞在し、絵画制作に励んだ。

ココシュカは数多くの肖像画を描いたが、親友ハーゼンクレーヴァーの肖像画がその多数を占めていた。そのなかからピントゥスは、彼が抱懐した「燃え輝くような青年」の像を留めたこの 1 枚を『人類の薄明』に収録した。

しかし、この肖像画は、1938 年にナチが催した「頽廃芸術展」で精神病患者が描いた素描画と並べて展示され、横に「どちらが精神病患者の素人画であるか？」と書いた紙片を付されたのであった。

来たれ、創造に秀でた聖霊よ（ヴェーニ・クレアートル・スピーリトゥス）

フランツ・ヴェルフェル

来たれ、なんじ、創造に秀でた神聖な聖霊よ！
ぼくたちの形式の大理石を打ち砕け！
そして、もはや石壁が病んだまま立ちはだかり、
この世界の水源（いずみ）をいかめしく取り囲むことがないように、
ぼくたちがいっしょに上昇し
炎のごとく、互いのなかへ溶け入るように！

ぼくたちの傷ついた水面から浮かび上がれ、
あらゆる生き物の基礎（もと）である海豚（いるか）よ、
昔から世に知られた神聖な魚よ！
来たれ、なんじ、創造に秀でた清純な聖霊よ、
ぼくたちはなんじを目指して永久に発展する、
世界を構成する、水晶のように純正な法則よ！

けれども、ぼくたちはみな、なんとよそよそしいこと
　か！

病院の寝台に伏す影のような老人たちが
最後の寝間着の下まで
愚かにも、まさに最期まで憎み合うように、
それぞれが、東方へ赴くまえに、
夕暮の灯火をたった独りで点すように、

そのように、ぼくたちは空虚の軛（くびき）に繋がれ、
それぞれの境界（へり）に敵意を抱いてうずくまり、
どの食卓でも互いに憎悪を露わにしている。
来たれ、なんじ、創造に秀でた神聖な聖霊よ、
ぼくたちから千の翼で翔び上がれ！
ぼくたちの表情（かお）に凍りついた氷を打ち砕け！

そして、歓喜の満潮が涙となって、
あふれる善意となってわき上がるように！
もはや生き物が遠く隔り、手も差し伸べないまま
互いの周りを這い回らないように！
ぼくたちが歓喜の声を上げながら、目に、手に、口に、
　髪に、
ぼくたち自身になんじの特性（せいしつ）を見出すように！

兄弟の腕のなかに身を投じる者が
その心臓でなんじの深い鼓動を優しく響かせるように！
哀れな犬に見つめられる者が
なんじの聡明な眼差し（まなざ）を受けるように！
ぼくたちみなが、無数の接吻のなかで
ただ、なんじの清純で神聖な唇にのみ触れるように！

人間は干涸びた毬（いが）

テーオドア・ドイプラー

人間は干涸びた毬（いが）。
寄生生物のように赤い顔をして、コーカサス人が喘ぎながら歩いて行く
そして、彼は自分のためにせっせと黄紫色の都市を造る。
けれども、彼の意志は彼の分別を超えている！
地上の疲労からもたらされた白い平和の羽ばたきは
すでに人生でぼくたちが獲得した輝かしい成果なのだ。
労働は熱る（ほて）身体を鎮めなければならない。
力を緩める腕のなかで、ぼくたちは休息する。
すると、夢のなかで最初の飛行が成功する！
そこでは、魂が自らのために造る、光り輝く森の家を、
憧憬の、ほのかに光る原初の姿のエデンの園を。
それは、たとえ恐怖に満ちていても、地上の轟音から遠ざかっている！
精神は肉体を離れて、夢の破損に気づく、
そして、キリストの光を求めて戦い始める、
なぜなら、精神は地上の幽霊と戦いつづけなければならないから！
歓喜で熱狂するおまえは、審判を求めようとしない。
けれども、精神が清らかになったおまえは、キリストの前へ歩いて行こうとする、
なぜなら、慈悲はどんな確信へも射し込むものだから。
労働の最中に光の方を向いて祈る人間は
空の赤い太陽に見る、自分たちの世界の象徴（しるし）を、

夜の惑星(ほし)への恐怖を乗り越えた勝利を。

死は、ぼくたちの繁栄が脅かされることへの不安にすぎ
ない、
肉体は、自分自身を永久に知覚することを恐れる、
けれども、さわやかな希望がくまなく射してくる。

原始の火は、その終焉を恥じて否定しようとし、
自分の力量を示す永遠として作用しようとする。
疑惑の暗雲は完全に征服された。

精神はこの世を鎮め、その上を鳴り響いていく！

唄

クルト・ハイニッケ

ぼくのなかに青空がある。
ぼくは運ぶ
大地を、愛を、
自分を
そして、喜びを。

太陽は、ぼくの前にひざまずく、
穀物は、高く伸びる、
永遠の水源(いずみ)は、大地の腰部(こし)を越えて流れる。

生成せよ！
宇宙の、歓声を上げている魂よ！
ぼくは永遠の生成の腕に抱かれた人間だ、
神秘(なぞ)は、大いなる満足のうちに解き明かされた、
ぼくは、晴れやかに自分自身のなかへ流れ、
青い大きな翼で、太陽へ向かって羽ばたく！

距離(へだたり)がぼくの魂のなかへ落下するとき、
美しい歌声がぼくのなかで響きわたる、
ぼくは感じる
かぎりなく、
自分が独りぼっちじゃないことを……。

兄弟よ、人間よ、

きみが近くにいるとき、
ぼくたちの間の弧をなす距離（へだたり）は
ぼくたちの夢を結びつける、
神の顔がぼくたちの上に丸天井のように聳え、
ぼくたちの思考の広大な空間が轟音を立てて
ぼくたちの友情の同じ祈りの上へ落下するとき……

ぼくたちの繋いだ手の輪は
憧憬なのだ！
おお、人間の谷間の上でほほえもう——
銀色の夢をみる
月の魂のように……。

聖　歌★[42]

フランツ・ヴェルフェル

ぼくたちは、一つの小さな灯火のそばを
一人の男性のそばを舞うように通り過ぎて行く。
ぼくたちは、何かに強く心を引かれ
このうえなく烈しい憧憬に駆られる。
でも、ぼくたちは決して互いに執着しようとしないだろう、
なぜなら、形のある存在に心をとらわれることになるから。
そして、ぼくたちがいつの日か葬られるとき、
塵埃はなおも塵埃に抵抗しようとすることになるから。★[43]

墓地の垣根のそばで、スロバキア人が
唾を吐き、口を拭う。
別のだれかが手に持った鍬（くわ）を振り上げる、
すると、一匹の褐色の犬が近づいてくる。★[44]
それらのものが流れるように立ち去ると
ぼくたちは肉体と石への愛着にひどく驚く
けれども、人体に触れるとき、
ぼくたちは強い不快感を表わさずにいられない。

このうえない誠実の約束は
ぼくたちの目の同胞の光である。
そこからは、何ものにも遮られない空の
冬の青が輝き出る。

ぼくたちはいつの日か、一片の曇りもない感情で
ぼくたち自身を見出し、
互いを通って、互いのなかへ融け入るだろう、
ぼくたちは心の高揚であり、活気と愛と高鳴る感激以外
の何ものでもない。

激情に駆られた人々　フランツ・ヴェルフェル

神さま、あなたの右側には★45
高潔な人や義(ただ)しい人だけでなく、
十二月の十三晩を窓辺に佇んだ人もいることでしょう。
硫酸で恨みを晴らし、その後、法廷で白髪になった女性
も
自ら血の流れを塞き止め、
タクシーのなかで泣き叫び、
人前で喚き散らした嫉妬深い女性もいることでしょう！
敗北の空気を深く吸い込んだ人も、
酔っ払った足取りで
死の穴に勢いよく飛び込んだ歌い手も
みな、救い出され、あなたのもとへ運ばれ
あなたの右側に座していることでしょう！
あなたの庭園を彷徨うことでしょう、
謙虚な人や苦労を背負った人だけでなく、
栄光に輝き、崇められた人もまた！
その頬が真っ青になり、
礼を伝える眼差しも虚ろになったために
音楽会で病気になった少女も——
地上の時間(とき)からあなたの時間(とき)へと、
決して途絶えぬ継続へと高められた、偽りのない瞬間の
眼差(まなざ)し、
それは、あなたの庭園を軽やかな炎となって彷徨いなが
ら、
輝きつづけ、あなたを誉め称えることでしょう！
神さま、あなたの深淵に休らうことでしょう、
あなたの名前を呼んだ人だけでなく、
幾夜も眠ることのできなかった人も！
朝、その胸元で熱く燃える両手を

重ね合わせ、あえぎながら
まっしぐらに未だ知らぬ道を駆け降りた人もまた。
身投げした者の遺書（てがみ）のなかで海岸の風が小刻みに震える。
少年たちには、海というものがわかっていなかった、
だから、彼らは状況が読み取れないまま力尽きた。
堅信礼[★46]を受ける年頃の彼らの墓には、鉄の十字架が傾い
　て立ち、
錆びた墓標が風のなかで侘びしい音を鳴り響かせる。
わたしたちはこの世にいるのと同じぐらい、あの世にも
　いるのです――
あなたの深淵から生まれ、この世で安らぎを得られなか
　った人たちは
あの世でそれをあなたの深淵に見出すことでしょう。

時機（とき）が来た

パウル・ツェヒ

I

あなたはひざまずき、あなたは祈る――この神が
千の嘘と、弱腰になった教皇たちの嘲笑にもかかわらず
なおも説得されて、思い留まることを。
あなたの言葉は集まって行列聖歌になる、
その流れは堂内で七枝になって広がり、
乙女たちはふたたび油を瓶に入れて運ぶ。

シャルマイは鳴り響く、シンバルの泡立つ音響と天使の
　群れを呼び寄せながら
黄金の地面のうえを青く。
わたしはあなたの衣服の裾に唇を寄せる[★47]、
すると、一羽の鳩が舞い、**「時機（とき）が来た！」**と鳴く。

II

時機（とき）が来た、故郷はいたるところに
恋人たちの愛の契りにも存在する。[★48]
決してもう人間の原罪は、地上が
大火につつまれるほど地上を呪わないだろう。
きみはぼくのなかに、ぼくはきみのなかに

生きている、分かちがたく。
なおも子供をもうけながら、ぼくたちが
森林、あるいは動物となり、
神聖な群れをなして前方へと進んだあと、
何百万年を経てふたたび帰ってくるまで。

調和

ヴィルヘルム・クレム

落下するものは落下するにまかせるがいい。
破滅さえも
誤りと罪過さえも
悪事と不幸さえも神から授かったものなのだ。
きみに善行をしたいという願望(おもい)があるのなら、
それが強くなるように努めるがいい。
気持ちの沈みはおのずと消えてゆく。
けれども、それをできるかぎり減らすのだ。

一日が眠りにつくとき、
なんと多くのものが時間(とき)の胎(はら)のなかで出番を待っている
　ことか！
大地がきみにとって狭くなるとき、
なんと空は広くなることか！

小っぽけな存在の周りに
永遠の円蓋が弧をなして聳える、
それは計り知れないほど大きい。
それがきみを満足させないことがあるだろうか？

きみは自由でいられるのだ。だから、
きみを支え、運ぶ自然の力から学び取るがいい。
きみもまた、ひとつの運動にすぎない、
けれども、きみには平和が約束されている。

逝った者の歌

ゲオルク・トラークル

カール・ボロメーウス・ハインリッヒに★49

鳥たちの飛翔は和やかに整っている。緑の森は
夕暮に寄り集まって、静寂の深まる住居になった。
鹿の食む水晶のような牧草地。
暗がりは宥める、小川のせせらぎを、靄につつまれた影を、

風に吹かれて愛らしい音を響かせる夏の花を。
早くも、物思いに耽る人間の額は薄暗く翳ってゆく。

そして、その心では、小さな灯火が、善良なものが、
夕食の平和が輝いている。なぜなら、パンと葡萄酒★50は神の手で
清められているから。そして、夜の目からは
兄が静かにおまえを見つめている。兄は難儀な放浪をやめ、休らいでいるのだろう。
おお、夜の、魂を吹き込まれた青のなかの宿泊。

部屋にただよう沈黙はまた、愛おしそうにつつみ込む、
老人たちの影を
深紅の責め苦を、いまや孤独な孫のなかで
神を敬いつつ死んでゆく偉大な種族の嘆きを。

なぜなら、狂気の黒い数分から、輝きを増しながらいつも目覚めるのは
石と化した敷居に立つ長く苦しむ者、
彼を力強くつつみ込む冷たい青と秋の残照、

静まり返った家と森の伝説、
尺度と掟と逝った者たちの月明りに輝く小道だから。

なんじ、ぼくから去った精神よ

ヴァルター・ハーゼンクレーヴァー

なんじ、ぼくから去った精神よ★51、ぼくは獲得する、
何千回となくぼくの活動を待ち望む精神を。

ぼくと戦って、この意識の最後まで、ぼくを征服せよ、
おお、旅よ！　別の星のうえで開始せよ、
ぼくは新たに世界へ生まれ出た、
その世界は、ぼくの苦しみと喜びから生まれたもの。
ぼくは備えていた能力（ちから）を失わなかった、
展望（みとおし）はより広く、より明るくなった。
ぼくの心が描き出す理想にこの顔が明るく輝くのを見る
　たびに、
ぼくは自分の兄弟を見た。
けれども、ぼくは憧憬と悲嘆を超える者。
将来に望みある者、ぼくは永久に存在する！

賛美歌★52

クルト・ハイニッケ

わたしの魂はひとつの静まり返った庭、
わたしは泣く
この身体の塀に取り囲まれて。
世界はわたしの魂の戸口の前に黄色い姿で座っている。

わたしの魂はひとつの庭、
小夜啼鳥（ナイチンゲール）はわたしの憧れ、
その小夜啼鳥（ナイチンゲール）は快活に愛の歌をうたう、
そして、わたしの心は神を思いこがれる。

神はひとつの名前、
わたしの憧れは名前をもたない、★53
それはひとりの子供を、
意志を産んだ、
活気に満ち、そして
激しく轟いて突き進む意志を。
わたしはそのもとへ行かねばならない。

わたしの魂はひとつの庭。
わたしはその庭でひざまずかない。
わたしの腕は青い夜の広い絨毯のなかへと伸びる、
わたし、世界の、名前をもたない顔、
わたしは空を翔（かけ）る、
わたしはあなたの兄弟、
あの第一日に、星のように輝く霧から生まれ出た。

わたしの意志は、五月と朝日で造られた祭壇を芽吹かせる、
幾千もの蕾が炎のように開く、
そして、わたしの憧れは歌をうたいながら、あなたの口へと羽ばたいてゆく、
神よ、
あるいは、母の胎（ふところ）よ、
宇宙に漂うわたしの兄弟の心よ、
わたしは泣く、
なぜなら、いくら思考を巡らせても名前がもたらされないから。
わたしは歌う、
わたしの憧れの賛美歌を、
限りない愛の竪琴の音調（しらべ）にのせて。

生の歌

フランツ・ヴェルフェル

敵意は満ちあふれていない。★54
意志と行動
世界に思いを致す生
世界よ、それらはそれ自体、何だろうか？
一人一人の運命のなかに
喜びと苦しみの歩みのなかに
殺人と抱擁のなかに
人間であることの優美がある！

そのことだけは消え去らない！
きみは、背中の曲がった農民の娘の
怒りにもえた目を見たことがあるか？
きみは、彼女たちが
しだいに世慣れた女性の装いをして
本性を隠すさまを見たことがあるか？
きみは、彼女たちの心のなかで祭り舞台の緑
音楽と街灯の夜がきらめくのを見たことがあるか？

きみは――ポプラ並木の上に漂う雲のきみたちは――
病気の男たちの髭が
強風に巻き込まれ、

きみに神を思い出させるさまを見たことがあるか？
きみは、一人の子供が死ぬときに
多くの情け深い行為が示されるのを見たことがあるか？
その愛らしい体がいとおしげに撫でられながら
ぼくたちのもとから静かに去っていくさまを見たことがあるか？

きみは、夕暮に少女たちが
悲しそうな顔をするのを見たことがあるか？
彼女たちが台所を片づけ、
聖女のように部屋に引きこもるのを見たことがあるか？
きみは、額に深い皺が寄った巡査が
夜勤で、お供の犬を、
荒っぽくも愛情に満ちた言葉をかけながら撫でる、
その心優しい手を見たことがあるか？

なにかの行動をしている間に激怒した者は
よく考えてみるがいい!!　ぼくたちは
言葉で語るにせよ、身振りで表わすにせよ
口では言い表わせないほど遠く、そして近いのだ！
ぼくたちがここに立ち、そして座っていることを
だれが不安の戦(おのの)きもなく捉えることができるだろうか?!
けれども、どんな言葉をも超えて
ぼくは告げたい、人間よ、**われわれは在る!!**と。★55

訳注

崩壊と叫び

★1 ヤーコプ・ファン・ホディスの本名はハンス・ダーフィトゾーンである。この詩は、パウル・ペルトナー編『ヤーコプ・ファン・ホディス全詩集』（一九五八年、アルヒェ社刊）などでも最初に収められ、ファン・ホディスの代表作として広く知られることになった。フランツ・プェムファートが叢書『赤い雄鶏（デァ・ローテ・ハーン）』の第一九巻で発行したファン・ホディス詩集の表題も『世界の終末』となっていた。K・ヒラーは、この詩とともに表現主義の抒情詩が始まったと述べ、ファン・ホディスを「新しい芸術運動の指導者」と評した。また、プェムファートは「ファン・ホディスがいなければ、A・リヒテンシュタインなどの〈進歩的な詩人〉も現われなかっただろう」と述べ、この詩が同時代の詩人に大きな影響を与えたことを指摘した。

この詩を「表現主義蜂起のラ・マルセイエーズ」と称したベッヒャーは、「この二節、この八行によって、我々は別人になったような気がする。我々はブルジョア的俗物性から脱したように感じる。我々は新しい人間、歴史的創造の最初の日に立った人間であるように感じる。新しい世界が我々とともに始まる」（15）と語った。ピントゥスも「……この詩によって不安が高まり、ブルジョア的感覚は動揺して消失するだろう」と述べたが、彼がこの詩を本書の最初に収めたのも、これが表現主義の文学の本質を最もよく表わしていると考えたからだろう。

なお、この詩の様式は、世界各地で起きた事故や災害の新聞記事をそれぞれ時間の推移や継起の関連を考慮せずに同時的に並列していることから、「行様式」（Zeilenstil）（H・カウフマン）（16）、あるいは「並列様式」（Reihungsstil）（J・ツィーグラー）（17）と特徴づけられた。実際、この詩は各行が一九〇九年十二月に『ベルリン日報』に載った事故や災害の記事で構成されている。すなわち、一九一〇年五月に予想された「ハレー彗星の地球への接近」は、当時、同紙をはじめ数紙で「世界没落」の予兆として報じられていた。そして十二月七日（同紙六二〇号）には、北海沿岸の町を襲った暴風津波（高潮）の災害が、また十二月十六日（同紙六三七号）には、アメリカのノースカロライナ州で起きた列車転落事故が、さらに六六一号には、ハリケーンまがいの暴風によるベルリン周辺地域の大きな被害が載っていた。そのほか、「厄介な投機事件に巻き込まれた銀行頭取エヒターマイヤー氏の訴訟問題」なども連日、報じられていた（18）。

この詩は、それらの新聞記事で世界の終末の様相を描出したというよりも、むしろその予告をしたと言うことができる。実際、「嵐が来た」（Der Sturm ist da）という詩句は、聖書（ローマ人への手紙一三：一一）の「時機（とき）はすでに来た」（Die Stunde ist da）の文句を連想させ、黙示録的な雰囲気を醸し出している。また、「嵐」のような大事と「鼻風邪」のような小事の混在、（原詩に響きわたる）spitzen, Geschrei, stürzen, Sturm, Schnupfen の［シュ］の音と Bürger, Lüften, Küsten, zerdrücken の［ユィ］の音の交錯で不気味で混沌とした雰囲気が強まっている。

「世界の終末」を詠った詩の場合、工業技術や機械文明を否定し、ブルジョア社会を批判した内容が多い。この詩でも、（一世紀以上もの間、ブルジョア社会の象徴だった）「帽子」が吹き飛ぶことで、ブルジョア中心の社会、生活様式、環境などが嘲笑されている。ブルジョアは「Spitzkopf」（グリム編纂の『ドイツ語辞典』によれば、「狡賢い」の意味）という語で特徴づけられている。

なお、この詩は、本書に収められているファン・ホディスの詩「かつては、深い悲嘆は……」（トリスティーチア・アンテ）や「都市」と同じく一九一一年に書かれたが、当時、彼はベルリンの「新パトス・キャバレー」で自作朗読を頻繁に行なっていたので、この詩で詠われた都市はベルリンであると思われる。

★2　一九一一年十月に書かれたこの詩は、本来、無題であったが、遺稿集『生の影』（一九一二年刊）を編集・発行した友人（バウムガルト、ガンジ、グットマン、ファン・ホディス、イェンチュ）が、その表題をこの詩の題名にした。

★3　一九一〇年五月十九日、ハレー彗星は地球に二三〇〇万キロまで接近し、世界に恐怖と混乱をもたらした。ヨーロッパ各地で占い師が世界の崩壊を予言した。この詩のとくに第六、七節で詠われている暗い自然現象は、聖書の「バビロンの崩壊」、「エジプトの災い」、「ヨハネの黙示録」を連想させる。したがって、研究者クルト・マウツはハイムの詩を「黒い神話」(19)と評した。

★4　ハイムの詩友エルンスト・ブラスは、この描写について「それは……恐ろしい事象に満ちてはいるが、生の終焉という死の現実的深刻さに比べれば、いささか無邪気で、ときに優美さえも感じさせる。それはイメージにほかならない。……彼は自分の恐怖を表現しているのではない。彼の心的状態は、この世界の（恐怖的事象をも含む）暴力的要素を楽しむ気持ちを表わしている」と述べた。

★5　「人間はみな影である」（Schatten sind viele）は、「人間は影の夢」（〈Eines Schattens Traum sind Menschen〉：ピンダロス「勝利の歌」）や「人間は影にすぎず、その生は夢である」（〈Der Mensch ist nur ein Schatten und sein Leben ein Traum〉：ヘルダー「椰子の葉」）に拠っていると思われる。

★6　この詩は、詩集『栄光！』（一九一五年刊）に「戦争前」（Vor dem Krieg）という題名で収められていることから、第一次世界大戦以前の時代状況を詠ったと思われる。

★7　ドイツの総人口は一八八〇年に約四五〇〇万人、一九〇〇年に約五六〇〇万人、一九一〇年に約六五〇〇万人、一九一四年に約七〇〇〇万人となった。そして、都市部の人口は一九一〇年には総人口の約六〇％を占めていた。ドイツ帝国が発足した一八七一年の都市部の人口が総人口の三六％であったのに比べると、急速に人口の都市集中が起こり、大都市が出現したことがわかる。

★8　北極点は一九〇八年―一九〇九年にアメリカ人が、南極点は一九一一年にアムンゼン、一九一二年にスコット大佐がそれぞれ到達した。十九世紀末から二十世紀初頭にかけて何度も試みられていた極地点への到達は、ちょうどこの詩が書かれたころに成し遂げられた。若い詩人たちは人間の挑戦と冒険に関心を寄せ、その成功を作品に取り上げた。たとえば、シュテファン・ツヴァイクにも「南極探検の闘い――スコット大佐、九〇緯度、一九一二年一月十六日」と題する評論がある。

★9　時代や社会への不満は、クレムのみならず、他の詩人にも少なからず見られた。たとえば、トラークルは「私はまだどれほどこの呪われた都市で彷徨っていなければならないのか。……私はここに座り、焦燥と自分自身への憤りに苦しんでいる。私をこれ以上うまく活用できない運命は、私には無意味としか思えない」（一九〇九年の手紙）と述べていた。また、ハイムも「なんと恐ろしいことだ。……いつも同じだ。こんなふうに退屈きわまりない。なにも起こらない。この味気ない日常の痕跡を掻き消すなにかが起こってくれたら……」（一九一〇年七月六日の日記）と書いていた。

★10　オイディプス伝説に登場するスフィンクスと思われる。旅人に謎をかけ、その謎を解くことができない者を食ったスフィンクスは、つねに旅人がやって来るのを首を長くして待っていたという。

★11　この詩は、（一九一二年十二月から一九一三年十一月までに書いた詩を収録した）詩集『崩壊と勝利』に収められている。第一次世界大戦が勃発する以前の時代や社会に対する若い詩人の不満や不安が詠われている。

★12　K・エートシュミットはベッヒャーについて「彼はずたずたに寸断する人間であった。その詩にはなにか火山爆発のようなもの、なにか根元的なもの、公然の拷問のように痛々しいものがあった。……熱狂と不快が同居していた」（4）と語っていた。

★13　この詩に詠われた都市は、ハイムが父親の転勤で一三歳から住み、中高等学校（ギュムナージウム）に通い、大学で法律を学んだベルリンである。ハイムの場合、ベルリンを詠った詩は一九一〇年四月ごろから書き始められたが、初期にはその風景を自然主義的な手法で描いていた。しかし、ベルリンはやがて（「都市の神」や「都市の魔神（デーモン）たち」の詩に見られるように）幻想的、かつグロテスクに描かれるようになった。ハイムは自分の詩作を主要テーマ別に分類したとき、（この詩が収録されていた）詩集『永遠の昼』を「火」の部類に入れていた。大都市は彼には生を燃焼させる場所、工業技術や文化の発展を享受し得る場所として大きな魅力をもっていたのである。だが、やがてその強大な力は人間生活を脅かす危険を顕著にしたので、都市は黙示録的な形象で詠われることになった。

★14　バールは古代セム族では雨を降らせて土地を肥沃にし、破壊力に満ちた雷を発生させるが、聖書では偽神を表わす。したがって、旧約聖書（列王紀上一八：二〇—四〇）では、バールの預言者の集団が祭壇の周りで狂躁乱舞したあげく、刀や槍で体を傷つけた。

★15　（小アジア中西部にあった古代の国）フリュギアの女神キュベレに仕える従者、祭司。激しい踊りや音曲でその女神に奉仕したという。

★16　二十世紀初頭の人口増加は、経済成長をもたらす一方で、清閑な町を急速に大都市化した。なかでもベルリンは政治、経済、文化の中心として変化が著しかった。その人口は一八七〇年には約八三万人だったが、一八八〇年には約一〇〇万人、一九一〇年には約二〇〇万人、一九二〇年には約四〇〇万人に増加した。表現主義の詩人のなかには、ファン・ホディス、リヒテンシュタイン、E・ブラスのようにベルリンで生まれ育った者、ハイム、ベン、ベッヒャー、レルケ、ラスカー＝シューラー、シュトラム、ヴォルフェンシュタインのようにベルリンへの転居によって、同市で青年期を過ごした者がいた。したがって、ベルリンを詠った詩人は多数に上った。さらに、ベルリンは表現主義の代表的な文芸誌の『嵐（デァ・シュトゥルム）』（一九一〇年―一九三二年）や『行動』（一九一一年―一九三二年）が発行された都市としてその運動の一大拠点であった。ベッヒャーは一九一一年に中高等学校を卒業したあと、ベルリンのフンボルト大学で学ぶために、ミュンヘンからベルリンへ転居したが、それが彼の詩作にさまざまな変化をもたらしたと言われている。

なお、ファン・ホディスの詩「世界の終末」とほぼ同時期に書かれたこの詩は、一行がほぼ一文で成立した「行様式」、あるいは「並列様式」を表わしており、大都市でのベッヒャーの生活が脈絡のない断片的な幻想の並列で巧みに描かれている。

★17　この形象はベッヒャーの詩に「金髪のミューズ」や（芸名）「ダグニー」として幾度も現われる女優エミー・ヘニングスを表わしている。彼女はベルリンの「ヴァリエテ」やミュンヘンの芸術家キャバレー「ジンプリチシムス」に出演していたので、彼女を通じてベッヒャーはハルデコップフやファン・ホディスなど同時代の詩人と知り合うことができた。ちなみに、彼の詩集『崩壊と勝利』は彼女に捧げられていた。

★18　ゲオルク・ジンメルは『大都市と精神生活』（一九〇三年）で「大都市が人間のあらゆる人格的なものを超越する文化の固有の舞台になる」現象を指摘し、「急速に都市化が進むなかで人間存在の意義が不明確になり、人間の主体の疎外化が進む」（20）状況を検証した。

★19　この詩は（「夕暮に」、「都市」、「夢」、「朝に」の四篇の詩から成る）連作詩「都市の日」（Der Tag der Stadt）のなかの一篇であり、ここで詠われた都市もベルリンである。

★20　モーセがエルサレムの神殿の聖所内に置いた祭具で、ユダヤ人にとって希望の象徴でもあった「七枝の燭台」を暗示している。

★21　この動物たちの住処は、W・ベンヤミンの『ベルリンの幼年時代』にも現われるベルリンの動物園であり、ヴォルフェンシュタインもそこを時折り訪れていた。この詩は、リルケの詩「豹」とは対照的である。リルケの詩では「無数の格子があるようで／その背後に世界はないのかと思われる」と詠われ、動物の形象に彼自身の深い疎外感が表われていた。しかし、この詩では、動物に備わった自然の生、勢力と熱情が人間（＝詩人自身）の不自然な生や無気力と対比的に描かれ、詩人は動物の生を自分に願望した。

なお、表現主義の詩では、このように動物が主題、あるいは形象として現われることが多く、この特徴はクリスティーネ・コンゼンティーノ著『表現主義の詩における動物の形象』（21）でも考察されている。

★22　この詩は、題名が一九一三年に発行されたリヒテンシュタインの詩集の表題になるほど彼の代表作としてよく知られている。Fr・プェムファートによれば、リヒテンシュタイはファン・ホディスの詩「世界の終末」の形式を模範にして、この詩を書いたという。とくに交差韻、詩節の長さは詩「世界の終末」と類似している。この詩でも各行は描写の終結に向かって調子を高めたり収斂することなく、ただ形式的結びつきのみで並列している。また、「少年」、「木」、「小鳥」、「女」、「若者」などの形象も、それぞれ（「一」や「或る」を意味する）不定冠詞を伴って各行の任意的個別性を強化している。こうした詩行や形象の同時的で重層的な並列構造は、ランボー――より顕著にはアポリネール――の詩にも見られ、一九一〇年以降、詩人たちの関心を引いていた。ちなみに、ハイムは一九一〇年七月二十一日の日記で「ぼくの偉大な点は、事象の継起(Nacheinander)はほとんど存在せず、たいていのものはひとつの平面上にあり、すべては同時並列(Nebeneinander)であることに気づいたことである」と述べていた。実際、表現主義、未来派、ダダイスムでは「同時性」(Simultaneität)は詩的手法として重要な意味と機能をもっていた。

ヘルムート・ウーリヒは、この詩が本来、新ロマン主義的で審美的なイメージをもつ「たそがれ」という題名に反して、斬新な形式と動的な描写を表わしていることについて「読む者に予想を裏切る衝撃を与えることで、時代と社会の不穏を先取りしている」(22)と述べた。だが、世界の終末という危機的状況は「神々の黄昏」、「偶像の黄昏」を連想させる「たそがれ(デメルング)」という語で暗示される程度で、「世界の黄昏」がこの詩の主題であるとは考え難い。

なお、リヒテンシュタインは『行動(ディ・アクツィオーン)』誌・四〇号(一九一三年十月四日)に「詩〈たそがれ〉の自己解釈」を発表したが、そこでは「(この詩の)意図は、時間や空間のもろもろの相違がイデーを活かすために除去されている点にある。この詩は、風景に対する黄昏の作用を描き出そうとしている。その場合、時間の統一はある程度、必然的であるが、空間の統一は必要ではなく、したがって詩行構成では考慮されていない。すなわち、黄昏が――個々の物に及ぼす作用において――比喩的に描き出されているのである。……詩作者は、現実として考えられ得るような風景を提供しようとするのではない。詩芸術の(絵画芸術に対する)利点は、それが「イデーによる」形象を有することである。また、これ以外の意図は、諸事物の反射的な印象を(余計な省察なしに)直接的に受け入れることである」と述べられていた。

★23 シュタードラーの長行詩について、H・ウーリヒは「それは詩的集中力の比類なき成果であり、彼自身の独創性に由来するもの、あるいは自己克服による自己解放の行為として解釈し得るものである」(22)と述べた。

★24 当時、都市への人口流入は急激で、それに伴って地価も急速に値上がりした。大都市では「Mietskaserne」と呼ばれる「兵舎のような(殺風景な)アパート」が多く出現した。それらの住居は狭いうえに、下宿人を置かなくては入居が困難なほど家賃が高かったので、たいてい下宿人、同居人がいた。ちなみに、トーマス・マンの短篇小説『予言者の家で』(一九〇四年)にも、この種のアパートにおける窮屈な生活が描かれている。

★25 「ダイアデム」とは、宝石を塡め込んだ環状の頭飾りのこと。ドイプラーの詩には、太陽、星、月などの天体が光輝を放って頻繁に現われ、独特の神秘的世界を形成している。

★26 ドイプラーの詩には(改作によって)異稿が存在する場合が多い。ちなみに、フリートヘルム・ケンプ編『ドイプラー作品集』では、この詩の最終行の「星のダイアデム」(Sternendiademen)が「街路のダイアデム」(Straßendiademen)となっている。

★27 ギリシャ神話に登場する牧神で、頭には角が生え、足は山羊に似て、葦の笛を吹く。ローマ神話のファウヌスに相当する。

★28 とくに一七、十八世紀のオペラなどでアリアの前奏、間奏、後奏として反復される器楽部分。

★29 シュタードラーはハイムについて「恐怖を告げる司祭であり、戦慄を覚えさせるものやグロテスクなものを視る幻想者である。ポーやボードレールの兄弟である」(23)と述べた。都市の魔神がギリシャ神話の牧神やローマ神話の牧羊神と擬されていることからも、ハイムの詩は「現代の黒い神話」と特徴づけられた。

なお、Fr・レシュニッツァーはハイムにおけるボードレールの影響を指摘し、「ハイムはボードレールの形式的厳格さを習得した。彼の韻律はどれもまるで貴金属のように硬く澄んでいる」(11)と述べた。

★30　この詩は(「小さなアスター」、「美しい青春」、「循環」、「ニグロの花嫁」、「レクイエム」で構成された)連作詩「屍体陳列所」の最初の詩である。ちなみに、その連作詩が書かれたときの状況をベンは次のように語っていた。「私が詩人として初めて……〈屍体陳列所〉を書いたときは夕方だった。私はベルリンの北西地区に住んでおり、モアビートの病院で解剖を担当していた。それは五篇の詩の連作で、五篇とも同時に浮かび上がってきて、出現したと思ったら、もうできていた。それまでは影も形もなかったのに。薄暮の状態が過ぎたとき、私は空っぽで、空腹で目眩がした。巨大な奈落から這い上がるのは困難だった」(24)。さらに、それが発行されたときの状況をベンは次のように述べていた。「現役将校だったこの年、私の初めての詩集〈屍体陳列所〉がヴィルマースドルフのアルフレート・R・マイヤー社から出版された。そこは、同じ一九一二年にマリネッティ、カロッサ、ラウテンザックの最初の本を出版した出版社であった。私の最初の詩集が出るとすぐに、私は世間から手に負えぬ極道者、悪魔のような気取り屋——今日なら、典型的なユダヤの混血児というところか——当時はまだ典型的な——カフェ文士という評判を受けた……」(24)。

また、それを発行したA・R・マイヤーは「その原稿を読んだとき、私はがっかりしてさっさと頁を繰って終わりにしようと思った。だが、よく見ると、それまでの詩とは違う連作詩が付いていた。そこで——私は叫んだのだが——その詩を書いた男は理屈ではなく、医者としての職業体験から出発していたのだ」と語った。

その連作詩は、マイヤーが「おそらくドイツで、あの当時のベンに対してほど新聞、雑誌があんなにも言葉豊かに、爆発的な方法で抒情詩というものに反応したことはなかった」(24)と述べたような大きな反響を呼んだ。

実際、シュタードラーは、この詩を現代詩の本質をよく表わした作品として高く評価し、次のように述べた。「なかでも最も興味深いのは、若い医師ゴットフリート・ベンの詩〈屍体陳列所〉である。すでに題材を見ただけでも、そうである。もちろん、青い花の騎士といった抒情詩の理想は徹底的に排除されている。詩的感動の対象に手術などを採り上げるとは、まさに斬新というほかにない。俗物は我々の生に直接、関わり、衝撃をもたらすものを芸術の領域から原則的に排除するが、それが芸術か否かを唯一決めるのは、生を覚醒させる詩人の力である。これに拠れば、ゴットフリート・ベンの詩は正当に評価され得るものである」(23)。

ちなみに、その連作詩に詠われた都市は、ベンが医学を学び始めた一九〇五年から船医になった一九一四年まで暮らしたベルリンである。当時のベルリンについては「ヨーロッパの都市で、こんなにも雑多な物が多く、あらゆる種類の異質な要素が溢れているところは他になかった。ここでは、(国会内に限らず)社会問題をめぐる論争も声高に行なわれた。ベルリンはすでにドイツ最大の工業都市になっていた。……浮浪者、犯罪、売春――そんなのは日常茶飯事だった。身元不明者の検死所には死体が溢れ、解剖室に次々と運び込まれた。この光景は若いベンがすぐに経験したことだった。とくにここベルリンに漲っていたのは、世界に開かれた開放感だった。アイロニカルで好奇心の強い気質、冷ややかで辛辣な批判、生意気な舌打ち。そして下町の俗語が上流階級にまで浸透していた。ベルリンの空気に馴染んだ者はもう余所の空気は吸えなかった。他の都市には満足できなかった」(25)と言われていた。

なお、この詩には、「小さなアスター」という題名が付き、さらにその語に「薄紫色の斑模様」(dunkelhellila)という新奇な形容詞が付加していることで、読者の関心は「アスター」に集中する。これに対して人間は、花が流離い、憩う場所にすぎない。最終行の「安らかに憩うがいい、小さなアスターよ!」という労いの言葉も人間ではなく、花に向けられている。したがって、D・リーヴァーシャイトは「この詩は、花と人間を並べて描写しながら、徐々に花を主に、人間を副にしている。これによって、それまでキリスト教的、人道主義的な伝統を当然の原則として受け入れ、その価値観に浸っていた読者の意識は激しく動揺することになった……」(26)と述べた。

★31　たとえば、リヒテンシュタインの一九一三年の詩「点」では、「人間でごった返す街路は、灯火に赤く燃えて(lichterloh)流れて行く。強烈な街灯の光は夜空を緑の泥で塗りたくる」と、またロッツの詩「夜はどの都市でも爆発する」では、「ぼくらは熱く強烈な光で引き裂かれる」と詠われていた。このように、照明器具の発達で都市の夜は眩しいほど明るくなり、平静の暗闇を失った。それに対して詩人たちは困惑のみならず不安や苦痛を覚えた。

★32　二十世紀初頭には、クロード管、ネオン管の実用化によって都市の夜空を彩るネオンサイン(電飾広告)が普及した。ピントゥスも科学技術の急速な進歩によって人間をとりまく生活環境が急激に変化し、困惑と不安をもたらした状況を「不幸な〈体験の過剰〉」(27)と捉えていた。

★33　詩集『出発』(一九一四年刊)には「日々」と題してI、II、III、IVの詩が収められているが、この詩はIIに当たる。ちなみに、その「I」では、「II」とほぼ同じく、娼婦の恥辱の生と心の浄福の葛藤が、「III」では娼婦の「汝」に対する詩人の「自我」の告解と同情の目覚めが、「IV」では「自分をあらゆる世界へ捧げよう」とする人道主義的な決意が詠われ、詩人の精神の発展過程が表わされている。

★34　本書には、この詩に続いてツェヒの二篇の詩が収められているが、彼は人間を過酷な労働へ駆り立てる工業社会を批判的に詠った詩(Industrie = Lyrik)を数多く書いた。

また、ピントゥスも評論「世界市民に告ぐ」(一九一九年)で工業社会に生きる労働者、庶民について次のように述べていた。「自ら機械になるために機械へ駆り立てられる庶民を見ろ。鉱山の湿った有毒の空気が充満する暗闇へ入って行く庶民を見ろ。百貨店の人工照明を浴び、不健康な店内に立ち尽くして体力を消耗する娘たちを見ろ。事務机で体を折り曲げる男たちを見ろ。彼らはみな、喜びもなく、意志ももたず、ただ生きるために歩き、走り、立ち、座っているのだ。他人の財を築くために、毎日、いや一生、仕事のために生きている。そうした生活で、生きる意欲も精神(こころ)も潰え、ついには生きよう、働らこう、幸福になろうという、きわめて素朴な意志も、理性的で創造的な理念も、その思考を止めた頭にはまるでユートピアを追うかのように不可能な願望と映るのである」(28)。

★35　一八五〇年ごろは一日十六時間の労働で、食事のための休憩時間も日曜休みもなかったが、一九一八年の社会改革でようやく一日八時間労働制がもたらされたといわれる。

★36　一般に、相手の衣服の裾に手を触れたり、接吻する動作は恭順の表現とされる。

★37　表現主義の詩はほとんどが伝統的な美の概念を覆す反唯美主義を標榜していた。したがって、「霧」という元来、自然詩に馴染み深い形象が「世界を砕いた」という暴力的行為と結びついたほか、従来、ロマン主義の美と自然の象徴であった「月」が「毒を含んだ、太った霧の蜘蛛」という不気味な形象で表われていた。K・L・シュナイダーは、ハイム、ファン・ホディス、ブラス、ベッヒャー、ツェヒ、リヒテンシュタインなどの初期の詩で「月」がグロテスクで脅威的な形象として表われた例を多数、挙げていた(29)。

★38　リヒテンシュタインはこの詩を彼の中高等学校(ギュムナージウム)以来の親友クルト・ルーバシュに捧げ、自ら「都市からの逃走」を詠った詩と説明していた。

★39　一八七一年のドイツ帝国の成立以来、経済力を増した中産階級は英雄的な生活を理想として求めた。彼らは、たとえばG・フライタークの小説に描かれているように、繁栄する家系として「日の当たる家庭」を、また「善良で教養のある市民」として良書を読み継ぐ文化的な生活を目指していた。

★40　『エーレンシュタイン作品集』の第一巻『詩集』(ハンニ・ミッテルマン編)では、この詩行の次に「そして、ぼくたちがいっしょにいるときは」(Und sind wir schon beisammen)という詩行がある。

★41　メモ帳XVII／15(一九一四年十一月—一九一五年一月中旬の記録)には、この詩の草稿が残っている。それによれば、この詩はユーリエ・ゼンフテンベルクへの叶わぬ恋を詠っていたと思われる。この詩が書かれた当時(一九一四年十二月)の日記には「彼女は観劇や食事など、ぼくの数々の気遣いにろくに礼も言わない。ぼくのことをただ添え物の植物と思っているのだ。時間が女になるのではなく、女だけが時間に、しかも長い時間、退屈な時間になる。そんなときは、じつに嫌悪感を覚える」と記されていた。

★42　シュトラムは一般に「抽象的表現主義」の元祖のように言われているが、そうした見方は彼の詩作の一面を捉えているにすぎない。この詩に関しては、シュトラムは自然主義の詩人と見ることもできる。詩の主題が人間の心の動揺、不安の増大、感情の高ぶりであり、その変動を人間の自然現象と考えることもできるからである。一九一四年ごろに『嵐(デァ・シュトゥルム)』誌に掲載された一連の詩「きみ—愛の歌」では、恋愛をめぐる男女の心の葛藤が自然現象として描かれ、一九一五年ごろの戦場の詩に認められるような抽象性はまだそれほど顕著ではない。

★43　本書に収められたシュトラムの詩はほとんどが詩集『きみ—愛の詩』(一九一五年刊)に収録されているが、それぞれ独特の形式と音調(しらべ)で心の衝撃、葛藤、焦燥、拒絶、願望、不実、失恋など、「きみ」と「ぼく」の間の諸局面を詠っている。その場合、「きみ」との関係においてのみ、「ぼく」の実在化が可能となる状況が明確になっている。この詩では「微笑み」―「泣く」、「眼差し」―「棺に閉じ込める」、「言葉の土塊を撒く」―「差し伸べた手と手は砕ける」という語の対置が「きみ」と「ぼく」の間の微妙な感情的変化を反映している。

★44　この詩はドイプラーの代表作『北極光』のなかに見られる。本書に収められたドイプラーの詩は、たいてい長大な詩の抜粋であることから、内容がいささか捉え難い場合がある。しかし、自然から疎遠になる現代の人間に生の根源的要素を思い出させる彼の詩は、さまざまな点で示唆に富む。

★45　他の稿では、この最終行が「この不安にぼくは殺される」(Tötet mich die Angst) となっている。ヴォルフェンシュタインは、この詩で自分を「神をもたぬおまえ」(Du Gottlose) と呼んだが、一九一四年の処女詩集の表題も『神なき歳月』(Die gottlosen Jahre) となっており、神をもたぬ自分の存在に強い不安を抱いていたと思われる。

★46　「深き淵より」(De Profundis) を題名にした詩は、一九一〇年代にベッヒャーをはじめ何人かの詩人によって書かれた。その題名は、ランボーの『地獄の一季節』のなかの「悪血」にも見られる。この語句は悲嘆の底から発せられる叫びを表わし、聖書の詩篇・第一三〇篇の冒頭の句「主よ、我、深い淵より汝を呼べり。主よ、願わくば我が声を聞き、汝の耳を我が懇願の声に傾けたまえ」に拠る。

なお、この詩に見られるように、トラークルの詩では少数の言語形象が(新たな配列で)繰り返されることが多いが、それらはたいてい以前に形成された形象や引用句である。この点に、ボードレール、ランボー、ヘルダーリンの影響を窺うことができるが、それらの言語形象の解釈がいかに難しいかは、数々の草稿や繰り返された改作を比較する場合に明らかになる。すなわち、トラークルの改作では、コラージュを組み立てるときと同様に――音響や連想効果を配慮しつつ――さまざまな語を実験的にはめ込む試行が多くなされた。

この詩も、詩「聖歌」と同じく、ランボーの影響が強く表われている。ランボーの詩は一九〇七年にカール・クラマー (Karl Klammer) (仮名K・L・アマー) の訳でインゼル社から発行されたが、表現主義の詩人たちに少なからぬ影響を与えたと言われる。ベッシェンシュタインによれば、トラークルもその訳詩を読んだとされる。ちなみに、トラークルにおけるランボーの影響はベッシェンシュタインのほか、R・グリム、H・リンデンベルガーなどによって考察された。

そして、この詩で繰り返されている「Es ist...」について、アドルノは『美の理論』で「トラークルの詩の随所に見られる〈である〉(ist) という繋辞(コープラ)は、芸術作品では概念的意味から疎遠になる。すなわち、繋辞(コープラ)は存在についての判断を表現しているのではなく、色あせ、質的に否定にまで変化した判断の残像を表わしているにすぎない。何かがあるということは、芸術作品では、それ以上のことでもそれ以下のことでもなく、その何かは存在していないということすら表わしている」(30) と述べた。

また、H・カウフマンは「諸現象の隔絶と一様性が、ステロ版化した〈……がある〉(Es ist...) によって我々に強調される。(意識的にトラークルは……ランボーの〈幼年時代〉のあの〈Il y a〉を大雑把に当てはめた)。表現の決定的な即物化は、「存在する」ものに為す術（すべ）も知らない無力な状態を絶えず新たに伝える」(16)と語った。

★47　この詩は『行　動（ディ・アクツィオーン）』誌・第七号（一九一七年）に掲載されたが——一九一二年の日記（XVII／1）に「ぼくは氷河の山よりも機関車が吐く煙の渦巻が好きだ」と記されていることから——一九一二年のテッシーン旅行で書かれたものと思われる。

★48　ベンにかぎらず、表現主義の詩人は——たとえば、ベッヒャーはクライストを、ヴォルフェンシュタインはドストエフスキーを、ハイムはヘルダーリンを、トラークルはノヴァーリスをそれぞれ讃える詩を書いたように——各自が敬愛し、理想とする人物を詩に詠う傾向があった。

　なお、十九世紀最大の劇作家フリードリヒ・ヘッベルは（日雇い職人だった父親を一四歳のときに亡くしたために）極貧のなかで育ち、苦労をしたが、巌（いわお）のごとき意志の力と嵐のような激情と高邁な形而上学的思弁と奔放な想像力をもち、芸術的良心は厳格であった。ベンは牧師の子であり、ヘッベルと同様の境遇ではなかったが、彼のプロテスタント神学に基づく知的精神は、自由精神とロマン主義的反逆精神を表わしていた。

★49　ベンは、幼年期の小＝市民的で権威主義的な家庭と、プロテスタントの牧師だった父親から体験した厳格な日常生活を苦い思いで回想することが多かった。そのさい、彼の感情的な逃避先は「誰にもまして優しかった母親」と、身近にあった自然の世界だった。母親はロマン人であり、カルヴァン派の信徒で「アルプスの種族」だった。肥満体質で、慈悲深く、外向的で「この地上の生あるものすべて（植物や野原）」に親しんでいた。

　ちなみに、この詩がⅠとして収録されている詩集『息子たちⅠ～Ⅹ』（一九一三年刊）のなかのⅥの詩は「母」という題名で「閉じようとせぬ額の傷のように／私はあなたをはんでいる／傷はもう痛まない。そして心臓が／そこから死んで流れ出ることもない／でも、時折り、私は盲になって／血を口いっぱいに感じ取る」と詠われていた。

★50　両親の家は収入が少なく、生活は質素であった。ベンによれば、「(彼が友達の家で見たような)英国の画家ゲーンズバラの風景画も掛かっておらず、ショパンの曲も流れず、まったく芸術的センスのない家庭だった」(31)。

★51　先に収められた詩「村の夜」でも「神をもたぬ不安」(Gottlose Angst)が詠われていたが、この詩は、一九一四年に発行されたヴォルフェンシュタインの処女詩集『神なき歳月』の表題詩になった。ちなみに、六三篇の詩を収録したその詩集は、「不確実」、「無」、「新たな意識」の三章から構成されていたが、どの詩も神の不在を——ニーチェほど強烈ではないが——悲嘆し、ニヒリズムに陥ったヴォルフェンシュタインの心的状態を表わしていた。

★52　この詩は一九一〇年二月十八日に初めて『炬　火（ディ・ファッケル）』誌に掲載されたほか、(同誌の発行人)カール・クラウスが開催した朗読会でもたびたび紹介された。この時期、エーレンシュタインは原稿を方々の出版社にもっていったが、どこからも良い返事が得られなかった。そのなかには、後年、彼の作品を数多く出版したエルンスト・ローヴォルト社も含まれていた。

　この詩の題名は、詩集『白い時代』（一九一四年刊）では「さすらい人の歌」(Wanderers Lied)と、また詩集『赤い時代』（一九一七年刊）では「さすらい人」(Der Wanderer)となっている。題名は異なっても内容に相違はない。なお、当時、両親の不和の下で孤独と不安に苦しんでいたエーレンシュタインは、親交のあったパウル・エルンストへの（一九一〇年六月十一日の）手紙で「我が家の状況については、詩〈さすらい人〉に詠われている」と書いていた。

　そして、この詩については、題名と語彙の類似からゲーテの西東詩集の「不満の書」の「旅人の心の静けさ」との関連を指摘する研究者もいる。また、同時代のオーストリアの詩人ベルトルト・フィアテルは、この詩の「さすらい人」をアハスヴェール像と結びつけて「その詩はアハスヴェール＝詩である。これはハイネ風のサロン＝感傷詩ではなく、ゲットーの地獄から轟く激情の音調（しらべ）である」（『新展望（ディ・ノイエ・ルントシャウ）』誌二三号・一九一二年）と述べた。

★53　この詩と対を成す作品とも言われる自伝的小説『トゥブチュ』（一九一一年刊）の次の箇所と関連している：「ぼく（＝トゥブチュ）は独りぼっちでこの大都会のなかを彷徨っている。誰一人ぼくのことを気にとめる者はいない。せいぜい通り過ぎる配送車の屋根の上を不安げに走り回っている犬がときたまぼくに吠えかかるくらいだ。ぼくは何度、吠え返してやりたい気持ちに駆られることか……」。

　なお、『トゥブチュ』には、ココシュカの一二枚の線描画が収録されたが、そのうちの一枚には、トゥブチュが犬に吠えかけられ、恐怖に戦く姿が描かれている。

★54　この詩は、詩集『名のない顔』に「詩」（Gedicht）という題名で収められている。「手をかざす」行為、すなわち人の頭の上に手を置いたり、手を差し伸べる按手は、聖書でも聖霊の活動を求める行為として描かれている。ちなみに、この行為はピントゥスの評論にも時折り表われているが、それは未来を摑み、未知の世界へ進出する希望に満ちた態度を表わしている。たとえば、評論「未来への提言」（一九一八年）では「あらゆる意志はかざされた手である。その手は形作りつつ、整えつつ、未来の深紅のカオスを摑もうとする」（32）と、また「世界市民に告ぐ」では「手をかざすとき、その動作で世界の未知の領域に作用することができる」（28）と述べられていた。

★55　聖書では、人々は神に話しかけるとき、アドナイ、エル、エロアハ、エロヒーム、イスラエルの聖者、いと高きお方、永遠なるお方といった語（ことば）のひとつで呼びかける。モーセに明かされた神の本当の名はＹＨＷＨであるが、これは非常に神聖な名前なので口にすることは禁じられている。このことは、全神秘思想を貫く神の名状不可能性、神の匿名性に拠っているとされる。

★56　一九一四年の草稿には、この詩の直後に「信じがたいほど妙に詩が生まれることよ！　メロディーは詩作者に真実、あるいは予想どおりの認識と感じられる思考を生み出す。語（ことば）は一度、選ばれると、すぐに詩人に彼自身の内奥を明示する韻を夢想のごとく呼び出す」と記されていた。

★57　チグリス川左岸にあった古代アッシリア帝国の首都。ギリシャ神話ではニノス王の死後、王位を継承した后セミーラミスが王のためにここに壮大な霊廟を建て、自分はバビロンに一市を築いたという。

★58　ハーゼンクレーヴァーは「ぼくの心を演じる人物がぼくの気持ちを晴れやかにするのを感じたとき、ぼくは兄弟を見た」と述べていたが、彼の作品で彼の心を演じる「人物」は——戯曲『息子』

におけるように——「名前をもたず」、ただ「息子」、「女家庭教師」、「友人」とだけ表わされていた。すなわち、「ブルジョアのように欲望を剝き出してぼくのところへ来た名前というものは、どこに在るのか？」と自問する彼には、名前はブルジョアと結びつき、欲望に駆られた人間を表わす否定的な意味しかもっていなかった。

★59　かつて光や電磁波を伝える媒体として宇宙に充満していると考えられた物質。だが、その存在は相対性理論によって否定された。

★60　ピントゥスはクレムの詩集『要請』に書いた「あとがき」で、この詩の最後の二行を「不確実な世界に生きる人間に対して詩人が提示した慰めに満ちた二行」(33)と称賛した。

★61　原詩ではSchreiten（歩き進み）、Streben（あがき求め）、Schauern（立ち震え）、Stehen（止まっている）、Sterben（死）、Schreit（大声を上げ）、Stummen（静まり返る）など硬口蓋歯茎音「シュ」が次々と反響するように現われ、詩の題目「憂鬱」（Schwermut）と呼応して、詩全体に憂鬱な雰囲気を醸し出している。このように、詩を「言語芸術（ヴォルトクンスト）」と捉えたシュトラムの場合、（翻訳では、その魅力や効果を伝えることはいささか困難であるが）詩を構成する各語の音響は重要な意味と役割をもっている。

★62　この詩は、「パルク＝ホテルの侘しい夜の思い出に」という副題が付いた草稿があることから、一九一五年の終わりにクルト・ヴォルフ社の原稿審査係として短期間ライプツィヒのパルク＝ホテルに滞在していたときに書かれたものと思われる。

★63　ギリシャ神話に登場する巨人の一人。兄のプロメーテウスの忠告を忘れてパンドーラの美しさに魅せられ、彼女を妻としたことから人間のあらゆる災禍を生じさせたとされる。この話に拠って、エーレンシュタインは女性への愛に耽溺しないように自戒した。

★64　アメリカ＝インディアンの一部族で、とくにダコタ人を指す。なお、スー族は白人開拓者や米国軍隊との間で、最初は一八六五年—一八六八年に、次には一八七五年—一八七六年に戦争をした。

★65　「人間は気高くあれ／慈悲深く善良なれ／それのみぞ／我らの識る／あらゆる存在から／人間を区別する／……気高き人間よ／倦まず創れ／益あるもの、良きものを／そして、我らのほのかに感ずる／かのより高き存在の／原型たれ」と、人間に求められるべき本性を詠ったゲーテの詩「神性」をパロディーとして暗示している。

なお、エーレンシュタインはゲーテのパロディー化をしばしば行なった。ほかにも、たとえば詩集『我が詩』（一九三一年刊）には、「きみよ知るや、ゲルマン人の栄える国を／きみよ知るや、ゲーテの芸術のわからぬ民を／民族として堕落した下僕の民を——」という（ゲーテの詩「ミニヨン」をパロディー化した）詩がある。

★66　原詩ではSirius（大犬座の首星）となっているが、これは、ギリシャ神話に登場するシュレウス（Syleus）の間違いではないかと思われる。ちなみに、このシュレウスはリューディアに住んでいた野盗で、葡萄作りをしていたが、通行する他国人を無理矢理（むりやり）、葡萄園で働かせたあと、殺したとされる。

★67　原詩では、schmettert（粉々に割れる）、Stein（石）、stehn（止まる）の「シュ」の音と、greller（煌めく）、grant（ざらざらに砕く）、Glas（ガラス）、glast（ガラス化する）の「グル（グラ）」の音の混在で、「打ち拉がれた」心の状態が巧みに表わされている。また、（「シュ」の音を代表する）Stein「石」と（「グレ（グラ）」の音を代表する）Glas「ガラス」の対置に、「ぼく」と「きみ」の心の並行状態が表われている。この詩も、先の詩「憂鬱」と同じく、語の音響で微妙な心的状態を表現しており、「言語芸術」＝理論の実践と言い得る。

ちなみに、その理論は、シュトラムの詩を盛んに朗読したルードルフ・ブリュームナーが『嵐（デア・シュトゥルム）』誌（一九二五年九月）に発表した評論「アウグスト・シュトラム――没後十年にあたって」で次のように述べられていた。「文学とは語で、しかも語だけで、耳に聞こえる語だけで造形されたものであることがこれまで忘れられていた……だから、シュトラムは語にその純正な意味を、根源的な意味を返し、語をとうに忘れられた根源的価値へと連れ戻した。語は耳で聞かれるものであるがゆえに、ふたたび耳で聞かれるものとなる。……これがシュトラムの文学の基礎である。語は、その狭い、ただひとつの解釈において理解されるのではなく、多くの解釈が可能な根源的意味において聞かれ得るのである。……語がひとつの響き、ひとつの形式、またはひとつの色彩と同じ価値をもつ根源的意味において感じられ、規定されるとき、それらの語と語を結合して、ひとつの芸術作品が造形される。……言語芸術のリズムは語から語へと移動する。この歩みが……ひとつの語が別の語やすべての語に対してもつ関係の豊かさを感じ取らせ、……あらゆる語が多義的な豊かさを放射し、その充溢から聞く者の胸にそれと同じものが共鳴するのを感受させる」と。

さらに、この「言語芸術」＝理論について『嵐（デア・シュトゥルム）』誌の発行者ヘルヴァルト・ヴァルデンは、「芸術としての文学は、連続し関連しあう語の運動、リズムにほかならない」と述べたが、彼は講演『芸術への洞察』でそれについて次のように語っていた。「言語芸術は、芸術的にロジカルな形象という補助手段を用いて何かを訴える。……言語芸術の形象は、視覚的経験世界について陳述するのではなく、むしろ或る感情の表現、つまりその感情のために芸術家の選んだ比喩である。この比喩は比較であってはならず、形象が陳述に取って替わらねばならない。……芸術家は明白に、比較なしに感情を表現するような形象を選ばねばならない。形象は感情表現そのものである。……一篇の詩のための造形とは、これらの形象を律動的に完璧に、芸術的にロジカルに関連づけることである。言語芸術の表現主義的形象は経験世界を顧みない。場合によっては、全面的にこれと断絶した比喩を生む。……この形象は決して恣意的ではない。……芸術の法則はまさしく芸術的であって、自然のままであってはならないということがここに論理的に明白になる。……芸術においては不可能なことが可能となる。芸術の根源である無意識のもの、つまり感情は、考えが閃くよりももっと速く感受するのである」（34）と。

★68　クレムは一九一四年から一九一八年まで軍医として西部戦線に在った。戦争が膠着状態に陥った状況で絶えず死の恐怖に戦きながら、兵舎内の静物を観察し、詩に詠っていた。この詩では、第一、第二節の「灯火が燃えている」、第三節「灯火がしだいに消える」、第四節「灯火が消える」というように、灯火の変化に彼の心的状態が反映されていた。この詩のほかに、兵舎の天井に漂う煙草の煙の動きを詠った詩もある。

★69　最後の晩餐を終えて、イエスと弟子たちはエルサレム東方のオリーブ山の麓にある、この園に行ったという。そこで、イエスは来たるべき死を前にして苦悶し、神に「苦痛の杯を遠ざけてください」（マタイによる福音書二六：三〇―五六）と祈ったという。このテーマは表現主義の詩や絵画で幾度も取り上げられた。たとえば、画家W・レームブルックにも「諦めた望み（ゲッセマネ）」と題した作品がある。

★70　メモ帳XVI／13（一九〇八年十月―十二月の記録）には、この詩に関して「〈だれが知ろう？　生が死ではないかどうか、死が生ではないかどうかを〉という名句はアリストパネスのみならず、ホーフマンスタールにも引用された。それをホーフマンスタールは的確に引用した。彼のおかげで、その句は教養のない人々にも知られるものとなった」と記されていた。ちなみに、「だれが知ろう、生が死ではないかどうかを、死が生ではないかどうかを」の句はエウリーピデースの「断篇」にも見られる。

★71　この詩は、ヨーロッパを一種の戦争ヒステリーに陥れたとされる一九一一年の第二次モロッコ事件に触発されて書かれたとする解釈がある。その事件ではアガディールにドイツ軍が派遣され、これによってドイツの国際的孤立とイギリスによるドイツ包囲政策が強化された。

しかし、そうした解釈とは異なり、この詩を一九一四年の破壊的事件（＝第一次世界大戦）を予言的に詠ったものと捉える研究者もいる。

さらには、戦争というものを時代状況や政治とは結びつけず、たんにデモーニシュな現象として表わしたとする捉え方もある。その場合、戦争をデーモン化することによって、表現主義の詩の神話化傾向がいっそう強まったと言い得る。

ちなみに、K・エートシュミットは「ハイムの名声を決定づけた詩〈戦争〉は、決して時事的な詩ではなく幻想である。……彼は学生で司法官試補でもあったので、詩作では客演的存在だった。したがって、当時の世界を何をもって、いかに変革するかといった現実的な考えはなく、ただ粉砕しなければならない対象と考えていたのではないだろうか？」（4）と述べた。

★72　「あなた方の知らないお方が、あなた方の真ん中に立っておられる」（ヨハネによる福音書一：二六）と類似した表現を用いて、キリストの復活を冒瀆的に表現したとも考えられる。

★73　ソドムとともに死海の南にあった伝説の退廃の町。神はこの町を罰するために「天から硫黄の火を降らせ」、すべてを焼失させたとされる。

★74　当時、「出発」(Aufbruch) と題した詩は数多く書かれた。この詩は、一九一六年に発行されたクルト・ヴォルフ社の文芸年鑑に収められたが、そこでは「一九一三年以前の作」という詩人自身の注記があった。それによって「その詩が第一次世界大戦の勃発を歓迎して書かれたものではないことを」明示しようとしたのである。

なお、H・ウーリヒはこの詩について「愛国主義に駆られて戦争を肯定した詩と解釈されることがある。ファンファーレ、鼓手の行進、弾丸の雨、露営、兜、鎧、勝利の行進という語（ことば）が現われているからだろう。しかし、各行の意味を順次、（運動を表わしている語句や形象に注目して）考察すれば、告白めいた内容の背後に、優れた意味での詩人の伝記的事実――時代との闘い、自己表白と自己内省、自己分裂の認識とその克服の意志など――が本来のテーマとして浮かび上がってくるのに気づくだろう」（22）と述べた。

★75　この詩の第五行から第八行まではシュタードラーの新ロマン

主義的な時代が、第九行から最終行までは表現主義的な出発の主題がそれぞれ詠われていると考え、そこに彼の詩作の変遷を辿ることも可能である。さらに、最終行ではシュタードラーの詩の主題でもあった「生の充溢」、「世界歓喜」が詠われているので、その点から(たとえば、グンター・マルテンスが指摘したように)「表現主義と活力説(ヴィタリスムス)の関連」(35)を読み取ることもできる。

★76　この詩は、『白草紙(ディ・ヴァイセン・ブレッター)』誌(一九一五年)に「死と復活」の標題で掲載された詩四篇の最初の一篇である。当時、ハーゼンクレーヴァーはベルギーの北海沿岸へイストで戯曲『息子』を書いていたので、この海辺は同地の海岸を指すと思われる。

★77　この詩には、「流転」(Entwandlung) という題名の異稿がある。この詩は、異なる時期に、異なる動機から書かれた詩行(句)が、のちに一篇の詩に合成されたと考えることができる。たとえば、「ぼくがひどく打ちのめされて」から「ぼくの悲しみにくれる心に慰めを注ぐ物がつぎつぎと現われた」までは、ユーリエ・ゼンフテンベルクへの叶わぬ恋が、そして「けれども、ぼくは見た、戦艦ドレッドノート……」から「建築物の足場でうづくまるのを」までは、第一次世界大戦が勃発した当時の彼の周囲の状況が詠われていると思われる。

なお、詩作の日付から、この詩が第一次世界大戦の勃発前に書かれたことがわかる。すなわち、一九一四年六月二十八日にサラエボ訪問中のオーストリア゠ハンガリー帝国の皇位継承者が「青年ボスニア党」を名乗る青年によって暗殺されたことから第一次世界大戦が始まることになったが、エーレンシュタインは一度も戦争を肯定したことはなかった。なぜなら、ウィーンで「サラエボでの暗殺事件」を知ったときの次のような状況が、彼の頭から離れなかったからである。「人間の地獄が一九一四年の美しい六月の日曜日に始まった。私は、その日の夕方、ブレスラウからウィーンへ来た。駅には号外が舞っていた。町にも号外が舞っていた。皇位継承者がサラエボで殺された。私はウィーンの新聞の見出しも、殺害の一語も信じなかった。私はもっと詳しく事情を知っている友達に会えるかもしれないと思ってカフェ・プーヒャーへ行った。でも、友達の誰もそのカフェにいなかった。――ひっそりした室内にはオーストリアの首相が座り、小さなケーキを食らい、嫌らしいエロ゠風刺漫画本を読んでいた。首相に給仕していたボーイ長は知っていた。町に広まった話は噂ではなく、きわめて残酷な現実になるはずの真実だったことを、数千年来の人間食いを――ヨーロッパの人食主義を――証明する戦争になるはずの真実だったことを。……こうして、人々は戦争へ突入していった。数百万の人間が――ハプスブルク家とその大臣たちにはもはや無用だったので、大事件を起こさずに葬りたいと思っていた――その皇太子の死骸の周りで死の舞踏を始めていたのである」(36)。

★78　「ぼくは見た」(Ich sah) で始まる詩行は、旧約聖書の「伝道の書二:三」(たとえば「私は見た、知者の目がその頭にあるのを」)の文章を連想させる。

★79　Anton Hanak(一八七五年―一九三四年)はオーストリアの彫刻家で、一九〇六年から一九一〇年までは分離派の会員であったが、一九一三年以降はウィーン工芸美術大学の教授として若い芸術家を指導する一方、おもに細い女性彫像の制作で成功を収めた。

★80　イベリア半島の南端にあるイギリスの直轄植民地で海軍基地。

★81　一九〇六年に進水した、大砲を装備したイギリスの大型戦艦。

★82　一九一四年六月二十八日に突然、起こったサラエボ事件で、緊迫の度を増したヨーロッパは、七月二十八日にオーストリア＝ハンガリー帝国がセルビアに宣戦布告したことから第一次世界大戦に突入し、人類初の総力戦を繰り広げた。ヴェルフェルは一九一五年から一九一七年までオーストリア兵として出征したが、この詩が書かれたときは、まだ戦場の悲惨な光景を見ていなかった。ちなみに、この詩とほぼ同時期に書かれた詩「戦争を吹聴する者たち」は「崇高な時代か！　精神の家は爆破され／悲しみを空に突き刺している。／だが、下水溝から、道路の罅割れから、地下室や側溝から／解放を歓呼しながら、害虫どもが飛び出している／……／ぼくたちがひとつに結ばれて生きた唯一の支え／……／ぼくたちの内部に開かれた同胞の心の深い喜び／それはいま、ペストのような鼠どもの略奪に曝されている。／……／阿呆はもごもご、野心家はぎゃあーぎゃあー／自分たちの古い排泄物を男らしさだと言っている。／……／ああ、血の臭を消すために／虚言の悪臭が広がっているのだ／……／人間がもつものはもはや絶望だけ」と詠われていた。

★83　このように、詩行の冒頭に「そして」（Und）や「けれども」（Aber）などの接続詞が現われる形式は、表現主義、とくにヴェルフェルの詩によく見られるが、一種の強調的表現と考えることができる。

★84　一九一四年十月二十六日の日記にこの詩の草稿が残っている。戦争の神アレス（Ares）はホメロス以来、文学にたびたび登場するが、ギリシャのアレスは地下の悪魔を従え、そしてローマの戦争の神マルス（Mars）は狼を従えて現われることが多い。ハイムの詩で詠われた、いささか陽気な「戦争の神」とは対照的に、エーレンシュタインの「戦争の神」は、彼の心に燃え上がる戦争への憤りと恨みが反映されて、非常に陰険で邪悪な姿を表わしている。

★85　これ以後の五行では、祖国のための死がもはや神話的要素を失い、もっぱら現実の残酷さを強調している。

★86　ベルゼルカーは北欧神話に登場する熊の皮を着た狂暴な戦士であり、その名前にちなんで「凶暴、激怒」を意味する「Berserkerwut」という語（ことば）も生まれた。この詩には「ランボー——英雄は叫ぶ」という題名の付いた異稿が存在する。ランボーであれベルゼルカーであれ、抒情詩の自我（＝エーレンシュタイン）は伝統的世界からの脱却と旧世界の破壊への願望をその主人公に託している。しかし、エーレンシュタインがイェートゥロ・ビテルに宛てた（一九四二年十月七日の）手紙によると、彼はこの詩を一四歳から一八歳の間（一九〇〇年—一九〇五年）に、つまり第一次世界大戦が勃発する以前に書いたということである。

★87　一九一四年九月五日から十二日までのマルヌ河畔の会戦でドイツ軍の電撃作戦は失敗した。これによって、ドイツ軍は北方エーヌ川への後退を余儀なくされた。その慌ただしい退却の最中に書かれ、『行動（ディ・アクツィオーン）』誌の発行者プェムファートに送られた詩のうち、三篇が早くも十月二十四日発行の同誌に掲載された。この詩はその三篇のうちの一篇であり、詩人クレムの名を一躍有名にした。

★88　この詩と次の二篇の詩は、戦場での体験を詠っているが、そこでは表現はより簡潔になり、描写はより凝縮している。それ以前の詩でも——シュトラムの自然詩と比較すると——修飾の形容詞などは排除される傾向にあったが、この戦場を詠った詩では、それがいっそう強くなっている。

★89　この詩については、「詩が見知らぬ暗号でコード化された箴言のように作用し、戦場の緊張感と臨場感を巧みに伝えている」(37)と評された。

シュトラムの詩では、各語が——朗読を想定して——力動的に配されていた。人間の声で一語一語が読み上げられることを考慮して単純で明快な語(ことば)を選び、その音響で現実の再構築が図られた。実際、「シュトゥルムの夕べ」では、こうした詩がR・ブリュームナーによって朗読され、好評を博した。

★90　ザールブルクは現在はフランスのアルザス(モーゼル郡)の小都市であるが、当時はドイツの小村であった。リヒテンシュタインは「一年志願兵」として一九一四年八月一日に入隊してすぐに西部戦線へ出た。戦場で書いた詩の数篇は軍事郵便でプェムファート、ペーター・シェーア、アルフレート・R・マイヤー、クルト・ルーバシュなどの文学仲間に送られた。「一九一四年九月十六日に戦場から送る」と付記されたこの詩は、『行動(ディ・アクツィオーン)』誌(一九一五年二月二十七日)で「リヒテンシュタインの最後の詩」として掲載された。この時期に書かれた詩は彼の詩作のなかで「兵隊の詩」(Soldaten-Gedichte)あるいは「戦争の詩」(Kriegsgedichte)に分類されている。

★91　リヒテンシュタインはこの詩をプェムファートに郵送して約一週間後に戦死した。彼の友人だった画家ルートヴィヒ・マイトナーはこの詩を読んで「リヒテンシュタインは自らの悲劇的な死をすでに予感していたのかもしれない」と語った。

★92　塹壕に身を潜める陣地戦こそ、第一次世界大戦で現われた近代戦の特徴であった。こうした塹壕戦を生み出した最大の原因は機関銃の出現だったといわれるが、表現主義の文学や絵画には度重ねて「塹壕」が描かれた。たとえば、一九一四年夏にまず西部戦線に、次に東部戦線に出征した画家オットー・ディクスの絵画にも「破壊された塹壕」と題する作品がある。

★93　開戦に熱狂する民衆に対して為す術(すべ)を知らない詩人の無力を表わしたという点でグリルパルツァーを思い出させる。人間的な行動を求めて苦悩する詩人の姿は、エーレンシュタインの戦争を詠った詩に比較的早く表われていた。その場合、詩人は戦争を歓迎する民衆に同調できない社会的アウトサイダーとして自分を捉えざるを得ない辛い胸中をも表わしていた。のちにこの詩の題名は「ホメロス」と改められたが、それは、エーレンシュタインがホメロスを完全な社会的孤立のなかで生きたアウトサイダー、つまり大半の詩人の原像と見ていたからだと思われる。エーレンシュタインが書いた映画台本「ホメロスの死、あるいは或る詩人の苦難」にも、彼がホメロスをどのように捉えていたかが明確に表われていた。

★94　『人間は叫ぶ』や『赤い時代』に収められた詩では、未曾有の戦争に対する激しい憤怒が表われていた。エーレンシュタインは詩をイデオロギーの伝達手段とすることに疑問を抱いていたので、それらの反戦詩には平和や博愛を訴えるという、表現主義の詩によく見られた信念の表明はあまり見られなかった。彼の反戦詩は、なによりも自己の存在を破滅へ追い遣る戦争を自己の生の敵として呪い、憎悪する傾向が強かった。

★95　このように、ハイムの詩では死の恐怖や不安が切実に訴えられるというよりも、むしろ死を幻想と結びつけて神話的に描くことが多かった。

★96　ヴェルフェルは「絶対的な世界を希求する真の自我と、彼を迷誤の世界へ導く別の自我の分裂」に苦しんでいた。一九二〇年に発表した戯曲『鏡人』でも、彼はそうした自我の分裂に悩み、その克服手段を模索していたが、この詩は早くもその戯曲の主題を先取りしていたと言える。

★97　ヴェルフェルは過度の喫煙で喘息を病んでいた。したがって、彼の詩はいかに音調が平穏であっても、そこには彼特有の心の深淵、死の想念が反映していた。

★98　この詩に描かれた光景は、医学生ベンが日常的に体験した現実だった。彼は（医療の日常的行為の間に）「次第に異化が始まり、個々の人間は消え、生命、身体が無機物に変化するという一般的な過程のみが見えてくる」と述べていた。また、「レンネ小説群」で医者レンネ（＝ベン）は「明らかに人間は、西欧の知性派連中が主張しているよりもはるかに原始的なものである。お題目のように言われる自我の背後になにかまったく普遍的なものが存在する」と語っていた。

この詩の題名「男と女が……」は、従来の詩的習慣からすれば、「恋愛詩」を連想させるのが普通である。しかし、この男女（カップル）は公園とか照明に煌めく夜の街路ではなく、癌病棟を行くのである。さらに、患者には「隣人愛」の片鱗も示されず、どこまでも即物的な取り扱いがされ、この詩を読む者は背筋の寒くなるような感情を抱く。これは——詩「小さなアスター」にも見られたが——人間の存在や価値を貶めて描くベンの冷笑的な詩的視角とも言える。ちなみに、この詩の男女を夫婦と想定する場合でも、詩を支配しているのは患者の状態を淡々と語る男の言葉のみで、女の言葉はなく、女は癌に冒された肉体としてのみ表われている（38）。

★99　シュタードラーはこの詩を一九一二年に批評したさい、これ以後の三節について「詩人は事象に関与せず、ただ事実だけを並記する手法で、徹底した客観性を貫いているようにみえる。しかし、そうした詩人の厳しい無関与の姿勢の背後に、人間に対する深い同情が、自然の恐るべき冷酷さと生の悲劇性に抗する人間愛が潜在することが明らかになる。最終節で展開される人間の内的幻想は、それ以前の二節で表われた現実的事象で早くも始まっていたように思われる……生の事象をそのように簡潔かつ衝撃的に表現し、不吉な前兆をはらむ視界へ拡げることができる者こそ、まさしく詩人と言い得る」（23）と述べた。

★100　都市では、急病人、行き倒れ、事故の犠牲者など身元不明の屍体について情報を集めるために屍体が公開された。とくにパリの屍体陳列所（モルグ）はよく知られていた。ポーの短篇小説やリルケの（一九〇六年七月にパリで書かれた）詩「モルグ」に倣って、表現主義の詩には、ハイム以外にもベンやゴルに「屍体陳列所（モルグ）」と題する詩がある。

なお、この詩の詩節配列に関しては、本書に収められたものと、のちにK・L・シュナイダー編の『ハイム作品集』（一九六四年刊）(39) に収められたものでは大きく異なっている。つまり本書の1〜28の詩節は、後者の場合、1、2、3、4、5、6、7、8、15、16、17、18、21、22、23、24、25、26、27、28、19、20、9、10、11、12、13、14という詩節順になっている。

★101　ペリシテの民とイスラエル人の戦いで、ペリシテの巨人ゴリアテ（ゴリアトとも言う）は、イスラエルの神の戦士ダビデに打ち倒される結果になったが、その戦闘のさいに彼は身につけた青銅の鎧を高く打ち鳴らした。

★102　ダイダロスの子で、父とともに蠟付けの翼をつけて迷宮を脱したが、太陽に近づきすぎたために、その蠟が溶けて海に落ちて死んだ。

★103　この詩は、ルネ・シッケが一九〇二年ごろに発表した詩「ユリアヌスの死」と「ユリアヌスの墓」に触発されて書かれたと思われるので、エーレンシュタインの詩作のかなり早い時期に書かれたものと考えられる。エーレンシュタインとシッケレの関係を正確に再構築することは難しいが、エーレンシュタインがシッケレに関心を抱き、その詩を知っていたことは、彼がシッケレについて評論を書いていたことからも窺える。

★104　ギリシャ神話のなかの太陽神。皇帝ユリアヌスはキリスト教信仰を捨て、異教、とくに太陽神を崇拝する宗教に傾倒していた。

★105　この少年の名前「エーリス」については、研究者の間でさまざまな解釈が試みられた。たとえば、ギリシャ神話の至福の園(Elysium)、あるいはヘブライ語の「el-isch」（神なる男）と関係づけられたほか、E・T・A・ホフマンやホーフマンスタールの作品の「若いころ鉱山で行方不明になり、五十年後に若い姿のまま死体で発見された主人公エーリス・フレーボム（Elis Fröbom）」を指すとする説も示された。いずれにせよ、トラークルが抱懐した、衰微、孤独、死によって清純を保持した青年を象徴する存在と考えられ、実在した人物の名前ではない。なお、この詩は、W・キリーによれば、本書で次に配列された詩「エーリス」の前段階を表わしているとされる。

★106　旧約聖書で、神が燃える茨の茂みからモーセに語りかける場面（出エジプト記三：一）が想起される。

★107　ギリシャ神話で、アポロといっしょに円盤投げをしていたときに、アポロの投げた円盤にあたって死んだ美少年ヒュアキントスの額から流れ出た血から咲き出た花とされる。そのように、傷つきやすく、少年のままで死んだ者のイメージがエーリスと合致していた。

★108　エーリスと詩人を指すと考えられる。

★109　「私は善良な羊飼いで、善良な羊飼いは羊のために命を捨てる」（ヨハネによる福音書一〇：一一）に拠り、キリストの象徴的呼称と考えられる。

★110　二〇歳でロシアに渡り、革命の最中に無実の罪で捕らえられ、七年間モスクワの刑務所で虐待の日々を送った。その後、彼はモスクワ市内の病院の囚人収容所に移されたが、死亡した。彼を詠った詩は、ヴィーラント・ヘルツフェルデにもある。

★111　ラスカー＝シューラーの詩には題名に「我が（私の）……」(mein/meine) を付したものが非常に多く、そこでは彼女の内面世界がさまざまに詠われている。初期の詩「世界からの逃走」で「私は……私のところへ戻って行こう。私の魂のイヌサフランがすでに咲き出ている。……私は私へ向かって（meinwärts）逃走する」と詠われていたように、彼女には自分の心（＝私）の探求がつねに詩作の主要な動機でありつづけた。

なお、エルゼが幼いころから敬愛した母親は夢想に耽る性癖があった。彼女は母親について「……私のかけがえのない母はバルコニーに座り、自身が西へ東へと彷徨っているように感じていた。小舟に乗って大気の波間を漂っているように思っていたのだ」と述べていた。この母親が一八九〇年に死亡したとき、二一歳のエルゼは心の支えを失い、大きな衝撃を受けた。

★112　ファン・ホディスは「表現主義というひとつの文学傾向では捉えることのできない唯一の特異な詩人だった」と言われている。実際、一九〇九年から一九一四年までの短い創作期間にじつに多様な詩を書き、その形式は表現主義からダダイスム、シュルレアリスムにまで及んでいる。ちなみに、「幻視者（ヴィジオネール）」と題する詩では、幻想の豊富な出現と（それによって生じた）現実の喪失で、詩人自身が非現実の存在として表われている。詩「死の天使」は、詩「幻視者（ヴィジオネール）」とほぼ同時期に書かれたが、とくにII、IIIで詩「幻視者（ヴィジオネール）」と類似した幻想が数多く表われている。

★113　「インド＝死」のモティーフは、一九一四年六月にファン・ホディスが「ロッテ・プリッツェルに捧げた」詩「インドの歌」と内容的に関連している。

★114　この詩はハイムの野心作で、一九一〇年十二月九日の第四回「新パトス・キャバレー」で朗読されて好評を博したあと、「ゲオルク・ハイムの夕べ」などでも頻繁に朗読された。

　なお、オフェーリアは（一八五一年―一八五二年に描かれた）ジョン・E・ミレイの絵画でも有名であるが、ラファエル前派、ランボーの文学、世紀末芸術を経て表現主義の文学――たとえば、詩ではベンの「美しい青春」、ハイムの「水中の死女」、ブレヒトの「水死した娘の歌」など――に至るまで好んで採り上げられたモティーフである。ハイムはランボーの詩を読んでいたと思われ、ランボーの研究者でもあった詩人P・ツェヒは、ハイムの死後、「〈酔いどれ船〉はハイムの詩作の模範になっていたようである。彼の詩〈オフェーリア〉も確実にランボーの詩の影響下で書かれた」と述べていた。

★115　ハイムの詩には、まるで自分のスケート中の溺死を予感していたかのように、溺死者がたびたび登場する。たとえば、詩「北へ向かって」では「溺死した水夫たちが流木の枝に引っかかっている／長い髪が海草のように波間に漂っている」と詠われていたが、まさに水中は死者たちの故郷、安らぐ場所として捉えられていた。

★116　モレクとも言う。子供を人身御供として祭る古代セム族の神。旧約聖書ではバール。

★117　ヘーシオドスによれば、エウノミアー（秩序）、ディケー（正義）、エイレーネー（平和）の三女神を指す。一般に自然の季節と秩序の女神たちとされる。

★118　ローマ古来の豊穣の女神であるが、地下神的な要素をももつ。したがって、死人の出た家は、この女神に犠牲を供することで浄められたという。

★119　この語は古語Heliand「ヘーリアント（救世主）」を想起させるという見解もあるが、これは「苦悩する人間、とくに詩人自身」を指すという解釈もある。さらには、この両解釈に基づいて、「苦難に遭う者」を意味するトラークルの造語と考える傾向もある。この詩は一九一三年二月一日の『ブレンナー』誌に掲載されたが、トラークルが友人ブシュベックに宛てた手紙によると、「それまでに書いた詩のなかで最も大切で、最も苦悩に満ちた詩であった」（40）という。

★120　夏の実った麦畑の光景を表わしていると思われる。

★121　バロック式の庭園には、この牧羊神（パーン）の大理石像が立っていることが多い。

★122　秋の紅葉した木々の連なりを表わしている。この比喩も、第一節の「夏の黄ばんだ塀」と同様に、トラークルの詩の豊かな色彩性、その絵画的特徴を表わしている。

★123　詩「エーリス」でも、エーリスは円らな瞳をしていたが、トラークルの詩に幾度も現われる「円らな瞳」とは、神経を自分の内面へ集中させ、丸くなって自分自身へと完成する現象を表わしているといわれる(40)。

★124　中部ヨーロッパで厳しい寒さが近づくこの月は、暗さもいっそう強まり、従来からさまざまな面で暗喩（あんゆ）的に使われている。ちなみに、G・グラスは二十世紀に深刻な歴史的転換をいくつも経たドイツを詩集『十一月の国』に詠ったが、そこには「不安が徘徊し、十一月は居続けようとする」や「定かならぬ明るさの前の十一月の暗雲……」という詩句が表われていた。

★125　原語 Aussatz は「ハンセン病」を表わすが、この詩では病気そのものよりも、それを病む人間が聖書（ルカによる福音書一七：一二―一三／レビ記一三：一―四六）に描かれている事実に基づいて、とくに聖書的情景を甦らせる効果をもっていると解釈される。

★126　トラークルが敬愛していたヘルダーリンの姿を暗示しているとされる。

★127　レシュニッツァーは、トラークルの詩に表われる形象と色彩がヘルダーリンの詩のそれと酷似する状況を指摘したが、この詩についてては「ヘルダーリンの生涯から影響を受けながら、〈穏やかな錯乱〉というモティーフはトラークルの詩において次第に広がっていった。〈かつてあの聖なる兄が……錯乱の穏やかな弦の響きのなかへ……〉が、この詩の終りあたりの〈その孫が穏やかな錯乱のなかで……〉へと続いていることに注目すべきである」(11)と述べていた。

★128　イエスが弟子たちとともに祈りを捧げた、オリーブ山の麓に続いている谷。

★129　新約聖書で「甦ったイエスが弟子たちと出会う光景」を描いた「マタイによる福音書一七：一―八」が想起される。

★130　エーレンシュタインの散文『どこにも居場所がない』(Nicht da, nicht dort) に拠る。この作品は、一九一六年にクルト・ヴォルフ社の叢書『最新の日』の第二七、二八巻として発行されたが、その表題には、安住の地をどこにも得ることができなかったエーレンシュタイン自身の「世界の喪失」が強く表われていた。

★131　芸術・学問など人間のあらゆる知的活動を司るミューズは（ゼウスとムネーモシュネーが九夜つづけて交わり）九人生まれていたことに拠る。

★132　トロイア近くの港町クリューセー市のアポロン神殿の神官。彼の娘クリューセーイスはギリシャ軍がテーベを攻めたときに捕らえられ、分捕り品の分配でアガメムノーンに与えられた。

★133　神々は懇願する人間になんの有効な忠告もせず支援もしない。それに対して――パラドクス的転換で――悪魔が人間に忠告と支援をする。一九一五年から一九一九年までに書かれたエーレンシュタインの詩には、理想的社会の実現を訴えた内容が多いが、この詩においても悪魔の言葉はそうした詩人の訴えを代弁している。

★134　エーレンシュタインの詩で、「赤」は「赤い時代」、「赤い戦士」などの語に見られるように、戦争や殺戮と密接に結びついている。

★135　ゼウスは多くの女神や人間の女と交わって何人もの子供をもうけたことに拠る。

★136　北欧神話の片目の主神。古北欧語ではオーディンと呼ばれる。

★137　本来は三六人の義人たち。タルムードによれば、どの世代にも三六人の義人がいて、彼らは匿名であるが、その功績で世界は没落を免れている。この「隠れた聖人」の理念はカバラーのなかで広まり、ユダヤの民間伝承のなかで一般に浸透した。

★138　イスラエル王国はソロモン王の死で北方のイスラエル王国と南方のユダ王国に分かれたが、当時、イスラエルの名はそこに住む人々の一部を意味していた。

★139　「創世記一七：一一」によれば、割礼は神とアブラハムの間の契約の印とされた。

★140　「出エジプト記三：二―四」によれば、モーセが神の山ホレブに来たとき、神が茨の茂みからモーセに呼びかけた。したがって、「茨の茂み」は神の在所を表わす。

★141　イタリア北西部の都市で、付近の海岸は大理石の産地として有名である。

★142　エルサレムの神殿が建つ山（Tempelberg）にある「礎石」（Grundstein）を指している。なお、旧約聖書の「イザヤ書」（二八：一六）には「主なる神は、〈見よ、私はシオンにひとつの石を据えて基とした。これは試みを経た石、堅く据えた尊い隅の石である〉と言われる」とあり、「詩篇」（一一八：二二）には「家造りらの捨てた石は、隅の頭石となった」とある。したがって「隅の石」とは、「大切な基礎」を比喩的に表わしたものである。この石は『ゾハル』で神の玉座の石、全世界の中心として据えられている。

★143　イスラエルの敵軍の戦車と関係している。「イザヤ書五：二八」には、「その矢は鋭く、その弓はことごとく張り、その馬の蹄は火打石のごとく、その車の輪は旋風のごとく思われる」とある。また、この戦車鎌は『ゾハル』に出てくる「玉座の車」（Thronwagen）の意図的な代用であるとも言える。

　この詩行で、エーレンシュタインは同盟設立や連帯保持に否定的であったと思われる。彼には、ユダヤの民は肯定的意味ではなく、否定的意味で「選ばれた」にすぎず、ユダヤの民はエホバの激怒の犠牲になる点でのみ「選民」であると考えられたのである。

★144　「神への妄信」を捨て、千年至福説の救済思想と決別することでのみ、つまり各人が自己の責任を認識し、戦争など人間の邪悪的行動と闘う生き方をすることでのみ、人類は平和な世界を獲得することができるというエーレンシュタインの信念が表わされている。

★145　アッサシン派は回教徒の一派で、十一世紀から十三世紀の間、キリスト教徒の暗殺を事とした。アモックは精神錯乱を惹き起こすマライ地方の風土病とされた。

★146　この認識によって、「自分も一九一四年当時、ドイツ全土に吹き荒れた狂信的国粋主義の熱狂と無関係ではなかったのではないか？」という自問が生じている。その結果、エーレンシュタインは「宗教への依存から離れ、政治的な変革の実現で自己を確立する」決意をし、神と幻想的な対話をしていた初期の状態から脱却する。そのように、現実の苦難を人間自身の意志と努力で克服する必要性に気づいたことは、その後、彼がプェンファートたちとともに反ナショナリズム社会主義者党の運動を展開する契機になった。

★147　非常に近く相互に並んでいる星で、肉眼や望遠鏡では二つの個々の星として認識されるが、その二重性は星座スペクトルでのみ認識される。

★148　ギリシャ神話で、アポロンとアルテミスの母である女神レートーに自分が七男七女をもっていることを自慢したために、レートーの怒りを買い、その二人の子供によって自分の子供を弓で射殺された。ニオベはこれを嘆き悲しみ、泣き疲れて石と化したという。

★149　セラフィム（熾天使）は、天使の九階級のうち最上級の天使で、しばしば六つの翼をもって現われる。

★150　この詩「われわれはない」（Wir nicht）は、（一九一五年—一九一七年に書かれた詩を収録した）詩集『審きの日』（Der Gerichtstag）に収められているが、これが一九一三年にヴェルフェルが表明した「われわれは在る」（Wir sind）の確信を覆す内容であることは、戦争体験に拠って彼の世界観や人生観が変化した結果と考えられる。

★151　ヴェルフェルは鏡に映った自我（＝外見の自我）と実在の自我という、二つの自我の分裂に苦悩し、「ぼくは自分が〈個人〉Individuum であることを認識することさえ苦痛だ。このIndividuum は Indivi＝Dualist であり、ぼくは分かち難く、しかも二つに分離している」と述べていた。

心よ、目覚めよ

★1　この章の標題が「心よ、目覚めよ」となっていることから、最初に「心」の作用と意義を詠った、この詩が綱領、あるいは章題詩として収められている。

★2　富の神は、新約聖書では不当に得た財産と、人間を隷従させる権力を表わす。

★3　すでに「崩壊と叫び」の★151でも述べたが、ヴェルフェルの「自我の分裂」を表わしており、魔術的三部作『鏡人』のテーマと関連している。

★4　ヴェルフェルの乳母はバルバラ・シムンコヴァ Barbara Simůnková（一八五四年—一九三五年）と称した。彼の友人W・ハースはヴェルフェルが自分の幼年期に愛着を抱き、成長して大人の世界に入っていくのを望まなかったことを奇妙と思う一方、感動的とも感じていた（41）。実際、公園で遊んだ日、水兵服を着て河蒸気船に乗った体験は……ヴェルフェルを幼年の日々へ抗しがたく誘った。そして、幼年の彼が慕ったのは（上品な社交婦人で、大実業家の彼の父が商業顧問官を務めていたために、子供たちから〈顧問官夫人〉と呼ばれていた）母親ではなく、乳母のバビであり、バビはヴェルフェルの作品に幾度も登場した。

★5　十九、二十世紀にヨーロッパで男児に愛用された子供服。ヴェルフェルはこの服を幸福で平和だった幼年期の象徴として懐かしみ、彼の詩でしばしば採り上げていた。

★6　この詩は、ロッツの履歴を詠った自伝的な詩と言うことができる。ちなみに、彼の履歴は次のようである。一九〇八年にベルリン＝リヒターフェルデの陸海軍の士官養成学校を卒業。一九〇九年に低地アルザス歩兵連隊一四三の士官候補生。一九一〇年に陸軍少尉。一九一一年十月に将校を退役し、ベルリンの商業学校へ入学。一九一二年にハンブルクの貿易会社の研修生。そして、ランボーの例にならって海外へ移住する計画を立てる。このころ、のちに結婚することになるヘニー・ローマイケと知り合い、詩や小説を書き始める。表現主義の理論家K・ヒラー、画家L・マイトナー、詩人E・シュタードラーと親交を結ぶ。一九一四年にシュトラースブルク（現在のストラスブール）の歩兵連隊一四三で予備役少尉として軍務に就く。八月に戦闘に参加、九月二十六日に最初に掘られたフランスの塹壕で戦死。

★7　この詩と次の詩では、当時、まだ珍しかったガス灯への感動が詠われている。ガス灯は十九世紀末に室内照明器具として普及し、二十世紀初めにはガス街灯が都市の夜を照らした。A・ホルツの「大都市の詩」やW・ベンヤミンの『ベルリンの幼年時代』には、ガス街灯がたびたび登場するが、パウル・クレーの絵「都市のガス灯」（一九一二年）でも、まばゆい光が町の夜空に放射状に走り、その光景に人々が強い衝撃を受けた様子が描かれていた。

★8　ハーゼンクレーヴァーの詩は無題のものが多かったので、本書では、たいてい詩の冒頭の語句が詩の題名にされた。この詩は最初、『新パトス』誌・第一号（一九一三年）に掲載されたが、これにハーゼンクレーヴァーは感激し、すぐに発行者P・ツェヒに手紙で礼を述べた。

★9　「至福の園（エーリュシオン）」（Elysium）の語は、シラーの頌歌「歓喜に寄す」でも「至福の園（エーリュシオン）の娘よ……」という句で現われているが、表現主義の文学ではハーゼンクレーヴァーのほかヴェルフェルの劇詩『至福の園（エーリュシオン）からの客』などにも現われた。これはギリシャ神話で、世界の西の果てのオケアノスのあたりにあり、神々に選ばれた英雄たちが多幸で不死の生活を送る野とされた。

★10　夜（＝恋愛）から立ち去り、現実（＝社会）に目を向けようとするハーゼンクレーヴァーの詩的決意が表われている。すなわち、一九一〇年に発行された詩集『夜、都市、人間——諸体験』では、おもに彼自身の恋愛体験が詠われていたが、そうしたテーマから離れ、社会と政治に積極的に参加する行動主義的な創作への転換が決心されている。

★11　ハーゼンクレーヴァーの詩的経過は、初期の恋愛体験、中期の政治に参加する行動主義の信奉、後期の（一九一八年のドイツ革命やレーテ運動の経験のあと、行動主義とも決別して）精神的で宗教的な体験の重視へと移っている。この詩行には、早くも彼の後期の特徴が表われていると言える。

★12　ピントゥスによれば、「精神は現実世界と戦争などの暴力行為を超越するものとして、とくに一九一〇年ごろから一九二五年ごろまで文学で関心を集め、その意義と役割について考察された」(42)。そうした事情で、「精神（ガイスト）」はハーゼンクレーヴァーの詩でもたびたび採り上げられていた。

★13　この詩以前に書かれた詩でも「精神よ、愛の場所からおまえを呼び戻す／恋する者は危険に迷い込む」と詠われていたが、ハーゼンクレーヴァーは恋愛や快楽に耽溺しないように自戒していた。

★14　W・ハースはハーゼンクレーヴァーについて「彼は内気で、理想主義的な高校生のようなところがあった……ライプツィヒの小娘に惚れたが、彼女たちが彼に不実を示すようになると、彼の胸は張り裂けるのだった。……だが、そうした経験で彼は詩的＝創造的な活動を展開する力を獲得した」(41)と述べていた。

★15　ベンの詩には薔薇、罌粟、木犀、ダリア、アスター、アネモネ、ジャスミンなど、花がたびたび現われ、その色彩と芳香と形姿で読む者の官能的想像力を高める効果を上げている。

★16　ハーゼンクレーヴァーとピントゥスの親交は、一九〇九年の両者の出会いからハーゼンクレーヴァーが自ら命を絶つまで三十年以上も続いた。ちなみに、ハーゼンクレーヴァーは一九二七年に、ピントゥスに「私たちは、まるで兄弟のように気遣い、助け合っている。まさに運命です！　私の心は貴兄の心と繋がっている。私たちはかつては若者でしたが、今後はともに老いてゆくことにしましょう」と書き送り、ピントゥスもその関係を「兄弟のような絆」(43)と述べていた。

★17　カール・アーベルの小説『アルザスの悲劇』(一九一一年刊)には、アルザスの或る一族の四代にわたる運命が描かれているが、シッケレもそうしたアルザス人の一人として早くから自分の根源や祖先に強い関心を抱いていた。彼の三部作『ラインの遺産』では、アルザス人固有の歴史と運命が詳細に描かれている。

★18　ハーゼンクレーヴァーはE・ドイチュと一九〇九年にウィーンで知り合い、ライプツィヒで再会したが、彼にとってドイチュとの交際がまさに運命的な意味をもつことになったのは、(一九一三年―一九一四年に書かれ、一九一六年にドレスデンで初演された)戯曲『息子』の主人公役をドイチュが演じたことによる。この詩は、その初演後に書かれたと思われるが、『息子』が上演されるたびに、観劇用小冊子に掲載され、広く知られることになった。

そのドレスデンの初演を観たピントゥスによれば、ドイチュの迫真の演技は、以後十年間、表現主義の演劇で模範となり、それまで無名だった彼を一躍有名にした。実際、それを契機に演出家マックス・ラインハルトはドイチュをベルリンのドイツ劇場に出演させたのである。

なお、W・ハースはドイチュについて「人生とも世間の諸事とも女性とも戯れることができ、自分の地位を利用し、自分の運を見抜き、それを活用し尽くした彼にはとても嫉妬した」(41)と語っていた。

★19　E・ドイチュについて、G・ツィーフィアは「ハーゼンクレーヴァーと同様に、すらりと伸びた肢体、黒い目と髪が魅力的で、生きることに意欲的な青年だった」(45)と語り、ピントゥスは「ハーゼンクレーヴァーと双子の兄弟とも言い得る、永遠に輝きつづける若者だった」(42)と述べた。

★20　大西洋上にあったが、海中に没したといわれる伝説の島。

★21　ヘクバ (Hecuba) は、ギリシャ名ヘカベー (Hekabe) のローマ名である。エウリピデースの『トロイアの女』(紀元前四一五年)に登場するトロイアの女王。プリアモス王の妃だったが、トロイア戦争で敗れた結果、「国を失い、夫と子供たちも失った悲運の女」となった。ヴェルフェルはエウリピデースの『トロイアの女』のドイツ語自由訳(一九一六年にベルリンで初演)を行なったが、そのさい、「ヘカベーはそうした悲運と闘ったものの、キリストより先に生まれたがために、聖女になることができなかった」という解釈を施した。しかし、そのヴェルフェルの創作的意図に対して行動主義の理論家K・ヒラーは反論し、そうした解釈の矛盾を衝こうとした。

★22　古代ギリシャ建築の梁を支える女像柱。ドイツでは一八七〇年の普仏戦争に勝利したあとの泡沫会社乱立時代に、歴史的性格をもった建築物が数多く造られたが、そこにはこの女像柱が現われることが多かった。

★23　ドイツのおもな詩人のなかで、ベンほどニーチェを効果的に継承した詩人はいないと言われるが、この詩は彼の初期の詩のなかでもとくにそうした特徴を明確に示している。

　なお、この詩は一九一五年九月にブリュッセルで書かれ、一九一六年三月に『白草紙（ディ・ヴァイセン・ブレッター）』誌に掲載されたが、これが書かれたときの状況をベンは「九月の或る日……道路を歩いていたのも短かった。しかし、地平線からディオニュソス的なものが飛び出してきた。時間は細かく切り刻まれ、ブロンズ色になり、あたりには焼け焦げたものが、その丸い頂点では火が吹き荒れていた」(24) と述べていた。

　また、神殿の正面玄関に立つこの女像柱に想像的な呼びかけをし、芸術、石、像物という建築物の一要素にとどまらず、活力溢れる生き物になることを訴えるベンの要望には、尺度と秩序を自己崩壊させるまで快楽を追求するというディオニュソス的な意欲が表われていた。

★24　ギリシャ神話に登場する山野に住む精であるが、毛むくじゃらで、馬の耳――ときに馬の脚と尾――をもち、髭の生えた酔払い老人として表われることが多い。

★25　ヴィーナス像には花や果物が添えられることが多いが、後年には鳩や林檎が添えられて、性愛を象徴する傾向が強くなった。

★26　この詩はリルケの詩「少女らの歌」から示唆を得て書かれた。リルケの詩で現われていた「夕暮」、「街路」、「庭園」、「灯火」などの形象は、この詩でも同様に現われている。

★27　ロッテはミュンヘンの人形作家ロッテ・プリッツェルを指す。彼女は第一次世界大戦以前にファン・ホディスとも親交があった。また、リルケも彼女に関心を抱き、その人形制作について一九一四年に論文を発表していた。

　なお、この詩は詩集『ロッテのための詩』の最初に収められたが、その詩集についてベッヒャーは、一九一八年十月二日に出版人キッペンベルクの夫人に「これを貴女に贈ります。私にはとくに大切な詩集です。なぜなら、私のとても辛かった時代がそこに詠われているからです」と書き送り、A・ヴォルフェンシュタインにも「これは、私の不安と混乱で貴兄に迷惑をかけた時期に成立した詩集です」と述べていた。

★28　この詩は、一九一三年にA・R・マイヤー社の叢書『抒情詩のビラ』で発行されたロッツの詩集『そして、鮮やかな猛獣の斑点が……』の表題詩であるが、「ドイツ語で書かれた最も官能的で最も美しい詩のひとつ」と評された。

★29　サシャとは、無実の罪で七年間、モスクワの獄中に在った末に死んだセンナ・ホイのこと（「崩壊と叫び」の★110参照）。彼の釈放を実現させるためにラスカー＝シューラーは一九一三年にロシアへ行ったが、目的を果たせなかった。

★30　ヨーロッパに輸入されたあと、華麗な花模様の広がるヨーロッパ的趣味に変化したスミルナ産絨毯とは異なり、チベットの絨毯はその産地に深く根づき、固有の特徴を留めていた。しかも、それが「古い」(＝昔の)ということから、このモティーフがラスカー＝シューラーにはオリエント的空想を紡ぎ出すのに効果的に作用していた。

なお、この詩は一九一〇年十二月三十一日の『炬火（ディ・ファッケル）』誌に掲載され、発行者カール・クラウスによって「ベルリンの『嵐（デァ・シュトゥルム）』誌から転載したこの詩は、これまで私が読んだ詩のなかで最も魅力的で最も感動的な詩のひとつである。この詩における意味と音響、語と形象、言葉と魂の見事な織り合せは、ゲーテ以後、見られなかったものである」と評された。また、この詩に深く感動したエルンスト・ブラスは「言語（ことば）、愛、女性らしさの驚異的な結晶」と称賛した。実際、原詩では（題名の）Tibetteppich—（一行目末の）liebet—（二行目末の）Teppichtibet というように、軽妙な音の連鎖が表われているのみならず、〈Süßer—küßt—buntgeknüpft〉、〈sohn—thron—schon〉、〈lange—Wange〉、〈Mund—bunt〉など、じつに巧みな音響交差が施されている。一九〇三年から一九一二年まで、言語芸術の理論家ヘルヴァルト・ヴァルデンと結婚生活を送り、『嵐（デァ・シュトゥルム）』誌の発行を通じて言語芸術の実践に努めた経験がこの詩で余すところなく発揮されていた。しかし、当時の新聞雑誌では、この詩は「まるで脳軟化症の患者が書いた詩だ」と酷評され、その先駆的技法は理解されなかった。

★31 麝香草は強い芳香を放って性的興奮を高めるとされる。

★32 この詩行以前の「きみ（ドゥー）」はすべて三人称の「きみ（ドゥー）」であり、「きみ」は「ぼく」の恋愛相手としてではなく、「きみという女」という第三者的存在で現われている。この詩行から初めて「きみ」は二人称で登場し、「きみ」が「ぼく」の恋愛相手として確定される。この「きみ」の扱い方には詩人の「ぼく」と相手の女性「きみ」の微妙な心理的変化が反映されている。

★33 カトリック教徒が聖体拝礼するさいに用いる円盤の形をしたパン。

★34 「ぼく」である「孤独はすすり飲む」と「きみ」である「無限の存在は流れる」の対比が、暗闇と光明の間で繰り広げられる男女の葛藤と重ねて表わされている。

★35 「獐鹿（のろじか）のようにすらりとした」、「獐鹿（のろじか）のようにはにかみ、怖ず怖ずした」という慣用的表現があるように、すらりとした体形の純情な娘に喩えられることが多い。

★36 この詩の題名は、最初は「異教徒ギーゼルヘールに」であったが、のちに「ドクトル・ベン」に改められた。一九一二年ごろ、新教の牧師の息子ベンと一七歳年上のユダヤ系の詩人ラスカー＝シューラーはベルリンで知り合い、公然と恋愛し、二人の愛の生活を詩に詠った。ベンは、一九一三年に詩集『息子たち』を「エルゼ・ラスカー＝シューラーに」捧げたほか、彼女のために詩「脅迫」を書いた。そこでは、「だが、知るがよい――／わたしは獣の日を生きる。わたしは水の刻限だ。／夕方にはわたしの瞼は森や空のように眠くなる／わたしの愛はわずかの言葉しか知らぬ、おまえの血に触れるのは、とても素敵だ、と」と詠われていた。また、ラスカー＝シューラーはベンについて（『行動（ディ・アクツィオーン）』誌、一九一三年六月二十五日号）で「……私が舞踏に迷い、何処へ踊っていったらいいのかわからなくなったら、私は灰色のビロードの土竜（もぐら）になって、彼の腋（わき）の下（した）を掘り返し、そこに自分を埋めたいと思います。私は蚊。いつも彼の顔の前を飛んでいます。……私は彼を知るずっと以前に、彼の愛読者でした。詩集『屍体陳列所（モルグ）』はいつも私の布団の上にありました。そこには、恐ろしい芸術＝驚異、死の夢想が鮮やかに描かれていました。苦悩が大きく口を開け、そして黙り込みました。墓地が広い病室に変わり、苦痛に喘ぐ人の寝台の前に広がりました。子を妊んだ女性が分娩室から世界の果てまで叫ぶのが聞こえました。G・ベンは詩を書くココシュカ。彼の詩の一篇一篇は豹の噛み付き、野獣の跳躍。その骨は、彼が言葉を呼び出すための石筆です」と述べていた。

★37　同じ詩行が再度、現われる形式――とくに詩の冒頭と最後に同じ詩行が現われる場合が多い――は、十九世紀末に流行したユーゲント様式の詩に特徴的であった。ラスカー＝シューラーの詩には、（デーメルの場合と同じく）この形式がたびたび現われていた。

★38　本書以外では、この詩に「ヒルデガルト・クローンに」という献辞が付いている。一九一一年ごろ、ハイムとヒルデガルトは、それぞれの家族が反対するなかで交際していた。彼女はハイムとともに、文学集団の開催する朗読会や、詩人や芸術家の溜まり場だった「西区カフェ」に頻繁に通い、ハイムが死んだあとも彼の詩友と親交を結んでいた。

★39　ヴェルフェルの考えによれば、人間社会は貧と富、不幸と幸福で二分されており、この状況を改善するためには、人間相互の協力、友愛によって社会と生活の平等化が図られねばならないとされた。

★40　イーヴァーン・ゴルという筆名はおもに一九一五年以降に使われ、それ以前はイーヴァーン・ラサングとトリスタン・トルシィという筆名が使われた。本名はイザーク・ラング（Isaac Lang）である。また、「イーヴァーン」についても、ロレーヌ出身のゴルはIwan, Yvan, Ivan というように独仏両言語の綴りを表わしていた。

★41　「イザヤ書六四：八」の「主よ、我々は粘土（陶土）であり、あなたは我々の陶工です」に拠ると思われる。

★42　この空想的な語はドイプラーが好んだ語で、一九一六年に「インゼル叢書」で発行された彼の詩選集の表題にもなった。ドイプラーは、『北極光』、『星明かりの道』などの表題にも見られるように、天体に強い関心をもっていたが、それと同時に森や木などの自然にも鋭い観察眼を向けていた。なお、この詩も先の詩「自然の息吹」と同じく、シュヴァーベン地方の豊かな森林地帯を背景にしている。

★43　「北風と太陽」で比喩的に表わされる内容的相違は、すでにイソップ寓話で明らかになっていた。この詩では、「理性、北風、思想」と「木、太陽、自然、動物」との対比にドイプラーの自然観、人生観が表われている。

★44　この詩はシュトラムの創作時期の初期に書かれ、「自然詩」（Naturlyrik）の特徴を表わしている。初期の詩では修飾の形容詞がしばしば現われるが、この傾向は後年の詩では弱まり、とくに戦争を詠った詩ではほとんど見られない。

★45　一九一〇年ごろのドイツでは、とくに東部、中部、南部の地域で（鉱工業よりも農業が主要だったこともあり）流出人口が出生より多く、社会増減はマイナスであった。また、州全体として人口が増加したブランデンブルク州やヘッセン州でも、その人口増はベルリンやフランクフルトといった都市への大規模な人口流入によるものであり、農村部での人口増はなかった。

★46　友人レーヴェンゾーンによれば、ファン・ホディスは『行動』誌の印刷所でプェムファートから「社会を批判的に詠った詩」を書くことを求められて、即座に（まるで諳んじていたように）この詩を書いたという。なお、レーヴェンゾーンはこの詩の第七行以降を、それ以前にファン・ホディスが書いた詩で見たことがあったと述べていたので、ファン・ホディスはすでに初期にそうした社会批判的な詩を書いていたと思われる。

★47　この詩はボーデン湖畔のホテル・テルミーヌスの便箋に書かれ、その縁には「山の向こうのベルクナー」と記してあったので、一九一六年にエーレンシュタインがコンスタンツに滞在していたときに書かれたと思われる。エーレンシュタインは改作を繰り返す傾向があったが、この詩の改作は、彼がベルクナーのいたチューリヒのサナトリウムを訪れていた時期に行なわれた。

ちなみに、エーレンシュタインは一九一五年（彼が二九歳のとき）にエリーザベット・ベルクナー（一八九七年―一九八六年）と知り合った。当時、彼女はウィーンの音楽学校に通う俳優の卵であり、彼は彼女がインスブルックやチューリヒの劇場に出演できるように方々に働きかけ世話をした。やがてベルクナーは、二〇年代のドイツで人気女優となり、エーレンシュタインから離れていった。そうしたわけで、彼女との恋は実らぬままに終わったが、その出会いはエーレンシュタインの人生と創作に大きな影響を及ぼした。

★48　一八九六年に発行されたユーゲント様式の雑誌『青春』の表紙には、牧羊神と妖精が白百合に囲まれて憩う光景を描いた絵が掲載され、人気を博した。この詩行はその表紙絵を再現しているように思われる。その光景にエーレンシュタインは彼が憧憬する恋人たちの牧歌的な幸福を見ていたのである。

★49　荒野の鳥の「夜も更けた、晩（遅）すぎた」（spät, zu spät）という啼き声は、ベルクナーを自分に繋ぎ止めておこうとしても「もう間に合わない」という彼の焦燥と絶望を表わしている。

★50　古代ギリシャ建築のコリント式柱頭にはアカンサスの葉飾りがしばしば現われていたことから、詩作の情景として古代文明の国が想定されていたと思われる。

★51　イラン系遊牧民がイラン高原に建てた紀元前三世紀―紀元後三世紀の古代国家。

★52　紀元前七〇〇年ごろに小アジアに建てられた王国リューディアの首都。

★53　黒海に臨む小アジアの古代国家。

★54　トルコにある死火山。旧約聖書の創世記ではノアの方舟の到着地とされる。

★55　大犬座の首星。全星座のなかで最大の光を発し、二月から三月の宵に南の空に現われる。

★56　チグリス川の左岸にあった古代アッシリア帝国の首都。

★57　ペルシャのスシャナ地方の主都。

★58　牡牛座の首星。冬空に輝く赤色の星。

★59　これは、麻薬の作用による自意識解体の実験報告とも言い得る詩であり、これと同年に「コカイン」と題する詩も書かれた。

なお、ベンによれば、彼はごく短期間、ただ二回だけ薬物を経験したことがあったという。そして、そこから得た陶酔、夢想、幻想について彼は、対話劇『三人の老人』では「わしらの脳髄のなかには原始の世界の秘められた力が集積されており、脳髄の縫い目、継ぎ目、隙間から原始の世界が時に溢れ出てくる。陶酔状態、夢のなか、催眠状態、ある種の精神病においてこれが起こる」と、また批評『挑発された生』では「脳髄皮質からそうしたひとつの現象を生み出すために、阿片や麻酔剤による陶酔状態、興奮、夢幻を呼び起こす意義がある」と述べていた。

★60　『シュトラム作品集』の編者ルネ・ラドリツァーニは、この詩を「ドイツ語で書かれた最も美しく、最も情緒豊かな愛の詩のひとつ」(46)と称賛した。この詩でも「崩壊と叫び」の訳注67で紹介したH・ヴァルデンの「言語芸術」＝理論が実践されている。とくに第七行目のschnellen「疾走し」、prellen「跳ね返り」、schwellen「ふくらむ」の連続には風の動きが語の音で巧みに表現されている。

★61　この詩は『行動(ディ・アクツィオーン)』誌(一九一三年四月二十三日)に掲載されたとき、「ブリュッセルにて」と付記されていたので、シュタードラーが一九一〇年から一九一四年までブリュッセル大学でドイツ文学を講じていた間に書かれたと思われる。

なお、鉄道のモティーフは表現主義のみならず印象主義の詩にもしばしば現われるが、その描写方法の相違について、たとえばK・L・シュナイダーは(この詩とリーリエンクローンの詩「急行列車」を比較して)リーリエンクローンの場合は、列車の運動を重点的かつ写実的に描写し、「対象に関係づけられた」(dingbezogen)特徴を示しているが、シュタードラーの場合は列車という対象の実在性を超えて、乗車中の自分の心の動きを表現し、「自己に関係づけられた」(ichbezogen)特徴を示している」(47)と述べた。

また、この詩では、自然の事象ではなく、列車、運搬基地、電球、屋根、煙突、家の正面玄関(ファサード)、スピードなど工業・技術を象徴する事物が主要な形象になっているが、そうした選択に加え、名詞の使用法などは、一九一二年の三月と十月に『嵐(デァ・シュトゥルム)』誌に掲載されたマリネッティの「未来派宣言」および「未来派文学技術宣言」の綱領に合致していた。したがって、ゲルハルト・カイザーのように、この詩が未来派の影響の下で書かれたと捉える研究者もいる(48)。

ちなみに、表現主義には工業技術を否定的に詠った詩人と、それを肯定し、称賛した詩人が見られたが、それについて、たとえばH・ウーリヒは「当時、一群の詩人は近代の工業技術を否定する傾向があったが、シュタードラーは工業技術とその進歩を否定しなかった。それどころか、彼は文学のために工業技術を積極的に活用した。彼は――詩「駅」にも認められるが――そこに近代生活の重要なインパルスのひとつを見出した最初の詩人の一人であった。(……)自分の時代の現実をその詩的言語のなかに説得力をもって開示する術(すべ)を心得ていた。当時まだ非常に限定されていた抒情詩のテーマ領域に工業技術を採り入れたこと、また詩作に完成の域にまで達した映画的手法を採り入れたことは注目に値する」(22)と述べた。

さらに、W・シュメーリングはこの詩について「シュタードラーは表現主義の他の詩人より十歳ほど年上で、彼が一九一四年に詩集『出発』を発表したときはすでに彼自身の象徴主義的な作風から離れていた。シュタードラーは社会への深い関与、世俗への強い関心、世界再生の可能性への信念によって彼より年下の若い詩人たちと精神的に結びついていた。彼の長行詩は、形式に対する彼の優れた感覚を表わしている。詩「夜、ケルンのライン鉄橋を渡る」は、自然主義の詩人が何度も詠った鉄道や駅を描いてはいるが、シュタードラーの場合は、先人たちとは異なり、機械の作動の奇妙さ、工業化された駅の風景の不気味さ、鉄橋の力強い躍動などが的確な形象とリズムから生じる臨場感を伴って巧みに表現されている」（37）と述べた。

なお、同時代の画家エルンスト・L・キルヒナーも駅や鉄道をしばしば描いたが、彼も一九一四年に「ライン鉄橋・ケルン」と題する腐食銅版画を制作した。

★62　本書には「山毛欅の木」や「木」など、ドイブラーの樹木を詠った詩が数篇収められているが、一九一五年に発行された詩集『星明かりの道』にも樹木を詠った美しい詩が多数収められている。

なお、この詩の冒頭に現われている「唐傘松」、「支那藤」はヨーロッパでは南欧や地中海沿岸に産する植物であり、トリエステで生まれた彼に潜在する南欧への憧憬を表わすとともに、それらの木の間を月が流離う光景は異国的情緒と非現実的世界を効果的に生み出している。

★63　蓮（ロートス）は美と純潔の象徴とされるが、「ロートス」はギリシャ神話で、その実を食べると、現世界の苦しみを忘れて、夢心地の気分になると伝えられた植物である。この詩ではこの「ロートス」を指していると思われる。

★64　ローマ皇帝ディオクレティアヌスがキリスト教徒を迫害したときの殉教者・聖人の聖セバスチャンを指す。この詩は、その聖者の像に託してトラークル自身の生涯を自伝的に詠っていると思われる。

★65　Adolf Loos（一八七〇年―一九三三年）はオーストリアの建築家であるが、ドレスデンで学んだあと、一八九三年から三年間アメリカで活躍し、帰国後オットー・ヴァーグナーの思想に共鳴して、数々の無装飾の建築物を造った。彼はトラークルのウィーン時代からの友人の一人であった。

★66　トラークルの詩にたびたび登場するこの木は、ゴルトマンによれば、いくつかの存在的状況を象徴しているが、この詩ではとくに「母のもとにいる状態」を意味するという（40）。

★67　ザルツブルクの町の中心にある墓地。

★68　晩鐘、弔鐘などは長い間（ま）をおいて鳴らされるのが常である。

★69　キリストが処刑されたゴルゴタの丘の別名。この詩では、ザルツブルク市のカプチーナベルクを指す。

★70　キリストを指す。

★71　この詩行では、この詩とほぼ同時期に書かれた「レンネ＝小説」で示された見解と同じく、伝統的な「宇宙」観の科学的、宗教的な理想主義に対するベンの失望が表われている。

★72　オリンポスの神々を指す。

★73　ニーチェが『悲劇の誕生』で構想したディオニューソスを指す。

★74　性愛の充溢のメタファーである。

★75　G・カイザーによれば、ベンの場合、ディオニューソス的な南方（南海）への憧憬は「生の原初時代」（Urgeschichte des Lebens）へと発展してゆくことが多い（48）。

★76　ベッヒャーは学生時代に両親との諍いから逃れるために、一人の娘を射殺し、自分の胸にも弾丸数発を撃ち込んだ。しかし、偶然にも彼は死ななかった。

★77　これ以降、十数行にわたって見られるベッヒャー特有の表現形式について、Fr・ウージンガーは「形象と概念の非凡な結合からだけでなく、それらの統語論的な接合の大胆さからも詩句は非常な力動性を獲得している。文章はしばしば粉砕されるが、その破片は孤立したままで、その各要素の単純な並列によってのみ、かろうじて関連性が生まれている」(49)と述べた。

★78　この詩行で、ベッヒャーは彼の現実の生を否定し、理想の生への憧憬を表わしている。彼は国家に忠実な検事総長の父親から逃れ、家庭や階級とも決別し、別の生き方をする人間になること(Anderswerden)を強く願望していた。

★79　ちなみに、正義の女神テミス(ギリシャ神話で確固不変の掟の擬人神)は人間の善悪を裁きの天秤にかけて量った。またキリスト教では、「最後の審判」で大天使ミカエルが死者の魂を天秤にかけて罪業を量った。

なお、糸巻き棒は、昔、悪行や悪戯をした女や子供の頭を叩くために使われたことがあったという。

★80　この語「Wesen」と(最終行の)「wesentlich」は、アンゲルス・ジレージウス(本名Johann Scheffler, 一六二四年―一六七七年)の箴言「偶然と本質：人間は本質的であれ！　なぜなら、世界が過ぎ去るとき、偶然は無くなり、本質のみが存在するのだから……」(Zufall und Wesen/ Mensch werde wesentlich....)に拠っている。それは「偶然はこの世の崩壊とともに無くなるが、本質は超越神と結びついているために、俗世を離脱して超越神と合体し、この世に存在しつづける」と説いていた。

★81　万軍(ばんぐん)(＝天地万物)は、兵隊、天使、星座など、唯一の主人に従うもろもろの構成単位の総体を指す語であり、天地万物として次第に神の力を示唆する称号となってゆくものを表わす。旧約聖書(サムエル記上一：三)では天の軍団であり、神のことを指す。

★82　Franz Jung(一八八八年―一九六三年)は表現主義の詩人として活躍していたが、第一次世界大戦が勃発すると同時に入隊した。その後、軍隊から脱走し、一九一八年までスパルタクス団のために非合法活動をした。ラスカー＝シューラーがベルリンでユングと親交を結んだのは、第一次世界大戦が始まったころとされる。

★83　一九一三年ごろに書かれたこの詩は、詩集『ヘブライのバラード』に収められている。二、三の細部を除いて、旧約聖書のアブラハムの生涯の各時期を忠実に再現している。

★84　この第一行の「自分を火炎や燃焼に喩えることによる肉体性の除去」は、ドイツの古い神秘思想では神への上昇を目指す、燃えるような願望を表わしていた。したがって、ピントゥスはこの詩の「あなた」を「神」と解釈したように思われる。

★85　この詩では、隔行で冒頭に「きみ」(Du)が現われている。そして、各行末には「質問する(Fragen)―答えを出す(Antwort)」、「恐れる(Fürchten)―勇気を奮う(Mut)」、「汚物(Unrat)―清浄(Reine)」などのように、対義語が現われている。これによって、「きみ」と「ぼく」のいっこうに心の交わらぬ葛藤が表われているが、愛が成就されれば、「きみ」(Du)は全能になり、あらゆる不満や疑念も消え、神的なもの(das Göttliche)へ到達する入口が現われることになる。

★86　旧約聖書で説かれた偶像禁止に基づく完全な神秘主義が貫かれている。神の名状不可能性はこの詩のみならず、ハイニッケの詩「名のない顔」でも表現されている。

★87 ヴェルフェルの文学の主要テーマである博愛、人類の共同体的存在を表わす語句であり、これはこの詩に二回（第一節の最終行と第一〇節の最終行）現われている。本書の「崩壊と叫び」の最後に収められた彼の詩「われわれはない」(Wir nicht) から、この「われわれは在る」(Wir sind) に至る変化は、彼の詩作的過程で重要な意味をもっている。

反乱へ立ち上がろう

★1 この詩行は、当時のベッヒャーの文学観と詩的特徴を非常によく表わしており、その詩作上の標語にもなった。この詩は短い語句、表現の簡潔さと的確さ、自由韻律に内包された強い暗示力によって、同時期に書かれた彼の他の詩とは異なっている。

この詩が「導入」(Eingang) という題名で冒頭に収められた詩集『ヨーロッパに寄す』について、ベッヒャーは『行　動（ディ・アクツィオーン）』誌・第四五／四六号（一九一五年十一月六日）で次のように述べていた。「〈ヨーロッパに寄す〉という表題の詩集は神聖でこのうえなく重く、栄光きわまりない使命を自らに課した。（……政治への強靱で狂信的な意志が、きわめて辛辣な技法が、地獄と天国の体験がぼくらにその権利を与えると、そう自ら判断してくれたまえ！……）最も若い世代の威厳ある力を打ち立てること。いわば腐った斑岩から滴り落ちて軋む音をたてる血のカオスのなかから、乱雑に重なり押し入り突き抜け合った果てしない戦場の血のカオスのなかから、一丸になったヨーロッパの全国民の、突如として聳え立つ瑠璃の塁壁で囲まれた人類の記念碑を力合わせて打ち立てること。ぼくらの使命はこれ以外のものではあり得ない。……建てよ、建てよ、演壇を！　演説せよ！　鳴り響け！　割れ砕けよ！　葉を落とせ、脱皮せよ！　きみたちの蜜と花壇の顔を、大きく口を開く噴火口の群れに降り落とせ！」と。

なお、ピントゥスは当時のベッヒャーについて「彼はベルリン、プラハ、ライプツィヒの、社会と文化の再生を願望する若者たちの結集した理念に支援され、ともに闘う者たちの列から力強く出発し、目的に向かって叫び、松明を振りかざしている。その行動のプログラムは彼の著書や偉大な詩の題名に、また一篇一篇の詩になっている。……途方もなく豊富な語彙の瀑布が激しく落下し、それを読む者は引き裂かれ、押し潰され、燃え立つ」と述べていた。

★2 「チューバを吹き鳴らす」詩人は、民衆に行動を呼びかける詩人の典型的な姿として、当時の文学や絵画に何度も表われた。同時代の画家L・マイトナーの絵でもヨーロッパの予言者はチューバを吹き鳴らす姿で描かれていた。

★3 次のハーゼンクレーヴァーの詩「政治に参加する詩人」と同じく、政治に参加し、行動を開始する新しい詩人像が示されている。第一次世界大戦中（とくに一九一五年から一九一七年まで）には、反戦、平和を訴え、革命を志向する運動が現われたが、その過程で、詩人＝予言者のトポスは、民衆とともに行動する指導者という、具体的な詩人像を生み出した。また、かつて漠然と提示されていた「新しい秩序」も、いまや国際的な民主政体の樹立という具体的な要望になっていた。そこには、行動主義の最初の宣言文（マニフェスト）とも言われたハインリヒ・マンの論文「精神と行動」(Geist und Tat)［『パーン』誌・第五号（一九一一年一月一日）掲載」の大きな影響があった。

★4　この詩が収められた詩集『死と復活』（一九一七年刊）は、反戦的内容が顕著だったので、ハーゼンクレーヴァーも発行者クルト・ヴォルフも検閲を通る見込みはないと思っていたが、一篇の詩も除外することなく発行された（14）。また、一九一九年にエルンスト・ローヴォルト社の叢書『革命と再建』の第二巻として発行されたハーゼンクレーヴァーの詩集も『政治に参加する詩人』という表題であった。

なお、ハーゼンクレーヴァーは「政治に参加する詩人」の使命を――具体的な政治活動を求めていたK・ヒラーとは異なり、――シラーと同様に、一種の「人間に対する道徳的教育」と考えていた。そして、この詩の交叉韻五揚音のイアンボス四詩行の連続という形式もシラーの「アンソロジー詩」の形式に類似していた。

★5　第一次世界大戦が始まったとき、ベルリンでは市民が示威運動を繰り広げ、捕獲武器輸送に熱狂するなか、召集された男たちは「フランスをひと撃き」と落書きした列車に乗り込んでいった。その状況は、S・ツヴァイクの『昨日の世界』にも、「あのころは、犠牲者たちが酔い痴れたように屠殺台に行進し、歓呼した。花の冠を戴き、鉄兜の上に柏の葉を付けて。そして、街頭は祭りのときのようにどよめき、輝いていた」と記されていた。

なお、戦争支持は一般市民のみならず、知識人や作家にも広がっていた。一九一四年十月の時点で、ドイツの全大学教官の四分の三に当たる三〇一六名が戦争支持を表明したという。たとえば、Th・マンは「いまや戦争となったとき、詩人たちの心は瞬く間に炎となって燃え上がった」（52）と語った。それに対して、フーゴ・バルは「牧師、詩人、政治家、学者らは最低の国家概念を広めた」と嘆いた。

★6　ジャコバン党の帽子は十八世紀以降、「革命の合図」を象徴した。

★7　首が細く、両側に取っ手のついた古代ギリシャの大型の壺。おもに油や葡萄酒を入れるために使われたが、（公正な）競技の勝利者を讃える賞品としても用いられることがあった。

★8　本来「資本結合による企業合同（トラスト）」を意味したが、一九〇〇年ごろには巨大トラストが現われ、企業の独占形態に発展したために、反トラスト法が成立することになった。

★9　たとえばルネ・シッケレは、一九一五年一月の『白草紙（ディ・ヴァイセン・ブレッター）』誌で「戦争の最中に再生の仕事に着手し、精神の勝利を準備することはすばらしいことである。……我々は精神の帝国主義を支持する」と宣言し、（武力によらず）精神の力で平和を築くことを訴えた。

★10　旧約聖書の詩篇（第一三〇篇）では「Aus der Tiefe rufe ich, Herr, zu dir」となっているが、このヴェルフェルの詩では「Aus meiner Tiefe rief ich dich an」となっている。「わたしの深淵から」の語句によって、この詩が彼自身の生の省察であることを明確にしている。

★11　生命の木や契約の箱などを警護する天使で、有翼の人間、ライオンなどの形姿（すがた）で表わされる。

★12　黄金の宝を守るとされ、体は獅子で、頭と翼と爪は鷲の怪獣。

★13　ドイプラーの代表作『北極光』には、「アララト」、「サハラ」、

「イラン」など、「ラ」の音を含む語（とくに地名）がしばしば現われる。この「ラ」の音は、おもに人類を襲う災禍、火を噴くような野蛮を表わし、『北極光』では「巨大な喉が／すべての海を吐き出すのが見える／すべてが崩壊する／そして、人類が〈ラ〉と叫ぶのが聞こえる／その叫びは終わりなき音響となって轟きつづけた」、あるいは「ラ！ラ！　天命だ。恐ろしい火の噴出　……」と詠われている。

★14　この詩は詩集『若者』（一九一三年刊）に収められたが、一九一一年から一九一三年までライプツィヒで書かれた詩を収録したその詩集をハーゼンクレーヴァーは自分の青年時代の記録として生涯、大切にしていた。

ちなみに、ハーゼンクレーヴァーは「永久に燃え輝いている若者」、「感激と熱情（パートス）に燃えた永遠の青年」（W・ハース）(41)と言われ、表現主義の青年像の典型とされた。

★15　ハーゼンクレーヴァーは一九〇八年の初め（十八歳のとき）に法律を学ぶためにオクスフォードへ行ったが、勉強よりも詩作に熱中した。そのために、彼を外交官にしようとした父親は、再度、法律を学ばせるために彼をローザンヌへ留学させた。同地で彼は父親の知人の家に下宿したが、女家主から厳しく監督され、憂鬱な日々を送ったのち、友人とともにローザンヌから逃げ出した。

★16　ロッツの詩作は、前半の印象主義的で感覚的な詩（たとえば、詩「そして、鮮やかな猛獣の斑点……」）から、後半の政治に参加する行動主義的な詩へと変化したが、この詩は後半の特徴をよく表わしている。この詩が書かれた背景には、一九一三年夏にベルリンで行動主義の理論家K・ヒラーと出会い、政治や社会への関心が高まったことがあった。それ以降、激情的表現、同胞（Mitmensch）への共感、人道的な要求、社会主義革命への期待が顕著に表われた。レシュニッツァーは、この詩の燃え上がるような表現、同胞を奮い立たせずにはおかない説得力に注目して「人間性の肯定、さらに社会主義革命の肯定が……ロッツの詩の主要内容となっている」(11)と語った。実際、この詩は、行動主義的信念、理想の追求、激情的表現で埋め尽くされた初期表現主義の革命詩の典型と言うことができる。

また、「出発」（Aufbruch）という語も当時、標語（スローガン）のように頻繁に文学に現われた。これを題名にした詩は、ハイニッケやベッヒャーなど多数の詩人に見られたが、とりわけシュタードラーの詩集『出発』（一九一四年刊）が有名であった。ロッツがこの詩に「一九一三年」という詩作年を記したのも、彼がシュタードラーのその詩集よりも先に「出発」をテーマにした詩を書いたことを明示する意図があったと思われる。なお、ロッツは「エルンスト・シュタードラーに」と題する詩で「……貴兄が書かれた友愛の詩を声を上げて読みました／そして、息をはずませ、親愛の情に胸を熱くし、明晰で情熱的な言葉に喚起されて、ぼくは理解しました：あらゆるものが存在することを！　願望とともに感受し得るすべてのものが生きていることを！」と詠って、シュタードラーに敬意を表した。

ちなみに、この詩についてハインツ・シェフラーは「ファン・ホディスの〈世界の終末〉、ハイムの〈都市の神〉、シュタードラーの〈夜、ケルンのライン鉄橋を渡る〉、トラークルの〈エーリス〉、ラスカー＝シューラーの〈チベットの古い絨毯〉、ブラスの〈風に吹かれて街路を行く〉とともに、表現主義を理解するうえで見過ごすことのできない詩である。形式よりもその感情表現によって、直観的に生じるリズムによって、独断的な形象構成と概念結合によって、それ以前に使われたことのない新奇な語彙によって、その詩はきわめて注目に値する」(54)と述べた。

★17　メシアは「救世主」と称されるように、十字架の死を遂げることで人の罪を贖い、世を救ったキリストを指す。表現主義の文学にしばしば表われる「メシア信仰」は、キリストに象徴的解放者を見る場合が多い。

★18　各詩節の行構成は詩集の版によって異なることが多い。社会主義の活力の象徴である「赤い雄牛」が見る夢は、一九一八年に発表されたE・ブロッホの『ユートピアの精神』と同様に、時代、社会、未来へと突き進む民衆の夢を表わしている。その場合、「武力」によらず「精神」によって人間の解放を実現しようとするシッケレの行動主義的信念は明らかである。

★19　この詩行以降の七行で見られるように、大都市から起こる革命的な解放運動が「完成、美、自然」という、昔から不変の理念的価値への憧憬で支えられている点にシッケレの「精神」の運動的特徴が表われている。

★20　シッケレは、作品でのみならず彼が発行していた『白草紙(ディ・ヴァイセン・ブレッター)』誌でも、「精神は暴力、搾取、悲しみを追放するために行動せねばならない。精神の闘争はあらゆる暴力的勝利とは無関係である」と述べて、精神（Geist）に基づいて反戦、平和の運動を展開する必要性を訴えていた。彼の「精神が力を得れば、勝利だ！」の信念は、彼が敬愛したロマン・ロランやハインリヒ・マンの影響を受けていた。

★21　この詩は、詩集『心の即位』に収められた詩「若き詩人たち」（Die jungen Dichter）の抜粋である。したがって、「労働者よ！」という題名は、本書に収めるにあたってピントゥスが付けた。第一次世界大戦が終結に近づいたとき、詩人たちは労働運動の革命志向派と接触し、その理念を自らの政治的基盤とする傾向があった。彼らは作品に平和主義の宣言文(マニフェスト)を採り入れ、その革命的要求を伝達しようとした。オッテンの詩は、労働者の願望や要求を訴えたものが多いが、そのなかでもとくにこの詩は、労働者の人間的解放と政治的解放の結合を革命的アピールの主要としていた。

★22　Nick Carterとは、十九世紀末の米国で流行した一連の三文推理小説に登場する探偵の名前。ベンヤミンの『ベルリンの幼年時代』にも「クルムメ通りが西に伸びる所に文具店があった。よく分からない者はそこの陳列窓を覗き込んで、たいてい安っぽいニック・カーター本にひっかかるという具合だった」とある。

★23　広くはフランシスコ会修道士の精神にも通じているが、世界観としてはトルストイの平和主義的理念に基づくメシア信仰的な共産主義を表わしていると思われる。大戦中の一九一七年、ヨーロッパでは、「心（＝心臓）」の意義や作用を強く訴える傾向が見られた。たとえば、スウェーデンのボルベルクは「精神を高める努力を怠ったがために、心の荒廃を招くことになった。心臓は発育せぬまま、筋肉のみが異常に肥大し、ヨーロッパは戦争という暴力による自己破滅を免れ得なかった」と述べて「ヨーロッパの心臓疾患」を指摘した(55)。なお、この詩で詠われている「心」、「心臓」は、オッテンの人生観、世界観の中核となった。

ちなみに、本書に収められたオッテンの六篇の詩は、すべて詩集

『心の即位』（一九一八年刊）に収められている。訳註43参照。

★24　「山上の垂訓」はイエスによる説教の一場面であり、「マタイによる福音書五：一」の「イエスはこの群衆を見て、山に登られた。腰を下ろされると、弟子たちは近くに寄ってきた」の部分に当たる。なお、『白草紙（ディ・ヴァイセン・ブレッター）』誌（一九一六年十月号）に掲載されたフリードリヒ・W・フェルスターの論文「道」でも、「山上の垂訓」の精神に基づいて諸国民が共同体の意識を高める必要性が説かれ、それのみが暴力によらず精神の力によって平和を築き得る唯一の方法であると主張されていた。

★25　ガリラヤ湖畔のマグダラの女（マリア）は、（しばしばベタニアのマリアと混同されるが）イエスの磔刑と埋葬に立ち会った女性の一人であり、復活後のイエスに初めて会い、使徒たちにこの良き知らせを伝える役を担った。

★26　旧約聖書の「ルツ記」の女主人公。夫の死後も嫁ぎ国に残り、姑ナオミ（「反乱へ立ち上がろう」の訳注68参照）と美しい愛情で結ばれていた。

★27　フン族は内陸アジア、ステップ地帯の遊牧騎馬民族であるが、四世紀中ごろに中央アジアからヨーロッパへ移動し、ゴート族を追いつめ、いわゆるゲルマン民族の大移動の一因となった。そして、一九一〇年ごろにヨーロッパに拡がった、黄色人種に対する恐怖、嫌悪、不信、軽蔑の感情を表わした「黄禍論（こうかろん）」は、フン族のヨーロッパ侵攻という歴史的体験に遡っていたようである。

★28　ヨルダンの低地、死海の南端にあったゴモラとともに悪徳の町の象徴。

★29　聖書に登場する紀元前九世紀のイスラエルの預言者。エリヤはバールを礼拝していたイスラエルの王アハブに敢然と立ち向かったために、その妻イザベルの反感を買って逃亡を余儀なくされていたが、弟子のエリシャを後継者としたあと、火の戦車（＝飛行船）で天に昇ったとされる（列王下二：一一）。

★30　この詩は一九〇二年に或るビラ（Flugblatt）に掲載されたデーメルの詩の抜粋である。ちなみに、その原詩では、この第一行の次に「私は消え入りそうな憧憬をいだき／おびただしい人いきれを通して太陽を見上げた／松や柏の巨人たちの間で／希有の名匠のように見えた私の父でさえも／その力を誇示する石壁に囲まれては／力ない田舎爺（じじい）にすぎない」と、また第二行の次には「かつて私は見た、きみたちが星の瞬く冬の夜に／鈍く灯るガス灯の列の間で／夜盗虫の群れのように／長い苦難から抜け出る道を探し求めているのを／だが、そのあと、きみたちは貸切のホールへ這って行き／煙草の煙やビールの匂が立ちこめるなか／自由、平等などの言葉が鳴り響くのを聞いていた」と詠われていた。

★31　デーメルは大都市の住民に都市を去り、自然の懐に帰るように説いた。それに対してシッケレは、都市に暮らさざるを得ない民衆の現実を考慮しようとした。すなわち、シッケレは一九一〇年ごろのデーメルの新ロマン主義的な現実把握に異議を唱えたのである。したがって、この詩では、ハイネの詩「美しい五月に」やTh・シュトルムの詩「十月の歌」（「空は微笑み、花咲くスミレに世界は匂う。青空が覗いて匂う」）で昔から最も美しく快適な月と讃えられた五月と十月が否定的に表われている。

　ちなみに、ピントゥスは「未来への提言」で、「石の都市、それは従来の自然と対立するものであるが、人間が創ったもの、我々の手が創ったもの、共同体が高く積み上げた寺院であり、その力強いリズムは我々をひとつにする。立ち並ぶ家や広い道路では、人間社会にともに生きる民衆の共鳴する心が鼓動する。その永遠に活発な精神こそが行動を生み出す」と述べて、大都市の現実を肯定的に捉えようとした。

★32　ルビーナーの長行の詩にホイットマンの影響を指摘する研究者がいるが、そうした詩では人間中心主義が謳われた場合が多い。

★33　この詩にみられるように、ルビーナーは、人間の声に「光」と同じ作用と意義を認めていたので、「人間に宿る光」、「光の人間」という表現がされている。

★34　少額硬貨で、ドイツではほぼ十ペニヒ硬貨に、米・カナダでは十セント硬貨に相当する。

★35　元来は中国で用いられた未熟労働者の呼称と言われるが、十九世紀中ごろから世界の主要な鉱山、炭鉱、鉄道建設現場で中国人労働者が広く雇われ、クーリー（苦しい力役に就く労働者という意味を含む）と呼ばれる肉体労働者が現われた。当時、ヨーロッパに高まった黄禍論では、この苦力がヨーロッパ人の労働市場を脅かす存在として警戒されたこともあった。

★36　本来は四行、四行、三行、三行で成る二部構成の詩であるが、本書では第一部の第二節の最終一行と第三節、第四節のみの抜粋となっている。ベッヒャーの場合、詩の題名で「平和に」、「トルストイに」、「ドイツに」、「兵士たちに」、「民衆に」など、また詩集の表題で「すべての人に」、「ヨーロッパに寄す」などと、「……に」、「……に寄せる（宛てる）」（An……）と題する呼びかけ調の作品が多い。

この詩は、「二十歳」、「ラ・マルセイエーズ」の語からも、ハーゼンクレーヴァーの戯曲『息子』（一九一三年刊）が想起される。その第四幕・二場で「二十歳の息子の友人」は「父親に対する闘いは百年前にあった領主への復讐と同じことさ。……今日は俺たちがラ・マルセイエーズを歌うんだ……不正と冷酷に対しては、この古い歌があるのみだ」と語っていた。ちなみに、ベッヒャーは（ハーゼンクレーヴァーのその戯曲を模した）詩「息子」で「バリケードの輪郭はすでに燃え上がる炎で揺らいでいる／……／無数の鳥が囀るように電話が鳴りつづける／やがてヨーロッパの国民が移り動くにちがいない／どの都市も芥子が咲き誇る花壇のように燃え広がる」と詠っていた。

★37　「ラ・マルセイエーズ」は一七九二年のフランス革命の最中にルジェ・ドリールによって作詞、作曲された進軍歌であるが、表現主義の文学では、ブルジョア社会や旧世代に反抗する青年たちの行進歌（＝合い言葉）としてしばしば登場した。

★38　この詩は、本書以外では「イ長調アンダンテ」（Andante a Dur）、「イ長調II」（A Dur II）、「ベートーヴェン：イ長調アンダンテ」（Beethoven: A Dur, Andante）などの題名になっている。しかし、この詩のリズムは、ベートーヴェンの第七交響曲――躍動感に満ちているので、ヴァーグナーが「舞踏の聖化」と呼んだ――の第二楽章（アンダンテではなくアレグレット）の十六拍子の主題の旋律を模している。なお、ヴォルフェンシュタインは論文「人間的な闘士」で「ベートーヴェンはいくらか明朗なイ長調の真剣さをもって運命の嵐に比較的強力な魂の響きを発している」と述べていた。

★39　元来、「エルンスト・ヨーエルに」という献辞が付いていた。

ちなみに、エルンスト・ヨーエル（Ernst Joel）は、（検閲を通すために、昔の生徒会文集の続刊を装ってH・バルガーとW・ヘルツフェルデが一九一六年に発行した）『新青年（ノイエ・ユーゲント）』誌の同人であったが、彼とヴォルフェンシュタインの交際は、K・ヒラーの『目標（ダス・ツィール）』誌への寄稿を通じて、続いていたと思われる。二人に共通した理念は、文学活動によって社会主義の理念、青年共同体の結成などを精神化しようとすることであった。

★40　マルセル・マルティネはロマン・ロランの影響を受けた左翼の人道主義的な作家で、第一次世界大戦中は『労働者の生活』紙の国際的な仲間でもあった。戦争という大量殺戮への憤怒を表現した詩集『呪われし時代』（一九一七年刊）で一躍、有名になり、シッケレが発行した『白草紙（ディ・ヴァイセン・ブレッター）』誌にも、ロマン・ロラン、アンリ・バルビュスなどとともに掲載されたほか、L・ルビーナー編『人類の盟友たち』にも二篇の詩が収められた。ちなみに、『白草紙（ディ・ヴァイセン・ブレッター）』誌に掲載された彼の詩では「ドイツの若者よ、……前進せよ、ぼくたちの墓を越えて前方へ！　ぼくたちはふたたび聞く、ゲーテの言葉を。だが、より暗く、より重苦しい響きを伴って。それは反抗の叫びであり、愛の叫びであり、今日ではすでに凍りついた声で発せられるもの。だから、いっそうぼくたちの心を燃やし、激しく一途なものにする」と詠われていた。

なお、この長詩は、マルティネがオッテンの主導した反戦運動にも積極的に参加したことに対してオッテンが友情で応じるために書いたとも思われる。

★41　この詩行は、シュタードラーとシャルル・ペギーの関係を思い出させる。すなわち、シュタードラーはペギーを敬愛し、その詩集を独訳したが、二人は戦場で会うことになった。そのときの状況は、次のような伝説とともに『文学反響』誌（一九一五年四月十五日）の文学界消息欄で紹介された。「戦場に出ていたシュタードラーは、至近距離で対峙していた敵側の塹壕にシャルル・ペギーを認め、紙片に自分の思いを書いて塹壕内から彼に渡した。そこには〈我が親愛なる同志、同輩よ〉と書かれていた。それに対して、ペギーは〈我が友よ、貴兄の言、解しがたし、されど、我、貴兄を愛す〉と書いていた」。

★42　この詩行でオッテンが指しているのは、「十月革命」であると思われる。そこでは、社会主義革命への転化とソヴィエトによるプロレタリア独裁を主張するボリシェヴィキがプロレタリアートを主体に貧農を同盟者とし、中農を中立化させることで革命を勝利に導いた。十月革命によって土地改革、民族自決、企業の労働者統制と国有化、第一次世界大戦からの離脱に成功した。

★43　この詩は、一九一七年末に「行動（ディ・アクツィオーン）」誌の発行所から出された詩集『心の即位』の表題詩（Titelgedicht）であるが、その「序文」には「詩人たちよ、諸君の詩集のなかに諸君の心があるように！　詩人の心のなかで、神の恵みの泉のなかで、その心のなかで、新しい人間の口、目、拳が開かれるように！……きみはすべてを最初から新たに生み出すことができるし、生み出してもよいのだ。いや、生み出さねばならない、心（心臓）の底から、心（心臓）の深淵から……」と、心（ヘルツ）（心臓）の作用と意義が説かれていた。

そして、同発行所のプェムファートは、心の尊重、博愛精神の追求、人間解放を求める民衆の姿を——それが、普遍的なユートピアを追求する表現として彼らの闘争の正当性を証明するかぎりは、また抒情詩による訴えがイデオロギー的信念の表明の唯一の可能性であるかぎりは――十分、意義のある文学的主題と考えていた。

★44　フランスの政治家ジャン・ジョレスは社会主義的な『ユマニテ』紙の創刊に関わり、フランス統一社会党の結成では中心人物となった。彼は国際反戦運動に参加し、ドイツとの和解を訴えたが、そのために第一次世界大戦の開戦直前（一九一四年七月三十一日）にパリで暗殺された。ジョレスは、ベッヒャーの詩「ヨーロッパに寄すII」でも「ジョレス、より麗しき日の杯は打ち砕かれた／裏切り者たちは節義を変えたが、彼は汚れた世界を洗浄する光線だ」と詠われていた。

なお、自らも「政治に参加する詩人」を志したハーゼンクレーヴァーは、ジョレスのほかに、リープクネヒトやアイルランド民族独立主義者のケイスメントに捧げた詩を書いた。

★45　この詩は、詩「ジョレスの死」の最終行「ぼくたちのために復活するだろう」との関連で書かれたと思われる。ジョレスを追悼したこの二篇の詩は仏訳されて、フランスの『明日』誌（一九一七年十月号）に掲載されたが、そこには「ヴェルフェル、ベッヒャーとともに若いドイツを代表する詩人の一人であるハーゼンクレーヴァーの二篇の訳詩を掲載できたことを喜ぶ」と付記されていた。

★46　「マタイによる福音書二七：四五―五二」の「そして、三時ごろにイエスは大声で……彼を救うエリヤを呼んだ。そのあと、イエスは息を引き取ったが、復活した」に拠る。

★47　これ以前の二節で表われていた讃歌風の解放アピールから、明確に革命を推進する主張へ移行している点に、民衆の力で完遂される解放運動を目指すハーゼンクレーヴァーの強い意志が反映されていると言える。こうした傾向は、彼の反戦的戯曲『アンティゴネー』の筋の展開にも認められる。

★48　日清戦争末期の一八九五年春ごろから、ヴィルヘルム二世は黄禍論（die gelbe Gefahr）を口にした。こうした背景から、「モンゴル兵の頭部」はヨーロッパの人々には一般にアッティラ、チンギス・ハン、野蛮行為、略奪、殺戮を連想させるものであった。

★49　「兵士と娘」は、とくに「兵士の歌（軍歌）」（Soldatenlied）では伝統的な恋人関係としてしばしば現われていた。

★50　皮膚や形姿の白は、平和を象徴する色彩の白と関連している。

★51　「ひとりの娘」、「おおぜいの白い姿の女たち」、「ひとりの女」といった形象が現われ、真情の発露や人間性の真実が「女性」によって表わされていることに注目される。

★52　この詩は初期の異稿では、題名が「野蛮ヨーロッパに抗する声」（Stimme gegen Barbaropa）となっていた。「Barbaropa」はエーレンシュタインの造語と思われるが、戦争中に発行された詩集『赤い時代』の第一章にも「臨終の野蛮ヨーロッパ」（Das sterbende Barbaropa）として現われていた。彼が「野蛮ヨーロッパ」と表現した場合、そこには戦争している国々への軽蔑、憎悪のみならず、戦場で虫垂炎に罹り、満足な治療も受けられぬまま衛戍病院で死亡した弟オットー（当時一七歳）を見殺しにしたキリスト教の祖国への怨念も込められていた。

★53　熾天使（セラフィム）とは、「燃える者」を意味し、神の聖性を讃える天使を指す。中世の図像では、火を象徴して赤で彩色され、六枚の翼をもっていた。

★54　最後の審判の意義は、死の克服、永遠の生命の実現にあるとも言われている。「コリント人への第一の手紙一五：五二」には、「（最後の）ラッパが鳴ると、死者は復活して朽ちない者とされ、わたしたちは変えられます」と記されている。

★55　この詩は一九一四年ごろに書かれたが、当時の多くの詩人と同様に、新しい時代と社会の到来を革命によって実現させたいとする願望が表われていた。しかし、やがてヴェルフェルは一九一七年に「キリスト教信者の使命」と題する「クルト・ヒラーへの公開状」を書き、そこで「文学を政治化する行動主義に反対する。権力は、それがいったん強固なものになったあと、いったい何故、悪として人々を苦しめるものになったのだろうか？……今日、革命であるものが明日は長い髭を生やして玉座につくのだ。しかも、救済されたはずの若者たちは悲嘆にくれている」（56）と述べて、革命と行動主義に対して疑問を呈した。

ちなみに、ヴェルフェルは自身が編集・発行した詩集『フランツ・ヴェルフェル詩集』（ベルリン、ウィーン、ライプツィヒ、一九二七年刊）にこの詩を収めなかった。彼はロシアの二月革命や十月革命を経験したあと、世界の再生を目指す道義的運動から後退したように見えた。

★56　原語の Kasematte は、本来、要塞の装甲（防爆）室を意味したが、しばしば監獄としても使われた。

★57　戯曲『息子』において、若者たちは（父親を含む）旧世代への反抗で「ラ・マルセイエーズ」を闘争の象徴とした。しかし、父親が急逝したあと、息子は父親への憎悪を捨て、より崇高な目的へ向かうことになった。したがって、「ラ・マルセイエーズ」は不幸を表わす語になった。この詩には、そうしたハーゼンクレーヴァー自身の人生観と世界観の変化が――さらには旧い時代に抗する政治活動と決別し、神秘的で宗教的な主題へ向かおうとする詩作の変化が反映されていたと言える。

★58　「擬日輪」（Gegensonne）とは、おもに日の出のとき、太陽と正反対の位置（西空）の雲＝霧などにまれに現われる光点で、「反対幻日」、「向幻日」とも言われる。

★59　この箇所の原文「Selig……, Denn……」（……は幸いなり、なぜなら……）は、新約聖書「マタイ五：三―一二」の「心貧しき者は幸いなり、なぜなら」を模倣しているが、これによってこの箇所の意味が伝統的教訓に近い説得力をもっている。

★60　賛美歌、嘆きの歌、感謝の祈り、哀歌、信頼の祈りなど種々の意図に応じた、多岐にわたるジャンルの作品が集められているが、各詩篇の末尾には「父と子と聖霊に栄光あれ」という決まり文句が現われている。

★61　一番目、二番目、三番目の合唱隊によって、フランス革命の精神として周知の「自由、平等、友愛」が称揚されたが、さらに「来たるべき革命」の新たな理念として「正義、公正」（Gerechtigkeit）が加えられたことは注目される。すでに十八世紀にカントは「人倫の形而上学」で「正義が没するならば、人間がこの世に生きる価値はもはやない」と述べたが、とりわけ二十世紀には資本主義社会で「正義」、「義しいこと」が重視される傾向にあった。

★62　これは、詩集『神について』（Um Gott）の「熱狂、夢、慈悲」の章に収められた四篇の詩を一篇に編集したものであるが、ベッヒャーはこの詩が『白　草　紙』（ディ・ヴァイセン・ブレッター）誌（一九二〇年）に掲載されたとき、「エロイカI」（ベートーヴェンの交響曲第三番、変ホ長調〈作品五五〉という題名にしていた。

★63　Empedokles（紀元前四九三年ごろ—四三三年ごろ）はギリシャの自然哲学者であるが、ヘルダーリンの悲劇『エンペドクレース』では、彼は「聖なる自然の神」に愛されたが、その恩寵に甘えて不遜になったために、自然から追放された。そのさい、自然の神聖を意識して「自由意志に基づく死」を選び、シシリー島にある活火山エトナの火口から自然の聖域へと投身した。

★64　ギリシャ神話に登場する至福の園（エーリュシオン）に咲くという永遠の花。

★65　『千一夜物語』で宝物庫を開くさいに唱えられた呪文「開け、ゴマ」（Sesam, öffne dich!）に拠り、一般になにか良き事物を得たいときに表わされる。そこから転じて、この語は障害、困難を克服しようとする場合の掛け声になった。

★66　父親と息子の不和は表現主義の文学の主要テーマのひとつであり、このテーマを扱った作品は、アルノルト・ブロンネンの戯曲『父親殺し』、ハーゼンクレーヴァーの戯曲『息子』など数多くあるが、実際にヴェルフェル、ハイム、ベンなどはこの不和に苦しんだ。たとえば、ベンには「駆けてきた息子たちの一群が叫んだ——小さな手足は早くも監視され、枷（かせ）をはめられている、愛どころか恐怖によって」という詩行があり、ハイムには「あんなにひどい豚親父をもっていなければ、ぼくは一廉の詩人になっていたことだろう。……ぼくはあの悪漢を自分から遠ざけておくことに全力を尽くさねばならなかった」という悲嘆が表われていた。

★67　ラスカー゠シューラーは一八九四年に医師B・B・ラスカーと結婚したが、それは早くも数年で解消されるという謎の多いものだった。一八九九年に生まれた一人息子パウルの父親が誰であるかも不明であった。なお、パウルは長じて画家になり、ベルリンで活躍したが、一九二七年に二八歳で病死した。最愛の息子に捧げたこの詩は彼女のユダヤ的アイデンティティを詠っている。

★68　ナオミはエリメレクの妻であるが、飢饉があったユダのベツレヘムを去り、二人の子供とともにモアブに行き、そこにとどまった。夫と二人の息子が死んだあと、息子の嫁のルツ（「反乱へ立ち上がろう」の訳注26参照）とともにベツレヘムへ帰った（ルツ記一：四）。

この詩について、J・ミュラーは「対比的事象が連続的に詠われる手法によって力動性が生じ、そこに世界変転の様相が効果的に描き出されている。人間の運命と歴史、人生の流転が巧みに表現され、人間存在を根本から深く考えさせる一契機を提供している」（58）と評した。

★69　「イスラエルよ、聞け。我々の神、主は唯一の主である。あなたは心を尽くし、精神を尽くし、力を尽くしてあなたの神、主を愛さねばならない」（申命記六：四—五）という、契約の民に神への忠誠を呼びかける言葉である。

★70　ユダヤ教では、「あなたはあなたの神、主の名をみだりに唱えてはならない」という訓（おしえ）から、「神」は「エロヒーム」とか、ヘブライ語で威厳や強さを表わす「アドナイ」と呼ばれた。

★71　ユダヤ教でモーセの律法に対して、十数世紀にわたって口伝された習慣律をラビたちが集成したものであり、本文のミシュナーとその注釈（論説）のゲマラーの二部から成る。

★72　「崩壊と叫び」の訳注20参照。

★73　ユダヤ教の神秘的な聖書解釈の口伝に基づいた教典。

★74 中近東に起源をもつ丈の長い前開きの服。

★75 先のベッヒャーの詩「エロイカ」では、キュクロープスはヘーシオドスに拠って「神の鍛冶師」として火や電火を創造的に使った巨人と表わされているが、この詩ではホメロスに拠って「野蛮で乱暴な人食い民族」として表わされている。

★76 四大元素は地、水、火、風である。

★77 動物地理区分の最高単位。地球上を北界、新界（南米）、南界（オーストラリア、ニューギニアなど）に分けている。

★78 天使の持ち物として、光の刀（Lichtschwert）と防盾（Schutzschild）はよく知られている。

人間に愛を

★1 ピントゥスはこの詩について「ヴェルフェルは、ゲオルゲ、リルケ、ホーフマンスタールが抒情詩の主流であった一九一一年ごろに、まったく新しい音調を奏でた——いや、ラッパで吹き鳴らしたというべきか——最初の詩人であった。彼はきわめて初期の詩〈読者に〉で、非常に重要で、のちに多くの詩人が模範とした、特徴的な詩行構成を行なっていた。（とくに中間の詩行で顕著だが）当時、多くの詩人の関心の的であった〈人間存在の多様性の形式的表現と言い得る〉〈同時性の構造〉（Struktur der Simultaneität）を表わしていた」と述べた。

なお、この詩に関して、A・ヴォルフェンシュタインは「現代の或る詩人に」（An einen Dichter unserer Zeit）と題する詩で「ぼくもまた人間と親しく結ばれたいと強く願望している。／ぼくの心に他人(ひと)の心を取り入れ／感動したい、／一人ぼっちじゃなく、他人(ひと)と腕を組んで歩きたいと思っている／でも、どうしたらそうできるだろうか?」と詠って、疑問を呈したが、そこには行動主義をめぐって両者の共同体の考えが相違していた。

★2 この「おお、人間よ」（O, Mensch）の語句に拠って、人類の友愛を訴える表現主義の文学的志向は、しばしば「おお、人間よ」＝熱情(パトス)（O, Mensch=Pathos）と揶揄されたが、それはヴェルフェルの初期の詩のみならず、A・ヴォルフェンシュタインやハーゼンクレーヴァーの詩にも表われていた。なお、この詩が収められた処女詩集『世界の友』は、初版の四〇〇〇部がたちまち売り切れるほどの大成功を収めた。

★3 おもに鉄製の輪を棒切れで叩きながら、地面を転がす遊び。十九世紀末から二十世紀初頭には、自転車の普及に伴ってそのリムが利用されるようになった。

★4 旧約聖書に年代は記されていないが、研究者の間ではだいたい大洪水は紀元前三三〇〇年～紀元前二四〇〇年、古代都市バビロンの建設は紀元前三〇〇〇年と推測されている。そして、ユダヤ暦の最初の日（世界創造の日）は古いユダヤ文献に基づいて、西暦紀元前三七六一年十月七日とされている（ただし、一年の日数は年によって異なる）。これに拠って、ユダヤ系であったツェヒは「その運命が三千年、いや六千年もの間、砕けた石の間を彷徨っていた」（ジョージ・セフェリス『ミシストレーマ』）ユダヤ人の歴史を表わそうとしたと思われる。

★5 ヴェルフェルを「二十世紀最大の詩人の一人」と評した友人

のW・ハースはヴェルフェルについて「彼はあの父親憎悪にひどく悩んだ。彼は幻想のなかで、精神的領域で、父親と息子が最後の幸福な和解に至るのを夢みていた。彼の初期の詩のひとつはそれを感動的な詩句で表わしていた」(41)と述べた。

なお、「父親と息子の不和」について、H・ウーリヒは「ドイツ人の精神的発展に悲惨な影を落とした問題であるので、政治的、文化的、教育的な視点から一度詳しく調べてみる必要があるだろう。世代間の問題が世紀転換期のドイツにおけるほど大きく、また不幸な作用をした現象は歴史上、一度も見られなかった」(22)と述べた。しかし、ヴェルフェルの作品では、A・ブロンネンの一幕劇『父親殺し』やハーゼンクレーヴァーの戯曲『息子』のように父親の死にまで至る過激さと深刻さは見られず、つねに和解が探し求められていた。この詩をリルケがとくに好んだのも、彼がそこに幼年時代の神秘的な幸福、父親と息子の対立を解消する愛情を読み取っていたからだと思われる。(59)

★6　K・エートシュミットによれば、胸が熱くなるようなこの詩は、まず『白草紙（ディ・ヴァイセン・ブレッター）』誌・第一号（一九一三年）に掲載され、非常に大きな反響を呼んだという。この詩を収めた詩集『死と復活』を出版するためにハーゼンクレーヴァーは査読用にこの詩を出版人クルト・ヴォルフに送ったが、ヴォルフからは絶賛と感激の返事が届いたという。

なお、エートシュミットによると、「ハーゼンクレーヴァーの詩の朗読会はいつも超満員だった。少年のころからすでに高雅な雰囲気を漂わせていたヴェルフェルとは異なり、若さとギリシャ的要素に加えて、彼に備わった未成年的な魅力は当時の若者たちを魅了した」(4)という。

★7　このように、たいてい新聞などにまとめて掲載されている。

★8　ハーゼンクレーヴァーの母親は彼を妊っていたときに妊娠性精神病に罹り、数カ月、病院に入院した。それ以来、母親は生涯にわたって彼を憎悪しつづけた。ハーゼンクレーヴァーは母親のことをいっさい語らず、彼と母親の間には親子の情愛などは皆無だった。こうした事情で、彼は戯曲『息子』でも、息子に優しく接する女家庭教師に自分の母親のイメージを求めていた。この詩に詠われた「息子を愛おしむ」母親は、彼が抱きつづけた母親の理想像を表わしていたと思われる(44)。

★9　当時のドイツの文化史や科学史では、一九〇九年四月六日の北極点到達と、一九一一年十二月十四日以降の南極点到達が詳しく取り上げられ、社会の関心を強く引いた。「崩壊と叫び」の訳注8にも記したように、極地点への到達は当時の若者に人類の偉大な功績として賞賛された。

★10　一九一三／一四年に書かれたとされるこの詩は、草稿では題名が「希望（予言）」となっていた。エーレンシュタインの人生は、両親に虐待された幼年期から、この詩が書かれた時期まで、不幸の連続で、詩友の間で「最もツイテない男」と言われていた。したがって、「希望」という題名に（予言）と付加せざるを得なかったのである。ちなみに、エーレンシュタインは貧しいユダヤ系ハンガリー人を両親としてウィーンに生まれ、家庭では母親に、学校では教師に虐げられ、同級生からはユダヤ人と蔑まれた。一九一一年に発行された自伝的小説『トゥブチュ』では、「ぼくが自分の名前以外にもっているのは、ほんの僅かのもの。……ぼくの周りを、ぼくの内部を空虚と寂寞が支配しており、ぼくは衰弱しているのだが、それがどこからくるのかわからない……」(36)と書かれていた。

★11　この老婆は、詩「鏡のなかの太った男」にも登場する乳母バビを指していると思われる。W・ハースによると、ヴェルフェルはこのバビを非常に慕っていたので、彼の詩の十篇に一篇には、この老女が登場するという。バビは元来、農夫の妻だったが、ヴェルフエル家で長く女中をしていた(41)。

★12　性的空想と救済の情熱を織り交ぜて、ローザ・ルクセンブルクを讃えている。ベッヒャーは一九一七年以降、ドイツ独立社会民主党のメンバーであり、(カール・リープクネヒト、ローザ・ルクセンブルク、フランツ・メーリング、クラーラ・ツェトキンなどが指導した)スパルタクス団を支持したので、同団が一九一八年末にドイツ共産党に合併したとき、彼はその新設の党に入った。その経緯で彼はとくにカール・リープクネヒトとローザ・ルクセンブルクを敬愛した。

なお、ベッヒャーは一九一九年に発行された詩集『すべての人に！新詩集』に「ローザ・ルクセンブルクとカール・リープクネヒトと革命的な無産階級に捧げる。あなたたちは大地の塩(マタイによる福音書五：一三)である！」という献辞を記していた。

さらに、彼は後年(一九五〇年一月十五日)にも「カール・リープクネヒトとローザ・ルクセンブルクはレーニンとともに、私を救い難い混乱から救出してくれた。いまの私の夢は彼らの夢と一体になっている。彼らの夢はあらゆる期待以上に逞しく見事に実現された。カール・リープクネヒトの〈それにもかかわらず(トゥロッツ・アレデーム)〉の反抗的精神は、たんに社会的態度としてのみならず、人間のとるべき態度の典型としても尊い」と述べていた。

★13　小アジアのメンデレス川の古代名。

★14　神肴(不死になると言われた神の食べ物)。

★15　エレミアはアナトトの祭司ヒルキアの子で、エルサレムの歴史上、(バビロン人の到来、エルサレムの崩壊、神殿の焼き打ちなど)最も悲惨な体験をしたが、彼自身の人生も苦難に満ちていた。

★16　原語 Trichter は広く「漏斗の形」をしたものを指す。

★17　リープクネヒトとルクセンブルクはベルリンで義勇軍(フライコール)によって一九一九年一月十五日に虐殺された。そして、二人(ラントヴェーア運河に沈められたルクセンブルクの死体は、一九一九年五月末になってようやく見つかったが)の葬儀は、六月十三日に多くの市民が参列して無言の抗議を表わすなかで行なわれた。

R・レーオンハルトも十月革命のあと、ルクセンブルクとリープクネヒトを支援していた。当時、二人を支持する文学者や知識人は少なくなく、二人の殺害に対しては、たとえば、画家L・マイトナーは評論「兄弟よ、松明をともせ。リープクネヒトとルクセンブルクを追悼する」を、ハーゼンクレーヴァーは「リープクネヒトの思い出に」捧げた詩「殺人者たちはオペラを観に来ている」を、I・ゴルは詩「リープクネヒトの死を悼む連禱」を、H・ギルボウは詩「カール・リープクネヒト」を発表した。

★18　ギリシャ神話で、海の神ポセイドンは三叉(みつまた)の戟(ほこ)で大地を打って、アクロポリス山上に海を湧き出させた。

★19　この詩は、第一節が「微笑」、第二節が「呼吸」、第三節が「歩み」という内容的順序で構成されている。

W・シュメーリングによって、この詩は「自由詩行の長所を十分に発揮し、その伸びやかな広がりに未来への希望を巧みに表わしている」(37)と評された。

★20　ヴェルフェルは自分の幼年時代を失われた楽園として懐かしみ、現実世界にいながらも現実とは異なる世界に生きることを憧憬していた。この詩行のような命令形の連続は、一般に内面的矛盾を抱え、現実社会に反抗しつづけ、自殺の縁にまで自分を追い詰めていた若い詩人には、一種のカタルシスを実現する技法として自己救済的な効果をもっていた。

★21　こうした「武力の否定」は、トルストイからロマン・ロランへと続いた当時の平和主義の根本であり、シッケレもその影響を受けていた。

★22　パナマ運河の建設は、スエズ運河建設者のレセップスによって一八八一年に着工されたが、その八年後に大きな洪水と地滑り、財務上のスキャンダル、熱帯性疫病の蔓延などによって挫折した。そのために、その未完成の事業はアメリカによって引き継がれたが、(総延長八〇キロメートル幅九〇〜三〇〇メートルの運河が完成し)一九一四年八月の運航業務開始までに三十四年の歳月を要した。

W・シュメーリングによれば、ゴルの初期の詩は多くの点で(彼より一歳年上の)ヴェルフェルの初期の詩に類似していた。たとえば、詩「パナマ運河」に見られる遠方への憧憬と世界苦(感傷的な厭世感)の表明、大洋の結婚の祝福といった自然への神秘的関与などは、しばしばヴェルフェルにも見られたという(37)。

★23　詩「パナマ運河」には、合計四つの異稿がある。第一稿は一九一四年、第二稿は一九一八年、第三稿は一九一八年、第四稿は一九二四年にそれぞれ書かれた。本書には「一九一二年の第一稿を……」と記されているが、それは正しくは「一九一四年の第一稿を一九一八年に改稿した第二稿」が収録されているということだろう。

★24　イアーソーンとともに、人類が最初に造ったといわれる大船アルゴー号で金の羊毛を求めて航海に出た英雄たちのこと。

★25　J・ミュラーによれば、第一稿「パナマ＝運河」と、第一次世界大戦が終結に近づいていた時期に発表されたこの稿の相違には、ゴルの詩形式の変化のみならず、世界観と人生観の変化も表われているという(58)。たとえば、前者では運河建設の写実的描写が比較的多く、随所で建設という希望に満ちた人間の行為が強調されていたが、後者では過酷な労働と自然破壊に対する批判が表わされ、自然と人間の共生、地球規模の友愛の実現などが依然として困難な現実世界が冷徹に描かれていた。

★26　このように、詩行の冒頭を一字下げて書き始める手法は、ゴルの他の詩でも時折り、見られたが、「パナマ運河」を詠った一九一四年の稿と一九一八年の稿の内容的相違が詩行形式にも反映されていたと解釈することもできる。さらに、改行ごとに一字下げる形式は散文形式を思い出させるが、それだけでなくゴルが当時、(ドイツ語で俳句を作るなど)関心を抱き、模倣していた日本式の書法を試した結果とも考えられる。

★27　上半身は女、下半身は鳥の形をした海の怪物で、歌で人間を魅惑する。『オデュッセイア』では、その歌を聞いた船乗りは魔力に囚われてセイレンの島に上陸し、命を落としたといわれている。

★28　この詩は、一九一八年に発行された詩集『心の即位』の最後に収められているので、第一次世界大戦の終結とほぼ同時に書かれたと思われる。ちなみに、その戦争で動員されたドイツの兵士の数は一一〇〇万人であったが、そのうち死者は約一七七万人、負傷者は約四二一万人、捕虜および行方不明者は約一一五万人であった(60)。

★29　「人差し指を立てる」は、「説教をしたり、教訓を垂れる」ときによく示される身振りであり、「人差し指をぴんと立てて、子供をたしなめる」といった表現がある。

★30　親指を除く四本の指にはめて使う金属製の格闘具で「メリケン・サック」とも言われる。なお、ディケンズの小説『オリヴァー・トゥイスト』でも社会の底辺に生きる子供の窃盗団で親方(ボス)から鉄拳制裁を食らう場面があるが、十九世紀末のヨーロッパではそうしたことも珍しくはなかった。

★31　ルビーナーは、行動主義の詩人のなかでも「東方的な神秘主義と非合理主義を志向した代表格」とされる。一九一六年に出された彼の詩集の表題も『天上の光』(Das himmlische Licht)と称し、そこには天上の光のメタファーが頻繁に現われていた。こうした傾向でも、彼の革命＝詩は宗教的色彩を帯びた理想主義の特徴を表わしていた。

★32　二十世紀初頭にヨーロッパに広がった黄禍論は、日本とアメリカ、日本とイギリスの未来戦争＝物語へ発展した。そして、(たとえば、一九〇九年に『無知の勇気』を発表したホーマー・リーのように)日米戦争を仮想した小説家や評論家も現われた。

★33　最終行で「光の人間」が「神のような最初の挨拶をする」ことから、この詩の表題の「到来」はキリストの来臨(＝降臨)と同様の意味をもっている。

★34　イエス・キリストの復活後五〇日、つまり第七日曜日に聖霊が使徒たちの上に降臨したことを記念する祝祭日。

★35　W・シュメーリングによれば、この詩は、フランクフルトで国民議会が開かれた一八四八年以降、詩人がふたたび積極的に社会や政治に参加した時期(これは長くは続かなかったが)の終わりに書かれたと考えることができる(37)。

★36　先のヴェルフェルの詩「来たれ、創造に秀でた聖霊よ(ヴェーニ・クレアートル・スピーリトゥス)」でも、この詩行と同じく「心よ、おまえはなんと創造に秀でていることか(schöpferisch)」と詠われ、心の意義と機能が説かれていた。

★37　この詩を表現主義の文学的プログラムと解釈する研究者もいるが、そうした目的で書かれたかどうかは判らない。また、当時の詩人たちが絶対的となった芸術を否定し、生への関与を目標にして表現主義の運動を展開した様子が表われていると解釈する研究者もいる。しかし、「けれども……」(Doch)で始まる三詩行では、それ以前のドイツの詩で見過ごされがちであった対象を積極的に取り上げ、それを主題にしようとする詩人の強い決意が表われている。

なお、この詩は一九一三年ごろに書かれたが、その一年ほど前にシュタードラーは論文「新しいフランス詩」(一九一二年)で「生を育む肥沃な土壌をますます失い、懸命に努力したり意欲を燃やすことなく、ただ選り好みし、排他的で、いっそう死の常套句へと硬直する詩に抗して、今日のドイツでは形式主義の束縛を打ち破り、詩を生活体験に引き入れ、現実的体験で満たす試みが奨励されねばならない」(23)と述べていた。そうした、おもにゲオルゲ派の詩作に対するシュタードラーの疑問には、彼の文学的および人生的な信条として(W・ミッテンツヴァイの述べた)「社会的ロマン主義」(Sozialromantik)が反映していたように思われる。

★38　この詩はドイプラーの代表作『北極光』(一九一〇年刊) の序詞に収められている。その作品は、地球と太陽はかつてひとつに結ばれていたという考えに基づいて、地球 (大地) は太陽に憧憬を抱きつづけるという運命に貫かれているが、さらにそれを超えて、天空と大地、光明と暗闇、男性と女性など一般に対立的関係にあるとされるものは融和を目指して努力せねばならないという彼の理念も表わされている。

★39　この四篇の詩は、次の詩「或る婦人の死にあたって」とともに、のちに詩集『女性に捧げる詩』(Gedichte an Frauen) (一九二二年刊) に収められた。

ちなみに、それらの詩は形式的にも内容的にもハーゼンクレーヴァーの詩作のなかで固有の特徴を示している。たとえば、詩行は初期の詩と比べてかなり短く、内容も初期の詩に顕著だった激情が弱まり、憂鬱と神秘的沈思がより強く表われている。その背景的解釈としては、現実には男女の仲のように、多くの克服しがたい溝が存在するが、そうした現世の苦悩が死後の世界で消え去ることを願う、死による自己救済の願望が表われていたと考えられる。

なお、それらの詩をハーゼンクレーヴァーは、「一九一八年から一九二二年までの五年間に書いた詩のなかでもっとも美しい詩」(クルト・ヴォルフ宛の一九二一年十一月二十九日の手紙) と述べていたが、その後、彼は詩作から離れ、戯曲の創作へ移った。

★40　「われらの姉よ」(Schwester unser) は「天にいます、われらの父よ」「Vater unser, der du bist....」(マタイによる福音書六：九) と類似していることから、この呼びかけは死去した女性に向けられていると考えられる。

★41　Franz Marc (一八八〇年―一九一六年) は表現主義の画家で、一九一二年に創刊された年刊誌『青　騎　士』(デァ・ブラウエ・ライター) の編集・発行者の一人であったが、ラスカー＝シューラーとは一九一二年末に知り合って以降、書簡の交換をした。彼は一九一四年に (戦時動員の) 志願兵として戦場へ行き、一九一六年三月に第一次世界大戦の激戦地ヴェルダンで戦死した。マルクを敬愛していたラスカー＝シューラーは、彼について「彼は動物たちの言葉を理解することができた。彼は動物たちの理解されない魂を神聖なものにした。戦場の青い騎士はいつも私に、人間に親切にすることだけでは不十分で、戦場で言語に絶するほど苦しんでいる馬も労らねばならないことを思い出させた。……私は彼ほど信仰心が厚く、心優しい画家を知らない。……彼の優しい手のなかでは野生の動物も植物のようにおとなしくなった。……彼は自分を聖書の時代の若い族長、威厳あるヤコブ、カナンの領主のように思っていた」(61) と述べていた。

★42　この詩は、表現主義の文学の陽の面、希望に満ちた未来を提示した詩と言うことができる。これと同様の特徴を表わしたヴェルフェルの詩としては、ほかに「清純な人間」(Der reine Mensch) を挙げることができる。

★43　古いキリスト教の箴言「人間よ、思い起こせ、おまえは塵埃 (土) であり、ふたたび塵埃 (土) になるだろう」(Erinnere dich, Mensch, dass du Staub bist und Staub wieder werden wirst) と関連している。

★44　ヴェルフェルの詩「ヘカベー」(本書157頁) との関連を見ることができる。すなわち、ヘカベーは身の保護を求めて自分の息子をポリュメストールに預けたが、息子を殺された。その復讐として、彼女はポリュメストールを盲目にし、彼の息子たちを殺した。このために、ギリシャ人が彼女を石で打って殺そうとしたが、石の中から その死骸の代わりに、雌犬が現われた。あるいは、ポリュメストールの部下に追われたとき、雌犬に変じた。そして、雌犬になったヘカベーは「犬の墓」なるところに葬られたという。ここに窺い得るヴェルフェルの考えは、「塵埃はなおも塵埃に抵抗する。要するに、我々は死を憧れることがあっても、結局は死んだ人体を思い浮かべ、それに対する嫌悪から生に憧れ、生の躍動を願望するのが一般的である」ということだろう。

★45 「最後の審判」で、死者の魂は大天使ミカエルによって天秤に掛けられ、その結果に基づいて、選ばれた者たちは神の右側に座を占めることができた。

なお、W・クネーフェルスは、この詩節を「ブルジョア社会の打倒を目指した内容」と解釈している(38)。

★46 按手礼ともいう。洗礼を受けたあと、キリスト教信者がその信仰をまっとうし、信仰に恥じない生活をするように信仰心を新たに堅くする儀式で、七歳になるとできる限り早くこの式を受けさせる。

★47 恭順の表現として、相手の衣服の裾に接吻したり、手を触れる行為がされる。

★48 P・ツェヒによれば、この第二部では、愛、本性、原罪の意識、変化、宇宙＝故郷といったモティーフが採り入れられ、「きみ」(Du)との愛が自然の一部として宇宙的視野で捉えられている。

★49 トラークルも参加していた文芸誌『ブレンナー』の主要スタッフの一人であるが、病身、憂鬱症であった点でトラークルと似通っていた。トラークルはインスブルックにいたときから彼と親交を結び、彼を兄のように慕っていた。したがって、この詩で兄といっているのは、このカール・ボロメーウス・ハインリヒのことと思われる。

★50 キリスト教の聖餐を思い起こさせる。

★51 詩「ぼくの精神よ、戻って来い」の訳注でも述べたが、ハーゼンクレーヴァーの詩には「精神」(Geist)が頻繁に現われる。これについてヴァルター・フーダーは「当時は、自然＝印象や美しい仮象ではなく、存在の本質、根本的な生を表現することが重要と考えられ、知的に定義することよりも、精神的直観を表わすことが要求された。したがって、精神はもはや思考や認識を行なう器官としてではなく、人間存在の在り方そのものとして通用することになった。一九一〇年から一九二五年までのハーゼンクレーヴァーの詩に現われる〈精神〉はそうした背景と意味に拠っていた」(62)と述べた。

★52 ハイニッケの詩には、題名が「賛美歌」(Psalm)や「詩」(Gedicht)となっているものが非常に多い。その場合、本来、無題であった詩に便宜上、そうした題名が付けられたことが考えられた。

★53 この詩で「神はひとつの名前」と詠われたあとに、「わたしの憧れは名前をもたない」、「わたし、世界の、名前をもたない顔」と訴えられた悲嘆の言葉は、「神をもたない」という詩人自身の告白と合致する。この運命的な苦悩と不安は、ハイニッケの一九一九年に発行された詩集の表題『名のない顔』(Das namenlose Angesicht)にまで表われていた。

★54 この第一行「敵意は満ちあふれてはいない」(Feindschaft ist

unzulänglich）は、リルケが一九一六年に書いた『ドゥイノの悲歌』の第四の悲歌の詩句「敵意はわれわれに一番近いのだ」（Feindschaft ist uns das nächste）に影響を与えたと言われる。ちなみに、一九一三年以降、ヴェルフェルに注目していたリルケは、この詩のとくに「子供の死去」をめぐる情景に心惹かれ、そのモティーフを第四の悲歌の終わりに採り入れたとされる（59）。

★55　ヴェルフェルの詩の基本テーマである「われわれは在る」（Wir sind）が、本書の最後で象徴的に鳴り響いている。ちなみに、（ピントゥスは編集上の偶然だと述べていたが）本書の四つの章は――「崩壊と叫び」の章は詩「われわれはない」、「心よ、目覚めよ」の章は詩「わたしなどまだ子供です」、「反乱へ立ち上がろう」の章は詩「善良な人間」、「人間に愛を」の章は詩「生の歌」というように――いずれもヴェルフェルの詩で終わっている。そのうえ、詩「われわれはない」が本書の最後で詩句「われわれは在る」へと変化した状況にこそ、本書の表題「人類の薄明」の意味が反映されていると解釈する研究者もいる。

詩人と作品

——伝記的記録と著作目録

旧版の出版から四十年経って発行される、このポケット版『人類の薄明』では、その歴史的＝記録資料的な特徴を保つために（一九二〇年から一九二二年までに発行された）四つの旧版に収められた、詩人の自伝文と伝記的記録はゴチック体の表記で収録されている。四十年前に書かれた各詩人の自伝的、あるいは信条表明的な文章は——たとえ今日、部分的に捉え難かったり、詩人たち自身が後年にその見解を変えたとしても——いかなる変更も削除もしなかった。

しかし、詩人たちが死亡するまでに、あるいは本書が発行される一九六四年までに辿った[★1]それぞれの運命と発表作品は——たとえ非常に簡略化してでも——記載すべきことと考えたので、今回、実に多くの追加が生じた。本書の発行にさいして、二三名の詩人のうち存命の三名——ハイニッケ、クレム、オッテン——は、旧版の自伝文に加えて、新たな自伝文を寄せた。ゴルの今回、追加された伝記的記録は、彼の未亡人で詩人のクレール・ゴルによって書かれた。そして、七名の詩人は、旧版の最初の発行年の一九二〇年にすでに死亡、あるいは第一次世界大戦で戦死していた。したがって、彼らの伝記的記録は、それぞれ親交のあった人によって書かれたが、そのうちリヒテンシュタイン、ロッツ、シュトラムについては、今回、なにも追加されなかった。ハイムとトラークルについては、本書で補足の記述がされた。ホディスとシュタードラーについては、旧版のいささか短い記録に、編纂者による詳しい伝記的記録が追加された。その他の（一九六四年以前に死亡した）詩人たち——ベッヒャー、ベン、ドイプラー、エーレンシュタイン、ハーゼンクレーヴァー、ラスカー＝シューラー、レーオンハルト、ルビーナー、シッケレ、ヴェルフェル、ヴォルフェンシュタイン、ツェヒ——については、各自が書いたやや短い自伝文やいくぶん長い自己表明文に編纂者が補足的な伝記的記録を加えた。

編纂者が書いた伝記的記録は、すべてその末尾に［編纂者］と記している。その他の人によって書かれた記録も、すべてその末尾に、執筆者の名前が［　］に記されている。この表示がない記録は、すべて詩人自身によって書かれた。

なお、伝記的記録については、重複を避けるために、旧版に記された内容を今回、再度、記すことはしなかった。したがって、すべての資料と事実を総括するためには、ゴチック体で表わされた旧版の記録と新たに補足した記述を合わせて読まれたい。――そして、今回の補足文では、文章を練ることも文学的評価を加えることもしなかったが、できる限り多くの事実をできる限り少ない頁数で伝えるように努めた。

著作目録については、各詩人の、本の形で発表された作品は――たとえ現在、なお希少であったり、行方不明であっても――できる限りすべてを記した。しかし、紙幅の制限があったために、詩人たちが雑誌や集成本に発表した作品、詩人たちを論じた著書、また――詩人が二カ国語で書いた場合を除き――作品の外国語（翻訳）版は、いずれも記載できなかった。だが、詩人が編集、あるいは翻訳した他の詩人作家の作品、また詩人が編集、発行した雑誌や集成本は記載している。そして、各詩人の作品の新装版については、改訂・増補された版が発行された場合、あるいは――たとえば、挿絵の収録など――特記事項がある場合のみ記している。さらに、各詩人の比較的浩瀚な作品選集や全集も、遺稿に関する注記と同様に（たいてい著作紹介の終わりに）挙げている。

★1　詩集『人類の薄明』は、一九一九年十一月に初版、一九二〇年に第二版と第三版、一九二二年に第四版がそれぞれ発行されたが、それらはいずれも通常サイズのハードカバー版であった。ポケット版は一九五九年に発行されたが、付録に当たる「詩人と作品――伝記的記録と著作目録」が全面的に書き改められた一九六四年発行の版は、「根本的に増補された伝記的記録と著作目録の付録を収めた改訂版」と記された。

ヨハネス・R（ローベルト）・ベッヒャー（Johannes R. Becher）

一八九一年五月二十二日にミュンヘンで（のちに地方控訴裁判所判事長になった）ハインリヒ・ベッヒャーの息子として**生まれた**。ベルリン、ミュンヘン、イェーナで哲学と医学を学んだが、途中で学業を止め、フリーの作家になった。反戦主義者として、[★2]第一次大戦の終わりにスパルタクス団に入り、[★3]その後、共産党に入った。一九二四年、詩集『玉座の上の屍』と小説『レヴィズィーテ・唯一の正義戦』によって、国家反逆煽動の罪で帝国最高裁判所に訴えられた。[★4]しかし、それは、結局、ヒンデンブルクの恩赦で中止された。一九三三年の国会議事堂放火事件の夜に計画的に行なわれた共産党員の一斉逮捕から逃れて、最初はプラハへ、次にウィーンとフランスへ行った。そして、ドイツの市民権が剝奪されたあと、一九三五年秋にソヴィエト連邦へ亡命した。[★5]第二次世界大戦中は、一時タシケントへ疎開したこともあったが、モスクワに滞在し、一九四五年五月に永住を決意してベルリンに帰ってきた。そのあと、ドイツの民主的再生文化連盟の会長（一九四八年二月以降は名誉会長）、一九五〇年から一九五三年までは東ベルリンのドイツ芸術アカデミーの副会長、次いで会長を務めた。そして、一九五四年一月には東ドイツの文化相となった。その間、一九四九年と一九五〇年には国家賞（第一等）を、一九五二年には国際レーニン平和賞を受けた。さらに、一九五一年にはベルリンのフンボルト大学の名誉博士に、また一九五八年にはイェーナ大学の名誉評議員になった。一九五八年十月十一日にベルリンで死去したが、彼はベルトルト・ブレヒトも葬られているベルリンのドロテーエンシュタット墓地に埋葬された。[★6]［編纂者］

『闘う男、クライスト賛歌』（ベルリン、一九一一年）、『春の恵み』（詩集、ベルリン、一九一二年）、『大地』（小説、ベルリン、一九一二年）、『主よ、深き淵より』（詩、ミュンヘン、一九一三年）、『崩壊と勝利、全二巻』（第一巻は詩集、第二巻は散文の試作、ベルリン、一九一四年）、[★7]『同胞の契り』（詩集、ライプツィヒ、一九一六年）、『ヨーロッパに寄す、新詩集』[★8]（ライプツィヒ、一九一六年）、『神聖な一群』（詩集、ライプツィヒ、一九一八年）、『反時代的賛歌』（詩集、ライプツィヒ、一九一八年）、『新詩集』[★9]（一九一二年から一九一八年

★2　ルカーチによれば、「第一次帝国主義戦争の勃発は、ドイツでは全インテリゲンチャを、そのなかでまた文壇をも熱狂へと誘い入れた。ハインリヒ・マン、レーオンハルト・フランク、ベッヒャーその他ごくわずかな者のみが名誉ある例外だった。彼らは最初から帝国主義戦争に反対の立場をとった」（63）という。一九一四年に兵役忌避をしたベッヒャーの作品のなかでもとくに『ヨーロッパに寄す』、『神聖な一群』は人道主義的、平和主義的な信念を表明していた。

★3　一九一七年の十月革命はベッヒャーの目を開かせた。彼は創作活動を民衆の運命と深く結びつけるようになった。こうした状況から彼は一九一八年に評議会共和制の樹立を目指してスパルタクス団に加わった。そして、共産党に入ってからは、党員文学者の使命感で創作に励んだ。

★4　これに因るベッヒャーの拘留には、各方面から釈放運動が起こり、ドイツ以外の国でも文学者、知識人、労働者から抗議の声が上がった。ベッヒャーに対する反逆罪裁判——その主要手続きは一九二八年一月十六日に行なわれることになっていたが——に、たとえばマクシム・ゴーリキーは一九二八年一月二十日に「豊かな才能に恵まれた作家は決して多くない。二十世紀のヨーロッパには稀にしか見られない。ヨハネス・R・ベッヒャーは第一に誰にも増して才能のある詩人である。……いままたベッヒャーを裁判にかけたりするような自己防衛の方策では、ブルジョアジーはどうしても没落するほかにない……」と述べた。こうした運動によって、ベッヒャーは三日間の拘留ののちに釈放されたが、彼に対する訴訟手続きは三年近く続いたという。

★5　その放火事件の二時間ほど前、ベッヒャーの家はナチス突撃隊員に包囲されていたが、彼はそこから逃げることができた。なお、亡命中に彼はナチ支配下のドイツを憂える詩を何篇も書いたが、一九三七年の詩「祖国の涙」は、次のように詠われていた。「おお、ドイツよ、あの連中はおまえをどう変えてしまったのか?!／力強く、自由なドイツ、誉れ高いドイツ、／国民がより豊かに暮らせるドイツが生まれたというのか?!／だれもが万人の幸福を考えているというのか?!／おまえは憶えているか、あの〈ドイツよ、目覚めよ!〉という声を?／すぐにおまえに恵みを与えるかのように／彼らはおまえを支配した。なのに今日、おまえは踏み躙られている／過去の戦闘にもなかったほど無惨に撃たれている。／（中略）／屈辱の四年目が始まった。ドイツのために泣こうとしても／涙は思うように流れない／涙はあまりに多くの血にしみ込んでしまったから……」。

★6　この墓地には、ブレヒトとヘレーネ・バイゲルのほかに、ヘーゲル、フィヒテ、建築家シンケル、作曲家ハンス・アイスラー、作家のH・マン、アンナ・ゼーガース、A・ツヴァイク、ハイナー・ミュラーなどの墓もある。

★7　一九一二年十二月から一九一三年十一月までに書かれた詩と散文を収め、エミー・ヘニングスに捧げられていた。この作品は最初、エルンスト・ローヴォルト社へ原稿が持ち込まれたが、ローヴォルトはその全二巻の出版を冒険的企画と考えて、見送った。その後、それは知人のH・バッハマイヤーの協力を得てベルリンのヒュペーリオン社から発行された。

までの詩の選集、ライプツィヒ、一九一八年）、『ロッテのための詩』（ライプツィヒ、一九一九年）、『民衆のための詩』（ライプツィヒ、一九一九年）、『すべての人に！　新詩集』★10（ベルリン、一九一九年）、『シオンの丘』（詩集、ミュンヘン、一九二〇年）、『永久に反乱を』（詩集、ベルリン、一九二〇年）、『逝った者』（詩集、レーゲンスブルク、一九二一年）、『神について』（詩、散文、祝祭劇「労働者、農民、兵士」、ライプツィヒ、一九二一年）、『労働者、農民、兵士、民衆の神への目覚め』（ライプツィヒ、一九二一年）、『神々しき変貌、賛歌』（ベルリン、一九二二年）、『三篇の賛歌――「全滅」、「ドイツ人に」、「殺戮」』（コンスタンツ、一九二三年）、『賛歌』（詩集、ライプツィヒ、一九二四年）、『労働者、農民、兵士、革命的闘争劇の腹案』（完全改訂の第二版、フランクフルト、一九二四年）、『レーニン廟で』（詩、ベルリン、一九二四年）、『玉座の上の屍――「赤い行進」、「玉座の上の屍」、「爆撃機の飛行士」』（詩集、ベルリン、一九二五年）、『赤軍前線部隊よ、前進せよ』（論文と講演、フランクフルト・a・M・一九二四年）、『ペンテジレア』（詩集、ルートヴィヒ・マイトナーと共作、ベルリン、一九二四年）、『ウラジーミル・マヤコフスキー、一億五千万』（自由訳、ベルリン、一九二四年）、『デミヤン・ベードヌイ、表通り』（自由訳、レフ・トロツキーの跋文、ウィーン、一九二四年）、『銀行家が戦場を行く』（物語、ウィーン、ベルリン、一九二六年）、『(CHCLCH) 3 As = レヴィズィーテ、あるいは唯一の正義戦』（小説、ウィーン、ベルリン、一九二六年）、『機械のリズム』（詩集、ベルリン、一九二六年）、『山の陰で』（詩集、ベルリン、一九二七年）、『食糧難の都市』（詩集、ウィーン、一九二七年／一九二八年）、『現代の人間』（詩選集、ルードルシュタット、一九二九年、なお副題「詩と散文」を付した新装版はベルリンで一九三〇年刊）、『灰色の縦列』（詩集、ベルリン、ウィーン、チューリヒ、一九三〇年）、『偉大な計画、社会主義建設の叙事詩』★11（ウィーン、ベルリン、一九三一年）、『縦列行進する男、新詩集とバラード集』（ベルリン、一九三二年）。

『新詩集』（モスクワ、レニングラード、一九三三年）、『ドイツの死の舞踏、一九三三年』（詩集、モスクワ、一九三三年）、『時機（とき）がくる』（詩集、モスクワ、一九三三年）、『壁に貼る』（詩集、モスクワ、一九三三年）、『姿を変えた広場』（物語と詩、モスクワ、チューリヒ、一九三四年）、『ドイツ、大量解雇と有用社員の歌』（詩集、モスクワ、チューリヒ、一九三四年）、『すべてを信じた男』（詩集、モスクワ、パリ、一九三五年）、『詩選集』（キエフ、一九三五年）、『ソネットと詩』（パリ、一九三六年）、『幸福を探す男と七つの重荷』（賛歌、モスクワ、ロンドン、一九三八年）、『低地パイセンベルクの農民と農民生活の詩』（エンゲリス（ソ連）、一九三八年）、

『世界発見者、詩選集』（キエフ、一九三八年）、『勝利の確信と偉大な日々の予想、ソネット集、一九三五―一九三八年』（モスクワ、一九三九年）、『叙事詩集』（キエフ、一九三九年）、『再生』（詩集、モスクワ、一九四〇年）、『七年』（詩集、モスクワ、一九四〇年）、『別れ、あるドイツ的悲劇の第一部、一九〇〇―一九一四年』（小説、モスクワ、一九四〇年、新装版はベルリンで一九四五年以降刊）、『ドイツは叫ぶ』（詩集、モスクワ、一九四二年、増補版はストックホルムで一九四五年刊）、『モスクワのための戦い』（戯曲、モスクワ、一九四二年）、『スターリングラードへの感謝』（詩集、モスクワ、一九四三年）、『ドイツの使命、ドイツ国民への呼びかけ』（モスクワ、一九四三年）、『新しい武器』（詩集、モスクワ、一九四三年）、『高き見地、ドイツ＝詩』（モスクワ、一九四四年、増補版はベルリンで一九四七年刊）、『ドイツの教え』（エッセイ、ロンドン、一九四四年）、『詩集』（一九三九年から一九四三年までの詩の選集、モスクワ、一九四四年）。

『冬の戦闘（モスクワのための戦い）、或るドイツ的悲劇』（ベルリン、一九四五年／一九五三年／一九五六年）、『亡命期の詩選集』（ベルリン、一九四五年）、『ドイツの告白、ドイツ再生に関する三講演』（ベルリン、一九四五年、七講演を収めた増補版はベルリンで一九四七年刊）、『韻文小説』（ベルリン、一九四六年）、『自由への教育、思索と省察』（ベルリン、一九四六年）、『指導者像』（劇、

★8　一九一三年から一九一六年までに書かれた詩を収めたこの詩集には、「……に寄せる」、「……に捧げる」と題する詩が数多くあり、ヴェルフェルやハーゼンクレーヴァーのほか、この時期に交際があったドイプラーに捧げた詩「兄弟の日」も収められた。

★9　一九一七年九月に原稿が出版社に渡され、一九一七年十一月に校正刷り（ゲラ）がベッヒャーのもとに届いた。その後、出版社は検閲を通すために、詩集のなかの「リープクネヒトを詠った詩」を削除するように求め、ベッヒャーもそれに応じた。そして、詩集が発行されたのは、一九一九年一月であった。

★10　一九一八年末から一九一九年五月までにイェーナで書かれた一七篇の詩を収集している。そのうち七篇は、L・ルビーナー編『人類の盟友たち』（一九一九年刊）にも収められた。各詩は一九一八年十一月の革命を詠っており、この詩集は「ローザ・ルクセンブルクとリープクネヒトに」捧げられていた。

★11　一九三〇年末ハリコフで第二回世界革命作家大会が開かれ、ベッヒャーはドイツ代表として出席した。このときソヴィエトで社会主義建設の状況を見て、帰国後はその進展を報告した。この壮大な叙事詩はマヤコフスキーの詩法を思わせる、きわめて新しい試みだった。

ミュンヘン、一九四六年、『フュッセンへの道』と改題された新装版はベルリンで一九五三年刊）、『我が詩のなかのミュンヘン』（シュタルンベルク湖畔、一九四六年）、『帰郷』（詩集、ベルリン、一九四七年）、『我ら——我らの時代』（六部構成の選集、パウル・ヴィークラーとジェルジュ・ルカーチの序説、ミュンヘン、一九四七年）、『我ら、ドイツ国民』（講演、ベルリン、一九四七年）、『平和への意志について、二講演』（ベルリン、一九四七年）、『シュヴァーベン地方賛歌、我が詩のなかのシュヴァーベン』（コンスタンツ、ライプツィヒ、一九四七年）、『再生、ソネット集』（ライプツィヒ、一九四七年）、『不安なれど、ひるまず』（講演、ベルリン、一九四七年）、『闇を彷徨う民衆』（詩選集、ベルリン、一九四八年）、『解放者、ゲーテ生誕二百年記念講演』（ベルリン、一九四九年）、『作品選集・全四巻』（ベルリン、一九四九年）、『解放』（講演、ベルリン、一九四九年）、『握り拳』（詩集、ブカレスト、一九四九年）、『我々は平和を求める』（講演と論文の抜粋集、ベルリン、一九四九年）、『平和に対するドイツの責任』（講演、ベルリン、一九五〇年）、『完成を夢みて』（初期詩の選集、ライプツィヒ、一九五〇年）、『新ドイツ民謡』（ハンス・アイスラー作曲、ベルリン、一九五〇年）、『平和の強化！平和に関する三書簡』（ベルリン、一九五〇年）、『かぎりなく輝く星、我が詩のなかのソ連、一九一七—一九五一年』（ベルリン、一九五一年）、『我らに平和を——平和日禱書』（ベルリン、一九五一年）、『別の方法でそうした大きな希望を——一九五〇年の日記[★12]』（ベルリン、一九五一年）、『詩に詠われた現代の人間、一九一一—一九五一年』（ベルリン、一九五一年）、『遠い幸福、近く輝き』（詩集、ベルリン、一九五一年）、『国民討論会』（講演、ベルリン、一九五一年）、『詩の弁護、文学における新しいもの』（「努力」第一部、ベルリン、一九五二年）、『美しきドイツの故郷』（詩集、ベルリン、一九五二年、挿絵入りの新装版は一九五六年刊）、『ドイツのソネット、一九五二年』（ベルリン、一九五二年）、『作品選集・全六巻』（ベルリン、一九五二年）、『三度揺れる大地』（日記の散文選集、ベルリン、一九五三年）、『詩的告白』（「努力」第二部、ベルリン、一九五四年）、『ひとつのドイツが現在も、今後も在る！』（講演、ベルリン、一九五四年）、『詩の力——詩的告白・第二部』（「努力」第三部、ベルリン、一九五五年）、『ドイツのために——かつてないほど美しく』（講演、ベルリン、一九五五年）、『地上の星座』（詩集、ベルリン、一九五五年）、『別のようになること』（講演、論文、書簡、アレクサンダー・アーブシュの跋文、ベルリン、一九五五年）、『彼は我らのもの、フリードリヒ・シラー、自由の詩人』（講演、ベルリン、一九五五年）、『我ら、我らの時代、二十世紀』（詩選集、ベルリン、一九五六年）、『ソネット作品』

（ベルリン、一九五六年）、『我らの文学の偉大さについて』（講演、ベルリン、一九五六年）、『詩的信条』（「努力」第四部、ベルリン、一九五七年）、『落ち着かぬ愛、愛の詩集、一九一三—一九五六年』（ベルリン、一九五七年）、『ヴァルター・ウルブリヒト、或るドイツの労働者の息子』（ベルリン、一九五八年）、『世紀半ばの歩み、新詩集』（ベルリン、一九五八年）、『幸福を探す男と七つの重荷』（行方不明の詩集、ベルリン、一九五八年）、『名前のない歌として』（詩集、エルンスト・シュタインの序文、ベルリン、一九五八年）、『社会主義的文化とその国家的意義』（演説、ベルリン、一九五八年）。

『我らの国家のような国家、ドイツ民主共和国の出発と発展の詩・散文』（ヴァルター・ウルブリヒトの序文、ベルリン、一九五九年）、『芸術家の勇気について』（ライプツィヒ、一九五九年）、『自己批判』（ライプツィヒ、一九五九年）、『かぎりなく輝く星、或るドイツ人の著述と思索におけるソ連』（全二巻の増補・新装版、ベルリン、一九六〇年）、『きみは永久に愛されている』（ベッヒャー文学資料館による詩選集、フランス・マセレール[★13]の挿絵入り、ベルリン、一九六〇年）、『詩集・冬の戦闘』（ベルリン、一九六〇年）、『別れ、ふたたび別のように』（ベルリン、一九六〇年）、『ミュンヘンでぼくは生まれた——体験と物語』（リリー・ベッヒャーの序説、ポール・ロジェの挿絵入り、ベルリン、一九六一年）、『現代のための読本』（ウーヴェ・ベルガー編、ヴァイマール、一九六一年）、『崩壊から勝利へ、一九一二年から一九五八年までの抒情詩の選集』（ベルリン・ドイツ芸術アカデミー編、フランス・マセレール制作の木版原画五〇点を収録、ベルリン、一九六二年）、『文学と芸術について』（マリアンネ・ランゲ編、ベルリン、一九六二年）。

ベッヒャーは、一九三〇年から一九三二年までベルリンで『左旋回（ディ・リンクスクルヴェ）』誌[★14]を共同発行し、また一九三五年から

★12　この作品では、若いベッヒャーがミュンヘンとベルリンの学生時代にファン・ホディスを知り、その詩に新たな詩作の可能性を見出した感動が表わされていた。そのなかで、彼は「ファン・ホディスは鈍重なブルジョア社会から若い詩人たちが脱する道を拓いた。感動のない陰鬱な世界は突然、粉砕可能なものと思われた」と語っていた。

★13　Frans Masereel（独語読みはマーゼレール・一八八九年—一九七二年）はベルギーの画家で、自己の印象や感情を直截に表現した木版画で知られる。彼の芸術は主題として人道主義を掲げ、現代文明のなかで疎外される人間を描くとともに、非人間化する世界に人間的な存在の可能性を追求し、それを提示する努力をした。代表作として八〇枚の木版画「ハンブルクの顔」や一〇〇枚連作の木版画「都市」がある。

一九四五年までモスクワで『国際文学（ドイツ版）』誌の主任編集者を務めた。そして、一九四九年に（パウル・ヴィークラーとともに）文芸誌『意味と形式——文学への寄稿』を創刊した。さらに、詩選集『祖国の涙、一六、十七世紀のドイツ詩』（ベルリン、一九五四年）を編纂した。

ベッヒャーの全著作の完全な目録は、『意味と形式』誌「ヨハネス・R・ベッヒャー・第二特集号」（ベルリン、一九五九年発行）に収録されている。

遺稿は（ベッヒャーの旧宅内の）ドイツ芸術アカデミーのヨハネス・R・ベッヒャー文学資料館（ベルリン＝ニーダーシェーンハウゼン、マヤコフスキーヴェーク三四）に保存されている。

ゴットフリート・ベン（Gottfried Benn）

一八八六年にブランデンブルク地方の或る村で生まれ、同地方の別の村で育った。取るに足らぬ発展をしたあと、ベルリンで医師として取るに足らぬ生活。

一八八六年五月二日、西プリーグニッツのマンスフェルトで、新教の牧師の父と、フランス系スイス人の母の子供として生まれた。[15] ベンが一歳になる前に、一家はノイマルク地方のゼリーンへ転居したので、そこでベンは成長し、[16] オーデル河畔のフランクフルトのフリードリヒ中高等学校（ギュムナージウム）[17]に通った。その後、父親の希望に従って、[18] 最初はマールブルクで神学と哲学を学んだ。[19] しかし、間もなく、医学に転じ、カイザー・ヴィルヘルム軍医養成校を出て、短期間、兵役についたあと、船医になった。[20] アメリカ航海から帰ったあと、第一次世界大戦中、最初は西部戦線で、次は（一九一六年以降）ブリュッセルの病院で軍医として働いた。終戦後、大戦が勃発する直前に結婚していた[21]ベンは、皮膚病＝性病の専門医として開業し、一九三五年までベルリン南西地区六一のベラリアンス通り一二で診療をつづけた。

ヒトラーが政権を握ったあと、ベンは最初、ナチスを認め、著作でもナチスを弁護した。しかし、やがて自分の誤りに気づいた。これと同時に、彼はナチスから激しく攻撃される身となり、[★22]彼が述べているように、「貴族的形式の亡命」を選び、一九三五年にふたたび兵役についた。そして、最初はハノーファーで、次に数年間ベルリンで、最後は一九四三年以降、ヴァルテ河畔のランツベルクで軍医少佐を務めた。ベンは芸術アカデミーからも、（一九三八年以降は）帝国著作院からも除名されたために、一九三六年から一九四八年までは、（自費出版の小詩集以外に）作品

★14　ルートヴィヒ・レン、クルト・クレーバー、エーリヒ・ヴァイネルトらとともに編集・発行した。これは、国際的なプロレタリアート解放運動の一環を成す輝かしい文化雑誌として評価された。

★15　ベンの作品にはゲルマン的なものとロマン的なものが混合しているといわれるが、ベンは精神的にパリ、ニース、地中海、そしてフランス語と親近であった。
父親はプロイセン人で内向的な性格であったが、ほとんど読書をしなかったということである。ベンの場合、父親＝息子の不和は、母親が死亡した一九一二年に表面化した。自然療法に固執した父親は、乳癌を患った母親に科学的な治療を受けさせることをベンに禁じたのだった。

★16　ゼリーンでは労働者の子供とも付き合ったが、同地の名高い貴族や大ブルジョアの子供とも付き合い、有産者の豪華な生活と自分の家の質素な生活の相違を思い知った。これがベンにアウトサイダー的意識が芽生えるきっかけになったとされるが、初期の詩「若きヘッベル」にはそれが色濃く反映していた。

★17　中高学校(ギュムナージウム)時代に表現主義の詩人クラブント（本名アルフレート・ヘンシュケ）と同じ下宿にいたことがあり、それ以降、ベンはクラブントと生涯にわたる親交を結んだ。

★18　祖父、叔父も牧師だったことから、家系の職業として父親はベンも神学者になることを望んだ。

★19　マールブルクで二年間、神学と哲学を学んだが、それに満足できなかったベンはその後、自分の意志を貫いた。ちなみに、彼が本詩集のために書いた短い自伝文に「とるに足らぬ」（belanglos）の語が二度も現われていたが、そこにも彼の虚無的な人生観を窺い知ることができた。

★20　一九一四年、ハンブルク＝アメリカ郵船株式会社（Hapag）の船医になった。

★21　離婚歴があり、一人息子を連れた八歳年上のエーディト（非常にエレガントなドレスデンの女優）と結婚し、一九一五年に一人娘ネーレを得た。しかし、その直後から、ベン夫妻には生活様式の相違が強く意識されるようになった。たとえば、ベンがベルリンからドレスデンの妻子のところへ帰ったとき、社交的な妻は知人を招いて、にぎやかに過ごしていた。ベンはそうした生活に馴染めず、やがて妻子をベルリンへ呼び寄せた。結局、夫妻は結婚後七年して離婚した。

の出版はなかった。戦争が終結に近づいたとき、ロシア軍の進撃の最中、ランツベルクから逃げることに成功した。しかし、彼の若い二度目の妻は、ベルリンから脱出する途中で自殺した。

終戦後すぐに、ベンはふたたび（ボーツェナー通り二〇で）開業し、三度目の結婚をした。そして一九四八年以降、詩や散文を次々と発表し、これによって（かつて医学生時代にベルリン大学の金賞を受けたことがあったが★23）七〇歳になって遅ればせながら名声と多くの勲章がもたらされた。一九五一年にはビューヒナー賞を、一九五三年にはドイツ連邦共和国の功労十字勲章を受けた。一九五六年七月七日に死亡したが、彼の墓はベルリン・ダーレムのヴァルト墓地にある。［編纂者★24］

『屍体陳列所と他の詩』（ベルリン、一九一二年）、『息子たち、新詩集★25』（ベルリン、一九一三年）、『脳髄★26』（短篇小説集、ライプツィヒ、一九一六年）、『肉★27』（抒情詩集、ベルリン、一九一七年）、『ディースターヴェーク』（短篇小説、ベルリン、一九一八年）、『測量主任』（認識論的戯曲、ベルリン、一九一九年）、『イータカ』（戯曲的小品、ベルリン、一九一九年）、『兵站基地』（散文、ベルリン、一九一九年）、『現代の自我』（エッセイ、ベルリン、一九二〇年）、『全著作集』（詩、短篇小説、戯曲小品、エッセイ、ベルリン、一九二二年）、『瓦礫』（詩集、ベルリン、一九二四年）、『麻酔』（詩集、ベルリン、一九二五年）、『分裂、新詩集』（ベルリン、一九二五年）、『全詩集』（第一部は一九一二年から一九二〇年までの詩を、第二部は一九二二年から一九二七年までの詩を収録、ベルリン、一九二七年）、『散文集』（第一部は短篇小説を、第二部はエッセイ的散文を収録、ポツダム、一九二八年）、『見通しの総計』（エッセイ集、ベルリン、一九三〇年）、『絶え間なきこと』（パウル・ヒンデミットのオラトリオの台本、ドルトムント、一九三一年★28）、『ニヒリズムの次にくるもの』（エッセイと講演、ベルリン、一九三二年）。

『新しい国家と知識人』（エッセイ集、シュトゥットガルト、ベルリン、一九三三年）『芸術と権力』（エッセイと講演、シュトゥットガルト、ベルリン、一九三四年）、『詩集』（『詩・詩草紙』第二巻・特別号、ハンブルク、一九三六年）、『詩選集、一九一一―一九三六年』（シュトゥットガルト、一九三六年、初版はナチスによる禁止で発行されなかった。第二版は不適切とされた五篇の詩を削除して同年に発行された。これは、ナチスの時代に発行されたベンの最後の作品であり、これ以後は、すべて発行禁止となった）、『（一九三六年から一九四三年までの）二二篇

★22　「ナチスからは豚と罵られ、共産主義者からは薄馬鹿と嘲られ、民主主義者からは精神的淫売、亡命者からは変節漢、宗教家からは病的ニヒリストと公然と非難され」ながら、詩人として沈黙を守ったまま、一九三五年に「入隊は亡命の貴族的形式」(Die Armee ist die aristokratische Form der Emigration) と述べて国防軍に入り、軍医として働いた。ちなみに、その間の顛末を簡単に述べれば、一九三三年、そのときまで文学界の縁に追い遣られ、不満を募らせていた作家たちが報復の機会をとらえ、表現主義の公的弾劾に追従し始めた。ナチの側から行なわれた表現主義＝攻撃の先陣は、同年十月七日にB・v・ミュンヒハウゼンが発表した論文「新しい文学」であった。そこでは表現主義の文学のボヘミアン的都会性、形式の破壊、非民族性、国際主義（インターナツィオナリスムス）、道徳心と祖国愛の欠如などが非難されていた。その論拠は、表現主義の陰に霞んでいた不満文士が一九二〇年代に散発的に表わした稚拙なものとなんら変わらなかったが、保守反動勢力の共感を獲得し、数カ月間に三四の新聞に掲載された。それに対して、無論、ベンはすぐに反論し、一週間後にミュンヒハウゼンに長い手紙を書き、約一カ月後の十一月五日に論文「表現主義への信奉告白」を発表した。ベンは当初、ナチに「死に衰えたヨーロッパの平野に重厚な予感をはらむ活力の潮流を注入するもの」や「人種的に完成されたものへの優れて生物学的な本能」を見て取り、表現主義の文学にも同じような地位が与えられると信じた。しかし、その論文は第三帝国の権力者たちに感銘を与えるどころか、亡命者たちの憤怒を呼び起こした。ベンはその誤解された表現主義＝弁護によって、ナチの作家と決めつけられただけでなく、ただちに彼の事例は、表現主義が一貫してファシズムに通じていたとするマルクス主義的批判の基盤になった。

　表現主義を生き抜き、それを自分の偉大な詩的成果としたベンは、その論文で公然とミュンヒハウゼンの表現主義＝攻撃に反論したつもりだった。それは、ベンがまだ寛容で人間的なナチを信じていた時点で書かれたものだったが、抗弁としか理解されなかった。彼は、身をもって体験したナチの芸術を解さぬ低俗性によって自分の誤りに気づくことになった。それは表現主義の文学的青春への勇気ある弁護であった。その論文は人心に訴える序章のあと、情熱を込めて表現主義の偉大さと限界を論じていた。まだ新しい権力者たちを改心させ得ると信じて……。第三帝国でのそうした表現主義＝弁護は、きわめて勇気の要ることであり、それはもう二度とはなかった。翌年一九三四年十一月にベンは彼の支援者Fr・W・エルツェに「あの論文の最初に書いた言葉は、まだ多くの確信、愛、希望があった昨年のものであり、今日なら決して書かないでしょう。今日なら、〈独裁君主（シーザー）の妄言（フレッセ）と氷河期の穴居人（トゥログロディート）の知力（あたま）〉と書くでしょう」と書き送った。

★23　研究論文「青年期の若年癲癇の病因論」でベルリン大学医学部の金賞を受けた。そのさい、受けた金メダルを銅メダルに取り替えて、差額の二〇〇金マルクを得たという。

★24　ピントゥスは本書にベンの詩を八篇収めたが、同年に発行されたL・ルビーナー編の詩集（アンソロジー）『人類の盟友たち』には、ベンの詩は一篇も収められなかった。

の詩』(自費出版、一九四三年)、『静学的詩篇』(チューリヒ、一九四八年、増補版はヴィースバーデンで一九四九年刊)、『陶酔の満潮』(詩選集、ヴィースバーデン、一九四九年、増補版はヴィースバーデンで一九五二年刊)『ゲーテと自然科学』(チューリヒ、一九四九年)、『プトレマイオスの後裔』(物語、ヴィースバーデン、一九四九年)、『三人の老人』(ヴィースバーデン、一九四九年)、『表現の世界』(エッセイと箴言、ヴィースバーデン、一九四九年)、『二重生活』(二つの自伝的試み、ヴィースバーデン、一九五〇年)、『初期の散文と講演』(ヴィースバーデン、一九五〇年)、『断篇・新詩集』(ヴィースバーデン、一九五一年)、『抒情詩の諸問題』(講演、ヴィースバーデン、一九五一年)、『エッセイ集』(ヴィースバーデン、一九五一年)、『W・H・オーデン「不安の時代」への序文』(ヴィースバーデン、一九五一年)、『初期の抒情詩と戯曲』(ヴィースバーデン、一九五二年)、『幕の背後の声』(放送劇、ヴィースバーデン、一九五二年)、『蒸留、新詩集』(ヴィースバーデン、一九五三年)、『独白的芸術――A・レルネット＝ホレーニアとベンの往復書簡』(ヴィースバーデン、一九五三年)、『芸術家の問題としての老齢化』(ヴィースバーデン、一九五四年)、『挑発された生』(散文選集、フランクフルト・a・M・一九五四年)、『講演集』(ミュンヘン、一九五五年)、『「表現主義十年の詩」の序文』(ヴィースバーデン、一九五五年)、『アプレリュード』(詩集、ヴィースバーデン、一九五五年)、『全詩集』(ヴィースバーデン、チューリヒ、一九五六年)、『文学は生を改善すべきか?』(ベンとラインホルト・シュナイダーの講演二篇、ヴィースバーデン、一九五六年)、『私自身について――一八八六―一九五六年』(ミュンヘン、一九五六年)。

『書簡集』(マックス・リュヒナーの跋文、ヴィースバーデン、一九五七年)、『医師レンネ』(初期の散文、チューリヒ、一九五七年)、『原初の日々、詩と断篇』(遺稿集、ヴィースバーデン、一九五八年)、『作品全集・全四巻』(ディーター・ヴェラースホフ編、ヴィースバーデン、一九五八―一九六一年)、『エルンスト・ユンガー他宛の書簡』(ペーター・シファリ編・序文、チューリヒ、一九六〇年)、『現象型の小説・ランツベルク断篇、一九四四年』(フランクフルト・a・M・一九六一年)、『ベン著作集(詩、散文、書簡、資料)』(マックス・ニーダーマイヤー編、ヴィースバーデン、一九六二年)。

遺稿(詩、散文、歌唱劇「家具運搬人」)の大半は、イルゼ・ベン夫人(シュトゥットガルト在住)のもとに保存されている。

テーオドア・ドイプラー (Theodor Däubler)

一八七六年八月十七日にトリエステで生まれ、同地で暮らした。のちに二二歳から、ナポリ、ウィーン、パリ、フィレンツェ、ローマ、ドレスデン、ベルリンで暮らした。

ドイプラーは、(当時、バイエルン州の一行政区であった) シュヴァーベン出身の大商人の父と、シュレージエン人の母のもとに、トリエステでドイツ語とイタリア語の二言語使用で (したがって、二つの異なる文化と宗教の間で)[★29] 育った。少年時代は、自ら賛美してやまなかったアドリア海沿岸のトリエステとヴェネチアで過ごした。一五歳のとき、ドイプラーは船員になった。そのあと、両親の方針で家庭教師から教育を受けたが、そのうちの一人の影響によって、青年の彼は古代ギリシャ・ローマとイタリア的なものへの愛を強めた。

★25　ベンはこの詩集の発行者アルフレート・R・マイヤーに「これは低俗作品だ。なんの役にも立たぬ。破産を生むだけである。そもそもどのようにして詩は書かれ、発行されるのか……私はそれにまったく興味がない」(64) と語った。実際、出版人クルト・ヴォルフはこの詩集を「相手に対する関心も起こらないほど冷酷な詩だ」と言って拒絶した。

★26　この詩集は、クルト・ヴォルフ社の代表的叢書『最新の日』に収められたが、その実現にはクルト・ヴォルフへのエーレンシュタインの強い働きかけがあったとされる。

★27　この詩集についてオスカー・レルケは『新展望(ディ・ノイエ・ルントシャウ)』誌 (一九一八年) で「連作詩〈屍体陳列所(モルグ)〉とは異なる詩であり、願望が、まるで大地の陰からあえて飛び立とうとするかのように翼を高貴に広げる。ベンはほとんど手当たり次第に汚物と星群を投げ散らす。どもりながら、呻きながら、叫びながら。我々はときとして彼の挑発的な熱狂を嘲笑したい思いに駆られる。しかし、我々が冷淡に触れる場所から強烈な一撃が走り出るのである」と批評した。

★28　一九三一年にベルリンフィルでオットー・クレンペラーの指揮によって初演された。

★29　たとえば、両親は元来、ローマ・カトリックの信者であったが、のちに母親はプロテスタントに改宗し、両親の婚姻はプロテスタント式に行なわれた。さらに生地トリエステは第一次世界大戦終結後、イタリア領となったために、講和条約締結後に彼が自らドイツ国籍を選択しなければ、イタリア人になるという問題に直面した。

高校卒業資格試験（アビトゥーア）に合格したあと、両親とともにウィーンへ転居した。ウィーンではドイツ語と（グスタフ・マーラーを通して）音楽への情熱が目覚めた。このころから、放浪生活が始まったが、それは生涯、止まなかった。一八九八年には、ナポリで代表作『北極光』を書き始めたが、ベルリンとウィーンへも行き、数年間はイタリアへ通った。その後、一九〇三年にパリに行き、そこで二十世紀の絵画を深く学んだ。彼は時折り、フィレンツェに滞在していたが、一九一〇年に、『北極光』を完成させるために、同地へ移り住んだ。第一次大戦が始まるまで、イタリア各地やシチリア島を放浪した。その後まもなく、ドイツに住む決心をし、最初はドレスデンを、一九一六年以降はベルリンを彼の不定の生活の拠点にした。一九一九年には招待されてジュネーヴへ、そして一九二一年には要請に応じてギリシャへ行くことになり、イタカ島を経由してアテネに着いた。このときから、ギリシャは彼にとって、かつてイタリアがもっていたと同じ意義をもつことになった。しかし、以前のパリでと同様に、ギリシャでも彼の生活は困窮をきわめた。幸い、旅先で描いた絵がドイツの新聞や雑誌に掲載されたことによってドイプラーはギリシャ各地に長期滞在したり、エーゲ海の島々や小アジア、エジプトを旅行することができた。

一九二六年に重い病気になってベルリンへ帰ってきたが、快復するとすぐにイタリア、ドイツ各地、スカンジナヴィア半島、イギリス、フランス、バルカン半島への旅を始めた。その間、彼の生活の中心はふたたびベルリンとなり、同地でいくつかの栄誉を得た。すなわち、ドイツペンクラブの会長と芸術アカデミーの会員になったほか、ゲーテメダルとギリシャ救済者団の団長十字勲章を受けた。一九三二年にイタリアで結核に罹り、ベルリン近郊のサナトリウムで療養したが、その間にも時折り、旅に出た。一九三三年の春、卒中の発作を起こし、妹の世話でシュヴァルツヴァルトのザンクト・ブラージエンに移ったが、一九三四年六月十三日に肺疾患で死亡した。［編纂者］

『北極光、抒情的叙事詩・全三巻〈フィレンツェ版〉』[★30]（ミュンヘン、一九一〇年、改訂増補された〈ジュネーヴ版・全二巻〉はライプツィヒで一九二一年／一九二二年刊）、『頌歌と歌』（ドレスデン＝ヘレラウ[★31]、一九一三年）、『「新草紙」のドイプラー特集号』（ベルリン、一九一三年）、『我々は留まろうとしない——自伝的断篇』（ミュンヘン、一九一四年／ドレスデン＝ヘレラウ、一九一九年）、『西欧（ヘスペリア）、交響曲Ⅰ』（詩集、ミュンヘン、一九一五年）、『星明かりの道』（詩集、ドレスデン＝ヘレラウ、一九一五年、増補版はライプツィヒで一九一九年刊）、『イタリア賛歌』（詩集、ミュンヘン、一九一六年、改訂第二版はライプツィヒで一九一九年刊）、『ヴェネチア賛歌』（ベルリン、一九一六年）、『銀の鎌で』（散文、ドレスデン＝ヘレラウ、一九一六年）、『星の子供』（詩選集、〈インゼル叢書〉ライプツィヒ、一九一六年）、『新たな視座――現代芸術論』★32（ドレスデン＝ヘレラウ、一九一六年）、『（ジョイア・デル・コッレ出身の）リチォット・カヌード★33の音楽の明晰さ』（音楽論、ドレスデン＝ヘレラウ、一九一七年）、『現代芸術をめぐる闘争で』（エッセイ、ベルリン、一九一九年）、『北極光への階段、交響曲Ⅱ』★34（ライプツィヒ、一九二〇年）、『ヴェネチアの真珠』（詩集、ライプツィヒ、一九二一年）、『不吉な伯爵』（物語三篇、ハノーファー、一九二一年）、『聖なるアトス山、交響曲Ⅲ』（散文、ライプツィヒ、一九二三年）、『スパルタ、試作』（ライプツィヒ、一九二三年）、『アポロ賛歌と酒神賛歌・幻想』（連作詩、ライプツィヒ、一九二四年）、『アッティカ風ソネット』（ライプツィヒ、一九二四年）、『島の宝物、ギリシャ解放戦争の物語』（ベルリン、ウィーン、ライプツィヒ、一九二五年）、『太陽への誘

★30　これは三万詩行から成る長大な作品で、一九一〇年に三巻本で出版された。当時、三四歳のドイプラーは住居を定めぬ放浪の貧乏暮らしをしながらこの執筆に心血を注いだが、世間の関心はさほど高まらなかった。しかし、その作品とドイプラーに感動した少数の読者のなかには若きカール・シュミットがいた。彼は一九一六年に『北極光』についての研究書を出版し、その作品を生涯にわたって愛読した。

★31　ドレスデン近郊のヘレラウにはドイツで最初の田園都市が造られ、そこでは舞踏、演劇、建築などの総合文化で先駆的活動が展開されたが、ヤーコプ・ヘーグナーが一九一二年に設立した「ヘレラウ出版社」もその一角を占めていた。そこへは芸術家や詩人作家が多数訪れたが、ドイプラーもその一人であった。

★32　表現主義の美術の支援者イーダ・ビーネルトに捧げられた本書は、「同時性」、「現代の美術遺産」、「ムンク」、「バルラッハ」、「マチス」、「アンリ・ルソー」、「シャガール」、「マルク」、「ピカソ」、「未来派」、「表現派」など、まさに当時の新しい芸術潮流を論じていた。

★33　Ricciotto Canudo（一八七七年―一九二三年〈パリにて没〉）はプーリア地方の音楽家で、文芸批評家でもあったが、おもにパリで活躍し、美術誌『モンジョワ』の編集も担当した。彼は一九一二年ごろドイプラーと親交を結び、自身が発行していた文芸誌『ヨーロッパの芸術家』の「美術部門」の編集をドイプラーに任せた。

★34　ドレスデン近郊にあった諸侯の夏の居城ピルニッツの建築的魅力が詠われていた。

い、自伝的小品』（ケムニッツ、一九二六年）、『魅力』（短篇小説二篇、ベルリン、一九二七年）、『アフリカ人』（小説、ベルリン、一九二八年）、『一網の漁獲高』（一九一七年から一九二九年までの評論八篇、ヘレラウ、一九三〇年）、『大理石採掘場』（物語、ライプツィヒ、一九三〇年）、『松明を掲げる女神』（旅行小説、ベルリン、一九三一年）、『音階の大抒情詩』（戯曲的断篇、ライプツィヒ、一九三二年）。

『ギリシャ、約百篇の評論』（マックス・ジードフ編の遺稿集、ベルリン、一九四七年）。

『テーオドア・ドイプラー——作品概説と作品選集』（ハンス・ウープリヒト編、ヴィースバーデン、一九五一年）。

『テーオドア・ドイプラー作品集』（未刊作品と遺稿を含む浩瀚な作品選集、フリードヘルム・ケンプ編、ミュンヘン、一九五六年）。

なお、ドイプラーが行なった翻訳には、『ボッカッチョの詩』（イタリア語からの翻訳、ライプツィヒ、一九二八年）、『おんどり』（フランス語からの翻訳、ベルリン、一九一七年）がある。

雑誌に掲載された著作は、たとえば『デーロス島』（『ドイツ展望』第二〇二号［一九二五年］の一七八—二二九頁と三一〇—三五一頁に所収）や『古代ギリシャへの我が道』、『政治と文学』、『ドイツ語によるダンテ翻訳の可能性について』（『プロイセン芸術アカデミー刊行物、文学部門の年鑑』に所収）など多数あるが、どれも本の形では発表されていない。

遺稿は、ヴァイマールのゲーテ＝シラー文学資料館とドレスデンの州立図書館に保存されている。

アルベルト・エーレンシュタイン（Albert Ehrenstein）

一八八六年十二月二十三日、あいにくウィーンの大地がぼくの前に現われた。

ハンガリー人の両親のもとにウィーンで生まれ、同地で歴史と文献学を学び、一九一〇年に「一七九〇年のハンガリー」に関する研究で「博士号を背負い込んだ」。早くも中学、高校時代に創作を始めたが[★35]、詩がカール・クラウスによって『炬火（ディ・ファッケル）』誌に掲載されたのはかなりあとであった。（彼の友人オスカー・ココシュカの挿絵が入った）自己分析的な小説『トゥブチュ』を発表したあと、ベルリンの表現主義の『嵐（デア・シュトゥルム）』誌＝集団に加わった。その後、ベルリンでフリーの作家、ドイツの民主主義的な有力紙の文芸評論家として活躍した。しかし、エーレンシュタインは住所を定めず、頻繁に旅に出ていた。その旅はヨーロッパのみならず、アフリカ、アジアにも及び、彼が述べていたように、しばらくの間、中国に滞在したこともあった。一九三二年の終わりにスイスへ転居し、そのあと一九四一年にニューヨークに移り住んだ。第二次世界大戦後、エーレンシュタインはふたたびスイスへ帰ったが、間もなくニューヨークへ舞い戻り、そこでドイツ語で書かれた最も悲痛な詩を書いた。そして、貧困に苦しむ生活を送ったあと、長く病気と闘い、一九五〇年四月八日に苦しみのなかで死亡した。［編纂者］[★36]

『トゥブチュ』（小説、オスカー・ココシュカの一二枚の線描画収録、[★37]ウィーン、一九一一年、改訂版はミュンヘンで一九一四年刊、その後、〈インゼル叢書〉[★38]（ライプツィヒ）で刊行）、『或る雄猫の自殺』（物語、ミュンヘン、一九一二年、新装版は『或る精神病院からの報告』という表題でライプツィヒで一九一九年刊）、『白い時代[★39]——一九〇〇年から一九一三年までの詩』（ミュンヘン、一九一四年）、『どこにも居場所がない』（散文、ライプツィヒ、一九一六年）、『人間は叫ぶ』（詩集、オスカー・ココシュカの石版画入り、ライプツィヒ、一九一六年）、『赤

★35　ウィーンのおもに労働者が住む地区で、ビール醸造所の出納係の家庭に五人の子供の第一子として生まれた。一九〇〇年ごろに作品を書き始め、原稿をA・シュニッツラーに送ったが、無視されたために、落胆のあまり神経を病んだこともあった。快復後、大学での勉強を再開すると同時に、創作にも励んだが、作品を発表する機会は得られなかった。なお、本詩集のために書いた自伝文で彼は自分の出生を「好ましくない（＝厄介な）ことが降りかかる」を意味する「geschehen」という語で表現していたが、すでにその一語にピントゥスはエーレンシュタインの不運な生のすべてが表われていたと感じていた。同様に、彼は他の自伝文でも博士号取得を「不快で嫌なことを身に受ける」を意味する「sich zuziehen」という語で「（博士号を）背負い込んだ」と表わしていた。

★36　ニューヨークの貧窮院で死亡したエーレンシュタインの葬儀は四月十三日に同地で営まれたが、ピントゥスはその弔辞で彼のことを「最もツイテいない男」と述べて悼んだ。

★37　ココシュカとは一九一一年にカール・クラウスを介して知り合って以降、親交を結び、さまざまな面で助け合った。なお、ココシュカは『トゥブチュ』に最初二〇枚の絵を収める予定であったが、結局一二枚の収録になった。

★38　一九二一年にインゼル叢書で出版され、一三〇〇〇部が売れるという成功を収めた。

い時代★[40]（詩集、ベルリン、一九一七年）、『魔法の物語』（ベルリン、一九一九年）、『殺された兄弟たちに』（評論と詩、チューリヒ、一九一九年）、『永遠のオリンポス山に』（小説と詩、レクラム文庫、ライプツィヒ、一九一九年）、『全詩集』（最初の全詩集、ライプツィヒ、ウィーン、一九二〇年）、『カール・クラウス』★[41]（ライプツィヒ、ウィーン、一九二〇年）、『夜になる』（小説と詩、ライプツィヒ、ウィーン、一九二〇年）、『ウィーン』（詩集、ウィーン、一九二〇年／ベルリン、一九二一年）、『鷹の帰郷』（ミュンヘン、一九二一年）、『神への手紙』（ウィーン、ライプツィヒ、一九二二年）、『詩経』（中国の詩の自由訳、ウィーン、一九二二年）、『秋』（詩集、ベルリン、一九二三年）、『白楽天』（中国の詩の自由訳、ベルリン、一九二三年）、『中国は嘆き悲しむ』（三千年の中国革命詩の自由訳、ベルリン、一九二四年）、『白居易』（自由訳、ベルリン、一九二四年）、『ルーキアーノス』（翻訳、「真実（ほんとう）の話」、「魔法のロバ」、「遊女の対話」を収録、ベルリン、一九二五年）、『死の騎士——一九〇〇年から一九一九年までの小説』（ベルリン、一九二六年）、『人間と猿——一九一〇年から一九二五年までのエッセイ』（ベルリン、一九二六年）、『盗賊と兵士』（中国の小説の自由訳、ベルリン、一九二七年）、『正義からの殺人★[42]』（中国の小説の自由訳、ベルリン、一九三一年）、『我が詩——一九〇〇年から一九三一年までの詩』（オスカー・ココシュカの八枚の石版画収録、ベルリン、一九三一年）、『黄色い詩』（中国の名詩の自由訳、ベルリン、一九三三年）。

エーレンシュタインが発行した出版物には、ヘルダーリン訳『ソフォクレスの悲劇、オイディプス王、アンティゴネー』（ヴァイマール、一九一八年）、クリストフ・M・ヴィーラント著『チンギス＝ハン』（ウィーン、一九二〇年）、ルーキアーノス著『ミレトス物語』（ヴァイマール、一九二〇年）がある。

なお、エーレンシュタインの著作集には『詩と散文』（カール・オッテン編・序文、ノイヴィート、一九六一年）、『評論集』（M・Y・ベン＝ガブリエル編、ハイデルベルク、一九六一年）がある。

遺稿は、エルサレムのユダヤ国立・大学図書館に保存されている。★[43]

イーヴァーン・ゴル（Iwan Goll）

イーヴァーン・ゴルには故郷がない。運命によってユダヤ人に、偶然によってフランスに生まれ、証明書によってドイツ人と認められた。★44 **イーヴァーン・ゴルには年齢がない。幼年時代は血の気のない老人たちに吸い取られた。青年時代は戦争の神に謀殺された。だが、一人の人間になるためには、なんと多くの生が必要なのだろう。音を立てぬ木と物言わぬ岩のような仕方で、孤独で大人しくしていよう。そうすれば、世俗的なものからこのうえなく遠く、芸術にこのうえなく近く在ることだろう。**

一八九一年三月二十九日、フランスのサン・ディエで生まれた。父はアルザス人、母はロレーヌ人であった。父親の死後、一八九八年に母親はメス★45へ転居し、同地でゴルはドイツの中高等学校（ギュムナージウム）に通った。その後、ストラスブール大学で学び、一九一二年に博士号を取得した。★46

一九一四年に第一次大戦が勃発すると、ゴルはチューリヒに行った。そこで彼はシュテファン・ツヴァイク、ルー

★39　この詩集の表題は、詩「生」の「だけど、白い時代がぼくの髪のなかへ押し入ってくる、心臓と脳髄を灰色に染めながら……」という詩行から採られている。この詩集には、エーレンシュタインの後年の詩に現われる主題、モティーフ、言語表現が早くも現われていた。

★40　この一年前に発行された詩集『人間は叫ぶ』と同様、この詩集は戦争を主題にした詩を数多く収めていた。収録された六四篇の半数近くは『白い時代』と『人間は叫ぶ』から採られていた。

★41　一九一四年以降、エーレンシュタインはK・クラウスと親交を結び、彼から支援を受けていた。しかし、一九二〇年にクラウスがウィーンの表現主義の作家ゲオルク・クルカに盗作の嫌疑をかけたことが原因でクラウスと絶交した。

★42　中国版の「ミヒャエル・コールハース物語」といわれ、当時ドイツで非常な人気を博した。

★43　エーレンシュタインの弟カールによってここへ寄贈された。

トヴィヒ・ルビーナー、ハンス・アルプなどの文学仲間に加わった。そして、チューリヒではジェイムズ・ジョイスとも親交を結び、これがのちに『ユリシーズ』の独訳版を出版する契機になった。

一九一六年、ジュネーヴで交際していたクレール・シュトゥーダー★47と婚約し、彼女とともに一九一七年にローザンヌに、一九一八年にアスコーナ★48に暮らした。アスコーナでは、ヴィーキング・エッゲリング★49と最初の抽象映画の基礎となった「対角線交響曲」について論じ合ったほか、エラノス＝グループ★50に入って活動した。

一九一九年、クレールとイーヴァーンは最終的にパリに移住し★51、ゴルは一九二〇年にヨーロッパで最初に――「超戯曲（ユーバードラーマ）」の『不死の人々』の「序文」で――超現実主義（ユーバーレアリスムス）を提唱した。一九二四年には、自ら発行した雑誌『シュルレアリスム』によって、その運動をフランスで開始した。

一九三九年、ゴル夫妻はニューヨークに亡命した。一九四四年（彼にとって致命的な病気となった）「白血病」の最初の兆候が現われた。一九四七年にゴルはパリへ帰り、同地で一九五〇年二月二十七日に死去した。そして、一九五五年に彼はパリのペール・ラシェーズ墓地の、ショパンの墓の向いに埋葬された。［クレール・ゴル］

『ロレーヌ民謡』（メス、一九一二年）、『パナマ運河』★52（詩、イーヴァーン・ラサングの筆名で発表、ベルリン、一九一四年）、『フィルム』（詩集、トリスタン・トルシィの筆名で発表、ベルリン＝シャルロッテンブルク、一九一四年）、『世界の悲歌』（反戦パンフレット、ローザンヌ、一九一五年）、『ヨーロッパの戦死者への鎮魂歌』（〈仏語版〉ジュネーブ、一九一六年、〈独語版〉チューリヒ、一九一七年）、『フェーリクス』（賛歌、ドレスデン、一九一七年）、『未完成作品』（定型八行詩聯と賛歌、ミュンヘン、一九一八年）、『新オルフェウス』（賛歌、ベルリン、一九一八年）、『賛歌』（ライプツィヒ、一九一八年）、『冥界』（詩集、ベルリン、一九一九年）、『フランスの良き三精神』（エッセイ、ベルリン、一九一九年）、『敵対の心――現代の詩』（ドイツ詩一四篇の仏訳と序文、パリ、一九一九年）、『敵対の心』（フランス詩の「クレール・ゴルと共同の」独訳、ミュンヘン、一九二〇年）、『星辰』（歌、フェルナン・レジェの挿絵入り、ドレスデン、一九二〇年）、『不死の人々』（二篇の超戯曲「不死の男」と「未だ逝（い）かぬ男」★53、ベルリン、一九二〇年）、『チャプリン行動団』（映画詩、フェルナン・レジェの挿絵入り、ドレスデン、一九二〇年）、『ヴォルテールの微笑』（エッセイ、バーゼル、一九二一年）、『パリは燃えている』（詩、ザグレブ、一九

★44　アルザスは一八七一年—一九一八年ドイツに、一九一八年—一九三九年フランスに、一九四〇年—一九四五年ドイツに、そして一九四五年五月—現在はフランスに属している。

ゴルは一八九一年に（ドイツ領の）サン・ディエで生まれたが、フランス系ユダヤ人であった彼の家庭ではドイツ語が話されていなかった。しかし、メス（独語名メッツ）の小学校と中高学校（ギュムナージウム）ではドイツ語で教育を受けた。そして、一九〇九年に母親の申請によって「エルザス＝ロートリンゲンの市民、すなわちドイツ国民」と認定された。その後、一九三三年にナチスによってドイツ市民権が剝奪されたが、一九四六年にアメリカ市民権を取得した。こうした波乱に富んだ生涯だったので、彼は死亡したとき、「フランスの魂、ドイツの精神、ユダヤの血、アメリカの旅券をもって逝った」と言われた。

そうした複雑な履歴は筆名にも表われていた。本名はイザーク・ラング（Isaac Lang）であったが、筆名は初期にはイーヴァーン・ラサング（Iwan Lassang）とトリスタン・トルシ（Tristen Torsi）が、一九一五年以降はイーヴァーン・ゴル（Iwan Goll）がおもに使われた。また、その個人名の綴りもIwan、Ivan、Yvanというように独仏両言語の相違を表わしていた。このように、彼は生涯、その作品『宿なしジャン』の主人公と同じく「故郷がない者」としてアイデンティティの危機に晒されていた。

★45　一八七一年—一九一八年、現在のアルザス＝ロレーヌはドイツ帝国に属しており、メス（＝メッツ）はロレーヌ地方の主都であった。

★46　この間、一九一〇年以降、ストラスブール大学で法律と政治学を学び、その後、半年から一年の短期間、フライブルク大学、ミュンヘン大学で学び、一九一二年に再度ストラスブール大学で学んだ。

★47　ニュルンベルクに生まれ、編集者のハインリヒ・シュトゥーダーと結婚したが、五年後に離婚してジュネーヴに移った。そして、リルケとの愛人関係を経てゴルと結婚した。

★48　スイスの小村。ここへは二十世紀初頭、ヨーロッパ各地から芸術家が集まり、独創的な活動が展開された。

★49　Viking Eggeling（一八八〇年—一九二五年）はスウェーデンの画家で映画制作者。パリでキュビスムの影響を受けたあと、チューリヒでダダの運動に加わった。第一次世界大戦後にベルリンに移り、最初の抽象映画の「対角線交響曲」(Diagonalsymphonie) を完成した。すなわち、ダダの雑誌に未来の映画像として抽象的な版画を載せ、それを一九二一年に映画製作会社ウーファの支援を得て、実際にフィルム上で活動させ、「対角線」と称する作品を作った。それは「絶対映画」運動の開始を告げる最初の作品であったが、画面で螺旋と櫛歯状の線が出没と躍動を繰り返し、さながら抽象絵画を観るような印象を与えた。

★50　宗教、神話、哲学における人間の心の多様な表出を研究するために設立されたが、その討論の場は「エラノス」、「エラノス会議」とも呼ばれ、C・G・ユングなどが主催した。

二一年）、『ラサールの死』（戯曲、ポツダム、一九二一年）、『五大州[★54]』（世界の現代詩集、パリ、一九二二年）、『メトゥーザレム[★55]』（風刺劇、ゲオルゲ（ジョージ）・グロッスの挿絵入り、ゴルとゲオルク・カイザーの序文、ポツダム、一九二二年）、『アーチペンコ集[★56]』（ポツダム、一九二三年）、『新オルフェウス』（作品集、〈チャプリン行動団〉、〈メトゥーザレム〉、〈パリは燃えている〉、〈新オルフェウス〉、〈星辰〉、〈自殺に抗する自信〉を収録、パリ、一九二四年）、『アウゲイアースの牛舎[★57]』（悲劇、ベルリン、一九二四年）、『エッフェル塔』（詩集、ベルリン、一九二四年）、『ジェルメーヌ・ベルトン[★58]』（エッセイ、ベルリン、一九二五年）、『愛の詩集』（クレール・ゴルと共作、パリ、一九二五年）、『嫉妬の詩集』（クレール・ゴルと共作、藤田嗣治の挿絵入り、パリ、一九二六年）、『生と死の詩集』（クレール・ゴルと共作、パリ、一九二七年）、『金の微生物』（小説、パリ、一九二七年）、『欧球菌』（小説、ベルリン、一九二七年）、『黒人の歌』（パリ、一九二八年）、『ヨーロッパを倒せ！』（小説、パリ、一九二八年）、『中欧人』（小説、バーゼル、一九二八年）、『七本目のバラ』（詩集、ハンス・アルプの挿絵入り、パリ、一九二八年）、『王宮』（オペラ、クルト・ヴァイルの音楽、ベルリン、一九二八年）、『新オルフェウス』（カンタータ、クルト・ヴァイルの音楽、ベルリン、一九二八年）、『ソドムとベルリン』（小説、パリ、一九二九年）、『神の小羊』（小説、パリ、一九二九年）、『ナオミ』（詩、ヤーコプ・シュタインハルトの挿絵入り、ベルリン、一九二九年）、『パスキン』（エッセイ、パリ、一九二九年）、『愛の詩集』（クレール・ゴルと共作、新装版はマルク・シャガールの七枚の線描画を収録してパリで一九三〇年刊）、『夜会』（小説、パリ、一九三〇年）、『セーヌ川の二つの歌』（パリ、一九三〇年）、『老いゆくルチフェル』（小説、パリ、一九三三年）、『マライの歌』（詩集、パリ、一九三四年）、『死の地下鉄』（詩選集、ブリュッセル、一九三六年）、『宿なしジャンの歌』（第一巻、マルク・シャガールの表紙絵、パリ、一九三六年／第二巻、パリ、一九三八年／第三巻、ガラニスの線描画入り、パリ、一九三九年）。

『フランスの詩』（『詩通信』に所収、ニューヨーク、一九四〇年）、『宿なしジャン』（W・C・ウィリアムズ他による英・仏語版、ユージン・バーマンの二枚の線描画収録、サンフランシスコ、一九四四年）、『クラウス・マン編「ヨーロッパの心――ヨーロッパの創作集」への序文』（ニューヨーク、一九四五年）、『土星の果実』（英語詩、ニューヨーク、一九四五年）、『原子悲歌』（ニューヨーク、一九四六年）、『穿たれた岩の神話』（イヴ・タンギーの三枚の銅版画収録、ニューヨーク、一九四七年）、『愛の詩集』（クレール・ゴルと共作、英語版、マルク・シャガールの七枚の線描画収録、ニューヨーク、一九四七年）、『夢の草』（詩集、トリスタン・トールの筆名で発表、マインツ、一九四八年)[★59]、『イフェトンガ哀歌、灰の仮面に拠る』[★60](パブロ・ピカソの四枚の石版画収録、パリ、一九四九年)、『アンチモンの祝勝車』[★61](ソネット集、ヴィクトル・ブラウナーの挿絵入り、パリ、一九四九年)、『宿なしジャン——作品選集』(パリ、一九五〇年)、『パリの田

★51　パリの住居へは画家のシャガール、レジェ、ドローネー、ピカソ、ヤウレンスキー、作家のジョイスなどが訪れた。ゴル夫妻はとくにシャガールの家族と深い親交を結んだ。

★52　詩「パナマ運河」が書かれたのは一九一二年とされるが、この時期にゴルがパナマ方面へ旅行した形跡はない。その翌年の一九一三年にゴルは留学生としてベルリンに滞在し、表現主義の運動に加わった。なお、一九三四年以降に書かれた『マライ乙女の歌える歌』に関連した作品についても、ゴルはマライ半島はおろか、東南アジア方面へ旅行したことはなかったといわれている。

★53　この二部作はシュルレアリスムを思わせるグロテスクと諷刺によって人間(=ブルジョア)の仮面を容赦なく剝ぎ取ろうとした「超戯曲」の傑作である。

★54　人類の相互理解と平和を発展させるために編まれた斬新で豊富な内容の大冊。全巻をアングロサクソン、ラテン、ゲルマン、スラブ、東洋の五部に分けている。

★55　表題の後半が「あるいは永遠のブルジョア」となっているように、(旧約聖書の人物に名を借りた)主人公メトゥーザレムの現実の仮面が超現実主義(ユーバー・レアリスムス)と不条理のなかで剝ぎ取られる様相を描出したゴルの意欲作。

★56　アレクサンダー・アーチペンコ(アルキペンコともいう)はロシア出身のアメリカの彫刻家。一九〇八年にパリへ行き、キュビスムの画家や作家と交流し、一九一二年以降、絵画と彫刻の統合を目指して彩色彫刻を制作した。

★57　三千頭の牛を飼いながら、三十年間も掃除をしなかったので、ヘーラクレースが川の水を引いてきて一日で掃除をしたという話にちなむ。

★58　「赤の乙女」という副題の付いたルポルタージュ。叢書『社会のアウトサイダー』の第五巻として発行された。

★59　一九四七年にゴル夫妻はニューヨークからパリへ戻ったが、そのとき、「ドイツ語から離れること二十年。ふたたびドイツ語に帰った」と語った。

★60　クレール・ゴルによると、二人がニューヨークで住んでいた丘陵地域はアメリカ・インディアンによって「イフェトンガ」と呼ばれたことから、この表題が付けられた。

★61　クレール・ゴルによると、この表題は有名な中世の錬金術師バジーレ・ヴァレンティーン(Basile Valentin)の作品から採られた。

園詩』（詩集、パリ、一九五一年）、『一万の夜明け』（クレール・ゴルと共作、マルク・シャガールの挿絵入り、パリ、一九五一年）、『魔法の輪』（フェルナン・レジェの六枚の線描画収録、パリ、一九五一年）、『夢の薬草』（遺稿詩集、ヴィースバーデン、一九五一年）、『フェードル』（オペラ、マルセル・ミハロヴィチの音楽、パリ、一九五一年）、『聖フランシスコの新小花』（クレール・ゴルと共作、パリ、一九五二年／クレール・ゴルによる独語版は、フランシス・ローズの挿絵入りでザンクトガレンで一九五二年刊／増補版はダルムシュタットで一九五七年刊）、『マライ乙女の歌える歌』（クレール・ゴルによる独語版、ザンクトガレン、一九五二年）、『一万の夜明け』（クレール・ゴルと共作、独語版、ヴィースバーデン、一九五二年）、『穿たれた岩』（詩、クレール・ゴルによる独語版、フライブルク、一九五二年）、『夕暮の歌』（遺稿に拠る最後の詩集、ヴィリ・バウマイスターの三枚の線描画収録、ハイデルベルク、一九五四年）、『マライ乙女の歌える歌』（アンリ・マティスの六枚の線描画収録、東京、一九五五年）、『イーヴァーン・ゴル作品選集』（ジュール・ロマン、マルセル・ブリオン、フランシス・J・カーモディ、リヒャルト・エクスナーの各序文、パリ、一九五六年）、『穿たれた岩の神話』（クレール・ゴルによる仏・独語訳、イヴ・タンギーの三枚の線描画収録、ダルムシュタット、一九五六年）、『パリの田園詩』（クレール・ゴルによる仏・独語訳、ロベール・ドローネーの表紙絵と二枚の線描画収録、ダルムシュタット、一九五六年）、『複雑な女』（詩集、ハンス・アルプの八枚の木版画収録、パリ、一九五六年）、『メルジーネ』（詩劇、マルセル・ミハロヴィチの音楽、ベルリン、一九五六年）、『宿なしジャン』[★62]（完全版、マルク・シャガールの表紙絵、パリ、一九五八年）、『宿なしジャン』（英語の完全版、W・H・オーデンの序文、英米の詩人二一人による翻訳、シャガール、ダリ、バーマンの挿絵入り、ニューヨーク、一九五八年）、『アシジの聖フランシスコの新小花』（クレール・ゴルと共作、サルバドール・ダリの三枚の線描画収録、パリ、一九五九年）、『パルメニア物語、ハバナの美徳街』（詩、パリ、一九五九年）、『夢の草』（クロード・ヴィジェ訳、パリ、一九五九年）、『夕暮の歌』（ホアン・ミロの四枚の石版画収録の豪華版、パリ、一九五九年）、『愛の二重奏』（詩集、クレール・ゴルと共作、マルク・シャガールの一四枚の線描画収録、パリ、一九五九年）、『宿なしジャン』（ベルナール・ビュッフェの一〇枚の石版画収録の豪華版、パリ、一九五九年）、『宿なしジャン』（F・J・カーモディ編の校訂版、バークレー、一九六二年）、『秘術の四詩篇』（レジェ、ピカソ、タンギー、アルプの挿絵入り、F・J・カーモディ編・序文、カリフォルニア、ケントフィールド、一九六二年）。

『ゴル作品集』（詩、散文、戯曲を広範に収録、クレール・ゴル編、ダルムシュタット、一九六〇年）。

ゴルが発行した雑誌は、『人間、クラルテ』（ドレスデン、一九二一年）、『シュルレアリスム』★63（一号、パリ、一九二四年）、『若きヨーロッパ』（二号分、パリ、一九三二年）、『詩通信』（二号分、ニューヨーク、一九四〇年）、『両半球』（六号分、英仏二言語版、ニューヨーク、一九四三—一九四六年）。

遺稿は、パリのクレール・ゴル夫人のもとに保存されている。★64

ヴァルター・ハーゼンクレーヴァー（Walter Hasenclever）

一八九〇年七月八日にアーヘンで生まれた。アーヘンでの私の評判は今日なお芳しくない。一九〇八年の春、高校卒業資格試験（アビトゥーア）を終えてイギリスへ行き、オクスフォードで学んだ。同地で最初の作品を書いた。その印刷費用はポーカーで稼いだ。一九〇九年、私はローザンヌにいたのだが、ライプツィヒへ行き、そこでこの詩集の編纂者クルト・ピントゥスと知り合った。彼によって愛と学問の領界（せかい）へ導かれたが、その情熱は彼を上回った。私は彼とともにイタリアへ旅行し、医者にたびたび掛かった。一九一三年に詩集『若者』が発行され、一九一四年にベルギーのヘイストで戯曲『息子』が完成した。大戦中は、軍隊で通訳、物資調達係、見習料理人をした。そして、あの詩集『死と

★62　ゴルの個人的悲劇の総決算とも言える作品で、一九三六年から一九五〇年まで続く六九篇より成る。そこには一九三六年にフランスで書かれた詩「宿なしジャン」も収められており、ナチの蛮行による世界の没落が「明日も／朝日が昇るまで／ゴモラの町と、そこの殺人者どもは／眠りこけている／町は、血まみれの寝台の／どん底へ沈み込み／青銅の神々は／あっけなく倒壊する／血の雨にびしょ濡れになった町／これがゴモラの光景だ／だが、ジャンよ、きみは／夜明けを待たずに逃げ出すのだ！」と詠われていた。

★63　一九二四年十月に雑誌『シュルレアリスム』を編集した。この雑誌にはアポリネール、アルラン、ルヴェルディなども寄稿し、ゴルは「シュルレアリスム宣言」を書いた。しかし、この約十六頁の雑誌は一号で廃刊となり、皮肉にも数週後にあのブルトンの『シュルレアリスム第一宣言』が出版された。ゴルはブルトンたちのグループには参加していなかったようである。

★64　ユルゲン・ゼルケによると、ゴルは死ぬ前に全作品を破棄することを約束させたというが、妻はそれを守らなかった（65）。

復活』が完成した。一九一七年には悲劇『アンティゴネー』が、その翌年には『人間』が出版された。一九一九年には、友人のエルンスト・ローヴォルトが、戦争中、発行禁止になっていた『世の救済者』を出版してくれた。一九一九年の夏には、『決定』も完成した。

本詩集の初版にハーゼンクレーヴァーが書いた右記の自伝文には非常に多くの非難が寄せられたので、彼はのちの版で次のような自伝文を書いた。

あの初版に書いた自伝文は、冗談以上のことを表わしていたが意図的とまでは言えなかった。作者を読者の好奇心から守るために、読者を混乱させる目的しかなかった。しかし、新聞、文学界、大学教授は憤慨を露わにしたので、今回の版で次のように記すことにしたい。「……私は一八九〇年七月八日にアーヘンで生まれ、以下の作品を書いた。

〔この文章のあとには、一九一三年の『若者』から一九二二年の『ゴプセック』までの作品の表題が記された〕。

ハーゼンクレーヴァーはオクスフォードとローザンヌで、また一九〇九年春からはライプツィヒで文学史、哲学、歴史を学んだ。写実主義の出版人ヴィルヘルム・フリードリヒとその文芸雑誌『社会（ディ・ゲゼルシャフト）』について――同誌の発行所に保存されていた書簡資料を基に――研究し、それによって学位を取得しようとしたが、叶えられなかった。クルト・ピントゥスやフランツ・ヴェルフェルとの親交は、彼がライプツィヒのエルンスト・ローヴォルト社とクルト・ヴォルフ社[★65]で働いていたときに、両社に集い、のちに「表現主義」と呼ばれた文学運動の一派を形成した活発な文学集団において展開された。一九一四年、第一次世界大戦が勃発すると、ハーゼンクレーヴァーはベルギーのガン（＝ヘント）で郵便検閲所に勤務したあと、マケドニアで伝令兵をした。そして、戯曲『息子』（エルンスト・ドイチュ主演）が一九一六年十月八日にドレスデンのアルベルト劇場で非公開上演されることになったとき[★66]、それに立ち会うために、同年九月に戦争反対者となって帰ってきた。一九一七年、ハーゼンクレーヴァーはクライスト賞[★67]を受けた。その間、ドレスデン近郊のヴァイサーヒルシュ[★68]にあった軍のサナトリウムにいたが、そこを出たあと、ドレスデンに数年間、滞在した。そして、二〇年代の半ばに、ベルリンの『八時夕刊紙』の通信員としてパリへ派遣された。それ以降（一九三〇年にメトロ・ゴールドウィン・メイヤーの台本作家としてハリウッドに滞在した数カ月とベルリンを長期訪問した時期を除いて）ヒトラーが政権を握るまでパリで暮らした。

その後、活動禁止、故国からの追放、亡命地での生活といった苦難に遭った。★69 一九三三年から一九三四年まで南フランスに、一九三五年はドブローヴニク近くの島に、一九三五年の終わりから一九三六年四月までロンドンに、一九三六年から一九三七年までニースに、一九三七年から一九三九年までフィレンツェ近郊の狭い私有地に滞在した。★70 ヒ

★65　クルト・ヴォルフ社ではハーゼンクレーヴァー、ピントゥス、ヴェルフェルのほか、（短期間であったが）W・ハース、エーレンシュタインなども原稿審査係を務めた。当時、同社で原稿審査係を務めることは、（一時期、カフカやM・ブロートも切望したほど）詩人作家の憧れであった。なお、クルト・ヴォルフ社は第一次世界大戦後、ライプツィヒからミュンヘンへ移り、さらにフィレンツェへ移った。

★66　ピントゥスやエーレンシュタインもこの上演を観るために、ドレスデンへ行き、その後、それぞれ劇評を文芸雑誌などに発表した。

★67　一九一一年にフリッツ・エンゲルによって創設された賞で、表現主義の文学の発展に寄与した。ほかにP・ツェヒ、K・ハイニッケ、E・ラスカー＝シューラー、フリッツ・フォン・ウンルー、R・J・ゾルゲ、ブレヒト、バルラッハなども受賞した。ハーゼンクレーヴァーは反戦的戯曲『アンティゴネー』でそれを受賞したが、そのとき、何度も選に漏れたエーレンシュタインに賞金の一部の贈与を申し出て、一九一七年十一月に次のように書き送った。「賞金のうち三〇〇マルクを受け取ってほしい。このことは決して公表しない。貴兄を詩人として非常に高く評価している。実際、第一級の詩人の一人と思っている。ドイツ銀行から一五〇マルクを二度送金する」と。しかし、エーレンシュタインは一九一八年一月にハーゼンクレーヴァーに謝絶の葉書を書き、一回目の振込の一五〇マルクを折り返し返金したという。

★68　ドレスデンは、二十世紀初頭に興ったドイツの生活改良運動の先駆的都市であったことから、その郊外のヴァイサーヒルシュには生活改善や自然療法を推進する種々の施設があった。

★69　彼は亡命中もつねにドイツ国民の安全を願い、詩人の人道的使命を忘れなかった。実際、そのころの彼のメモ帳には「我々、追い払われた者。我々、故郷を喪した者。我々、呪われた者。我々は今後、正義のためにどう生きたらいいのか？……我々が思考し、書いたこと、そして一度も理解されはしなかったが、それでもなお我々がその一員として故国の人々に知らせねばと思ったこと、それらはすべて悪魔の不気味な隊列の中へ沈んでゆく」と書かれていた。

トラーのイタリア訪問中、ハーゼンクレーヴァーは勾引されたために、短期間ロンドンへ行き、その後、南フランスのカーニュ・スュール・メールに移住した。一九三九年に第二次世界大戦が勃発したあと、彼は短期間であったが、二度フランス南東部のアンティーヴ収容所に抑留され、さらに一九四〇年五月にドイツ軍がフランスに侵攻したさいはレ・ミル（エクサンプロヴァンス）収容所に監禁された。その間に彼はナチスの復讐を恐れて、六月二十一日に自ら命を絶った。彼の墓はエクサンプロヴァンスの墓地にある。［編纂者］

『涅槃』（戯曲形式の人生評論、ベルリン、ライプツィヒ、一九〇九年）、『都市、夜と人間、諸体験』（詩集、ミュンヘン、一九一〇年）、『若者』（詩集、ライプツィヒ、一九一三年）、『終わりなき対話、或る夜の情景』（ライプツィヒ、一九一三年）、『詩人と出版人、D・v・リーリエンクローンに宛てたヴィルヘルム・フリードリヒの書簡』（ハーゼンクレーヴァー編・概説、ミュンヘン、一九一四年）、『息子』（戯曲、ライプツィヒ、一九一四年（増刷を繰り返した）、『死と復活』★71（新詩集、ライプツィヒ、一九一七年）、『アンティゴネー』（悲劇、ベルリン、一九一七年）、『人間』（劇、ベルリン、一九一八年）、『世の救済者』（戯曲、ベルリン、一九一九年、特定の一五名に向けて戦争中に自費出版された特別版）★72、『決定』（喜劇、ベルリン、一九一九年）、『政治に参加する詩人』（詩と散文、ベルリン、一九一九年）、『疫病（ペスト）』（映画、ベルリン、一九二〇年）、『あの世』（戯曲、ベルリン、一九二〇年）、『ゴプセック』（戯曲、ベルリン、一九二二年）、『女性に捧げる詩』★73（ベルリン、一九二二年）、『戯曲集』（「息子」、「人間」、「あの世」を収める、ベルリン、一九二四年）、『エマヌエル・スヴェーデンボリ：天国、地獄、霊界』（ラテン語原典の独語自由訳、ベルリン、一九二五年）、『殺人』（二部構成の劇、ベルリン、一九二六年）、『紳士』（二部構成の喜劇、ベルリン、一九二六年）、『婚姻は天国で成立する』（最初の上演用の表題は『ごまかし』であった、喜劇、ベルリン、一九二八年）、『ブルジョアはブルジョアのまま』（エルンスト・トラーと共作、モリエールの『町人喜劇』に拠る音楽喜劇、フリードリヒ・ホレンダーの音楽、ベルリン、一九二八年。一九二九年二月二十日にベルリンのレッシング劇場で初演されたが、原稿も写本も行方不明）、『舞台装置』（喜劇、上演用原稿としてのみ存在、ベルリン、一九二九年）、『ナポレオンが介入する』（冒険喜劇、ベルリン、一九二九年）、『鳥が飛んでくる』（喜劇、上演用原稿としてのみ存在、ベルリン、一九三一年）、『クリストファー・コロンブス、あるいはアメリカ発見』（喜劇、ピーター・パンター〈本名クルト・トゥホルスキー〉と共作、上演用原稿としてのみ存在、ベルリン、一九三二年）『官能的幸福と魂の平和』（劇、上演用原稿としてのみ存在、ウィーン、ベルリン、一九三二年）。『ミュンヒハウゼン』（劇、上演用原稿はニースで一九三四年／ハンブルクで一九五二年に発表。出版はラインベークで一九六三年）、『結婚喜劇』（ローベルト・クラインと共作、喜劇、上演用原稿としてのみ存在、ロンドン、一九三七年／H・ギフィスの英訳は「夫はどうすべきか？」の表題で一九三七年にロンドンで初演）、『アッシリアの抗争』（喜劇、上演用原稿としてのみ存在。G・ブレによる英訳は「アッシリアの醜聞」の表題で一九三九年にロンドンで初演／独語の上演用出版はベルリンで一九五七年）。

『詩、戯曲、散文（遺稿に拠る）』（クルト・ピントゥス編・概説、未刊の劇『ミュンヒハウゼン』と未発表の小説『法的保護を受けない人々』も収録、ラインベーク、一九六三年）。

ハーゼンクレーヴァーは（ハイナル・シリングと共同で）雑誌『人間、新芸術の雑誌』第三、四巻（ドレスデン、一九二〇—一九二一年）を発行した。

遺稿は、次のものがカーニュ・スュール・メール在住のエーディト・ハーゼンクレーヴァー夫人のもとに保存された。

★70　フィレンツェ近郊に住宅を購入し、妻と自給自足の生活をした。なお、当時、ハーゼンクレーヴァーとともに活動していたクルト・ヴォルフは、フィレンツェから二、三キロ離れたところに土地を所有し、そこに集団住宅を建設しようとしたが、ハーゼンクレーヴァー勾引に因って、その計画は挫折した。

★71　この詩集には反戦的な詩が収められていたので、クルト・ヴォルフはその発行許可が出るとは思っていなかった。しかし、一篇の詩も除外することなく発行することができた。その詩集には一九一三年から（兵役中の詩作の中断を除いて）一九一六年までに書かれた詩が収められていた。

★72　検閲で出版禁止となったので、ハーゼンクレーヴァーの私家版として一回限りの一五冊限定で（それを請け負ったクルト・ヴォルフ社の名前を記さずに）印刷された。そして、当時の帝国首相フォン・ベートマン・ホルヴェーク、マックス・ブロート、エルンスト・ドイチュ、K・ヒラー、ハンス・ラウト、コルファンティ州議会議員、A・ケスター教授、R・レーオンハルト、H・マン、（戦場にいた）詩人W・メルク、K・ピントゥス、陸軍中尉フォン・プトカマー、K・ヴォルフ夫妻と同社の編集長Th・ヴォルフに献呈された。

★73　これは詩の領域における彼の最後の作品であり、このあと、彼は戯曲へ移った。しかし、一九一〇年から一九二一年まで詩を書き続けたハーゼンクレーヴァーは、まさに「表現主義の詩の十年」を体現していた。

ている。青少年向け戯曲の『帝国』と『王の犠牲』（断篇）の原稿。『蛙の王様、グリム童話に拠る笑劇』（一九三〇年ごろ）の原稿。小説『誤りと熱情』（一九三四―一九三九年）と『法的保護を受けない人々』（一九三九―一九四〇年）の原稿。上映された映画台本：『アンナ・クリスティー』（ユージン・オニールの戯曲に拠る。一九三〇年にグレタ・ガルボのためにハリウッドで書かれ、映画化された）、『宙返り』（ルードルフ・レーオンハルトと共作）、『ぼくとデートを』、そして（「レールミノワで……」で始まる）無題の台本。映画台本の草稿（すべて一九三〇年以後に書かれた）、『五月六日に何が起こったか？』（ハリー・カーンと共作）、『半世紀』（ハリー・カーンと共作）、『街道の巨人たち』（フランツ・ヘレリングと共作）。さらに、ハーゼンクレーヴァーが交換した千通以上の書簡。演劇と文学に関するエッセイ、文芸雑誌に発表の約二五〇篇の論説（それらは一九二四年から一九二八年までにほとんどがパリで書かれ、最初に『八時夕刊紙』に掲載された）。

ゲオルク・ハイム（Georg Heym）

代々、役人と牧師を務める家の子供として、一八八七年十月三十日に（シュレージエンの）ヒルシュベルクで生まれた。一三歳のとき、ベルリンへ転居。中高等学校（ギュムナージウム）を卒業したあと、最初はヴュルツブルクで、次にベルリンで法律の勉強に励んだ。一九一二年一月十六日の午後、ハーフェル川でスケート中に水中に転落し、友人で詩人だった大学院生エルンスト・バルケとともにシュヴァーネンヴェルダー近くで溺死した。★74 **ハイムの墓はシャルロッテンブルクのルイーゼ教会区墓地にある。**★75

［遺稿集『生の影』の編集者］

ゲオルク・ハイムの唯一の自伝的記録は、彼の詩集を出版したエルンスト・ローヴォルトに宛てた一九一一年二月の手紙にある。そこでハイムは次のように書いていた。「（最初の詩集『永遠の昼』の終わりに）いくつかの効果的なエピローグを書きたいと思います。と言いますのも、自分が数時間でも読んだ作者の人間（ひとがら）についても知りたいという、理解し得る願望をもつ文学愛好者がかなりいるからです。私の詩集の読者にも、そういう人がいるとすれば、私はその人たちに少しの情報を提供したいと思います。

私は現在二三歳です。私の幼年時代は、シュレージエンの山間の町で、どの幼年時代もそうであるように、退屈に、また空想に耽るなかで過ぎてゆきました。その後、私は数校の中高等学校（ギュムナージウム）で放校に遭いました。高校卒業資格試験（アビトゥーア）まで、夜の飲酒競争や禁止クラブへの加入に因って除籍の恐れがなくなることはありませんでした。そして、私は数年間、あちこちの大学に在籍し、決闘学友団の団員になり、ベルリンで負傷しました。その年の秋に、初めて私の詩が『デモクラート』誌に載りました。その数日後に、私は次のような手紙を受け取りました。「……『デモクラート』誌[★76]に載った貴殿の詩に関心を抱きました。原稿を弊社にお送りくださるご意向はありませんでしょうか。……」。このあと、次のような二通目の手紙が届きました。〈原稿を確かに受け取りました。貴殿の詩集を出版したいと思います。印税は……〉。この二通の手紙の内容は明らかです。私は、その少し前に司法官試補の試験を済ませていました。いまは、どんな波にも身を任せる覚悟ができています。[★77]私は広い世界を見てみたいのです。もし読者の一人でも私に興

★74　ハイムの溺死については（事故説や友人バルケの救出失敗説など）さまざまな推測がされたが、目撃者の話では、バルケが自殺を決意して氷の割れ目から水中に飛び込み、ハイムは彼を救出しようとして溺死したということであった。女友達のヒルデガルトはその日の夕刊で二人の死を知り、もし自分がその場にいたら、バルケが自殺するような深刻な情況にはならず、二人の溺死もなかっただろうと、深く悔やんだという。

★75　その後、『行動（ディ・アクツィオーン）』誌の発行者プェムファートによってハイムを追悼する夕べが催され、ハイムの詩が朗読された。

★76　週刊文芸雑誌『デモクラート』は自由思想家のゲオルク・ツェプラーが発行者で、プェムファートが編集者であった。しかし、一九一一年一月末にプェムファートが掲載を予定していたK・ヒラーの論文をツェプラーが拒否したことから、プェムファートは（ハイム、ファン・ホディス、カール・アインシュタイン、L・ルビーナー、ミュノーナなどとともに）同誌と決別し、新たに文芸雑誌『行動（ディ・アクツィオーン）』を創刊した。
なお、『デモクラート』誌・第四八号（一九一〇年十一月二十三日）に載ったハイムの詩「ベルリンII」が出版人ローヴォルトの目に留まり、それによってハイムの最初の詩集『永遠の昼』が発行された。それは一九一一年三月に発売されるやいなや大きな反響を呼び、一九一二年には第二版が発行された。

味をもってくだされば、私にはそれが可能になります。理解のある人なら、私が自分の願望をこのように率直に述べることに立腹されはしないでしょう」——この手紙につづく葉書で、ハイムはこのエピローグを取り下げた。そのために、それは印刷されないままになった。［編纂者］

『アテネ人たちの出発』（一幕物の悲劇、ヴュルツブルク、一九〇七年）、『永遠の昼』（詩集、ライプツィヒ、一九一一年）、『生の影』（遺稿詩集、バウムガルト、ガンジ、グットマン、ファン・ホディス、イェンチュ編・跋文★78、ライプツィヒ、一九一二年）、『泥棒』（短篇小説集、ライプツィヒ、一九一三年）、『マラトン』（十二篇のソネット、ベルリン、一九一四年）、『ハイム作品集』（「永遠の昼」、「生の影」、「泥棒」、「天国・悲劇」を収める、クルト・ピントゥスとエルヴィーン・レーヴェンゾーンの共編、ミュンヘン、一九二二年）、『生の影』（遺稿詩集、エルンスト・L・キルヒナーの四七枚の木版原画収録、ミュンヘン、一九二四年）、『ハイム全詩集』（カール・ゼーリヒ編の完全版、チューリヒ、一九四七年）、『マラトン』（一二篇のソネット、詩人の手稿を基にカール・L・シュナイダーの編集・解説、ハンブルク、一九五六年）。『ハイム著作全集・全四巻』（カール・L・シュナイダー編、ハンブルク、一九六〇年以降）。ゲオルク・ハイムの遺稿（一九〇四年から一九一一年までの日記も含む）は、ハンブルクの国立＝大学図書館に保存されている。

クルト・ハイニッケ (Kurt Heynicke)

一八九一年にリーグニッツに生まれた。賃金労働者の家庭の子供。国民学校生、事務員、販売員。人間よ、おまえはその恵まれた存在を感じて、微笑んでいるのか？　おお、私たちは取るに足らぬもの。家畜小屋の中の動物。ただこの魂だけが時折り、聖堂になり、そのなかで私たちは互いに祈ることができる。

一八九一年九月二十日にシュレージエンのリーグニッツで生まれた。リーグニッツ、ドレスデン、ツァイツ、ベルリンで国民学校に通った。そして、保険会社の事務員になった。二〇歳のとき、結核に罹った。療養所生活。その後、それ以前の詩作の試みを再開した。最初の詩をヘルヴァルト・ヴァルデンの『嵐（デァ・シュトゥルム）』誌に発表した。その後も詩を発表をつづけた。同誌の出版社で最初の詩集『あたり一帯に星が降る』が発行された。第一次大戦の勃発。四年間の兵役。兵士の間も詩を書いた（詩集『名のない顔』の「この地獄の大地」の章を参照されたい）。終戦後、ブランデンブルク州の小都市でふたたび事務員になり、デュースブルクではクレクナー株式会社で、ゾーリンゲンではドイツ銀行で働いた。この間に、フリーの作家として暮らすことを試みた。ハイデルベルク近郊のノイブルク宗教財団に詩人アレクサンダー・フォン・ベルヌスとともに滞在し、そこで、シュタイナーの人智学に触れた。一九一九年に詩集『名のない顔』がクライスト賞を受けた。一九三三年に、ルイーゼ・ドゥモンとグスタフ・リンデマン（この二人はすでに一九二〇年にハイニッケの芝居『サークル』を上演していた）の運営するデュッセルドルフ劇場の文芸部員になった。その二年後には、デュッセルドルフの市立劇場へ移り、演出も行なった。この市立劇場での数年間は、私にとって非常に実り多かった。多くの芝居を書いたが、そのすべてが一流の劇場で上演された。

一九三二年に、私はベルリンへ転居した。そこでは、ウーファー（Ufa）[★79]の仕事もした。或る時点から、小説に興味を抱いた。正直に言えば、それはドイツで「娯楽小説」と称される小説だった。最後に、私はベルリンからシュヴァルツヴァルト南端のフライブルク近郊に転居した。私は物語作家である。しかし、私は、もし読者を楽しませようとしないなら、へぼ作家であるだろう。終戦後、多くの放送劇を書き、それに対して二度、賞を受けた。だが、なにを

★77　ハイムは法学博士号を取得したが、自分が法曹界の仕事に適しているとは思っていなかった。彼は女友達に「裁判所の建物へ入って行くと……ぼくはいつもひどく場違いな感じを抱く。あそこを法服を着て歩いている人たちは、まるで法律条文が彷徨っているかのようだ」と書き、法律より文学に情熱を傾けていた。

★78　この五人はハイムも属していた「新クラブ」の会員で、ハイムの詩友であった。なお、ゴーロ・ガンジはエルヴィーン・レーヴェンゾーンの筆名である。ちなみに、ハイムは彼の二冊目の詩集の表題を『生の影』とすることを早い時期に決めていたという。

★79　Ufa（Universum-Film-AG）は一九一七年に（第一次世界大戦中のドイツ軍参謀次長）エーリヒ・ルーデンドルフの支援に拠って設立されたドイツ最大の映画会社（主要な映画制作会社の連合）であった。第二次大戦後、解体されたが、のちに部門別に再建された。

よりも、私はいまなお詩を書いている。私は、これまでの人間的な発展において、詩を書いていた最初の時期と変わらず、篤い信仰心をもちつづけている。［クルト・ハイニッケ★[80]］

『あたり一帯に星が降る』（詩集、ベルリン、一九一七年）、『神のヴァイオリン』（詩集、ミュンヘン、一九一八年）、『名のない顔、時間と永遠の律動』（詩集、ミュンヘン、一九一九年）、『サークル』（超感覚劇、ベルリン、一九二〇年）、『高い平地』（詩集、ベルリン、一九二一年、増補版はシュトゥットガルトで一九四一年刊）、『自我への道、内面世界の征服』（エッセイ、プリーン、一九二二年）、『激情の嵐』（物語、ライプツィヒ、ケルン、一九二五年）、『エロス、内なる感情』（物語、ルードルシュタット、一九二五年）、『海』（戯曲的バラード、ライプツィヒ、一九二五年）、『サマルカンドの王子』（童話劇、ライプツィヒ、一九二五年）、『プロイセンをめぐる争い』（劇、ライプツィヒ、一九二五年）、『フォルトゥナータの世界への旅立ち』（小説、ライプツィヒ、一九三〇年）、『新開地』（民会劇的合唱劇★[81]一九三三年）と『帝国への道』（民会劇的合唱劇、一九三四年）は、発行後まもなく不適切作品とされた。『シェーンブルンの熱狂者』（短篇小説、シュトゥットガルト、一九三五年）、『生は肯定する』（詩集、シュトゥットガルト、一九三六年）、『心よ、おまえは何処に宿営しているのか』（娯楽小説、シュトゥットガルト、一九三八年）、『天へ伸びる木』（娯楽小説、シュトゥットガルト、一九四〇年）、『薔薇は秋にも咲く』（小説、シュトゥットガルト、一九四三年）、『もはやそうじゃない』（小説、シュトゥットガルト、一九四八年）、『千里眼』（風刺小説、シュトゥットガルト、一九五一年）、『ハイニッケ詩選集』（未発表の詩も収録、シュトゥットガルト、一九五二年）、『アメリカの姪』（喜劇、ミュンヘン、一九五七年）。

上演された戯曲（上演台本）は、『婚姻』（舞台作品、ベルリン、一九二二年）、『誰がリゼッテを射止めるか』（喜劇、一九二八年）、『エミーリエ、あるいは女の勝利』（喜劇、一九三〇年）、『女房』（喜劇、一九三七年）、『棒馬と省庁次官』（喜劇、一九五九年）。

一九五一年以降、ハイニッケは多数の放送劇と数本のテレビドラマを書いた。

ヤーコプ・ファン・ホディス（Jakob van Hoddis）

一八八七年にベルリンで生まれ、テューリンゲンに暮らす。

一八八七年五月十六日にベルリンでハンス・ダーフィトゾーン★82として生まれた。実利主義的で宗教に懐疑的な医師の父と、シュレージエンの資産家（この家系には、博愛と動物愛護を掲げた珍奇な詩人フリーデリケ・ケンプナーもいた）の娘で、理想主義的で高い教養のあった母の長男として幸福な青少年時代を過ごした。しかし、やがて両親から受け継いだ性格的対照が彼に影響し始めた。そのために、彼はフリードリヒ＝ヴィルヘルム中高等学校（ギュムナージウム）を退学せねばならなかった。一九〇六年に市立フリードリヒ中高等学校（ギュムナージウム）で高校卒業資格試験に合格したあと、ミュンヘンで建築学を勉強した。そして、ベルリンで半年間、建築の仕事をしたが、それも「体が小さい」ために断念せざるを得なかった。彼は生涯、「体が小さい」ことに苦しんだ。一九〇七年から、イェーナとベルリンでギリシャ語と哲学を学び、一九〇九年に、彼の精神的指導者だったクルト・ヒラーと、エルヴィーン・レーヴェンゾーン、ダーフィト・バウムガルト、エルンスト・ブラス、W・S・グットマンなどの詩友とともに「新クラブ」を結成した。それはやがて「新パトスキャバレー」に発展し、そこでは若い詩人たちが毎週、自作を発表した。そのなかにはゲオルク・ハイムもいたが、ハイムの一九一二年の死は、ハイムだけが自分に匹敵すると思っていたファン・ホディスに強い衝撃を与えた。

★80　本書に収められた二三名の詩人のうち、一九八五年に死亡したハイニッケは最も長く生きた。

★81　最初は、ゲッベルスの推奨もあって、ナチスの民衆野外劇に登場したが、一九三四年九月に民会劇（ティングシュピール）という名称に許可制度ができ、一九三五年にはこの名称が付いた民衆野外劇は禁止となった。

★82　筆名は本名Hans Davidsohnのアナグラムであるが、この筆名に彼の代表作「世界の終末」の非論理的な詩行構成のみならず、彼の精神分裂症の予兆をも読み取ろうとする研究者がいる。

彼がミュンヘンまで追いかけて行った人形制作者ロッテ・プリッツェルへの、そして次には詩人エミー・ヘニングスへの報われない恋慕のために、彼の精神は混乱をきわめ、一九一二年に精神病の兆候が現われた。カトリックへの改宗も、自発的、あるいは周囲の勧めによる療養所生活も、友人たちの援助も彼の病気を和らげることはできなかった。ファン・ホディスはパリやミュンヘンに現われては、突然姿を消した。一九一三年にふたたびベルリンに姿を見せたが、以前に深く敬愛していた母親を自分の敵と見るまでになった。しかし、一九一三年末から一九一四年初めの冬には、新作を携えて朗読会を訪れた。その間に、彼の精神分裂症は明らかに重くなった。そのために、最初はイェーナの保護施設で、次に一九一五年からはテューリンゲンのグレーフェンローダ近郊フランケンハインの教師の家で庭仕事をして過ごした。一九二二年には、テュービンゲンで個人の世話に委ねられた。病状がさらに悪化したとき、最初は（ヴュルテンベルク州の）エスリンゲンに、最後は一九三三年にコーブレンツ近くのベンドルフ＝ザイン保護施設に入れられた。そして、そこから一九四二年四月三十日に8の番号を付されて連行され――いつ、どこで、どのようにか不明であるが――絶滅の対象になった。★83

ようやく一九五八年に、保存されていた詩の――パウル・ペルトナーの編集に拠る――出版と、そこに収録されたファン・ホディスの（イスラエル在住の）友人エルヴィーン・レーヴェンゾーンの評論によって、彼の謎に満ちた生と人格が明らかになった。その後、ファン・ホディスの多くの詩とほとんどすべての散文は紛失した。［編纂者］

『世界の終末』（一六篇の詩、ベルリン、一九一八年）、『世界の終末』（全詩集、パウル・ペルトナー編、チューリヒ、一九五八年）。

ヴィルヘルム・クレム（Wilhelm Klemm）

一八八一年にライプツィヒで生まれ、同地で暮らす。

一八八一年五月十五日にライプツィヒで生まれた。父親は書店経営者で、母親はリューベック出身の女性であった。

（トーマス学校の）古典語履修課程（コース）で教育を受けた。一九〇〇年に高校卒業資格試験に合格し、兵役についた。ミュンヘン、エアランゲン、ライプツィヒ、キールで医学を学んだ。一九〇五年に医師国家試験を経て、方々の病院に勤務したあと、ライプツィヒの外科診療病院で助手として働いた。一九〇九年、父親の死亡で、オットー・クレム商会を継いだ。一九一二年、出版業者アルフレート・クレーナーの娘エルナ・クレーナーと結婚し、四人の息子をもった。一九一四年から一九一八年まで西部戦線で軍医として働いた。一九一九年、ライプツィヒの書籍取次会社カール・Fr・フライシャーを継いだ。一九二一年、アルフレート・クレーナーの死亡によって、アルフレート・クレーナー商会の専務取締役となった。一九二七年、ディーテリヒ出版社を買収した。一九三七年クレーナー商会を辞職。政治的追放。帝国著作院からの除名。一九四三年、会社と所有地のすべてが爆撃で破壊。二人の息子の戦死。一九四五年、アメリカ軍によって（アメリカ占領地区の）ヴィースバーデンへ移送された。一九四八年、ライプツィヒ出身のイルゼ・ブラントと結婚し、一人の娘を得た。一九五五年、ディーテリヒ・コレクションをブレーメンのカール・シューネマンに売却。現在、ヴィースバーデンのシュトイベン通り三に住む。［ヴィルヘルム・クレム★84］

『栄光——戦場からの詩★85』（ミュンヘン、一九一五年）、『詩と絵★86』（自作の線描画収録、ベルリン、一九一六年）、『要請』（詩集、ベルリ

★83　J・ゼルケによれば、この保護施設から入所者が追放されたとき、そのなかにファン・ホディスもいて、彼は安楽死の犠牲になったとされる（65）。なお、ヴィエタによれば、「追放後、毒ガスによる絶滅のために強制収容所に抑留された」（66）とされる。ちなみに、本詩集が発行されたあと、三年も経たないうちに病状はかなり重くなった。それを見かねたベルリンの友人たちは彼を専門病院へ入れるように母親に忠告したが、入院費の工面がつかず、結局、彼はテュービンゲンで個人の世話に委ねられた。

一九一一年末以来、ファン・ホディスと親交を結んでいたベッヒャーは、一九一九年に「ヤーコプ・ファン・ホディスに」と題して次のような詩を書いた。「ぼくのとても可愛そうな兄、貴兄は屈辱に沈み込んでいる／その喘鳴はぼくたちの責め苦の夜に鳴り響く／貴兄は何度もぼくたちに助けを求めたことだろう／なのに、ぼくたち皆は貴兄を見殺しにしている／ぼくたち皆が。ああ、可愛そうな兄。でも、ぼくたちは／貴兄の独居（へや）の乱雑、膿まみれの藁床を償いたい。／小枝のような腕が地下室から揺らいで伸びる／そこは引き裂かれた隊列が咆哮する場所」。

ン、一九一七年、新装版はクルト・ピントゥスの跋文を付してヴィースバーデンで一九六一年刊)、『感動』(詩集、ミュンヘン、一九一九年)、『発展』(連続詩、ブレーメン、一九一九年)、『夢の破片』(詩集、ハノーファー、一九二〇年)、『魔法の目標』(連続詩、ベルリン、一九二一年)、『悪魔の人形』(詩集、フェーリクス・ブラジルの筆名★87で発行、ハノーファー、一九二二年)。

エルゼ・ラスカー゠シューラー(Else Lasker = Schüler)

わたしは(エジプトの)テーベで生まれました——とは言いつつも、わたしはラインラントのエルバーフェルトで生まれました。一一歳まで学校に通い、ロビンソン・クルーソーになり、五年間オリエントで暮らし、それ以来、植物のように細々と生きています。

エルゼ・ラスカー゠シューラーはいつも自分の生年月日を一八七六年二月十一日と語っていた。エルバーフェルトの役場の記録には一八六九年二月十一日と記されていた。ユダヤ教の律法学者を祖父に、建築家を父にもち、エルバーフェルトで手に負えない娘として成長し、医師のラスカーと結婚した。しかし、まもなく離婚し★88、広い世界へ出て、おもにベルリンで暮らした。ラスカー゠シューラーは五十年もの間、放浪の不安定な生活をした。決して自分の家庭や住居もたず、いつも狭い部屋を借りて暮らした。一九〇〇年ごろの数年間は、当時の天才的な放浪詩人ペーター・ヒレと行動をともにした★89。なお、ヒレは一九〇四年にベルリンの郊外鉄道の駅のベンチで死亡した。

ラスカー゠シューラーは、彼女の故郷の思い出に、それ以上に想像上のオリエントの世界に生きたが、オリエントは次第に彼女の現実の世界になった。彼女を賞賛した多くの友人(カール・クラウス、ドイプラー、デーメル、トラークル、ヴェルフェル、シッケレ、ベン、フランツ・マルク、ココシュカ)も足を踏み入れた、その空想世界からラスカー゠シューラーの詩や物語が生まれた。彼女はその世界に自分を描出した。ちょうど無数の多彩な想像に、また多くの星や花をちりばめた手紙——そこでは、自ら虚構したテーベの王子ユスフ(ヨセフに対応するアラビア語の名前)と自分を同一視して、「ユスフ王子」と署名するのが常だったが——に自分を描き出したように。ラスカー゠シューラーは一九一〇年ごろ、短期間ベルリンでふたたび結婚した。★90 相手のヘルヴァルト・ヴァルデンは文芸雑誌『嵐（デァ・シュトゥルム）』の創刊者で、同名の表現主義の文学集団の指導者であった。

一九三二年、ラスカー゠シューラーは、その賞状に記されているように、「最も偉大なドイツの詩人たちに匹敵する多くの詩」の「時代を超える価値」によってクライスト賞を受けた。しかし、この翌年に、「軽薄で堕落しかかったコーヒーハウスの女文士」と誹謗され、彼女の作品は出版禁止になった。彼女はまずスイスへ逃れ、一九三四年に

★84　戦場を詠った詩を数多く書き、「戦場の詩人」とまで言われたが、この自伝文には戦争体験はもとより、彼の文学的、精神的な履歴も記されていない。しかし、彼の当時の状況は一九一九年に書かれた詩「熟慮」で「なにもないこの国土を風が吹き渡る／この国土を私は歩いて行く／不幸の年一九一九年に私は在る／この年に生きている者には開始こそが必要だ」と詠われていた。

★85　クレムはそれまでおもに『行動（ディ・アクツィオーン）』誌で戦場の光景を詠った詩を発表していたが、この最初の詩集は「戦場で書かれた、臨場感溢れる詩」を集中的に収録していたことから、発売と同時に好評を博し、クレムを「戦場の詩人」として一躍有名にした。

★86　未発表の約三〇篇の詩とクレムが描いた絵で構成されていた。この詩集は、妻エルナが（戦場で詩集の出版を気にかけていた）夫クレムへのクリスマスプレゼントとして出版した。しかし、豪華本での発行だったので、おもに少数の愛書家の間でのみ広まった。

★87　クレムが愛用していた葉巻の名前にちなんだ筆名。なお、この詩集の発行を最後に、（詩作自体はつづけていたが）作品の発表も、社会への発言も中止した。

★88　二五歳で結婚したが、二九歳のとき、街で見かけた男性（彼女はこの男性にアルキビアーデス・ドゥ・ルーアンという名前をつけた）に熱中し、息子のパウル（私生児）をもうけたとされる。結婚生活は初期に破綻したが、離婚となったのは一九〇三年で、彼女はそれ以降も夫の姓ラスカーを放棄しなかった。なお、彼女の父親の職業については、金融＝不動産業と記した本もある。

★89　ヒレはラスカー゠シューラーを「イスラエルの黒白鳥（ブラック・スワン）」と呼んで、交際していた。

★90　ラスカー゠シューラーは一九〇三年十一月末、ヘルヴァルト・ヴァルデン（本名ゲオルク・レーヴィーン）と再婚したが、一九一二年秋に離婚した。

エジプトを経由してパレスチナへ行った。しかし、まもなくチューリヒへ戻った。同地で一九三六年に「我が愛する父の幼年時代」の劇『アルトゥール・アロニュムスとその父親たち』が上演されたからである。そして、一九三七年六月、彼女はふたたび「ヘブライ人の国」に行き、エルサレムで死ぬまで貧困と孤独に苦しみながら暮らした。彼女は一九四五年一月十八日に死亡したが、墓は（エルサレム近郊の）オリーブ山にある。［編纂者］

『冥府の川』★91（詩集、ベルリン、一九〇二年）、『安息日』（詩集、ベルリン、一九〇五年）、『ペーター・ヒレの書』（ベルリン、一九〇六年）、『バグダッドのティノの夜物語』★92（物語、ベルリン、一九〇七年）、『ヴッパータールの人々』★93（劇、ベルリン、一九〇九年）、『我が奇跡・空想』（カールスルーエ、ライプツィヒ、一九一一年、一九一四年）、『我が心』（実在人物が登場する恋愛小説、挿絵入り、ミュンヘン、ベルリン、一九一二年）、『ヘブライのバラード』（ベルリン、一九一三年）、『作品集』（空想、エッセイ、物語、ライプツィヒ、一九一三年）、『テーベの王子』（物語、作者による二五枚の線描画とフランツ・マルクの三枚の彩色画を収録、ライプツィヒ、一九一四年）、『詩選集』（ライプツィヒ、一九一七年）、『作品集・全十巻』（「ペーター・ヒレの書」、「ヘブライのバラード」、「マリク、ある皇帝の物語」、「バグダッドのティノの夜物語」、「ヴッパータールの人々」、「我が心」、「空想、エッセイ」、「テーベの王子」、「丸屋根」を収める、ベルリン、一九一九―一九二〇年）、『ラスカー＝シューラーに宛てたペーター・ヒレの手紙』（ベルリン、一九二一年）、『バルセロナの奇跡のラビ』（ベルリン、一九二一年）、『テーベ』（複写の詩一〇篇、作者による一〇枚の石版画収録、フランクフルト・a・M・一九二三年）、『清算！　我が出版社を訴える』★94（チューリヒ、一九二五年）、『コンサート』（散文、ベルリン、一九三二年）、『アルトゥール・アロニュムスとその父親たち――我が父の物語』★95（ベルリン、一九三二年）、『アルトゥール・アロニュムスとその父親たち（我が愛する父の幼年時代から）』（劇、ベルリン、一九三二年）、『ヘブライ人の国』（作者による八枚の線描画収録、チューリヒ、一九三七年）、『私の青いピアノ』（詩集、エルサレム、一九四三年、一九五七年）。

『エルゼ・ラスカー＝シューラー・作品概説と作品選集』（ヴェルナー・クラフト編、ヴィースバーデン、一九五一年）、『エルゼ・ラスカー＝シューラー作品集』（詩、散文、脚本、書簡、証言、回想を収める、エルンスト・ギンスベルク編、ミュンヘン、一九五一年）、『カール・クラウスへの手紙』（アストリート＝ゲールホフ＝クラース編、ケルン、一九五九年）、『作品全集』（フリードヘルム・ケンプ編、第一巻：詩、一九〇二―一九四三年／第二巻：散文と劇／第三巻：遺稿の詩と散文〈ヴェルナー・クラフト編〉、ミュンヘン、一九五九―一九六一年）、

『明るい眠り、暗い目覚め』（詩集、フリードヘルム・ケンプ編、ミュンヘン、一九六二年）。

エルゼ・ラスカー＝シューラーの遺稿（劇『私と私』も含む）は、エルサレムのマンフレート・シュトゥルマン氏のもとに保存されている。

★91　ラスカー＝シューラーの作品は両親や友人へ捧げて書かれたものが多い。たとえば、『冥府の川』は「両親に」、『安息日』は「母に」、『我が奇跡・空想』は「母に」、『ヘブライのバラード』は「母に」、『作品集』は「クルト・ヴォルフに」捧げられていた。さらに、それらの本の表紙は彼女自身が描いた絵で飾られることが多かったが、それもまた、たとえば『詩選集』（一九一七年刊）では「私が描いた表紙絵をゲルトルート・オルトハウスに贈ります」と、また『全詩集』（一九二〇年刊）では「私が描いた表紙絵をフランツ・マルクに贈ります」というように友人に捧げられていた。

★92　ラスカー＝シューラーは自分を「バグダッドのティノ」、「テーベの王子ユスフ」と仮想し、その空想の世界に生きた。

★93　一見自然主義的な手法で描かれているが、表現主義劇の先駆とも評価される作品で、ヴッパー川地域の機織業の生活を背景に労働者の息子と工場主の娘の恋愛を扱っている。

★94　彼女の出版社を搾取者として訴えたラスカー＝シューラーの（三六頁ほどの）抗議書。すなわち、ラスカー＝シューラーは数多くの作品を発表したが、肺結核で療養生活を送る息子の病状が深刻化するなかで、つねに金銭に困っていた。そのとき、彼女は「出版社が自分を騙して利益を得ているのではないか」と疑った。彼女は両替業者を神殿から追放したキリストのポーズに倣って、この抗議書を自費出版した。そこでは、売り手である詩人が出版社という金持貴族に対して自分の芸術的優位を主張していた。

★95　この劇は、一八四〇年のヴェストファーレンを舞台にし、比較的短い一五の場面で構成されていた。ユダヤ人の地主一家を中心にキリスト教徒とユダヤ教徒との融和を描いていたが、一九三三年三月、ベルリンのシラー劇場で総リハーサルを行なう直前にナチスから上演禁止が伝えられた。

ルードルフ・レーオンハルト（Rudorf Leonhard）

一八八九年十月二十七日にポーゼンのリサで生まれた。二週以上前に計画を立てることが現実離れした冒険と思われた時代にあって、自分自身の生の継続に対する（たとえ感性でなくても）感覚が失われてしまったために、私は過去に遡る自伝というものを形成することができない。そして、何が正しかったのかを確定し、明らかにすることは、きわめて困難なことであり、賢明な試みでもないように思われる。自伝的内容に真に興味をもつ人がいるなら、私が死ぬまで待ってくださることを願いたい。そのときには、私が詳細に綴った日記は自由に閲覧することができるから。

法律家の息子として生まれたレーオンハルトは、ベルリンで法学を学んだあと、法律の仕事を始めた。一九一四年、第一次大戦が勃発すると、彼は志願兵になった。しかし、前線での体験から、彼は熱心な戦争反対者になり[★96]、そのために軍法会議にかけられた。一九一八年、一九一九年に革命的事件に積極的に加わったが、その後はベルリンでフリーの作家として暮らし、数年間はディ・シュミーデ社[★97]の原稿審査係を務めた。そして、一九二七年に、パリへ移住し、同地でフランス語でも作品を発表した。

一九三三年以降、レーオンハルトはフランスへ亡命した作家たちの集団でさまざまな支援活動を行ない、亡命の反ファシズム的要素を、自ら組織した「亡命ドイツ人作家の援護団体」へ結集させようとした。一九三九年に第二次世界大戦が勃発したとき、彼はいくつかの反ファシズム的な組織や委員会に所属していたために、すべての亡命者と同様に抑留された。しかも、彼の場合、ピレネー山中のル・ヴェルネ収容所に。一九四〇年、ドイツ軍によるフランス侵攻が始まった状況で、アメリカへの逃亡を試みたが、捕らえられ、ル・ヴェルネ収容所へ戻された。その後、そこからさらに悪評高いカストゥルの送還者収容所へ移された。しかし、秘密警察に引き渡される直前に、数人の仲間とともに危うい方法で逃げ出すことができた。その後、彼はマルセイユに不法滞在し、フランスの地下組織で活動し、ドイツ軍の占領の最中にドイツ兵に反戦を呼びかけた小詩集を発行した。一九四四年、フランスが解放されたあと、パリへ戻った。

一九四七年十月、ベルリンで開催された第一回ドイツ作家会議に出席したとき、レーオンハルトはベルリンに永住する決心をした。しかし、その転居作業の間にパリで重い病気に罹り、二年間（一時は失明状態で）パリの病院に留まらねばならなかった。ようやく、一九五〇年、最終的に東ベルリンに帰ってきた。彼はいつも病気と闘いながら、文学と教育の多くの領域で活動し、一九五三年十二月十九日にこの世を去った。［編纂者］

『アングル人の詩・空想』（ベルリン、一九一三年）、『森を抜ける道』（詩集、ハイデルベルク、一九一三年）、『未開人』（バラード、ベルリン、一九一四年）、『戦いを超えて』（詩集、ベルリン、一九一四年）、『煉獄の永劫』（箴言集、ライプツィヒ、一九一七年）[★98]、『帝国青年徴兵法についての論評』（ベルリン、一九一七年）、『ベアーテと大地主』（抒情的小説、ミュンヘン、一九一八年／新装版は一九二八年と一九四八年に刊行）、『ポーランド詩集』（ライプツィヒ、一九一八年）[★99]、『不満分子の巡礼』（詩集、ミュンヘン、一九一九年）、『反武力闘争』[★100]（講演、ベルリン、一九一九年）、『マルギットへの手紙』（詩集、ハノーファー、一九一九年）、『混乱状態（カーオス）』[★101]（詩集、ハノーファー、一九一九年）、『古聖所』（悲劇、ハノーファー、一九一九年）、『〈母〉を詠った詩』（ミヒャエル・フィンゲステンの一〇枚の腐食銅版画収

★96　戦争を早期に終結させる手段を見出すために、一九一四年の大晦日にワイマールで会合がもたれ、レーオンハルトのほかローヴォルト、マルティーン・ブーバー、ハーゼンクレーヴァー、ピントゥスなどが出席した。その後、レーオンハルトは「ぼくの詩は言語に絶するほど恐ろしい出来事をほんのわずかしか詠っていない」と述べて、それまでの彼の詩作傾向を反省した。

★97　一九二一年十一月にベルリンに設立され、一九二五年までにカフカの『断食芸人』、（ベンヤミンも翻訳に加わった）プルースト『失われた時を求めて』第一巻、バルザック『人間喜劇』などのドイツ語版のほか、後期表現主義の文学を数多く発行した出版社。

★98　ピントゥスはレーオンハルトの箴言について「箴言を言語遊戯と考える傾向にあった過去数十年の箴言作家とは異なり、彼の万人救済的な普遍主義は我々の周囲や内部の混乱状態に強く抗議している」と述べ、その鋭い洞察を伴った表現力をパスカル、モンテーニュ、ニーチェに匹敵させた。たとえば、次のような箴言が知られている。「戦争が美徳（かね）を生むというのは真実ではない。戦争は美徳を誇示しているだけである。もし戦争が美徳を生むというのなら、もっと費用のかからぬ方法がないものか？」

録、ベルリン、一九二〇年)、『全と無!』(箴言集、ベルリン、一九二〇年)、『メアリー・ステュアート、スコットランドの女王』(全詩集(翻訳)、ベルリン、一九二一年)、『スパルタクス＝ソネット』(シュトゥットガルト、一九二一年)、『予言』(詩集、ベルリン、一九二二年)、『島』(詩集、ベルリン、一九二三年)、『この時代の永遠、反ヨーロッパ狂想詩』(ベルリン、一九二四年)、『水平線上の帆』(戯曲、ベルリン、一九二五年)、『ありのままの生』(ソネット、ベルリン、一九二五年/新装版は一九四八年刊)、『今日の悲劇』(戯曲、ベルリン、一九二七年)。

『独仏協力をいかに組織するか?』(エッセイ、パリ、一九三〇年)、『ドイツ論』(エッセイ、パリ、一九三一年)、『ドイツと平和』(講演、パリ、一九三二年)、『言葉』(ドイツ語の感覚的辞書編纂の試み、ベルリン、一九三二年)、『ドイツ論』(エッセイ、パリ、一九三三年)、『ヒトラーへの信頼?』(パリ、一九三四年)、『総統商会』(政治的喜劇、パリ、一九三六年)、『詩集』(レクラム文庫七二四八番の表紙で偽装してドイツへ不法に持ち込まれた、パリ、一九三六年)、『スペインの詩と日誌』(パリ、一九三八年)、『ドン・キホーテの死』(物語、チューリヒ、一九三八年/新装版はベルリンで一九五一年刊)、『ドイツは生きねばならない……!』(詩集、ローベルト・ランツァーの筆名で不法に発行され、ドイツ軍占領下のフランスで配布された、マルセイユ、一九四四年)、『人質』(悲劇、リヨン、一九四五年)、『ドイツの民主主義の弁護』(エッセイ、パリ、一九四七年)、『ドイツの詩』(ベルリン、一九四七年)、『匿名の手紙』(戯曲、ベルリン、一九四七年)。

『我らの共和国』(評論と詩、ベルリン、一九五一年)、『不法侵入』(素人演劇、ハレ、一九五一年)、『玩具』(素人演劇、ハレ、一九五一年)、『反戦の声』(放送劇、ベルリン、一九五一年)、『ヘルダーリン、研究と紹介』(パリ、一九五三年)、『郊外』(詩集、マックス・リングナーの水彩画収録、ドレスデン、一九五三年)。

『ルードルフ・レーオンハルトは語る』(物語集、マクシミーリアーン・シェール編・概説、ベルリン、一九五五年)、『レーオンハルト作品選集』(「ル・ヴェルネ」、「詩集」:マクシミーリアーン・シェールの序文、ベルリン、一九六一年)。

レーオンハルトは『人間をめぐる人間』(一九二三年)、『プロレタリア文化の諸要素』(一九二四年)などの小論文(パンフ)を発行した。さらに、『ゲオルク・フォルスター選集』(ベルリン、一九二八年)と叢書『社会のアウトサイダー、現代の犯罪』(ベルリン、一九二四年以降)をそれぞれ概説を書いて発行した。一九二七年から一九三二年までに書かれた未刊の作品の表題は、『双子』、『夢』、『メドゥサの筏』、『強盗』であった。また、映画台本には『月の印の家』、『ジャンヌ・ネーの恋』、『哀れな女の日記』、『ドン・キホーテ』がある。

遺稿は、ドイツ芸術アカデミー（旧東ベルリン）の文学資料局に保存されている。一九一九年にレーオンハルトが述べていた日記は紛失した。しかし、一九三九年から一九四一年までにル・ヴェルネ収容所で書かれた六百篇以上の連環詩と、最後の数年間に書かれた多数の評論や戯曲は保存されている。

アルフレート・リヒテンシュタイン（Alfred Lichtenstein）

一八八九年八月二十三日にベルリンで生まれた。同市のルイーゼンシュタット中高等学校に通い、ベルリン大学で法律を学んだ。★102 一九一三年の夏、エアランゲン大学で演劇上演権に関する研究で博士号を取得した。一九一三年十月、ミュンヘンで将校志願者として第二バイエルン歩兵連隊に入り、第一次大戦が勃発すると連隊とともに出征した。一

★99　この詩集の「序文」の冒頭には「国民感情が、道徳的内実を欠いたまま働く本能を超え、それまで通用していた根源的欲求をも超えて、より気高いものに変わるという確信になるとき、それは他の美徳と同様に、他のすべての国民感情の賞賛を生む」と記されていた。そうしたレーオンハルトの連帯表明をポーランド人は決して忘れることがなかった。一九五〇年、ポーランドの評論家は「ドイツの詩人の誰もポーランド人についてそのように詠ったことはなかった。レーオンハルトはまさに我々の仲間だ！」と述べた。

★100　ブレスラウ、ベルリン、その他多くのドイツの都市で行なわれた、この二一頁ほどの講演は、一九一九年にピントゥスによって叢書『革命と再建』の第三巻として出版された。

★101　おもに戦争を詠った詩を収めていたが、発行に当たっては、検閲を通すために数篇の詩が除外された。この詩集でレーオンハルトは、戦争が勃発した当時、政治と社会情勢に対する自分の関心がさほど強くなかったことを反省した。なお、この詩集には、詩「死んだリープクネヒト」のように、一九一八年十一月の革命の体験に基づいて書かれた詩も数篇、収められていた。

★102　裕福なユダヤ系ドイツ人の工場主の家庭に生まれたが、中高等学校に通うころから文学に興味をもち、詩作を始めた。

九一四年九月二十五日に（フランス北東部ランス近くの）ヴェルマンドヴィレール付近で戦死した。［クルト・ルーバッシュ[★103]］。

『クラウゼおじさんの物語』（児童文学、ベルリン、一九一〇年）、『たそがれ』（詩集、ベルリン、一九一三年）、『詩と物語、全二巻』（クルト・ルーバッシュ編、ミュンヘン、一九一九年）、『全詩集[★104]』（クラウス・カンツォーク編の校訂版、チューリヒ、一九六二年）。

リヒテンシュタインの遺稿は、ベルリンのクルト・ルーバッシュのもとに保存されていたが、第二次世界大戦中に（四冊の油布表紙の帳面を除いて）すべてが焼失した。その帳面に記されていた、手書きの詩の大半は、ルーバッシュの死後、同夫人が、夫の遺志に拠ってベルリン自由大学に寄贈した。

エルンスト・ヴィルヘルム・ロッツ（Ernst Wilhelm Lotz）

一八九〇年二月六日、（ポーランドを北流してバルト海にそそぐ）ビスワ川沿いのクルムで生まれ、ヴァールシュタット、カールスルーエ、プレーンで暮らし、グロースリヒターフェルデの士官学校へ入った。一七歳でストラスブールの歩兵連隊一四三の士官志願者になり、（カッセルの士官養成所に通ったあと）同連隊の陸軍少尉になった。一年半の間、現役将校であったが、その後、退役した。一九一四年九月二十六日、少尉および中隊長として西部の戦場で戦闘中に死亡した。[★105]［ヘニー・ロッツ］

『そして、鮮やかな猛獣の斑点が……』（詩集、ベルリン、一九一三年）、『雲は我らの旗[★106]』（詩集、ライプツィヒ、一九一七年）、『散文と戦場からの手紙』（それ以前に未発表の遺稿に拠る。ヘルムート・ドラフス＝テュクセン編、ミュンヘン郊外のディーセン、一九五五年）。

遺稿（書簡と〈ランボーとヴェルレーヌの詩の独訳を含む〉約六〇篇の詩）は、ヘルムート・ドラフス＝テュクセンが所有している。数篇の詩は『小庭園（ホルトゥルス）』誌・第九巻に掲載された。

★103　ベルリンの中高等学校（ギュムナージウム）でリヒテンシュタインと同級だった友人。リヒテンシュタインは、裕福なユダヤ人の家庭のルーバッシュを境遇や志操がよく似ていたことからも、心から信頼していた。したがって、遺産のうち著作については、ルーバッシュを遺言執行者と遺作管理者に指名した。これに拠って、ルーバッシュは一九一九年にリヒテンシュタインの作品集『詩と物語』を発行した。

★104　リヒテンシュタインはホーフマンスタールやリルケに対抗意識をもっていた。彼は『行動（ディ・アクツィオーン）』誌・第三号・四〇（一九一三年十月四日）で自分の詩を「空想＝遊戯的カバレット調」、「詩〈たそがれ〉タイプ」、「戦争と兵士の詩」、「クーノ・コーンの詩」というように分類していた。本書には「詩〈たそがれ〉タイプ」と「戦争と兵士の詩」が比較的多く収められている。

なお、詩「たそがれ」は彼の詩作で重要な意味をもち、それについて彼はファン・ホディスの詩「世界の終末」を模倣したのではなく、その並列的詩行形式を「より充実させ、価値を高めた詩」と述べていた。詩「たそがれ」の表現形式は、彼の後年の戦争詩のルポルタージュのように簡潔な表現形式に受け継がれたとも言える。ちなみに、クーノ・コーンとは、リヒテンシュタインの短篇や断篇に現われるグロテスクな作中人物で、青春期を監獄で過ごし、多くの苦悩を抱えて学校生活を送り、都市を彷徨い、孤独、疑念、死の憧憬とともにカフェにたむろする若者である。この若者を詠った詩は「感傷的な自己＝詩」と特徴づけられたが、本書では、詩「散歩」がそれに該当する。

なお、リヒテンシュタインは、H・ヴァルデンの『嵐（デァ・シュトゥルム）』、A・ケルの『パーン』、A・R・マイヤーの『抒情詩のビラ』、『マイアンドロス』、Fr・プェムファートの『行動（ディ・アクツィオーン）』、P・シェーアの『ジンプリチシムス』など、当時のさまざまな文芸誌と関わったが、最終的に『行動（ディ・アクツィオーン）』誌を活動の拠点とした。

★105　妻ヘニーが書いたこの伝記的小文には、ロッツの文学的な活動についてなにも記されていなかった。しかし、ロッツはハンブルクの貿易会社で働いたあと、ベルリンへ出て本格的に創作活動を始めた。彼は多くの文学者と交流したほか、一九一四年四月から画家マイトナーとドレスデンで創造的な共同生活を営んだ。ロッツは画家L・マイトナーと共同発行する文芸誌への寄稿者を求めて、ドレスデンからベルリンへ行ったが、そこで開戦を知り、いわば衝動的に入隊を志願した。そして、彼はアルザス地方のミュールーズやヴォージュ山脈への出撃に加わり、二四歳で戦死した。すなわち、彼は（二七歳で死亡した）トラークルや（二五歳で死亡した）ハイムよりも短い生涯だった。このことからも、彼の名前を知る人は当時の文学愛好家の間でも非常に少なかった。

カール・オッテン（Karl Otten）

一八八九年にアーヘンで生まれ、★107 ミュンヘンで学び、ウィーンで暮らした。

オッテンは本書の初版（一九一九年刊）に書いたこの自伝文に、第三版（一九二〇年刊）で次の文章を追加した。

私の生涯については、ドイツのプロレタリアートの貧しい人々の幸福と勝利の闘争に捧げられていたとだけ言うことができる。そしていまは、ドイツのプロレタリアートが自分の誤りで被った不名誉を深く悲しんでいる。世界革命の途（みち）を阻む最大の障害は、共産主義の理念を妨害する者である。告白するが、私はドイツ人を一度も愛したことはなかった。そして、記憶にある限りで、私はドイツのブルジョアジーほど憎んだものはなかった。それと同じほど長く、私はロシアを愛している。まず、私はすべての革命的な詩人にこの私のロシアへの愛を分かち合うことを要望したい。ロシアの理念を知れば、我々の国民の間違いを知ることだろう。ロシア人への支持とドイツのブルジョアジーへの反抗という闘争で、ドイツの詩人の内的矛盾は除去され、その生は人格と行動の統合を実現するだろう。要するに、革命家で詩人になることができる！

監獄を恐れるな。そんなもの嘲笑すべきだ。その閉じた門は、きみたちの勇気にとって凱旋門（アーチ）にほかならない。銃は身体を殺傷するが、精神、神聖な理想は生き延びる！　抑圧された人々の密かな闘争の目的が、こんなにも明確に万人の眼前に現われたことはかつてなかった。……在るのは、ただひとつのもの！　自由と永遠の生……あるいは、永遠の死！　救済は東方よりくる。私は選んだのだ。

編纂者の私が今回、カール・オッテンに伝記文の執筆を依頼したところ、彼から次のような返事が来た。

親愛なるクルト・ピントゥス様、世界の没落の生き残りである貴兄が、もう一人の生き残りの私に求めておられる。四十年前に二三名の「憧れに駆られた呪われた者たち」がユートピアの嵐のなかに乗り出した、あの筏『人類の薄明』の二度目の出帆のために、一人の難船者の人生についていくらか語ることを。あの当時の自分であった「怒れる若者」を説明し、鎮める（さらに「訂正する」と言いたいが）言葉を語ることを。

それは、当時、私が怒りを爆発させて書いた文章に、メシア信仰的な共産主義を真剣に受け止め、不幸からの救済をロシアとその革命に見たと信じて書いた文章に表われています。私は、そうした行動をした唯一の人間ではありませんでした。一九一七年から一九一九年までのあの当時、私と同様に、多くの人がドストエフスキーやトルストイの精神に見た永久平和のために、最後の大きな、とても恐ろしい犠牲を払おうとしていました。★108 歴史は我々に誤りを悟らせました。その後の数年間は、第一次大戦の恐怖をはるかに上回るものでした。その結果、希望と恐怖が私の人生を——きわめて小さな発言にいたるまで——決定しました。私にとって平和な時期は少なく、それはミュンヘン、ボン、ストラスブールで過ごした学生時代（一九一〇—一九一四年）でした。エーリヒ・ミューザーム、ハインリヒ・マン、カール・シュテルンハイム、フランツ・ブライとの親交は、政治的にも芸術的にも私の進む方向を定めました。

★106 クルト・ヴォルフ社の叢書『最新の日』の第三六巻として一九一六年秋に発行され、たちまち二万部が売れるというベストセラーになった。一九一九年に第二版が発行されたが、それは親友の画家L・マイトナーに捧げられていた。そこに収められた妻ヘニー・ロッツの跋文には「この詩集はロッツが最後に書いた詩を収録している。彼は早くも一九一四年の夏に原稿をいつでも印刷できる状態に整えていた。私は彼の遺稿をすべて——それが公刊に値すると思われる限りで——戦争が終わるまで保管し、出版する機会を待っていた」と書かれていた。
なお、ロッツの死後に発行されたその詩集も彼の全詩を収めてはいない。全詩を収めた完全版は今日まで発行されていない。

★107 アーヘンのカイザー・ヴィルヘルム中高等学校（ギュムナージウム）でハーゼンクレーヴァーと知り合い、その後、いっしょに文学サークルに入った。

★108 オッテンは労兵会のメンバーになり、Fr・プェムファートが『行動（ディ・アクツィオーン）』誌（一九一八年十一月十五日）で発表した「反ナショナリズム社会主義者党」（ASP）のドイツグループのアピールに署名した。それは、軍部支配の下で非合法活動をしながら、資本主義政権下にあるすべての国の革命的社会主義者に向けて「労働者の、国境なき国土」と新しい社会主義的社会の建設を訴えるものであった。

じつに幸福だったその時期は、私にとって時間の尺度と価値そのものであり、物事の人間的秩序の新たな形成に対する詩人の要求と方針でありつづけました。

私は、悪い予感に満ちて、第一次大戦が迫るのを見ていました。そして、戦争反対の立場を隠そうとしなかったために、戦争が勃発すると、「予防拘留者」[★109]となり、戦争中は投獄されたり、労役兵として扱き使われました。要するに、その間、疑わしい者とされた私の生命は、非常に危険な状態だったのです。この時期の精神的状況から、詩集『心の即位』[★110]が成立したのですが、『人類の薄明』に収められている私の詩は、どれも『心の即位』から採られました。最初は、戦争、革命、インフレに息も吐けないほど苦しみました。私はウィーンへ行き、そこで雑誌『平和（デァ・フリーデ）』の編集者、発行者として働きました。一九二四年から一九三三年までベルリンで暮らしましたが、そこでは小説、劇作品、映画『僚友関係』の台本が次々と成立しました。一九三三年三月十二日、私はドイツを去り、スペインへ行きました。しかし、一九三六年に内戦が勃発し、私はスペインを去りました。その年には、ナチスによって市民権も剝奪されました。その後の二二年間は、イギリスで政治と文学に関わって暮らしました。一九五八年以来、私はスイスに住んでいます。

親愛なるクルト・ピントゥス様、生き残りの私の人生の歴史をこのように簡単に語ったことに気を悪くしないでください。欠落した部分は、どなたかが随意に、あるいは不満を託ちつつ、(私の作品を読むことで容易にできることですが) 自ら補われることでしょう——永久にあなたの旧い友人カール・オッテンより。

オッテンは一九四四年以来、ロンドンで失明していたが、最後の五年間を彼の仕事を支えた妻とともにロカルノで暮らし、同地で一九六三年三月二十日に死亡した。

『アルバニアへの旅』[★111]（ミュンヘン、一九一三年）、『心の即位』（詩集、ベルリン、一九一七年）、『窓から跳び降りる』（物語集、ライプツィヒ、一九一八年）、『ローナ』（小説、ウィーン、一九二〇年）、『シュトラウス事件』（犯罪心理学の研究、ベルリン、一九二五年）、『成熟のための試験』（小説、ライプツィヒ、一九二八年）、『黒いナポレオン——トゥーサン・ルーベルチュール伝』[★112]（ベルリン、一九三一年）、『サントドミンゴ探検』（劇、ベルリン、一九三一年）、『ヴィクトリアとかいう女』（『ベルリン日報』に掲載、ベルリン、一九三〇年）、『未知の文民』（『ベルリン日報』に掲載、ベルリン、一九三二年）、『トルケマーダの影』★113（小説、ストックホルム、一九三八年）、『侵略の連合——ドイツの大衆、エリート、独裁政権』（ファシズムの社会学研究、ロンドン、一九四二年）、『永遠のロバ』（伝説、フライブルク、チューリヒ、一九四九年）、『通告』（小説、ダルムシュタット、一九五七年）、『オイルコンプレックス』（劇、エムスデテン［ヴェストファーレン］、一九五八年）、『秋の歌』（全詩集、ノイヴィート、一九六一年）、『根』（小説、カージミール・エートシュミットによる追悼文収録、ノイヴィート、一九六三年）。

カール・オッテンが——概説（序文）、跋文、作者紹介、著作目録などを収録して——発行した集成本には次のものがある。『予感と出発』★114（表現主義の散文集、ダルムシュタット、ノイヴィート、一九五七年）、『叫びと告白』（表現主義の戯曲集、ダル

★109　一九一四年八月一日、軍隊への反抗的態度が原因で彼はストラスブールで逮捕され、シュトゥットガルトで尋問された。そして、一九一五年末までテュービンゲンやコーブレンツに拘留された。

★110　一九一七年末、詩集『心の即位』が「行動（ディ・アクツィオーン）」誌の出版社から発行されたとき、オッテンは軍法会議にかけられ、労役兵としてコーブレンツの監獄に入れられた。そこでは赤痢に罹ったほか、瀕死の囚人たちとともに野戦列車の荷下ろし作業を命じられ、さまざまな苦難を体験をした。

なお、一九五九年にポケット版『人類の薄明』のためにオッテンが準備したが、発表されなかった文章は次のように書かれていた。「ロシアについて、私は数カ月後に評価を取り消した。それはパウル・レーヴィとフランツ・プェムファートによって訂正された。党派というものを否定していた私は、ドイツ共産党の小市民的（プチブル）で未熟なイデオロギーに警戒心を抱いた。本詩集に収められた私の詩は、詩集を装って発行された小冊子『心の即位』から採られていたが、その表題はこれまでと同様に今後も、あの時代の門に刻み込まれることだろう。……ドイツ人の自己解放への信念は、早くも一九一九年一月に深刻な悲観論に陥った。それについて、私は或る著作のなかで、二十年もすれば、軍司令部は報復戦争を始めることだろう、と書いていた」と(67)。

★111　第一次バルカン戦争を惹き起こしたトルコ人への抵抗を描いた作品。

★112　Toussaint L'Ouverture（一七四三年—一八〇三年）はハイチの奴隷解放者で、軍事的および政治的な指導者。ナポレオンが派遣したフランス軍二万人を撃退したが、捕らえられて獄死した。

★113　この小説は十五世紀のスペインの宗教裁判長トルケマーダによるユダヤ人迫害を歴史記録以上に詳細に描いた傑作であった。

ムシュタット、ノイヴィート、一九五九年）、『がらんどうの家――ユダヤ人作家の散文集』（シュトゥットガルト、一九五九年、のちの版は「ユダヤ人作家の散文集」という表題のみで発行）、『ショファ』（ユダヤ人作家の歌と伝説、ノイヴィート、一九六二年）、『表現主義――グロテスク』（表現主義の詩集、チューリヒ、一九六二年）、『エゴとエロス』（表現主義の珠玉散文集、ハインツ・シェフラーの跋文、シュトゥットガルト、一九六三年）。オッテンが編集した作品集は、『アルベルト・エーレンシュタイン作品集』（ノイヴィート、一九六一年）。

『僚友関係、独仏鉱山労働者』（企画と映画台本、一九三一年）。

カール・オッテンは、（ユリアーン・グムペルツとともに）『敵対者（デァ・ゲーグナー）――時代批評』誌を一九一九年から一九二二年まで（第一巻―第三巻）ベルリンで発行した。

カール・オッテンの遺稿は、スイスのロカルノに在住のエレン・オッテン夫人のもとに保存されている。

ルートヴィヒ・ルビーナー（Ludwig Rubiner）

私は自分の伝記を望まない。活動のみならず作品や年月日の列記は、個人主義的で部屋着を纏った芸術家の特性の不遜な過去の謬見に由来すると思っている。現在と未来に重要なのは、共同体に匿名で創造的に加わることだと信じている。

ルビーナーは一八八一年六月十二日に生まれ、一九二〇年二月二十七日にベルリンで死亡した。★[115] 彼はたいていベルリンに住んだが、パリに、また第一次大戦中はスイスにも住んだ。★[116] 彼は行動主義の非常に熱心な先駆者として、政治に参加する詩人、「人間中心的な意識」、全世界的な心性（グローバル・メンタリティ）を追求したので、――自身は首尾よく匿名を保ちつづけたが――表現主義の世代に大きな影響を及ぼした。★[117]

『インドのオパール』（推理小説、ベルリン、一九一二年）、『推理ソネット』（フリードリヒ・アイゼンロールおよびリヴィングストーン・

ハーンと共作、ライプツィヒ、一九一三年、挿絵入りの新装版はR・ブラウンとG・E・ショルツの共編でシュトゥットガルトで一九六二年刊）、『天上の光』（詩集、ライプツィヒ、一九一六年）、『中心にいる人間』（声明、ベルリン、一九一七年、新装版は一九二〇年刊）、『非暴力の人々』（戯曲、ポツダム、一九一九年[★118]）。

ルビーナーが編集・発行した作品には次のものがある。M・A・クズミーン著『アレクサンダー大王の偉業』（ミュンヘン、一九一〇年）、『トルストイ・日記』（チューリヒ、一九一八年）、『人類の盟友たち——世界革命のための詩集』[★119]（ポツダム、

★114　五一名の作家の散文作品を集成していたが、そのうちの二一人は（ウィーンやプラハの）ユダヤ系作家であった。これについてオーストリアの老練評論家フリードリヒ・ジーブルクは「ドイツ文学に対するウィーンとプラハの寄与がこれほどの重みをもつことは二度とないだろう」と述べた（68）。なお、その集成本には、「死して世界各地に眠るドイツの詩人の思い出に捧げる。彼らはいかなる苦難に在ろうとも、その名を清く保つべく故国の人々に自分の言語（ことば）で語りかけ、故国への帰還を待ち続けたのである」という彼の献辞が付されていた。

★115　H・シェフラーは、ピントゥスの記述を訂正して「生年は一八八二年、死亡日は二月二十六日」としたが、とくにルビーナーの生年月日については研究者の間で異なっていた。たとえば、P・ラーベは一八八一年七月十二日と、K・ペーターゼンは一八八一年六月二十一日としていた（54）。

★116　第一次世界大戦が勃発したために、間もなくパリから帰国したが、その年末に妻とともにチューリヒへ移った。当時、チューリヒにはおもにドイツ人亡命者が住む「亡命者居住区」があり、彼もそこに住んだ。なお、同区にはゴル夫妻、G・ランダウアー、ハルデコップフ、R・シッケレ、Fr・ヴェルフェル、A・エーレンシュタイン、作曲家ブゾーニ、画家ハンス・リヒター、W・レームブルックなども暮らしていた。

★117　ヴィエタによると、ルビーナーは行動主義を代表する詩人の一人で、彼の長行の詩形式と人間中心的な世界観にはホイットマンの影響を窺うことができるが、それらはルビーナーにおいて巧みに世俗化、あるいは神学化されていたという（66）。

★118　メシア信仰的な表現主義の最も重要な綱領のひとつとされる。

★119　死亡する一年前の一九一九年に二冊の集成本を発行したが、その一冊の『人類の盟友たち』は、ベッヒャーやシッケレなど、おもに左翼的行動主義者の戦中戦後の詩を収め、反戦と革命への意志を明確に表わしていた。その「あとがき」では、「この詩集に収められた詩はどれも、旧世界に抗する闘いと社会革命が新たな人間的国家の実現をもたらすという各詩人の信念を表明している。……革命詩の創造的側面、それは未来に向かって倫理的決断を明示することである」（69）と記されていた。

一九一九年）、『共同体――世界の精神的転換期の記録』★120（ポッダム、一九一九年）、『ヴォルテール小説集』（完全版、ポッダム、一九一九年）。

また、ルビーナーは雑誌『時代＝反響（ツァイト＝エヒョ）』の第三巻（ベルン、一九一七年）を発行したが、その第一号（五月合併号）は掲載論文のすべてを単独で書いた。第二、第三号には他の表現主義の作家たちの論文も掲載された。

ルネ・シッケレ（René Schickele）

一八八三年八月四日に生まれた。ツァーベルン（現在のサベルヌ）とシュトラースブルク（現在のストラスブール）の中高等学校（ギュムナージウム）に通った。ストラスブール、ミュンヘン、パリの各大学で学んだ。行なった旅行は、エルベ川以西のヨーロッパ各地、ギリシャ、パレスチナ、エジプト、インド。だが、どこであれ、現に居る場所がいつも一番すばらしい。いまはボーデン湖畔のスイスの漁村である。

私はドイツの詩人であり、ゴットフリート・フォン・シュトラースブルク★121と同様に、ドイツ語の形で出現するガリア＝アレマン★122の血筋である。私は、「併合」とか「返還」をだれも計画しなかった無敵の祖先たちに三度、敬意を表する。昨日はドイツ国民、今日はフランス国民。そんなことに私はまったく関心がない！　だが、自分たちの死刑執行人を精選しようとする人間（私の同郷人のほとんどがそれに属するが……）がいるのだ！　私の感覚的良心は、そこまでは堕ちない。征服者たちがそのサッカーボールをどちらへ蹴り入れるかなど、知ったことじゃない！　私には、国境の変更は、他のあらゆる国家的執行と同じく、株式取引所の売買（ゲーム）のひとつ程度なのだ。私はそれに関与しない。私はライン川なんの関係もない。こうした異端的な考えを私は前々から、とくに戦争中は、本気でもっていたので、私はライン川のこちら側でもあちら側でも、制服を着た無頼漢の間で評判が悪い。なかでも心理学者たちは毎年毎年、私を「信頼できぬ奴」と非難している。しかし、私はそれを一度も否定したことはなかった。神様が私の「信頼できぬ存在」を

お護りくださるように！

依然として私はドイツ文学に属している。[★123] **ドイツ文学を私は、正当にも——また、次第に明らかになっているが——ドイツの一般大衆の、装甲板で保護され、弾薬を装塡し、磨き上げた泡沫の嘘発言よりもはるかに偉大な現実として見ている。私の仲間のだれも、私の過失に因って私から去ることはないだろう。たとえふたたび戦争が始まろうとも、どんな軍国主義が次に現われようとも。私にはわかっている、これまで動物のなかで最も情けなかった人間が、いまや自分の状態に気づいたことが。そして、（歴史書にはまだ一人も記されていないが）解放のために加勢する者を妨害するものはなにもないということが。**

フランス人の母と、葡萄園経営のドイツ人の父の子供として（アルザスの）オーバーエーンハイムで生まれた。一九〇一年以降、ストラスブール、ミュンヘン、パリ、ベルリンの各大学で自然科学と哲学を学んだ。一九〇四年に結

★120　近代以降の世界の歴史的転換期に発表された思想家、芸術家、政治家の著述（抜粋）を集成した記録集で、そこにはルビーナーが敬愛した表現主義の画家（ファイニンガー、シャガール、ココシュカ、マーゼレール（＝マセレール）、レームブルックなど）の作品（図版）も収められていた。

★121　アルザスのストラスブール（独語名シュトラースブルク）の出身で、ドイツ中世の三大叙事詩人の一人とされる。代表作の叙事詩『トリスタンとイゾルデ』はドイツ文学史で古典作品として後世の文学に影響を与えた。

★122　gallisch-alemannish：「ガリア」は古代ローマ人が（今日の北イタリア、フランス、ベルギーに住む）ケルト族を呼んだ語。また、「アレマン」はライン川、ドナウ川の上流に住んだ西ゲルマン人の一種族を表わした。ちなみに、アルザス生まれのシッケレは第一次世界大戦終結後、国籍の選択をしなければ、フランス人になるという身上に苦悩していた。その状況で書かれたこの自伝文では、彼がドイツの詩人であり、あの宮廷叙事詩の巨匠ゴットフリート・フォン・シュトラースブルクに繋がるガリア＝アレマンの血筋であることが強調され、独仏間で翻弄されつづけたアルザス人の運命が激しい憤りと深い悲しみで訴えられていた。

★123　家庭ではドイツ語が理解できないフランス人の母親のためにフランス語が使われたが、学校ではドイツ語で教育を受けた。彼は自分を「（独仏の）国境の島」と呼んだように、二言語使用者であったが、作家としての活動領域はドイツ語であった。このことは、フリードリヒ・ベントマンなどの研究で明らかになっている（70）。

婚したあと、フリーの作家として暮らし、ギリシャ、イタリア、小アジア、北アフリカ、インドなどを旅行した。また、ジャーナリストとしてパリとベルリンに、第一次大戦中はチューリヒにも住んだ。ドイツとフランスの和解を求めて絶えず努力し、一九二〇年にシュヴァルツヴァルトのバーデンヴァイラーに移り住んだが、[★124] 一九三二年以降はフランス南東部のリビエラ（たいていサナリー・スュール・メール）に暮らした。彼は一九四〇年一月三十一日にヴァンスで死亡した。[★125] ［編纂者］

『夏の夜』（詩集、ストラスブール、一九〇二年）、『牧羊神（パーン）』（詩集、ストラスブール、一九〇二年）、『我が休息』（詩集、ベルリン、一九〇五年）、『生への騎行』（詩集、シュトゥットガルト、一九〇六年）、『異邦人』（小説、ベルリン、一九〇七年、新装版はライプツィヒで一九一三年刊）、『我が女友達ロー』（短篇小説、ライプツィヒ、一九一一年、増補版はベルリンで一九三一年刊、新装版は一九三五年刊）、『白と赤』（詩集、ライプツィヒ、一九一一年、増補版はベルリンで一九二〇年刊）、『幸福』（短篇小説、W・ヴァーグナーの挿絵入り、ベルリン、一九一三年）、『大通り（ブールヴァール）での叫び』（エッセイ集、ライプツィヒ、一九一三年、新装版はベルリンで一九二〇年刊）、『ベンカル――女たちの慰問男（いもんしゃ）』（小説、ライプツィヒ、一九一四年）、『トリムポップとマナッセ』（物語、ライプツィヒ、一九一四年）、『護衛』（詩集、ライプツィヒ、一九一四年）、『我が心、我が国土』（詩選集、ライプツィヒ、一九一五年）、『蚊の穴のハンス』[★126]（劇、ライプツィヒ、一九一五年、新装版はミュンヘンで一九二七年刊）、『エセ』（短篇小説、オトマール・シュタルケの挿絵入り、ライプツィヒ、一九一五年）、『ジュネーヴ紀行』（エッセイ集、ベルリン、一九一九年）、『十一月九日』（エッセイ、ベルリン、一九一九年）、『ドイツの夢想家』（散文、チューリヒ、一九一九年）、『少女たち』（物語三篇、ベルリン、一九二〇年）、『鐘楼で』（劇、ベルリン、一九二〇年）、『新入りたち』（劇、バーゼル、一九二〇年、新装版はシッケレの序文とエーミール・ビツァーの挿絵入りでバーゼルで一九二四年刊）、『我々は死にたくない！』（エッセイ、ミュンヘン、一九二二年）、『ラインの遺産』（全三巻の小説、ミュンヘン、一九二五年、『ラインの遺産』の第一部「マリア・カッポニ」、ミュンヘン、一九二五年／第二部「ヴォージュ山脈の眺め」、ミュンヘン、一九二七年／第三部「柵のなかの狼」、ベルリン、一九三一年）、『ジャズのための交響曲』（小説、ベルリン、一九二九年）、『国境』（エッセイ集、ベルリン、一九三二年）、『天上の風景』（散文詩、ハンス・マイトの挿絵入り、ベルリン、一九三三年、新装版は一九五六年刊）、『未亡人ボスカ』（小説、ベルリン、一九三三年、新装版はハンブルクで一九五一年刊）、『D・H・ローレンスの愛と醜聞』（エッセイ、アムステルダム、一九三五年）、『投瓶通信』（小説、アムステルダム、一九三七年、新装版はハンブルクで一九五〇年刊）、『帰郷（ル・ルトゥール）・未刊の回想記』（パリ、一九三八年、F・ハルデコップフ訳の独語版はストラスブールで一九三九年刊）、『遺産、ヴァルター・フォン・デア・フォーゲルヴァイデからニーチまでのドイツ詩』（アムステルダムで一九四〇年に発行された初版はナチスに焚（や）かれた。新装版はフライブルクで一九四八年刊）、『シッケレ作品集・全三巻』（ヘルマン・ケステン編、ケルン、一九六〇年）。

シッケレが独訳した作品には、バルザックの『谷間の百合』（ライプツィヒ、一九二三年）と『見捨てられた女』（ライプツィヒ、一九二三年）、フロベールの『ボヴァリー夫人』（ミュンヘン、一九二八年、新装版はチューリヒで一九三二年刊）がある。

シッケレが発行した雑誌は、『疾風人（デア・シュトゥルマー）——アルザスの芸術復興のための（月二回発行の）雑誌』[127]（ストラスブール、一九〇二年、第九号まで）、『批評家（デア・メルカー）』（オットー・フラーケと共同発行の（月二回発行の）雑誌、ストラスブール、一九〇三年、第三号まで）、『新雑誌（ダス・ノイエ・マガツィーン）』（ベルリン、一九〇四年七月から十二月まで）、『白草紙（ディ・ヴァイセン・ブレッター）』（ライプツィヒ、一九一三年九月から一九一六年三月まで／チューリヒ、一九一六年四月から一九一七年十二月まで／ベルン、一九一八年一月から十二月まで／ベルリン、一九一九年一月から十二月まで）。[128]

★124　ドイツ、フランス、スイスの三国の接点に位置するこの地はドイツにありながら、フランスに近く、独仏の融和を追求したシッケレの理想にかなっていた。その理念はさまざまな形で表明されたが、彼が精神的支柱としたロマン・ロランについて書いた評論では、「大作〈ジャン・クリストフ〉はドイツの作品でもフランスの作品でもなく、ヨーロッパの作品である。ロランの文学と行動のすべてではドイツにもフランスにもきわめて深い意義があった」と表現されていた。

★125　墓は、最初、ヴァンスにあったが、その後、夫人によってバーデンヴァイラーへ移された。また戦後、シッケレの記念碑とシュタードラーの記念碑をともにヴォージュ山中に建てる計画が出された。

★126　「一九一四年十月作」と付記されたこの劇は、第一次世界大戦中に独仏の狭間でアルザス人一家が経験したさまざまな苦難を描いており、シッケレ自身の戦争中の体験に基づいていた。彼はこの上演を時機尚早と思っていたが、一九一六年からドイツの多くの都市で合計九九回も上演され、大きな反響を呼んだ。その後、ドイツの軍部から「ドイツ国民の対仏抵抗心を弱める」との理由で上演禁止とされた。

★127　シッケレが一八歳のときにストラスブールで創刊した本誌は、責任編集者オットー・フラーケ、協力者シュタードラーを中心にアルザスの作家が参加した。創刊の辞でシッケレは「アルザスの芸術、文学が後進的と思われている誤解を解くために、若い芸術家（疾風人）の新しい独創性を世に示す文化的発信とする」と述べた。

遺稿は、バーデンヴァイラー在住のアンナ・シッケレ夫人とマールバッハa・Nのシラー国立博物館に保存されている。遺稿の大半は第二次世界大戦中に紛失したが、日記［その抜粋はP・K・アッカーマン編『国語教育の月刊誌』（一九五四年十一月）に掲載］と個別的な散文断篇は保存されている。

エルンスト・シュタードラー（Ernst Stadler）

一八八三年八月十一日にアルザスのコルマールで生まれ、ストラスブールで独語独文学の講師をし、第一次大戦の初めに西部戦線で死亡した。

一八八三年八月十一日に（ドイツ帝国領であった）アルザスのコルマールで検事の息子として生まれた。ストラスブールの中高等学校（ギュムナージウム）に通ったあと、ストラスブールと、一九〇四年からはミュンヘンでドイツ文学、フランス文学、比較言語学を学び、「パルツィファルの研究」で博士号を取得した。一九〇六年から一九〇八年までローズ奨学生としてオックスフォードで研究し、「ヴィーラントのシェイクスピア翻訳」について論文を発表した。これによって一九〇八年にストラスブール大学で教授資格を取得した。一九一〇年にブリュッセル自由大学に招聘されたあと、一九一四年からはトロント大学へ客員教授として赴任する予定だった。しかし、第一次大戦の勃発で、彼は砲兵将校として入隊することになり、一九一四年十月三十日、ベルギーのイーペル近くで英軍の砲弾に斃（たお）れた。彼の墓はストラスブール市内にある。シュタードラーはアルザス人として、友人ルネ・シッケレと同様に、フランスとドイツの和解を求めて絶えず努力した。彼の翻訳活動も、両国民の文学的関係についての学術研究も、両国の相互理解を願って行なわれた。★129［編纂者］

『前奏曲（プレリュード）』（詩集、ストラスブール、一九〇五年）、『出発』★130（詩集、ライプツィヒ、一九一四年、カール・L・シュナイダー編の新装版はハンブルクで一九六二年刊）、『バルザック小説集』（シュタードラー訳・概説の独語版、ストラスブール、一九一三年）、『フランシス・ジャム

——恭順の祈り』★131（シュタードラー訳の独語版、ライプツィヒ、一九一三年、増補版はライプツィヒで一九一七年刊、新装版はグラーツで一九四九年刊）。

『シュタードラー著作集・全二巻』（詩、翻訳、評論、書簡を収録、カール・L・シュナイダー編・概説の校訂版、ハンブルク、一九五四年）。

★128　アルザス人のシッケレは戦争反対者であったので、ドイツの愛国主義者たちから「アルザスのユダヤ人」反戦家、売国奴としてつねに攻撃された。そのために、彼が発行者であったこの文芸誌は、二回の休刊と（ライプツィヒ→チューリヒ→ベルン→ベルリンという）発行場所の変更を余儀なくされた。それは、「狂信的愛国主義（ショーヴィニズム）への抵抗」、「スイスでの反戦運動」、「理想的社会の追求」というように活動目標を変えながら、「第一次世界大戦中の反戦的記録」として重要な役割と意義をもった。なお、この文芸誌について、K・エートシュミットは「シッケレはつねに勇気があったが、彼を精神的に打ちのめした戦争の最中にアルザス人として、非常に重要だった雑誌の編集を引き受けたときは、とくにそうだった。そのために、彼は特別な嫌疑をかけられた。……〈白草紙（ディ・ヴァイセン・ブレッター）〉誌から発散した魅惑と魔力は、今日もなお私の心を打つ。この雑誌の第一号がどんなに私を感動させたかは言い尽くせない」と述べていた（4）。

★129　本書の初版に書かれた短い伝記的記録も編纂者ピントゥスによって書かれたものと思われる。ピントゥスはシュタードラーと面識がなかったうえに、シュタードラーに関する情報を提供できる関係者も当時、知っていなかったようである。ちなみに、シュタードラーの文学的活動は次のように大別される。ドイツ文学（O・フラーケ、ダウテンダイ、ヴェルフェル、シュテルンハイム、E・ブラス、ファン・ホディスなど現代作家）の研究と紹介。アルザスの文化と歴史の研究と紹介。ヨーロッパ文学（イプセン、ジャム、ロマン・ロラン、フランス抒情詩など）の研究と紹介。

★130　「ルネとラナッチュのシッケレ夫妻に」捧げられたこの詩集は、「逃走」、「宿駅」、「さまざまな鏡」、「憩い」の四章で構成され、そこにはシュタードラーの詩人および人間としての発展を辿ることができる。すなわち、過去の世界に決別して新しい世界へ出発し（「逃走」）、迷いと自省を繰り返しながら愛の体験を重ね（「宿駅」）、自分と現実世界の諸相に相対し（「さまざまな鏡」）、最後に故郷に安らぎの場を見出す（「憩い」）という、各行程を見ることができる。その詩集で彼は自分の文学的再出発を新生の意欲をもって世界へと旅立つ詩人（＝旅人）の姿に置き換え、その像（すがた）に託して、自分の内面的変化、生活感情、愛の体験などを、いわば生の見取り図のように多面的に形象化しようとしたと思われる。

★131　『白草紙（ディ・ヴァイセン・ブレッター）』誌・第五、六号（一九一二年）に掲載されたこの翻訳は、クルト・ヴォルフの目に留まり、叢書『最新の日』の第九巻として発行され、好評を博した。

アウグスト・シュトラム（August Stramm）

一八七四年七月二十九日、ヴェストファーレンのミュンスターで生まれた。オイペン（ベルギー）とアーヘンの中高等学校（ギュムナージウム）に通ったあと、彼自身は気乗りしなかったが、父親の願いを受け入れて郵便業務に就いた。大学を修了したあと、最初にブレーメン、次にベルリンで郵政省監督官になり、さらにベルリンの帝国郵政省へ配置換えになった。その間に、ハレで博士号を取得した。第一次大戦が勃発すると、予備軍指導官として召集された。七十以上もの戦闘や交戦を経験したあと、一九一五年九月一日にロシア軍への突撃のさいに、その中隊の最後の一人として死亡した。彼はロシアのホロデック近郊の墓地に葬られている。［ヘルヴァルト・ヴァルデン★132］

『聖女スザンナ★133』（戯曲、ベルリン、一九一四年）、『未成熟』（戯曲、ベルリン、一九一四年）、『荒野の花嫁』（戯曲、ベルリン、一九一四年）、『きみ―愛の詩★134』（ベルリン、一九一五年）、『めざめ』（戯曲、ベルリン、一九一五年）、『エネルギー』（戯曲、ベルリン、一九一五年）、『不毛の人々』（戯曲、ベルリン、一九一六年）、『できごと』（戯曲、ベルリン、一九一六年）、『人類』（ベルリン、一九一七年）、『滴る血』（遺稿詩集、ベルリン、一九一九年、大判の豪華版でも発行された）、『世界の痛み』（詩集、ベルリン、一九二二年）。

『シュトラム作品集』（全三巻の予定のうち第一、第二巻のみ発行。第一巻は「不毛の人々」、「未成熟」、「聖女スザンナ」、「荒野の花嫁」を、第二巻は「めざめ」、「エネルギー」、「世界の痛み」、「できごと」、「人類」を収める、ベルリン、一九一九年）、『きみの微笑は泣く』（全詩集、ヴィースバーデン、一九五六年、前掲の『シュトラム作品集』の未刊の第三巻の代替として発行された。シュトラムの娘インゲによる編集、概説。初期の詩集「きみ―愛の詩」、「滴る血」を収める）、『シュトラム全集』（詩と戯曲、ルネ・ラドリツァーニ編、ヴィースバーデン、一九六三年）。

遺稿は、ヴェストファーレンのミュンスター大学の図書館に保存されている。

ゲオルク・トラークル（Georg Trakl）

一八八七年二月三日、ザルツブルクで生まれた。一九一三年、二五歳のとき、軍営病院の薬剤師試補としてインスブルックへ行った。しかし、その仕事も他の仕事も、ほどなく辞め、第一次世界大戦が勃発するまでインスブルックのルートヴィヒ・フィッカーの家で暮らした。〈トラークルは外的な生活で次第にうまく対応できなくなりました。他方、彼の文学的な創造の源泉はますます深く掘り拓かれていきました。……大酒飲みで、麻薬常習者でありましたが、持ち前の気高く、精神的に非常に鍛えられた態度が失われることは決してありませんでした。ふだんは大変、穏

★132　シュトラムと『嵐（デァ・シュトゥルム）』誌の発行人H・ヴァルデンとの交際は、一九一四年四月に同誌にシュトラムの詩が掲載されたときに始まり、それ以降、次第に深まった。ヴァルデンはシュトラムの戦死を知るとすぐに『嵐（デァ・シュトゥルム）』誌（一九一五年九月号）の第一頁に次のような追悼の辞を掲載した。「アウグスト・シュトラム大佐。九月二日にロシアで戦死す。軍人で騎士、指揮官なり。偉大な芸術家で親しき友。貴兄の光輝は永遠なり」。さらにヴァルデンは同誌の十月号でも巻頭にシュトラムを追悼する小文を掲載した。また、『嵐（デァ・シュトゥルム）』誌の共同編集者R・ブリュームナーは、一九一六年以降、講演と朗読の会「〈嵐（デァ・シュトゥルム）〉の夕べ」で毎回シュトラムの詩を朗読した。シュトラムは「語（ことば）を音の複合体として捉え、その聴覚に作用する感覚的価値を重視する」詩作を行なったが、その基礎になった「言語芸術（ヴォルト・クンスト）」＝理論は『嵐（デァ・シュトゥルム）』誌の仲間のみならず、当時の前衛的芸術家にも大きな影響を与えた。

★133　一九一八年、実験的演劇集団「嵐＝劇場（シュトゥルム＝ビューネ）」の第一回公演で（言語芸術（ヴォルト・クンスト）の理論家ロータル・シュライヤーによって）上演された。春の夜の修道院で官能的な誘惑に駆られた尼僧スザンナの金切り声が、舞台に現われる物すべてと同様に音（ラウト）に還元される絶叫劇。なお、スザンナ（独語ズザンナ）は聖書のダニエル補遺では貞女とされるので、この作品の主人公はその反対形象である。

★134　一九一四年三月にH・ヴァルデンを訪ねたさい、彼を通じて未来派の文学を知った。それを機にそれまでおもに戯曲を書いていたシュトラムは詩を書き始めたが、その詩は音楽的で、とくに律動性に優れていた。ちなみに、シュトラムはチェロを演奏する音楽愛好家でもあった。

やかで、言い表わし難い沈黙状態をくり返すだけの話しぶりが、飲酒して夜が更けるうちに、しばしば奇妙なほど硬くなったり、閃光のような悪意を発することはありましたが、彼が酩酊状態でよろけたり、生意気になるのをだれも見たことはありませんでした。しかし、トラークルは、彼の弁舌の短刀を頭越しに向けられて黙り込んだ周囲の者たち以上に、その状況に苦しむことが多かったのです。なぜなら、彼は、そうした瞬間に心臓から血が噴き出すほど真剣な表情を示したからです。それ以外は、物静かで無口でしたが、決して人と打ち解けない人間ではありませんでした。それどころか、普通の気取らない人と、その人たちが「公正無私である」かぎりで、（さまざまな階層の人と）とくに子供とは、最も善良で最も人間的な方法で語り合うことができました。彼には世俗的な財産はありませんでした。本の所有も次第に不要と思うようになり、最も崇敬していたドストエフスキーの全集も「投げ売って」しまいました。……その後、戦争が始まり、彼は以前と同じく薬剤師試補として移動病院とともに戦場へ、ガリチア地方へ行きました。最初は周囲とも打ち解け、憂鬱からも救われていたように見えました。しかし、その後――グロデクからの退却のあと[★135]――クラクフの軍営病院から助けを求める魂の叫びのような葉書が数枚、私に届きました。彼は精神状態を観察するために、そこへ入っていたのでした[★136]。すぐに決心して、私はクラクフへ向かいました。そして、そこで私はその忘れ難い友人と最後の衝撃的な面会をしたのです。私はクラクフでも、そこからウィーンへ帰る途でも、彼が在宅で看護を受けることができるようにあらゆることを試みました。しかし、私がまさに家に着いたとき、彼が死亡したという報せを受け取りました。トラークルは一九一四年十一月三日から四日にかけての夜に――おそらく、彼が服んだ過剰な量の劇薬の作用で――一日中、断末魔の苦しみに喘いだあと、死亡したのです。しかし、彼の最期は依然として闇につつまれたままです。なぜなら、彼の生が燃え尽きる最後の時間に、彼を看ていた男性がもはや彼のところへ派遣されなかったからです。ハルシュタット出身の鉱山労働者で、トラークルの世話を任されていたマティアス・ロートという名のその男性[★137]は、トラークルの埋葬のさいに葬送者としてその場にいた唯一の人間でした。〉（一九一九年、編纂者ピントゥスに宛てたルートヴィヒ・フォン・フィッカーの報告より）。

ルートヴィヒ・フィッカーは彼が発行した『ブレンナー』誌[★138]に一九一二年以来、トラークルのほとんどすべての詩を掲載していたが、彼の報告に少しの記録を追加したい。トラークルは、鉄鋼商トビーアス・トラークルの六人の子供の四番目に生まれた。ザルツブルクの中高等学校（ギュムナージウム）に通い、三年間の試補を終えたあと、ウィーンで薬学を学び、修士の学位を取得して軍の薬剤部で働いた。一九一二年五月から一九一四年八月まで、彼はたいていインスブルックで暮らし、その最初の半年は軍営病院の薬剤師試補を務めた。その間、一九一三年一月に彼は予備役へ編入され、ウィーンで自活を三度、試みたが、うまくいかず、そのたびにインスブルックへ帰った。同地では、結局ルートヴィヒ・

★135　グルデクとも発音されるが、この地はポーランドのクラクフとリボフのほぼ中間にあり、当時はオーストリア＝ハンガリー帝国の領土であった。一九一四年、オーストリア軍と連合軍がこの地で激戦を交え、トラークルはここでロシア軍との戦闘を見た。なお、死の直前にルートヴィヒ・フォン・フィッカーに送られたとされる、彼の最後の詩は「グロデク」という題名で、次のように詠われていた。「太陽はひときわ暗く落ちてゆく／夜はつつむ／死にゆく兵士たちを、その砕かれた口からもれる惨い嘆きを……」と。

★136　トラークルはグロデクでピストル自殺を図ったために、精神状態を調べるためにクラクフの病院へ入れられた。彼は、そのすべては自分を裏切り者として後日、処罰するために、行なわれたことと思い込み、抑鬱症に罹り、追跡妄想に悩んだ。彼は十月末に遺言を認（したた）めて、その後に（おそらく）ベロナールを服んだとされる。

★137　K・エートシュミットは次のようなマティアス・ロートの言葉を紹介して、トラークルの心優しさを伝えている。「上官はいつも私のことを気にかけてくださいました。このことは生涯、忘れません。十一月三日の晩にはまだお元気で、六時半にはまだ優しくこうおっしゃっていたのです。〈朝の七時半にブラックコーヒーを一杯もって来てください。さあ、もう行って休みなさい〉と言われたのです。そして、四日には、もう事情が変わっていました。ご主人様にはもうコーヒーは要らなかったのです。夜のうちに神様がお召しになったのですから……」と（4）。

★138　一九一〇年六月にインスブルックで創刊された「芸術と文化のための（月二回発行の）雑誌」。ブレンナー峠の名前を表題にし、カール・クラウスの『炬火（ディ・ファッケル）』誌を意識して、ルートヴィヒ・フォン・フィッカーが発行したが、両誌の間には交流が生まれた。

フィッカーが彼を受け入れて面倒をみた。トラークルは友人たちの支援でヴェネチア、ベルリン、(イタリア北部のアルプス山麓の)ガルダ湖へ短期間の旅行をすることができた。一九一四年八月の終わりに、彼は野戦病院の医療班とともにガリチアの前線へ行った。「グロデク近くの戦闘のあと、彼は倉庫で九十人もの重傷兵を──結局、救うことはできなかったが──一人で救護しなければならなかった」。この勤務に彼は力尽きた。──一九二五年の秋、トラークルの遺骸はチロルへ運ばれ、インスブルック近くのミューラウの墓地に葬られた。[編纂者、『ゲオルク・トラークルの思い出』(インスブルック、一九二六年)の資料に拠る]。

『詩集』(ライプツィヒ、一九一三年)、[139]『夢のなかのセバスチャン』(詩集、ライプツィヒ、一九一五年)、『詩集』(最初の全詩集、カール・レック編、ライプツィヒ、一九一七年/以後の重版はツヴィカウで一九二八年/ザルツブルクで一九三八年以降発行)、『孤独な者の秋』(詩集、ミュンヘン、一九二〇年)、『逝った者の歌』(詩集、〈インゼル叢書〉ライプツィヒ、一九三三年)、『黄金の杯から』(初期の詩集、エアハルト・ブシュベック編・序文、ザルツブルク、一九三九年、増補版はザルツブルクで一九五一年以降刊)、『トラークル全詩集』(クルト・ホルヴィッツ編、付録「証言と回想」を収録、チューリヒ、一九四五年)、『啓示と没落』(散文集、アルフレート・クービンのペン画入り、ザルツブルク、一九四七年)。

『トラークル全集・全三巻』(W・シュネディッツ編、第一巻:詩、第二巻:「黄金の杯から」、初期の詩、第三巻:遺稿と伝記──詩、書簡、写真、エッセイを収録、ザルツブルク、一九四八年以降刊)、校訂版『トラークル全集』(ヴァルター・キリー編、全遺稿と書簡をも収録)は発行準備中。[140]

フランツ・ヴェルフェル (Franz Werfel)

一八九〇年にプラハで生まれ、ハンブルクとライプツィヒに暮らし、いまはウィーンに住む。

ヴェルフェルは、一八九〇年九月十日にプラハで大変裕福な手袋製造業者の息子として生まれた。父親はヴェルフエルの創作活動を知って非常に驚き将来を案じた。そのために、ヴェルフェルは中高等学校（ギュムナージウム）を終えると、ハンブルクの輸出商社へ商業見習いに出された。最初の詩集『世界の友』★141が発行されたあと、彼は一九一二年にライプツィヒのクルト・ヴォルフ社に原稿審査係として招かれた。そこで彼は、ハーゼンクレーヴァーやピントゥスとともに、表現主義の世代の多くの詩人や彼らに共鳴した年輩の詩人が友好的な指導と支援を得るに至った文学者集団の中核を形成した。

★139　クルト・ヴォルフ社の叢書『最新の日』の第七／八巻で発行された。トラークルのこの最初の作品出版は、ハイムの場合と同様の方法で実現した。すなわち、クルト・ヴォルフは一九一三年四月一日にトラークルに手紙を書き、彼の詩集を出版するために原稿を送るように依頼した。これに対して、トラークルからは早くも四月中旬にヴォルフのところへ原稿が送られてきたという。

★140　このピントゥスの記録のあと、一九六九年に『作品と書簡』(Dichtungen und Briefe) という表題で、ヴァルター・キリーとハンス・スクレナーの共編でオットー・ミュラー社（ザルツブルク）から二巻が発行された。ちなみに、そのだいたいの収録内容は、第一巻：詩、「夢のなかのセバスチャン」、『ブレンナー』誌（一九一四年―一九一五年）に掲載の著作、その他の生前に発表の著作、遺稿、書簡。第二巻：編纂報告、詩集と書簡の補足資料、記録、証言、トラークル宛ての書簡、生涯編年史、索引であった。

★141　朗読会でマックス・ブロートが（自身の詩に代えて）発表した詩を集成した詩集。ブロートは最初、その原稿をエルンスト・ローヴォルト社へ送ったが、すげなく送り返されたために、アクセル・ユンカー社へもって行き、同社から一九一一年十二月に発行された。この詩集が大成功を収めたことによって、ヴェルフェルの文学活動に反対した父親も彼がライプツィヒのクルト・ヴォルフ社で働くことを許可した(43)。
　この詩集が発行されたとき、カール・クラウスは、そのなかの三篇を『炬火（ディ・ファッケル）』誌に賞賛とともに掲載した。当時、同誌はクラウスの作品以外はほとんど掲載しなかったので、ヴェルフェルの詩の掲載はとくに注目を集めた。

　なお、W・ハースは『世界の友』について「それを読んで、自分に語りかけていると感じない人間、心を躍らせない人間は、およそ芸術に感動することがない人間である。……それは繊細な詩集である。不出来の詩も、自分を皮肉っている詩もあるが、それは一詩集以上のものである。それによって人生の善良で幸福な一日を作り出すことができるのだから」(41) と述べた。実際、その詩集は同世代の詩人のみならず、リルケやリサウアーなどからも称賛されたという。ちなみに、カフカはそれを読んだときの感動を日記に「昨日の午前中、私の頭は蒸気で飽和したような状態だった。その感動にそのまま気を失うのではないかと、一瞬、恐ろしくなった」と記していた。

した。[★142]そして、一九一五年から一九一七年までオーストリア兵として出征した。[★143]その後、ウィーンで作曲家マーラーの未亡人アルマ・マーラーと知り合い、[★144]死ぬまで彼女とともに暮らした。

一九二五年にグリルパルツァー賞を、[★145]一九二七年にシラー賞を受けた。ヴェルフェル夫妻はどこに住んでいても――二人はウィーン、（東アルプス越えの峠）ゼメリングの麓のブライテンシュタイン、ヴェネチアに暮らし、また頻繁に中近東へも旅行したが――つねにあらゆる領域の芸術家集団の中心であった。一九三八年にヒトラーの軍隊がオーストリアに侵攻したとき、夫妻はフランス――最初はパリ、[★146]次は南仏の海岸――へ逃れた。早めにスペインへ逃げようという試みは失敗したが、ルルド（フランス南西部ピレネー山麓の町）[★147]に避難地を見出すことができた。そこで、ヴェルフェルは、もし自分たちに自由への道が開かれるならば、聖女ベルナデットについての作品を書こうと誓った。夫妻は極秘の道を歩いてピレネー山脈を越え、[★148]スペインに着き、さらにポルトガルから――一九四〇年十月に――ニューヨークに辿り着き、ハリウッド＝ビバリーヒルズに住むことができた。その後、ヴェルフェルは彼が誓った約束を果たした。[★149]一九四三年、彼は二度の心臓発作に襲われた。そして、一九四五年八月二十七日に、『一九〇八年から一九四五年までの詩』[★150]の校正中に心臓発作に襲われ、手にペンをもったまま死亡した。［編纂者］

『世界の友』（詩集、ベルリン、一九一一年／改訂第三版はライプツィヒで一九一八年刊）、『誘惑――詩人と大天使およびルチフェルとの対話』（ライプツィヒ、一九一三年）、『われわれは在る』[★151]（新詩集、ライプツィヒ、一九一三年）、『たがいに』（頌詩、歌、空想、ライプツィヒ、一九一五年）、『エウリーピデースのトロイアの女たち』（ドイツ語の改作、ライプツィヒ、一九一五年）、『三王国の歌』（詩選集、ライプツィヒ、一九一七年）、『審きの日』（全五巻の詩集、ライプツィヒ、一九一九年）、『現代の鬼才』（ヴェルフェル特集号、〈物語、詩、断篇〉ウィーン、一九一九年）、『遊び場』（空想小説、ミュンヘン、一九二〇年）、『鏡人』（魔術的三部作、ミュンヘン、一九二〇年）、『殺した者じゃなく、殺された者に罪がある』[★152]（短篇小説、ミュンヘン、一九二〇年）、『至福の園（エーリュシオン）からの客』（空想戯曲、ミュンヘン、一九二〇年、この作品は一九一一年に文芸誌『アルカディア』で初めて発表された）、『雄山羊の歌』（戯曲、ミュンヘン、一九二一年）、『アリア』（ライプツィヒ、一九二二年）、『シュヴァイガー』（悲劇、ミュンヘン、一九二二年）、『真昼の女神』（魔術的演劇、ミュンヘン、一九二三年）、『誓約』（詩集、ミュンヘン、一九二三年）、『ファレスとマクシミーリアーン』（史劇、ウィーン、一九二四年）、『ヴェルディ』（歌劇小説、ウィーン、一九二四年）、『ユダヤ人のなかのパウロ』（伝説劇、ウィーン、一九二六年）、『ヴェルフェル詩集』（「世界の友」、「われわれは在る」、「たがいに」、「審きの日」、「新詩集」を収録、ウィーン、一九二七年）、『小市民の死』（短篇小説、ウィーン、一九二七年、新装版はアルフレート・クービンのペン画入りでウィーンで一九二八年刊）、『或る人間の秘密』（短篇小説集、「疎外」、「或る

★142　当時、多くの詩人たちと親交があったW・ハースはヴェルフェルを「二十世紀最大の詩人」と評価していた。彼によれば、ヴェルフェルは数日おきに新しい詩をもってクルト・ヴォルフ社の仲間を訪れた。それらの詩は、のちに詩集『われわれは在る』、『たがいに』に集成された。ヴェルフェルの詩才に圧倒されて、ピントゥスは一九一三年まで行なっていた詩作を止めてしまったということであった（41）。

★143　オーストリア帝国軍の将校試験に合格していなかったので、伍長として砲兵隊に配属され、北イタリア、東ガリチアへ出征した。その間に、軍隊で問題行動を数々起こしたが、一九一七年七月に前線勤務を解かれ、ウィーンの戦時情報局へ移った。

★144　伝記によれば、ヴェルフェルは一九一四年にプラハの軍営病院でゲルトルート・シュピルクと知り合い、彼女と結婚しようと考えたが、一九一七年にアルマ・マーラーと出会い、一九二九年にアルマと結婚した。なお、アルマはヴェルフェルより一一歳年上で、当時、建築家グロピウスの妻だったので、ヴェルフェルと結婚するためにグロピウスと離婚した。

★145　十九世紀オーストリアの劇作家の名前を冠したこの賞は、戯曲『ファレスとマクシミーリアーン』に対して授与された。それは冷酷な新興勢力の世界支配の前に滅びてゆくメキシコ皇帝の悲劇を描いた傑作であった。

★146　一九三三年にヴェルフェルはシッケレやG・カイザなど十四名の作家とともにプロイセン芸術院から追放され、彼の本は禁書や焚書になった。そして、パリでは彼は身柄引き渡し人リストの最初に記されていた。彼は「水晶の夜」のユダヤ人襲撃に対してヒトラーに抗議文を書いたほか、第二次世界大戦が始まると同時にナチスと闘うために——入隊検査で不合格になったものの——チェコ軍への入隊を志願したとされる。

★147　聖母マリアに会ったという羊飼いの少女ベルナデット（一八四四年—一八七九年）縁の地。

★148　ナチスがフランスに侵攻するのを恐れて、ヴェルフェル夫妻は数人の友人とともに徒歩でピレネー山脈を越えたが、そのなかにはH・マン夫妻、リオン・フォイヒトヴァンガー、ゴーロ・マンもいたという。

★149　一九四一年に完成した『ベルナデットの歌』は、ヴェルフェルの名前を世界的なものにした傑作であり、『聖処女』という題名で映画化され、ドイツでも上映された。

人間の秘密」、「ホテルの階段」、「喪愁の家」を収録、ウィーン、一九二七年）、『高校クラス会――青少年の非行物語』（ウィーン、一九二八年）、『新詩集』（ウィーン、一九二八年）、『バルバラ、あるいは敬虔さ[★153]』（小説、ウィーン、一九二九年）、『戯曲集』（「トロイアの女たち」、「ファレスとマクシミーリアーン」、「ユダヤ人のなかのパウロ」を収録、ウィーン、一九二九年）、『ボヘミアの神の王国――或る指導者の悲劇』（ウィーン、一九三〇年）、『ナポリの兄姉』（小説、ウィーン、一九三一年）、『現実主義と精神性』（講演、ウィーン、一九三一年）、『小世帯[★154]』（短篇小説、アルフレート・クービンの挿絵入り、ウィーン、一九三一年）、『神を信じずに生きられるか？』（講演、ウィーン、一九三二年）、『ムーサ・ダグの四十日[★155]』（全二巻の小説、ウィーン、一九三三年）、『眠りと目覚め』（新詩集、ウィーン、一九三五年）、『約束の道』（聖書劇、ウィーン、一九三五年、『神の道』という題名でクルト・ヴァイルの音楽とともに一九三七年にニューヨークで上演）、『あの声を聴け』（小説、ウィーン、一九三七年、一九五六年に『エレミア・あの声を聴け[★156]』という題名でフランクフルト・a・Mで発行された）、『或る夜に』（劇、ウィーン、一九三七年）。

『人間の完全な幸福について』（講演、ストックホルム、一九三八年）、『横領された天国』（小説、ストックホルム、一九三八年）、『三十年間の詩』（ストックホルム、一九三九年）、『ベルナデットの歌』（小説、ストックホルム、一九四一年）、『薄青い女文字』（短篇小説、ブエノスアイレス、一九四一年）、『ヤコボフスキーと大佐』（悲喜劇、ストックホルム、一九四二年）、『復元された十字架の実話』（ロサンゼルス、一九四二年）、『生まれざる者たちの星[★157]』（旅行小説、ストックホルム、一九四六年）、『一九〇八年から一九四五年までの詩』（ロサンゼルス、一九四六年、アードルフ・クラールマン編の新装版はフランクフルトa・M・で一九五三年刊）、『天上と地上の間』（三講演と神学講話、ストックホルム、一九四六年）。

ヴェルフェルが（エーミール・ザウデクとともに）独訳した[★158]作品は、オトカル・ブジェズィナの『真夜中から真夜中への風』（ミュンヘン、一九二〇年）と『泉の音楽』（ミュンヘン、一九二三年）。ヴェルフェルが序文を書いた作品は、ペトル・ベズルチ（ルードルフ・フックス訳）『シレジアの歌』、パリ亡命中に事故死したエーデン・v・ホルヴァートの小説『現代の子供』（アムステルダム、一九三八年）。ヴェルフェルが跋文を書いた作品は、カール・ブラント『ある若者の遺産』（J・ウルツィーディル編、ウィーン、一九二〇年）。そして、概説を書いた作品は、ヘルマン・ボルヒャルトの小説「カーペンター家の陰謀――ある支配階級の歴史物語」（ニューヨーク、一九四三年）。

★150　この詩集は、一九四六年にロサンゼルスでパシフィクプレスの私家版として発行された。そこには、アルマが一九四六年八月に書いた次のような文章が付されていた。「本書に収録の詩がヴェルフェルの不朽の作品の主要部分を占めることを確信しています。彼は生涯を閉じる最後の月に、それまでに書いた詩から最も優れていると思った詩を選びました。そして、最後の瞬間まで、この選集のために力を尽くしました。……（何度も推敲して）……自ら心血を注いだ本書のために新たに詩を書くこともしました。ヴェルフェルの詩は、多くの人の心に生きつづけることでしょう」。この詩集の改訂版『一九〇八年から一九四五年までの詩』は、アルマの希望に拠ってアードルフ・D・クラールマンの編集でS・フィッシャー社から（一九四六年の私家版から数篇を除外して）一九五三年に発行された。

★151　詩人パウル・クラフトはこの詩集について「ヴェルフェルはハイムと対照的だった。……ハイムは（体験したすべてを歪んだ赤い形象として認識したので）監獄、精神病院、大都市、盲人、死の悲劇などのモティーフを灰色のグロテスク模様へと、戦慄がよぎる詩句へと圧縮した。それに対して、ヴェルフェルは日常生活を、日々の苦労や平穏を、幼年期のほの暗い、疼くような痛みが残る体験を、光明を放って輝きつづける体験を、物悲しさのなかにも温かい光を発する善良で快い詩句のなかに映していた」と述べた。

★152　妻アルマがこの題名をつけたのであるが、これはアルバニアの諺にある文句である。

★153　ヴェルフェルが敬愛する乳母バビの像（すがた）を描いたとされる。なお、バビはヴェルフェルの作品にさまざまな人物像――たとえば『横領された天国』では女中として――で現われていた。

★154　この作品の原題「Kleine Verhältnisse」には、ほかに「一日限りの情事」という意味もあるが、「小世帯」の意味は、作中人物フーゴが二一歳の女家庭教師エルナの家のことを尋ねたさいに、母親が（エルナの家庭は）「所帯が小さい」と言って説明する箇所に拠っている。これが一九三七年に『貧しい人々』(Poor People) という表題でニューヨークで発行されたとき、ヴェルフェルは「ドイツ語の原題にはいくつもの意味があり、どれも内容を正しく表わしている、すなわち、それは（一）食べるのが精一杯の貧しい生活状態、（二）エルナの束の間の情事、（三）少年が年上の女性に抱く淡い恋心などを表わしている」と注釈していた。実際、主人公はエルナを通じて貧しい人々の生活を知り、社会的視野を広げる一方で、エルナの恋愛事件を傍観しながら自分の性にも目覚めてゆくのである。

★155　この作品は一九三四年にドイツで発売禁止となったが、アメリカでは英訳が出ると、数週間ベストセラーになるという人気を博した。内容は、第一次世界大戦当時、トルコ政府が行なったアルメニア人の追放、虐殺に対するアルメニア人の抵抗の実話を小説化したものである。

さらに、ヴェルフェルは（リヒャルト・シュペヒトとともに）『ヴェルディの書簡集』（ウィーン、一九二六年）を編集し、ヴェルディの数々のオペラ（『シモン・ボッカネグラ』、『ドン・カルロス』、『運命の力』など）の独訳や翻案も行なった（F・M・ピアーヴェのイタリア語の自由訳とオペラ上演用のドイツ語の改作）。

ヴェルフェルの作品集は、アードルフ・クラールマンの編集で一九四八年以降、順次発行されている。これまでの発行は――小説『二つの世界の物語集』の復刻版のほかに――第一巻（ストックホルム、一九四八年）、第二巻（フランクフルト・a・M、一九五二年）、第三巻（フランクフルト・a・M、一九五四年）であるが、そこには以前に単行本や雑誌で発表された小説のすべて、数篇の遺稿作品、とくに未発表の小説『古代神殿の内陣』が含まれている。これ以後に、『一九〇七年から一九四五年までの詩』（フランクフルト・a・M、一九五四年）、『戯曲集・全二巻』（フランクフルト・a・M、一九五九年）、『天上と地上の間』（遺稿の未発表部分を増補した新装版、フランクフルト・a・M、一九六四年）が発行されている。その他、ヴェルフェル全集の部分選集『中王国』がA・クラールマンの概説付きでグラーツとウィーンで一九六一年に発行された。なお、ヴェルフェルの膨大な遺稿（初稿、断篇、草案）はニューヨーク在住のアルマ・マーラー＝ヴェルフェル夫人のもとに保存されているほか、カリフォルニア、ロサンゼルス、エール、ニューヘブン、コネチカットの各大学にも保存されている。

アルフレート・ヴォルフェンシュタイン（Alfred Wolfenstein）

私は幾日もかけて生まれてきた。[★159] にもかかわらず、世界の光のなかへ生まれなかった者は、暗闇のなかで自分の生を辿ることができない。私は六歳で監獄のような学校へ入り、のちにそこから材木置場の暗い森へ来たが、ふたたび学校へ戻された（我々の運命が初期に発した命令のひとつは、或る無を別の無と取り替えることができるのを喜べ！であった）。そして、私は新たに若者と仲良くなったが、彼らとの友情は――一人の娘が現われるまでは――愛と無

緑のわびしい日々を楽しいものにした。その後、私は軽率にもパリへ心惹かれて行ったが、やがて無気力とともにそこからヨーロッパの不安定な中心へ、血と金銭(かね)の世界の少数者居住区(ディアスポラ)へ帰って来た。そして、私はドイツの最南で無名の労働者たちの精神の燃焼を見て、同地のすぐに沈む風変わりな高い島で、永遠に輝いて起こりつづける闘争に遭遇した。そこでは模擬革命の集会から真実の声が、誰とはわからない大声が上がり、人間を虐げている愚鈍に抗して友愛という時代の合言葉が感動的な方法で響いていた。だが、先頭に立って闘っていた二人の男性の殺害は、あたかも父親を失ったかのような衝撃を受けた。しかし、これらすべては暗闇のなかに留まっている。

なぜなら、存在するのは、我々自身が点す世界の光だけだから。伝記は存在しない。人間が生み出さない言葉は、どれも静かに消え失せる。人間が形成するものだけが訴えることができる。人間を形成するために！　それが作品なのだ。人間が産み出すまで、何人も生まれない。幽霊のままである。人間の誕生は開始ではなかったから、死には締め括るなにものもない。それは我々の星のように輝く自由であり、虚偽の生の永遠の危機である。しかし、あらゆる文学はその危機を嘲笑してこう告げるのである。我々自身が我々を生み出すのだ。我々の形姿(すがた)を見ない者だけが我々の葬式に訪れるだろう、と。★160

ヴォルフェンシュタインは一八八八年十二月二十八日にザーレ川沿いのハレで生まれた。やがて一家はベルリンへ

★156　アルマはしばしばヴェルフェルの作品を原稿段階で勝手に変更していた。この作品の題名変更もアルマによって行なわれたとされる。

★157　この長大な小説は十万年後の世界を描いており、時は一〇一九四三年、所はカリフォルニアに設定され、豊かな想像力が発揮された未来小説と言うことができる。

★158　W・ハースによれば、ヴェルフェルがチェコの詩人の紹介に努めたのは、マックス・ブロートを通じてチェコの芸術・文化に親しむ機会を得ていたことに拠るとされる（41）。

★159　ヴォルフェンシュタインの生年月日、とくに生年は不確かであった。彼自身はピントゥスが記したように、一八八八年十二月二十八日と述べていた。しかし、生地ハレの戸籍簿では一八八三年と、またK・ヒラーはヴォルフェンシュタインから一八八五年と聞いていたという。そして、彼の妻や親族は正確な生年を知らなかったということであった。

移り住み、同地で彼は法学博士号を取得し、フリーの作家として活動した。一九一六年から一九二二年まではミュンヘンに、その後は、ふたたびベルリンに住んだが、逮捕される危険があったために、プラハへ逃げた。そして、そこから、ドイツ軍が侵攻を始めるなか、一九三九年に飛行機でパリへ逃れた。

ドイツ軍がパリに侵攻したとき、ヴォルフェンシュタインは逃亡を試みたが、ロワール河畔で秘密警察に捕えられ、投獄された。三カ月後にラ・サンテの監獄から釈放されたが、その後の数年間は――たいていフランスの南海岸の農家の納屋や家畜小屋に――身を隠さねばならなかった。ようやく偽名を使ってパリへ戻ることができたが、疲労困憊のつづいたこの時期に、彼は現代の若者を描いた小説を書いた。その主人公には息子の名前フランクを付けた。さらに、彼は自ら詩選集の編纂にも取り組んだ。パリが解放されたとき、彼は重い心臓病を患って小さなホテルの一室で横たわっていた。間もなく彼はロスチャイルド病院に移されたが、心臓病に加えて重い鬱病にも罹り、そのために、そこで一九四五年一月二十二日に自ら生命を絶った。［編纂者］

『神なき歳月』（詩集、ベルリン、一九一四年）、『身ひとつの人々』（詩、ミュンヘン、一九一七年）、『友情』（詩集、ベルリン、一九一七年）、『活動的な男』（短篇小説、ミュンヘン、一九一八年）、『人間的な闘士』（詩選集、ベルリン、一九一九年）、『正義の戦い』（詩、ドレスデン、一九二〇年）、『死への突撃』（戯曲、ベルリン、一九二一年）、『男』（五場面構成の詩、フライブルク i・Br、一九二二年）、『ユダヤ的本性と新しい詩』（エッセイ、ベルリン、一九二二年）、『男』（劇詩集、ベルリン、一九二二年）、『殺人者と夢想家』（三場面構成の詩、ベルリン、一九二三年）、『側兵』（詩、デッサウ、一九二四年）、『星辰の下で』（短篇小説、デッサウ、一九二四年）、『島の愚者』（戯曲、ベルリン、一九二五年）、『空へ伸びる木々』（戯曲、ベルリン、一九二六年）、『網』（一幕物六篇、ベルリン、一九二六年）、『運動』（詩集、ベルリン＝ヴィルマースドルフ、一九二八年）、『断頭の前夜』（戯曲、シュトゥットガルト、一九二九年）、『セレスティナ』（劇、ベルリン、一九二九年）、『危険な天使たち』（物語三十篇、メーレン＝オストラウ、ライプツィヒ、一九三六年）。

ヴォルフェンシュタインが編集・発行した雑誌は、『興起（ディ・エアヘーブング）――新しい創作と評価のための年報』（第二巻まで発行、ベルリン、一九一九―一九二〇年）、『パリ通信――時事報告集』（ベルリン、一九三一年）、『民衆の声、あらゆる時代と国の名詩集』（アムステルダム、一九三八年）。

ヴォルフェンシュタインが翻訳した作品は、ジェラール・ド・ネルヴァルの『物語集・全三巻』（ミュンヘン、一九二一年）、パーシー・B・シェリーの『詩集』と詩劇『チェンチ一族』（ベルリン、一九二二年）、E・A・ポーの『アーサー・ゴードン・ピムの冒険物語』（ベルリン、一九二二年）と『死刑執行人サンソン一家の回想録』（ベルリン、一九二四年）、ポール・ヴェルレーヌ『言葉なき恋歌』（ベルリン、一九二五年）、A・ランボー『生涯と作品、書簡』（ヴォルフェンシュタイン編・訳、ベルリン、一九三〇年）、ヴィクトール・ユゴー『九十三』と『死刑囚最後の日々』。

『アルフレート・ヴォルフェンシュタイン・作品概説と作品選集』（カール・ムッム編、ヴィースバーデン、一九五五年）。

遺稿は、ヘンリエッテ・ハルデンベルク＝フランケンシュヴェールト夫人と、ロンドン在住のフランク・ヴォルフエンシュタインのもとに保存されている。そのなかには、フランスの監獄で書かれた連環詩「捕虜」★161と小説『フランク』も含まれている。

パウル・ツェヒ (Paul Zech)

読者のあなたへ！　自画像というものにつねに完全な客観性を期待しないように！　鏡に映った映像はどんな場合

★160 生年も生地も記していないこの自伝文は、ヴォルフェンシュタインが「伝記などは存在しない」と言っていたように、自分を創る人間と、その人間が形成する作品こそが重要であるとする彼の信念を表わしていた。しかし、このいささか謎めいた自伝文は、一九一九年までのヴォルフェンシュタインの生を綱領的に表わしていた。すなわち、彼はハレで生まれ、同地の学校に通ったが、そこを中退して木材取引場で見習いをし、その後、ふたたび学校生活に戻った。少年期以降ベルリンに暮らし、青年期はおもに『行動（ディ・アクツィオーン）』誌を拠点に創作をした。だが、大戦中の一九一五年からは「ドイツの最南」のミュンヘンで行動主義の活動をした。そして、彼は労兵評議会の運動に加わるなかでランダウアーやアイスナーの殺害を経験した。この自伝文はまさにその混乱と衝撃のなかで書かれた。

でも化粧（ふんしょく）の汚点（しみ）としてどこかに残ります。しかし、私の頭部の形は基本的にあなたにどう関係するのでしょうか？ また、私の上腕が神へ届こうとして逞しく振り上げられるとき、その外形（かたち）はあなたにどう関係するのでしょうか？ そして、周囲の家が吹き飛ぶような私の体験はあなたにどう関係するのでしょうか？ どの生も千の生で千回、生きられます。ときには三連句（テルツィーネ）で、ときには握り拳で、ときには森林地帯の木の上で、ときには売春宿で。これらと関わりのないものは伝説です。私は伝説を破壊します。なぜなら、私は「最近の文学（ユングステ・ディヒトゥング）」ではなく、ほぼ四十歳にもなる者ですから。私が「森」の詩を書いたのは、一九〇四年ごろです。そして、私は（たとえトルニ近くで生まれたにせよ）ビスワ川流域の人間ではなく、むしろヴェストファーレンの農民の血を引く頑固者です。私の祖先の何人かは石炭を掘っていました。私自身は（陸上競技、ギリシャ語、出来の悪い試験のあと）、私の内面から要求された試みより先へ進むことはありませんでした。しかし、その（最も充実した）ボットロプ、ラートボット、モンス、ランス[162]の二年間に、私は統治者にも視聴覚に障害のある人にも、この地上のすべての人に理解と善意を示すことを求める決心をしました。一九一八年十一月の出来事までには、まだ長い年月がありました。

それでも、読者のあなたが私を（あなたの考える意味で）「政治に参加する詩人」と捉えるのを私は好みません。どの詩作も、血にまで及ばない限りで（血が問題にならない限りで）政治的です。だから、あなたが私の八冊の詩集で、耕地や森、夕暮や埃の舞う街道について読み、神と（最後に！）女性の話に耳を傾けるなら、農業社会の結束、逞しさ、煤まみれの姿、猥雑さ、信仰心は、あなたをより善良で生気溢れる人間にすることでしょう。

それとも、私はお払い箱になるのが相応しいのでしょうか？ 私を博物館で埃まみれにすることだけはやめてください。

決めるにしても
あなただけで決めないでください！[163]

パウル・ツェヒは一八八一年二月十九日に、（西プロイセンの）ブリーゼンで教師の息子として生まれ、ルール地方に近いザウアーラントの農家の親戚のもとで育った。彼はヴッパータール＝エルバーフェルトで学校へ通ったが、その後、学校をやめ、社会的理想主義に基づいて最初はルール地方の炭坑で、次にはベルギーと北フランスの製鉄所でそれぞれ採炭夫や作業長として働いた。産業界で昇進したあと、彼は労働組合の任務でパリへ行き、そこでフランスの若い作家たちと知り合った。この結果、彼は数十年間、ヴィヨン、マラルメ、ヴェルレーヌ、ランボーの翻訳に

★161　これは、ラ・サンテの監獄で隠し持っていた鉛筆の切れ端を使って便所の塵紙に書かれた非常に長い連環詩であり、死の恐怖が次のように詠われていた。「おまえは大急ぎで書く、目的もなく、／正気を失う不安に駆られて。／書く、ひたすら書く、目的もなく／便所の塵紙に、／何を書いているのかほとんどわからないままに。／以前は、書くことも読むことも好きだった／以前は、と言うのがいまのおまえの口癖だ、／以前といっても、そんなに昔のことじゃないのに。／（中略）／石、石、石ばかりの穴蔵に閉じこめられて／ただ沈黙と、ただ自分だけと向き合っている。／言葉の世界から追い払われて、／これからも自分に魂はあるのだろうか。／独房の四隅を這い回る／外の朝焼けも窓穴からは射し込まず／壁、壁、壁、ただ壁だけが広がる／これがすべてだ、これは死じゃないのか／（中略）／生きているのか、本当にまだ生きているのか／おまえは死んだも同然だ、自由も／外庭を蠅のように彷徨う者たちも／半ば死んでいる、奴隷の生に縛られて。／生きていようと死んでいようと、独房は／苦痛の棺にほかならない、／本物の棺に入ったなら、きっと自由でいられるだろう、／母の胎が護ってくれた昔のように、苦痛もないだろう。／いまはない自由もいつか来るかもしれない、／おまえはその訪れを信じている。待つことで元気になれる、／自由は自ずと来るものなのに、それをおまえは引き寄せようとする。／それは、虐げられた者すべてに訪れる。だから、待て、待つのだ。朝は訪れる」。

★162　トルニは（ポーランドのワルシャワ近郊を経てグダニスク湾に北流する）ビスワ川流域の町。ラートボットは（ヴェストファーレン地方の工業都市）デュースブルクの北東に位置する都市。モンス、ランスはそれぞれベルギーとフランスの都市。

★163　この自伝文には、自分が表現主義と結びつけられること、自分が政治的な詩人と捉えられること、さらに「最近の文学」と称される詩人集団に加えられることを拒み、彼が表現主義の運動に批判的になっていた様子が窺えた。実際、その後、一九二三年に彼は論文「表現主義的――新たな芸術の誤り」で「表現主義という語はほとんどなにも訴えず、もったいぶるだけの標語である。厚かましくもその背後には誤り、虚偽、大言壮語が隠れている。……その戯曲には比類なきものはなにも存在せず、それ以前の芸術傾向の戯曲に優るような要素は見られない」と断じていた。ちなみに、『人類の薄明』に収録されたツェヒの詩は一九一〇年から一九一三年までに書かれた詩であり、その後、彼の文学観は大きく変わったようであった。

従事することになった。また、それと並行して自らも創作を始めた。その後、彼はおもにベルリンで編集者、民衆劇場の補助員、図書館司書など、さまざまな職に就いて暮らした。頭が大きく、肩幅が広く、骨格の太いツェヒは、わずか四時間の睡眠しかとらないという猛烈作家で、その創作活動は疲れを知らなかった。★164

一九三三年、彼はシュパンダウに拘留された。そこから釈放されたあと、一九三三年六月にプラハ、パリを経由して南アメリカへ行き、おもにアルゼンチンで暮らした。その間、（訪問販売員として）苦労の多い数年を過ごしたが、たいていは招待されて、南アメリカを旅行した。彼の息子ルードルフは、ツェヒの記録に拠って次のように報告している。「父はアマゾン川やその奥の支流を舟で進み、未開のインディアンと暮らしている。父は専門家のような関心を抱いてチリの銅山を見て回り、ティアワナコの太陽の門で十六世紀のスペインの征服者（コンキスタドール）について調べ、藺草ボートでチチカカ湖を渡り、インカ族の廃墟の考古学的調査に加わっている。今日は、ブラジルの蝶採集者とともに原生林に入っている。近いうちに、パラグアイのイグアスの滝の傍に立つことだろう。父がフエゴ島のオナ゠インディアンの生き残り部族のところや大農場で休憩し、インディオの昔話の収集を完了するために、住民たちに盛んに質問をしている姿が目に浮かぶ」。ツェヒはつねにヨーロッパを懐かしんでいたが、ヨーロッパへ帰ることはできなかった。一九四六年九月七日、ブエノスアイレスの自宅の庭門の前で倒れ、その日のうちに同地の病院で死亡した。★165 ［編纂者］

『黒い炭田地区』（詩集、自費出版、エルバーフェルト、一九〇九年）、『森の小品詩（パステル）』（詩集、ベルリン、一九一〇年）、『土の粉砕』（詩集、ベルリン、一九一二年）、『黒い炭田地区』（詩集、ベルリン、一九一二年、大幅に増補された版はミュンヘンで一九二二年刊）、『ライナー・マリーア・リルケ』（エッセイ、ベルリン、一九一三年）、『ルールの流れは黒い』（一九〇二年から一九一〇年までの詩の集成、ベルリン、一九一三年）、『鉄橋★166』（新詩集、ライプツィヒ、一九一四年）、『黒いバール』（短篇小説、ライプツィヒ、一九一七年、大幅に増補された第三版はライプツィヒで一九一九年刊）、『英雄と聖人』（現代のバラード、ライプツィヒ、一九一七年）、『マルヌ河畔のクレシー前で』（ミシェル・ミカエルという名の前線兵士の詩、ラン、一九一八年）、『終着』（劇詩、ラン、一九一八年、ミュンヘン、一九一九年）、『燃える茂み』（新詩集、ミュンヘン、一九一九年）、『世界の墓、反戦の受難物語』（ハンブルク、ベルリン、一九一九年）、『ヘロデ王』（St・マラルメの『エロディヤード』の独語自由訳、ベルリン、一九一九年）、『ゴルゴタ——二つの火の間の呪文』（詩集、ハンブルク、ベルリン、一九二〇年）、『星の三重奏——三段階の告白』（詩集、ミュンヘン、一九二〇年）★167、『森』（詩集、ドレスデン、一九二〇年）、『出来事』（新小説、ミュンヘン、一九二〇年）、『同胞の契り——虹の下の賛歌』（ベルリン、ハンブルク、一九二一年）、『我もつすべてを我運ぶ——自伝的バラード』（ベルリン、一九二三年）、『悪魔の下僕』（ザウアーラントの劇、ライプツィヒ、一九二四年）、『苦悩山を巡る旅』（短篇小説、ルードルシュタット、一九二四年）、『永遠の三位一体』（新詩集、ルードルシュタット、一九二四年）、『酔どれ船』（劇譚詩、ライプツィヒ、一九二四年）、『車輪』（悲劇的仮面劇、ライプツィヒ、一九二四年）、『石、七事件の悲劇的結末』（ライプツィヒ、一九二四年）、『塔、七段階構成の戯曲』（ライプツィヒ、一九二四年）、『大地、ライン川とルール川間の四行程構成の戯曲』（ライプツ

★164　一九一八年十一月に、ツェヒはレーオンハルト・フランクとともにハインリッヒ・マンの手からクライスト賞を受けた。彼は非常に精力的に執筆し、徹夜することも稀ではなかった。そのさい、眠気を払うために濃いコーヒーを飲み、葉巻煙草を吸い、チョコレートを舐め、足を冷水に何度も浸したという。

★165　早くもその当日に三〇人ほどの仲間が集まり、詩人ヴェルナー・ボックが代表して「炎によってきみの肉体は焼失したが、肉体に代わってきみの詩がきみの祖国へと永遠に帰るのだ」と弔辞を読んだ。ヨーロッパへの帰還を果たせなかったツェヒの墓碑には、「この異国の地で／蛆虫や木根といっしょに、／まだ起こらぬ生成、消滅、復活の下に／眠っている者もまた、／我々の血縁（ちすじ）だった。／その性格、作品、目標で／いつも我々の心に適わなかったこともまた、／本当のことだった／我々と我々の時代を映した像（すがた）だった」という詩が刻まれた。

★166　ローベルト・ムージルはこの詩集について「自然、自然のなかの体験、それはツェヒの全作品を貫くテーマであり、自然こそはツェヒが唯一かつ真剣に愛したものだった。田舎で、とくに森のなかで、彼はもうひとつのテーマである工業社会、都市生活を冷徹に眺めていた」と語った。

★167　一九一三年十二月に発行された詩集『鉄橋』も発行年は一九一四年と記された。それと同様に、この作品も実際は一九一九年十二月に発行されたのであるが、発行年は一九二〇年と記された。ちなみに、『人類の薄明』も一九一九年十一月末に発行されたが、発行年は一九二〇年と記された。そのように、発行年を実際より一年先にすること（vordatieren）は当時、よく行なわれていた。

なお、ツェヒの場合、作品の発行後も改作を繰り返すことがあったので、各詩の成立時期を確定するのは容易ではない。

ィヒ、一九二四年）、『動物女』（劇、ライプツィヒ、一九二四年）、『哀れなヨハンナの物語』（小説、ベルリン、一九二五年）、『ペレグリンの帰郷』（小説、ベルリン、一九二五年）、『愚かな心』（物語四篇、ベルリン、一九二五年）、『母なる都市』（物語二篇、ミュンヘン、一九二五年）、『青春の勝利』（劇、ヘンリー・マルクスと共作、ライプツィヒ、一九二五年）、『わたしはきみ』（小説、ライプツィヒ、一九二六年）、『ライナー・M・リルケ、鎮魂歌』（ベルリン、一九二七年）、『アルチュール・ランボー、その生涯と作品の概観』（ライプツィヒ、一九二七年、増補版はベルリンで一九四八年刊）、『大地の赤い心臓』（バラード、詩、歌の選集、ベルリン、一九二九年）、『バールへの供犠』（物語四篇、ハンブルク、一九二九年）、『ライナー・M・リルケ、人と作品』（ドレスデン、一九三〇年）、『朝焼けは輝く・アウクスブルクの祝祭劇』（アウクスブルク、一九三〇年）、『野性動物を詠った新バラード』（動物バラード集、ドレスデン、一九三〇年）、『ティノのための三連句（テルツィーネ）』（詩集、ベルリン、一九三二年）、『光につつまれたベルリン――不本意な詩』（詩集、ティム・ボラーの筆名で、ベルリン、一九三二年）、『ツァノフスキー兄弟の城』（怪奇物語、ベルリン、一九三三年）。

『新世界、亡命の詩』（ブエノスアイレス、一九三五年）、『ラプラタ河畔の木々』（詩集、ブエノスアイレス、一九三六年）、『私はシュミートを探してマルヴァと再会した』（物語集、ブエノスアイレス、一九三八年）、『シュテファン・ツヴァイク追悼[★168]』（ブエノスアイレス、一九四三年）、『黒い蘭（らん）』（アメリカ＝インディアンの伝説、ベルリン、一九四七年）、『オクラ、目が石になった娘』（アメリカ＝インディアンの伝説、ガウチョ・パブロ・チェ〈パウル・ツェヒの筆名〉による自由訳、フランクフルト、一九四八年）、『亡命地からのソネット』（詩集、ベルリン、一九四九年）、『ポール・ヴェルレーヌとその作品』（詩選集とエッセイ、ベルリン、一九四九年）、『パラナの子供たち』（小説、E・ツィマーマンの挿絵入り、ルードルシュタット、一九五二年）、『赤いナイフ――未知の人間や動物との出会い』（南米旅行記、ルードルシュタット、一九五三年）、『ラングフォート氏の鳥』（ルードルシュタット、一九五四年）、『リオ・ベニの緑のフルート』（伝説集、ルードルシュタット、一九五六年）、『宇宙ロケットのバラード』（一九二九年に書かれた作品、ベルリン＝フリーデナウで一九五八年刊）、『夕べの歌とマラ＝パンパ島の風景』（ベルリン＝フリーデナウ、一九五九年）、『農夫のソネット』（ベルリン、一九六〇年）、『永遠の対話、シャルル＝ペギーの主題に拠るドイツ語変奏』（ベルリン、一九六〇年）、『愛の女神ヴィーナス――ミルヤムのための七歌』（一九一一年の作品、ベルリン、一九六一年）、『我もつすべてを我運ぶ』（自伝的バラード、同じ表題で一九二五年に発表した詩の一九四六年五月（死の数カ月前）の最終稿、ベルリン、一九六一年）。

ツェヒが行なった翻訳は、レオン・ドゥーベル『夜をつらぬく赤光』（W・レースラーの石版画入り、ベルリン、一九一四年）、エミール・ヴェラーレン『うねる穀物畑』（ライプツィヒ、一九一七年）、バルザック『リスベト伯母さん』（ベルリン、一九二三年）、ランボー『イリュミナシヨン』（散文詩、ライプツィヒ、一九二四年）、『ランボー全集』（ライプツィヒ、一九二七年／ドレスデン、一九三〇年）、『黒衣（スータン）の下の心』（散文、遺稿詩、ロルヒ、一九四九年）、フランソワ・ヴィヨン『バラードと自堕落な歌』（ヴァイマール、一九三一年／ベルリン、一九四七年／ルードルシュタット、一九五三年）、ステファヌ・マラルメ『半獣神の午後』（独仏語版、ベルリン、一九四九年）、ルイーズ・ラベ『美しい網屋の夫人の恋歌二四篇』（ベルリン、一九四九年、シュトラティルの挿絵入りの第二版はルードルシュタットで一九五七年刊）、ホルヘ・イカーサ『ワシプンゴ』（小説・スペイン語からの翻訳、E・ツィマーマンの挿絵入り、ルードルシュタット、一九五二年）。ツェヒが自費出版した本は、ヴェルレーヌ、ランボー、ヴィヨン、ボードレール、マラルメの作品の独語版のほか、民衆劇用に編集したグラッベ作品集（全二巻★169）。

さらに、上演用に小部数発行された劇作品は、『家の中の見知らぬ顔』（一九二六年）、『無名の同輩』（一九二七年）、『ヨハナーン』（一九二八年）、『ウインドブレーカー』（一九三二年）、『ただユダヤ女性だけが』（一九三四年）、『ローベルト・プール事件』（一九三五年）。

ツェヒが発行した雑誌は、『新パトス（ダス・ノイエ・パートス）』［エーレンバウム＝デーゲレ他と共編、第一巻（一九一三年）第一号—第六号／第二巻（一九一四年）第一号—第二号／第三巻（一九二〇年）第一号—第四号］、『「新パトス」誌・年鑑』（一九一四—一九一五年、一九一七—一九一八年、一九一九年）、『演劇場』（全四号、ライプツィヒ、一九二四年）、『クリスマス草紙』（全一三号、一九一八年

★168　すでに大戦中からシュテファン・ツヴァイクと交流があり、ツェヒは亡命時期の初めに彼から経済的援助を受けていた。

★169　クリスティアン・D・グラッベは十九世紀前半のドイツの劇作家で、悲劇『ドン・ジュアンとファウスト』のほか、多くの戯曲を書いた。しかし、作品が上演されたのはかなりあとのことで、その劇作の先駆的意義は即座には理解されず、不遇な生涯を送った。

—一九三二年）。

ツェヒの遺稿はすべて（ベルリン在住の）息子ルードルフ・ツェヒによって保存されていたが、その後マールバッハのシラー国立博物館に移された。そこには、（一九二〇年から一九三五年までの）詩、物語、翻訳の合計一六点の原稿、そして（一九三四年から一九四六年までの亡命中の）小説、物語、アメリカ＝インディアンの伝説、詩、エッセイ、一二本の演劇台本、八冊の南米旅行記など合計約五〇点の原稿が含まれている。それらすべては、すぐにも印刷できる状態である。さらに、断篇、無題原稿、校了原稿がある。

編纂後記

本書の編纂にさまざまな支援を賜ったヨーロッパとアメリカ在住の多くの方にお礼を申し上げねばならない。その全員の芳名を挙げるとすれば、多数に上るために、ここではとくに協力をいただいた方の名前を記すことに留めたい。トラークルの肖像画の収録を許可してくださったアニ・クニーツェ夫人（ニューヨーク）とオスカー・ココシュカ氏。本書の発行以前に死去された詩の収集家ヴィルヘルム・バーデンホップ氏（ヴッパータール）。各詩人とその関係者の方々（敬称省略）：クルト・ハイニッケ（フライブルク近郊メルツハウゼン）、ヴィルヘルム・クレム（ヴィースバーデン）、カール・オッテン（スイスのロカルノ）、クレール・ゴル（パリ）、ハインリヒ・F・バッハマイヤー（ベルリン）、ヘンリエッテ・ハルデンベルク＝フランケンシュヴェールト（ロンドン）、ドーリス・ルーバッシュ（ベルリン）、アルマ・マーラー＝ヴェルフェル（ニューヨーク）、ヒルデ・グットマン（ロンドン）、パウル・ペルトナー（チューリヒ）、ルードルフ・ツェヒ（ベルリン）、ヘルムート・ヘニング（ハンブルク）。そして、研究者の方々（敬称省略）：P・K・アッカーマン（ボストン大学）、アルフレート・カントーロヴィッツ（ミュンヘン大学）、エドガー・ローナー（パロアルト、カリフォルニア）、フリッツ・マルティーニ（シュトゥットガルト大学）、ヴァルター・H・ゾーケル（パロアルト、カリフォルニア）、カール・L・シュナイダー（ハンブルク大学)。さらに東西ベルリンの各芸術アカデミーの方々。そして最後に、たゆまず私を助けてくれた妹のエルゼ・ピントゥス。★170

★170　ピントゥスは結婚しなかったので、独身の妹エルゼが、彼がニューヨークに亡命して以降、家事を引き受けていた。さらに、彼女は図書館司書の経験があったので、蔵書や研究資料の管理によってピントゥスの文学活動を最後まで支えた。

訳者解説——詩集『人類の薄明』について

［目次］

IV　第二次世界大戦後の『人類の薄明』と表現主義

i　第三次エルンスト・ローヴォルト社の設立とポケット版叢書rororo（一九四六年〜）
ii　表現主義の再評価と再発見（一九五〇年代半ば〜）
iii　ポケット版『人類の薄明』の発行（一九五九年〜）
iv　ポケット版『人類の薄明』の増補・改訂（一九六四年〜）
v　レクラム版『人類の薄明』の発行（一九六八年〜）

本書は、クルト・ピントゥス編『人類の薄明——表現主義のドキュメント』（エルンスト・ローヴォルト社・ラインベーク、一九六四年）の全訳である。訳出に使用した版は、一九五九年に発行されたポケット版『人類の薄明』の「〈詩人と作品——伝記的記録と著作目録〉を根本的に増補した」改訂版であるが、それは一九六四年の発行以来、現在まで一般に普及している版である。

すなわち、詩集『人類の薄明』は一九一九年十一月に世に出てから一九二二年四月までに四刷を経て多くの人に読まれたが、その後、おもにナチの禁圧と第二次世界大戦の爆撃によってほとんどこの世から姿を消していた。そして、ようやく（初版の発行から四十年経った）一九五九年にポケット版でふたたび世に現われた。そのポケット版も二年間に四刷を経て合計四五〇〇〇部が発行されるという大きな反響を得たのだが、一九六四年に「付録」に相当する「〈詩人と作品——伝記的記録と著作目録〉」を増補・改訂し、資料的な意義をさらに増して現在に至っているというわけである。

さて、ドイツ表現主義は、ドイツ語圏を中心として、第一次世界大戦を挟んだ十年余りの間に若い文学者や芸術家によって興された芸術運動として一般に捉えられている。そして、その文学の領域でもさまざまな活動が活発に展開され、数多くの特徴を表わしたのであるが、その顕著な一つは、それが非常に多くの文芸雑誌、集成本（アンソロジー）、年報、年鑑、叢書、作品集を生み出したことであった。実際、書誌学者パウル・ラーベによれば、一九一〇年から一九二一年までにおよそ文芸雑誌一〇〇点、集成本（アンソロジー）二四点、年報八点、年鑑九点、叢書三〇点、作品集一一点が発行された。そうした共同的な出版形態、集団的な発表形式が好まれた背景には、無論、さまざまな事情があったが、その運動に関わっていた詩人作家において思考、感受、体験の共通性が意識され、追求した理想と目標の類似性が認識されたことが考えられた。表現主義に関係した詩人作家は、パウル・ラーベ著『文学的表現主義の作者と作品事典』によれば、三五〇名余りに上ったが、その多くは各自の創作活動がそれぞれ固有の発展を辿りつつも、集団的で共同体的な特徴をもっていたことを認めていた。すなわち、表現主義の文学は非常に多様な特徴を表わし、内容的にも形式的にも決して統一的ではなく、対照的な表出や傾向を数多く内包した複合的形態を示していたのであるが、その活動の根本には共同体的な性格が紛れもなく存在したのである。

しかし、そうした多数の集合的出版物のなかで、その時代を生き延び、歴史を作り、表現主義という文学運動が後世の人々の意識に確たるイメージで甦ることに本質的な貢献をしたのは、クルト・ピントゥスが編纂した詩集（アンソロジー）『人類の薄明』だけであった。表現主義の抒情詩の今日に至る栄誉と影響は、ほとんどこの詩集（アンソロジー）に負っている。それはドイツの現代詩の成功した選集（アンソロジー）の稀なる例として、その時代（エポッヒェ）を代表するものとなり、歴史によってその真価が定まるのを見た。詩集『人類の薄明』に詩が収められた詩人のほとんどすべてが二十世紀の文学史で揺るぎない地位と名声を保ちつづけた。ちなみに、日本の比較的詳細な文学事典には、その二三名の詩人のうち一八名がすでに項目記載によって紹介されている。

そして、『人類の薄明』がそのように表現主義を代表する作品として現在もなお多くの人に読まれているのは、パウル・ラーベが「ピントゥスは非常に多様な詩的営為から、二三名の詩人を感銘を与える全体像(ゲザムトビルト)へとまとめ上げた」と述べたように、その運動に当初から詩人たちとともに関わり、その本質を深く理解していたピントゥスの編纂者としての力量と手腕に拠るところが大きかったことは否めない。しかし、それだけではなく、詩集『人類の薄明』については、その成立的背景、編纂から発行までの文学的作業、発行後に見られた社会的反響、さらにその間の時代状況とも関連した受容の変遷に至るまで、表現主義の運動のすべてを反映していたと言うことができた。それゆえにこそ、その詩集は「表現主義の時代を生き延び、歴史を作り、その文学運動が後世の人々の意識に確たるイメージで甦ることに本質的な貢献をした」のである。実際、『人類の薄明』は、収録した二七〇篇ほどの詩の内容的および形式的なインパクトのみならず、それが成立するまでに展開された文学者、芸術家、編纂者、出版人の旺盛な活動、そして発行後にそれが経験した評価と批判の夥しい試練、さらにはポケット版でふたたび世に出るまでに辿った社会的受容の変遷などによっても、固有の芸術的発現としてその意義を余すところなく発揮していたのである。したがって、この「訳者解説」では、そうした『人類の薄明』の特徴と歴史を、その間に辿った時代的変動や文学史的評価などをも踏まえながら明らかにしてみたい。こうした考察は、いわば「一詩集(アンソロジー)の評伝」を通して、表現主義というきわめて多様な活動を展開した文芸運動を跡づける作業にもなるだろう。

I　詩集『人類の薄明』の成立前史（一九〇九年〜一九一九年）

詩集『人類の薄明』は、第一次世界大戦の終結後一年経った一九一九年十一月に世に出たが、それが政治的、社会的、経済的な混乱がなおもつづいていた当時に発行された経緯には、とりわけその編纂者と出版者の大戦以前からの親交と共同活動が深く関係していた。

通常、集成本（アンソロジー）というものを取り上げる場合、その編纂者と出版者を詳しく紹介するということはあまり行なわれないのであるが、この詩集に関しては、編纂者ピントゥスと出版者エルンスト・ローヴォルトについても詳しく述べねばならない。なぜなら、その二人は、詩集に収められた詩人たちと同様に、その成立にとって不可欠の構成員であったからである。すなわち、表題を『人類の薄明――最近の詩の交響曲』と謳った、その詩集の音楽会（コンサート）は、まさに二三名の楽団員（＝詩人）と指揮者（＝編纂者）ピントゥスと音楽堂（コンサートホール）監督（＝出版者）ローヴォルトによって行なわれたのである。その詩集のそうした共同体的特徴は、たんに編纂者と出版者が詩人たちとほぼ同年に生まれ、同じ時代体験をした「同じ世代」に属したという事実だけを意味しているのではない。なるほど、そこに収められた詩人たちの大半は一八八一年から一八九一年までに生まれ、第一次世界大戦を挟んだ一九一〇年から一九二〇年までの間に各自の活動の最盛期を迎えていた。そうした時代的共通性はピントゥスとローヴォルトにもそのまま当てはまっていた。しかし、たんにそれだけではなく、彼らはみな一九一〇年以降、同じ目標を掲げ、互いに協力し、それぞれの活動を通じて「彼らの時代へと突き進んだ」からこそ、後年に「表現主義の世代」と言われた文学的共同体を形成していたのである。

i　エルンスト・ローヴォルト社とその仲間たち

詩集『人類の薄明』に収められた二三名の詩人については、本書の「付録」に相当する「詩人と作品――伝記的記録と著作目録」でその生涯と活動が詳しく紹介されている。したがって、ここではその「生みの親」ともなった編纂者と出版者の生と活動を紹介したい。

まず、編纂者クルト・ピントゥスは（ヴァイマールに近い）エアフルトで生まれ、長じてライプツィヒでドイツ文学を学んだ。その間に彼は同地で出版人E・ローヴォルトや詩人ハーゼンクレーヴァーと親交を結び、学位を取得したあと、詩作や文芸批評に励むと同時にローヴォルトが経営する出版社で原稿審査係を務めた。

　なお、ピントゥスとともにハーゼンクレーヴァーもローヴォルトの出版社で原稿審査係を務めたのだが、そのように当時は、詩人作家が原稿審査係として出版活動に関わることは決して珍しいことではなかった。たしかに、それ以前には出版者自身が自分の評価に基づいて（本として発行する）原稿の採択を決める場合が多かった。しかし、出版社の規模が大きくなるにつれて、発行する作品のジャンルも多様になり、また文学の市場も細分化したために、出版者は作品内容に精通し、的確な判断を下すことができる原稿審査係の助けを必要とするようになった。

　詩人作家が出版社の編集業務に携わる例は、すでに十八世紀半ばから時折り、見られた。たとえば、ゲオルク・J・ゲッシェン社では、詩人で旅行作家のヨーハン・G・ゾイメがクロップシュトック担当の原稿審査係になっていた。その場合、同係はたいていその出版社の専属作家から選ばれていたが、そうした傾向も次第に薄れ、やがて審査する原稿に最適の作家をそのつど、探して委託する形になった。あのオスカー・レルケも、S・フィッシャー社から委託されて、自身の詩作と並行して原稿審査を行なっていた。また、リルケも数年間、ベルリンのアクセル・ユンカー社で嘱託の原稿審査係を務めた。

　出版者が行なう原稿審査や作品評価は、ローヴォルトがいみじくも述べたように、往々にして作者の人柄に左右されがちであるが、文学者がそれをする場合は、内容に対して実質的な評価を下し、外的な印象に惑わされることがより少ないと考えられていた。実際、彼らは作品の構成、文体、表現形式、問題解決方法などを出版者よりも厳密に審査する傾向があった。エルンスト・ローヴォルト社ではピントゥスとハーゼンクレーヴァーの審査所見がいつも尊重されていた。彼らのもとには多くの原稿が持ち込まれたり、送られてきたが、それらの原稿に対するピントゥスの総合的な判断とハーゼンクレーヴァーの鋭い文学的感覚はローヴォルトをおおいに満足させた。

　一九〇九年当時、エルンスト・ローヴォルト社はまだ設立されて間もない新参の出版社であったが、のちに紹介するように、ローヴォルトとピントゥスたち原稿審査係の精力的な活動によって、数年のうちに当時の新しい文学運動を牽引する存在となった。

次に、ローヴォルトは出版社を一九〇九年秋に設立したのだが、それ以前の彼の履歴は次のようである。彼は生まれ故郷ブレーメンで二年ほど銀行業務の見習いをしたあと、出版業を志して一九〇七年に書籍の都市ライプツィヒへ来た。そして、同地の老舗書店インゼル社の支配人キッペンベルクの仲介で（ベートーヴェンの『第九』の楽譜を最初に印刷した実績をもつ）ブライトコップ＝ヘルテル印刷所で植字から印刷、製本までを学び、やがてミュンヘンとパリの書店へ派遣された。その二つの大都市でさらに書店経営を学んだあと、彼は一九〇九年末にライプツィヒへ戻り、自分の出版社を設立した。そのさい、ローヴォルトは共同経営者として、出版事業に強い関心をもち、資金力があったクルト・ヴォルフを迎え入れた。そして、彼は新しい文学を世に送り出すという目標のもと、ヴォルフとともに出版社の活動を軌道に乗せていった。その過程で、一九一〇年に始めた世界文学の名作叢書「ドゥルグリーン版」の発行が大きな成功を収め、それによって彼の出版活動は一段と弾みがついた。そして、彼が出版社設立の当初から心に温めていた「無名の若い詩人作家の作品をできる限り多く世に送り出す」という計画を予想以上に早く実現させることができた。すなわち、「ドゥルグリーン版」の成功で、当時、無名だったハイムやカフカの最初の本を発行することができたのであるが、それだけではなく、のちに表現主義と呼ばれることになった当時の新しい文学運動を支援する有力な出版社になったのである。

そうしたエルンスト・ローヴォルト社の発展は、無論、経営者のローヴォルトとヴォルフ、原稿審査係のピントゥストとハーゼンクレーヴァーの努力と活動の成果であったが、とりわけローヴォルトとピントゥス、ハーゼンクレーヴァーを中心に展開されていた活発な文学者交流が大きな役割を果たしていた。それは、ライプツィヒの市庁舎近くの「ヴィルヘルム酒場」で連日、開かれた昼食会が基盤になっていたが、やがてエルンスト・ローヴォルト社の出版活動にとって孵卵器の機能をもつようになった。実際、そこへは多くの詩人作家がドイツ語圏の広い地域から訪れて来た。たとえば、ベルリンからはラスカー＝シューラー、ドイプラー、ハイム、パウル・ツェヒ、レーオンハルト、ベッヒャーが、ウィーンからはエーレンシュタインが、プラハからはM・ブロートがカフカを伴ってきたが、そのほとんどがそれ以後、エルンスト・ローヴォルト社と創造的かつ友好的な関係を築くことになった。ピントゥスはそこで繰り広げられた当時の創造的な文学者交流について次のように語っていた。

> それまで作品が発行されていなかった作家が何人も、その酒場の常連だった我々によって見出され、世に送り出された。我々は作家を探す必要などなかった。作家たちが我々のそばにいたのである。彼らは原稿を送ってきたこともあったが、直接、その酒場へ我々を訪ねてきた。そのさい、彼らは友達を伴って来ることもあった。あのころの『嵐（デア・シュトゥルム）』誌や『行動（ディ・アクツィオーン）』誌を中心とした文学者集団、そして一九一一年ごろのミュンヘンの芸術家集団についてはよく話題になったが、ライプツィヒのヴィルヘルム酒場のことはほとんど話題にならなかった。しかし、そこは、ドイツ語圏の各地で創作していた若い詩人作家にとってまず出発地であり、次に中心地、さらに巡礼地になった。そうした若い作家、また彼らと交流があった年配の作家で、ベルリン、プラハ、ミュンヘン、ウィーン、ドイツ西部の都市からライプツィヒへ来た者は誰も、このヴィルヘルム酒場の昼の食卓でローヴォルト、ヴェルフェル、ハーゼンクレーヴァー、そして私に会えることを知っていた。

ちなみに、ローヴォルトは「本を世に出す」という営為に社会的意義を求めつづけ、出版に生涯を懸けるといった気概によって、まさに「出版人」と表現するのが相応しいような人物であった。実際、彼は表現主義の運動が興った一九一〇年代に、（たとえリスクをとってでも）当時の新しい文学を世に送ることに情熱を燃やした。ローヴォルトによって、同人誌でしか作品を発表できないような無名の若い詩人が何人も見出されたが、彼らのほとんどがその後、文学界で目覚ましい活躍をした。ローヴォルトは（出版社をクルト・ヴォルフに譲渡することになった一九一二年十一月まで）、表現主義の時代の新進出版人として数多くの詩人作家と理想や目標を分かち合った。彼が当時の詩人や芸術家といかに深い信頼と友情で結ばれていたかは、ハーゼンクレーヴァーがその作品に「共通の精神の最初の出版人エルンスト・ローヴォルトに」と献辞を付したように、多くの詩人や画家が各自の作品を彼に捧げていたことからも窺い知ることができた。

しかし、エルンスト・ローヴォルト社は、ローヴォルトとヴォルフの共通の念願であったカフカの最初の本『観察』を発行したころに、おもに経営をめぐる双方の考えの相違からヴォルフの手に渡ることになり、一九一三年二月中旬から社名がクルト・ヴォルフ社に変わった。そして、ピントゥスはハーゼンクレーヴァーと（この時から仲間に加わった）詩人ヴェルフェルとともにクルト・ヴォルフ社で原稿審査の仕事をつづけることになった。無論、その間にも彼は以前と変わらずライプツィヒの文学者集団で中心的役割を果たしたが、また同時にベルリンへ出て行ったローヴォルトとも友好的で創造的な関係を保っていた。

他方、ローヴォルトはベルリンでまずS・フィッシャー社の業務代理、次にヒュペーリオン社の支配人として出版活動をつづけた。また、ベルリンでは、前衛的な文学者や芸術家の溜まり場になっていた「西区カフェ」で多くの詩人作家や画家と活発に交際した。それは、早くも彼の胸中でベルリンにおいてふたたび出版社を興そうという願望が芽生えていたからである。しかし、その間に第一次世界大戦が勃発し、ローヴォルトは志願兵となってソンムの会戦、フランドルの戦場に出ることになった。

ii　詩集『人類の薄明』の企画

ピントゥスによれば、詩集『人類の薄明』の編纂は、彼が一九一九年早春に「上部ザクセンの森のなかを彷徨い歩いていた時に、まるで稲妻の如くに閃いた」ということであった。しかし、そのおもな動因は、第一次大戦が終結した一九一八年十一月に彼がベルリンでかつての詩人仲間と再会したことであったように思われた。すなわち、ピントゥスは一九一五年に軍隊に召集されてドイツの東部地域で軍務に就いていたが、大戦が終結すると同時に兵士評議会（ゾルダーテンラート）の代表に選ばれた。そして、彼はその任務で、大戦後の兵士たちの処遇について国民全権委員会と交渉するためにベルリンに滞在していたのである。他方、ローヴォルトも除隊したあと、彼の大戦前の活動拠点であったベルリンへ帰ってきた。そうした経緯で、ピントゥスはローヴォルトとベルリンで再会することができたが、そのときには、ほかにラスカー＝シューラー、ドイプラー、ハーゼンクレーヴァー、エーレンシュタインなどの詩人、戦場で負った傷の治療中だった画家ココシュカとも再会した。彼らはみな、かつてピントゥスがライプツィヒで親交を結んだ友人であり、同じ目標を掲げた活動仲間であったが、その再会ののちには、やがてピントゥスが編纂することになる詩集『人類の薄明』にそれぞれ出版者として、収録される詩人として、詩人の肖像画の制作者として深く関わることになった。

その間、ローヴォルトはふたたび出版社を設立するために、連日、資金の調達に奔走していた。しかし、彼は思ったより早くその願望を叶えてくれる二名の出資者に出会うことができた。その結果、彼はついに一九一九年一月にベルリンのポツダム橋の近くに第二次「エルンスト・ローヴォルト社」を開くことができた。そして、その新生の出版社の主要な企画のひとつとして詩集『人類の薄明』の編纂が始められたのである。その編纂作業、文学作品としての意義などについては、のちに詳しく述べたいが、それは早くも同年十一月に『人類の薄明——最近の詩の交響曲』という表題でベルリンのエルンスト・ローヴォルト社から発行されたのである。

II　詩集『人類の薄明』について——編纂から発行まで

i　詩集の基本構想

その詩集の編纂でピントゥスが立てた三つの基本方針は、ポケット版『人類の薄明』の序文「四十年経って」で「第一は、一九一〇年から一九二〇年までの〈表現主義の十年〉に詩を書いていた多くの詩人のうち最も特徴的な詩人を収めることであった。第二は、その十年間の外的および内的な形姿（すがた）が明確に描き出されるように編纂することであった。そして第三は、それらの詩人を年代順、あるいはアルファベット順というように機械的に配列するのではなく、彼らの詩を大小さまざまなモティーフに従って分類し、組み合わせ、四楽章から成る交響曲の構成と同じように編纂することであった」と述べられていた。

その基本方針の第二と第三については、彼自身の文学的、および世界観的な理念を反映して、序文「はじめに」で次のように述べられていた。

> 本書の編纂者である私は、詩集（アンソロジー）の反対者である——だから、私はこの詩集（ザムルング）を出版するのである。
>
> 本書では——詩集（アンソロジー）のこれまでの習慣に従って——偶然、同じ時代に生きたというだけの理由で、多くの詩人をアルファベット順に並べ、それぞれの詩人の二、三篇の詩を紹介するといった方法は採っていない。また、（たとえば、恋愛詩や革命詩など）或る共通のテーマで結びつく詩を一括して収録してもいない。この詩集は、良い詩の見本を提供するというような教育的野心ももっていない。また、祖父たちのビーダーマイヤーの時代に好まれたように、抒情詩の華や詩歌の真珠を花輪や冠に編もうとするものでもない。

ちなみに、ドイツ文学に集成本（アンソロジー）という形態が現われたのは、十八世紀初めだったと言われているが、そこではおおむねピントゥスが述べたような編集が行なわれていた。すなわち、作者や作品の時代的同一性やテーマ的共通性に拠って収集されたもの、あるいはその語源のギリシア語「antho-logia」（「華の収集」（Blüten＝lese）に拠って、抒情詩や短篇小説の、それぞれジャンルを代表するような模範的作品や特徴的典型を「名詩集」とか「珠玉の小説集」といった表題で紹介したものが多かった。

したがって、そうした従来の編纂方法に拠らないピントゥスの詩集は、「アンソロジー」ではなく、あくまでも「集成（ザムルング）」と表わされ、その本質的特徴は次のように説明された。

> この詩集はたんに〈ひとつの集成（ザムルング）〉と呼ばれるだけではなく、〈集成（ザムルング）〉そのものである！　感動と情熱の集成（ザムルング）であり、ひとつの時代の――いや、我々の時代の――憧憬と幸福と苦悩の集成（ザムルング）である。これは、時代から時代へと突き進む人間の運動の集成された（ゲザンメルテ）投影である。これは、詩人たちの外観を示すのではなく、我々の時代の、混沌として泡立ち、はち切れる総体（トタリテート）を示すものであらねばならない。

さらに、ピントゥスは、〈彼の時代〉の総体（トタリテート）を表わす編纂方法が十九世紀の人文科学の観察方法とは異なることを次のように強調した。

> 去りゆく十九世紀の人文科学は――無責任にも、自然科学の法則を精神の出来事に転用して――芸術においても、歴史的な発展の原理や影響に拠って、たんに連続的（ナーハアイナンダー）、段階的（アウフアイナンダー）に生じることのみを図式的に確認することに甘んじていた。因果律（カウザール）に則して、物事を垂直（ヴェルティカール）に見ていたのである。

この詩集は、それとは異なる方法で編集しようとする。まず、我々の時代の詩に耳を傾けてほしい……、横断（クヴェーア）するように広く耳を傾け、あたりを大きく見回してほしい……、垂直ではなく、順序を追ってではなく、水平（ホリツォンタール）に。相次いで起こるものを分離するのではなく、いっしょに（ツザンメン）、同時的に（ツグライヒ）、並列的に（ジムルターン）聴いてほしい。詩人たちの歌声の調和した響き（Zusammenklang）を聴いてほしい。交響曲として（symphonisch）聴いてほしい。そこに、我々の時代の音楽が鳴り響く。心臓と脳髄の轟くユニゾン（Unisono）が。
　したがって、詩の配列は、アルファベット順というような外的な図式で行なわなかったが、それと同様に、個々の詩や詩人の年代、文学的集団の単位、相互の影響や形式上の共通性の確認によっても行なわなかった。要するに、機械的な配列や歴史的な順番を目指したのではなく、主題（テーマ）に基づいたダイナミックな合奏（Zusammenklingen）、つまり交響曲（Symphonie）を目指したのである。

これによって、ピントゥスは一九一〇年から一九二〇年までのいわゆる「表現主義の十年」の最も特徴的な詩人の詩を大小さまざまなモティーフに従って分類し、組み合わせ、四楽章からなる交響曲の構成と同じように編纂する方法を採ったが、その方針は「最近の詩の交響曲」（Symphonie jüngster Dichtung）という副表題に明確に表わされた。その場合、「交響曲」の語は、その語源である古代ギリシャ語の「syn（ともに）＋phone（響き合う）」、つまり「合奏」に最も適合し、「総合」、「集合」、「共同」をも意味したが、それだけではなく、当時、追求されていた芸術の異領域の融合として文学と音楽の融合（アマルガーム）も試みられたと考えることができた。実際、表現主義の詩人のなかでも、たとえばドイプラーは一九一五年以降、『交響曲I』、『交響曲II』、『交響曲III』と題する三つの詩集を発表し、またハインリヒ・E・ヤーコプは『二十歳の青年・交響曲的小説』（一九一八年刊）という表題の作品を出版した。そのように、当時は——あとの箇所で詳しく紹介するが——文学、音楽、美術など芸術の異領域を融合させることで新しい創造的価値を生み出そうとする先駆的な試みが盛んに行なわれた。そうした傾向がピントゥスのその詩集（アンソロジー）の編纂にも表われていたと見ることができた。

ii　収録する詩人の選択

編纂の基本方針でピントゥスは「一九一〇年から一九二〇年までの〈表現主義の十年〉に詩を書いていた多数の詩人のなかで最も特徴的な詩人を収めること」を挙げていたが、その選択については「どの詩人が我々の時代の若い世代の多種多様な共通性に属するかを決めるのは、各詩人の年齢を確認することではなく、また客観的な批評に基づく分析の問題でもなく、結局のところ、直観的な感情（intuitives Gefühl）と個人的な判断で行なう以外にない」と述べていた。

「直観的な感情と個人的な判断」は、彼が一九〇九年から、最初はエルンスト・ローヴォルト社で、次にクルト・ヴォルフ社でそれぞれ原稿審査係として多くの詩人を知り、非常に多くの詩を読んだという特有の経験と関係していたが、その選択は具体的に次のように行なわれた。

この十年間、私は出版された詩集のほとんどすべてを、また未刊の詩集もずいぶん多くを読んだ。それらの詩集から、まさに我々の時代である、あの世代を形成する詩人を選ぶことは容易ではないように思われた。しかし、それら数百冊の詩集を読み返してみたとき、ついに私はほとんど習慣的な確実さで――たとえ詩人たちはその共通性を自覚していなかったにせよ――その世代の本質を表わした詩人を集めることができた。（中略）実際、当時の多くの詩人から最も独自性があり、最も特徴的な詩人たちが選び出されたのであるが、それによってモティーフと形式の多様性が生じ、そこから我々の時代のずたずたに引き裂かれた総体（トタリテート）の精神的交響曲がまとまって流れ出てくることになった。

さらに、詩人の選択については、後年の回想で「それ以前の十年間に発行された詩集、また出版予定の原稿でピントゥスがその詩を知っていた詩人、あるいは彼が批評したことがあった詩人」から選ばれたことが明かされていた。

「我々の世代」の詩人

詩人の選択では、「我々の時代である、あの世代を形成する詩人」を選ぶことが重視され、収録された二三名の詩人のうち二〇名が一八八一年から一八九一年までの間に生まれていた。しかし、「どの詩人が我々の時代の若い世代の多種多様な共通性に属するかを決めるのは、各詩人の年齢を確認することではない」とも述べられていたように、一八六九年生まれのラスカー゠シューラー、一八七四年生まれのシュトラム、一九七六年生まれのドイプラーも「我々の世代」に入れられていた。

たしかに、その三人はそれぞれの詩的特徴によって表現主義と深く結びついていた。ラスカー゠シューラーは「自分の心（マイン・ヘルツ）」を当時の社会通念に囚われることなく、赤裸に詠い、その心的状況を豊かな空想と斬新な言語表現で描出する方法を見出していた。また、シュトラムは、『嵐（デァ・シュトゥルム）』誌の言語芸術（ヴォルトクンスト）゠理論を詩作で実践していた。語（ことば）をすべて音響として捉え、その律動で詩を造形しようとした『嵐』誌の言語芸術゠理論を詩作で実践していた。さらに、ドイプラーは、文学と美術の融合（アマルガーム）という表現主義が追求していた芸術理念をその生と作品で見事に実現したが、それだけではなくドイツ表現主義にイタリア未来派の文学的技法を採り入れるという先駆的な実験も行なった。このように、その三人は他の詩人より年長ではあったが、つねに表現主義の運動の圏内で固有の役割を果たし、若い詩人に多くの影響を与えていた。

収録しない詩人の典型（タイプ）

詩人の選択では、ピントゥスが序文「はじめに」で列挙した「収録しない詩人」の典型（タイプ）もより多く考慮されていた。そこでは「選択から除外せねばならなかった詩人」として、「すべての模倣的で折衷的な詩人」、「心の奥底からではなく習慣的なものから発する感情を従来の韻律で詠うことに熱心な無数の詩人」、「故意に時代の彼方に、時代を超えた高みに佇み、美しい大いなる感情を美学的に完璧な形成物、あるいは古典的な詩節に作り上げる非常に才能のある詩人」、「言葉の工芸品、美しく飾った信念、韻を踏んだ史実といったものを詩作するすべての詩人」、「ただ時事だけを詠ったり、それに嬉々として伴奏を付けただけの者」、「たいしたことのない特殊才能の持ち主、どの世代にも属さず、立場を明確にしない者、あるいは独自の詩作を追求する勇気をもたない者」などが挙げられていた。

その指摘には、長年、原稿審査係を務め、活発な批評活動を展開していたピントゥスが捉えた当時の文学的状況が表われていたが、そのなかでとくに注目されたのは、次の二つのことであった。

そのひとつは、当時、表現主義の詩と並行して、ピントゥスが述べたような特徴をもつ詩が多数、作られており、それらの詩を（独創性を欠いたまま）模倣した詩作も盛んに行なわれていたということである。実際、詩人で批評家のヴォルフ・プシゴーデが一九一八年に作成した「若い世代に一読を勧める作者と作品の一覧表」には、『人類の薄明』に平均数以上の詩が収められた詩人一〇名（ベッヒャー、ドイプラー、エーレンシュタイン、ハーゼンクレーヴァー、ハイム、ラスカー＝シューラー、シッケレ、シュトラム、ヴェルフェル、ヴォルフェンシュタイン）が、ゲオルゲ、ハウプトマン、Th・マン、シュニッツラーなど当時の著名な作家と並んで挙がっていた。その一覧表はプシゴーデがH・カーザックと共同で発行し、一般に的確な批評で定評があった『文学（ディ・ディヒトゥング）』誌に掲載されたものであり、比較的客観性の高い評価に基づいていたと見ることができた。

そのように、表現主義と同じ時期に、それとは関係のない、あるいは対立する文学が書かれていたのであるが、その事実は、ともすれば忘れられがちである。すなわち、「表現主義の十年」という、一般によく言われる表現には、あたかもそれ以前のすべての文学を爆発的な力で排除した文学運動が存在したかのような、そして自然主義、印象主義、新ロマン主義は最終的に終わったかのような錯覚を生みやすい。しかし、表現主義の文学は当時、「最近の文学」として「前代の文学」とともに存在し、それとは異なる「先駆的な文学」として独自の意義を発揮していたのである。

まさにそうした認識があったからこそ、ピントゥスは最多の詩を収録したヴェルフェルについて「ゲオルゲ、リルケ、ホーフマンスタールが主流であった一九一一年にまったく新しい音色を響かせた」と評価したのである。実際、ヴェルフェルの処女詩集『世界の友』が発表される四年前の一九〇七年には、ゲオルゲの『第七輪』が書かれ、リルケの『新詩集』とホーフマンスタールの『詩集』が発行された。そして、ベンの詩集『屍体陳列所（モルグ）』が大評判になった一九一二年には、ハウプトマンがノーベル文学賞を受賞し、Th・マンの『ヴェニスに死す』が出版された。こうした文学の複合的情勢（コンステラツィオーン）から改めて明らかになるのは、表現主義は当時、文学界で主流であった作者や作品とはまさに一線を画す前衛的な文学傾向であったということである。

次のひとつは、前代の文学でも最近の文学でも、それらを模倣するすべての詩人が「独自の詩作を追求する勇気をもたない者」として批判されていたが、「最近の詩」の追随者に関しては、序文「はじめに」の後半箇所でさらに次のように述べられていた。

> 模倣以外に能のない詩人には、いくつかの試みや変更（エントアールトゥング）が空虚な形骸に、定式化した形態（フォルメル）に、読者受けする（グシェフツメースィヒ）常套句になったという例がすでに見られる。そこでは激情、恍惚、大きな身振りは高く噴出するだけでなく、しばしば痙攣のうちに砕け落ちる。なぜなら、形を成すに至らぬからである。

この言葉では、表現主義の詩人をもって自任し、その文学傾向に追随し、時流に乗ろうと模倣的詩作を繰り返す詩人が批判されていたが、それだけではなく、当時、表現主義の詩と一般に受け取られた詩にそうした嘆かわしい傾向が見られたことも指摘されていた。たとえば、エルンスト・ブラスでは「風に吹かれて街路を行く」(Die Straßen komme ich entlang geweht) の一詩行、パウル・ボルトでは「若き馬たち！ 若き馬たち！」(Junge Pferde! Junge Pferde!) の一詩句、そしてクラブントでは「朝焼けだ！ クラブント！ 日々は明けるのだ！」(Morgenrot! Klabund! Die Tage dämmern!) の表題（タイトル）がまるで合言葉のように人々に口ずさまれ、急速に広まるという現象がとりわけ大都市で見られたのである。それによって表現主義の詩は、その一詩行、あるいは一詩句、さらには表題だけが人々に愛唱され、広まるという変則的な受容形態をもたらしたが、ピントゥスは文学作品である詩が大都市の文化的流行のなかでそのように「市場価値（マルクトヴェールト）」の対象に成り下がるのを見過ごせなかったのである。

論文「最近の文学について」

収録する詩人と詩の選択でピントゥスのおもな判断基準になったのは、彼が「表現主義をおそらく最も早く的確かつ綱領的に総括した」と自ら述べた論文「最近の文学について」(Zur jüngsten Dichtung) と、論文「若き詩人たちに告ぐ」(Rede an junge Dichter) で表明した文学観であった。とくに前者は、標題が詩集『人類の薄明』の副表題「最近の詩の交響曲」(Symphonie der jüngsten Dichtung) に受け継がれていたことからも明らかなように、ピントゥスが捉えた「最近の文学」の特徴が『人類の薄明』の詩人と詩にも合致して認められたと考えることができた。

その論文は一九一五年に書かれたが、冒頭では「軍隊勤務の休憩の合間に書いたこの拙稿が、最近の文学の分離するものではなく、共通するものを発展させることを願う。平穏、場所、言論の自由（レーデフライハイト）の制限から、いささか常套的で抽象的な表現になったが、後年にはこの主旨がより明確に表わされることだろう」と記されていた。実際に、その予告は『人類の薄明』の序文「はじめに」で実現されることになった。

そして、その論文では、のちに「表現主義」と呼ばれることになる「最近の文学」の基本的特徴が次のように表わされていた。

> 現実は、一般に自然として、あるいは人間を包囲する都市の物質的な空間や環境として、さらには工業技術が生み出す物質的な現象世界として理解されるが、それだけではなく、とりわけ人間の社会的、文化的、政治的、経

> 済的な関係と環境の錯綜（ゲヴィル）として理解されるべきである。（中略）〈最近の文学（ディ・ユングステ・ディヒトゥング）〉は、まさにそうした現実に在る人間の歓喜、失望、嫌悪などの混合的感情から生まれてきたのだが、その最も共通する意志は、現実自体を手段にして現実をその現象領域から解き放つのでも、また人間が現実から逃避することで人間自身を現実から解き放ち、現実を克服するのでもなく、現実をより強く包囲し、精神の優れた洞察力、運動性、明澄化志向で、また感情の烈しさ（インテンジテート）と爆発力（エクスプロジーフクラフト）で現実を征服し、支配することである。（中略）そうした現実との対立で、〈最近の文学〉の総体性（トタリテート）は、人間を包囲する現実から精神がいっせいに飛翔する状態を表わすものとなり、その文学は非常に多様な形態を表わすことになるが、そこには共通する理念が存在する。（中略）〈最近の文学〉では、現実の決定論（デテルミニスムス・デァ・ヴィルクリヒカイト）は心理学的な個人主義ではなく、きわめて普遍的な感情、情熱、美徳の発現で個人を高めることによって克服されるのである（心理学的分析は、本質的なものの本質を探し当てる試みにすぎない）。（中略）そして、総体性（トタリテート）を志向する芸術からは、我々にとって神的なものを意味する最も普遍的で人間的なものが、それ以前の単一性から発して特殊例を形成する実験的芸術からよりもより強く現われる。したがって、〈最近の文学〉では——長い間、軽蔑されてきたことだが——感情が突如として噴出し、パトスがふたたび目覚め、埋没していた絶望の叫び、孤独者のメランコリックな哀歌が鳴り響くが、とりわけ憧憬に満ちた願望、きわめて普遍的で人間的な美徳と感情（善意、歓喜、友情、人間性、罪過、責務）の予言的告知が鳴り響く。（中略）現実との闘いで自己の意識に到達する精神は、現実を支配するために、また孤立した人類を創造的精神で結びつけるために、倫理的なものを——それが根源的で、最も普遍的なものであるがゆえに——必然的なものとして掲揚するのである。

このようなピントゥスの「最近の文学」論は、まさに表現主義の文学の基本理念になっていた。そこではリアリズムの根本原理である「現実描写」や「写実」の手法が排除され、種々の新しい手法によって精神の内奥から発する自由な表現、「人間」の真実、真理についての思い切った仮説、実験の提起が表わされるようになったが、その根底には、ピントゥスが述べたように、とりわけ現実が人間に対立するものとして認識され、現実に抗する主体的な人間の覚醒など、「近代化」のもとで生じたもろもろの現象が従来の多くの価値観を相対化させ、転換させ、さらに変更を迫った事態があったのである。

iii　収録する詩の選択

収録する詩人が決まったあと、ピントゥスはその各自に、また（詩人がすでに死亡していた場合は）親族や友人にその承諾と、収録する詩の彼への一任を求めたが、誰からも異議は出なかった。ピントゥスによれば、詩人もその親族も、そして各詩人の詩集を発行した出版社も彼が編纂する詩集（アンソロジー）への収録を歓迎している様子であった。なぜなら、一九一九年春には、抒情詩はもはや売れ行きが好い文学ジャンルとは言えなかったからである。

ちなみに、作家で評論家のペーター・シェーアが論文「抒情詩の時代」で「ドイツでは抒情詩が新たな名声を博すことになった。抒情詩人はもはや自分の職業を恥じる必要はない。フライリヒラートの時代にはカインの印（しるし）であった文学の烙印がいまや時代を象徴する印（しるし）となった」と述べたのは、一九一三年七月のことであった。たしかに、一九一二年ごろから一九一四年ごろまでの初期表現主義の時代には、代表的な文芸誌『行動（ディ・アクツィオーン）』がほとんど毎号で多数の詩を掲載し、さらに一九一三年から一九一六年まではドイプラー、ヴェルフェル、ゴル、ルビーナー、エーレンシュタインの各「特集号」も発行した。また、当時の代表的な叢書『最新の日（デァ・ユングステ・ターク）』の一九一三年秋の広告でも「我々の時代の最も特徴的で最も集中的な表現手段は抒情詩にあるので、この叢書ではおもに抒情詩の小品を発行することになる」と宣伝されていた。

このように、第一次世界大戦以前には、抒情詩に対する一般の関心はかなり高く、各詩人の「詩集」も数多く出版された。しかし、大戦後には、抒情詩に代わって戯曲が優勢になっていた。

さて、収録する詩はおもに各詩人の既刊、あるいは未刊の詩集から選ばれたが、それが具体的にどの詩集であったかは、「編纂後記」で「詩の転載では、巻末の作品目録に挙げた出版社から許諾が得られたことに感謝する」として明らかにされていた。実際、そこには各詩人の一九一九年までに発行された作品が記載され、「クルト・ヴォルフ社」、「インゼル社」、「エルンスト・ローヴォルト社」、「A・R・マイヤー社」、「ゲオルク・ミュラー社」、「ローラント社」、「S・フィッシャー社」、「〈行動（ディ・アクツィオーン）〉誌出版社」、「〈嵐（デァ・シュトゥルム）〉誌出版社」、「エーリッヒ・ライス社」など、当時、表現主義の文学を積極的に世に出していた出版社の名前が並んでいた。

それによれば、詩の選択ではクルト・ヴォルフ社から発行された詩集が最も多く該当し、二三名の詩人のうち一七名がその時点でクルト・ヴォルフ社から詩集を出版していた。それは、クルト・ヴォルフ社が表現主義の文学を非常に多く世に出していたという実績に拠っていた。実際、同社は表現主義の「代名詞」になるほど、その運動をあらゆる面で支援し、若い詩人たちに発表と活動の場を提供していたが、それだけではなく一九一七年にヒュペーリオン社を、一九一八年にヴァイセ・ビュヒャー社をそれぞれ傘下に収めたことによってより多くの版権を所有していたのである。

ちなみに、（エルンスト・ローヴォルト社を譲り受けた）クルト・ヴォルフ社は、ハーゼンクレーヴァーの詩集『若者』とヴェルフェルの詩集『われわれは在る』の発行を皮切りに、表現主義の文学を年鑑、年報、叢書などさまざまな出版形態で数多く世に送り出した。そうした活発な活動のなかでも、とくに叢書『最新の日』は、ほとんどの巻が版を重ね、多くの読者を得て大成功を収めた。それは「当時の特徴的で、未来を志向した若い作者の作品」を集成した叢書として高く評価されたが、ピントゥスはハーゼンクレーヴァーとヴェルフェルとともにその特徴的な表題（タイトル）の決定から各巻の編集・発行まで一貫して関わったのであった。

そして、詩の選択については、おもに次に挙げるような特徴的傾向が認められた。

一、収録された詩は、（ベッヒャーの一篇とツェヒの五篇を除き）各詩人の一九一九年までに発行された「詩集」から選ばれていた。

二、選択の対象となった各詩人の「詩集」は、プシゴーデが作成したあの「若い世代に一読を勧める作者と作品の一覧表」に記載されたものが多かった。すなわち、ベッヒャーでは『崩壊と勝利』、『ヨーロッパに寄す』、『同胞の契り（フェアブリューデルング）』、ドイプラーでは『星明かりの道』、『西欧（ヘスペリア）』、エーレンシュタインでは『白い時代』、『人間は叫ぶ』、ハイムでは『永遠の昼』、『生の影』、ラスカー＝シューラーでは『ヘブライのバラード』、『我が奇跡』、シッケレでは『白と赤』、シュトラムでは『きみ――愛の詩』、ヴェルフェルでは『世界の友』、『われわれは在る』、『たがいに』、ヴォルフェンシュタインでは『神なき歳月』、『友情』から多くの詩が選ばれていた。

三、ピントゥスが「批評したことがあった」詩人の詩が比較的多く選択されていた。

この結果、各詩人の収録詩数は多い順に、ヴェルフェル（二七篇）、クレム（一九篇）、ハーゼンクレーヴァー（一九篇）、エーレンシュタイン（一八篇）、ドイプラー（一七篇）、ベッヒャー（一四篇）、ラスカー＝シューラー（一四篇）、ハイム（一三篇）、シュトラム（一三篇）、ヴォルフェンシュタイン（一三篇）、ハイニッケ（一二篇）、ツェヒ（一二篇）、シッケレ（一一篇）、トラークル（一〇篇）、シュタードラー（一〇篇）、リヒテンシュタイン（八篇）、ベン（七篇）、ゴル（六篇）、ロッツ（六篇）、オッテン（六篇）、ファン・ホディス（五篇）、ルビーナー（五篇）、レーオンハルト（四篇）となっていた。

無論、ピントゥスはその詩集（アンソロジー）で「時代の動きの全体像のみならず、各詩人の才能、個性、活動範囲についてもできる限り完全な輪郭を与え、各詩人に評価を下すことのできる」編纂をも目指したので、詩人によって収録詩数にそうした差が生じたのは、予想されたことであった。そこには詩人とその詩に対する文芸批評家としてのピントゥスの優れた評価能力が反映されていたのである。

マールバッハのドイツ文学館館長ベルンハルト・ツェラーによれば、ピントゥスは専門的論文、小論文、(寸評も含む)批評、文芸欄用記事、書評など一万件余りの発表があったが、その大半は後年、書類挟み(ファイル)ごとナチスに没収された。したがって、今日、一般が参照できるのは、おもに文芸雑誌に発表されたハイム、ラスカー＝シューラー、ドイプラー、ヴェルフェル、クレム、ハーゼンクレーヴァー、エーレンシュタインについての批評に留まる。しかし、それらはいずれもピントゥス独特の友情に満ちた深い理解と鋭い感受を表わし、貴重な記録になっている。そこで、次には、彼の批評活動の一端を知るためにも、収録詩数の多い四名の詩人について彼が書いた批評の一部を紹介したい。

主要詩人四名についての批評

ヴェルフェルについては、処女詩集『世界の友』が一九一一年に発行されると、たちまち大きな反響を呼んだ。その後、彼の詩集は一九一三年に『われわれは在る』、一九一五年に『たがいに』がそれぞれ発行され、いずれも好評を博した。さらに、一九一七年には既刊の三詩集の選集『三王国の歌』が叢書『最新の日』の第二九・三〇巻として発行された。そのヴェルフェルについて、ピントゥスは一九一六年に『行動(ディ・アクツィオーン)』誌で次のように批評していた。

彼はたんに一詩人ではなく、ヨーロッパ的規模の詩人である。その詩は完璧な場合も、形式が崩れて不完全な場合もあるが、それはたいした問題ではない。注目すべきことは、彼がきわめて簡潔で印象深く、親しみやすい詩的表現をしていることである。重要なことは、彼の詩で今世紀に初めて熱狂的感情が倫理的トロンボーンの音になり、少年の柔和で憧憬に満ちた歌が大天使の預言的フリオーソになったことである。

彼は詩というものを抒情的印象から救出した。彼の詩は情緒ではなく、肉声である。人間を目覚めさせ、慰める声であり、懇願し、困難を打開する声であり、罪を悔いる謙虚の声である。彼は詩を通して世界に在る人間相互の生の可能性を説いている。
彼は、同じ時代に生きる人間を分離するものを見出して分析するのではなく、人間に共通するもの、人間が共同体となるものへ向かって進む。その過程で彼は個人的体験を詩に詠うことを止めた。（中略）本来、世界には摩擦ばかりがある。普遍的理想の完全な生とは正反対の自己の不完全な生。共存する者がみな苦難を背負っている状況でわずかの救助しかできないと悔やむ責任感情。多くの世界苦に直面して、自己の幸福の意識は消え去る。後悔に打ち拉がれながら、理想の純化へと向かう偉大な飛躍が言葉で試行される。その結果、ヴェルフェルの詩が生まれる。
そうした詩はことごとく反自然主義的である。それは人間のみを詠う。〈世界は人間のなかで始まる〉のである。人間は、自然を賛美し模倣するためではなく、自分自身と生を整え、律するために存在する。我々は互いに見知らぬ者であり、この世界で互いに他人である。だからこそ、互いに自分を開き、相互に橋を架けることが必要である。ヴェルフェルの詩は我々が自分自身を形成せねばならないことを強く訴えている。

次に、**クレム**について、ピントゥスは一九一七年に『行動（ディ・アクツィオーン）』誌で次のように批評していた。

クレムは地上的な風景からも、感覚印象や現実体験から生じる我々の意識内容からも立ち去っている。彼の精神は、尺度も自然法則も因果関係もないひとつの新しい宇宙を生み出している。幾千もの新しい詩的技法を創ることで、彼は詩の作用を幾千倍も高めている。彼の詩的想像では視野が無限に広がり、彼はその宇宙の流動する無限のなかを、市民が居間や故郷の木立を歩くときと同じ自明の安心感をもって移動している。（中略）注目すべきことに、彼の詩ではどの詩行も一行がそのまま一篇の詩となっている。そうした微光を放つ詩行が彼のなかには数多く存在すると思われるが、それらはわずかな操作で組み合わせられ、ほとんど自動的に、万華鏡の多彩な石のように新たな形成物になるのである。

そして、**ハーゼンクレーヴァー**の詩については、ピントゥスはそれほど多くは語っていなかったが、それは、『人類の薄明』に収録した一九篇の詩がハーゼンクレーヴァーの生と詩のすべてを表わしていると確信していたからである。すなわち、その一九篇のうち七篇は詩集『若者』（一九一三年刊）から、一〇篇は詩集『死と復活』（一九一七年刊）から選択されていたが、まさにその配分によってハーゼンクレーヴァーの生と詩がきわめて的確に捉えられていたのである。実際、前者は一九一三年までに書かれた詩を収録し、ハーゼンクレーヴァー自身が「青年時代の記録であり、当時の自分の全プログラムだった」と述べたように、二〇歳代前半の彼の生が表題の「若者」に託して自伝的に詠われていた。そして、後者は第一次大戦の勃発以降、彼がK・ヒラーの行動主義の影響を受けて熱心な平和主義者となり、「政治に参加する詩人」へと変化した過程が詠われていた。

ピントゥスはハーゼンクレーヴァーと一九〇九年に知り合って以来、一九四〇年に彼が自ら命を絶つまで、じつに三十年余りにわたって親交を結んだが、ハーゼンクレーヴァーはその詩によってのみならず、「永遠に燃え輝く青年のような個性」によってピントゥスのほか、ココシュカ、ヴィリ・ハース、K・エートシュミットなど、当時の多くの芸術家や文学者を魅了した。彼の詩に詠われた「夜の街を彷徨う青年」も、戯曲に現われた「父親を憎悪する息子」もともにハーゼンクレーヴァー自身であり、彼はまさに青年という存在に特別の価値を付与した。実際、彼ほど、「若い世代」を文学的主題（テーマ）とした表現主義を見事に体現した詩人はいなかった。

さらに、**エーレンシュタイン**について、ピントゥスは『愛書家の雑誌』（一九一六年）と『行動（ディ・アクツィオーン）』誌（一九一七年）で次のように批評していた。

彼の詩の本質を数行の文章で表わすことは、ほとんど不可能である。あえてそうするならば、それは暗闇にいっそう深く沈むだろう。思考と感受を極めるならば、それは消え去るだろう。その詩は、傷ついて血を流す脳髄から、針で刺しまくられた心臓から、苦悩、呪詛、悲嘆、嘲笑、破滅の無限の潮流へと注いでいる。読むまでは、そうした詩が書かれることなど、とうてい信じられなかった。しかし、そうした尋常ならざる詩は、すべてエーレンシュタインの本性から生まれていた。だから、その類の詩を彼以前に書いた詩人を探すことも、以後に書く詩人を予期することもともに無意味と思われる。

彼の最初の詩も最後の詩と同様に、苦悩、悲嘆、呪詛、嘲笑、破滅であった。彼にとって無限の苦痛は、自身の生がその不完全と汚濁で屈辱的に抹殺される世界に在って、なおも継続することであり、その天空に永遠の苦悩が翻る宇宙で呼吸することであり、嫌悪する生で憔悴する状況で、滅入る感情を封殺できぬまま心に抱きつづけることであった。その無限の苦痛こそは彼の詩、歌、叫びに、さらには賛歌にも現われる唯一かつ永遠の旋律であった。しかし、後悔に打ち拉がれ、望みを失った彼の心からは、無限の豊かな想像、形象、修辞表現が光輝を放って現われた。日常の恐怖と重圧からは、大いなる神話が立ち上がった。その後、空想的でグロテスクな神話は、ふたたび地上の人間的苦悩の変幻する表現へと沈下せざるを得なかったが……。

そうした批評に拠って、『人類の薄明』にはエーレンシュタインのおもに民謡調の失恋詩と格言調の悲嘆詩が収録されたが、それらの詩についてピントゥスは「彼の心が清純な生の不可能性を知って苦悩した末に、ついに地上の生、汚された感情、侮辱された願望を呪詛するに至った経緯を表わしていた」と述べていた。

そうした類の詩が数多く収録された初期の詩集『白い時代』は、その表現の激しさ、苦悩の深さゆえにさほど多くの読者を見込めないと判断した出版社が発行を躊躇いつづけた。そのために、それは印刷済みの状態で発行まで二年も待たねばならなかった。

しかし、『人類の薄明』に収録された彼の一八篇の詩のうち、一五篇は『白い時代』と『人間は叫ぶ』の二詩集から選ばれていた。その選択にはピントゥスの次のような細やかな配慮があった。すなわち、その両詩集はともに一九一六年に——存命の詩人には稀なことであったが——通し番号付きの（大判の）愛蔵版として三〇〇部限定で発行された。それに対してピントゥスは、エーレンシュタインの特徴的な詩がわずか三〇〇人にしか読まれないことを残念に思い、より多くの人に読まれることを願って『人類の薄明』にその両詩集の詩をとりわけ多く収録したのである。ピントゥスはエーレンシュタインの詩の真の理解者として、そうした彼の不遇をそのまま見過ごすことができなかったのである。

なお、ピントゥスはエーレンシュタインを「永久にツイテない男」と呼び、その生については「万象のなかでよろけ、馬糞につまずいて転倒する。しかし、首の骨を折ってより幸福な救済の世界へ逝くこともできず、天と地の間に、混沌（カーオス）のなかに無力なまま絶望的にぶら下がっている。そんな彼に天は無限の苦しみを容赦なく降り注ぐ」と述べて、哀れんでいた。しかし、その詩的才能については「これまでにドイツ語で書いた詩人のなかで最も独創的な一人」として高く評価し、「彼はきわめて深い意味で時代に適っていた。なぜなら、彼は人間の無力に苦悩し絶望した精神を感情の根源から揺さぶって救出しようとする運動を詩に書き表わしたのだから」と述べていた。

このように、ピントゥスは各詩人の生と詩を「彼らの時代」との関連で考察し、それぞれの文学の本質的特徴を広く深く捉えていた。そうした精緻な批評と評価に基づいて、彼は多数の詩から「表現主義の時代の最も特徴的な詩」と直観した詩を『人類の薄明』に収めたのである。

iv　四章構成

ピントゥスは自らが選んだ二六九篇の詩を主要テーマに従って「四つの部分」に配分したが、それは、その詩集を

「交響曲として編纂する」という基本構想に拠って、「交響曲の四つの楽章」に合わせようとしたからである。したがって、その四つの章の各主要テーマは、音楽的解釈と関連させて次のように説明された。

> 重要なのは、騒々しい不協和音から、メロディーの美しい調和から、和音の力強い歩調から、分散した半音や四分音から、世界史のうちで最も激しく荒れ狂い、精神の荒んだ時代のモティーフやテーマを聴き取ることである。それらの心を揺さぶるモティーフ（それは、我々の内部の精神的出来事から生じたのか、それとも平凡な外部の推移が我々のなかに巨大な反響を惹き起こしたのか？）は、詩人たちの本質や意欲に応じて変奏を生み出す。破裂せんばかりのフォルティッシモに高まるかと思えば、幸福感に溢れるドルチェとなって消えてゆく。疑惑と絶望のアンダンテ（Das Andante des Zweifels und der Verzweiflung）が**反乱**の奔放なフリオーソ（zum befreienden Furioso der **Empörung**）と高まる一方で、**呼び起こされ、目覚める心**のモデラート（das Moderato des **erwachenden, erweckten Herzens**）は、**人間を愛する**人類の勝利に満ちたマエストーソ（zum triumphalen Maestoso der **menschenliebenden** Menschheit）へと解き放たれる。（ゴチック表記は訳者による）

この説明で、語彙や語句の対応から考えれば、「疑惑と絶望のアンダンテ」は一番目の「崩壊と叫び」（Sturz und Schrei）の、「反乱の奔放なフリオーソ」は三番目の「反乱へ立ち上がろう」（Aufruf und Empörung）の、「呼び起こされ、目覚める心のモデラート」は二番目の「心よ、目覚めよ」（Erweckung des Herzens）の、「人間を愛する人類の勝利に満ちたマエストーソ」は四番目の「人間に愛を」（Liebe den Menschen）の、それぞれ主要テーマを音楽的に表現していた。なお、二番目と三番目の章題は、逐語訳ではそれぞれ「心の覚醒化」、「（行動への）呼びかけと反乱」であるが、ともに標語などによく表われる一種の「複合題名」（Sammeltitel）と見ることができ、声明のようなニュアンスをもっていた。

その四つの特徴的な主題(テーマ)は、それぞれの章に収められた詩の集合的な解釈に基づいており、一番目の「崩壊(シュトゥルツ)と叫び(シュライ)」については、次のように述べられていた。

文明の咲き誇る花園から退廃の悪臭が詩人たちに吹き寄せ、彼らの予見する目には、すでに実体もなく膨れ上がった文化と、ことごとく機械的で因習的な事象の上に築き上げられた人類の秩序とが廃墟と映ったのである。果てしなく苦痛が膨れ上がり——この時代のなかで、この時代に苦しんで死んだ詩人のなかでも、とくにハイムは(ランボーとボードレールの厳格な手本に倣って)最も早く、最も明確に死と恐怖と腐敗のヴィジョンを壊滅的な詩節に叩き込んだ。そして、トラークルは現実の世界を顧みず——ヘルダーリンのように——秋の憂鬱でも形作ることのできなかった流れのなかへ、死へと衰微する限りなく青い流れのなかへ滑り込んだ。シュタードラーは、神と世界を相手に語り合い、格闘した。天使と格闘したヤコブと同じように、憧憬に苦しみながら、燃えるような激しさをもって。リヒテンシュタインは苦悩に満ちた明朗さで、都市のさまざまな形姿(すがた)や情緒を苦い諧謔の飲料へと攪拌し、早くも幸福感に満ちた確信に取り憑かれて〈ぼくの人間の顔は、あらゆるものの上を果てしなく巡る〉と詠った。ロッツは、雲の下から、ブルジョア的存在の苦境から、光輝と出発を求めて叫んだ。その身を引き裂くような悲嘆と告発は、一段と熱狂的かつ情熱的に轟きわたった。エーレンシュタインやベッヒャーの絶望(フェアツヴァイフルング)は、陰鬱な世界を真二つに引き裂いた。ベンは、死体にも等しい人間の腐敗しゆく陳腐な姿を嘲り、強力な原始的本能を讃えた。シュトラムは、自己の熱情を現象と連想の幻覚から解き放ち、純粋な感情を雷鳴のような一語に、嵐のような一撃に凝縮した。現実に対する真の闘争が、世界を破壊すると同時に人間のなかからひとつの新しい世界を創り出さずにはおかない恐ろしいまでの爆発力をもって始まったのである。

この章は、ピントゥスが「ひとつの時代の叫び(シュライ)と崩壊(シュトゥルツ)と憧憬が、これらの先駆者と殉教者の激しい一群からほど声高く、引き裂くように、喚起するように、鳴り響いたことはなかった」と述べたように、まさに「疑惑(ツヴァイフェル)と絶望(フェアツヴァイフルング)のアンダンテ」を奏でていた。

その場合、「叫び(シュライ)」は、シッケレも一九二〇年に「自然主義の精確な描写ののち、そしてドイツ高踏派の形式的な洗練ののち、表現主義という名の洗礼を受けた者に起こったのは、叫び(シュライ)であった。これより適切な概念を与えるものはないと思われた」と述べていたように、表現主義の文学にきわめて特徴的な表現手段であった。

そして、この章の最初には、主題(テーマ)の「崩壊と叫び」を最もよく表わした、いわば標題詩(ティーテルゲディヒト)としてファン・ホディスの詩「世界の終末」が収められた。その詩は第一節の第二、第三行で「空に叫び声が響きわたる。屋根葺職人は転げ落ち、(In allen Luften hallt es wie **Geschrei.** Dachdecker **stürzen ab** und ……」と詠われ、その章の題名と語彙的にも合致していたが、それだけではなく、それは表現主義をあらゆる面で代表した詩でもあった。たとえば、その詩で各行は他の行と継起や因果などの意味的関連性をもたず、個別に並列していたが、そのような詩行構成はリヒテンシュタイン、ベッヒャーなど同時代の詩人に大きな影響を及ぼした。その詩をベッヒャーは「新しい時代のファンファーレ」と述べて称賛したが、ラスカー＝シューラーは「あまりにも見事な詩作法で、彼から盗み取ってしまいたい」と、またA・R・マイヤーは「私のみならず、他の何百ものベルリン人を不安に陥れた詩であった」と述べた。そのように、その詩はまさに表現主義の看板詩とも言い得る詩であったが、それが『人類の薄明』の幕開きに相当する一番目の章の最初に収められた意義は決して小さくはなかった。

この章には、ブルジョア社会の終焉、とくにベルリンに顕著だった大都市化と生活環境の悪化、過酷な工場労働、労働者の生活難、生への不安、人間不信、神の不在、自我の崩壊、孤独、戦争勃発の予感、戦争体験、戦場の惨状、死、絶望など、まさに人間存在と人間世界の崩壊に対してさまざまな叫びを発した詩が収められた。

そのなかで、注目されたのは、戦争を詠った詩として、第一次世界大戦の勃発以前に「それを予感した詩」が四篇、勃発以後に「反戦表明、従軍中の苦難、戦場の惨状を詠った詩」が一一篇収められていたことである。そして、それら一五篇の詩のあとには、死、神の不在、絶望を詠った詩が収められていた。要するに、ピントゥスはそうした詩の収録によって第一次世界大戦が人類の「崩壊と叫び」以外のなにものでもなかったことを訴え、そこに彼自身の反戦的意志を込めようとしたのである。表現主義の文学と第一次大戦との関係については、あとの箇所で詳しく述べたいが、『人類の薄明』に収められた詩人も、ピントゥス、ローヴォルトもその戦争によって計り知れない苦難を強いられ、運命を狂わされただけでなく、出征した詩人の多くは尊い命を奪われたのであった。

次に、二番目の章の「心よ、目覚めよ」については、次のように述べられていた。

> 人間のなかに人間的なものを認識し、それを救出し、呼び覚まそう(エアヴェッケン)という試みがなされた。心(ヘルツ)の最も正直な感情、人間に善をもたらす喜びの感情が讃えられた。そして、それはあらゆる地上の生き物へと、地球の全表面へと拡がった。精神は埋没から身を引き離し、宇宙のあらゆる出来事のなかを漂い巡り……あるいは、もろもろの現象のなかに深く身を沈め、そこに神のような本質を見出そうとした。人々にとっていっそう明らかになったことは、人間は人間によって救われるのであり、人間を取り巻く周囲の環境によって救われるのではないということである。(中略)そして、救いは外部からくるものではなく——第一次大戦以前に、人間が外部に予感していたものは、戦争と破壊だった——ただ人間の内部の力からくるものである。したがって、倫理的なものへの大いなる志向が生じたのである。

このような解釈には、「人間の内部の力」である「心」が休眠状態から目覚め、その本来の意義と役割を発揮することを要求した当時の社会的願望が反映していた。それは、ピントゥスが同じ時期に発表した論文「未来への提言」

でも「我々は目覚めねばならない、目覚めさせねばならない、絶えず意識して拳で世界を叩き、その眠りを覚まさねばならない」と訴えられていた。

「心を目覚めさせる」ことの重要性は、当時、いくつかの論文でも表わされていた。すなわち、戦争が起きた原因をおもに人間の精神的無力に求める傾向が見られ、心の休眠状態こそがその原因だったと考えられたのである。たとえば、『白　草　紙（ディ・ヴァイセン・ブレッター）』誌にはデンマークの作家S・ボルベルクの論文「ヨーロッパの心臓疾患」のほかに、ヴァン・デ・ヴェルデの論文「心の存在」も掲載されていた。

そうした状況で、この章の最初には、ヴォルフェンシュタインの詩「心」が収録された。実際、そこでは「光はぼくたちの外側から射してはこない／……／朝は人間の内側から明けるのだ／……／小さな心は人間の魂の蒼穹から／計り知れないほどの光を放っている／……／心は万人の力をひとつに結び合わせる／心は宇宙で人間の昼となって輝く」と詠われ、心の役割と意義が強調されていた。

この章には、少年期の不安や青年期の苦悩からの脱却、希望に満ちた生の予感、新しい人間の登場、光明や燈火の賞賛、エロチシズム、恋愛体験、女性への憧憬、生の躍動、開花と自然の活力、森林と樹木、（早春から冬までの）季節の変化、（日昇から日没までの）一日の推移、豊かな夢想、神（＝天使）と人間の交歓、神の探求などを詠った詩が収められた。

そのなかで特徴的だったのは、森、木、花、季節など自然を詠った詩でその旺盛な生命力が人間存在と結びつけて讃えられていたことである。また、性愛や恋愛も、それと同様の意味で、人間の生きる力を目覚めさせ、心を高揚させる体験として評価されていた。

しかし、とくに注目されたのは、「崩壊と叫び」の章の最後に収められたヴェルフェルの詩「われわれはない」で「もう一度、初めから生き直すことができるのだ。……だから、ぼくは世界に在るあらゆる萌芽を誉め讃えた」と詠われた期待が、この章の最後に収められたヴェルフェルの詩「わたしなどまだ子供です」で「いま、予感のうちに使っている言葉よ、……力尽きることなく、万有を貫いて広がっていけ、〈われわれは在る〉と!!」というように、きわめて強い希望に変化していたことである。そこにはすべての人間が「われわれ」と呼び合うことのできる人類の共同体の実現への希望が次第に強くなる過程が示されていたのである。

そして、三番目の「反乱へ立ち上がろう」については、次のように説明されていた。

> 世界大戦が起こり、詩人たちが予感していた崩壊が現実になったことを見れば、詩はまたしても時代を先取りしていたことになる。呪詛の爆発のなかから、反乱（エムペールング）、決断、釈明、刷新を求める叫びが迸り出た（ベッヒャー、ルビーナー、ハーゼンクレーヴァー、ツェヒ、レーオンハルト、ハイニッケ、オッテン、ヴェルフェル、ゴル、ヴォルフェンシュタイン）。それは、反乱を楽しむ気持ちからではなく、崩壊するもの、破壊されたものを反乱（エムペールング）によって完全に破壊し尽くすことで、そこから回復の芽が現われることを望んだからであった。若い世代の団結と、精神の密集方陣（ファーランクス）の出発への呼びかけが響きわたった。

このような解釈で、「反乱（エムペールング）、決断、釈明、刷新を求める〈呼びかけ（アウフルーフ）〉」は、精神が社会に作用するために必要な行為（こうどう）として、当時の著書や論文の標題にも数多く現われていた。たとえば、行動主義の指導者だったクルト・ヒラーは『行動的精神への呼びかけ』という表題の年報を発行したが、ミューザームやランダウアーもそれぞれ「社会主義への呼びかけ」、「声明参加への呼びかけ」、「精神的存在への呼びかけ」、「国際的連帯への呼びかけ」といった論文や声明文（マニフェスト）を発表した。そうした当時の著しい傾向に拠って、ヴェルナー・ミッテンツヴァイのように、表現主義の文学を「〈出発と呼びかけ〉の文学」(Aufbruch- und Aufrufdichtung)と特徴づける批評家も少なからず現われた。

そして、この章の最初には、ベッヒャーの広く知られた詩「準備（フォアベライトゥング）」が収められたが、それは、彼の詩集『ヨーロッパに寄す』でも「導入（アインガング）」という題名で最初に収録されていた。その詩をピントゥスは「導入部の賛歌」(Einleitungshymnus) と述べ、「行動主義を掲げて政治参加を志す詩人ベッヒャーの綱領に相当する詩」と捉えていた。それをこの章の最初に収めるにあたって、ピントゥスは「準備（フォアベライトゥング）」という題名にしたのだが、その変更は、彼が序文「はじめに」で「この激しさと急進性がこれらの詩人を終焉に向かう時代の人類に対する闘いへと駆り立て、新しいより良い人類を志向する憧憬に満ちた準備（フォアベライトゥング）と要求へと促すのである」と述べた解釈に合致させようとしたからであった。

ちなみに、その詩では「詩人は光りかがやく和音を避ける／テューバを吹き鳴らし、太鼓を激しく叩く／切り刻んだ文章で民衆の心を掻き立てる／……／おお、創造の三位一体：体験、表現、行動／……まもなく、僕の文章の、逆巻き、砕け散る波は前代未聞の外観を示すことだろう／演説、宣言、議会。火花を散らす政治劇、実験小説／演壇から歌が鳴り響いてくる／人類！　自由！　愛！」と詠われていたが、そこには行動主義の元祖と崇められたハインリヒ・マンの「精神と行動の一致」の要求のほかに、フランス革命の標語に倣った詩的活動の三つの目標（スローガン）が表明されていた。

したがって、この章には、詩人の社会参加、行動の開始、自由と正義を求める闘争、仲間の団結、反戦の訴え、革命や反乱への呼びかけ、アイデンティティの覚醒、人間性の追求を詠った詩が収められた。

しかし、この章に収録された詩に関しては、次に述べるような二つの特徴が注目された。そのひとつは、ベッヒャーの詩「エロイカ」やヴォルフェンシュタインの詩「合唱団」など、ベートーヴェンの交響曲と関連した詩が何篇か収められていたが、それだけではなく、詩「ユートピアからの音響」に見るように、「協和音」、人間の「声」や「合唱」などがモティーフとして数多く現われ、音楽や音声が反乱、革命、反戦運動と結びついて人々を共通の目的に向かって団結させるきわめて効果的な要素として認識されていたことである。

次のひとつは、訴えや呼びかけを表現するために、命令形の詩行で構成された詩、あるいは声明や宣言の主旨を詳細に説明するために、複数の部や項で構成された長い詩が作られたが、そうした詩形式が表現主義の詩の政治化と、信念の抒情詩化をいっそう促進していたことである。

最後に、四番目の「人間に愛を」については、次のように述べられていた。

> もはや個人的なものではなく、すべての人間に共通するものが、分離するものではなく統合するものが、現実ではなく精神が、万人の万人に対する闘いではなく兄弟のような親愛(ブリューダーリヒカイト)が讃えられた。新しい共同体が求められた。そして、これらの詩人から悲嘆と絶望と反乱が共通して激しく鳴り響いたのと同様に、彼らの歌声のなかで、人間性(メンシュリヒカイト)と善意(ギューテ)、正義(グレヒティヒカイト)と友情(カメラートシャフト)、万人の万人に対する人間愛(メンシェンリーベ)がひとつになって訴えかけるように高く奏でられた。全世界と神が人間の顔をもつようになった。世界は人間のなかで始まり、神は兄弟として見出された——石像さえもが人間のように近づき、苦悩の都市は共同体(ゲマインシャフト)の幸福の神殿となる。そして、我々を救済する言葉が勝利とともに湧き上がる。われわれ(ヴィア)は在る(ジント)！と。

そして、この章の最初には、ヴェルフェルの詩「読者に」が収められたが、それは表現主義の文学が追求した「すべての人間が友愛で結ばれ、仲間になる」という博愛の理念を内容的にも形式的にも表わしていた。そこでは、人類の共同体を希求した詩でほぼ常套的に現われる「おお、人間よ！」(O, Mensch!)という呼びかけが冒頭に現われ、そのあと、第一節では黒人、曲芸師、胎児、(少年)少女、兵士、飛行士などの「きみ」が、そして第四節では森番、駅員、帳簿係、店員、火夫、苦力(クーリー)などの「ぼく」が登場するが、その両者は最終行で「ああ、兄弟よ、ぼくたちが互いに抱き合う日がいつかくることを！」と詠われて、互いに兄弟のような親愛で結ばれ、人類の共同体が生まれることが願望されていた。

なお、この章にはヴェルフェルの詩が最多の九篇収められていたが、それはピントゥスがヴェルフェルを「同じ時代に生きる人間を分離するものを見出して分析するのではなく、人間に共通するものへ向かって前進する」詩人として捉えていたことにも関係していた。

そして、この章には、（以前に敵対、憎悪し合っていた）父親と息子の和解、母親と息子の情愛、社会的弱者への愛、敗残兵への敬愛、友情の称揚、死者への哀悼、平和の希求、他者への献身、人間と自然の共生を詠った詩が収められていた。

しかし、この章でとくに注目されたことは、ベン、ファン・ホディス、第一次大戦の初期に戦死したリヒテンシュタイン、ロッツ、シュトラムを除く一八名の詩人の詩が──たとえ収録数に多少の差があっても──収録されていたことである。実際、ピントゥスは「各詩人の本質や意欲に応じて変奏を生み出す」と述べてはいたが、収録詩の大半が一番目の章の「崩壊と叫び」に入っていたエーレンシュタインの場合も、この章で「希望」と題する詩が収められ、そこでは「人間は幸福な者のように／やがて生気のない病んだ貧困から脱するだろう／そして、神々が死んだ／その世界に／天国を見出すだろう」と詠われていた。

さらに、オッテンの詩「敗れた兵士たちに」では「ぼくたちは待ち望む、神の玉座の前で／ぼくたちが互いに手を取り合い／兄弟として、そう、兄弟として、友愛の炎に歓喜する日を」と、またベッヒャーの詩「絶望の島」では「ぼくは慈悲の潮流へ引き入れられた／そこでは動物は人間を讃え、人間は人間と融け合う／ぼくの光輝のなかですべての生き物が湯浴みする／それらはみな兄弟と呼び合う……!!!」と詠われていたが、そのように何篇かの詩で表明されていた「兄弟になる」、「みなが兄弟と呼び合う」ことの願望は、「すべての人間が兄弟になる」と高らかに詠ったあのベートーヴェンの『第九交響曲』の「歓喜に寄す」を思い起こさせずにいない。

そして次には、一番目の章の最終に収められたヴェルフェルの詩「われわれはない」では、「人々の額にぼくはみつけた、〈われわれはない〉という言葉を」と詠われ、「われわれ」という人類の共同体が存在しないことが悲嘆されていたが、この四番目の章の最終（＝『人類の薄明』の最終）に収められたヴェルフェルの詩「生の歌」では、「けれども、どんな言葉をも超えて／ぼくは告げたい、人間よ〈われわれは在る〉と」と詠われて、その存在が確信をもって宣言されていたことである。

このように、四つの主要テーマに従って二六九篇の詩が四つの章に配分された結果、「崩壊と叫び」の章は八〇篇、「心よ、目覚めよ」の章は一〇一篇、「反乱へ立ち上がろう」の章は四一篇、「人間に愛を」の章は四七篇をそれぞれ収録することになった。

各章における詩の配列

各章における詩の配列については、次に述べるような頁構成に関する技術的配慮も必要とされた。ピントゥスによれば、「詩の題名と詩行が一頁に収まることが最も望ましく、仮にも一篇の詩の最後の二行とか四行が次頁に跨ること、あるいは前の詩のあとに、次の詩の題名と詩行が共に収まらないような空間（あき）が生じることはできる限り避けねばならなかった」のである。それだけではなく、詩の配列については、「主題が互いに関連した詩（ツザンメンゲヘーリヒ）――たとえば、「心よ、目覚めよ」の章では森林と樹木を詠った詩、「反乱へ立ち上がろう」の章では革命と反乱を詠った詩――は分離せず、集合的に収録することが望まれた」のである。

そうした配列上の制約を考慮しつつ、詩集『人類の薄明』は文学作品として本来の意義を発揮することが求められた。なお、「主題が互いに関連した（ツザンメンゲヘーリヒ）詩の集合的な配列」は、ピントゥスが挙げた例のほかに、一番目の章ではブルジョア社会の終焉、（ベルリンに顕著だった）大都市での生活難と人間疎外、過酷な労働、劣悪な生活環境、戦争の予感、戦争体験、死者への哀悼、死を詠った詩で、また二番目の章では光明と燈火、性愛（エロス）、恋愛、季節の変化、冒険と新生活への出発、神との対話を詠った詩でそれぞれ実行されていた。その結果、同一テーマが内容的にも形式的にもきわめて多様に詠われたという表現主義の詩的傾向が、また各詩人の感性と表現の固有性がいっそう明確に示されることになった。

さらに、その集合的な配列においても、そこに時間的、歴史的な推移がある場合は、それに従った配列が行なわれていた。たとえば、「崩壊と叫び」の章で戦争を主題にした詩は、その実際的推移に沿って戦争の予感、開戦、戦場の体験、戦死、絶望という順序で配列されていた。同様に、季節を詠った詩も早春、春、秋、冬という自然的推移に従って配列されていた。また、「反乱へ立ち上がろう」の章では内容的推移に拠って詩「ジョレスの死」につづいて詩「ジョレスの復活」が、「人間に愛を」の章では詩「ローザ・ルクセンブルクへの賛歌」につづいて詩「死んだリープクネヒト」がそれぞれ配列されていた。

しかし、詩の配列では、そうした配慮だけでなく、「各詩人の才能、個性、活動範囲についても可能な限り完全な輪郭を与え、……個々の詩人について評価を下すことのできる、まとまった状態を提供すること」が望まれていたので――たとえば、一番目の章でP・ツェヒ、トラークル、エーレンシュタイン、シュトラムの詩がそれぞれ三篇連続で収録されていたように――各章において同一詩人の詩は可能な限り集合的に配列されていた。その結果、たとえば一番目の章ではP・ツェヒの「昼下がりの工場道路」、「選鉱場の少女」、「フライス工」の連続的配列に現代の過酷な労働を告発しようとした詩作的意図が、またトラークルの「深き淵より」、「安らぎと沈黙」、「午後へ囁いて」の連続的配列に彼特有の形象言語の難解さ、豊富な色彩的表現、ランボーの影響が、さらにシュトラムの詩の連続的配列には言語芸術＝理論の実践例がより明確に表われていた。

V　表題「人類の薄明」をめぐって

詩集『人類の薄明』が発売と同時に多くの人の関心を引いたのは、その表題（タイトル）が第一次世界大戦の終結後、復興へと歩み始めた当時の人々の心を摑んだということも考えられた。一般に表現主義の出版物には、文芸雑誌から個人作品に至るまで、「(本領を発揮した)特徴的な表題」、「活動目標や信条を明示した表題」が付けられる傾向があった。

たとえば文芸雑誌では、従来の美的尺度を覆す新風をもって自任した『嵐（デァ・シュトゥルム）』、特定の政党と結びつかず、独自の文化闘争を展開した『行動（ディ・アクツィオーン）』、偏見や先入観を排した白紙状態で公正な批評を志した『白草紙（ディ・ヴァイセン・ブレッター）』。叢書では、当時の最新の文学を率先して社会に発信した『最新の日（デァ・ユングステ・ターク）』、刷新的で革命的な小著作（パンフ）を収集した『革命と再建（ウムシュトゥルツ・ウント・アウフバウ）』。そして年報（ヤールブーフ）では、おもに行動主義的な論文を掲載した『興起（ディ・エアヘーブング）』。また集成本（アンソロジー）では、表現主義の詩選集『告知（フェアキュンディグング）』、短篇集『発展（ディ・エントファルトゥング）』、歴史的転換期の記録文集『共同体（ディ・ゲマインシャフト）』。さらに個人作品では、ヴェルフェルの詩集『われわれは在る（ヴィア・ジント）』、ルビーナーの評論集『中心に在る人間（デァ・メンシュ・イン・デァ・ミッテ）』、ベッヒャーの詩集『ヨーロッパに寄す（アン・オイローパ）』、エーレンシュタインの詩集『人間は叫ぶ（デァ・メンシュ・シュライト）』、シュタードラーの詩集『出発（デァ・アウフブルッフ）』などがあった。

そうした状況にあって、ピントゥスは彼が編纂した詩集（アンソロジー）に『人類の薄明』(Menschheitsdämmerung)という表題を付けたが、それについては序文「はじめに」で次のように述べていた。

> ここに選ばれた二三名の詩は、ごく少数の主要モティーフに従いながら、速やかに、ほとんどひとりでに、この「人類の薄明」と名づけられた交響曲（ジンフォニー）に結集した。この詩集に収められた詩はすべて人類（メンシュハイト）への憂いから、人類（メンシュハイト）への憧れから生まれている。人間の個人的な出来事や感情ではなく、人類（メンシュハイト）が、人間そのものが、本来の、そして無限のテーマである。これらの詩人はいち早く感じていた、人間が黄昏（デメルング）に沈んでゆくのを……没落の夜に沈んでゆくのを……。しかし、それは新しい一日を明け放つ黎明（デメルング）にふたたび浮かび上がるためであることを。この詩集のなかで、人間は自分に押しつけられ、自分に纏いつき、自分を呑み込もうとする過去と現在の薄暗がり（デメルング）から脱出し、人間が自らのために創造する未来の救済的な薄明り（デメルング）へと向かうのである。

さらに、人間、人類（メンシュハイト）についてはその序文の後半箇所で、「人間こそが本質的なもの、決定的なものである」と強調され、「我々の時代の政治的な芸術は……人類自身の理念が完成し実現するように人類を助けるものである。……その結果、そうした詩に最も多く現われる言葉が人間、世界、兄弟、神であるのもまったく当然のことである。とにかく、人間こそがそれらの詩の出発点であり、中心点であり、目標点である」と述べていた。

このように、ピントゥスは「人間」、「人類」を表現主義の文学の中心的かつ不変のテーマとして捉えたが、その文学観は、序文「はじめに」のみならず、彼の数々の論文でも表明されていた。たとえば、一九一八年に発表した論文「若き詩人たちに告ぐ」では、「諸君の芸術には人間そのものが最も大切なものとなる。諸君の芸術が相手にするのは人間であり、つねに人間である。芸術がこれほど〈芸術のための芸術（ラール・プール・ラール）〉という原理から遠く離れたことはなかった。（中略）諸君を駆り立てる共通の意志、それは人間への意志である！」と述べられていた。

人間や人類に主眼を置いた世界観や文学観は、当時、ピントゥスのほかに何人かの文学者に見ることができた。たとえば、L・ルビーナーは早くも一九一二年に論文「詩人は政治に手を突っ込む」で「詩人にとって政治とは、人間に対する道徳的意志を明らかにすることである」と述べたが、その信念はルードルフ・カイザーやフランツ・ユングなど同時代の多くの詩人に影響を与えた。その後、ルビーナーは人道的な行動主義をさらに発展させ、評論「世界の変革」（一九一五年発表）では仲間の作家に「地上に在るすべての人間に責任をもつ」グローバルメンタリティの確立を呼びかけ、『中心に在る人間』（一九一七年刊）では「人間こそが世界の中心である」と主張し、評論「世界の同胞」（一九一七年発表）では「世界の同胞の神聖を信じる心」を伝道し、そして一九一九年には「世界革命のための詩集（アンソロジー）」と銘打った『人類の盟友たち』を編纂・発行した。

そうした壮大な人類愛と世界感情（ヴェルトゲフュール）を主題（テーマ）にした文学は——エートシュミットなど、数人の表現主義の文学者からその偏重を危惧する声も上がったが——とくに大戦中に数多く書かれた。

次に、「薄明（デメルング）」については、それが「夜明けの薄明」と「暮れゆく黄昏」の両方を意味する語であることから、その表題も「人類の薄明／薄暮」という両義で捉えようとする傾向が見られた。たとえば、旧東ドイツの研究者ハンス・カウフマンは「ピントゥスが表題に「人類の薄明／薄暮」という概念を選んだのは賢明と言えよう。たしかにほとんど平和ではないが、暮れゆく黄昏と同時に夜明けの薄明を問題にしている。ときには同じ詩人において、また一篇の詩のなかで、同じ形象、同じ比喩で夕暮と朝明けの両方が扱われていた」と述べていた。

また、ペーター・クリスティアン・ギーゼも「その表題は否定的＝絶望的なものと肯定的＝有望的なものを統合しており、その限りで表現主義に典型的で、それを代表していたと言える」と述べ、その詩集における「薄暮と薄明」の両面価値的（アムビヴァレント）な特徴を指摘しようとした。

さらに、ヴォルフガング・パウルゼンはその語が「暗から明へ」、「明から暗へ」という事態（状況）の推移（変化）を表わすことに注目し、ピントゥスが述べた「若い詩人にとって自分に押しつけられ、自分に纏いつき、自分を呑み込もうとする過去と現在の薄暗がり（デメルング）」を「古い伝統」と、そして「人間が自分のために創造する未来の救済的な薄明り（デメルング）を「ユートピア」として捉え、その表題の「薄明（デメルング）」に「若い詩人たちが古い伝統から脱し、ユートピアへ向かう」状況が表われていると解釈した。

たしかに、その表題には「薄明／薄暮」の両義的な解釈が行なわれることが多かったが、「薄暮（黄昏）」として捉えようとする例も、少数ではあったが、存在した。たとえば、H＝P・バイエルデルファーは、その表題を「ヴァーグナーに倣った表題」として、「人類の現実の自滅を阻止するために、無条件の戦いへ発展する民族国家的な原則を除去する必要があった。そのために、その詩集（アンソロジー）では人類の再生（エアノイエルング）を期待して、人類の暗喩的な自滅が惹き起こされた。こうした観点に立てば、表現主義の反乱の過激性と表現の激越さのみならず、妥協なき厳格さ……破壊と没落のモティーフもまた説明がつく」と述べた。

一般に「人類の薄明」(Menschheits**dämmerung**)という表題は、まずヴァーグナーの「神々の黄昏」(Götter**dämmerung**)

を、次にそのヴァーグナーの作品への痛烈な皮肉から付けられたというニーチェの「偶像の黄昏」（Götzendämmerung）を思い起こさせるが、表現主義の、とりわけ行動主義的な作品では、明確に「薄明」の意味を付与しようとする意図があった。

表現主義における行動主義

文学における行動主義とは、簡単に言えば、「文学者が自己認識した責任に基づいて、広く社会や人類のために行動することを目指した」理念であったが、その思想的土台は主としてハインリヒ・マンが唱えた「精神と行動の統合」、ルビーナーが訴えた「文学の政治化」、クルト・ヒラーが要求した「精神による政治の確立」、『行動（ディ・アクツィオーン）』誌で展開された「文学的な政治闘争」によって形成されていた。そして、それは、M・シュタルクが「文学的行動主義は第一次大戦中と革命期に政治参加を志向した表現主義の綱領的かつ組織的な表現であった」と、またP・シュプルンゲルが「表現主義における行動主義は第一次大戦末期に優勢であった」と述べたように、とくに第一次大戦の中期以降、反戦主義と平和運動に結びついて拡がった。ルビーナーの評論集『中心に在る人間』、レーオンハルト・フランクの短篇『人間は善良だ』、エルンスト・トラーの戯曲『変転』、ハーゼンクレーヴァーの戯曲『人間』、ヴォルフェンシュタインの詩集『人間的な闘士』などの人道的行動主義の作品が発表されたのも一九一七年から一九一九年の間に集中していた。

ピントゥスが「若き詩人たちに告ぐ」、「未来への提言」、「世界市民に告ぐ」など一連の行動主義的な論文を書いたのも、ちょうどその時期であった。彼は元来、反戦的態度を表明していたが、それらの論文の冒頭に「大戦中に軍隊の検閲下で執筆」、あるいは「一九一八年夏の兵役中に執筆」と記されていたことからも明らかなように、兵士として戦争を体験するなかで行動主義的な信念をいっそう強めていった。

そうした行動主義の運動は、おもにその理論的指導者K・ヒラーが発行していた年報『目標（ダス・ツィール）』で展開されたが、そこにはレーオンハルト、ルービナー、ヴォルフェンシュタインなど『人類の薄明』の詩人も評論や詩を寄稿していた。それだけではなく、そこには「人類の薄明」と非常によく似た標題の評論としてヴォルフェンシュタインの「女性の夜明け」(Weiber**dämmerung**)やC・M・ヴェーバーの「世界の曙」(Welt=**dämmerung**)も掲載されていた。

ちなみに、前者の評論では、銃後で悲嘆に眩れる女性に向けて「平和をもたらす新しく強力な道徳的意識はすでに芽生えている。我々はみな人道主義者になりつつある。(中略)ヨーロッパのもっとも非ヨーロッパ的な戦争は、訪れるはずの昼を覆い隠してしまった。(中略)女性は、反戦という自分の本領を人類の法律にする運動をしなければならない。(中略)女性の名誉は反戦にかかっている。(戦争をしている)男性の精神に抗することは、平和を求めて闘う女性の必然の途(みち)であり、平和の善を求めて万人の先頭に立つ者の途(みち)である。(中略)女性はこの地上で野蛮者の減少を願い、生存の事実を行動へと移し、心の奥に滾る血潮を現実へと注がねばならない」と説かれていた。

また、後者の評論では、「おお、消滅の薄暮(フェアヴェーズングスデメルング)のなかでも一条の光明を信じよ。小心の者たちよ、上昇をつづける天空の自由の飛躍を信じよ。党派間の憎悪や復讐の彼方から、人類の暁光が訪れる。そのとき、なおも勝ち誇って虚偽の奴隷の座に居座る者は、真昼の勝利の前に頽(くずお)れるだろう。友よ！ 信じるのだ、なおも上昇の薄明(アウフヴェールツデメルング)へ向かう時機なのだ！」と詠われていた。

「人類の薄明」という信念

ピントゥスは無論、表題「人類の薄明」に「薄暮」の解釈がなされることも想定していたが、彼としては「薄暮から薄明への転換」、「(新たな一日を開け放つ)夜明け」の意味をより明確に表わそうとした。実際、彼が一九一八年から一九一九年に発表した一連の論文では、人類の未来に対する行動主義的な信念が強く表明されていた。すなわち、一九一八年に発表した論文「**若き詩人たちに告ぐ**」では、「崩壊した時代に背を向けて立ち上がった我々は、仲間を目覚めさせながら、我々の登場を待ち望んでいる将来の世紀に呼びかける」と述べられていたが、その意志は、翌年に発表された論文「**未来への提言**」でいっそう明確に表わされた。それは、行動主義の旗手とも言われたヴォルフェンシュタインが創刊した『興起（ディ・エアヘーブング）』誌に掲載されたのであるが、そこでは「未来、果てしない未来はことごとく我々が創るものである。それは、個々の人間すべての思考と行為から生まれる。未来、それは人間的存在の揺るぎない必然と最高に喜ばしい自由である。それは人類の驚嘆すべき芸術作品であり、人類の不滅性である」と謳われ、それに続いて、こう述べられていた。

　精神の永遠の叫びは精神的作品と言うことができるが、その本質は……自由と未来を目指す意志である。（中略）人類を目覚めさせる大音響の上に、大声で叫ぶ少年、告知する青年、闘争する男の大合唱の上に、呼びかける愛の声が高く天から鳴り響く。もろもろの音響の混合の上には理念の青天が広がり、その下では情熱の燃え盛る風が我々を未来へと駆り立てる。（中略）人間は自分自身への、より完全な共同体への、自分の未来への途（みち）を探し求める。……精神的な人間の意志は、未来の岸辺へ到達するために、存在（ダーザイン）の渦を制御しながら泳ぎ抜けようとする」。

それに次いで発表された論文「**世界市民に告ぐ**」では、未来の人間への信念が次のように表明されていた。

　人間を愛する者は、歪んだ状態にある人間を知らねばならない。そして、それを嘆くことに甘んじず、理念の燃える松明で人間を人間自身へと、未来へと導き、それによって人間を救わねばならない。（中略）そうした理念に燃えた者に指導者の力を与えるのは何か。それは、未来の人間への愛である。これがあらゆる行為へ注がれねばならない。我々の時代の敬虔とは、善良、自由、幸福であり、同胞の共同体で自分と同じ人間と共に生きる未来の人間を信じることである。（中略）きみたちは夜明けの眩い光で目覚めている。数千年以来、初めて世界市民の上に晴天の時刻（とき）が訪れた。（中略）偉大なる人間の薄明（Menschendämmerung）！　衰弱した世界を打ち砕く者！　未来を知らぬ群衆を目覚めさせる者！　人類を呼び覚ます者！　地上の楽園への道標！」

この論文には、「人類の薄明」と非常によく似た「人間の薄明」という語が現われていたが、それだけではなく、その情熱的な呼びかけ（アピール）は多くの点で詩集『人類の薄明』の序文「**はじめに**」で訴えられた未来の人間への強い信念に繋がっていた。

そうしたピントゥスの信念は、彼が『人類の薄明』の編纂と並行して編集・発行していた叢書『革命と再建』（エルンスト・ローヴォルト社刊）の次のようなプログラムにも表われていた。

我々は未曾有の破滅を経験した。それは、かつて一国民が遭遇した最も深刻なものだった。貧窮と死のなかで、血と涙のなかで、我々にはただひとつの、だが力強い武器が残った。精神である。我々の国民性の再生のために精神を実り豊かにすることがこの叢書の目標である。我々の絶望的な現在に漂流しているすべての著作（ドキュメント）をより良い未来の光のシグナルとしてここに収集しよう。新しい途（みち）が拓かれ、未開の地が拓かれねばならない。精神は作用しようとする。奥深く、幅広く。才能と知性は喜びをもたらすだけではなく、義務を自覚させることも求められる。我々はヨーロッパの戦場の廃墟を片づけ、心（ヘルツ）と頭脳（ヒルン）で新しい人間存在の興起（エアヘーブング）を準備しようではないか。現在の我々は本来あるべき姿ではないという認識に立ち、自らを世界改良者（ヴェルトフェアベッセラー）へ高めようではないか。」

この信念に基づいて、叢書『革命と再建』は一九一九年から一九二〇年までに合計八冊が発行されたが、そこにはハーゼンクレーヴァーの『政治に参加する詩人』、レーオンハルトの『反武力闘争』、ベッヒャーの『永久に反乱を』も収められた。

このように、「人類の薄明」という表題は、一九一八年の論文「若き詩人たちに告ぐ」から、「未来への提言」と「世界市民に告ぐ」の二篇の論文を経て、一九一九年の『人類の薄明』の序文「はじめに」に至るまで、ピントゥスが一貫して表明した行動主義的な信念の下に形成された希望の原理の刻印であった。

無論、その形跡は、『人類の薄明』に収められたそれぞれの詩の主題、モティーフ、表現にも辿ることができた。しかし、きわめて特徴的なのは、その詩集がファン・ホディスの詩〈世界の終末〉で始まり、ヴェルフェルの詩〈生の歌〉で終わっているという、暗から明への展開を見せていたことである。すなわち、パウルゼンが述べたように、その「四つの章の題名に現われた〈崩壊〉、〈叫び〉、〈心〉、〈覚醒化〉、〈(行動への)呼びかけ〉、〈反乱〉、〈愛〉、〈人間〉が詩集『人類の薄明』の主要テーマであったのは明らかであるが、忘れてはならないのは、それら八つの主要モティーフがまさに希望の光明へ向かうような発展的推移で配列されていたことである。

さらに、「人類の薄明」という表題に関していっそう強く思い起こされるのは、ピントゥスが序文「はじめに」の後半箇所で「友よ、この調べではない！　別のもっと喜びに満ちた調べを奏でよう！」と呼びかけ、「人間の声(ボックス・フマーナ)」が突如として湧き上がる瞬間がくるだろうから」と述べたことである。それは、あの『第九』の終楽章でシラーの「歓喜に寄す」の合唱が始まる直前にバリトンが独唱した歌詞にほかならなかった。また、それはＨ・ヘッセが一九一四年の十月に当時の文学者や芸術家の戦争歓迎の態度を批判し、平和の調べを呼び起こすために発した言葉でもあった。したがって、その呼びかけによってピントゥスは詩集『人類の薄明』に歓喜、自由、平和を奏でたあの『第九』と同様の意義を付与することを望んだのである。実際、あの交響曲の第一楽章も暗黒の混沌から何かが現われ出るような調べで、旧約聖書の最初を想い出させる響きをもっていた。しかし、その終楽章では、それ以前に人間の声(ボックス・フマーナ)が一度も鳴り響かなかった世界で初めてバリトンが「……しようではないか！」と呼びかけ、あの「歓喜の頌歌」が導入されたのである。それは、ニーチェも『悲劇の誕生』で「それを思い浮かべれば、人々の間に作られてきた堅牢で敵意に満ちた障壁はすべて打ち砕かれる」と述べた、人間愛を称えた至高の歌であった。

たしかに、そこでは「歓喜よ、美しい神々の輝きよ／……／我々は炎に酔って／天上へ、おまえの神聖の国へ歩み入る／おまえの神なる力はふたたび結びつける／時の慣習が厳しく分け隔てたものを／すべての人間が兄弟になる／おまえの優しい翼が留まるところで／幾百万の人よ、抱き合ってあれ／その接吻を全世界に／……／一人の友の友であるという／大成功を収めた者は／……この地上で／たったひとつの魂でも自分のものと言える者は／この歓喜の歌に加わるがいい／この地球を住処（すみか）とするものは／共感を大切に守れ……」と高らかに詠われていた。

なお、その歌詞については、「歓喜」（Freude）の語は、じつは「自由」（Freiheit）だったのだという解釈がしばしば示されてきた。たとえば、一九八九年十二月に「ベルリンの壁」の崩壊を記念してバーンスタイン指揮で演奏された『第九』では、その語が「自由」（Freiheit）と歌われていた。そのように、「歓喜」の語は、それぞれの時代の人間の意志や願望に応じて変わることがあったが、『第九』がヒューマニズムの歴史のなかでひとつの記念碑（モニュメント）でありつづけたことは変わらなかった。ピントゥスが詩集『人類の薄明』の最終にヴェルフェルの詩「生の歌」（Lebens=Lied）を収めたとき、彼はそれを十分に意識し、その詩集が『第九』のように時代や国を超えて人々に人間愛や自由、平和を訴えるという本質的な役割を果たすことを祈願したと考えられた。実際、その詩では「敵意は満ちあふれていない／意志と行動／世界に思いを致す生活／世界よ、それらはそれ自体、何だろうか？／……／ぼくたちがここに立ち、そして座っていることを／誰が不安の戦きもなく捉えることができようだろうか?!／けれども、どんな言葉をも超えて／ぼくは告げたい、人間よ、〈われわれは在る〉と!!」と詠われていた。その詩句こそは、あのリルケのみならず、将来の人間のすべての心を揺り動かすという普遍的意義をもっていることをピントゥスは確信していたのである。

vi　詩人の肖像画の収録

詩集『人類の薄明』の初版には一四枚、後年のポケット版には（五枚追加されて）一九枚の詩人の肖像画が収められていたが、それらは、訳者の注でも示したように、ほとんどが画家と詩人の親交の過程で描かれたものであった。

その両者の創造的な交際は、表現主義の時代に活発に行なわれた芸術の異種交流の現象とも関連しており、それについてカール・オッテンは次のように述べていた。

二十世紀初めにヨーロッパの様式は、かつて分離していたあらゆる芸術が融合（アマルガーム）へ向かうという驚くべき現象をもたらした。詩人は画家と共同創作し、音楽家は同時代の詩に曲を付け、Fr・マルク、ココシュカ、カンディンスキー、クレーのような画家は文学作品や評論も書いた。表現主義のそれらの先駆者はヨーロッパ各地で活動し、それぞれ集団を形成し、それを基盤にしてさらに多くの仲間と親交し、創造的な協力関係を築いた。

このように、表現主義の時代には詩人、画家、音楽家などが互いに知り合い、集団を形成し、それぞれの活動領域を融合して新たな表現手段を創り出すという現象が見られたが、それは詩集『人類の薄明』では、とりわけ詩人と画家の豊かで創造的な交友関係に表われていた。

表現主義における文学と美術の関係

文学と美術の緊密な関係は、元来、美術で使われていた「表現主義」という様式概念が同時代の文学にも使われるようになったという経緯にも表われていたが、その実践的状況は、おもに（1）出版物における文学と美術の並行的掲載、（2）文学者と芸術家の集団形成と共同活動、（3）創作における文学と美術の相互作用、（4）文学者、芸術家の各自における両能力の発揮に現われていた。それらの状況はいずれも表現主義の運動を特徴づけた現象であったので、次にそのおのおのについて具体的に辿ってみたい。

（1）出版物における文学と美術の並行的掲載

詩集『人類の薄明』で詩篇配列の合間に詩人の肖像画が収録されているように、表現主義の出版物では文学と美術が並行的に掲載される場合が非常に多く見られ、両者の相互作用によって独特の効果を上げていた。とくに文芸雑誌は、『シリウス』誌のように副表題に「文学と美術の月刊誌」を謳った場合も、その表明がない場合も、ほとんどが挿絵や版画を豊富に掲載していた。たとえば、当時の代表的な文芸雑誌『嵐（デァ・シュトゥルム）』は副表題に「文化と諸芸術の週刊誌」を掲げ、文学、美術に音楽なども加えて諸芸術の総合文化（ゲマインザームクルトゥアー）を世に発信することを目指していた。同誌は、発行者H・ヴァルデン自身がピアニスト、作曲家、詩人、劇作家、文芸評論家というように多才だったので、文学と音楽の融合も随所に表われていたが、とくに文学と美術の関係が顕著であった。すなわち、同誌は一九一一年に「橋（ディ・ブリュッケ）」の画家の作品を掲載したが、それ以降、第一次世界大戦が勃発するまでに「青騎士（デァ・ブラウエ・ライター）」の画家の作品展である「シュトゥルム展」や国際芸術展の「第一回ドイツ秋季展」も開催した。

このように美術の紹介にも力を注いだ『嵐（デァ・シュトゥルム）』誌は、創刊時から、表紙もキルヒナー、クレー、ピカソ、シャガール、ココシュカなどのオリジナル版画で飾っていたが、その半年後からは、掲載記事に関連した挿絵や肖像画などもココシュカの制作で多数、収めるようになった。また、一九一二年以降は、「橋（ディ・ブリュッケ）」や「青騎士（デァ・ブラウエ・ライター）」の画家の作品もより多く掲載するようになった。

また、『嵐（デァ・シュトゥルム）』誌と並ぶ代表的文芸誌の『行動（ディ・アクツィオーン）』も、「自由な政治と文学のための雑誌」を謳ってはいたが、詩人と画家とジャーナリストの連携に基づく総合雑誌を目指していたので、編集メンバーに画家オッペンハイマーを加え、美術作品も多数、掲載していた。そして、同誌は一九一二年四月に副表題を「政治、文学、美術のための週刊誌」と変更して以降は、掲載記事に関連した人物画も豊富に収録するようになった。さらに一九一四年からは、表紙をシュミット＝ロットルフ、キルヒナーなど同時代の画家が制作した大判の白黒の木版画で飾るようになり、その量感溢れる作品は同誌に迫力と革命的な緊張感を生み出して効果を上げた。

ちなみに、『行動（ディ・アクツィオーン）』誌における「政治、文学、美術」の統合は、同誌に詩人ルビーナーの論文「詩人は政治に手を突っ込む」（一九一二年五月発表）や「画家たちはバリケードを築く」（一九一四年四月発表）が掲載されていたことにも表われていた。

そうした文学と美術の並行的掲載は、文学作品においては本文の間に挿絵を収めること以外に、表紙や表紙カヴァーも美術作品で飾るという趣向を生んだ。多数の挿絵が収録された例としては、エーレンシュタインの自伝的小説『トゥブチュ』のほかに、キルヒナーの四七枚の木版画が収録されたハイムの遺稿集『生の影』（一九二四年刊）などがあったが、表紙や表紙カヴァーが美術作品で飾られた例は、それ以上に多くあった。たとえば、ピントゥスが編集・発行した叢書『革命と再建』は、全八巻のうち四巻でルートヴィヒ・マイトナーなど表現主義の画家の作品を表紙に載せていた。また、ベンの詩集『息子たち』も表紙にマイトナーの作品を掲載していた。そのほか、デーブリーンの短篇『修道女と死神』の表紙はキルヒナーの木版画で、カネールの詩集『恥辱』の表紙はG・グロスの素描画でそれぞれ飾られていた。実際、同時代の画家が文学作品の表紙や表紙カヴァーを制作した例は枚挙に遑がなく、それだけでひとつの制作ジャンルが形成されるほどの数に上っていた。

このように、出版物で文学と美術が並行して掲載される例は非常に多かったが、両者の相乗効果によって文学は美術の、そして美術は文学のそれぞれ社会的普及に少なからぬ貢献をしたことは見過ごすことのできない事実であった。

（2）文学者と芸術家の集団形成と共同活動

カール・オッテンが述べたように、当時、ヨーロッパ各地では芸術家と文学者がともに集団を形成し、共同創作のほかに、文芸雑誌の発行や文学キャバレーの開催なども行なっていた。そのなかでK・ヒラーがファン・ホディスたち若い詩人とともに結成したベルリンの文学者集団「新クラブ（デァ・ノイエ・クルプ）」とそれが開催した「新パトス・キャバレー」は、芸術の異種交流の典型としてよく知られている。そこではファン・ホディスが自作朗読を行ない、画家エンゲルトが影絵芝居を上演し、H・ヴァルデンがピアノでドビュッシーやシェーンベルクを演奏した。さらに、そのキャバレーの開催予告はシュミット＝ロットルフが制作した装飾カットで飾られていた。

そのほか、マイトナーがアトリエで開いた「水曜日の夕べ」では、詩人の自作朗読のほかに、哲学や文学について活発な討論が行なわれたが、それはまた画家にとって文学者や芸術家の肖像を描く絶好の機会になっていた。

そして、そうした集団形成はベルリンやミュンヘンなど大都市で盛んに行なわれたが、K・オッテンが大戦前に所属していた集団は、画家アウグスト・マッケを中心にして地方都市ボンで形成されていた。

（3）創作における文学と美術の相互作用

詩人と画家がテーマやモティーフ、表現方法などを共有し、それを各自の創作で活用する場合が数多く見られた。たとえば、ココシュカの絵画『旋風』（＝『嵐の花嫁』）とトラークルの詩「夜」の関係はすでに知られているが、それ以外にフランツ・マルクとラスカー＝シューラーの間にもそうした関係があった。すなわち、マルクはラスカー＝シューラーの詩「和解」に着想を得て木版画を制作したが、そこでは「私たちは夜通し起きていましょう／竪琴のように刻み込まれた／言葉を口ずさんで祈りましょう／私たちは夜の間に和解しましょう……」というラスカー＝シューラーの詩に合わせて、一組の男女が天空を移動する月の下で黒い竪琴の音（＝言葉）に耳を傾けながら恋い焦がれる姿が彫られていた。

そして、それが発端となって、二人の間には一九一二年以降、絵手紙交換という画文交響的な交際が行なわれたが、その過程でラスカー＝シューラーはマルクのために（本書にも収録の）詩「祈り」を書いた。そこでは「私は世界へ愛をもってきました／どの心も青く花開くことができるように……」と詠われていたが、ラスカー＝シューラーの詩作で「青」が心的表現として特別の意味をもつようになったのも、青騎士のFr・マルクの芸術的影響に拠るところが大きかったといわれている。

また、マイトナーの描いた一連の「黙示録的風景」は、多くの研究者が指摘するように、彼が頻繁に訪れていた

「新パトス・キャバレー」で朗読されたハイムやファン・ホディスの詩に着想を得た部分が非常に多かった。たとえば、ハイムの詩「戦争」や「生の影」に表われた「烈火による都市の焼失」や「彗星の接近への不安」はマイトナーの黙示録的風景にも同様に描かれていたが、マイトナーがハイムを知っており、その詩に精通していたことを考え合わせれば、マイトナーのその作品にハイムの詩の影響がなかったとは言い難い。さらに、マイトナーは親交を結んでいたファン・ホディスの詩「世界の終末」からも絵画制作でさまざまな影響を受けていたことが知られている。

（4）文学者、芸術家の各自における両能力の発揮

詩集『人類の薄明』にはラスカー＝シューラーとクレムの「自画像」が収められているが、その二人のように文学と美術の両領域で才能を発揮した詩人や画家は少なくなかった。たとえば、マイトナー、ココシュカ、バルラッハは一般に美術での活躍がよく知られているが、彼らはしばしば「画家にして作家」と言われたように、美術に劣らず文学でも注目に値する仕事をした。したがって、その三人はパウル・ラーベ編『文学的表現主義の作者と作品事典』にも作家として項目記載があり、それぞれ十数冊の文学作品が挙げられている。そして、それらの作品はどれも彼ら自身による素描画や石版画を収め、表紙も彼らが描いた絵で飾られていた。

なかでもマイトナーは、ピントゥスが「我々の世代の仲間の画家（マーラーフロイント）」と呼んだように、表現主義の多くの文学者と深い親交を結んだが、それだけではなく、K・ヒラーが「彼によって創り出された最も優れたものは、絵画的技法のみならず、文学における感情、体験、苦悩の絵画的表現でもあった」と述べたように、当時の文学にさまざまな影響を及ぼした。

実際、マイトナーについては、ペーター・Ch・ギーゼも「彼の場合ほど絵画と文学の協働が明確に表われた例は他にない」と述べたように、その絵画と文学作品では主題、技法、表現の見事な融合的表出を認めることができた。まさにマイトナーにそうした両領域の才能があったからこそ、彼が開催した「水曜日の夕べ」は、画家のみならず多く

の文学者をも惹きつけたのであり、あのパウル・ツェヒも彼を文芸雑誌『新パトス』の共同発行人に加えたのである。マイトナーの場合、文学と美術の融合（アマルガーム）が実質的に成功を収めた稀有な例であった。

これまでに見たように、文学と美術の緊密な関係は表現主義の運動の大きな特徴であったので、E・ブロッホもあの「表現主義論争」で、絵画にまったく言及がなかったルカーチの論文に苦言を呈せざるを得なかったのである。ちなみに、一九六八年に発行されたレクラム版『人類の薄明』には詩人の肖像画が一枚も収録されていなかったが、そこに漂っていた空虚感、ひいては臨場感と緊張感の欠如は、皮肉にも表現主義で美術の果たした役割と意義の大きさを思い知らせた。

しかし、表現主義の運動では文学と美術に限らず、音楽や舞踏なども加えた複数の領域で芸術の異種交流が活発に行なわれていた。たとえば、『嵐（デァ・シュトゥルム）』誌では、すでに述べたように複数の芸術領域の融合が盛んに試みられていたが、カンディンスキー自身も美術と文学に音楽、演劇、舞踏、パントマイムなどを加えた総合芸術を追求していた。さらに、オットー・ネーベルの場合は、文学と美術に建築を加え、それらの統合で固有の様式を創り出していた。

詩集『人類の薄明』の詩人のなかでは、ドイプラーもそうした複数の領域で活動を展開していた。彼は美術研究では『新たな視座』（一九一六年刊）や『現代芸術をめぐる闘争で』（一九一九年刊）を、音楽研究では『リチォット・カヌードの音楽の明晰さ』（一九一七年刊）をそれぞれ発表したが、それ以外に文学と音楽の融合的作品として『西欧、交響曲I』、『北極光への階段、交響曲II』、『聖なるアトス山、交響曲III』、『音階の大抒情詩』などを出版していた。このように、ドイプラーは早くも大戦中から――活動の範囲と規模では、あのアポリネールに及ばなかったかもしれないが――「総合芸術としての表現主義」を体現する存在であった。

ピントゥスにおける芸術の異種交流

表現主義の時代に広く行なわれた芸術の異種交流は、ピントゥスの活動にも見ることができた。たとえば、彼が一九一四年に編集・発行した映画脚本集『キーノブーフ』は、劇場演劇や小説を映画にするいわゆる「映画化ドラマ」とは異なり、動く映像自体に新しい表現能力を付与するという画期的な試みであった。その場合、彼が「映画」の表現手段として追求した運動、身振り、テンポ、トリックによる非現実の構築は、文学、美術、パントマイム、舞踏などを創造的に融合する新しい実験にほかならなかった。

そして、ピントゥスの芸術感覚に潜在した異種交流への意志は、その批評活動にも現われていた。たとえば、一九一五年に発表した論文「最近の文学について」では、「最近の文学では我々を取り囲む現実から精神が共通して飛び立つ状況が表われているが、……文学と同様に、最近の絵画でも……本質へ、最も強烈な表現へ、最も内面的な運動へ到達するために、現象がきわめて抽象的で幾何学的な形成物へ解体されている。注目すべきは、芸術のなかの第三の、最も絶対的なものである音楽が、あらゆる現実(レアリテート)を超えて浮動するその領域から(語(ことば)によってのみ表現に達していると思われる)文学へ流入していることである。しかも、現実(レアリテート)を模倣したモティーフとしてではなく、また事実の諸関係を模造するテーマ的、パターン的な結合の網(ネッツ)としてではなく、その絶対的な形式の無限の旋律として、楽園的な時代への感受的回想を生む音響的運動の歓喜として文学へ流入していることである」と述べていた。

このように、ピントゥスは、表現主義においては文学、美術、音楽に現実(レアリテート)を超える非現実の構築という表現方法が共通して存在することを認めていたが、それはカンディンスキーとFr・マルクが「新美術家協会」で目指した「芸術家は外部の現象界から受け取る印象とは別に、絶えず内面世界に体験を蓄積し、その全体像を表現するような芸術を追求する意志をもつ」という芸術理念に通じるものでもあった。ピントゥスのそうした芸術観はその後、「文学と美術における表現主義」(一九一六年発表)や「造形芸術における表現主義」(一九一九年発表)などの論文でさらに深められたが、それは前者の論文でも次のように述べられた。

最近の芸術の時代（ペリオーデ）は、内容、形式、表現方法は自然に依拠せず、現実（レアリテート）に束縛されないと認識するときに始まる。……表現主義と呼ばれる芸術は、より深い現実とより強い情熱の本質を表出する試みを、また我々の内面的現実を我々に可能で適した表現方法で相互に可視化する試みを含んでいる。さらに、それは精神の洞察力、活性化、明澄化志向によって、征服され克服された世界を強烈かつ斬新に創り出し、我々の意志によって可能な限り完全化する試みを含んでいる。そこでは、絵画の遠近法などは網膜や写真乾板に写った像を非生産的に模倣する補助手段として拒否され、絵画は多様な色彩と固有の立方体で構成される。芸術家が想像し、感受したモティーフは、いくつかの面に解体され、さらにその激情で粉砕され、凝集される。芸術家はあらゆる比喩的なものを徹底的に排除し、色彩さえも無視しようとする。また、芸術家は現象を――その最も深い本質へ到達するために――きわめて抽象的で、なおも描出可能なものへ、つまり捉え難い幾何学的形象へ解体することができる。……要するに、我々の時代の美術と文学における表現主義は、現実が自ら砕け散る前に、現実を熱狂的な爆破力で破壊したのである」。

ピントゥスは早くも第一次大戦中に表現主義の文学と美術をそのように捉え、その運動に総合芸術的な特徴が潜在することを認識していたが、そうした現象に研究者の関心が集まり、本格的に考察が始められたのは、第二次世界大戦の終結後、数年経ってようやく表現主義の再評価が叫ばれるようになってからであった。

vii　詩人の自伝文と伝記的記録

詩集『人類の薄明』に各詩人の伝記的記録を収録するために、ピントゥスはそれぞれの詩人、あるいは（詩人がすでに死亡していた場合は）その親族や友人に執筆を依頼した。それが比較的容易にできたのは、ピントゥスが述べたように、「一九一九年の時点で存命の詩人たち一人一人を、また死亡した詩人と交際があった人々をも知っていた」という、彼特有の人脈的基盤に拠っていた。そして、彼はその収録について、「この伝記的小記録は文学史的資料ではない。本詩集にはどの詩人も少数の詩しか収められていないので、詩人の像を各自の意志に従って（死亡した詩人の場合は、その親族や知人の記述によって）、伝記的かつ基本的な記録で補足してもよいだろうと考えた」と述べていた。しかし、その収録によって詩集『人類の薄明』は他の同類の詩集には見られない意義と価値をもつことになった。とくに詩人自身が書いた自伝文は、生年と生地程度の短い記述に留めた八名から、自己の信念や心境をも表わし、自伝的エッセイに相当するほど詳しく記した九名までと、じつにさまざまであったが、詩人自身による自己叙述はきわめて貴重な記録となった。したがって、ピントゥスは後年のポケット版『人類の薄明』でも、それらの自伝文を「たとえ今日、捉え難い部分があろうとも、変更や削除をすることなく、そのまま収録した」のである。

短い自伝文に留めた八名の詩人の場合、無論、そこにはさまざまな事情や考えがあったことが窺われた。それ以上の詳しい記述を望まなかった、あるいはできなかったという事情もあっただろうが、詩人にとっては書いた詩こそがすべてであるので、自伝文自体を不要と考えたのかもしれなかった。要するに、「最小限の記述」には「最大限の記述」に相当する意義と内容が込められていたのである。実際、自伝文を書いた時点の各詩人の状況は、「詩人と作品」に付した訳者の注でも示したように、未曾有の戦争が終結して間もない時期に自分の履歴を辿る行為自体がすでに伝記的記録の一部を形成するような問題を抱えた場合が多かったのである。

そして、一九一九年春にすでに死亡していた六名の詩人については、その伝記的記録は、妻が執筆したロッツの場合を除いて、すべて長年、交際のあった友人や活動仲間によって書かれた。そのうち（ハイム以外の）五名は第一次世界大戦の犠牲になったという事情から、それらの記録は詩人に対する追悼文のような響きをもっていた。

このように、各詩人の伝記的記録にはそれぞれの生の足跡が刻み付けられていたのだが、その個別的記録を集約して、詩集『人類の薄明』を構成した詩人の全体像を捉えようとするならば、そこからは表現主義の詩人群像、その活動の形態と特徴もいくらか明らかになるかもしれない。したがって、次には詩人二三名の生年、生地と出自、学歴と職業などの基本的記録のほかに、その活動拠点（所属集団）なども加えて、その全体像を概観してみたい。

まず、生年に関しては、先の箇所でも述べたように、ラスカー゠シューラー（一八六九年生まれ）、シュトラム（一八七四年生まれ）、ドイプラー（一八七六年生まれ）の三名を除く二〇名が一八八一年から一八九一年までに生まれており、「表現主義の十年」の初年一九一〇年には二〇歳から三〇歳までの間の年齢であった。そのように、大半の詩人が各自の活動のほぼ最盛期に二〇歳代であったという事実から、表現主義は一般に青年の文学運動だったと捉えられることが多かった。

しかし、詩人たちが生まれ育った場所、出自や境遇、学歴や職業は当然のことながら、さまざまに異なっていた。生地については、ファン・ホディス、リヒテンシュタイン、ルビーナーがベルリン。ベン、ツェヒが西プロイセン（現在、ポーランド領）。クレム、ヴォルフェンシュタインがザクセン地方。ハイム、ハイニッケ、レーオンハルト、ロッツがシュレージエンとその周辺地域（現在のポーランド南西部）。ハーゼンクレーヴァー、オッテンがアーヘン（ドイツ北西部・ライン川西域）。ベッヒャーがミュンヘン。ラスカー゠シューラー、シュトラムがラインラント（ライン川東域）。シッケレ、シュタードラー、ゴルがアルザス（現在、フランス領）。エーレンシュタイン、トラークルがオーストリア。ヴェルフェルがプラハ。ドイプラーがトリエステ（当時、オーストリア領、現在、イタリア領）であった。要するに、詩人たちは当時のドイツ語圏の広い地域で生まれ育っていた。

また、出自はエーレンシュタイン、ゴル、ハーゼンクレーヴァー、ファン・ホディス、ラスカー゠シューラー、リヒテンシュタイン、オッテン、ルビーナー、ヴェルフェル、ヴォルフェンシュタイン、ツェヒがユダヤ系であった。ちなみに、詩集『人類の薄明』に関しては、編纂者ピントゥス、詩人の肖像画を描いた画家マイトナー、ココシュカ、シャガールなどもユダヤ系であった。この事情は表現主義の文学界ではとくに問題視されることはなかったようであるが、ナチの時代には表現主義への禁圧の主因になった。

その後、詩人たちは成長過程で、家族の転居、進学や就職などに因って生地を離れ、ドイツ語圏のさまざまな都市で暮らしたが、多くの者が——期間に差はあったものの——ベルリンで生活した経験をもった。実際、ハーゼンクレーヴァー、クレム、オッテン、ゴル、シュタードラー、トラークル、ヴェルフェルを除く一六名が各自の成長と活動の過程で大都市ベルリンに暮らしたが、それは大戦前の表現主義の運動が「ベルリン初期表現主義」と呼ばれる理由のひとつにもなった。

そして、詩人たちの学歴や職業は、ベン、エーレンシュタイン、ゴル、クレム、リヒテンシュタイン、シュタードラー、シュトラム、ヴォルフェンシュタインの場合は、それぞれ博士号を取得したあと、おおむねその専門領域と関連した職業に就いた。その結果、『人類の薄明』の詩人たちの職業は、作家、ジャーナリスト、医師、司法官試補、会社員、将校、郵政省官吏、薬剤師実習生、出版編集者、炭坑や工場の労働者などさまざまな領域に及んでいた。

さらに、詩人たちが文学活動を展開した場所も、次に見るように、ドイツ語圏の広い地域にわたっていた。すなわち、表現主義の運動は、ドイツ語圏の広域でおもに文学者や芸術家が形成した集団を拠点として、文芸雑誌の発行、劇場や文学クラブの開設などによって繰り広げられたのである。その状況をドイツ語圏の北から順番に辿れば、まずハンブルクではL・シュライヤーが「カンプフ劇場」を開いて前衛的な演劇の上演に努めた。ベルリンではH・ヴァルデンが『嵐（ディ・シュトゥルム）』誌を、Fr・プェムファートが『行動（ディ・アクツィオーン）』誌をそれぞれ発行したほか、K・ヒラーが若い詩人たちの集団「新クラブ」を形成し、「新パトス・キャバレー」を開いた。したがって、ベルリンはとくに初期表現主義の活動の一大拠点となっていた。そして、ライプツィヒではE・ローヴォルトとK・ヴォルフの出版人、ピントゥス、ハーゼンクレーヴァー、ヴェルフェルを中心にした文学者集団が生まれ、当時の新しい文学を精力的に世に発信した。また、同地では第一次世界大戦が勃発するまでE・E・シュヴァーバッハが文芸雑誌『白草紙（ディ・ヴァイセン・ブレッター）』を発行した。さらに、ドイツの西部地域ではダルムシュタットでF・C・レールが『屋根裏部屋（ディ・ダッハシュトゥーベ）』誌を、またハイデルベルクでH・マイスターが『土星（ザトゥルン）』誌を、R・ヴァイスバッハが『アルゴ号乗組員（ディ・アルゴナウテン）』誌をそれぞれ発行した。

そして、ドイツ南東部のミュンヘンでは出版人H・F・S・バッハマイヤーが『新芸術（ディ・ノイエ・クンスト）』誌を、作家W・プルツィゴーデが『文学（ディ・ディヒトゥング）』誌を発行した。また、プラハではW・ハースが『ヘルダー草紙』を、そしてウィーンではK・クラウスが『炬火（ディ・ファッケル）』誌を発行した。さらに、インスブルックではL・v・フィッカーが『ブレンナー』誌を発行し、おもにトラークルの作品の紹介に努めた。

　このように、ドイツ語圏のじつに広い地域で数々の文学者集団が形成され、そこからは大小一〇〇誌ほどの文芸雑誌が発行された。そのなかでとくに『嵐（デァ・シュトゥルム）』、『行動（ディ・アクツィオーン）』、『白草紙（ディ・ヴァイセン・ブレッター）』の三誌は、短期間の発行で終わった文芸雑誌が多かった当時の状況で長期間、発行をつづけ、表現主義の運動を牽引する重要な役割を果たした。その三誌は当時のヴィルヘルム体制に批判的で、前衛文化を支援・促進する傾向を鮮明にしていたが、比較的多くの購読者を獲得し、一刷の発行部数がそれぞれ三〇〇〇、七〇〇〇、四〇〇〇に上っていた。

　さらに、それらの文芸雑誌と並行して『抒情詩のビラ』、『〈行動〉誌＝叢書』、『最新の日』など、表現主義の文学の記念碑的な叢書も発行された。

　そうした状況で、詩人たちは当初、各自の作品を複数の文芸雑誌や叢書に分散して発表していたのだが、やがて寄稿頻度の高い文芸誌を自らの活動拠点とするようになった。その結果、それぞれの詩人における主要な作品発表の雑誌と活動拠点は、だいたい次のように定まった。

　ベッヒャー（『行動』誌、『白草紙』誌）、ベン（『嵐』誌、『行動』誌、『白草紙』誌）、ドイプラー（『行動』誌、『白草紙』誌）、エーレンシュタイン（『嵐』誌、『行動』誌、『炬火』誌）、ゴル（『行動』誌、『白草紙』誌）、ハーゼンクレーヴァー（『行動』誌、ライプツィヒの文学者集団）、ハイム（『行動』誌、「新クラブ」）、ハイニッケ（『嵐』誌）、ファン・ホディス（『行動』誌、「新クラブ」）、クレム（『行動』誌）、ラスカー＝シューラー（『嵐』誌）、レーオンハルト（『嵐』誌、『行動』誌、『白草紙』誌）、リヒテンシュタイン（『行動』誌）、ロッツ（『嵐』誌、『行動』誌）、オッテン（『行動』誌）、ルビーナー（『行動』誌、『時代＝反響』誌）、シッケレ（『白草紙』誌、『行動』誌）シユタードラー（『行動』誌）、シュトラム（『嵐』誌）、トラークル（『ブレンナー』誌）、ヴェルフェル（『行動』誌、『白草紙』誌、プラハの文学者集団）、ヴォルフェンシュタイン（『行動』誌）、ツェヒ（『新パトス』誌、『土星』誌、『嵐』誌）。

これに拠れば、詩集『人類の薄明』に収められた詩人の選択について、ピントゥスやローヴォルトと親交があった詩人が優先される傾向にあったとする一部の研究者の見解は必ずしも当たっていなかった。実際、両者と親交がなかった詩人も何人か選ばれており、ピントゥスが序文「はじめに」で「文学的集団、相互の影響、形式上の共通性などに基づく選択は行なわなかった」と述べたように、むしろ構成（プログラム）の開放性こそが重視されていたということができた。すなわち、詩集『人類の薄明』の編纂においても、ピントゥスは（エルンスト・ローヴォルト社に代わった）クルト・ヴォルフ社で彼が編集・発行を担当した叢書『最新の日』の編集方針を保守していたのである。それは、彼がヴェルフェルやハーゼンクレーヴァーとともに一九一三年五月から発行した表現主義を代表する叢書であったが、収録する作者と作品を特定の文学流派や集団、活動地域に限定することなく、できる限り広く多様に集めるという「開かれた構成（プログラム）」を原則としていた。

これまでに観たように、二三名の詩人の生涯と活動（＝芸術的信条）は、当然とはいえ、それぞれ非常に異なる背景をもち、それによって特有の特徴を表わしていたが、その各自の詩が詩集『人類の薄明』において豊かな多様性を発揮しながら、交響曲的な編纂の下でまさに友愛的な調和を生み出していたことは、あらためて注目されることである。

『人類の薄明』の詩人たちと第一次世界大戦

各詩人の伝記的記録を辿るとき、それぞれの生に第一次世界大戦がいかに重大な影響を及ぼしたかがいっそう明らかになる。実際、それは「表現主義の十年」の中間の四年にわたっていたために、その運動にもじつに計り知れない深刻な痕跡を残すことになった。

伝記的記録によれば、『人類の薄明』の詩人二三名のうち（精神病で療養中だった）ファン・ホディスと（一九一二年に事故死した）ハイムを除く二一名がそれぞれ戦争による非常な苦労を余儀なくされたが、なかでも入隊や出征をした詩人はその間たえず生命の危険に晒されていた。そこで、戦争との関係で詩人たちの生を大別すれば、まず入隊や出征をしなかった詩人のうち、ベッヒャーは反戦活動を行なった末に、スパルタクス団、さらに共産党に入った。ドイプラーは兵役免除の願いが叶えられたものの、ドイツ国内を放浪せねばならなかった。エーレンシュタイン、ゴル、ルビーナー、シッケレは、あとで詳しく述べることにしたいが、スイスのチューリヒに移り住んだ。オッテンは反戦主義者であったために予防勾留のうえ、強制労働の辛苦を味わった。ヴォルフェンシュタインはミュンヘンへ出て、行動主義的な平和運動を展開した。

次に、入隊や出征をした詩人のうち、ベンは一九一四年から一九一七年まで西部戦線とブリュッセルで軍医を務めた。ハーゼンクレーヴァーは一九一四年から一九一六年まで、ハイニッケは一九一四年から一九一八年までそれぞれ兵隊であった。クレムは一九一四年から一九一八年まで西部戦線で軍医を務めた。レーオンハルトは開戦時に志願兵となったが、ヴァイマールの平和会議に出席したあと、反戦運動家になった。ヴェルフェルは一九一五年から一九一七年までオーストリア兵として軍隊に勤務。ツェヒは一九一五年から一九一八年まで兵士であった。

しかし、次の五名は戦争で命を失なった。リヒテンシュタインは一九一四年九月二十五日にフランス北東部で、ロッツは一九一四年九月二十六日にフランスで、シュタードラーは一九一四年十月三十日にベルギーで、シュトラムは一九一五年九月一日にロシアでそれぞれ戦死した。トラークルは一九一四年十一月三日にポーランドで（野戦病院で多くの負傷兵の救護をした末に）自殺した。

ちなみに、ローヴォルトは一九一四年から一九一八年まで西部戦線に、またピントゥスは一九一五年から一九一八年までドイツ北東部の戦場に在った。

このように、第一次大戦は『人類の薄明』の詩人たちの人生に非常に大きな損失と被害をもたらし、その文学活動に暗い影を遺したのであった。

表現主義と第一次世界大戦

第一次大戦は表現主義の運動に計り知れない損害をもたらしたのであるが、開戦当時、社会には戦争によってドイツに新しい世界が生まれるかのような期待が広まっていたのも事実である。まさにSt・ツヴァイクが「最も平和を好む人々、最も気立ての良い人々が血の臭に酔ったようだった。断固たる個人主義者も一夜にして狂信的愛国主義者になった」と述べたようなありさまだった。一九一四年の八月、九月には、そうした一般の戦争への熱狂が若い芸術家や文学者にも拡がっていた。たとえば、ココシュカ、Fr・マルク、レーオンハルト、E・トラーなどは（戦時動員時の）志願兵になった。また、リヒテンシュタインやロッツは戦争に運命を捧げる覚悟を詠った。『新展望（ディ・ノイエ・ルントシャウ）』誌では、表現主義と関係があったケル、ブライ、ムージル、デーブリーンなどの文学者がTh・マンとさほど違わない調子で、開戦に理解を示す論文を発表した。ヴィルヘルム二世治下のドイツで検閲にさんざん苦しめられ、かろうじて若い読者の支援で創作を続けていたヴェーデキントさえも、G・ハウプトマンと同じように、愛国主義的な発言をした。

たしかに、当初、戦争は文化革命的な事件として歓迎される傾向が見られた。それまで四十年以上もつづいた安穏な社会に批判的、反抗的であった表現主義の世代には、戦争は芸術家たちの孤立的状態を克服する共同体の形成、デカダンスを排除する活力主義（ヴィタリスムス）の出現、唯美主義と断絶した政治的活動の開始を実現させる契機のように捉えられた。表現主義の何人かの文学者の幻想では、戦争は、平凡で退屈で活力のないヴィルヘルム＝帝国の社会秩序とは正反対のものとして期待されたのである。たとえば、ハイムは当時の日記で「毎日が変化もなく、このように過ぎていく。

……とにかく、なにか起こってくれたら。いつかまたバリケードが築かれるなら、ぼくはそこに立つ最初の者だろう。……この平和は古い家具のワニスのように腐り、油染みて汚れている」と不満を託っていた。また、本書に収録されたクレムの詩「我が時代」でも「おお、我が時代よ、おまえと同じく、この私は／言葉もないほど無残に引き裂かれ、星の輝きも知らず／生の実感も乏しい。私にはほかにどんな時代も訪れ来ない」と悲嘆されていた。

開戦と同時に燃え上がった文学者の熱狂は創作にも反映することになったが、それはとりわけ抒情詩で顕著だった。ユーリウス・バープの論文「今日の戦争詩」によれば、ドイツが参戦した八月から十二月末までの数カ月間に戦争詩（クリークスリューリク）＝集は二三五冊も発行されたという。

しかし、表現主義の文学世界では、一九一五年ごろから次第に行動主義的な覚醒が目立つようになった。戦争に対する表現主義の文学者の態度は、大戦勃発時の状態から徐々に変化し、早くも一九一五年には、ゴルが後年に「表現主義者は誰一人として保守反動的ではなかった。戦争に反対しない者は誰一人としていなかった。同胞主義（ブリューダーシャフト）と共同体を信じない者は誰一人としていなかった」と回顧したような状態になっていた。実際、開戦から一年経った一九一五年に表現主義に共鳴した知識人で、戦争＝肯定的な発言をした者は（デーブリーン以外に）誰もいなかった。大戦中に表現主義の文学者は行動主義的な平和主義者になり、その多数の文芸雑誌が知識人たちの反戦表明の場となった。若い芸術家に見られた戦争への熱狂は、わずか数カ月、たいてい数日しかつづかなかったのである。要するに、彼らが伝聞していた戦場風景や英雄像とはもはや合致しない技術化した物量戦という新たな現実と、前線での大量死、仲間の夥しい戦死によって早々に熱狂は冷めたのであった。

R・レーオンハルト、Fr・v・ウンルー、トラーは、戦争に対して熱狂から批判へと急変した顕著な例であった。人間と社会の刷新を求める表現主義の訴えは、いまや戦争終結への呼びかけと一致した。戦争はせいぜいのところ、平和と同胞主義を実現させる新しい時代へ至るために必然の通過的段階として捉えられた。

知識人の反戦の根本にあった理念は、同胞主義（ブリューダーリヒカイト）、共同体、非暴力であった。開戦当初、ヴィルヘルム二世は国家に批判的な知識人をイデオロギー゠政治的に取り込むために、党派と階級を超えた「国民共同体」を提唱したが、それはやがて多くの者にあまりにも国家主義的に限定された形成物として感じられる結果に終わった。それに対して、文学者や知識人の間では世界へと拡大した人類゠同胞主義（縮小した場合でも、ヨーロッパ諸国民の連盟構想）というユートピア的理想が掲げられた。

W・ヘルツォークが発行した『公開討論会(ダス・フォールム)』誌は、当初、戦争への批判よりも戦争宣伝(プロパガンダ)への批判が優勢であったが、一九一五年には諸国民の協調とヨーロッパの共同体という反゠国家主義的な理念が主流を占めることになった。ルビーナーが一九一七年から一九一八年まで発行者を務めた『時代゠反響(ツァイト゠エヒョ)』誌は、一九一七年に「ヨーロッパ的信念」を綱領に掲げた。Fr・プェムファートの『行　動(ディ・アクツィオーン)』誌は、外国の文化や作者の紹介を反゠国家主義的な意図のもとに推し進めた。実際、同誌の「特別号」は、それぞれロシア、英国、フランス、イタリア、ポーランド、ベルギー、チェコスロバキアの作家に捧げられていた。

表現主義の国際主義(インターナツィオナリスムス)は、軍事的戦闘に反対しないまま、交戦国の芸術的、学問的な知識人が議論を展開していた「精神の戦争(クリーク・デア・ガイスター)」とは意識的に一線を画していた。なぜなら、そこではG・ハウプトマンとTh・マンがドイツの精神的代表として注目を集めていたからである。マンはまだ大戦前には表現主義の文芸雑誌でも或る程度の共感を見出し、『行　動(ディ・アクツィオーン)』誌や『公開討論会(ダス・フォールム)』誌でも寄稿を許されていたのだが、あの戦時評論によって行動主義的な表現主義者にはとくに批判すべき作家となった。マンがその戦争を英国、とくにフランスの文明に対するドイツ文化の闘争へと仕立て上げたとき、それによって彼は表現主義の文芸雑誌で激しく批判された。親仏的な『公開討論会(ダス・フォールム)』誌は、開戦以来ドイツに拡がっていた敵国への「憎悪゠合唱」に抗して、一九一四年十二月から「親愛の記録」欄にハウプトマンやマンの反対者であったロマン・ロランの当時、注目された論文「戦いを超えて」を掲載した。また、『白　草　紙(ディ・ヴァイセン・ブレッター)』は一九一五年十一月にH・マンの「ゾラ゠エッセイ」——それは、検閲を通すために必然的にカムフラージュしていたが、ヴィルヘルム゠国家とその戦争政策、戦争゠肯定的な作家（とくに弟Th・マン）をフランス寄りの立場で攻撃していた――を掲載した。

検閲は表現主義の反戦的発言を広く制限し、戦争＝弁護的なジャーナリズムや（表現主義では、とくにヴァルデンの『嵐（デア・シュトゥルム）』誌で推進された）政治的要素を抑えた文芸誌の有利を図って、現実の知的力関係を偽って伝えた。実際、『嵐（デア・シュトゥルム）』誌では戦況に注意喚起がされることは稀で、戦死した詩人や文学仲間に追悼の辞を捧げることも抑制される傾向にあった。表現主義の政治参加的な文芸雑誌は、当局と同調しないかぎり、ケルが発行していた『パーン』誌のように、一九一四年八月以降の発行はもはや困難となった。文芸誌の発行はもっぱら偽装によってのみ可能な状況であった。『行動（ディ・アクツィオーン）』誌と政治的に近かったO・カネール発行の『ヴィークの使者』誌は一九一四年七月号で発行を停止した。ミューザームの『カイン』誌も同様であった。ミューザームは八月初めに「もろもろの出来事に因って、人間性のために小誌を創刊した私の手からペンが奪われた」と述べた。一九一四年八月十五日発行の『行動（ディ・アクツィオーン）』誌には、強まる一方の検閲を乗り切るために、「〈行動〉誌の支持者、読者、協力者に告ぐ！〈行動〉誌は次週からは文学と芸術のみを掲載することになるだろう。小生の力の及ぶかぎり、小生の意志の及ぶかぎり、この雑誌の発行は中断することなくつづけられるだろう」というプェムファートの宣言文が載った。

そう宣言したにもかかわらず、『行動（ディ・アクツィオーン）』誌は、『嵐（デア・シュトゥルム）』誌の政治的要素を抑えた態度から大きく隔たっていた。プェムファートは間接的な戦争批判という方法を採ることで検閲を巧みにかわしたのである。同誌は一九一四年十月から、戦闘に加わった詩人W・クレムが苦難と恐怖を詠った「戦場の詩」を連載し始めた。そして、その連載の枠内で戦死した詩人への追悼詩、戦死した詩人の遺作も定期的に掲載された。ちなみに、『人類の薄明』に収録されたリヒテンシュタインの詩「ザールブルクの戦い」は、彼の戦死後、五カ月経って「戦場の詩」欄に掲載された。

さらに、プェムファートは『行動（ディ・アクツィオーン）』誌に「時代を切り取る」と題した特別欄を設け、戦争への愛国主義的な態度で正体を現わした新聞、雑誌の該当記事（抜粋）を転載した。そのなかで、当時、注目を集めた「文化世界に！呼びかけ」の転載はとくに意義深いものだった。なぜなら、そこでは、著名な芸術家と大学教授の九三名がドイツの戦争政策を明確に正当化しようとしたからである。

しかし、検閲との関係で、『公開討論会（ダス・フォールム）』誌は、『行　動（ディ・アクツィオーン）』誌のようには成功しなかった。すなわち、それは一九一五年夏以降、戦争批判的な論文を掲載しようとしたが、検閲によって削除（カット）された。それに屈せず発行者W・ヘルツォークは同誌を戦争批判誌として位置づけようとしたために、ついに一九一五年九月に発行禁止となった。

また、検閲との関係で、プェムファートとは異なる方法を採ったのは、シッケレであった。彼は一九一五年一月に、戦争勃発後、発行を停止していた『白　草　紙（ディ・ヴァイセン・ブレッター）』誌の発行者になった。だが、同誌が次第に戦争批判を強め、検閲との摩擦が増すようになった一九一六年に、シッケレは同誌とともにチューリヒへ亡命した。そして、スイスで『白　草　紙（ディ・ヴァイセン・ブレッター）』はとくに文化批判的な観点から政治的暴力を批判した反戦主義者たちの中心的な発信メディアになった。

第一次大戦中のドイツの亡命文学の歴史については、現在なお考察がつづけられているが、〈祖国で〈祖国喪失者〉として虐げられて〉亡命した反戦主義者たちの国際的な集団は中立国スイスに集まっていた。シッケレの例に倣い、ルビーナーが発行を引き継いだ『時代＝反響（ツァイト＝エヒョ）』誌は、大戦勃発後、「芸術家たちの戦争＝日誌」と銘打ってさまざまな傾向の芸術家の態度表明的な論文を載せていたが、ついに一九一七年五月に発行所をミュンヘンからベルンへ移した。それを機に、同誌は平和主義的な性格をいっそう鮮明にした。スイスにはヘッセがすでに一九一四年以前から住み、大戦中はそこから平和主義的な著作を発表していたが、さらにゴルやE・ブロッホも居を移した。また一九一六年の終わりには、エーレンシュタイン、レーオンハルト・フランク、ハルデコプフ、初期ダダイストのヒュルゼンベック、バルとエミー・ヘッミングス夫妻も住むことになった。そして、一時的にはSt・ツヴァイク、ヴェルフェル、ヴォルフェンシュタイン、ラスカー＝シューラー、フーゴ・ケルステン、W・ゼルナーなども滞在した。スイスに集まったその反体制的なドイツの知識人は、とくにロマン・ロランを介して国際的な連係（つながり）をもっていた。

だが、亡命先スイスにおいてと同様に、ドイツにおいて、反戦主義者の組織的な連盟――それに相当した試みはなくはなかったが――が生まれることはなかった。一九一四年の大晦日にハーゼンクレーヴァーの呼びかけで反戦主義者の会議がヴァイマールで開かれ、そこにはM・ブーバー、エーレンシュタイン、レーオンハルト、ピントゥス、ツェヒ、ローヴォルトが出席した。また、一九一五年にはプェムファートが非合法で友人や『行動(ディ・アクツィオーン)』誌の仲間を「反ナショナリズム社会主義者党ドイツグループ」に結集したが、それは無論、一九一八年の十一月革命まで政治的に公に現われなかった。さらに、一九一七年八月にはK・ヒラーが反戦主義的な「目標同盟(ブント・ツーム・ツィール)」を設立した。しかし、それらはいずれも組織的な試みに留まり、部分的であれ効力を発揮することはなかった。大戦末期に高まり、革命の呼びかけへと結集した芸術家の抗議は、その思想形式があまりにも不均一であったために、組織化した反体制的団結を許容するまでには至らず、個々の文芸雑誌や年報に集中した状態に終わった。

viii　編集作業と発行

さて、『人類の薄明』の印刷は、ライプツィヒのペシェル&トゥレープテ印刷所で行なわれた。そこは、創業が一八七〇年という老舗の印刷所で、優れた印刷技術を誇っていたので、当時の主要な出版社から多くの注文を得ていた。また、ローヴォルトとクルト・ヴォルフがかつてそれぞれ発行したカフカ、ヴェルフェル、ハイムの作品もそこで印刷されていた。そうした経緯からも、『人類の薄明』の印刷がそこで行なわれたことは自然の成り行きであったように思われた。

校正刷り(ゲラ)ができ上がったとき、ピントゥスはそれを一篇の詩ごとに切り分け、自らが構想した四つの章に配分した。それは、彼が後年に「神経が錯乱するような作業だった」と語ったように、非常な労力と時間を要した。しかし、ピントゥスとローヴォルトはクリスマス前の発売を目指して精力的にその作業に取り組んだ。

そうした難儀な配列作業の結果であろうか、後年に研究者から「収録された詩篇のすべてが正確に印刷され、原典と一致していたとは限らない」と、文献上の不備が指摘されたこともあったが、ともかく『人類の薄明』は予定どおり一九一九年十一月に（発行年を一九二〇年として）発売された。

しかし、初版では、「とびら」に記された副表題が「最近の詩の交響曲」（Symphonie jüngster Dichtung）となるべきところが「最近の抒情詩の交響曲」（Symphonie jüngster Lyrik）となっていたほか、詩人の肖像画がすべて銅版印刷ではなく、明暗が曖昧なハーフトーン印刷になっていた。幸いにも、その二つの手違いは「第二版でそれぞれ訂正された。

なお、初版の発行部数は、ピントゥスも驚いたことに、通常の部数を大きく超える五〇〇〇部とされたが、彼が「まるですべての人が突如として表現主義の詩を読もうという意欲に駆られたかのようだった」と語ったように、発売後、間もなく売り切れた。その反響について、ピントゥスは「編纂者と発行者は控えめに表現主義を世に紹介するための小路にでもなればと望んでいたのだが、それは発行と同時にあの文学運動が広く理解されるための大通りを拓いたのだった」と述べていた。実際、『人類の薄明』はピントゥスたちの予想を上回る売れ行きで、新生エルンスト・ローヴォルト社が発行した本のなかで最初のベストセラーになった。

ちなみに、『近代詩の構造』の著者フーゴ・フリードリヒも一九二〇年にその詩集を読んだ一人であった。彼は一九五六年に出版したその研究書で表現主義の詩がフランスの抒情詩の変革と軌を一にし、フランス近代詩と深く関係していたことを明らかにしたが、「まえがき」で「この考察の端緒になったのは、一九二〇年に、当時まだ中高等学校（ギュムナージウム）の生徒にすぎなかった筆者が偶然、手にした表現主義の詩集『人類の薄明』であった」と述べていた。

そして、詩集『人類の薄明』は、初版が発行されたあと、一九二〇年に第二版と第三版、一九二二年四月に第四版が発行されるという調子で、約二年半のうちに合計二万部が世に出た。

ちなみに、初版と第二版には内容の変化はなかったが、第三版では一篇の詩とオッテンの自伝文の追加があり、第四版では（詩人の希望によって）数篇の詩の差し替えと追加があったほか、ハーゼンクレーヴァーの新たな自伝文とピントゥスの序文「残響」の追加があった。しかし、第三版と第四版も初版と同様に多くの読者を得て、成功を収めた。だが、『人類の薄明』という一詩集に見られたそうした成功は、終戦後間もない当時の政治的、社会的、経済的な混乱のなかで他の出版物には見られない現象であった。

III　詩集『人類の薄明』の発行以後（一九二〇年～）

i　反響と批評

ピントゥスはポケット版『人類の薄明』に付した序文「四十年経って」で同詩集を「爆発的な先駆的作品」と述べていたが、「爆発的」とは、好調な売れ行きのみならず、それについて「多数の批評が新聞や雑誌に掲載され、議論が活発に行なわれた」という社会的反響をも表わしていた。無論、そこには好意的な批評や真摯な議論もあったが、とくに保守主義的、あるいは宗教的な文芸雑誌に見られたように、露わな拒絶や「革命的破壊者の詩集」といった誹謗もあった。一般に、文学作品に対する批評や評価は、評者の立場や信念が大きく影響する場合が多いので、そのすべてが的確だったとは言えないだろうが、作品に対する当時の反響と受容状況をおおまかにでも捉えることはできるように思われる。したがって、次には発売後、間もない一九二〇年に発表された書評を、簡単にではあるが、できる限り多様な方面から紹介してみたい。

まず、当時の「新しい文学」を積極的に紹介していた『フルート』誌には、次のような書評が掲載された。

多数の抒情詩を集成したその詩集（アンソロジー）の内容的特徴は、編纂者が書いたあの優れた〈序文〉で言い尽くされており、

〈序文〉の意義からだけでも、それを購入する価値がある。心を掻き立てる情熱的なアレグロ・フリオーソが第一楽章〈崩壊と叫び〉を、アンダンテ・コン＝モートがやや静穏な第二楽章〈心よ、目覚めよ〉を、渦巻くように激しいスケルツォが第三楽章〈反乱へ立ち上がろう〉を、そして目標達成への自信が第四楽章〈人間に愛を〉を構成している。編纂者によるそうした構成（さっきょく）は非常に印象深く、広範囲に影響が及ぶことを期待したい。各詩はその編纂によって初めて、それぞれの最も深い意義を表わす。各詩をすでに知っている読者も改めて新しいものを感じ取る。その詩集（アンソロジー）は明らかに現在の詩作の最も優れ、最も価値ある表出である。

次に、唯物主義の優勢に抗する姿勢を鮮明にした『ロマンティーク』誌には、次のような批評が掲載された。

> ピントゥスは〈人類の薄明〉という表題で最近の詩の集成（アンソロジー）を発行した。できる限り少ない詩人の、できる限り多い詩を収めるという編纂方法は貫徹された。その結果、従来の意味での集成（ザムルング）と、その本質的特徴の集成（ザムルング）を実現した詩集（アンソロジー）が成立した。工業＝機械化の進展で人間の苦痛が増大する時代に、ひとつの詩人世代（ディヒターゲネラツィオーン）が〈人間、世界、兄弟、神〉という理想に立ち戻り、退行的に人間的願望の基本要求を表明せざるを得なかった状況が表われている。
>
> 編纂者による詩の選択に異議を唱えることも、詩人の選択に疑問を呈することもできるが、最近の文学の本質的な担い手がほとんど一人も忘れられていないことは認めることができる。

さらに、一般に的確な批評で定評があった『新展望（ディ・ノイエ・ルントシャウ）』誌の「書評欄」では、一時期、表現主義的な詩を書いていたオスカー・レルケが次のような感想を述べた。

未だかつて私は詩選集（アンソロジー）というものをあれほど感動して読んだことはなかった。心奪われ、引き込まれ、各語（ことば）に改めて目を止めたが、その瞬間にも詩行が次々と口を衝いて出てきた。大半の詩は以前から知っていたが、肯定的にせよ否定的にせよ、とにかく読み飛ばすことができたのは、ほんの数篇の詩だけであった。もはや以前ほど激しく叫ばない詩人もいたが、心に秘めていた思いを吐露する詩人もいた。

こう述べたあと、レルケは、詩選集（アンソロジー）という作品形態が表現主義の後期には、その運動の集団的成果と総決算的評価を表わす機能をもったことを指摘し、詩集『人類の薄明』にもそうした役割が加わったという文学的状況を示唆した。

それに対して、「おもに市民階級のやや上層部が読んでいた」とされる『ドイツ展望』には、次のようないささか辛辣な書評が載った。

> ピントゥスは最近の詩の豊かな歌声を強引に交響曲に編成した。それは粗暴で憤怒に乱れたフォルティッシモのあとに、熱病に罹ったように鈍重なピアニッシモ、物悲しいラメントーソが現われるという非常に単調な交響曲である。各詩人の個性は、二三名の詩人を一括しているために明らかになっていない。それにもかかわらず、編纂者の労作に感謝し得るのは、なおも未熟なもの、病的なもの、発展不可能なもの——これらは表現主義に未来志向とともに頻繁に出現するが——が余すところなく表われているからである。本質的なものや絶対的なものを捉えるために形式を破壊し、すべてを究極の簡潔へともたらす努力によって意志はたいてい強化され、ふたたび建設的になるというわけである。

さらに、宗教的な文芸誌のうち、プロテスタント系の『キリスト教世界』では、収録された詩の集合的な解釈に基づいて、「表現主義とは、奴隷状態にあった自我(イッヒ)の反乱である。『人類の薄明』はその運動に最も精通していたと言い得るピントゥスが編纂したが、まさにその反乱を記録したものである。他の者が自分を自由だと感じるにせよ、若い詩人や倫理感の強い人間は束縛(くさり)を感じ取り、それを断ち切ろうとした」と分析されたあと、当時のさまざまな社会的な「束縛」が列挙されていた。

そして、それに続く箇所では、「人類へと拡がる自我のみが自由である。だから、表現主義は過去ではなく未来を、動物的起源ではなく神的目標を、印象ではなく表現力を重んじる。経済的発展の文明ではなく高潔な文化を重視する。国家的な勢力ではなく人類の救済と博愛を重んじる」と述べられ、次のような評価に基づいてその文学的目標に一定の理解を示していた。

> 束縛状態から嵐が起こり、自由を奪っていた束縛を断ち切り、勝利を叫ぶ精神が立ち上がる。それは快適な調和ではなく憤怒の混乱(カーオス)を示す。それは奴隷の反乱のように粗暴とともに根源的な力を示す。そこから芸術的なものが現われる。心的体験の赤熱する鉄は外的形式に収まろうとはしない。もし収まるなら、漲る活力という最良のものが失われることだろう。(中略)表現主義は心的原体験と芸術的形成の堅固な結合を目指す。そのために、表現主義は新たなリズムと言語表現をより豊かに編成し、激しい情熱と加速的テンポをもつことになる。

そして、カトリック系の月刊誌『聖杯(デァ・グラール)』では、ピントゥスが「前衛的な実験」と称したその文学的特徴が次のように批判されていた。

> その詩集(アンソロジー)で我々の耳元を流れるのは、残念ながら〈交響曲〉ではない。ピントゥスは〈序文〉で詩人たちに〈この裂け割れ、噴出し、掻き毟るような詩にきみたちが満足できなくても、もういいとしよう。……友よ、こ

の調べではない。別の、もっと喜びに満ちた調べを奏でよう！〉と呼びかけていた。さらに、その後の箇所では、将来の若者に〈憧れに駆られた呪われた者たちの群れを責めないで欲しい。彼らには人間に対する希望とユートピアへの信仰以外になにも残されていなかったのだから〉と述べていた。実際、彼自身が本当にそう認めていたのである。その詩集（アンソロジー）に頻繁に表われる感情や感覚を分析することは大変、有益であるだろう。ピントゥスが〈ことごとく噴出、爆発、激越である〉と述べた詩では憎悪、憤怒、侮蔑、自負、絶望、渇望が非常に大きな役割を果たしていると言っても、的外れではないだろう。残念ながらベッヒャーが詩「準備」で表明したような耳をつんざく不協和音、騒音、轟音、混乱、破壊がその詩集（アンソロジー）のおもな印象である。詩人たちは大半が融和的とは限らない思案家、狂信者、煽動的雄弁者である。そうした調和の欠如した状態は細部に及んで認めることができる。

このように、詩集『人類の薄明』には、評者の立場や志操に拠って、さまざまな批評が表わされたが、そのどれもが文学作品としての『人類の薄明』の内容的な多様性に注目し、また斬新な表現形式に言及していた。しかし、そこに垣間見られた露骨な拒絶や非難には、『人類の薄明』が発行後、十数年を経て思いがけずも被ることになった政治的、イデオロギー的な攻撃の予兆が早くも感じられた。

ii　表現主義の衰退（一九二一年～）

詩集『人類の薄明』の発行後、二年余り経って、ピントゥスは「最近の文学」が衰退へ向かいつつあることを識るに至った。その詳細は、彼が第四版に書いた「残響」と題する序文に表われていた。一九一九年にはまだアクチュアルで現在性を保持していたものが、その後一九二二年までの間に意外なほど早く過去のものとして感じられるようになったのである。表現主義の運動は当初、掲げた目標を達成することなく衰退の途につくことになった。この結果、

『人類の薄明』はあの時代を締め括る作品となり、ピントゥスは「あの世代の激情は、過去に存在したものや朽ちて滅びてゆくものへの反抗から燃え上がり、束の間ではあったが、未来を赤々と照らすことができた。しかし、彼らの激情は人類を偉大な行為へと、偉大な感情へと燃え立たせることはできなかった」といささか苦しい胸中を明かした。

序文「残響」は、初版の序文「はじめに」と比べればかなり短く、そこには編纂者が当初、表明していた強い意気込みや使命感などは見られない。無論、その二年半の間には、社会的にも政治的にもさまざまな変動があり、詩人たちの活動環境も大きく変わった。表現主義の伴走者とも言われたK・エートシュミットは、当時を回想して「第一次大戦後の状況は、つまりインフレと革命後の状況は大戦直前の状況とも、炸裂する銃砲弾に脅えた大戦中の状況ともまったく異なっていた。大戦後、ハーゼンクレーヴァーは陽気な戯曲を書き、ヴェルフェルは冗漫な小説を書き、ドイプラーは芸術の感想を綴っていた」と述べたが、詩人たちがあらゆる面でそれ以前の活動から大きな変更を余儀なくされたことは想像に難くない。そして、エートシュミットは序文「残響」について「ピントゥスが一九一九年の壁に貼ったプラカードから、なぜ遠く身を引き離したのか理解できない」と述べながらも、その原因を「彼は絶え間ない熱狂、絶望、困苦、感激に疲れたのかもしれない。また、あの詩集の詩人たちと同様に、自分の過度の緊張に耐えられなかったのかもしれない。彼だけがそうだったのではない。ドイツには、突然、もはや表現主義の文学者しかいないような状況が生じていた。そして、専門家や事情に通じた者は、その精神の飛蝗（バッタ）の災いに恐れを感じたのだった」と分析した。

ちなみに、表現主義の詩人作家と目された文学者は三五〇名近くに上ったが、まさにその運動の後期には「世の中には表現主義の文学者しかいないような光景だった」と言われるような状況を呈し、そのなかには「物事の中核に永遠に触れないまま、流行で生じた物を追いかける」作者も少なくなかった。

しかし、序文「はじめに」の後半箇所でピントゥスが「人類の意志に先駆けて、より平明で、より明澄で、より純粋な存在を創り出すよう努力すべきだ」と詩人たちに訴えていたことを考え合わせれば、詩集『人類の薄明』に「表現主義の十年」の総括と回顧を促す役割が生じつつあったことは否めない。実際、書誌学者パウル・ラーベは『人類の薄明』の発行を「表現主義にとっての重大な転機（マルクシュタイン）」と捉え、次のように述べた。

> ひとつの時代から次の時代への推移は流動的で、文学運動は突然、終わるというものではない。しかし、一九二〇年から一九二一年に発表された記録文や文芸記事には、表現主義を代表していた詩人や芸術家に共通して〈途方にくれた状態〉が表われていた。彼らには革命が挫折したあと、幻滅が訪れた。すなわち、夢に親しんだあとに、嫌な目覚めに襲われたのである。表現主義に別れを告げる論文が書かれ、それに対して数々の同感が示された。それらは一九二〇年から一九二一年に書かれたが、まさに表現主義への追悼文と言うことができた。それと同時にヴィルヘルム・ヴォリンガー、ヴィルヘルム・ハウゼンシュタイン、カール・G・ハイゼなど美術史家も造形芸術における表現主義の終焉を認めた。彼らに一致していたのは、ひとつの時代は汲み尽くされたという認識であった。だから、新たな岸辺へ向かう途（みち）を探さねばならなかった。（中略）明らかに、詩人たちの発展に転換（ヴェンデ）が訪れた。これを明確に示す現象は、閉幕のために、それまでの活動を総括する収集本（ザムルング）や集成本（アンソロジー）が次々と発行されたことである。一九一九年の終わりに発行された詩集『人類の薄明』もそうした重大な転機（マルクシュタイン）を表わしていた。

一九二〇年から一九二一年にはエートシュミット、マックス・クレル、ルードルフ・カイザー、シッケレ、ゴルなど、表現主義の運動に関わった文学者やパウル・ハトヴァニのように早くから表現主義を論じていた批評家によってその活動の総決算が行なわれ始めた。

それについて、たとえばエートシュミットは「十年前にブルジョアを震撼させたものは、一九二〇年という神の加護がより減少した現在では、もはやセンセーションを起こすものではなくなった。（中略）あの当時、身振りで大胆に見えたものが、今日では習慣になっている。一昨日に進撃であったものが、昨日には普通の挙動に、今日では欠伸（あくび）になっている。精神の運動を表面的にしか理解しなかった者がその代表を務めている。しかし、それは愚かな偽（にせ）作家であり、哀れなはったり屋にすぎず、たちまち神経質な雑談者に成り下がった。（中略）私は、追求すべき芸術の水準を抽象形式の礼賛や表現様式の競争に求めた群団（シャール）を主導することにまったく関心がなかった」と述べた。彼の場合、おもに行動主義的な信念に基づいて文学の社会参加を要請していたので、新しい形式の探究を目指していた表現主義には同調できなかったのである。

そして、詩人ルードルフ・カイザーは、自身への批判をも込めて、表現主義の文学活動を次のように振り返った。

（表現主義のもとで）絵画は対象意識の代わりに自我意識を創造力に変え、色彩、線、形式を完全に内的なリズムに従属させようとした。文学作品は言葉を描写から遠ざけて心的（ゼーリシュ）＝詩的（ディヒターリシュ）な源泉に連れ戻すことで、それとまったく同じことを試みた。（中略）だが、もしもその内容が実質を失い、人間も対象も目に見えるようにはならず、ただ熱狂や憧憬や祈りや予言だけが鳴り響くとしたら、どうだろうか？　たしかに（内的および外的な）自然の優位は崩壊し、言葉は客体の抑圧から解放された。しかし、題材的および心理的な現実を超越した立場は、まだひとつも発見されなかった。いかにそれを求めて叫ぼうが、どんな宗教にも到達できなかった。あらゆる主観的な力が発展したが、自然主義や心理学と敵対しても、新しい現実を創り出すことはできなかった。巨大な力（エネルギー）が煽られた。だが、そこには作用する力が欠けていた。刻むべき石が、形式化すべき理念が、形象化すべき世界が欠けていた。こうして我々は、経験的現実との関係を絶ったものの、形而上的現実との関係を獲得するには至らなかった。我々は自分たちの新しい心情的弾力を享受した。歓声を上げる出発を享受した。我々はあえて神への道を進んだ。しかし、その神を見出さず、いかに敬虔な身振りをしても自分たちの深い不信の事実をもはや誤魔化し得ないこと、これこそ我々が最後に知ったことである。（中略）表現主義の作家たちは同胞的＝原始キリスト教的＝社会主義的な合唱で、自分自身の無意味さから自己を解放しようとしたのである。

さらに、イーヴァーン・ゴルは一九二一年に「表現主義死す」と題する論文で「表現主義は革命の巫女になろうとしながら、革命の腐肉を喰らって死んだ」と、その死亡原因を分析した。彼によれば、表現主義の文学は「要求、宣言、アピール、告発、懇願、熱狂、闘争」であり、「それには自分も含めて、みなが参加していた。表現主義の詩人作家は誰も保守反動的ではなかった。反戦を叫ばない者はいなかった。同胞主義と共同体を信じない者はいなかった。（中略）しかし、結果は残念ながら――表現主義の詩人作家の責任ではないが――一九二〇年のドイツ共和国の成立である。看板を掛けて、休業、どうぞ右へ進んでください、という結果だった。表現主義の詩人作家は呆然とした。武器だったチューバは〈ヨーロッパの予言者〉の手から落下した」。

実際、その運動には、「政治に参加する詩人」をもって自任した行動主義の文学者が数多く参加していたが、彼らの理想は革命の挫折とともに無惨に潰えたのである。

そして、そうした状況に危機感を抱いたルネ・シッケレは一九二〇年に「表現主義の事情」と題する論文で、同時代の文学者に「政治的な問題も、文化的な問題も民衆が関わるものである。だから、いまこそ文学者は民衆に平和主義、諸国民の団結、人間が住む秩序ある地球への信奉、あらゆる生に潜む獣性への闘いを強く訴えねばならない」と呼びかけた。

しかし、表現主義の衰退は、運動を支援していた出版者にも感じられずにはいなかった。たとえば、クルト・ヴォルフは一九二一年にヴェルフェルに宛て「我々の世代には若い後継者が育っていなかったことを痛感します。いかに注意深く周囲を見回しても、なにも見当らないのですから。ドイツの文学は深刻な不毛状態に陥ったようです」と書いていた。

それを裏づけるかのように、クルト・ヴォルフ社の代表的な叢書『最新の日』も一九二一年に第八六巻をもって発行を止めた。また、エルンスト・トラーもヴォルフに「もはや新しい人類への、新しい精神への変転を信じません。どの変転にも前進と後退があるのです。いまほどあのピンダロスの言葉を強く思い出すことはありません。それは、〈人間は将来もいま在るように在るだけである〉という、悲劇的であると同時に慈悲深い言葉です」と語っていた。

衰退のおもな原因には、ピントゥスが「『人類の薄明』の二三名の詩人のうち七名はもはや生存していない」と述べたように、その間に表現主義の文学者が何人も死亡したという深刻な現実があった。実際、第一次大戦が勃発した一九一四年から一九二二年春までに表現主義の文学者は（戦死者一二名を含めて）合計三九名が死亡したのである。

さらに、大戦の終結後に生じた政治的、社会的な変化、とりわけ経済的な混乱は出版活動にも大きな影響を及ぼさずにいなかった。一例を挙げれば、一九二〇年末には印刷用紙の価格がインフレによってそれ以前の五倍近くに跳ね上がり、これに連動して本や雑誌の価格も上がらざるを得なかった。

そうした厳しい状況で、文学関係の出版は次第に発行点数を減らした。一九一九年には二四六点（詩八五、戯曲六一、小説六七、評論三三）の発行があったが、一九二〇年には二四四点（詩八四、戯曲六〇、小説六三、評論三七）、一九二一年には一八八点（詩五九、戯曲四七、小説四八、評論三四）、一九二二年には一三七点（詩二七、戯曲三九、小説四七、評論二四）というように、とくに一九二一年以降、その減少は著しかった。

iii　表現主義の総括と回顧（一九二四年〜）

表現主義が衰退したあと、多くの詩人作家はその成果の正当な評価が開始されることを期待した。しかし、現実は期待どおりにはいかなかった。すなわち、彼らにおいても表現主義の標語や主張にいささか疲弊し、嫌悪感さえ覚えることがあったために、その遺産を積極的に受け入れようという気にはなれなかったのである。さらに、その運動の最終期に顕著だった大きな叫び声にも原因があった。多くの声が縺れ合うなかで、優れたものと後世に残るものが掻き消され、不明になり、ほとんど埋もれたままになった。遅ればせながら表現主義を弁護する情熱を示した者は少なく、批判的な発言をしたり、沈黙して新しい形式へ向かう者が多かった。

そうした状況で、ようやく一九二四年ごろから「表現主義とは何であったか」を問う総括と回顧の試みが行なわれるようになった。それは終戦直後の混乱とインフレを乗り越え、復興と安定へ向かう途中で現われた。折しも、文学界では新即物主義（ノイエザハリヒカイト）が前面に出てきていた。それは表現主義と交代する形で登場し、表現主義を超克し、その欠落部分を補おうとする意欲を示していた。要するに、表現主義が観念に依拠するあまり芸術作品を空疎なものにしているとして、人間生活や自然の実態に立ち戻ることを提唱し、事実を冷静に観察し、ありのままに描くことを重視したのである。したがって、一九二〇年代後半に現われた表現主義の総括と評価は、新即物主義との対比で行なわれることが多く、表現主義への批判と弁護が交差する論争的様相を帯びる場合が少なくなかった。たとえば、批判の例としてはフランク・ティースの論文「表現主義の終わり」やE・ウーティッツ著『表現主義の超克』を、そして弁護の例としてはK・H・ビューヒナーの論文「文学的表現主義の遺産」やH・キンダーマン著『現代の文学的相貌』を挙げることができた。そのなかで、とくに示唆に富み、含蓄のある総括が行なわれたのは、ヘルマン・ケッサーの論文「表現主義概説」であった。彼は自ら進んで表現主義から新即物主義へ、「混沌から具体化へ」と転向した作家であったが、表現主義が衰退して十年近く経った一九三〇年にその意義を次のように振り返った。

> あの時代には、真実は決して話題にならなかった。現実のドイツは――時折り、背後から真の本質的な声で漏れ出ることはあったが――科学や芸術の活動には現われなかった。前面には大きな騒音だけがつねに鳴り響いていた。芸術家や文学者の大半は前途有望なドイツを詩的、かつ音楽的に編曲することに専念し、あらゆる社会的、政治的な問題、生に不可欠の問題を描き出すことには消極的であるように見えた。軍隊、戦争、階級的抑圧、そして文学すべてを無視する権力国家と向き合っていたにもかかわらず……ヨーロッパが戦火に見舞われたとき、その政治的な無関心と臆病に因って、ついに文学自体が破滅した。形式の文体＝遊戯者は、彼らが正当にも疑わ

しく思われたことを痛感するに至った。

そういうわけで、新即物主義に転向した後年の彼には、「表現主義に対するあとからの憤怒は、爆発する真実に対する憤怒にほかならなかった」のであるが、それと同時に表現主義の意義もさらに明確になり、次のように評価することになった。

> 今日、生の活力に漲る前進的な芸術家や詩人はみな、まさにあの時代から大きな推進力を得たことに気づく。そして、ドイツで造形芸術や文学において、そもそも物事を感受し、その感情を表現することのできた者の普遍的な生の感情が、あのさんざん罵られた表現主義の時代ほど強い合意で明確に表わされた時代はなかったと断言することができる。考えを同じくする者の精神的な仲間意識や連帯と呼ばれるものもまたあの時代にドイツで新たに生まれたのである。
>
> 文化政策的に見れば、表現主義は誤り、ディレッタンティズム、無計画、未発酵、投擲(とうてき)的態度にもかかわらず、当時、国民共同体が為し得た最も真の形式だったことを明らかにした。
>
> この表現主義を価値無きもの(エントヴェールテン)とせぬように注意すべきである。真であったというまさにその理由で、それは感動し得る国民共同体がもっていたあらゆる特性を備えていたことを証明した。国民が大戦終結時に、一九一八年十一月以後に感情の叫喚で声を嗄らしたのは、きわめて自明のことだった。国民は災難に気づき、災難が接近するのを見、災難を被り、最初は自分の感情の無条件の表出で身を守るしかなかった。
>
> そもそも数十年を要することを、数カ月で乗り切らねばならなかった。手に負えない出来事に見舞われた人間がするのと同様の行動をした。

> 災難＝熱病に罹った人間、煽動され、騙され、侮辱された人間が恐ろしい認識に囚われてきわめてわかりやすい方法を採ったこと、彼らが鍛錬と思考を重ねて綱領を作ったこと、彼らが即座に事態を捉えたこと、こうしたことを私はそれまで経験したことがなかった。表現主義を価値無きもの（エントヴェールテン）とせぬように注意すべきである！
>
> 繰り返すが、我々が歩いた途（みち）は欠くことのできない途であった。（もしあの運動を無視するならば）現代史を歪めることになるだろう。我々はみな、かつてそれを足場にして創作を始めねばならなかったという現実を忘れることになるだろう。
>
> 今日、もしあの思想と創作（ゲシュタルテン）の時代が取るに足らぬものとして抹殺されるならば、人間の解放戦争はたった一日で完了とはならないという事実を忘れることになるだろう。

たしかに、表現主義の文学者は未曾有の災禍に見舞われ、大きな歴史的変化に翻弄されるなかで創作をつづけたのであるが、そうした稀有な経験を表現主義の詩人ハインリヒ・E・ヤーコプは次のように述べていた。

> 詩人たちの個性は、他の時代の詩人が乗り切る必要のなかった精神的な闘いで壊れることになった。それは体験の萌芽が育つ年月を求める闘い、彼らを取り巻く現実世界の障害との闘い、問題解決の時間を求める闘いにほかならなかった。あの十年間に心的疾風と精神的＝非精神的な日課命令がすべての詩人の頭上を吹き過ぎていった。一昨日はルーデンドルフ、昨日はウィルソン、今日はポアンカレ、明日はトロツキーだった。そもそも詩作がつづけられたこと自体、驚異的なことではなかったのか⁉

ちなみに、「二十世紀のリアリズム」とも称された新即物主義は、表現主義とは相反する特徴と描写法で一時期、世間の注目を集めたが、全体的に見れば、表現主義ほどの思想的原動力をもたず、時代の主調を書き換えるようなインパクトをもったとは言い難かった。

しかし、批判であれ弁護であれ、そうした表現主義の回顧や総括は、その遺産を文学的伝統に組み入れて後世に伝えようとする先駆的で建設的な試みであったと言うことができた。それらの多くは、成果が期待される研究の進展を予感させるものであった。実際、その間にはA・ゼルゲル著『表現主義の魅力』、F・J・シュナイダー著『表現力豊かな人間と現代ドイツ詩』のように、表現主義を学問的に検証し考察するさいの起点となった研究もいくつか発表された。しかし、すべてはナチの時代が訪れたことによって中断を余儀なくされた。その後、表現主義の研究がふたたび開始されたのは、ようやく第二次世界大戦が終わって数年経ってからであった。

iv　ナチ政権下の表現主義と詩集『人類の薄明』（一九三三年〜）

一九三三年一月三十日のヒトラー内閣の成立は、ドイツの運命を大きく狂わせる事件になった。早くも二月に社会民主党と共産党の機関紙やリベラル系の新聞の発行停止と没収、二月二十七日に国会議事堂放火事件と共産党や社会民主党への弾圧開始、三月に総選挙でナチ党の得票率四三・二％、共産党の国会議席剝奪、国民啓発宣伝省の設立、さらにダッハウに最初の強制収容所設置、国民と国家の危機を除去するための法律（全権委任法）の可決。四月一日にユダヤ人商店のボイコット。五月二日に労働組合の解体と組合事務所の占拠。五月十日に焚書、六月から七月にかけて他政党の自主解散。七月中旬に新政党設立禁止法とナチ党の一党独裁体制の確立というように、まさに矢継ぎ早に謀略の手が打たれた。

ヒトラーの政権掌握後、瞬く間に行なわれたそれら一連の弾圧は、それ以後に起こったナチのあらゆる暴挙へ繫がるものであった。すなわち、国会議事堂放火事件は反ファシスト全員に対するテロの号火に、ユダヤ人商店のボイコットはポグロムの発端に、労働組合の解体とその事務所の占拠は社会的弾圧の布告にほかならなかった。

表現主義については、ピントゥスが述べたように、「詩人作家のほとんど――すでに死亡していた者、殺害や自殺で死亡した者、存命だった者——が〈退廃的〉、〈犯罪的〉、〈民族とは異質〉、〈ボリシェヴィキ的〉として非難され、さらには〈脳軟化症〉として誹謗された」のである。それだけでなく、表現主義の文学者は活動拠点からの追放、執筆禁止、(講演、朗読など)文化活動の一部または全面禁止、作品の発禁や焚書といった、さまざまな禁圧で社会から葬り去られた。『人類の薄明』の詩人たちの場合、付録の「詩人と作品」に明らかなように、その時点ですでに死亡していた七名には作品の発禁や焚書、そしてドイツの内外で生き延びていた一六名には発禁や焚書のほかに活動禁止、迫害、社会的追放などの禁圧が加えられた。

表現主義に対するヒトラーの抹殺的行為をジョン・ウィレットは次のように述べた。

ドイツ表現主義に止めの一撃を与えたのは、ヒトラーによる政権掌握であった。つまり、一九二三年ではなく一九三三年が表現主義の運動の〈死の年〉であった。そして、この〈死〉とは文字どおりの意味である。というのは、第一次大戦でトラークル、Fr・マルク、シュタードラーが死んだのと同じようにして、いまや多くの芸術家が自らの手で、または収容所で死を遂げたからである。そして、その名が表現主義の歴史と深く結びついた人々はいまや自分の生命を救うためであれ、ヒトラーとその行為のすべてを嫌悪したためであれ、多数がその国を捨てた。(中略)彼らはまさに故国の文化的世界から切り離されたのである。

禁書と焚書

禁圧のなかでも、同時代の文学、芸術などの精神生活全体に致命的な打撃を与えたのは、とりわけ一九三三年五月に行なわれた「禁書の焼却」(Autodafé)であった。それは国家が命令し、テロ的手段によって実行されたナチの蛮行の最たるものであった。その日に火中に投じられ、それ以降、第三帝国で禁止となり、「禁書目録」に載った書物を国民啓発宣伝相ゲッベルスは「有害文学」(Schmutz- und Schundliteratur)と表示した。

ちなみに、ナチによる禁書は、その作者を列挙した最初のリストが一九三三年四月二十三日の夕刊「臨時版」に掲載されたのを皮切りに始まった。そこにはブレヒト、M・ブロート、デーブリーン、エーレンシュタイン、フォイヒトヴァンガー、イーヴァーン・ゴル、ハーゼンクレーヴァー、ハインリヒ・マン、クラウス・マン、ルートヴィヒ・レン、E・トラー、トゥホルスキー、アルノルト・ツヴァイク、シュテファン・ツヴァイクなど合計四四名の詩人作家とその作品が記されていた。無論、そのリストはそれ以降、該当する作者と作品の数を増しながら、順次、発表された。その結果、禁じられた文学（フェアボーテネ・リテラトゥーア）の作者は、戦後の一九四七年の調査では合計七五〇名にも上っていた。

禁書の告示のあと、早くも五月十日にベルリン、ミュンヘン、ケルン、ケーニヒスベルクなどの大学都市でナチの学生による公共の場での「非ドイツ的書物の焚刑」が始まった。ベルリンではオペラ広場でベルリン大学の「ナチ学生同盟」が主体になっておおぜいの市民が見物するなかで二万冊以上の本が焚かれた。そのさい、学生団の代表数人が、まさに儀式を執り行なうように、それぞれ書物に対する火刑の理由を述べた。たとえば、マルクスとカウツキーの著書は「階級闘争と唯物主義に反対！」と、またテーオドア・ヴォルフとゲオルク・ベルンハルトの本は「民主主義＝ユダヤ的で、我が民族とは異質なジャーナリズムに反対！」と宣告され、火中に投じられた。

しかし、それは決して無分別な学生による自然発生的で、一時的な暴挙ではなく、ナチがその国家目標に合わせて綿密に練り上げた計画に沿った見せ物（ショー）であり、ナチのプロパガンダ的デモンストレーションにほかならなかった。

ちなみに、ゲッベルスが「低俗（シュムッツ）」で「無価値（シュント）」と決めつけた有害作品には、ハインリヒ・マン、トーマス・マン、ジークムント・フロイト、アインシュタイン、マルクス、レーニン、ヴォルテール、ハイネ、ロマン・ロラン、H・G・ウェルズ、バルビュス、ゴーリキー、アプトン・シンクレア、ショーロホフ、E・トラー、オシエツキー、アルノルト・ツヴァイクなどの作品が含まれていた。要するに、その大部分が世界的価値のある文学や哲学の著作であり、啓蒙主義以来のヨーロッパの精神を代表する重要な著作であった。

かつてハイネは「本を焚（や）くところでは、ついには人をも焚く」と憂えたが、焚書は文学者の生命を絶つにも等しい暴挙であった。

ナチの表現主義＝攻撃について、K・エートシュミットは次のように回想していた。

表現主義について決してもう書いてはいけないというときがきた。ブラウナウ出身のあの男がそれを禁じたのだ。十二年もの間。（中略）一九三三年から一九四五年までドイツ国内では表現主義を罵ったり、その作家の本を公然と焚いたりはされたが、表現主義についてもはや議論はされなかった。（中略）表現主義の詩人作家は、シッケレやデーブリーンのように自ら芸術院（アカデミー）を脱退しないかぎりは、そこから追放された。表現主義の詩人作家とユダヤ人は。この両者はほとんど同一視されていた。（中略）表現主義の本が民衆の前で焚かれたあと、書店はナチの怒りを買う恐れがあったすべての本を出版元へ送り返した。これはすでにして民間人による検閲であった。ベルリンに新設された著作管理署（シュリフトトゥームスカンマー）はすべての図書館に蔵書リストの提出を求めた。貸本屋にも同様の要求をした。その後、〈署長の要請に基づき、裏面に記載の書籍は不適切（ウンエアヴュンシュト）として通知する。それらが広まることは帝国文化省令に違反する〉と通達した。（中略）一九三三年五月五日の『ミュンヘン新聞（ミュンヒナーツァイトゥング）』には、「どの本を焚くべきか?」という大見出しの下に次のような記事が載っていた。

〈精神の欠如した書籍の処刑はドイツのすべての大学都市で同時刻に行なわれる。ドイツ放送は大規模な報道リレーで、夜間一一時から一二時まで、ミュンヘンを含む六都市からその模様を同時放送する予定である。〉

それ以外に、ラジオ番組への出演、講演会や朗読会への出演も禁止された。これらの行為は外国でも禁止された。

それは精神障害者、反社会分子（ア・ゾツィアール）の烙印を捺すことであり、危険でなくはないレッテルの貼付けであった。当時、ナチの連中は外国で表現主義の画家の絵を売っていた。しかし、本は商売にならなかった。表現主義の本は図書館から不適切（ウンエアヴュンシュト）として選別、除去され、ついにはドイツの都市を焼き払った大爆撃で焼失した。そのために、何万冊も世に出ていた作品のなかから一冊でも探し回って見つけ出すことはもはや不可能であった。（中略）ナチは表現主義をどんなに憎悪したことか。表現主義が終焉の最中にあるときでも、なお罵ったのだ！ 表現主義はナチの連中にとって、彼らに逆らうものすべての総計であった。ボリシェヴィズム、ユダヤ教、犯罪者、反国家的（アンティナツィオナール）な輩であったのだ。

なお、ピントゥスは、表現主義の文学が、その衰退後、十年近く経ってもなおナチの攻撃を受けた理由を「内容、形式、志向において、また統語論の破壊、破滅的で騒音増幅的な要素、幻想的でユートピア的な特徴によって非常に革命的であった」という点に見出していた。しかし、翻って考えれば、表現主義はそれほどにも時代に作用する精神的原動力をもっていたということであり、だからこそナチは根絶すべき対象として憎悪したのである。

ともかく、表現主義の文学者が書いたものは何であれ、本はもとより手稿に至るまですべて没収され、焼却された。K・ヒラーによれば、一九三三年にナチの親衛隊は彼の家にも押し入り、ハイムなど若い詩人仲間が書いた原稿をすべて持ち去ったという。ピントゥスにおいても、長年かけて収集した表現主義に関する論文や資料を書類挟み（ファイル）ごと没収された。

表現主義に関して、ドイツ国民がヒトラーから被った甚大な被害についてユルゲン・ゼルケは憤怒とともに次のように述べた。

一九三三年五月、ヒトラーはひとつの世代の文学者全員をドイツ国民の意識から消し去った。地位と名声のあるほとんどすべてのドイツ語圏の詩人作家の本が〈有害〉として焚かれた。この焚書は〈第三帝国〉が崩壊したあとも後世に影響を及ぼした。一九二〇年代に書かれたものは今日に至るまでほとんど忘れ去られたままである。ナチに名誉を毀損された文学者の数は数百人に上る。表現主義と称されたひとつの文学時代全体から、これほど情け容赦なく切り離された国民はいない。あの芸術こそが資本主義の崩壊現象を明らかにし、ナチズムとともに崩壊するに至った旧体制の復現に抗して闘ったのである。

ベンは一九三三年十一月に論文「表現主義への信奉告白」で、ナチの時代には「絵画の表現主義は頽廃的、無政府主義的、スノッブ的と、音楽の表現主義は文化ボリシェヴィズムと、そして表現主義すべては民族を侮辱し嘲笑するものとして弾劾された」と述べたが、ベンにそれを書かせる発端となったバラード詩人ベリエス・フォン・ミュンヒハウゼンの論文「新しい文学」（一九三三年十月発表）では、表現主義に関して「まさに民族的なものの破壊が行なわれていた！」、「それに関わったユダヤ人の数は、総人口に占めるユダヤ人の割合の一〇〇倍から二〇〇倍にも達していた」、「その運動に参加した詩人の作品は、ほとんどが増刷に至らず、古紙加工場へ直行した」、「早くも一八九〇年から一九一〇年までに書物が民族の心魂的生活から乖離する準備がされていたが、それは表現主義で完了することになった」などと、暴言が尽くされていた。まさに当時は、ベンが「表現主義の芸術家の脳天に一発喰らわせなかったら、それだけでドイツでは文化への裏切りと見なされた」と語ったような状態であった。

「退廃芸術展」

文学と同様に、美術、音楽にもナチの禁圧が及んだ。美術については、その芸術家たちを芸術院から追放した「芸術殿堂の粛清」、その作品を美術館から撤去、没収した「絵画の嵐」、そして「退廃芸術」の烙印を捺して各地の美術館で市民の目に晒した「退廃芸術展」がよく知られている。なかでも「退廃芸術展」は、美術に対するナチの攻撃としてきわめて効果的であった。すなわち、同展は一九三七年七月にミュンヘンで開催されたが、四カ月の会期中に、入場無料だったとはいえ、二〇〇万人が訪れたと言われている。その成功で一段と弾みがついた結果、「退廃芸術展」は展示作品を部分的に入れ替えながら、ベルリン、ライプツィヒ、ウィーン、ハンブルクなど、四年ほどの間に一三の都市を巡回した。その間にも各地の美術館からは「退廃芸術品」の没収が行なわれ、その総数は最終的に一六〇〇〇点に上ったといわれている。それほど多くの美術品が「展観目的で保全する権利」、「頽廃芸術品の没収に関する法律」、「没収した作品の活用」といったナチの巧みな法的措置に晒されたあと、大半は外貨獲得のために競売場へ運ばれていった。

『人類の薄明』に詩人の肖像画を収めた画家たちもそうしたナチの蛮行を免れることはできなかった。当時すでに死亡していたシーレとレームブルックも、遺った作品の影響力を封じ、表現主義への攻撃効果をいっそう高めるために、他の画家の作品とともに「退廃芸術展」に展示され、民衆の嘲笑や罵倒を浴びた。シャガール、マイトナー、ココシュカはそれぞれドイツを去り、苦難の末にようやく亡命先で活動場所を見出した。しかし、彼らも亡命先で自分の作品が美術館や公的コレクションから没収され、「退廃芸術」として民衆の晒し物になったことを知り、怒りと悲しみに打ちひしがれた。

ナチ政権下のピントゥスとローヴォルト

ナチの弾圧の包囲網はピントゥスやローヴォルトにも及ばずにいなかった。ユダヤ系だったピントゥスは早い時期にいっさいの活動を禁止され、詩集『人類の薄明』も図書館や貸本屋などから姿を消した。そうした状況に追い詰められて、彼はついに一九三七年八月にニューヨークへ渡った。さらに、彼には、その翌年にドイツの市民権とライプツィヒ大学で取得した博士号の剝奪が行なわれた。

ローヴォルトの出版社にもさまざまな規制で圧力が加えられた。たとえば、原稿審査係を宣伝省へ届け出る義務、反ヒトラー＝非アーリア系の作者の本の差押えと発行禁止、ドイツ作家擁護連盟の会員作家の優先的出版、さらには出版する作者や作品の許可申請義務などが通達された。それらの強制をローヴォルトは状況に応じて巧みにかわしていたが、「教化できない人物でありつづけた」彼にはついに一九三八年に帝国文化局の登録からの抹消が伝えられた。

その後も、ローヴォルトには弾圧がつづいたが、彼にとってとくに大きな打撃となったのは、それまでに発行した一五六点の本の六四点が禁書とされたことであった。そうしたなかで、彼の出版社は（帝国文化局の息の掛かった）ドイツ出版会と合併することになり、社屋をベルリンからシュトゥットガルトへ移さねばならなかった。窮地に追い込まれたローヴォルトはついに一九三八年十一月に妻娘とともに妻の故国ブラジルへ渡った。しかし、早くも一九四〇年に彼は連合国の海上封鎖を突破しようとしたドイツの破封船に乗り込むことに成功し、それによってドイツへ帰って来ることができた。だが、シュトゥットガルトにあった彼の出版社とドイツ出版会はともに第二次世界大戦の爆撃で焼失した。

v　表現主義論争（一九三七年〜一九三八年）

ナチによる表現主義への攻撃が激しさを増していたとき、左翼知識人の間で表現主義をめぐって論争が起きた。それは一般に「表現主義論争」と呼ばれるが、モスクワで発行されていたドイツ人亡命作家たちの文芸誌『言葉（ダス・ヴォルト）』をおもな舞台として一九三七年秋から始まった。発端となったのは、同誌に載ったクラウス・マンの論文「ゴットフリート・ベン——ある迷誤の歴史」とベルンハルト・ツィーグラー（本名アルフレート・クレラ）の論文「いまやこの遺産は絶えた……」である。その二篇の論文はともに、表現主義の代表的詩人として出発し、その後ナチズムへの支持を表明したベンを問題にしていた。すなわち、前者ではベンの事例が「知識人の面汚し、失墜、自己破滅」として糾弾され、後者では「自分たちの誰もの骨の髄にあの時代のものがなにかしら残っている」という認識と、「表現主義の精神は、それを守り通すならば、ファシズムへ通じる」という挑発的な指摘を結びつけ、ベンにおける表現主義からナチズムへの変化を個人的な事例とはせず、自分たちに共通する危険として警告していた。

それが掲載されるやいなや、その反論、または同意の寄稿が『言葉（ダス・ヴォルト）』誌の編集部に次々と届いた。そして、以後の各号で表現主義への弁護と批判が展開され、論争は次第に熱を帯びながら、二〇篇余りの論文の発表によって一九三八年秋までつづいた。無論、表現主義をめぐる議論は、『言葉（ダス・ヴォルト）』誌以外にもいくつかの論文や新聞記事で行なわれたが、いわゆる「表現主義論争」として一般に知られているのは、『言葉（ダス・ヴォルト）』誌で展開されたその文学論争である。

厳密に言えば、表現主義をめぐる論争は、『言葉（ダス・ヴォルト）』誌で始められる以前に二つの前提があった。そのひとつは、ジェルジ・ルカーチが一九三四年に『国際文学（インターナツィオナーレ・リテラトゥーア）』誌に載せた論文「表現主義の〈偉大と頽落〉」で行なった批判であり、次のひとつは、亡命中のエルンスト・ブロッホがスイスで出版した著書『この時代の遺産』に対してソ連に亡命中の文芸評論家ハンス・ギュンターが一九三六年に発表した論評に端を発した、両者間の批判と反論の応酬である。

そのうち、ピントゥスと表現主義の詩人が直接、批判の俎上に載ったのは、とくにルカーチの論文であった。それは、E・ブロッホが「表現主義に対する最近の弔辞のそもそもの腹案はその論文にあった」と述べたように、ツィーグラーをはじめとする一連の表現主義＝批判の思想的土台になっていた。その論文でルカーチはマルクス主義的理論に基づいて表現主義を痛烈に批判したが、その論拠では美術史家ヴィルヘルム・ヴォリンガーと文化批評家マックス・ピカートの言説とともに、ピントゥスの『人類の薄明』の序文「はじめに」と論文「未来への提言」が取り上げられていた。それ以外に、表現主義の詩も何篇かが論評されていたが、それらはすべて『人類の薄明』に収録の詩であった。したがって、ピントゥスと表現主義の詩人に対するルカーチの批判は、『人類の薄明』への批判に繋がっていたと言うこともできた。

ルカーチによるピントゥスへの批判

ピントゥスに関しては、次に見るように、ルカーチの表現主義＝批判の主要な三点で取り上げられていた。

まず、第一節「帝国主義時代におけるドイツ知識階級のイデオロギー」で示された「表現主義における〈問題の主観的＝観念論的な解決と、現実からの思想的逃避〉」の指摘で、彼はピントゥスが序文「はじめに」で表わした見解に対してこう述べていた（ゴチック体の箇所はルカーチによる）。

> 世界観的に、とくに重要なのは、表現主義の詩人たちが「現象（エアシャイヌング）」から「本質（ヴェーゼン）」へ進む、その仕方である。（中略）ピントゥスは〈詩人たちは自分の**周囲の現実（ウム＝ヴィルクリヒカイト）を非現実（ウン＝ヴィルクリヒカイト）へと解体し、**もろもろの現象を通り抜けて本質へ到達しようとし、精神の進撃のなかで敵を抱き締め、抱き殺そうとし始めた〉と述べている。しかし、これは、問題の主観的＝観念論的な解決であるのみならず、つまり問題を、現実そのもの（＝プロレタリア革命）の変貌から現実**についての観念**の変貌へと移すのみならず、同時に、**現実からの思想的逃避**である。たとえこの逃避がどれほどもっともらしく「革命的」仮面を被っていようとも、また個々の詩人が主観的に正直に、その仮装を革命的行為と見なしたとしても、やはりそうなのである。

これに関連して、さらに彼はピントゥスが一九一九年に発表した論文「未来への提言」を取り上げ、次のように述べた。

> ピントゥスが、戦前の表現主義の特徴は現実に対するアイロニカルな防御であったとして、そこに表われた「寄席的なシニシズム」などを強調する場合、彼自身――心ならずも――認めていることだが、そんなものはすべて、事柄そのものとの現実的闘争から逃避して、現実の具体的な諸問題に遭遇したときの（ピントゥスは「迷路」と表現しているが）自己の狼狽と困惑を、もろもろの症候に対するアイロニカルな攻撃のなかに包み隠してしまうボヘミアン文学の、典型的な**優越のジェスチュアの**方法にすぎない。（中略）すなわち、帝国主義の諸問題（表現主義の文学では観念論的に歪曲されて「永遠の」「人類の問題」として表われるが……）に直面しての困惑や、

その諸問題の解決からの逃避にほかならないのである。

次に、第二節「表現主義と独立社会民主党（USP）イデオロギー」で示された「表現主義に表われた〈誤った世界観と、抽象的で観念論的な暴力の捉え方〉」の指摘で、ルカーチは「戦争一般を人間というものに対置することによって、きわめて純粋な抽象が達せられている」として、ピントゥスが序文「はじめに」で述べた見解を次のように批判した。

ピントゥスは〈しかし——そして、これによってのみ政治的な文学は同時に芸術であり得るのだが——もっとも優れ、もっとも情熱的な詩人たちは、人類の外的境遇に対してではなく、歪められ、苦しめられ、誤った方向に導かれた人間自身の状態に対して闘うのである〉と述べていた。そうした具合に、暴力に抗する闘争の問題は、階級闘争の戦場から**モラル**という個人的な領域へと移される。そのような間違った世界観、正しくないモラルが現代の人類が置かれた恐るべき状態の真の原因にほかならない。

これに関連して、彼はふたたびピントゥスの論文「未来への提言」から類似した箇所を引いて論拠の補強を図り、次のように述べた。

ピントゥスはもしかしたら、その抽象化をさらに推し進めているのかもしれない。彼はすべての人間によって〈創られた機械的存在と組織とが自らを支配する力を獲得し、忌むべき社会秩序と経済秩序を発展させること〉を認めている。彼はそれを決定要素（デテルミナンテ）と称し、〈未来について語ることは、それらの決定要素に挑戦することであり、それらを克服するように訴えることであり、**反＝決定論**（アンティデテルミニスムス）を説くことである〉と述べた。だから、決定要素を克服する過程は、ピントゥスとすべての表現主義者によれば、**人間の頭のなかで**演出されるものである。彼らにとってある概念を思想的に克服するということは、その概念が関係している現実を除去することと同義なのである。

そして、ルカーチは「そのような極端に主観的で観念論的な過激主義(ラディカリスムス)は独立社会民主党(USP)イデオロギーと密接に関係する」という彼のテーゼをピントゥスが表わした見解に拠って次のように裏づけた。

ピントゥスの言によれば、もろもろの出来事の真の原因は客観的な経済的基盤ではなく、人間やグループの〈洞察不足〉、〈誤謬〉などに求められた。(中略)そして、ピントゥスは人生が決定要素によって支配されている原因として〈人間の教育がもっぱら因果的、歴史的なものに繋ぎ止められていた〉ことを挙げていた。実際、論文「未来への提言」では、〈これによって、人間の生活はその精神の外部にある決定要素に完全に従属している〉と、またあの詩集(アンソロジー)の序文「はじめに」では、〈ますます明らかになったことは、人間は人間によってのみ救われ、周囲の世界によってではない、ということだった〉と述べていた。(中略)そうした考えから、暴力の問題に対する表現主義の詩人たちの姿勢とUSPとの親近性が——内容的にも形式的にも——明らかになる。

そして、ルカーチは「〈人間〉と〈暴力(=国家、戦争、資本主義)〉とを硬直的に対置する抽象的な観念論的把握が明瞭に表現されている」例として、カール・オッテンの詩「労働者よ」の失業者への説教と、ルネ・シッケレの詩「放棄の宣誓」の数詩行を挙げ、次のように述べた。

表現主義の詩人には、こんなものがきわめて〈過激〉だと考えられているのだ。いや、それどころか、彼らはこういうものによってこそ自分たちは、帝国主義的資本主義の暴力に革命的プロレタリアートの暴力を対置する革命的労働者などよりもはるかに〈過激〉で、より〈革命的〉である、とさえ思っているのだ。この抽象的な対置によって自らが行き着くところは、先鋭化する革命的状況のなかでブルジョワジーの階級利益が望んでいるままの結末にほかならない。

さらに、ルカーチは「その反動的、ユートピア的な見せかけの過激主義（ラディカリスムス）が、資本家階級の暴力を耐え忍べ、という反革命的な説教へ流入する」例として、Fr・ヴェルフェルの詩「革命への呼びかけ」の数詩行を、また反暴力イデオロギーが、結局のところ革命の「混乱（カーオス）」への不安の表明にほかならない」例としてハーゼンクレーヴァーの詩「政治に参加する詩人」の数詩行を挙げた。

最後に、第三節「表現主義の創作方法」では、ピントゥスと詩人たちについて「現実に対する表現主義の文学者の態度、それも客観的現実に対する哲学的な態度、および社会に対する実践的な態度がともに客観性を自負して現われる主観的観念論であること」を指摘した。

これに関連して、ルカーチはピントゥスが論文「未来への提言」で表わした「文学作品とは、歴史のように倫理的なものに無関心で偶然的なものではなく、自己を意識化し、願望し、形成する精神を具体的に表わすことである」という言説を取り上げ、ピントゥスが『人類の薄明』に多数の詩を収めたヴェルフェルとエーレンシュタインの詩作を例にして次のように批判した。

> だが、その立派な自負が具体的に表現される段になると、そこに表われるのは、……資本主義というメカニズムのなかでの小ブルジョア的な困惑と喪失感であり、資本主義によって困憊し、踏み躙られることに対する小ブル

ジョアの無力な反抗である。(中略) ヴェルフェルが詩「ぼくたちはみな、この地上で他人なのだ」で不安気に、感傷的にではあるが、率直に述べている事が、たとえばエーレンシュタインの詩「生にも死にも倦んでいる」では尊大に、逞しさを装って、極度に緊張して表われているにすぎない。

エルンスト・ブロッホによるルカーチへの反論

ルカーチのそうした批判には、いくつかの反論が寄せられた。たとえば、E・ブロッホは論文「表現主義についての討論」で、ルカーチの論文の方法的問題点を指摘したあと、その三点のテーゼに反論した。

まず、方法的問題点として、ブロッホは「表現主義の時代に、文学と緊密な関係にあった絵画にまったく言及がなかった」こと、「文学上の事象が、特徴的とは言えないわずかの〈選択文献(アウスヴァール)〉で論じられていた」こと、「論拠がごく一部の詩人と数詩行の引用でのみ示されていた」ことを挙げていた。そのうち、とくに「選択文献」について、彼は「ルカーチが使っている資料は、種々の集成本(アンソロジー)の序文や跋文であり、ピントゥスのあの「序文」であり、レーオンハルト、ルビーナー、ヒラー、その他おおぜいの雑誌掲載論文である。それらは現場の具体的印象や追体験されるべき現実を伴った事柄そのものではなく、資料(マテリアール)自体がすでに間接的なものであり、表現主義に関する文献であって、それがもう一度、文献化され、理論化され、批判されるというわけである」と述べていた。

実際、ピントゥス＝批判でルカーチが用いた資料は、『人類の薄明』の序文「はじめに」と論文「未来への提言」のみであった。そうした文献の不備については、パウル・ラーベも「ルカーチにも表現主義論争に加わった寄稿者にも——亡命中であったために——論拠とした資料がほとんど十分には揃っていなかった」と語っていた。

次に、ブロッホはルカーチの三点の表現主義＝批判の各点に対して反論したが、その第一節については次のように述べた。

非具象的なものに向けてなされる主体の噴出のなかにもひとつの革命的、創造的なものを認めることができただろう。（中略）だが、そうした試みは、無造作に資本主義的腐敗と同格に置かれてしまう。（中略）それも、一定の部分がそうだというのなら、まだ納得できるが、なにもかも一括して全部がそうだとされるのである。（中略）ルカーチはいたるところで完結した関連をもつ現実というものを前提としているが、……現実性（リアリテート）がそういうものなら、表現主義的な破壊と改変の試みも、最近の（時折り途切れる）断続技法（インターミティールング）とモンタージュの試みも空虚な遊戯ということになる。（中略）ルカーチは客観主義的で完結的な現実性概念を抱いているために、表現主義を論じる場合に、およそ世界像を瓦解させるようなすべての芸術的試みに対して（たとえその世界像が資本主義のそれであるときでも）反対するのである。

そして、第二節については次のように述べた。

表現主義の〈平和〉や〈非暴力〉などのスローガンは、革命を前にしたとき、客観的に反革命的なものに変わった。しかし、それだからといって、そのスローガンが、ほかならぬ戦争中に、またその戦争が内戦へと移行していく可能性が現われる以前に、徹底して革命的で、しかも客観的に革命的であったという事実が消え去るわけではない。いずれにせよ、多くの表現主義の詩人たちは〈武装した善意〉のために一言発したのである。その人間愛もまったくわけのわからぬものばかりとは言えなかった。

さらに、第三節については次のように述べた。

ルカーチが表現主義の文学に、内容的にはもっぱら「資本主義というメカニズムのなかでの小ブルジョア的な困惑と喪失感」、「資本主義によって困憊し、踏み躙られることに対する小ブルジョアの無力な反抗」を見出すときも、彼にはその運動の主観的な反乱すらもがほとんど十分には把握されていない。たとえそれ以外になにも現われてこなかったとしても、また表現主義の詩人たちが戦争中、実際に平和や暴政の終焉以外になにも語らなかったとしても、それでも彼らの闘争をたんなる見せかけの闘争（シャインカンプフ）であると決めつけ、帝国主義的な見せかけの反対派（シャインオポジツィオーネン）が得意とする抽象＝歪曲化と、神話化の似非批判的（プソイドクリーティシュ）なやり方を表わしているだけだと断定する根拠などなにもないのである。

このように反論したあと、ブロッホは「表現主義の諸問題は、表現主義的な解決であったよりも良い解決によって止揚されるまでは、依然として考える価値がある。しかし、我々の文化史の最近の数十年を、それが純粋にプロレタリア的なものではないからと言ってあっさり省略してしまうような抽象は、これより良い解決を与えることはほとんどない。表現主義の遺産はまだ絶えていない。なにしろ、それはまだまったく手を付けられていなかったからである」と述べて、論文を締め括った。

論争の結末

ブロッホの反論が掲載されると、「期せずして起こった討論に結末を付けるように」との『言葉（ダス・ヴォルト）』誌の編集部の要請に応じて、早くも翌月にベルンハルト・ツィーグラーは「結語（シュルスヴォルト）」と題する論文を寄稿した。そこで彼は「表現主義を生んだ精神とファシズムのイデオロギーになった精神を等式で結ぶ第一のテーゼは、討論を通じて論駁された。しかし、我々の骨の髄にはまだ表現主義の時代のものがかなり染み込んでいるという第二のテーゼは、その論駁がなされたやり方によって正しいことが証明された」と述べた。

しかしながら、B・ツィーグラーにはいささか混乱を招きかねない事情があった。すなわち、彼の論文「いまやこの遺産は絶えた……」が読者の目に触れる直前の一九三七年七月十九日にミュンヘンで「頽廃芸術展」が開かれたが、その指揮を執ったのは帝国芸術局長アードルフ・ツィーグラーであった。そのために、一方のツィーグラーと他方のツィーグラーが無関係であること、そして一方のツィーグラーの「デカダン（dekadent）、堕落的（zersetzend）」という非難と他方のツィーグラーの「頽廃的（entartet）」という非難が別であることを相当の雄弁をもって説明せねばならなかった。それについてB・ツィーグラーは論文「結語」で「表現主義があの展覧会で〈頽廃芸術〉として見せ物にされたこと自体は、我々が語った類似した内容の判断が正しいか誤りかということになんの意味もない。一致しているのは拒否という一点のみである。ヒトラーが〈頽廃（エントアールトゥング）〉の概念で意味した事が、我々が〈デカダンス、頽落（フェアファル）〉で意味する事とはまったく別であることを言う必要はない」と述べるに留めた。

言うまでもなく、アードルフ・ツィーグラーはナチの御用画家で帝国芸術局長であり、ベルンハルト・ツィーグラー（本名アルフレート・クレラ）はドイツ共産党の文化政策推進者であった。そのように左右両陣営からほぼ同時に行なわれた表現主義への批判と攻撃をどう捉えるべきかはさらなる議論を要するが、この点にもまさに表現主義の特徴であった多様性が奇妙な形で反映していたと見ることができた。

しかし、表現主義をめぐるその論争は、亡命中の寄稿者に十分な文献が揃っていなかったこと、そして最初から表現主義をファシズムの前形態と見なしていたこと、さらにB・ツィーグラーが述べたように「寄稿全体が明らかにルサンチマンの印を帯びていた」ことなどから、表現主義を正しく評価したとは言い難い。

表現主義に対する攻撃は、根本において（とくにルカーチの論文で顕著だったが……）ヨーロッパの前衛的芸術すべてに同様に向けられていた。表現主義は個々の作品に基づいて具体的に分析し、批評されたのではなく、一括して否定された。したがって、その内的告白、モンタージュ、異化などの芸術的技法も一様に否定されたのである。

さらに、経緯を辿れば、その論争は表現主義をテーマとしてよりも、むしろ「きっかけ」として取り扱っていたように思われた。すなわち、ルカーチの論文は、まず一九三三年に『文学批評家（リテラトゥルニイ・クリーティク）』誌にロシア語で発表され、その翌年に『国際文学（インターナツィオナーレ・リテラトゥーァ）』誌にドイツ語で掲載されたが、一九三四年が第一回ソ連作家会議で芸術の方法として社会主義リアリズムが正式に採用された年だったことを考え合わせれば、本来のテーマはそのリアリズム論であったようにも思われた。実際、あの論争は一般に「表現主義論争」と呼ばれているが、『言葉（ダス・ヴォルト）』誌ではブロッホの論文「表現主義についての討論」の直後にルカーチの論文「リアリズムが問題だ」が掲載されていた。そして、そのなかでルカーチは表現主義論争を「**形式主義**対**リアリズム**」の論争と捉えていた。

ブレヒトは一九三八年ごろに書いた覚書「表現主義論争への実践的提言」で『言葉（ダス・ヴォルト）』誌で展開された表現主義をめぐる論争は、即座にこちら表現主義！、あちらリアリズム！というそれぞれの標語でやり合う闘いに成り変わってしまった」と述べていた。彼は当時、デンマークに亡命していたが、『言葉（ダス・ヴォルト）』誌の編集委員の一人として、論争がファシズムに抗する戦線の内部分裂を招きかねないのを案じ、打ち切りを求めたといわれる。彼はその論争に自分の見解を示さず、関与せぬ姿勢を通していたが、ルカーチへの反論とともに、自分の表現主義観として「生年が数年違うだけの同じ年頃の芸術家たちが表現主義というひとつの時代（ペリオーデ）を通り抜けていった。その芸術傾向は矛盾に満ち、均一ではなく、混乱したものだった。そして、それは抗議（主として無力の抗議だったが……）に満ちていた。その抗議は芸術による描写のありかたに向けられていた。描写されたものもまた抗議を呼び起こさずにはいないような時代（ファイトプンクト）であった」と述べていた。

いずれにせよ、ルカーチの表現主義＝批判、それに対するブロッホの反論、そしてブレヒトの表現主義観も表現主義への理解を本質的に深めることができたかどうかはわからない。なぜなら、批判する側も弁護する側も表現主義に美学的およびイデオロギー的な統一性を付与しようとする傾向が見られたが、そうした統一性がそもそも表現主義にあったかどうかは明らかでないからである。ピントゥスが『人類の薄明』の序文「はじめに」で述べていたように、表現主義は進歩的と同時に反動的な特徴をもつ、多様な形態の矛盾的現象として存在したという事実は、やはり否定することができなかった。

IV　第二次世界大戦後の詩集『人類の薄明』と表現主義

i　第三次エルンスト・ローヴォルト社とポケット版叢書 rororo（一九四六年～）

一九四五年五月八日、ナチス・ドイツは連合国に無条件降伏し、五年九カ月に及んだ第二次世界大戦は終わった。戦後構想と対独処理をめぐっては、すでに戦局が連合国の優勢になっていた一九四三年ごろからアメリカとイギリス、ソ連の間で駆け引きが始まっていたが、一九四五年八月二日のポツダム協定でドイツ占領に関する基本方針が定まった。それによって、ドイツはアメリカ、イギリス、ソ連にフランスを加えた四国で分割占領と共同管理され、首都ベルリンも分割管理されることになった。

敗戦後のドイツ社会は一般に「崩壊社会」とも言われ、その主要都市のほとんどは夥しい瓦礫の山に埋まり、政治、経済、社会のすべてが終結であると同時に開始であるという零年（ゼロ）に立っていた。そうした状況で、ふたたび出版社を興そうとしたローヴォルトもまたゼロから始めねばならなかった。そのために彼は、まずその四国の各占領地区で出版業を営む許可（ライセンス）を得なければならなかった。申請のさいには、大戦中にローヴォルトがドイツの破封船に乗り込んだという事実が障害となったが、それを乗り切り、どうにか交渉を進めることができた。

そして、まず一九四五年十一月に（一九三八年以降、共同経営者になっていた）息子レーディヒがアメリカ軍の許可を得て、シュトゥットガルトに出版社を設立した。次に一九四六年五月にローヴォルトがイギリス軍の許可を得て、ハンブルクに出版社を開設した。さらに一九四七年には、ソヴィエト軍とフランス軍からも許可が得られ、ベルリンとバーデン＝バーデンにそれぞれ支社を置くことができた。そして、南ドイツのレーディヒ、北ドイツのローヴォルト、ベルリンとバーデン＝バーデンの各支社の四箇所で相互に連絡を取り合って、第三次エルンスト・ローヴォルト社を運営し、出版活動を徐々に軌道に乗せていった。

その結果、新生エルンスト・ローヴォルト社は早くも終戦後二年ほどで戦前とほぼ同程度の出版活動をすることができた。しかし、その順調な経営に安堵したのも束の間で、一九四八年にはアメリカ、イギリス、フランスの占領地区と、ソ連占領地区でそれぞれに通貨改革が実施された。そして、そのさいのドイツ経済委員会の形成とその下で行なわれた経済計画化の進展が東西へのドイツ分裂を明示する行程となっていたために、一九四九年に「ドイツ連邦共和国」と「ドイツ民主共和国」の二つの国家が生まれるという大きな歴史的転換が生じた。それに伴う経済的、社会的、政治的な大変動で、エルンスト・ローヴォルト社も一九五〇年に経営危機に陥った。しかし、それをローヴォルト父子はおもに二つの方法で切り抜けることができた。そのひとつは同年六月に、のちに rororo の商標で広く愛されたポケット版叢書の発行を開始したこと、他のひとつは七月にシュトゥットガルトとハンブルクにあった同社をハンブルクに統合し、経営のいっそうの合理化を図ったことであった。

ポケット版叢書 rororo

エルンスト・ローヴォルト社の代名詞ともなったポケット版叢書 rororo は、そうした苦況から生まれたのであるが、それは同社がすでに一九四六年に発行した RO-RO-RO 叢書に倣っていた。RO-RO-RO 叢書は世界の現代文学選集を発行したのだが、各巻の発行部数を多くして廉価で販売するという方法で戦後のドイツ社会に急速に普及した。しかし、その発行には、とりわけ戦後の物資不足という、出版活動にとっても深刻な事情が関係していた。当時、文学に対する一般の需要(ニーズ)はかなり高まっていたが、どの出版社も印刷用紙の配給制に加え、厚紙、表紙布地(クロス)、綴り糸、膠(にかわ)などの製本材料の不足から供給は需要にとうてい追いつかなかった。

そうしたなかで、ローヴォルト父子は「ローヴォルト輪転機小説」(**Ro**wohlts **Ro**tations **Ro**mane)と称する新たな企画を打ち出した。それはできる限り少ない用紙にできる限り多くの文字を印刷し、できる限り廉価で販売するという原則に立ったが、その要求はとくに新聞用紙に輪転機で印刷することによって叶えられた。輪転機で印刷する場合、刷り上がった各紙は積み重なった状態で機械から出てくるために、刷り上がり頁の切り分け作業を経ることなく、そのまま「特製の膠(にかわ)」（＝「合成樹脂」）で綴じ合わせることができた。

その RO-RO-RO 版の製作に、一九五〇年に新たな形態が加わった。すなわち、ポケットブックの発行である。レーディヒは前年にアメリカを旅行したとき、同地でポケット版叢書が非常な人気を博している現状を目にした。ポケットブック (Taschenbuch) は、ドイツでもすでに十九世紀前半からレクラム文庫やゲシェン叢書が、そして一九二〇年代にはクナウル社の世界文学叢書やウルシュタイン社の小説叢書などが発行されており、一般に広く親しまれていた。しかし、エルンスト・ローヴォルト社が発行するポケットブックは、先行のそれらのポケットブックのように、刷り上がった全紙（つまり一六頁分）が折り重なった状態で縫り糸で綴じられる方式ではなく、一枚（二頁分）ごとに裁断された紙が合成樹脂で綴じ合わされるという新方式で作られた。ちなみに、その方式は考案者エーミール・ルムベックの名前に因んで「ルムベック方式」と呼ばれた。この製本技術は「自動で糊付け製本する」を意味する動詞「ルムベッケン (lumbecken)」をも生み出したように、製本業界にきわめて大きな変革をもたらした。これによって、より少ない製本費用で、より耐久性に優れた本を作ることが可能になった。そのポケットブックは商標に、先行の叢書名「RO-RO-RO」を小文字化した「rororo」を用いることになったが、「可能な限り廉価で販売する方法で多くの読者を得る」ことを目指して「価格をドイツの労働者の一時間当たりの賃金を超えない金額」に設定した。

その rororo 叢書では、最初の発行から三年間に五〇点の本の合計三〇五万部が世に出たが、その間に印刷された部数は合計八一〇万部で、そのうち七七〇万部が売れた。その好調は、発行した本の半数以上が増刷に至り、しかもその増刷部数がきわめて多かったという事実に拠っていた。さらに、一九五五年にはその枠内で、各学問領域を網羅した大規模な百科全書『ローヴォルト・ドイツ百科事典』の発行が始まった。

ii　表現主義の再評価と再発見（一九五〇年代半ば〜）

第二次世界大戦後、表現主義の文学の出版は西ドイツでは一九五〇年代半ばまで待たねばならなかった。しかし、西ドイツ以外では終戦後、間もなく、その発行が――決して大部ではなかったが――開始され、表現主義の再評価、再発見の兆候を示していた。たとえば、一九四七年にハイムの『全詩集』がチューリヒのアルヒェ社から、一九四八年に（W・シュネディッツ編の）トラークルの『作品集』がザルツブルクのオットー・ミュラー社から、一九四八年にヴェルフェルの『作品集』がストックホルムのベルマン＝フィッシャー社から、一九四九年にベッヒャーの『作品選集』（全四巻）が東ベルリンのアウフバウ社からそれぞれ出版されていた。

西ドイツにおける表現主義の文学の再発見は、美術の場合とはいくらか事情が異なり、ようやく一九五〇年代半ばになって行方不明や忘れられた詩人作家の調査が開始され、その後、作品出版に着手された。その時点で、文学の表現主義はすでに五十年近くも昔の出来事になっていた。それに対して、ナチに「頽廃芸術」と貶められた表現主義の美術は、没収で行方不明になっていた作品が終戦後、間もなく精力的に調査、収集され、その成果がドイツ国内の博物館や美術館で回顧展として発表された。無論、文学における半世紀近くに及ぶ空白を埋めるために、ドイツの研究者は各詩人の作品出版に力を注いだが、それはE・シュタードラー、ファン・ホディス、シュトラムなど数人の出版に留まっていた。

文学の再発見がそのように遅れた原因はいくつか考えられたが、そのおもなひとつは、表現主義の運動に加わった文学者や芸術家にかつてなされた誹謗中傷が思った以上に長く尾を引き、深い傷を残していたことがあった。そして、文学の場合、終戦時点で多くの詩人作家が（早世を含めて）死亡していたり、ドイツから追放されて行方不明になっていた。少数の存命者についても、その運命はさまざまで、なおも亡命先に留まっていた者、K・ヒラーやW・ハースのように逃亡先からドイツへ帰った者、ベンやH・カーザックのようにドイツで生き延びた者、さらにハンス・ヨーストのようにナチ党員として拘留された者がいた。

表現主義の再評価、再発見に繋がる、そうしたリヴァイヴァル的な現象がドイツでようやく一九五〇年代半ばに起きたとき、それにはおもに二つの事情が関係していた。そのひとつは、表現主義の運動が衰退してから三十年余りが経ち、当時の活動を比較的客観的に捉え、評価し得る時間的距離が生まれたこと、次のひとつは、ナチ以前とナチ以後の間になおも歴然と存在したドイツ文化の断絶、不連続を克服しようとする気運が高まったことである。とくに後者の事情については、批評家ハンス・ベンダーが次のように語っていた。

H・E・ホルトゥーゼンは詩集『揺り動かされた存在』の「あとがき」で、〈三十年以上も昔、表現主義の運動の最盛期に表われていた新しいもの、大胆なもの、前代未聞のこと、世間の注目を集めたこと――そのすべてはあの詩集『人類の薄明』にも表われていたが――は、どれもとうに歴史的遺産になったか、さもなければ正当に忘却された〉と述べた。確信的に述べられたその言葉は、一九五〇年代初めに一般に広がっていた見解と印象を表わしていた。すなわち、一九五〇年代初めから――ナチによって生じた断絶の溝を越えて――ナチ以前の時代へ繋がる関係は、ごく少数の例外を除いてほとんど存在していなかったのである。

その当時、まだ人々の意識に上らなかったのは、表現主義だけではなかった。表現主義と同類、あるいは対立した文学として表現主義と競合し、それと同じく追放され、消し去られた二十世紀の数十年間の文学の、より大きな集団的運動もまた同様の状態であった。したがって、創作を始めたばかりの、たいてい若い新人作家たちは、その模範と影響を外国の文学から得ていた。彼らは――多くの証拠が示すように――それをおもにアメリカ、ソヴィエト、イギリス、フランスの占領国がもたらし、広めた文学から得たのである。

それは理解できないことではなかった。なぜなら、外国からの影響もまた、あの十二年間、規制され、抑制されていたからである。しかし、自分の国の過去の文学の〈忘却〉は、その当時でも決して〈正当なこと〉ではなかった。それは不当で思慮に欠けたことであった。その場合、意識的にも無意識的にも、第三帝国で広がり、浸透した伝統が継続していたのである。たとえば、「表現主義」は「アスファルト文学」にほかならず、絵画や彫刻の「頽廃芸術」と似てユダヤ的で、民族と異質で、堕落的な文学だった、という伝統が生きていたのである。今日から見れば、ほとんど弁解の余地のない〈忘却〉が一般に広く認められた。

そうでなくても、〈償うこと〉は容易には実現しなかった。なおも亡命をつづけた詩人作家は祖国に呼び戻されなかった。帰還したとしても、それはさんざん躊躇した末の決断であり、全員が帰ったわけではなかった。〈国外亡命〉と〈国内亡命〉は細かく量り分けられた。国も都市も横領した財産と毀損した名誉を返還することを忘れた。その場合、一般に人間的な忘却が作用していた。しかしそれ以上に、ドイツ人の戦後復興熱と、やがて訪れた好景気が向上意欲を掻き立てる過程で自分を振り返ることを忘れさせたのである。

ようやく五〇年代半ばに西ドイツで表現主義の記録集や文学作品の出版が始まったが、それは非常に困難な作業であった。作家で書誌研究家のペーター・ヘルトリングはそれについて次のように述べていた。

十二年もの空白のあと、追放された表現主義の詩人作家の作品を出版することは、たしかに意義深いことではあったが、非常な労力を要するきわめて難しい責務とも言えた。なぜなら、若い読者は過去の偉大な文学を発見することを望んだが、すでに作品を部分的にも読んでいた年配の読者は、その完全な全体像を捉え得るような作品出版を求めたからである。そして、編纂では、誰もがさまざまな困難に遭遇した。手稿や遺作は作者の亡命中にほとんど紛失していたが、既刊の作品もナチが図書館からすべて撤去していたので、見出すのが非常に困難であった。数軒の古書店が表現主義の文学を精力的に収集し、それを特定の場所で集中管理する努力をした。その結果、現在、表現主義の文学作品の編纂や出版は、マールバッハの国立シラー博物館の支援なしには不可能である。

そこには夥しい数の遺稿が保存され、表現主義のすべての詩人作家の著作が収集され、詳細な目録作成によって管理されている。そして、各作者の生涯については、まさに探偵のような綿密さで調査が行なわれたが、成功することはきわめて稀で、衝撃を受けたり、断念を余儀なくされる場合が非常に多かった。

そうした状況で、表現主義の多くの詩人作家の、それ以前に出版された作品集よりもはるかに内容の充実した作品集（ゲザムトアウスガーベ）が順次、発行されるようになった。それは、無論、表現主義の再評価、再発見の流れと深く関係していた。ちなみに、その現象は一九三三年以前にその作者や作品を知っていた往年の文学青年には再発見（ヴィーダーエントデックング）と、また一九四五年以後にそれを知った若い読者には新発見（ノイエントデックング）と受け取られたが、世代間で生じた受容の意義的相違もまた表現主義がナチから被った歴史的後遺症のひとつと言うことができた。

そして、文学者の個人作品集の出版と並行して、当時の抒情詩や散文の集成本（アンソロジー）もいくつか出版された。しかし、それらの編纂や発行は、おもにその運動の「生き残った」文学者の責任感と使命感に基づいて行なわれていた。たとえば、詩集（アンソロジー）『表現主義十年の詩』に「序文」を書いたG・ベンは、「生き残った者」として表現主義の再評価、再発見に自分が義務と責任を負うという意識を強くもっていた。彼は死亡する一年ほど前の一九五五年にその「序文」を書いたが、そこで次のように述べていた。

> ピントゥスが一九二〇年に出版したあの詩集『人類の薄明』を見れば、ヨーロッパ大陸には私以外にほとんどもう誰も残っていないことがわかる。（中略）私はこの数年間、何度も自分に問うた。早世した者（アイン・フリューフォレンデター）、生き残った者（アイン・ユーバーレーベンダー）、長生きした者（アイン・アルトゲヴォルデナー）のうちどの生が最も不運であるかを。それは（耐え忍んで）生き残った者の生である。なぜなら、生き残った者は自分自身の迷誤（イルンゲン）に加えて自分の世代の迷誤を背負いつづける義務を負わねばならない。生き残った者はその迷誤をよくわかるように説明し、後世へ伝える努力をしなければならない。そして、それをミネル

ヴァの鳥が飛び始める夜明けの時刻へ導く努力をしなければならないからである。

このような「生き残った者」の悲愴とも言い得る自意識は、ベンのみならず、表現主義の他の詩人作家にも同様に認められた。たとえば、K・オッテンは、ピントゥスがポケット版『人類の薄明』に伝記的記録の執筆を依頼したとき、ピントゥスに「世界没落の生き残りである貴兄がもう一人の生き残りの私に求めておられる。四十年前に二三名の〈憧れに駆られた呪われた者たち〉がユートピアの嵐のなかに乗り出したあの筏『人類の薄明』号の、いまや二度目の出帆のために一人の難船者の人生について語ることを」と述べた。

K・オッテンはまさに「表現主義」の難船者の一人という思いから、一九五七年に表現主義の散文集『予感と出発』を、また一九五九年に表現主義の戯曲集『叫びと告白』を編纂・発行した。そのオッテンについてオーストリアの老練批評家フリードリヒ・ジーブルクは「表現主義とともに文学的出発をしたオッテンが亡命中に表現主義の作品集を編纂・発行したのは、ナチの時代の暗黒の歳月で生じた文化的伝統の〈致命的な断絶〉を埋めねばならないという強い責任感からであった」と述べた。

そして、ピントゥスは終戦後、十数年をかけて仲間の詩人たちの「生涯と作品」を調査し、その成果を一九五九年にポケット版『人類の薄明』の付録「伝記的記録と著作目録」として発表した。その作成に全力を注いだ理由を彼は序文「四十年経って」で次のように述べた。

詩人たちはナチによって退廃、あるいは不適切の烙印を捺され、作品は発禁や焚書でこの世から葬り去られた。そのために、彼らの生涯はたいてい謎に包まれたままであり、作品の多くはほとんど、あるいはまったく見出すことができない。(中略)私は追放されたり、命を失った詩人たち一人一人の著作目録を作成し、それによって彼らの運命を辿るという仕事をすでに十五年も前に始めた。……それは愛の仕事になった。それは詩人たちへの感謝の表明であり、彼らを称える記念碑であらねばならない。これによって、彼らはさらに生きつづけ、現在に甦ることになる。

ピントゥスが行なったその調査について、P・ラーベは「彼はそれを通じてあの悲劇的な世代の痛恨の総決算をした」と述べた。しかし、「生き残った」文学者によるそうした血の滲むような努力は、彼ら自身もナチの犠牲者であったという不運のみならず、ドイツ文学には一九三三年以降、「焚かれたり、行方不明になったり、忘れられた」作者と作品から成る特別な文学ジャンルが存在したという歴然とした事実をも社会に突きつけたのであった。

iii　ポケット版『人類の薄明』の発行（一九五九年〜）

ポケット版『人類の薄明』は一九五九年九月にrororo叢書のうちの「文学と科学の古典叢書」第五五・五六巻として発行された。ピントゥスはその文学的意義について「今日、本書は表現主義の〈依然として最も優れ〉、〈最も代表的〉で模範的な詩集（アンソロジー）と、また〈あの詩人集団の最初にして唯一無二の詩集〉と言われている」と述べた。そして、発行理由については「ナチによって焚かれ、戦争中の爆撃で何千冊となく灰燼に帰したあと、ドイツの復興と表現主義の再評価が進むなかで一九三三年以前よりも多くの人に求められ、社会の関心を集めたが、古本でもほとんど入手できない状態である」と説明した。

そうした事情で、ポケット版『人類の薄明』は、初版の発行から四十年経って甦った詩集として、収録の詩、詩の配列、四章構成などの基本的要素において「初版と同じ内容」で発行された。しかし、詳細に見れば、ポケット版はハードカバーの旧版とは、（1）収録詩の総数、（2）詩人の肖像画の追加、（3）副表題の変更、（4）序文「四十年経って」の追加、（5）巻末の「伝記的記録と著作目録」の増補の五点で異なっていた。無論、その相違には詩集『人類の薄明』が歩んだ四十年の歴史が深く刻まれていた。したがって、次にはそれぞれの相違を明らかにし、その事情や背景を辿ってみたい。

（1）収録詩の総数

ポケット版に収録の詩について、ピントゥスは「ハードカバーの旧版に収録の詩の一篇たりとも除去せず、また新たに追加もしなかった」と述べていたが、詳細には、「ハードカバーの初版に収録の詩のうち数篇は、（詩人自身の希望に応じて）第三、第四版で別の詩と差し替えられたが、ポケット版にはハードカバーの四つの版に収録の詩のすべてを収めた」というわけであった。その結果、ハードカバーの初版の収録詩数は合計二六九篇であったが、ポケット版では合計二七五篇になっていた。

（2）詩人の肖像画の追加

ポケット版では、ハードカバー版での一四枚に五枚が追加されて、合計一九枚の肖像画が収められた。すなわち、クレムの自画像、トラークル、ハイニッケ、リヒテンシュタイン、ゴル夫妻の各肖像画が加わっていた。

（3）副表題の変更

ハードカバー版の副表題「最近の詩の交響曲」(Symphonie jüngster Dichtung) がポケット版では「表現主義の〈ひとつの〉ドキュメント」(ein Dokument des Expressionismus) に変更された。

まず、「最近の詩」が「表現主義」に変更されたことについては、ピントゥスが「表現主義の十年間に自分を〈最も若い世代〉と言っていた詩人たちも、いまでは高齢、あるいは物故している。そして、〈新しい世代〉として表われていた事象もすでに歴史的になっている」と述べた事情、さらに「文学史で一九一〇年から一九二〇年までを〈表現主義の十年〉と表わす傾向がほぼ定着していた」状況から、おおむね理解できることであった。

次に、「交響曲」(Symphonie) が「ひとつのドキュメント」(ein Dokument) に変更されたことについては、ピントゥスが『人類の薄明』はすでに〈表現主義の代表的な詩集〉と言われるようになったので、初版の綱領的な副表題をそのように変更した」と説明していた。

しかし、その変更には、次に述べるようなピントゥスの過去の事情も反映していたように思われた。そのひとつは、彼は一九一九年に『人類の薄明』の編纂と並行して、表現主義の時代の革新的な小論文の集成本を発行する計画を立てたが、それは実現しなかった。その記録集の表題には『表現主義のドキュメント集』（Dokumente des Expressionismus）が予定されていたので、彼はポケット版『人類の薄明』をその代替として意味づけようとしたとも考えられた。

次のひとつは、先の箇所で見たように、彼は第一次大戦の終結後、間もない一九一九年に世界の平和と人類の友愛を強く祈念し、その希望を、とくに『第九』に倣った「交響曲」に反映させようとした。しかし、その後、革命の挫折、ナチの蛮行などがつづき、彼が当初、抱いた理想を「交響曲」として高らかに謳うことはもはや困難と認識されたことが考えられた。

（4）序文「四十年経って」の追加

ポケット版『人類の薄明』には、ハードカバーの第四版に収録の序文「はじめに」（一九一九年執筆）と序文「残響」（一九二二年執筆）に加えて、序文「四十年経って」が収められた。

その新しい序文について、K・エートシュミットは次のような感想を述べた。

詩集『人類の薄明』が出版されてから四十年が経ち、あの恐怖の時代のあとに、表現主義にとって再評価と表敬の夜明けが訪れ、ピントゥスを非常に驚かせた。（中略）いまや彼は自分の仕事の成果を讃えている。もはや衰退についてはなにも語らない。二年間で二万部が世に出た。現代のもっとも優れた抒情詩の集成本（アンソロジー）である。（中略）一九五九年にピントゥスが述べていることは、個人的な疲れは見えるが、客観的な満足に満ちている。いまや彼は自分の業績が認められたことを誇りにしているが、それは四十年前には信じてもいなかったことであり、その評価などはすでに済んだことだと思っていたのだ。彼は幸運であった。彼はかつては罵られたが、いまやここに生きていることを証明することができるのだ。

序文「四十年経って」では、第二次世界大戦後に表現主義と詩集『人類の薄明』について発表された批評や評価が年代順にいくつか紹介されていたが、そのなかでピントゥスに表現主義の再評価の訪れを感じさせたのは、ともに一九五六年に発行されたヘルマン・フリートマンとオットー・マンの共編書『表現主義――或る文学運動の形姿』と、フーゴ・フリードリヒ著『現代詩の構造――ボードレールから現代まで』であった。前者では表現主義について「現代史に足跡を残したあの文学運動が今日、ふたたび我々の関心を集めるのは、若い詩人世代がヨーロッパの人間と芸術の崩壊に抗して立ち上がった姿がそこに表われているからである。表現主義が与えた衝撃と影響は今日でもなお、かつて青年時代に表現主義から影響を受けた詩人たちに生きている。しかし、あの表現主義はただ現代史の運動、文学史の活力(エネルギー)だけではなく、それ以上のものであった。それは最高の文学作品を我々にもたらした。その不朽の価値を我々は今日、認めている。我々はそれらを古典的作品に数え入れねばならない」と述べられていた。

そして、後者では「表現主義がボードレール、マラルメ、ランボーなどによって行なわれたフランス抒情詩の変革といかに類似し、深く関連していたか」が明らかにされ、トラークルあたりからベンに至るドイツ表現主義の詩人がフランス、スペイン、イタリア、英米の近代の詩人との関連で考察されていた。すなわち、フランス象徴主義の詩的特徴がベンに、またロルカやエリュアールの詩的表現や形式がトラークルやラスカー＝シューラーにも同様に認められたという指摘によって、表現主義の抒情詩がヨーロッパの抒情詩と数々の類似で繋がっていたことが証明されていた。

ちなみに、そうした見解はH・フリードリヒだけでなく、Fr・マルティーニもすでに一九五四年に「表現主義はドイツでとくに豊かで、歴史的に重要な展開を見せたが、それと同時にヨーロッパ各国の文学運動と結びついたことで(中略)ドイツの文学意識のヨーロッパ化に寄与していた」と述べて、そのヨーロッパ的な関連を強調していた。

（5）「伝記的記録と著作目録」の増補

ポケット版『人類の薄明』で最も評価されたのは、「伝記的記録と著作目録」がハードカバー版よりもはるかに詳細な記述になったことである。ハードカバー版では各詩人の短い伝記的記録と（一九二〇年までに発行された）主要作品が記されていただけであったが、ポケット版ではピントゥスがその間に行なった調査に基づいて、「より詳細な履歴と可能なかぎり完全な著作目録」が記載されていた。さらに、ハイニッケ、クレム、オッテン、ゴルについては、本人や配偶者による新たな伝記文が加えられていた。

その増補された「付録」は一般読者だけでなく、文学者や研究者にも高く評価された。たとえば、エンツェンスベルガーは「各詩人の伝記には、それ以前に入手できなかった新しい資料が追加された」と評価した。また、文献学者R・ブリンクマンもそれこそがポケット版『人類の薄明』の価値と意義を大きく高めたことを認め、次のように述べた。

各詩人の伝記的記録と著作目録を可能な限り完全にする試みは、非常に時間のかかる困難な作業であった。なぜなら、その生涯や著作については、ナチの蛮行と第二次世界大戦の爆撃で資料収集が不可能なほど紛失しており、仮に残っていた場合でも、それは世界各地に分散していたからである。とくにニューヨークにいたピントゥスにはその調査は困難をきわめた。したがって、ハードカバーの四つの版に記された記録に彼が自ら行なった調査結果を加えたことは、非常に大きな意義があった。

さて、詩集『人類の薄明』がポケット版で甦った、その年にエルンスト・ローヴォルト社はハンブルク郊外のラインベークに新社屋を建て、そこへハンブルク市内に分散していた各部門を統合した。思い返せば、エルンスト・ローヴォルト社は一九〇九年にライプツィヒに、一九一九年にベルリンに、そして第二次世界大戦後は（短期間のシュトゥットガルト所在を経て）ハンブルク（ラインベーク）に、というように三つの主要都市に三度設立された。ローヴォルトは晩年、その人生について「出版社を三度設立したが、その三社で通算五十年以上も働きつづけた出版人は、この私だけだった」と語るのが常であった。

しかし、その一九五九年に七二歳になっていたローヴォルトは、「エルンスト・ローヴォルト社」の近代的な新社屋の落成とポケット版『人類の薄明』の発行をただ伝え聞くことしかできなかった。目を病んで視力が回復しなかった彼は、陽光に映える斬新な社屋とポケット版『人類の薄明』の刷り上がりを自分の目で確かめることはできなかった。

iv　ポケット版『人類の薄明』の増補・改訂（一九六四年〜）

ポケット版『人類の薄明』では、（一九六四年九月発行の）五〇〇〇一部目から「とびら」の裏面に「根本的に増補した〈付録〉を収めた改訂版」と記されたものが発行された。

それについてピントゥスは、「一九六〇年のあの〈表現主義展〉の「展示品目録（カタローク）」には、新しい事項のみならず、旧い事項でもそれまで知られていなかった事実が非常に多く記されていた。（中略）また、一九六〇年代には一般に表現主義への関心が急速に高まったために、文芸雑誌や資料集の復刻、各詩人の浩瀚な作品集や全集の発行、各作品の（原典批判を経た）校訂版の出版が盛んに行なわれた。したがって、それらすべてに基づいて、私は付録「詩人と作品——伝記的記録と著作目録」を全面的に書き改めることにした」と述べた。

実際、「表現主義展」とその『展示品目録（カタローク）』は、ピントゥスが詩集『人類の薄明』に収めた「付録」をいっそう詳細なものにするために役立ったが、それだけでなく、とりわけ「表現主義展」はドイツで戦後、初めて開催された規模の大きな回顧展として表現主義の再評価、再発見の歩みを大きく前進させた。そこで、次に同展の概要を紹介することにしたい。

マールバッハの「表現主義展」

その展覧会は一九六〇年にドイツ南西部の小都市マールバッハのシラー国立博物館を会場として開催された。同館は、K・エートシュミットが「一九一〇年から一九二〇年の十年間と、それ以後、何年間かの文学的時代を検証し、広く紹介するために、ドイツで稀に見る威信と使命感、責任感をもって優れた指導力を発揮した」と称賛したように、とくに表現主義から現代までの著作、記録、資料の収集と保存に絶賛に値する活動をしていた。そうした経緯で、戦後、最初の大規模な「表現主義展」は同館を会場として、「表現主義——文学と美術・一九一〇年—一九二三年」という標題のもとで開催された。

展示内容は、展示室の数に合わせて、次のように部分的に重複した集合テーマで年代順に構成された。第一標題「表現主義の先駆者」では、ムンクやストリンドベリなど表現主義の運動の先駆者、第二標題「抒情詩・一九一〇年～一九一四年」では、ベルリンの初期表現主義の詩人、〈橋（ディ・ブリュッケ）〉と〈青騎士（デァ・ブラウエ・ライター）〉の芸術家集団、ライプツィヒ、ミュンヘン、ハイデルベルク、プラハ、ウィーン、インスブルックの各地域で形成された文学者集団とその活動、第三標題「第一次世界大戦・一九一四年～一九一八年」では、『行動（ディ・アクツィオーン）』、『白草紙（ディ・ヴァイセン・ブレッター）』、『嵐（デァ・シュトゥルム）』などの各誌で展開された文学的、芸術的な活動、第四標題「散文と抒情詩」では、表現主義の主要な散文作家とその活動、第五標題「戦争と平和の間・一九一六年～一九二三年」では、ダダの運動、ダルムシュタットとドレスデンの後期表現主義の活動、第六標題「戯曲・一九一七年～一九二二年」では、おもに後期表現主義の劇作家とその活動、第七標題「運動の保存と伝承」では、数多く発行された表現主義の（作品集、集成本、全集、回想録など）出版物の紹介、その意義と役割がそれぞれ紹介されていた。

その展示構成には、主催者に拠れば、「文学的時代を年代順に具体的に通観し得ること、そして、展示したすべての作者が（早世者を除いて）その時代に――協同的であれ、敵対的であれ――並行的（ネーベンアイナンダー）に活動を展開していたという実態に即して、観る者にただ継起（ナーハアイナンダー）の印象のみを与えないこと」が留意されていた。

そうした方針で、同展では一〇〇名余りの表現主義の文学者の、合計七〇〇点ほどの著作、手稿、記録、書簡、写真などが展示されたが、そこにはほとんど知られていない作者、行方不明の作者、忘れられた作者の資料もかなり多く含まれていた。また、表現主義の時代に発行された文芸雑誌も（有名無名を問わず）ほとんどすべてが展示されていた。

さらに、同展は、その副標題に「文学と美術」を謳い、表現主義の文学と美術の緊密な関係をも紹介する目標を掲げていたので、絵画、版画、彫刻などの美術作品も文学的資料と関連させて展示されていた。

その展覧会に対する社会の反響はきわめて大きく、それについての論評や記事はドイツの主要な新聞や雑誌に数多く掲載された。そして、来観者も高校生や大学生から、かつて表現主義の作品に親しんだ中高年までと、じつに幅広い年齢層に及んでいたが、そこには世代による関心の相違も表われていた。前者は表現主義の文学がおもに集団的形態で発展したという歴史的特徴に興味を示し、その活動をそうした精神的経験をもたない自分たちとの対比で捉えようとした。そして、後者は久しく忘れていた過去の文化とそのような形で再会できたことに感激した。

さらに、同展にはクレム、オッテン、K・ヒラー、ココシュカなど、その運動に深く関わった文学者や芸術家も訪れたが、存命の文学者の多くが当時なおも亡命先のアメリカやイスラエルに留まっていたので、その数は概して多くはなかった。

しかし、そうした懐かしい回顧的光景ばかりが繰り広げられたわけではなかった。ナチの時代から二十年近く経った当時でもなお、「頽廃芸術」の忌まわしい記憶が亡霊のように徘徊していたのである。会期中の或る早朝、館員が展示室を巡回したとき、壁に掛けられていた絵画や木版画がすべて裏返しにされているのを発見した。彼はそれを表現主義と同展に対する抗議と受け取らざるを得なかった。

その「表現主義展」は約六カ月の会期中に、マールバッハという地方都市での開催にもかかわらず、三万人余りの来観者があり、好評を博した。その成功で、さらに同展は他の都市からも開催が要望され、その後、ミュンヘン、ベルリン、ハンブルク、ニューヨーク、フィレンツェといった大都市へ巡回し、そのつど大きな反響を得た。

そして、展覧会が開催されなかった地域へは、同展の「パネル展（ターフェルアウスシュテルング）」が巡回した。それはドイツ国内のみならず、南アフリカ共和国のプレトリアからスペイン、イギリス、エジプト、モロッコ、カナダ、アメリカ、トルコの各主要都市を経て、最後のメルボルン大学での開催に至るまで、七年近くの間つづけられた。そのさい、展示と関連して、作品朗読、映画上映や演劇上演、音楽演奏なども並行して行なわれたことによって、それは表現主義を「総合芸術」として、また歴史、社会、政治にも関係した広範で多様な運動として紹介する好機にもなった。

このように、戦後十五年を経て開催された「表現主義展」は、表現主義への関心を一般に広く目覚めさせたが、それだけではなく、表現主義の文学者に（シラーの生地でもあった）マールバッハを精神的故郷として見出させる契機にもなった。たとえば、ピントゥスは一九六七年に亡命先のニューヨークからドイツに帰ったが、そのとき以来、死去するまでの八年間をマールバッハで暮らした。そして、ニューヨークから持ち帰った膨大な蔵書をすべて同地のシラー国立博物館（＝ドイツ文学館）に寄贈した。

また、表現主義の運動をおもに出版で支援し、優れた作品を数多く発掘し、世に送り出したクルト・ヴォルフは、文学会に出席するためにアメリカからドイツへ来た一九六三年に、まさにシラー国立博物館へ向かう途中で交通事故によって死亡したが、彼もまたマールバッハに眠っている。

さらに、その「表現主義展」には、シラー国立博物館の研究員によって詳細な『展示品目録（カタローク）』が作成された。そこには各展示物の解説のほかに、展示できなかった著作物（たとえば、作者や作品についての批評、評価、回想など）に関しても詳しい説明が記され、総頁数三五〇の枠内で表現主義の運動が各文学者の生涯と活動の創造的な相関関係で見事に再現されていた。また、巻末には八〇〇以上の人名、誌名の索引も付けられていた。したがって、それはピントゥスが述べたように、「表現主義のハンドブック」の機能を十分に果たし得るものであり、同展開催の一九六〇年中に一六〇〇〇部が発行されるという好評を博した。それについて作成者の一人P・ラーベは「その時点で表現主義について参考とする資料本の類がほとんど存在しなかったので、一時的にせよ、表現主義に関する事項を調べ得る事典（ナーハシュラーゲヴェルク）のようなものが必要と思われた」と述べていた。

そのように、「表現主義展」とその『展示品目録（カタローク）』は、ピントゥスが詩集『人類の薄明』の「付録」を増補するうえで非常に有意義であったが、それだけでなく、表現主義についての考察を促進し、その著書や研究論文の発表を増加させた。そのなかでも、一九六一年に愛書家協会が発行した年報『インプリマートゥル』の全二冊の「表現主義特集号」は、文学の表現主義を学術的テーマとして本格的に取り上げた最初の論集であった。そこには、「論文」部門と「回想、記録、覚書などの資料」部門を合計して二三件の研究成果が収録されていたが、表現主義のさまざまな特徴と活発な活動を反映して、各研究の主題（テーマ）は多様で広範にわたっていた。また、その執筆者もドイツ各地、チューリヒ、ウィーンのドイツ語圏のほか、オランダ、イギリス、テル・アヴィヴなど広域に及び、表現主義研究の世界的広がりを窺わせた。

そして、一九六〇年代前半には、研究成果の発表以外に、詩人作家の伝記の出版、記録集の復刻（ナーハドゥルック）なども盛んに行なわれた。マールバッハの「表現主義展」の成功を機に出版社が表現主義への関心を一段と高め、その時点で未刊の著作の掘り起こしに努め、出版領域でなおも残っていた空白部分を懸命に埋めようとしたのである。

v　レクラム版『人類の薄明』の発行（一九六八年〜）

表現主義の文学は共産主義の国でも一九六〇年代後半からいわば黙認という形で出版されるようになった。そうした状況で詩集『人類の薄明』もマルクス主義のドイツ民主共和国（＝東ドイツ）で一九六八年に発行された。ライプツィヒのレクラム社がエルンスト・ローヴォルト社から出版権を取得し、「レクラム百科文庫」の第四〇四巻として発行したのである。しかし、一九五二年以降、レクラム社の出版物は西側諸国への流通を禁じられていたために、ピントゥスはレクラム版『人類の薄明』を「西側諸国では知られていない、もうひとつの『人類の薄明』」と述べていた。実際、同書の「見返し」には「ドイツ連邦共和国、西ベルリン、その他すべての西側諸国での販売は不可」と明記されていた。これも戦後ドイツの東西分裂が出版活動にまで及ぼした不幸な後遺症のひとつと言うことができた。

ピントゥスはレクラム社にその発行を許可するにあたって、ポケット版『人類の薄明』に収録の二七五篇の詩、彼が書いた三篇の「序文」と付録「詩人と作品——伝記的記録と著作目録」については、いかなる削除、追加、変更も行なわないとする条件を付けた。レクラム社はそれに同意したが、一点の対案を出した。それは、マルクス主義の立場から詩集『人類の薄明』と表現主義を論じた論文を収録したいというのであった。それに対してピントゥスは、その内容を彼が了承したあとに初めてその収録が可能になることとした。結果として、「敬意と理解が表わされた」とピントゥスが評したそのヴェルナー・ミッテンツヴァイの論文は、序文「四十年経って」と差し替えてレクラム版『人類の薄明』の最初に収められた。

ちなみに、「表現主義——幻想の出発と破滅」と題したその論文は、ピントゥスの序文「はじめに」と「残響」の合計頁数を九頁も超える長いものだった。内容は、いわば序論として『人類の薄明』の詩と詩人の基本的特徴を四つに分類して解説したあと、本論として「表現主義——スローガンかプログラムか?」、「〈未来の人間〉の希求」、「希望と失望、出発と挫折の間」、「文学運動の最終段階」、「マルクス主義文芸学から見た表現主義」の五つの章による表現主義文学論が展開されていた。そのなかで、序論はそれ以前の諸研究で表わされた分析的解釈を超えるものではなかったが、そのあとに本論として五つの視点で考察された表現主義＝解釈はマルクス主義文芸学に基づく表現主義論として興味深い内容を含んでいた。しかし、それは、先に述べたような事情で、西側諸国では現在もあまり知られていない。そこで、次にその各章を要約して紹介したい。

「表現主義――スローガンかプログラムか？」

表現主義の本質は特定の世界観的、文学的なプログラムからも、統一的な芸術形式からも捉えることはできない。それは、表現主義に特有の社会的な諸条件から、そして一九一〇年から一九二〇年までの歴史的時代の諸傾向の集合（ツザンメンバルング）から捉えねばならない。

表現主義の運動は、旧い社会から脱し、新しい社会を追求する試みを展開したが、そこにはなお不明確で不完全な視点が残っており、とくに旧社会の弊害の本質的原因を十分に認識してはいなかった。したがって、旧い世界の拒絶と新しい世界のユートピア的希求の落差によって矛盾と緊張が生まれ、それが文学にある種の力動性（ドュナーミク）をもたらしたが、明確な世界観と芸術形式を生み出したわけではなかった。

「〈未来の人間〉の希求」

第一次世界大戦が勃発する数年前から、若い詩人たちは社会の旧弊を批判し始めた。しかし、その原因の究明よりも表現方法に関心をもつ傾向にあったので、印象主義や象徴主義の耽美志向に反抗した。とはいえ、その状況でも彼らは人間の幸福を追求するという芸術の社会的役割を忘れることはなかった。その顕著な例は、ルビーナーの社会参加（アンガージュマン）への呼びかけ、ベッヒャーの支配的な財産所有者への批判、レーオンハルトの社会的「公正」の追求であった。しかし、表現主義の新しい世界はユートピアの形で表われ、その政治的事象には革命的労働者階級による歴史的に必然の社会変革の要素がほとんど見られなかった。詩人たちは資本主義社会における人間の疎外化現象を描出し、それを批判したが、その根本的原因を究明するまでに至らず、彼らの「出発」はユートピア的で幻想的な状態に留まった。それを現実からの逃避ではないとするならば、当時、人間の疎外化を阻むために理論的かつ実践的な試みがなされたかどうか、また闘争によってのみ人間存在の非ユートピア的な状況が生まれるという認識があったかどうかを問わねばならない。しかし、詩人たちの反抗は硬直した芸術形式のみならず、資本主義社会での人間共同体の不可能性にも向けられていたので、その運動は全体的に見て、政治に無関心（アポリーティシュ）だったとは言えない反抗的な実験であったと見ることができた。

「希望と失望、出発と挫折の間」

崩壊しゆく社会との断絶と、新しい世界の告知とが並存するという矛盾は、詩集『人類の薄明』の表題の両義性にも表われていた。表現主義の発展には破滅と新生が並行する数年間が存在したが、それと同様に各詩人の作品にも悲観と楽観が並存していた。しかし、たとえその矛盾によって世界観的立場が揺らごうとも、人間への人道主義的な信念はいっそう強まる傾向にあった。ベッヒャー、レーオンハルトでは、社会批判的な要素がより多く表われており、たとえ思想世界と形象世界に混沌（カーオス）と破壊が表われていても、それは決して絶望的な悲嘆ではなく、告発、喚起、挑戦を意味していた。混沌や破壊を発展への通過的段階と考え、崩壊しゆく世界の現状への反抗手段としていたのである。

表現主義では工業生産や技術発展に対する見解も統一的ではなかった。シュタードラーの場合、それは肯定され、生の躍動感を生むものと捉えられたが、それが人間の労働と関係した場合は、評価は複雑になり、矛盾を表わすことが多かった。とくにオッテンの場合、それは人間の疎外化の原因として呪詛の対象になった。しかし、まさにその主題（テーマ）で、表現主義の運動が革命的労働者階級の現実の解放闘争とほとんど関係していなかった実態が明白になった。そのために、「出発」は幻想に終わり、詩人たちの抗議はブルジョア型（タイプ）の理想主義的、あるいは無政府主義的な反抗にすぎない反ブルジョア性のままで衰退した。無論、その反ブルジョア性から新しい人間共同体への希望が説かれ、社会的弱者との連帯が呼びかけられたが、それは支配的なブルジョア階級との断絶までには至らなかった。

表現主義にはトルストイ的な政治的ユートピアに同調した詩人が少なくなく、非暴力の思想が浸透したために、新しい世界への出発は非暴力で行なわれねばならないとする信念がとくに革命を主題にした詩に表われた。しかし、真の革命的態度を認識させる重要な行程は詩的形象では表わされず、革命後の新しい世界の形成も特定の政治的態度に依拠せぬ思想上の事象に留まった。

第一次世界大戦の勃発によって表現主義の反暴力イデオロギーの政治的アクセントはいっそう強まり、反戦、戦争批判を自らの使命とする詩人が現われたが、彼らは帝国主義的な戦争の本質を暴くまでには至らなかった。

「文学運動の最終段階」

表現主義の最盛期とされる初期と中期は第一次大戦中の数年間で終わり、その間に内面的刷新としてのみ捉えられた革命的思想は、十月革命が起きたことで消え去った。新しい社会秩序が具体的な出来事として出現したことでその幻想は破れ、現実の革命に直面してユートピアは意味を失った。これによって表現主義の運動に細分化の傾向が生じ、一部の詩人（ベッヒャーやレーオンハルトなど）は二〇年代初めにドイツの労働運動の革命派を支持し始めた。その他の詩人は、ユートピアの消失でいっそう諦念を深め、初期の「出発」の情熱を撤回する例、現実からの逃避を神秘主義へと進める例、非政治的な従来の姿勢へ戻る例が見られた。表現主義の倫理的な基本的立場が崩れ、初期の情熱的な発言が撤回される過程は、ゴルの詩「パナマ運河」の二つの稿の内容的変化にも表われていた。

「マルクス主義文芸学からみた表現主義」

表現主義はマルクス主義文芸学でいつも議論の対象になったが、それをフランス近代主義（モダニズム）と明確に区別し、その作者たちの倫理的な基本姿勢に注目する視点は残りつづけた。あのルカーチの論文はマルクス主義的な表現主義＝受容に長年に亘って影響を及ぼしたが、酷評と言わざるを得なかった。彼は表現主義を三点で攻撃していたが、表現主義の社会的に進歩した本質的特徴の分析は奇妙な評価になっていた。たとえば、その作者たちの熱心な反戦闘争は、客観的に見て「見せかけの闘争」にすぎなかったと結論づけ、その理由を「戦争一般に対する闘いであり、帝国主義的な戦争に対する闘いではなかったから」と述べていた。また、彼はその作者たちの反乱的活動を、客観的に「階級闘争の核心」から逸れた主観的動機と見なしていた。そうした調子で、彼は表現主義を自分の伝統解釈に基づいて批判していた。

あの『言葉（ダス・ヴォルト）』誌で展開された議論の主点は、表現主義を文学史的に評価することよりも、むしろ反ファシズム闘争で文化的遺産が果たす文学的、政治的な役割を明確にすることであった。ルカーチの決定的な反論者の一人はブレヒトで、彼は論争に参加しなかったが、ルカーチの形式主義的な姿勢は反ファシズム闘争に有益とは思えないと友人に語っていた。表現主義についてブレヒトが（一九三八年ごろに）書いた反ルカーチ＝論文では「その論争においては、入念なマルクス主義的分析が行なわれ、驚くほどの秩序愛で芸術の諸傾向をすでに特定の某かの政治党派が収まっている抽斗へしまい込む。たとえば、表現主義をＵＳＰの抽斗に入れるという具合に。そのさい、古臭い非人間的なものがその作業にあたり、生産ではなく、消去でひとつの秩序が作られる」と述べられていた。

その論述のあと、ミッテンツヴァイは「ルカーチの表現主義＝批判がマルクス主義文芸学に与えた影響は、五〇年代になって衰退した。近年の研究は、歴史的な諸条件から考察し、より正しい評価を目指している。表現主義はその本質的特徴において人道主義的であった。だから、たとえ新たな社会主義的文学を追求する我々の努力に表現主義との直接的関係がないとしても、我々は表現主義を尊重すべき伝統に加え入れる」と述べて、論文を締め括った。

ミッテンツヴァイの論文は、あのルカーチの論文から三十四年ほど経っていたが、そこにはマルクス主義文芸学においても表現主義への理解が進みつつある状況を見ることができた。そうした傾向は、レクラム版『人類の薄明』の発行後、間もなく発表されたその書評にも表われていた。たとえば、東ドイツの批評家クルト・バットの「表現主義・終焉にあらず」と題した書評では、次のように述べられていた。

『人類の薄明』は今日、表現主義の代表的な詩集（アンソロジー）と言われているが、代表的というのは、表現主義の特徴を十

> 分に表わしているという意味のほかに、その特徴的なもの、後世に伝える価値のあるものを模範的な形で集成しているという意味でもある。あの十年間に書かれた詩、若い世代の文学は、軽蔑的あるいは称賛的に表現主義的（エクスプレシォニスティシュ）と言われた。（中略）しかし、その文学運動の影響と評価は、とりわけ詩集『人類の薄明』に拠っていた。実際、その詩集（アンソロジー）がなければ、表現主義がのちの世代の意識にそうしたものとして上り得たかどうかはわからない。（中略）ミッテンツヴァイは〈『人類の薄明』に表われた、より良い世界と新しい人間を追求する姿勢はなおも人々の心を打つ〉と述べていたが、それはあの詩集（アンソロジー）に限らず、表現主義全体に当てはまることである。だからこそ、表現主義についての議論は、マルクス主義者にとってもまだ終えてはならないのである。

さらに、バットはあの表現主義論争にも言及し、「そこで行なわれたどの議論も学問的なものとは言い難かった。それは最初から、文学自体を、とくに社会主義的文学の発展を問題にしていた。歴史的な〈評価〉だけでなく、遺産とか、〈民衆への影響〉をも重視していた。そのうえ、その批判にも弁護にも反ファシズムの寄稿者たちのしばしば対立するリアリズム概念が反映していた。感情的な議論が歴史的な解明と分析の領域へ移されるときに初めて（たとえ現在はまだ間接的であるにせよ）最近の文学者たちにまで及ぶ表現主義の影響が正しく評価されることだろう」と述べていた。

しかし、レクラム版『人類の薄明』の発行は、一九六〇年代後半の東ドイツにおける表現主義の受容の進展と決して無関係ではなかった。とくに表現主義の文学に表われた旧制度やブルジョア社会に対する反抗は、その多様な特徴のなかでも強い関心を引いた。そうした状況で、一九六六年以降——数量はなおわずかであったが——ブレヒトの『文学・芸術論集』全二巻、クラウス・ケンドラー編『表現主義・戯曲』全二巻、マルティーン・レーゾ他編『表現主義・抒情詩』など表現主義の著作や作品がそれぞれ伝統と実績のあるアウフバウ社から発行された。

そのなかで一九六九年に発行された詩集（アンソロジー）『表現主義・抒情詩』は、編集方針で明言されていたように、詩集『人類の薄明』を止揚（アウフヘーベン）しようとする試みであった。それについてここで詳しく述べることは見送らざるを得ないが、ピントゥスはその詩集（アンソロジー）について次のような感想を述べた。

それは、編集方針で〈詩集『人類の薄明』の発行から五十年が経ち、いまや批判的考察が可能な時間的距離が生じたので、ピントゥスが考慮しなかった〈詩の歴史的解釈〉を表現主義の詩集（アンソロジー）の編纂に採り入れることが必要と思われる〉と述べていた。しかし、それは〈詩を歴史的現象の具体的説明にするのではなく、ピントゥスの交響曲を排除することなく新たに作曲し、『人類の薄明』を止揚（アウフヘーベン）すること〉を目指していた。そして、〈歴史的なものとテーマ＝モティーフ的なものを結びつける方法は、表現主義の詩集の編纂には適した方法であると思われる〉とも述べていた。したがって、その詩集（アンソロジー）も主要テーマに基づいて詩が配列されていたが、副次的モティーフは歴史的配列になっていた。

詩集（アンソロジー）『表現主義・抒情詩』は六〇名の詩人の合計三五七篇の詩を収録し、詩集『人類の薄明』よりも多くの詩人と詩を収めていたことから、発行された当初は「規模の大きさ」が注目を集めた。しかし、反戦や反帝国主義を主題にした詩を優先して採り入れていたので、詩人別の収録詩数は一篇のみが一三名、二篇が九名、三篇が一〇名というように、三篇以下の収録が全体の詩人の半数以上に及び、総合的に見て詩人と詩の分散的な収録の印象が拭えなかった。したがって、表現主義の詩の多様な特徴がどの程度、捉えられていたかは、疑問が残るところであった。

＊

さて、これまで詩集『人類の薄明』が歩んだ半世紀余りの歴史を、関連した文化的、社会的、政治的な出来事に触れながら観てきたが、訳者自身、この考察を始めるまでは、一詩集がこれほどまでに多くの時代的試練を経て生きつづけたこと、また一詩集がこれほどまでに広く、深く表現主義という多様な活動を展開した文学運動を反映していたことなどは、とうてい考え及びもしなかった。しかし、その発展的過程を跡づけるなかで、詩集『人類の薄明』の「その時代を生き延び、歴史を作り、表現主義という文学運動が後世の人々の意識に確たるイメージで甦ることに本質的な貢献をした」という特有の意義と役割がいくらか明らかになったように思われた。

たしかに、表現主義は、美術、文学、音楽、演劇、映画など多岐に亘る分野でドイツ語圏を中心に二十世紀前半の芸術に大きな足跡を残した。それは、多少の時間的なずれはあったが、フランスを中心としたシュルレアリスムとともに二十世紀前半の最も規模の大きい芸術的発現のひとつであった。したがって、今日の芸術への影響をも含めて、表現主義という運動をさらに広範かつ詳細に捉えようとする動向は、その回顧や総括、再評価や再発見の機会がなおも出現している近年の状況では、決して衰えてはいないと見ることができる。しかし、その活動が多種の領域に亘っていたという事情、また詩集『人類の薄明』の作品的特徴にも表われていたように、芸術の異領域の融合を積極的に行なったという事実に因って、表現主義を総合的に考察する必要性は早くから認識されていたものの、それは決して容易なことではなかった。そうした状況で、詩集『人類の薄明』が辿った歴史は、表現主義の芸術とその運動を総合的に理解するうえで参考にし得る多くの示唆を含んでいたように思われる。そして、その歴史に通暁することは、詩集『人類の薄明』を文学作品として鑑賞するさいにも有意義であるように思われる。なぜなら、それによって各詩に表われた「あの時代、あの世代」の内面的、外面的な形姿が歴史的な意義と結びつき、読む人それぞれにおいて自らの現在の問題として甦り、各自の現在に意味をもつことにもなると考えられるからである。訳者がこの解説で数々の歴史的な出来事を自身の見解を示さずに、ただ事実的な紹介に留めたのも、そうした形でその詩集が後世になお遺るべき普遍的なものを提示しつつ、生きつづけることを願ったからである。

＊

なお、翻訳にあたってはポケット版『人類の薄明』を用いたが、同書は、一九六四年に増補・改訂された付録「詩人と作品――伝記的記録と著作目録」を除くほぼすべてで一九二〇年に発行されたハードカバーの旧版と異なるところはなかった。すなわち、ポケット版にも一九二〇年当初に見られた誤植や誤記がそのまま認められ、詩篇については文献学者R・ブリンクマンが「収録された詩篇のすべてが正確に印刷され、原典と一致していたとは限らない」と述べたように、詩行区分や詩節構成で正確とは言い難い箇所が存在した。しかし、そうした問題は、訳出の過程で逐次、行なった原文（テクスト）との綿密な照合でおおむね解決することができた。実際、各詩の（一九二〇年までの）掲載誌と原典（＝各詩人の詩集）を把握し、原典に批判校訂版がある場合は、それに基づいて、それがなお未発行の場合は、各詩の原文および異稿を遡及して語句、詩行、詩節の照合と訂正を行なった。（ちなみに、各詩の原典、初出誌は拙稿「Daten zu den Gedichten der Anthologie „Menschheitsdämmerung“」〈三重大学人文学部『人文論叢』第二〇号所収〉にまとめられている）。だが、その過程で、訳者には、表現主義の文学になおも残るそうした文献学的な課題はその研究と受容において生じた不連続にも起因することが強く感じられた。たとえば、『人類の薄明』の詩人では、批判校訂版（Historisch-kritische Ausgabe）の発行は二三名の三割近くにも上っていたが、それが作品の原文批判、原稿・下書きの追跡と判読、詩作過程の復元、異稿（改作）との照合を経てようやく実現したことを考えれば、その例は決して表現主義の文学の多くに当てはまるというわけではないのである。このような状況で、本書が表現主義の文学に親しむ機縁となり、ほぼ一世紀前の「一ドキュメント」として、読む人各自においてその現在の意義を探求するさいの一助になれば、幸甚である。

なお最後になったが、本書の出版では、未来社の西谷能英氏にひとかたならぬお世話をいただいた。ここに謝してお礼を申し上げたい。

二〇一六年六月十六日　　訳者

（消費税別）

ヴァルター・ベンヤミン著／鹿島徹訳・評注

〔新訳・評注〕歴史の概念について

一九八一年にアガンベンが発見したタイプ原稿を底本とする新訳。他のバージョンを踏まえた翻訳と訳者の充実した評注により、未完のプロジェクトの新たな相貌を浮かび上がらせる。　二六〇〇円

フィリップ・ラクー＝ラバルト著／谷口博史訳

経験としての詩

〔ツェラン・ヘルダーリン・ハイデガー〕アウシュヴィッツ以後詩作することは可能か——戦後ヨーロッパの代表的詩人ツェランの後期詩篇から複数の声を聴きとる哲学的エッセイ。　三五〇〇円

イスラエル・ハルフェン著／相原勝・北彰訳

パウル・ツェラーン

〔若き日の伝記〕東欧の他民族・多言語都市チェルノヴィッツで生まれたツェラーン。ユダヤ人の両親を強制収容所で殺された詩人の、悲劇的な生と作品を決定づけた前半生を描く。　三五〇〇円

ロベール・アンテルム著／宇京頼三訳

人類

〔ブーヘンヴァルトからダッハウ強制収容所へ〕作家M・デュラスの伴侶であり同志であった著者が、ナチ収容所での言語を絶する災厄を透徹した眼差しで綴った、戦時下文学の極北。　三八〇〇円

エドモン・ミシュレ著／宇京頼三訳

ダッハウ強制収容所自由通り

著名な政治家ミシュレによる、ダッハウ強制収容所実録「物語」。人間の尊厳を徹底的に剝奪される環境のなかでの生活を、抑制された筆致、ミシュレならではの視線で描写する。　二八〇〇円

人類の薄明——表現主義のドキュメント

発行——二〇一六年八月三十一日　初版第一刷発行

定価——（本体九八〇〇円＋税）

編　者——クルト・ピントゥス

訳　者——松尾早苗

発行者——西谷能英

発行所——株式会社　未來社

東京都文京区小石川三—七—二

振替〇〇一七〇—三—八七三八五

電話・(03) 3814-5521（代表）

http://www.miraisha.co.jp/

Email:info@miraisha.co.jp

印刷・製本——萩原印刷

ISBN 978-4-624-61039-5 C0098

●訳者略歴

松尾早苗（まつお・さなえ）
1971年、九州大学大学院修士課程修了。1988-1990年、アレクサンダー・v・フンボルト財団奨励研究員（テュービンゲン大学）。三重大学名誉教授、
訳書に、ハンス・マイヤー『バベルの塔——ドイツ民主共和国の思い出』『転換期——ドイツとドイツ人』『取り消された関係——ドイツ人とユダヤ人』（いずれも法政大学出版局）、同『アウトサイダー——近代ヨーロッパの光と影』（講談社学術文庫）、ノルベルト・エリアス『諸個人の社会——文明化と関係構造』（法政大学出版局）、パウル・アサール『アルザスのユダヤ人』（平凡社）、アンドレ・ヴェックマン『骰子のように——アルザス年代記』（三元社）などがある。

詩篇索引（＊を付した詩は、1920年発行の初版に収録されていなかった詩を示す）

崩壊と叫び　Sturz und Schrei

心よ、目覚めよ　Erweckung des Herzens

反乱へ立ち上がろう Aufruf und Empörung

詩人別詩篇索引

主要参考文献

番号の付いた文献は、訳注で引用、または参照した文献を表わし、訳注の末尾の（ ）にその番号を記している。それ以外の文献は、おもに「訳者解説」と総論的説明で引用、または参照した文献を表わす。

1) Denkler, Horst (Hrsg.): Geschichte der „Menschheitsdämmerung". München 1971.

2) ヨハン・ホイジンガ（堀越孝一訳）：『朝（あした）の影のなかに』中央公論社 1971.

3) Drews, Richard und Kantorowicz, Alfred (Hrsg.): „verboten und verbrannt". München 1983.

4) Edschmid, Kasimir: Lebendiger Expressionismus. Auseinandersetzungen, Gestalten, Erinnerungen. Wien-München-Basel 1961. カージミル・エートシュミット（上道直夫訳）：『生きている表現主義』朝日出版社 1975.

5) Martini, Fritz: Was war Expressionismus? Deutung und Auswahl seiner Lyrik. Urach 1948.

6) Jens, Walter: Statt einer Literaturgeschichte. Pfullingen 1957.

7) Raabe, Paul: Die Autoren und Bücher des literarischen Expressionismus—Ein bibliographisches Handbuch. Stuttgart 1985.

8) Raabe, Paul: Die Zeitschriften und Sammlungen des literarischen Expressionismus 1910-1921. Stuttgart 1964.

9) たとえば、Bartsch, Kurt: Die Höldelin-Rezeption im deutschen Expressionismus. Frankfurt a. M. (Akademische Verlagsgesellshaft) 1974.

10) Vom jüngsten Tag—Ein Almanach neuer Dichtung. Leipzig 1917. 復刻版は Connewitzer Verlagsbuchhandlung, Leipizig 1993.

11) Leschnitzer, Franz: Über drei Expressionisten. In: „Das Wort" (1937, Nr. 12), S. 44-53.

12) Cosentino, V. J. : Walt Whitman und die deutsche Literturrevolution. München 1968.

13) Raabe, Paul (Hrsg.): Expressionismus—Der Kampf um eine literarische Bewegung. Zürich 1987.

14) Wolff, Kurt: Briefwechsel eines Verlagers 1911-1963. Frankfurt a. M. 1980.

15) Raabe, Paul (Hrsg.): Expressionismus —Aufzeichnungen und Erinnerungen der Zeitgenossen. Olten und Freiburg im Breisgau 1965.

16) Kaufmann, Hans: Kriesen und Wandlungen der deutschen Literatur von Wedekind bis Feuchtwanger (Aufbau-Verlag). Berlin und Weimar 1966.

17) Ziegler, Jürgen: Form und Subjektivität. Bonn 1972.

18) Nörtemann, Regina (Hrsg.): Jakob van Hoddis. Dichtungen und Briefe. Zürich 1987.

19) Mautz, Kurt: Mythologie und Gesellschaft im Expressionismus. Die Dichtung Georg Heyms. Frankfurt a.M.-Bonn 1961.

20) Simmel, Georg: Die Großstadt und das Geistesleben. Aus: „Die Großstadt. Jahrbuch der Gehe-Stiftung". Dresden 1903.

21) Cosentino, Christine: Tierbilder in der Lyrik des Expressionismus. Bonn 1972.

22) Uhlig, Helmut: Vom Ästhetizismus zum Expressionismus. In: Otto Mann und Hermann Friedmann (Hrsg.): Expressionismus. Gestalten einer literarischen Bewegung. Heidelberg 1956.

23) Hurlebusch, Klaus und Schneider, Karl Ludwig (Hrsg.): Ernst Stadler— Dichtungen, Schriften,

Briefe. München 1983.
24) „Lebensweg eines Intellektualisten". In: Hillebrand, Bruno (Hrsg.): Gottfried Benn. Gedichte in der Fassung der Erstdrucke. Frankfurt a. M. 1987.
25) Lenning, Walter: Gottfried Benn. In Selbstzeugnissen und Bilddokumenten. Hamburg 1962.
26) Liewerscheidt, Dieter: Gottfried Benns Lyrik. Eine kritische Einführung. München, R. Oldenburg 1980.
27) Pinthus, Kurt: „Die Überfülle des Erlebens" In: „Berliner Illustrierte" v. 28. 2. 1925.
28) Pinthus, Kurt: „Rede an die Weltbürger". In: „Genius" 1, S. 162-176.
29) Schneider, Karl Ludwig: Themen und Tendenzen der expressionistischen Lyrik. In: Steffen, Hans (Hrsg.): Formkräfte der deutschen Dichtung vom Barock bis zur Gegenwart. Göttingen 1965.
30) Adorno,W. Theodor: Ästhetische Theorie. Frankfurt a. M. (stw) 1997.
31) Bluhm, E. und Wolff, U.: Gottfried Benn. Eine Bilddokumentation. Neufahrn bei München, 1983.
32) Pinthus, Kurt: „Rede für die Zukunft". In: Wolfenstein, Alfred (Hrsg.): „Die Erhebung" 1919.
33) Klemm, Wilhelm: Aufforderung —Gesammelte Verse. Wiesbaden 1961.
34) Walden, Herwarth: „Einblick in Kunst" In: „Der Sturm" (1915) Jg. VI, 122-124.
35) Martens, Gunter: Vitalismus und Expressionismus. Ein Beitrag zur Genese und Deutung expressionistischer Stilstrukturen und Motive. Stuttgart 1971.
36) Mittelmann, Hanni (Hrsg): Albert Ehrenstein. Werke. Klaus Boer Verlag 1997.
37) Schmähling, Walter: Der deutsche Expressionismus 1910-1918. In: Klaus von See (Hrsg.): Neues Handbuch der Literaturwissenschaft. Wiesbaden 1976.
38) Knevels, Wilhelm: Expressionismus und Religion, Tübingen 1927.
39) Schneider, K. Ludwig (Hrsg.): Georg Heym. Dichtungen und Schriften. Hamburg und München 1964.
40) Goldmann, Heinrich: Katabasis. Eine tiefenpsychologische Studie zur Symbolik der Dichtungen Georg Trakls. In: Trakl-Studien, Bd. 4. Salzburg 1957.
41) Haas,Willy: Die literarische Welt. München 1957.
42) Pinthus, Kurt (Hrsg.): Walter Hasenclever —Gedichte, Dramen, Prosa. Reinbek bei Hamburg 1963.
43) Schuhmann, Klaus: Walter Hasenclever, Kurt Pinthus und Franz Werfel im Leipziger Kurt Wolff Verlag (1913-1919). Leipziger Universitätverlag 2000.
44) Raggam, Miriam: Walter Hasenclever, Leben und Werk. Hildesheim 1973.
45) Zivier, Georg: Ernst Deutsch und das deutsche Theater. Berlin 1964.
46) Radrizzani, René (Hrsg.): August Stramm. Das Werk. Wiesbaden 1963.
47) Schneider, K. Ludwig: Der bildhafte Ausdruck in den Dichtungen G. Heyms, G. Trakls und E. Stadlers. Heidelberg 1961.
48) Kaiser, Gerhard: Geschichte der deutschen Lyrik von Heine bis zur Gegenwart. Frankfurt a. M. 1991.
49) Usinger, Fritz: Die expressionistische Lyrik. In: „Imprimatur" 3 (1961/62).
50) Wandrey, Uwe: Das Motiv des Kriegs in der expressionistischen Lyrik. Hamburg 1972
51) „Zeitschrift für Bücherfreunde", N. F. 8 (1916) H. 8.
52) Ball, Hugo: Zur Kritik der deutschen Intelligenz. Bern 1919.

53) Sauzay, Brigitte: Retour à Berlin—Ein deutsches Tagebuch. Berlin 1999.
54) Schöffler, Heinz: Der jüngste Tag —Die Bücherei einer Epoche. Bd.7. Frankfurt a. M. 1981.
55) „Die Weissen Blätter " (Juli, 1917).
56) „Die Neue Rundschau" (Nr. 1, 1917).
57) Mittenzwei, Werner: Einleitung „Der Expressionismus. Aufbruch und Zusammenbruch einer Illusion". In: „Menschheitsdämmerung". Leipzig (Reclams Universalbibliothek Nr. 404) 1968.
58) Müller, Joachim: Yvan Goll im Deutschen Expressionismus. In: „Sitzungsberichte der Sächsischen Akademie der Wissenschaften zu Leipzig" H.2. Berlin 1962.
59) Lehnert, Herbert: Geschichte der deutschen Literatur vom Jugendstil zum Expressionismus.
60)『第一次世界大戦 1914—1919. 20 世紀の記憶』毎日新聞社 1999.
61) Kemp, Friedhelm (Hrsg.): Else Lasker=Schüler. Sämmtliche Gedichte. München 1966.
62) Huder, Walter: Walter Hasenclever und der Expressionismus. In: „Welt und Wort", Nr. 21, 1960.
63) ジェルジ・ルカーチ（道家忠通・小場瀬卓三訳）：『ドイツ文学小史』岩波現代叢書 1965.
64) Meyer A. R. : die maer von der musa expressionistica. Düsseldorf-Kaiserswerth 1948.
65) Serke, Jürgen: Die verbrannten Dichter. Frankfurt a. M. 1983.
66) Vietta, Silvio (Hrsg.): Lyrik des Expressionismus. Tübingen 1990.
67) Zeller, Bernhard und Otten, Ellen (Hrsg.): Karl Otten—Werk und Leben. Mainz 1982.
68) „Frankfurter Allgemeine Zeitung" (22. März 1958)
69) Rubiner, Ludwig (Hrsg.): Nachwort zu „Kameraden der Menschheit". Potsdam 1919.
70) Bentmannn, Friedrich: René Schickele. Leben und Werk in Dokumenten. Nürnberg 1976.
71) Soergel, Albert: Dichtung und Dichter der Zeit. Leipzig 1925.
72) Brinkmann, Richard: Expressionismus. Forschungsprobleme. Stuttgart 1961.
73) Brinkmann, Richard: Expressionismus. Internationale Forschung zu einem internationalen Phänomen. Stuttgart 1980.
74)『聖書』日本聖書協会 1971.

Anz, Thomas und Stark, Michael (Hrsg.): Expressionismus. Manifeste und Dokumente zur deutschen Literatur 1910-1920. Stuttgart 1982.

Anz, Thomas und Stark, Michael (Hrsg.): Die Modernität des Expressionismus. Stuttgart 1994.

Anz, Thomas und Vogl, Joseph (Hrsg.): Die Dichter und der Krieg. München, Wien 1982.

Ball, Hugo: Die Flucht aus der Zeit. Luzern 1946.

Breuer, Gerda und Wagemann, Ines: Ludwig Meidner. Zeichner, Maler, Literat, 1884-1966. Bd. I und II. Stuttgart 1991.

Bruggen, M. F. E. van: Im Schatten des Nihilismus. Amsterdam 1946.

Demetz, Peter: Worte in Freiheit. Der italienische Futurismus und die deutsche literarische Avantgarde 1912-1934. München, Zürich 1990.

Deutsche Literaturarchiv (Hrsg.): Der Zeitgenosse. Literarische Portraits und Kritiken von Kurt Pinthus. Marbach a. N. 1971.

Edschmid, Kasimir: Frühe Manifeste —Epochen des Expressionismus. Darmstadt und Neuwied 1960.

Fischer, Peter: Alfred Wolfenstein. Der Expressionismus und die verendende Kunst. München 1968.

Friedmann, Hermann und Mann, Otto (Hrsg.): Deutsche Literatur im 20 Jahrhundert. Heidelberg 1957.

Friedrich, Hugo: Die Struktur der modernen Lyrik. Hamburg: Rowohlt Taschenbuch 1959.

Giese, Peter Ch.: Interpretationshilfen, Lyrik des Expressionismus. Stuttgart 1992.

Glaser, Horst A. (Hrsg.): Deutsche Literatur —eine Sozialgeschichte Bd. 8. Reinbek 1982.

Haug, Wolfgang (Hrsg.): Franz Pfemfert. Ich setze diese Zeitschrift wider diese Zeit. Darmstadt und Neuwied 1985.

Hermand, Jost: Von Mainz nach Weimar. Studien zur deutschen Literatur. Stuttgart 1969.

Hintermeier, Mara und Raddatz, Fritz J. (Hrsg.): Rowohlt Almanach 1908-1962. Reinbek 1962.

Kiaulehn, Walter: Mein Freund der Verleger —Ernst Rowohlt und seine Zeit. Hamburg 1967.

Krause, Frank: Literarischer Expressionismus. Paderborn 2000.

Kreuzer, Helmut (Hrsg.): Neues Handbuch der Literaturwissenschaft Bd.19. Wiesbaden 1972.

Kunisch, Hermann (Hrsg.):Handbuch der deutschen Gegenwartsliteratur 3 Bde. München 1969/70.

Meixner, Horst und Vietta, Silvio (Hrsg.): Expressionismus. Sozialer Wandel und künstlerische Erfahrung. München 1982.

Mix, York-Gothart (Hrsg.): Naturalismus, Fin de siècle, Expressionismus 1890-1918. München, Wien 2000.

Otten, Karl (Hrsg.): Ahnung und Aufbruch. Expressionistische Prosa. Darmstadt und Neuwied 1977.

Paulsen, Wolfgang: Deutsche Literatur des Expressionismus. Bern 1983.

Pfäfflin, Friedrich: Kurt Wolff / Ernst Rowohlt: Marbacher Magazin Nr. 43. Marbach a. N. 1987.

Pinthus, Kurt (Hrsg.): Menschheitsdämmerung. Symphonie jüngster Dichtung. Berlin: E. Rowohlt 1920.

Pinthus, Kurt (Hrsg.): Menschheitsdämmerung. Ein Dokument des Expressionismus. Leipzug: Reclam 1968.

Raabe, Paul: Mein expressionistisches Jahrzehnt. Zürich, Hamburg 2004.

Raabe, Paul (Hrsg.): Index Expressionismus. Bd.1-18. Nendeln, Liechtenstein: Kraus Reprint 1972.

Raabe, Paul und Greve, H. L. (Hrsg.): Expressionismus. Literatur und Kunst 1910-1923. Deutsche Schillergesellschaft: Marbach a. N. 1960.

Raabe, Paul (Hrsg.): Expressionismus und Politik in Franz Pfemferts „Aktion“ 1911-1918. München 1964.

Reso, Martin u. a. (Hrsg.): Expressionismus Lyrik. Berlin und Weimar: Aufbau-Verlag 1969.

Rothe, Wolfgang (Hrsg.): Der Aktivismus 1915-1920. München 1969.

Schmidt-Bergmann, Hansgeorg (Hrsg.): Lyrik des Expressionismus. Stuttgart 2003.

Schmitt, Hans-Jürgen (Hrsg.): Die Expressionismusdebatte. Materialien zu einer marxistischen Realismuskonzeption. Frankfurt a. M. 1978.

Schneider, Karl L.: Zerbrochene Formen. Wort und Bild im Expressionismus. Hamburg 1967.

Smith, Henry A. (Hrsg.): Vom schwarzen Revier zur neuen Welt. Gesammelte Gedichte. Frankfurt a. M. 1990.

Sprengel, Peter: Geschichte der deutschsprachigen Literatur 1900-1918. München 2004.

Utitz, Emil: Die Überwindung des Expressionismus. Charakterologische Studien zur Kultur der

Gegenwart. Stuttgart 1927.
成瀬治、山田欣吾、木村靖二編『ドイツ史』（全三巻）山川出版社 1996-1997.
J・ウィレット（片岡啓治訳）：『表現主義』平凡社 1972.
池田浩士編訳『表現主義論争』れんが書房新社 1988.